# 蔡东藩中华史

## 明史

### 现代白话版

蔡东藩◎著　张弛◎译释

北京联合出版公司
BeiJing United Publishing Co.,Ltd.

　　一批年轻的文化人，为了让更多读者体会蔡东藩《中国历朝通俗演义》的魅力，经过艰苦努力，以专业的精神和严谨的态度，将蔡著的"旧白话"——这种"白话"今天已经不大读得懂了——重新译为今人能够轻松理解的当代白话。毫无疑问，这是让蔡著得到传承的最好方式。他们的工作"活化"了蔡著，既是对于原著的一次致敬，也是一种新的可能性的展开。翻译整理后的作品，为普通读者提供了方便，无论任何人，都可以轻松地进入中国历史的深处。

　　蔡东藩的《中国历朝通俗演义》是一部让我印象深刻的书，少年时代曾经激起过我的强烈兴趣。那是二十世纪七十年代中期，可以读的书少得可怜，但一个少年求知的兴致是极高的，阅读的兴趣极强，加上当时的课业没有什么压力，因此可以读现在的青少年未必有时间去读的"杂书"。当时中华书局出版的蔡东藩的《民国通俗演义》就是让我爱不释手的"杂书"，它把民国时期纷乱的历史讲得有条有理，还饶有兴味。虽然一些大段引用当时文件的部分比较枯燥，看的时候跳过了，但这部书还是深深吸引了我。后来就要求母亲将《中国历朝通俗演义》都借来看。通过这部书，我对历史产生了兴趣。历史的复杂、深刻，实在超出一个少年人的想象，看到那些征战杀伐、宫闱纷争之中人性的难测，确实感到真正的历史与那种黑白分明的历史观大不相同。当时，我们的历史知识都是从"儒法斗争"的框架里来的，历史在那个框架里是那么单纯、苍白；而蔡东藩所给予我的，却是一个丰富和芜杂得多的历史。在这部书里，王朝的治乱兴衰，人生的枯荣沉浮，都让人感慨万千，不得不去思考在渺远的时间深处的人的命运。可以说，我对于中国历史的真正了解，就是从这部历史演义开始的。

　　三十多年前的印象一直延续到今天。不得不承认，这部从秦朝一直叙述到民国的煌煌巨著，确实是了解中国历史的最佳读本。这是一部难得的线索清楚、故事完整、细节生动的作品。它以通俗小说"演义"历史，以历史知识"丰富"通俗小说，既可信又可读。

蔡东藩一生穷愁潦倒，他的经历是一个普通中国人的经历，他对于历史的描述是从普通人的视角出发的。他不是一个鲁迅式的启蒙者，但他无疑具有一种另类的现代性，一种与五四新文学不同的表达策略。蔡东藩并不高调激越，他的现代性不是启蒙性的，不是高高在上的"我启你蒙"，而是讲述历史，延续传统。他的作品具有现代的想象力，表现了现代市民文化的价值观。

在《清史通俗演义》结尾，蔡东藩对于自己做了一番评价，足以表现一个落寞文人的自信："录一代之兴亡，作后人之借鉴，是固可与列代史策，并传不朽云。"他自信自己的这部著作，足以与司马迁以来的史学名著"并传不朽"。

蔡著的不可替代之处，不仅在于他准确地挑出了历史的大线索，更重要之处在于，他关注了历史深处的人的命运。有些历史叙述者，过于追求所谓"历史理性"，结果常常忘记历史是鲜活生命的延展。在这些人笔下，历史变成了一种刻板和单调的表达。而蔡著不同，他的历史有血液、有温度，是可以触摸的。他的历史是关于人性的故事。

从蔡著中，我们可以感受到活的历史，体验到个人命运与国家、文化之间密不可分的关联。冯友兰先生在《西南联大纪念碑》的碑文中这样阐释中国文明的命运："我国家以世界之古国，居东亚之天府，本应绍汉唐之遗烈，作并世之先进。将来建国完成，必于世界历史，居独特之地位。盖并世列强，虽新而不古；希腊罗马，有古而无今。惟我国家，亘古亘今，亦新亦旧，斯所谓'周虽旧邦，其命维新'者也。"今天，中国文化所具有的历史连续性和不断更新的魅力正在焕发光芒，冯先生对于中国未来的期许正在成为现实。

在这样的时机，蔡著《中国历朝通俗演义》的新译，就更显其价值。我们期望读者能够从中获得阅读的乐趣，并从历史中得到启示，走向更好的未来。

让我们和读者一起进入这个丰富的世界。

是为序。

张颐武

---

张颐武：著名评论家、学者，北京大学中文系教授，博士生导师。

# 目　录

## 破庙里出来的穷和尚

明代开国，与元代有很大不同，但后来由兴而衰，由盛而亡，却重蹈元朝五大覆辙。哪五大覆辙呢？第一是骨肉相残，第二是宦官争权，第三是奸臣横行，第四是内戚恃宠，第五是流寇殃民。这五大弊端循环不息，足以损伤国家元气、倾覆国家命运，再加上内有党争、外有强敌，整个国家愈发混乱不堪，勉强支撑了两百多年，最终一败涂地，把一片锦绣江山拱手让给了满族。

明太祖崛起的时候，正是元朝末年。当时盗贼四起，叛乱不断，黄岩人方国珍起兵台温，颍州人刘福通和栾城人韩山童起兵汝、颍，罗田人徐寿辉起兵蕲黄，定远人郭子兴起兵濠梁，泰州人张士诚起兵高邮，还有李二、彭大、赵均用等一帮草寇攻占了徐州。元朝官府调兵遣将，连年征战，只抓住了韩山童，赶跑了李二。其他的叛贼不但毫发无损，而且越来越猖獗。

那时元顺帝昏庸得很，整日耽于淫乐，把军国大事都撇在脑后。贤相脱脱出征有功，反而被革职充军，死得不明不白；佞臣哈麻兄弟和秃鲁铁木儿犯上作乱，元顺帝反而言听计从，恩宠有加。也许是冥冥中激怒了上苍，山崩、地震、干旱、水灾接连不断，甚至血雨、陨石、陨火等怪象也时有发生。可元顺帝却不害怕，仍然荒淫昏庸。于是群雄逐鹿，人人都想当皇帝。刘福通捧出韩山童的儿子来做皇帝，国号宋；徐寿辉自称皇帝，国号天完；张士诚也自号诚王，国号周。就在这个时候，濠州出了一位奇人，姿貌奇杰，气度恢弘，颇有帝王气象，此人就是后来的明太祖朱元璋。

朱元璋，字国瑞，父亲叫朱世珍，从泗州迁居到濠州的钟离县，相传汉钟离就是在这里得道成仙的。朱世珍生有四个儿子，最小的就是元璋。元璋的母亲陈氏在刚怀孕的时候，梦见神仙给了她一颗药丸，放在手心光芒四射，她按照神仙的吩咐吞入口中，甘香异常。醒来之后，嘴里仍有余香。到了将要分娩的时候，天上忽然红光闪闪，邻居们以为是着火了，都呼喊着跑去救火。到了他家门外，却看不到什么火光，再到远处回望，仍旧是熊熊大火，一直不灭。大家莫名其妙，惊讶不已。后来听说朱世珍家生了一个小孩，越发传为奇谈，都说这个婴儿不是寻常人物，将来一定能成大器。这年是元文宗戊辰年，这婴儿诞生的时日是九月丁丑日未时。后人推测命理，说他是辰戌丑未，四库俱全，所以贵为天子。

朱世珍给儿子取名元璋。这孩子相貌魁梧，奇骨贯顶，很受父母宠爱。偏偏他不分白天黑夜总是哇哇大哭，声音异常洪亮，不单让做爹娘的日夜惊心，就连邻居也被他吵得无法入睡。朱世珍无计可施，只好到附近的皇觉寺向神明祈祷。说也奇怪，从此以后，小孩子便安安稳稳，不像从前那样怪哭了。朱世珍觉得神佛有灵，很是感激，等到元璋周岁的时候，便和陈氏抱着孩子到寺里去还愿，并且给元璋取了一个禅名叫做元龙。所以俗称明太祖为朱元龙。

光阴易过，岁月如流。朱元璋渐渐长大，身体一天比一天魁梧。朱世珍家里人口越来越多，费用也越来越大，又碰上荒年，入不敷出，单靠朱世珍一人，哪里养活得了呢？今天吃两顿，明天吃一顿，全家人忍饥挨饿，勉强度日。无奈之下，朱世珍让三个比较大的儿子出去做佣工，只留元璋在家。元璋无所事事，经常到皇觉寺玩耍。寺内的长老喜欢他聪明伶俐，就随意教给他一些文字，他竟然过目不忘，入耳即熟，到了十岁左右，居然将古今文字通晓了一大半。

朱世珍觉得元璋已经长大，就要他自谋生计。起初元璋不太愿意，经朱世珍再三训导，才到本村刘大秀家放牛。那些牛经过元璋的喂养，越来越肥壮，很得主人欢心。但是元璋天性好动，每与村童游戏，一定要自己当首领，孩子里有不服气的，往往被他拳打脚踢，刘大秀怕他惹祸，就让他回家了。

转眼间已经是元顺帝至正四年，濠泗地区先是大闹饥荒，接着又发生了瘟疫。朱世珍夫妇相继逝世，后来元璋的长兄朱镇也得瘟疫死了，家里一贫如洗，没钱买棺材，只好用草席卷着，由元璋与二哥朱镗抬到野外安葬。刚走到半路上，突然乌云密布，狂风大作，电光闪闪，雷声隆隆，接着就下起了倾盆大雨，仿佛银河倒泻，澎湃直下。兄弟二人全身都被淋湿了，没办法只好把尸体放在野地上，到村里去避雨。没想到雨却下个没完，过了好长时间才渐渐停止。雨停后，元璋和二哥急忙去察看，只见尸体已经没入土中，两边的浮土被雨水冲积成厚厚的土包。

二人觉得非常奇怪，向村里人一打听，才知那埋尸的地方是同村刘继祖的祖产。当下就和刘继祖商议，刘继祖也觉得很惊讶，心想老天爷这样作怪，是不是有些什么来历？不如顺天行事，做个大大的人情，于是就将这块葬地慷慨地赠送了朱元璋兄弟。兄弟二人当然十分感谢。

福无双至，祸不单行，不久二哥和三哥又相继染上瘟疫一同去世，只剩了嫂子和孩子几个人，孤苦伶仃，终日以泪洗面。这时朱元璋已经十七岁了，看到这种状况很沮丧，觉得还不如到皇觉寺去当和尚，免得吃苦受累。想好以后，他就悄悄来到皇觉寺，拜长老为师，当起了和尚。不久长老去世了，寺里的和尚瞧不起他，经常欺负他，有时饭吃完了才敲饭钟，甚至有时夜里不给元璋留门。可怜少年朱元璋昼不得食，夜不得眠，险些做了孤魂野鬼。

朱元璋实在熬不住，心想："再待下去，多半得死在这里。"便忍着气，带上被子和钵盂，云游四方，到处化缘，吃了不少苦。到了合肥地界的时候，他觉得身上忽冷忽热，四肢疼痛，动弹不得，只好找了一座凉亭，将就休息一下。迷糊之中，觉得有两个紫衣人陪在他的左右照顾他，口渴时身旁有新鲜的梨，肚子饿时枕边有蒸饼。那个时候他也没心思去查问怎么回事，抓起就吃，吃完就睡，迷迷糊糊地过了好几天，病竟然好了。他抬起头来，四处寻找紫衣人，却连个影子也没有。他也不再多想，站起身，收拾行李，继续云游化斋。

朱元璋一路经过光、固、汝、颍各州府，虽然遇到不少施主，毕竟是靠讨饭过日子，吃了上顿没下顿。勉强熬了三年多，朱元璋仍旧是一个穷和尚。于是从小路返回皇觉寺，没想到这里已经面目全非，到处都是蜘蛛网，佛殿也残破不堪了。他找了一块儿空地把行李放下，出门去拜访邻居。"这些年兵荒马乱，民不聊生，没有余力供养寺庙里的和尚，和尚们就都散了。"邻居们说的这几句话，让朱元璋心里十分感慨。后来邻居们商议，这寺庙反正没有人了，就留他暂时当住持。朱元璋也得过且过，又寄居了三四年。

至正十二年春，定远人郭子兴和党羽孙德崖等人起兵濠州，元朝大将撤里不花奉命讨伐，却不敢攻打叛军，反而每日里四处捉拿百姓，报功邀赏。于是人们四散逃亡，一座座村落变为废墟。皇觉寺虽然僻静，但也免不了风声鹤唳，草木皆兵。朱元璋见邻近村民多半逃亡，自己也觉得慌张，捏了一把冷汗。想要留下来，怕世道太乱，找不到吃的，即使不被杀死，也要饿死；想要离开，又无处可去，况且自己是一个和尚，更没有栖身之所。左思右想，进退两难，于是走进伽蓝殿中，焚香卜卦。先问远行，不吉；再问留住，又不吉。朱元璋不由得大惊道："离开不行，留下来也不行，到底怎么办？"忽然想起当年在路上生病时，好像身边有紫衣人护卫，朱元璋不免心中一动，于是又虔诚地问卦道："去和留都不吉，莫非是让我造反不成？"随手卜卦，竟然得了一个大吉。当时他就跳起来："神明已经指示我的去路，我还守这僧钵做什么！"于是将钵盂丢到一旁，带着一条破旧不堪的薄被，大踏步走出寺门，直奔濠州方向去了。

## 糟糠之妻

朱元璋离开皇觉寺直奔濠州，远远看到城头上兵戈森立、旗帜飘扬，城外还扎有大营，营门口有几名雄赳赳的士兵把守。朱元璋也顾不了那么多，径直朝里闯，把门的士兵赶忙上来阻拦，只听他大声嚷道："我要见你们元帅！"声音惊动了大营里的其他士兵，大伙走出来，看到一个光头和尚在营门外叫嚷，都很惊异，就问他叫什么名字，是谁介绍来的。朱元璋不肯细说，只说要见元帅。大伙怀疑他是奸细，索性把他捆起来，押到郭子兴元帅的大帐前。朱元璋见到元帅，毫不畏惧，说道："您不想成就大事吗？为什么让帐下的士兵捆绑前来投奔的壮士呢？"元帅见他长相特别，身形高大，说话时声如洪钟，不禁惊喜交集："看你的气概，应该不是一般人，你愿意到我军中效力吗？"朱元璋回答说愿意。元帅马上命令手下士兵给他松绑，并询问他的籍贯，朱元璋大致叙说后就被收编在帐下，当了一名亲兵。

郭子兴元帅自从得了朱元璋，每逢征战都要他跟随。朱元璋对此非常感激，立志效力，不管遇到什么样的强敌，总是奋不顾身地冲锋陷阵。敌人怕他像怕老虎一样，见到朱元璋便望风而逃。郭子兴赏识他的忠勇，对他更加信任。一天，郭子兴和妻子张氏闲谈，讲到最近战事很顺利，又提到朱元璋的战功。张氏说道："我看这朱元璋不是一般人，他的谋略如何我不知道，但只看他与众不同的外表就知道将来必有一番建树。应该对他施以厚恩，让他感激你，这样他才会真正出力。"郭子兴回答："我已经提拔他当队长了。"张氏说："这只是普通的奖励，我觉得还不够。听说他已经二十五六了还没有家室，我们把义女马氏嫁给他怎么样？这样既可以使他忠心效力，又让义女有了着落，一举两得啊！"郭子兴说："你说得对，我会告诉他的。"第二天升帐时，郭子兴把朱元璋叫到身边，说明婚嫁的意思，朱元璋当然乐意，立即拜谢。郭子兴就让两名部将做媒人，选择良辰准备行礼。

结婚庆典快到时，郭子兴在城里设了一处馆驿，让朱元璋在那里待婚。随后张灯结彩、大摆宴席，热闹了两三天。到了良辰吉日，两位新人拜天地、入洞房，一宵恩爱，自不用细说。从此以后，郭子兴和朱元璋就以翁婿相称，其他人自然对朱元璋另眼看待，改称他为朱公子。只有郭子兴的两个儿子向来浅薄，觉得朱元璋出身微贱，平白当了女婿，和自己兄弟相称，难免心怀不平。朱元璋心无城府，对他们哪有什么顾忌。这两兄弟却总找机会在郭子兴面前说朱元璋的坏话，说他怎么骄傲无理，怎么独断专行，甚至说他想要造反，要防着他兵变。郭子兴对朱元璋本来很信任，但两个儿子一唱一和，令郭子兴逐渐有些猜疑。朱元璋不知道这种情况，在议事时还像以前一样侃侃而谈。一天，他们在军事问题上产生了激烈的争辩，朱元璋惹怒了郭子兴，郭子兴一怒之下就把朱元璋关了起来。他的两个儿子想借机除掉朱元璋，暗中吩咐厨师不要给朱元璋送吃的。

马氏知道后，偷偷拿了蒸饼，准备给朱元璋送去。刚出厨房，正巧与张氏撞个满怀，马氏怕被瞧见，就把蒸饼放进了怀里。张氏看她慌慌张张的，觉得不对劲，就故意和她说长论短。马氏勉强应答，但是说话支支吾吾。后来马氏眉头紧皱，眼泪直流，连话都说不完整了。张氏随即把她领进屋，支开丫鬟仔细盘问，马氏这才伏地大哭起来，说明了原委。张氏急忙让她解开衣服，把饼拿出来。那饼热气腾腾地粘在马氏胸脯上，好不容易才取下来，胸脯几乎烫烂了。张氏不禁流下了眼泪，一边给她敷药，一边命令厨子赶快去给朱元璋送饭。当天晚上，张氏劝说郭子兴不要听信儿子的话，郭子兴听完妻子的话，觉得朱元璋是被冤枉的，就下令把他放了。张氏又把两个儿子叫进来，训斥了一顿。二人自觉心虚，不能强辩，只好老老实实地挨训。这件事情之后，两人稍稍有些收敛，不敢再放肆了。

几天后郭子兴接到军报，说徐州被元军收复，李二兵败逃走。又过了几天，守卒进来报告，说彭大和赵均用率领手下前来投奔，想要拜见元帅。郭子兴听后，马上传令打开城门迎接来客。进城后双方宾主相见，彼此寒暄，谈得颇为融洽。正饮酒谈心，突然探马飞驰而入，说贾鲁统帅的元军快打到城下了。郭子兴不禁皱起眉头说："元军来了，我们怎样应对？"旁边一个人站起来说："元军乘胜而来，势不可当，我们不如坚壁清野、固守不战，等敌军锐气渐衰之后，我们再以逸待劳、出奇制胜！"彭大和赵均用问郭子兴："这说话的是你什么人？"郭子兴回答说是女婿。彭大说："你女婿说得有些道理。但听说您自从徐州起义以来战无不胜，现在何不出城与元军交战，给他一个下马威，也免得被人小看。我虽然是败军之将，但也可以助你一臂之力，以泄前恨。"郭子兴很高兴地答应下来，匆匆喝完酒，撤了宴席，准备与元军厮杀。这彭大、赵均用是有名的强盗头子，和李二本是一伙，李二兵败逃窜，他二人被元军杀得无处立足，才来投奔濠州。郭子兴听过二人的名号，以为他们能给自己帮上忙，所以对他们很欢迎。朱元璋不便多说什么，勉强跟随郭子兴出城迎敌，彭、赵二人也随后率部出战。刚刚列成阵势，元军就大刀阔斧地冲杀上来，兵卒个个向前，将领人人勇猛，郭子兴的部队不管怎样抵抗还是挡不住。郭子兴正慌忙应战，忽然后面的部队纷纷移动，退入城中，霎时间牵动全军，阵脚大乱。郭子兴拨马往回逃，元军乘势攻上来准备夺城，幸亏朱元璋带领手下拼死抵抗，才把元军击退，收兵入城。之后元军反复猛攻，朱元璋领兵昼夜守城，总算保住了城池。

郭子兴回到城中，彭大和他密谈，把后队退兵的原因都推到赵均用身上。郭子兴信以为真，开始优待彭大，冷淡赵均用。赵均用因此心生怨意。正巧郭子兴的党羽孙德崖领兵支援濠州，突围入城后和郭子兴商议战事。孙德崖主战，郭子兴主和，二人意见不一，争执不下。赵均用趁此机会勾结孙德崖，准备除掉郭子兴，改拥孙德崖当元帅。郭子兴此刻尚被蒙在鼓中，朱元璋只一心留意防守城池，也没有察觉到二人的密谋。

一天傍晚，朱元璋正在巡逻，忽然接到张氏的密诏，命令他马上进见。朱元璋应召前去，只见张氏坐在那里，已经哭成泪人，爱妻马氏也在旁边啜泣。朱元璋不禁惊诧，急忙询问原因。张氏呜呜咽咽，连话都说不清楚了，还是马氏在旁边说："我义父被孙德崖骗去了，生死未卜，你快去救他吧！"听到这话，朱元璋来不及问明详情，三步并作两步跑出屋外，召集亲兵赶往孙家。同时派人火速报知彭大，让他快到孙家搭救郭子兴。说时迟，那时快，朱元璋刚闯进孙家大门，就被门卫拦住，元璋对亲兵们说："咱们深受郭元帅的恩德，难道能眼看元帅被害，而不进去相救吗？兄弟们，和我一起出力，打退那些家伙！"亲兵个个挥动拳头，一下子将门卫赶散。朱元璋一马当先冲了进去，大步跨进客厅。孙德崖和赵均用正在密谋，看到朱元璋进来，料想是来救郭子兴的，故意问道："朱公子来这里干什么？"朱元璋厉声责问："大敌当前，二位为什么不去杀敌，却要谋害我们元帅？"孙德崖说："我们邀请元帅商议军机大事，不用你管！守城要紧，你不要玩忽职守！"朱元璋又问："元帅在哪？"孙德崖瞪着眼睛："元帅在哪与你无关！"朱元璋大怒，正要动手，忽然外面有人闯进来说："赵均用你这小人，为什么谋害郭元帅？我彭大跟你没完。"朱元璋听到这话更觉底气十足，雄赳赳地要和孙德崖搏斗。孙德崖见二人带着许多士兵，不由得有些害怕，于是谎称郭元帅已经走了，不在他家。朱元璋愤愤地说："让我搜查一下，可以吗？"孙德崖还没答话，彭大插嘴道："有什么不行的？快进去搜！快进去！"于是朱元璋领兵进去搜查，但四处都找不到元帅的踪迹。忽然，听到厅后传来一阵呻吟，顺着声音找去，看到一间门窗都被密封的矮房子。朱元璋破门而入，看见屋子里有一个人，被铁链捆绑着，正在墙脚哭泣。仔细一看，正是郭子兴。朱元璋也顾不得安慰，赶忙砸断锁链，让亲兵将他背走。孙德崖和赵均用眼见郭子兴被救走，却毫无办法。朱元璋和彭大一起往外走去，临行前又回头对孙德崖说道："你和元帅一同起义，称得上是莫逆之交，为何要听信谗言，自相残杀呢？"又对赵均用说："天下大乱，群雄逐鹿，你既然投奔到这里，就应当同心协力，共图大事。这样才能有所成就，望你好自为之。"说完拱手告别。弄得二人羞愧难当，彼此埋怨一番。

朱元璋救出郭子兴后，继续守城。这时元军统帅贾鲁患病，而且病情日益加重，所以元军的进攻稍有松懈。第二年，贾鲁病死，元军撤退。从濠州被围到解围历时三四个月，守城兵士多半受伤。朱元璋请郭子兴招募新兵，充实队伍，郭子兴应允并委派他办理这件事。朱元璋马上回到家乡，募集了七百名士卒，其中有二十四人能文能武，他们分别是：徐达、汤和、吴良、吴桢、花云、陈德、顾时、费聚、耿再成、耿炳文、唐胜宗、陆仲亨、华云龙、郑遇春、郭兴、郭英、胡海、张龙、陈桓、谢成、李新材、张赫、周铨、周德兴。

朱元璋招募到这么多人才，和他们谈论时事非常投机。招募后，他率领着七百名士卒回到濠州，禀告郭子兴。郭子兴点名之后，委派朱元璋为镇抚官，统帅所招募的七百人。朱元璋施礼拜谢。一天，朱元璋正在处理公文，徐达来见他。见左右无人，徐达对他说："镇抚您不想成就大事吗？为什么一直待在这里，寄人篱下呢？"朱元璋说："我也知道这里不是久居之地，但现在我羽翼未丰，无法高飞啊！你有什么主意？"徐达说："郭元帅厚道，孙德崖专横，彭、赵二人又相持不下，您夹在其中有许多危险，何不到别处呢？"朱元璋说："去别的地方，必须有脱身之计才行，否则招人猜疑，反有危难。"徐达说："郭元帅的老家定远现在还没有平定，您正好借这个理由出兵，估计元帅会允许的。"朱元璋又说："我刚招来七百名新兵，做了镇抚官。现在如果带兵出征的话，一定会有谣言，郭元帅会怀疑的。"徐达回答："七百人之中可用的人才，不过二十余人，您只要带上这些人就足够了，其他士兵全都留在濠州，这样郭元帅就不会怀疑了。"朱元璋点头说："你说得对，我们就这么办。"徐达出去候命，朱元璋依计而行，郭子兴果然答应了。不久，朱元璋整装出征。

## 朱元璋的最初功勋

徐达、汤和等二十余人跟随朱元璋南下收复定远。定远附近有一个张家堡，那里驻扎着不少兵马，号称"驴牌寨"。朱元璋命费聚前去侦察，得知寨中缺粮，想要投降。朱元璋高兴地说："机不可失啊！"便让费聚做先导，另外选派几个人协助他前往驴牌寨招降。快到寨前时，费聚心里害怕，勒住马劝说朱元璋："敌众我寡，咱们还是回去召集人马再来吧！"朱元璋笑着说："人多有什么好处呢，只会令对方更加怀疑。"说完下马朝寨门走去，寨主出来相迎。朱元璋说："郭元帅和您是有交情的，听说您这里缺粮，怕您被敌人吞并，特意派我们来联络您。如果您愿意和我们合作，那我们就一起回濠州，否则也劝您转移兵马，离开此地，免得遭遇不测。"驴牌寨主有些犹豫，要朱元璋拿出信物作为凭证，朱元璋马上解下腰间的玉佩交给寨主。看过后，寨主请他们进城，杀牛饮酒饱餐了一顿。吃完饭后，朱元璋催促寨主收拾行装，寨主说以三日为期。朱元璋说："我先回去，留下费聚在这里，等你一起来吧。"寨主答应后朱元璋就回去了。徐达等人来见朱元璋，问明情况后，徐达说："咱们应当防备发生变故！"朱元璋也叹道："我也有这个顾虑啊。"徐达又说："听说驴牌寨有三千兵马，如果他们违背约定前来争斗，我们是寡不敌众的！我们应当马上征兵，以防万一。"朱元璋点头称是，立即竖起大旗招兵。三天后，招募到大约三百名兵士。就在大家一筹莫展的时候，费聚忽然气喘吁吁地跑了进来："不，不好了！不好了！那寨主改变主意了，出事了！"朱元璋甩下衣襟说："这小人实在可恨，我们马上去捉拿他！"他命令一些士兵藏在米袋里冒称军粮，其他士兵用小车将米袋推到了驴牌寨前。朱元璋派人禀告寨主："郭元帅命我们前来送粮，请寨主出来领取。"寨主正愁缺粮，听说后大喜而出。朱元璋和他见面后，命令把车推进去。突然间一声呐喊，士兵们飞快地从粮袋里冲出来，将寨主擒住了。朱元璋又命令部下放火攻营，寨里的士兵无处可逃，齐呼愿降。朱元璋饶了这些士兵，将营寨付之一炬，之后又将寨里的士兵进行收编，将寨主杀死以立军威。

附近的豪杰听说这件事后，纷纷前来归附，唯独定远人缪大亨按兵不动。他拥兵两万，受元将张知院的指挥。朱元璋和徐达商议了一条妙计，悄悄地派花云去执行。缪大亨率领的部下本来是一些民间的义勇，不受元将的控制，只是因为张知院设法联结上了他们，才受他控制。听说朱元璋攻破驴牌寨，缪大亨隐隐有些戒心，加强了防范。可看到接连数日没有什么动静，渐渐放松了警惕。这天晚上，整个营中一片沉静，忽然听到有呼喊和踩踏的声音，士兵们相继起来，出去一看，外面已经是万炬齐明。火光把全营都照得通红，众士兵顿时眼目昏花、不知所措。缪大亨情急之下想要逃走，刚上马就看到敌兵杀进营中。为首的一员大将身穿铁甲，跨骑战马，手持一柄大刀飞舞而来，险些把他脑袋砍破。缪大亨连忙用刀招架，开口问道："黑将军快通报姓名，不要乱砍！"来将答道："我是濠州大将花云，前来借你的脑袋！"缪大亨说："咱们彼此没什么怨仇，为何要来攻打我们？"花云说："元朝无道，天怒人怨，我们仗义而来就是要讨伐元朝。你既然纠集众人起义，就应当和我们同心协力，为什么还受元朝的调遣，为虎作伥？我今天是来兴师问罪的，你如果诚心改过，我定会既往不咎，你要是不改的话，我刀下可是不容情的！"缪大亨还想抵抗，见手下的部众已经仓皇失措、人仰马翻，只好忍气吞声："要我投降也不难，还请将军息怒！"花云说："你既然能够听我良言相劝，那没问题，你命令部下缴械投降，我不会滥杀无辜的。"缪大亨答应之后，两边一起下令停战。又经花云婉转劝说，说得缪大亨和其他降兵非常佩服，全都诚心归附。于是横涧山两万义兵全都随着花云归降朱元璋。就在朱元璋收编新收的兵士时，有消息传来，横涧山旁的另外一个山寨的秦把头也领着部下前来归顺，朱元璋好言勉励一番后，就去检阅新来的部队。朱元璋现在是人多势众，声威大震。

定远人冯国用、冯国胜兄弟也率众来投奔朱元璋，这二人穿着得体，温文尔雅。朱元璋很敬重他们，便询问他们："看您二位的神态就知道是饱读诗书，见解不凡，敢问怎样才能平定天下？"冯国用说："长江以南的金陵是虎踞龙盘的战略要地，而且是历朝的都城所在，您领兵南征，应当先取金陵作为基地。随后派遣将士四处征战，救民于水火之中，同时倡行仁义，不贪恋女色和钱财，使天下归心，这样就能平定天下了。"朱元璋听后很高兴，留下冯氏兄弟二人做谋士。在起兵向滁阳进发的路上，一个举止不凡的人求见，经询问得知他叫李善长。李善长对朱元璋说："秦朝残暴无道致使天下大乱，汉高祖刘邦从平民起家，心胸豁达大度、知人善任、不滥杀无辜，仅用五年就平定天下，成就帝业。现在元朝的情况和秦时相似，将军生于离沛县不远的濠州，身上有王者气概，如果您能效仿汉高祖刘邦，一定能平定天下。"朱元璋听后异常高兴，请李善长留在身边担任书记，同时筹备粮草供给事宜。

朱元璋又命花云做先锋官，带领前队人马飞速前进。花云独自一人在前面冲锋杀敌，遇到数千土匪也毫不畏惧横冲而过，后面的部队随着前进，如入无人之境。土匪被吓得大叫："黑将军来了，太勇猛了，别和他打啦！"接着四散而逃。花云一路杀到滁阳城下，城中的守军早就吓跑了。进城抢东西的土匪听说花云领军到了，连忙逃出城，正巧被花云截住一顿扫荡，轻而易举就肃清了城里城外。朱元璋随后率军进入城内，安抚城里的百姓。忽然一个少年和两个小孩朝他跑来。少年叫朱文正，是朱元璋的侄子；一个小孩叫李文忠，是朱元璋的外甥，母亲去世后随父亲外出避难，中途走散；另一个小孩叫沐英，是朱元璋在濠州收养的义子。年龄最小的文忠走到朱元璋身边拉着他的衣襟依依不舍，朱元璋摸着他的头笑着说："外甥见到舅舅，就好像见到母亲一样，你母亲死得早，你父亲又下落不明，你就跟我姓朱吧。"文忠自然愿意。朱元璋又对沐英说："你既然是我的义子，也改姓朱吧。"沐英唯命是从。于是，三个人就留在了滁阳。

朱元璋分派将领四处征战，攻陷铁佛岗，攻占三汊河口，收复全椒、大柳等地。正在这个时候，突然泗州的差官传令来，说是郭元帅命令朱元璋去守卫盱眙。朱元璋惊讶地问："郭元帅什么时候去了泗州？"差官说："这是彭、赵二位提出的计划，郭元帅觉得好就听从了。"朱元璋又问："那现在谁在把守濠州呢？"差官说："孙德崖。"朱元璋沉吟了半响说："我知道了，彭、赵二人挟持郭元帅迁往泗州，然后调我去盱眙以便控制我，这可真是一网打尽的好计策啊！但是我只遵从郭元帅的命令，彭、赵二人的命令我可不会遵从，你去告诉他们，别想搞什么阴谋，我朱元璋不是好惹的！"这之后，朱元璋经常派人去泗州打探消息。不久探子回报，彭、赵二人起了内讧，彭大中箭身亡，部下都被赵均用吞并。朱元璋觉得赵均用得势猖狂，郭元帅就更危险了。于是请李善长写了一封书信，派人送达赵均用："想当初，你受困彭城逃到濠州，如果郭元帅不收留，你必死无疑。现在你占据濠州却想谋害郭元帅，我们这些郭元帅的老部下还在，你可不要轻举妄动，免得后悔！"赵均用收到信后，虽然心里愤恨，但还是有所顾忌，不敢轻易动手谋害郭子兴。朱元璋在滁州担心赵均用一旦叛乱，来不及救援，就定了一条贿赂的计策，派人贿赂赵均用的手下，设法救出郭子兴。这条计策果然有效，没过多久郭子兴就带着家人来到了滁州。朱元璋赶忙开城迎接，请郭子兴做了滁州王，所有部众都归郭子兴指挥。郭子兴非常高兴。可是一个月之后，郭子兴突然变脸，渐渐疏远了朱元璋。朱元璋的亲信们都被收罗了去，连李善长也差点被召走，幸好李善长坚决不肯，郭子兴不好勉强才作罢。

　　之后，朱元璋格外小心，有战事的时候都不表态，郭子兴也不愿意和他商量。可越是这样，猜疑就越深，流言也越来越多了。有人说朱元璋不肯出战，有人说朱元璋作战不出力，郭子兴全都记在心里。恰好有敌军来犯，郭子兴便派朱元璋出战，同时又派另外一位将领做副将。这分明是来监督朱元璋的。刚一交战，那员将领就中箭逃跑，多亏朱元璋率军拼杀，才将敌军击退。朱元璋回来向郭子兴报功，可郭子兴只是淡淡地敷衍几句。朱元璋很是懊恼，回到家里长吁短叹，闷闷不乐。马氏问他："战斗获胜本该高兴，你怎么不开心呢？"朱元璋说："你一个女人怎么知道我的心事呢？"马氏说："我知道，你是因为我义父对你不好吧。"朱元璋说："你既然知道还多说什么？"马氏又说："那你知道我义父为什么这样吗？"朱元璋回答："以前因为顾虑我专权，我情愿交出兵权；现在怀疑我推诿，我又争先杀敌，可是他还是不高兴。这让我很烦恼，难道他和我有仇吗？"马氏说："并非义父和你有仇，请问你屡次出征有没有把缴获的金银献给义父呢？别的将领出战回来都会把金银献给义父，你为什么不这样做呢？"朱元璋说："他们都是抢掠来的钱财，我出兵的时候对百姓秋毫无犯，哪里来的金银呢？即便是从敌人那里缴获了金银，我也都分发给部下了，拿什么献给元帅呢？"马氏说："你体恤民情、慰劳将士，这做得对。但是义父却不知道，以为是你私自贪下，所以不高兴。我现在有点积蓄，咱们献给义母请她向义父说情，这样就可以化解猜疑了。"第二天，马氏就把自己积攒的金银亲自送给义母，张氏高高兴兴地收下，并和郭子兴说明了这件事。郭子兴高兴地说："元璋这孩子真是有孝心，看来我以前错怪他了。"从此以后，二人之间的猜疑就消除了，有了重要军事郭子兴就和朱元璋商议。

过了几天，郭子兴的两个儿子请朱元璋出城赴宴。马氏听说后，悄悄地告诉朱元璋："你要小心啊！以前义父猜疑你，都是因为他们两人的挑拨。这次设宴款待你，恐怕不怀好意，你不要中了他们的奸计。"朱元璋笑着说："这两个小子怎能害得了我？我会处理好的，你就放心吧。"说完，就和郭子兴的两个儿子一起骑马出城赴宴。途中朱元璋忽然从马上跳下来，对着天空念念有词，好像看到了什么，然后翻身上马往回走。那两位公子连忙问："你怎么要回去呢？"朱元璋回喊："我没有对不住你们，为什么要谋害我呢？幸亏有神明指示，说你们俩在酒中下毒，让我中途返回，免得中了阴谋。"说完就纵马回去了。那两位公子吓得汗流浃背，等朱元璋走远后才小声说："酒中下毒，这件事情是我们两个谋划的，他怎么会察觉呢？难道真有神明帮助他？"从此以后，两人不再向郭子兴说朱元璋的不是，翁婿郎舅都很和睦，滁阳城更加巩固了。

适逢元军围攻六合，六合的主将派人到滁州求救，郭子兴本就和六合有矛盾，拒绝发兵救援。朱元璋劝说："六合与滁州唇齿相依，如果六合被攻破，滁州也就危险了，我们应当去救援。"郭子兴犹豫了半天，然后询问使者元军的兵力，使者回答："号称有百万雄师。"郭子兴不禁惊恐："这么强大的敌军，谁敢前去救援？"部下的将士面面相觑，一言不发。这时，朱元璋说："我愿意前去！"郭子兴说："先卜问一卦怎么样？"朱元璋说："我没有什么疑惑，算卦干什么呢？"郭子兴就给朱元璋拨了一万名士兵，前去救援。过了几天，收到报告说六合已经解围了，郭子兴自然高兴。可第二天元军对滁州发动了大规模的进攻，郭子兴问："朱元璋在哪里？"探马回报说不知道，这可吓坏了城中的人。

## 攻占和阳

朱元璋为何没有率兵回来呢？原来他领兵救援六合，和元军交锋互有胜负。因为元军势力强大，朱元璋故意让士兵潜伏在民居里，又让妇女们在门前辱骂敌军，元军担心中了诱敌之计不敢进城，只好引兵离去。元朝丞相脱脱得知滁阳出兵救援，就想了一条釜底抽薪的计策，分兵进攻滁阳。郭子兴的那些部下都是酒囊饭袋，没一点儿用，听到元军攻来，一个个惊慌失措。正在这危急时刻，探马来报："朱将军回来了！"郭子兴听到这个消息，才算安下心来。刚准备出城迎接，朱元璋已经率兵进城了。见面后，二人立即商量防备敌人的策略。朱元璋说："火来水淹，兵来将挡，没什么好怕的！"朱元璋来不及休息就率众出城，探听到元军已经离城不到十里，赶忙在一处山涧设下埋伏，又派耿再成带领数百人上前诱敌，自己率军在城下扎营。元军在赶往滁阳的途中遇到耿再成，看他手下兵少就没放在眼里，一声呼哨就冲上来厮杀，耿再成的兵顷刻间就逃散了。元军随后追杀，到山涧边，看到败兵游泳逃走，也下马渡河。突然鼓角齐鸣，两岸的林间杀出许多人马，前队都列有弓箭手，个个张弓搭箭射向元军。元军躲避不及，赶忙往回游，有一半士兵被射死在涧中。朱元璋见元军中计，率领大队人马赶来。城里的将士看到朱元璋得手，也不等郭子兴下命令，就一拥而出，上前争功。幸亏元军没有其他阴谋，否则滁阳就危险了。大家追了一段后，朱元璋勒住马说穷寇莫追，方才收兵。路上拾获元军丢弃的许多东西，大家高高兴兴地回城向郭子兴报功。朱元璋担心元军再来，秘密叮嘱手下加强戒备。不久，元朝丞相脱脱被削职充军，之后遭到陷害，最后被赐死。朱元璋欣慰地说："元朝的大将都靠脱脱一人，除掉他就不用顾虑别人了。"

一天，从虹县来了一位身材高大、面色铁青的英雄。此人名叫胡大海，朱元璋见他相貌堂堂、威风凛凛，便让他坐在身边谈些行军要略。两下里谈得很投机，朱元璋就任命他为先锋官。转眼就是至正十五年，滁阳城里的军粮日益匮乏，郭子兴召集将领们商议，朱元璋说："我们困守在孤城之中，哪里来的粮食呢？临近这里的和阳城没有经历骚乱，想必积攒了很多粮食，何不派人去取呢？"其他的将领笑着说："朱公子说得容易。和阳虽然是个小城，但城高池深又有重兵把守，怎么攻取呢？"朱元璋答道："我也知道这些情况，但是不能力胜就当智取，总不能坐以待毙吧！"郭子兴忙问："有什么好计划？"朱元璋说："我们让收降的三千州兵穿着青衣，扮成北军的样子，牵领骆驼驾运货物，谎称州兵护送北朝使者到和阳犒赏将士。红巾军紧随其后，等青衣军打开城门，举火为号，趁敌不备冲进去，拿下城池，还怕粮饷不归咱们吗？"郭子兴和诸位将领齐声赞成，当下命令张天佑率领青衣兵先行，耿再成率领红巾军在后，两者相隔数里，陆续向和阳进发。

张天佑领兵走到阳关时，和阳的百姓听说有北朝使者经过，便出关进献酒食。张天佑接受酒食后，找了个僻静的地方欢呼畅饮，竟忘了自己的任务。耿再成领兵接近和阳，却看不到有烟火，等了一会儿还是杳无音信，以为是自己来迟，便举起火把率兵赶到城下。城中守将铁木儿赶忙关闭城门，用吊桥缒兵出战。耿再成没见到张天佑心中慌乱，勉强招架元兵。突然，一支冷箭射来，耿再成躲闪不及正中左肩，险些跌落马下，只好仓皇逃走。元军一直追杀到千秋坝，见天色已晚才从容收兵。途中突然杀出一支青衣兵，横冲直撞、任意践踏，元军措手不及，一下就被冲散了，这支青衣兵正是张天佑的人马。张天佑领兵杀散元军，飞奔到和阳城下，只见西门上一位长身阔面的大将对下喊道："张将军来迟了！"原来是朱元璋的部下汤和奉命前来接应，赶到和阳时，恰巧城头架着元军出城追击时用的吊桥，汤和就趁机攻占了和阳城，在城上等候张、耿二位将军。张天佑心中惭愧，二人互相询问耿再成的情况，都没有确切消息，汤和便派人到滁州报捷。

耿再成兵败回到滁州，郭子兴询问张天佑的情况，耿再成说："我到和阳时没有见到他的踪影，可能是他先行入城时被敌人加害了。"朱元璋因为已经派汤和前去接应，所以说："不一定会这样。"正说着，元朝派人来下招降书，朱元璋说："先接来书，后见使者。"只见书信上写着"大兵将至，速速投降，不要到时候才后悔"等话，朱元璋说："哼！大胆胡虏，竟敢口出狂言，我们应当整兵示威，不让敌人小看！"郭子兴说："我们的兵力都调到外面去了，城中空虚，怎样向敌人示威？"朱元璋表示自有妙计，提醒郭子兴接见来使，不要气馁。而后朱元璋命令其他三座城门的守卒全都集中到南门，在路旁整齐列队，几乎填满街道，这才打开城门，喊来使入内。快到大帐前又喝令来使膝行谒见，来使不肯屈服，朱元璋命令兵士把来使掀翻在地，让他爬进大帐。郭子兴对来使说："你的主子昏庸无道，致使天下大乱。我为了百姓起义，濠州、滁州一带接连被我平复，你们竟然前来招降，难道我会贪生怕死吗？"来使说："是否投降任凭你决定，但是我奉命而来你们应该以礼相待，为何这样粗暴呢？小小一座滁州城只有几千乌合之众，竟敢背叛朝廷，侮辱使者！"诸将在旁听他这样说，不由得气愤填胸，拔出剑来要杀来使。朱元璋赶忙阻拦，大声喝道："来使无礼，马上把他赶出去！"过了一天元兵也没有来攻城，朱元璋对诸将说："你们想要杀来使，不知道杀了他又有什么好处呢？而且敌人会说我们杀来使灭口，一旦前来进攻会滋生祸患，不如我们在威吓之后把他放走，让他把在我们这里的情况传播出去，使敌人有所忌惮，自然就不敢进兵了！"诸将听后无不佩服。

因为张、汤等将领没有消息，朱元璋亲率徐达、李善长和一千精锐士兵去攻打和阳。途中接到捷报，大家欢欢喜喜地进入和阳城。进城之后得知张天佑的部下横行杀掠，朱元璋请张天佑来谈话："你的手下常常抢劫财物、欺凌百姓，这种行为决不可取。你应该申明军纪，只有这样才能安抚民众。"张天佑说："以前的事情就别再提了，以后禁止士兵劫掠，总行了吧？"朱元璋不便多说，只是心中很不高兴。

不久，收到郭子兴的命令，让朱元璋总领和阳的军事。朱元璋觉得张天佑等人可能会不服，就暂时把任命状留下，没有发布。只是下令召开军事会议，在大厅上分左右两列设席。诸位将领先进入大厅的都抢先占据比较尊贵的右侧席位，朱元璋最后才进来，坐到左边的座位。商议军事的时候，各位将领都没有主意，只有朱元璋清晰地分析了当前的战况，使得众人稍稍敬服。朱元璋又建议巩固城防，增筑工事，各位将领负责其中一半，他自己负责另一半，约定三天完工。时间到了，朱元璋的防御工程竣工，可其他将领都没完工。于是朱元璋召集众位将领，宣读郭子兴的任命状。宣读完之后，朱元璋坐在主帅的座位上严肃地说："我奉滁阳王的命令统帅全军，现在连巩固防御这样一件小事，你们都没有如期完成，别的事情怎么能做好呢？从今以后，违令者斩，希望诸位不要见怪！"诸位将领惶恐听命。朱元璋传令将士，把所获得的财物和妇女全都归还原主，百姓非常欢喜，交口称赞。

这时候，元朝的世子秃坚，枢密副史绊任马以及民军元帅陈野先，分别屯兵新塘、青山、鸡笼山等处，截断了和阳的粮道。朱元璋让李善长留守，自己率兵去攻打各处。秃坚等人先后败退，唯独陈野先趁朱元璋出兵绕道去偷袭和阳。幸亏李善长预先防备，在陈野先的部队接近城池的时候率领精锐出战，一番搏击，俘获许多敌人，陈野先落荒而逃。

朱元璋回城之后对李善长大加赞扬。一天,门卒报告说濠州的主帅孙德崖来和阳了。朱元璋把他迎接进城后,问询来意。孙德崖说:"濠州粮草不足,特地前来借粮。"朱元璋答应了他,然后禀报郭子兴。没想到郭子兴和孙德崖有仇,亲自率领大军来和阳捉拿孙德崖。朱元璋听说后左右为难,不得已对孙德崖讲明情况。孙德崖赶忙告别,朱元璋怕他中途遇袭,又亲自护送到二十里之外。待回来见郭子兴时,郭子兴勃然大怒,问朱元璋:"你为什么要放走孙德崖?"朱元璋说:"孙德崖虽然得罪了你,但你们毕竟是患难之交,不应当绝断。况且你们之间产生分歧都是赵均用煽动的。现在他防守濠州,保护我们的家乡,又没有什么大的过失,请你原谅他吧!"郭子兴听朱元璋这样说,也无可奈何,住了一天就领兵回滁州了。回去之后,郭子兴气愤难耐,竟然得了肝病,水米不进,没过几天就一命呜呼了。消息传来,朱元璋连夜赶回滁州服丧哀悼,一副悲痛不已的样子。郭子兴的部下见他这么忠义,就推举他做大王,朱元璋一再推辞,众人都不答应,朱元璋只好勉强答应暂且做个统帅。于是一边通知各地,一边回到和阳。

孙德崖返回濠州后,气愤地说:"朱元璋这个浑蛋,真是可恨!我找他去借粮,他假装答应,暗地里却通知郭子兴找我报仇,幸好我福大命大,才没有被害!这次郭子兴去世,他没和我商议,竟然擅自做了统帅,真是欺人太甚!"这时,部将吴通献上一计。孙德崖大喜,马上吩咐下人置办酒宴,请朱元璋前来。

朱元璋听说后,挑选一千名壮士,由徐达、胡大海带着,跟在后面。自己则和吴桢骑马前去。到了孙德崖帐下,寒暄几句后,孙德崖马上吩咐开宴。席间,孙德崖说:"郭帅去世,士兵没有人统领,如果按辈分来算,应该由我掌管。前段日子却忽然收到檄文,说你已经做了统帅,难道你不知道长幼之分吗?"朱元璋说:"这都是郭帅的部下推选的,我不过是暂时管辖而已。"孙德崖说:"那今天就把这位置交还给我吧!"朱元璋说:"这可不行!"孙德崖一听,立即大喝一声:"来人啊!"一时间,部下全部冲出,都要上前诛杀朱元璋。

## "鸿门宴"死里逃生

孙德崖一声令下,左右冲了出来,要杀朱元璋。朱元璋势单力薄,身旁只有一个吴桢。正在这危急关头,吴桢急中生智,直奔孙德崖,一下将他抓过来，当做人质。孙德崖吓得魂飞天外，魄散九霄，急忙说：
"不……不要这样！"吴通等人担心伤到孙德崖，都缩手缩脚不敢上前。
只听吴桢厉声说道："你之前到和阳的时候，我家主帅怎么对你的？如
今你却摆下这鸿门宴！我家主帅光明正大，应约前来，人人皆知。就算
你设计害死了他，像你这等阴险狡诈之辈，能让人信服吗？"这几句话说
得理直气壮，在场的人都暗暗咋舌。孙德崖一边喘气一边说："依将军
看来，该怎么办？"吴桢说："只要你送我家主帅出城，一切好商量！"
孙德崖满口答应。吴桢扭着孙德崖，出了厅堂，然后招呼徐达、胡大海
等人保护朱元璋先走，自己与孙德崖随后跟着。吴通等人不敢动手，只
好任由他们出去。

　　走出城门，吴桢把孙德崖往前一推，说了句"去吧"。谁料胡大海竟
然手起斧落，把孙德崖劈成两截。吴通等人见孙德崖被害，顿时火冒三
丈，当即号令部下，倾城出战。吴桢见胡大海闯祸，连忙让徐达护着朱
元璋，赶快离去，自己与胡大海领着人马截杀掩护。双方大约打了半个
时辰，还没分出胜负。吴桢担心寡不敌众，就下令边战边退。退到一里
地的时候，只见朱元璋带着大队人马回来接应，吴桢顿时欣喜万分，精
神陡长，又返回来攻打濠州。吴通知道难以抗衡，急忙逃回。不料吴桢
就在后面紧紧跟着，吴通刚刚入城，吴桢也跃马跟上，接着扔了一把剑
过去，正好刺中吴通的后脑勺，吴通当即摔落马下。这时候，城门还没
有来得及关上，朱元璋率军一拥而入，濠兵走投无路，只好匍伏乞降。

　　朱元璋大获全胜后，立即抚兵息民，安定全城，接着又大摆宴席，
请父老乡亲入城畅饮。席间来了个叫郭山甫的人，就是郭兴、郭英的父
亲，朱元璋对他格外优待。郭山甫善于给人看相，曾说朱元璋是大富大
贵之相，还说自己的两个儿子也能封侯。因此，朱元璋把他们二人一直
带在身边。宴席结束后，郭山甫前来道谢，表示愿意让爱女侍奉朱元璋，
朱元璋欣然同意。第二天，郭兴、郭英两兄弟带着妹子前来求见。朱元
璋看过去，只见她淡妆浅抹，素雅宜人，是个娴静的女子，心中非常欢
喜。当晚就设宴请客，合欢并枕。后来朱元璋登基，封她为宁妃。

　　朱元璋在濠州住了几天，留下兵马把守，自己带着郭兴兄妹，以及
徐达、吴桢等人返回和阳。入城不久，收到亳州的檄文。朱元璋奇怪地
接过来，只见上面写着大宋龙凤元年，还有封郭天叙为都元帅，张天佑
为右副元帅，自己的名下也有左副元帅的字样。于是问张天佑："这檄
文哪里来的？"张天佑说："刘福通现在割据亳州，迎立韩林儿为主，自

称小明王，国号宋，建元龙凤。这檄文想必是让我们归附的。"朱元璋说："大丈夫岂能甘为人下？"张天佑说："韩林儿自称宋裔，又有刘福通辅佐，占据中原，很有实力，元帅不能轻视啊！不如暂且和他们联络，免得他和我们作对。"朱元璋沉思了半天，才说："这也有些道理。"于是答谢来使，称这一年为龙凤元年。当时是元朝至正十五年。

十多天后，胡大海带来一个人，此人年方二十，威武逼人。朱元璋问他叫什么？胡大海说："姓邓名友德，和我是同乡。"朱元璋给他改叫邓愈。那人当即拜谢。朱元璋任命他为管军总管。后来怀远人常遇春也来投奔朱元璋，他禀性刚毅，臂力过人，是不可多得的良才。接着，朱元璋日夜操练水兵，暗图金陵。

一天，朱元璋正在为船少的事情担忧，忽然听说巢湖统帅廖永安兄弟以及俞廷玉父子派人送来钱款，并愿意带着一千艘大船归附。朱元璋高兴地说："这可是天赐的机会！"于是就让来使先回去，接着召集众将亲自前去收军。原来，盗寇左君弼带人守住巢湖的湖口，逼廖永安等人投降。廖永安从小路给朱元璋写信送款，无非是求援的意思。等朱元璋到了巢湖，廖永安与弟弟廖永忠、俞廷玉和三个儿子均上前迎接，朱元璋慰劳一番后，就下令调集船只扬帆出湖。一路上蓝天碧水，风平浪静，赶到湖口的时候，忽然看见前面有几艘楼船逐浪而来，上面载着很多士兵，悬挂的大旗上写着"元中丞"的字样。廖永安惊讶地说："难道是元将蛮子海牙？他不是在一百多里外屯兵吗？怎么到这里来了？"朱元璋说："如果不是元兵和左君弼勾结，那就是你的部下泄露了军机。现在只能暂避敌锋，从小路出去。"廖永安说："除了这里，只有马肠河了。"朱元璋于是下令走马肠河。转入马肠河后，又隐隐看到前面有重兵驻扎。朱元璋非常疑惑，于是让廖永安检查各船，发现少了一条，掌船的叫赵普胜。朱元璋就让廖永安原路返回，并和他约好带船来攻打，接着匆匆登岸，从陆地上回去了。

朱元璋回到和阳，立即募集商船，载着精兵猛士去攻打元兵。当时正是仲夏，天气说变就变。江上忽然刮起一阵怪风，黑云随即围拢过来，霎时间大雨滂沱，河水暴涨。朱元璋乘着涨水，将蛮子海牙的部下打得惨败，接着又率军追赶，抢了许多器械。转眼间，骤雨初停，红日当空，青山滴翠。朱元璋正在四处眺望，廖永安忽然走上前来，问他接着去哪里。朱元璋说："路上有采石矶一处，地势险要，兵家必争。只是牛渚矶面临大江，不易扼守，我就先攻下牛渚，再攻采石也不迟。"不到一会儿工夫，前军已经到达牛渚矶，矶上只有几百名元兵，被常遇春等人一阵击射，逃得一个不留。朱元璋又传令各军，趁着兵势锐利，转攻采石矶。这采石矶地势险要，高出江面一丈多，元兵囤积如蚁，守矶的统领正是蛮子海牙。朱元璋初攻败退，正在沮丧的时候，常遇春率藤牌军冲出。只见他左手执盾，右手挺枪，也不管什么死活，只知道奋勇向前。郭英、胡大海等人随后拥兵登船，刀劈枪刺，杀死元兵无数。蛮子海牙看到大势已去，只好收拾残兵，一哄而逃。采石攻下后，朱元璋大喜，马上授常遇春为先锋。从此，沿江各寨大多望风投降。

朱元璋听说将士们只是想收些军粮兵械就班师回去，便对徐达说："此次渡江前来，打了胜仗，如果引兵回去，定会功败垂成，江东就不是我的了。"徐达奋然说道："何不进攻太平？"朱元璋点头。当即传令顺水东去，直达太平城下。紧接着架梯悬索，四面齐登。元朝守将抵挡不住，弃城逃走。朱元璋入城安抚百姓，严申军纪。

这时，城内两个年迈的儒生陶安、李习求见，陶安对朱元璋说："如今天下大乱，豪杰并起，我看他们的兴趣不过是金银财宝，毫无拨乱安民的思想。您率众渡江，英明神武，又不枉杀百姓，如此顺天应人，定成大业！"朱元璋说："我想拿下金陵，不知道行不行。"陶安说："金陵是帝王之都，地势绝佳。如果乘机占领，然后分兵四出，一定会所向无敌。您怎么不快点下手呢？"朱元璋大喜，马上改太平路为太平府，设置太平兴国翼元帅府，自称元帅。任李习为知府，任李善长为帅府都事，汪广洋为帅府令吏，陶安参赞幕府。只是仍然沿用龙凤年号，旗帜、战服都还是红色。


## 江山初定

朱元璋拿下太平，城里安安稳稳，只是城外还有元兵的势力。蛮子海牙调集巨舰截住采石的姑孰口，并命义兵元帅陈野先率领水陆兵两万人进逼太平。朱元璋乘他初来乍到，命徐达、邓愈绕到敌后，潜伏在襄城桥。陈野先没料到有伏兵，被邓愈活捉。剩下的人见主帅被擒，纷纷逃散，逃得慢的都做了刀下鬼。徐达、邓愈得胜回城，将陈野先推入帐前，朱元璋命左右给他松绑，然后好言抚慰。陈野先迟疑了很久，才表示愿意投降。朱元璋就让他招降以前的部下，陈野先领命而去。

陈野先出帐后，冯国用说："此人獐头鼠目，不能轻信啊！"朱元璋默不作声。第二天晚上，陈野先入帐，说自己的部下前来投降。朱元璋就让他召进来，一一记上名字，仍命陈野先统辖。朱元璋接着命徐达等人分别略地，溧水、溧阳、句容、芜湖接连被攻下，于是准备进攻集庆。陈野先忽然前来禀报："蒙主帅不杀之恩，我愿带领旧部拿下集庆。"朱元璋点头。冯国用又暗中谏阻，朱元璋却说："人各有志，让他自便吧。"

陈野先离开后没过几天，就派人给朱元璋写信，说只要南据溧阳，东捣镇江，集庆就能不攻自破。朱元璋看完后，泯然一笑。随后将书信给李善长看，李善长说："陈野先诡计多端，看来是想让我们旷日劳师了！"朱元璋说："你替我答复吧。"李善长领命，提笔责问陈野先。朱元璋看完后拍手叫好，接着遣回来使，并命张天佑请郭天叙帮忙攻打集庆。郭天叙还在犹疑不决，张天佑说："拿下集庆就能南面称帝，北图中原，你怕什么呢？"郭天叙大喜，立刻发兵，也来不及与朱元璋合兵，竟然与张天佑擅自率军东下。谁知刚到秦淮河，就碰上元南台御史大夫福寿带兵阻拦。福寿手持大刀，左旋右舞，勇猛无比，二人斗不过他，正要逃走，忽然看见前面来了一队人马，为首的一员统领挺枪而来，仔细一看原来是陈野先。张天佑高兴极了，以为他是来援应的，连忙上前招呼，谁知刚一靠近，竟被陈野先一枪刺中咽喉，死在马下。郭天叙见张天佑被杀，急忙逃跑，却被福寿赶上，手起刀落，劈成两段。陈野先一路追赶败兵，路过葛仙乡，被当地人设计害死。朱元璋听到消息后，一面收拢郭天叙的残兵败将；一面准备进攻方山，为郭天叙复仇。

这时又接到军报，蛮子海牙带领几万水兵夺回了采石矶，马上就要攻打太平府了。朱元璋想亲自带兵，常遇春却挺身而出："不劳元帅亲征，只要让末将前去就可以了。"朱元璋说："将军此去要小心，一旦有什么闪失，太平府或许还能保得住，和州肯定是要沦陷了。大家的家眷可都在那里！"常遇春领命，率领廖永忠、耿炳文等人驾舟离开。

当时是至正十六年的仲春，江上轻风四起，漂荡不定。刚刚接战时，蛮子海牙还是顺风。半天之后，风竟然随帆而转，常遇春马上顺风纵火，风助火烈，火仗风威，霎时把蛮子海牙的船缆尽行烧断，船也烧着，想扑救都来不及。常遇春大获全胜，蛮子海牙改乘小舟抱头窜逃，所有的兵舰都被常遇春夺了过来，凯旋而归。

这位高瞻远瞩的朱元帅没有了西顾之忧，立即亲征集庆。陈兆先不知死活，还率兵阻截。一场角逐之后，陈兆先以及三万六千名士兵全部投降。将士们担心降众过多，怕有什么变乱。朱元璋就在降兵中挑选五百勇士，撤下自己的亲兵，让降兵守卫自己的营帐。帐中除朱元璋自己外，只留冯国用一人。朱元璋宽衣解甲酣睡了一晚，什么事情都没有发生，大家这才宽心。

过了几天，朱元璋让冯国用带着五百名降卒冲锋陷阵，五百人感激之至，赶到蒋山击退元兵，直达金陵城下。元将福寿筑下栅栏，屯兵固守，冯国用率兵攻打，徐达、常遇春等人接踵而至，你推我扳，竟然将栅栏毁掉了。元兵四散而逃，元将福寿督兵出战，寡不敌众，接连被杀退。徐达、常遇春等人猛力围攻，一连攻了几天，才将城池攻破。福寿仍然巷战到天黑，直到精疲力竭，才大声喊道："城存我存，城亡我亡！"说完，举剑往脖子上一抹，鲜血四溅，顿时毙命。

金陵城已被攻破，诸将拥着朱元璋入城。朱元璋下令揭榜安民，并对百姓们说道："元朝失政已久，致使生灵涂炭。我到这里，无非是为百姓除害，你们各操旧业就好，不要害怕！如果有贤人君子愿意跟着我立功，我一定会重用。旧政有什么不好的地方，你们可以提出来，我马上废除！"百姓们听了，无不拍手称赞。各处的义兵也纷纷投降，康茂才等人全都闻讯而来。于是，朱元璋募集到五十万士兵，改集庆路为应天府，设置天兴建康翼元帅府，任廖永安为统军元帅，还任用了夏煜、孙炎、杨宪等十几个儒生。因为福寿忠义，为元朝殉节，于是朱元璋命人将他敛尸厚葬。

没过多久，朱元璋的军队攻克了镇江、金坛、丹阳和广德路。朱元璋将广德路改名为广兴府，让邓愈驻守。朱元璋威名远扬，诸将都劝他晋爵为王，朱元璋不答应，只是自称吴国公。他设置江南等处行中书省，任李善长、宋思贤为参议，陶安、李梦庚等为左右司郎、中员外郎都事等官；设置江南行枢密院，让徐达、汤和同任枢密院事；设置帐前亲军，任冯国用为总制都指挥使；设置前、后、左、右、中五翼元帅府，以及五部都先锋。一切设官分职，井井有条。接着派人到和州迎接家眷，将其护送到元朝的御史台居住。一时间骨肉欢聚，喜气洋洋。大明两百多年的基业，就从这里开始了。

徐达、汤和等人南下镇江的时候，收降了盗匪头目陈保二。后来，陈保二竟然背叛朱元璋，诱捕了两名守将，前去投奔张士诚。张士诚此时一连攻陷了平江、松江、湖州、常州，又收降了蛮子海牙的遗兵，声势不小。陈保二前来归降，张士诚自然一并收留，并将两名守将扣住。

警报传到应天府，朱元璋担心两名守将会遭毒手，只得先与他们通好，以便索回二将，于是写了一封信命杨宪给张士诚送过去。没想到张士诚看完信，竟然大怒，喝令左右将杨宪扣住，然后发兵攻打镇江。朱元璋派徐达防御，在龙潭将张士诚的兵马一鼓击退。张士诚得不到镇江，就移兵偷袭宜兴，守将耿君用来不及防备，城陷身亡。朱元璋急忙派人给徐达带话："张士诚诡计多端，已经公然与我为敌，还偷袭宜兴，可见志向不小。将军应该速速出兵常州，以进为守。"徐达得令后，立即进发常州。

徐达到达常州后，筑垒围攻。张士诚派张、汤两位将领前来支援，徐达立即退军十八里，设下埋伏，自己则带着老弱残兵前去诱敌。张、汤两位将军出营交战，望见徐达部下的兵械乱七八糟、七长八短，不禁大笑，互相说："人说朱元璋用兵如神，我看是乌合之众、不值一扫啊！"当下麾兵出战。徐达边战边退，转眼间就退了十几里。忽然两旁闪出几千铁骑，横冲而来。二将慌忙掉转马头往回逃，徐达部下的赵均用一路追杀，将二人擒获。

张士诚诚惶诚恐，只好奉书求和，表示愿意每年献纳军粮二十万石、黄金五百两、白银三百斤。朱元璋回信指责他轻易挑衅，并表示如果想议和，就放掉俘虏，每年献纳五十万石军粮。十几天过去了，张士诚没一点消息。又过了几天，徐达报称："镇江的新附军被张士诚诱降，在牛塘叛变，我差点被他们困住。幸好常遇春、廖永安、胡大海等人前来支援，才侥幸脱险，并擒住张士诚的部将张德。"朱元璋勃然大怒，立即命耿炳文率一万兵马，进攻长兴；俞通海、张德胜等人率水兵攻打太湖；张鉴、何文正带兵攻打泰兴；赵继祖、郭天禄、吴良等人会师攻打江阴，接着催促徐达速速攻下常州，不得有误。

张士诚听说常州危急，急忙派吕珍支援，另外命赵打虎援救长兴。耿炳文驰至长兴城下，正碰上赵打虎到来。赵打虎喘息未定，被耿炳文迎头痛击，只好退走，守将李福安等人随即出城投降。

耿炳文收降了几个人，又获得战船三百余艘，立即上疏报捷。朱元璋下令设置永兴翼元帅府，任耿炳文为元帅，统兵把守。张士诚派左丞相潘原明、元帅严再兴前来攻打长兴。还没到城下，就被耿炳文的伏兵袭击，四散而逃。这时，只有常州相持不下，常遇春分兵四路，截断他们的粮道，城里没有吃的，吕珍免不得惶恐起来。他屡屡出城突围，都被徐达击退。后来，城里的粮食全部吃完，几千士兵饿死，吕珍顾不上守城，趁着夜黑，打开城门溜走了。常州随即失陷，徐达引兵入城。

## 智擒二将

徐达奉朱元璋的命令，率常遇春等人攻打宁国城。宁国城守卫森严，与常州不相上下。守将杨仲英、张文贵等人倒没什么能耐，只有一名将领异常勇猛。他姓朱名亮祖，是六安人，在乡曲称雄，元朝授他为义兵元帅。朱元璋攻下太平的时候，朱亮祖曾带着部下前来投诚，因为性子急，和别人很难相容，就再次投靠了元军。这次听说徐达、常遇春来围攻宁国，就联络守将，悉心防御。徐达刚刚来到城下，大营还没有扎稳，朱亮祖就出城迎战，一支长枪耍得飘飘如梨花飞舞，闪闪如电影吐光。徐达的部下抵挡不住，逐节后退。常遇春挺枪而出，却被戳中左腿。徐达担心诸将有什么闪失，急忙鸣金收军，被朱亮祖追杀一阵，丧亡了几千人。第二天又与朱亮祖接战，仍没捞到一点便宜，徐达只好据实禀报。

朱元璋听说朱亮祖如此骁勇，立即亲率大军，兼程而至。徐达把交战情形向他讲述一遍。朱元璋说："要想擒他也不难，明天出战就是了。"第二天一早，朱元璋将吴桢、周德兴、华云龙、耿炳文四人叫过来嘱咐一番，让他们随驾出征。随后命唐胜宗、陆仲亨等人带上几千步兵并授以密计，让他们先走。

两军对阵时，吴桢跃马上前，与朱亮祖交战了几十个回合，然后反身而逃。朱亮祖来追，周德兴又提刀接战，战了一会儿，又纵马回阵。华云龙再出去接着打，又是依葫芦画瓢。等到耿炳文出战的时候，朱亮祖杀得性起，竟然挺枪驰入朱元璋的阵内，来杀朱元璋。朱元璋麾兵倒退，引着他追了几里路，让四将并力围攻。朱亮祖一人战四将，渐渐觉得力气跟不上了，就找机会杀出包围，原路返回。吴桢等紧紧跟着，一点儿都不肯放松。朱亮祖边战边退，快要回到城里的时候，唐胜宗、陆仲亨忽然杀出，拦在马前。二人也不和朱亮祖争锋，只管乱砍马腿。马禁不起这般疼痛，扑倒在地。朱亮祖从马上一跃而下，并没有摔倒。吴桢、耿炳文这时候已经追过来，双枪并举，来刺朱亮祖。朱亮祖急忙转身抵挡。陆仲亨趁他不注意，摆好绊马绳，朱亮祖没有防备，右脚一蹿，踩到套子里。陆仲亨使劲一拉，朱亮祖一下子摔倒在地。将士们一拥而上，将他捆起来抬走了。那时天色已晚，朱元璋收兵回营，命人将朱亮祖押上来。朱亮祖大声说："你要是放了我，我就为你尽力，否则就杀了我，何必多言！"朱元璋大叫："好一位壮士！"并亲自为他松绑，朱亮祖叩谢。

第二天，宁国城就被攻破。守将张文贵杀死妻儿，自刎身亡。朱元璋接着准备攻打宣城，朱亮祖领兵前去，没过几天就传回捷报，说宣城已被朱亮祖攻下。朱元璋返回金陵后，又接连听说太湖、泰兴、江阴大捷。江阴是东南要冲，又与平江接壤，朱元璋让吴良、吴桢防守，又命邓愈、胡大海进攻徽州，徐达、常遇春等进兵常熟。

邓愈、胡大海率兵直达徽州城下。元朝守将八尔思不花、万户侯吴纳等人开门迎战，不一会儿就大败而归。八尔思不花乘夜潜逃，邓愈入城。朱元璋听到捷报后，将徽州改为兴安府，命邓愈镇守。

徐达、常遇春进攻常熟。走到半路，有探子来报："张士德率兵前来支援元军。"徐达说："这张士德小名叫九六，是张士诚的亲弟弟。他向来智勇双全，此次前来，必有一番恶斗。不能轻敌啊！"话音刚落，就有一名大将站出来说："不就是个盐贩子吗？怕他什么！末将愿意充作头阵，托元帅洪福，一定能把他擒住。"徐达看过去，原来是领军先锋赵德胜，便说："将军此去一定要慎重小心，我自当前去接应。"赵德胜领命而去。刚到常熟，就遇到张士德的军队，两军来不及搭话就打了起来。赵德胜善用槊，张士德善使刀，二人棋逢敌手，战了一百多个回合，不分胜负。赵德胜暗暗喝彩，用槊将刀一挡，回马就逃，想诱他去追。谁知张士德见赵德胜不败而逃，料知其中有诈，就勒马停住，鸣金收兵。第二天，两军再战，双方都没讨到什么好处。

赵德胜返回军营，闷坐帐中。这时接到大营里递过来的一封信，他看完之后，密令手下亲兵照着书信行事，亲兵领命而去。赵德胜又吩咐将士们，一鼓做饭，二鼓披挂，三鼓去劫张士德的大营，不得有误。将士们纷纷议论，都说张士德足智多谋，难道会没有防备？只是将令难违，只好领命前去。

当晚，天气晦暗，斜月无光。三鼓的时候，赵德胜上马先行，令将士们跟着，静悄悄地前进。等到了张士德的营前，只准军士们呐喊，不准他们入营。这时营门大开，张士德跃马提刀，率众杀出，赵德胜领兵就逃，张士德紧紧追赶，大约走了半里路，突然遇到一座山。张士德见赵德胜引兵进去，也跟着冲入谷口，谁知赵德胜转了几个弯就不见了。张士德知道中计，急忙命部众退还。谁知还没走几步，就一脚踏空，连人带马跌到陷阱里。张士德到底是员猛将，只见他奋身一跃，跳出坑外。

哪知坑外正守着一员大将，见他跃上，便持着槊往他背后一按，张士德再次坠入坑中。两边的挠钩手手麻脚利地将他钩起来捆走了。这持槊的大将正是赵德胜。赵德胜见张士德被擒，非常高兴，招呼士兵把张士德的部下杀散。此计出自徐达，不过徐达的信中，只让赵德胜乘夜袭营，再用陷坑将其活擒。赵德胜担心张士德狡猾，会看破计谋。正巧亲兵里，有一人面貌与赵德胜相似，就让他与自己掉换，坑旁边的是真德胜，带兵的是假德胜。张士德被擒获之后，一直怀疑赵德胜有分身法，就是赵德胜的部下也等到回营之后才弄明白是怎么回事。

张士德被擒之后，常熟守将闻风逃去。赵德胜一边入城安民，一边派人将张士德押到徐达的大营。徐达问明情况后，又将他转交给朱元璋。朱元璋没有杀他，只是将他软禁起来，好酒好菜地招待，还让他给张士诚写信，让两军重新修好。张士德却贿赂看守的人，另外写了一封信，从小路送给张士诚，让他投降元朝，联合兵力攻打金陵。张士诚正在犹豫，忽然听到张士德绝食身亡的消息，于是由悲生恨，决定归顺元朝。元朝廷封张士诚为太尉。消息传到应天，大家都很疑惑，朱元璋说："张士诚狡猾得很，怎么肯一心归元？不过是借此吓人罢了。"正说着，有探子来报，青衣军元帅张明鉴攻下扬州，城里的百姓大多数被他杀死了。朱元璋愤然说道："我一心想救百姓于水火，怎么能坐视不理？你们谁愿意去讨伐？"缪大亨应声说道："末将愿意！"李文忠也站出来说："我也愿意！"朱元璋见二人相争，就和李文忠说："你还不到二十，就想着上阵杀敌，我非常欣慰。攻扬州的事情就让缪将军去办，你带兵去支援池州吧。"李文忠高兴地答应下来，二人分别领兵前去。

才过了十几天，缪大亨就攻破扬州，收降数万名青衣军，并押着降帅张明鉴、马世熊等前来复命。朱元璋当即下令将张明鉴传入，责问他残杀百姓的罪状，然后下令斩首。轮到马世熊的时候，马世熊说："屠杀百姓的事情都是张明鉴一个人干的，有义女孙氏作证。"朱元璋命人带孙氏进来，只见她轻摇细步，缓缓上前，面如出水芙蓉，腰似迎风杨柳。两旁的将士看了，都不禁暗暗惊叹。到了案前，孙氏屈膝低头，细声说道："难女孙氏参见。"朱元璋和颜悦色地问她："你是哪里人啊？"孙氏说："难女是陈州人氏，因父兄双亡跟着哥哥逃难到扬州。后来被马世熊的部下抢走，马世熊可怜我孤苦伶仃，就把我收为义女。"朱元璋不等她说完，就问："你多大年纪？嫁人了吗？"孙氏回答说十八岁，说到尚未嫁人的时候，一抹红云飞上脸颊。朱元璋说："说也可怜，你不如就住在这里吧！"孙氏低头不语。朱元璋命她起身，吩咐侍女将她带入后宫，接着发落马世熊，让他食禄终身。过了一天，朱元璋纳孙氏为妾，命她侍寝。孙氏含羞俯首，柔情似水，任他为所欲为。朱元璋做了皇帝之后，封她为贵妃，地位仅在马氏之下。

## 廖永安太湖失足

常遇春、廖永忠二将率领水陆大军攻下了池州，擒杀了天完守将洪元帅等人，当即派人向朱元璋报捷。朱元璋说："天完的将士，不足为虑，只是部下陈友谅猖獗一时，不可不防！"说完让来人回去传话。天完是罗田人徐寿辉的国号。陈友谅是渔夫的儿子，从沔阳起兵，前去投靠徐寿辉。徐寿辉懦弱无能，被部下倪文俊制伏。陈友谅假装归附倪文俊，暗中却唆使倪文俊的部下，说他背叛主子不忠不义，要为徐寿辉除害。部众信以为真，杀死了倪文俊。陈友谅将倪文俊的部下并为己有，自称平章政事，然后写信给徐寿辉，佯装报告。徐寿辉制不住倪文俊，更控制不住陈友谅，只好由他去了。于是陈友谅顺江东下，攻破安庆，攻陷龙兴、瑞州，接着拿下邵武、吉安，进入抚州，直捣池州。池州与太平府毗邻，朱元璋马上传谕，严防陈友谅。陈友谅果然派一百多艘战舰来争池州，幸好常遇春早有防备，这才杀退了敌船。

朱元璋听说池州的敌人被杀退，就调李文忠南下，和邓愈、胡大海等人会合，去攻建德路。众将士进逼城下，元守将不花等人弃城逃走。李文忠被升为帐前统制亲兵指挥使，入城镇守，改建德路为严州府。后来，邓愈去攻打江西，胡大海去侵略浙东，只剩下李文忠扼守孤城。张士诚趁机偷袭，李文忠在城外设下埋伏，先把他的陆军杀退，又将俘虏的首级放在巨筏上，顺流而下，他的水军就这样被吓走了。张士诚还不死心，西边失势，又转到东边，屡屡发兵进攻常州。幸亏汤和前来援助，才连败敌军。没过多久张士诚又转攻常熟，被廖永安击退。朱元璋派人攻打宜兴，刚刚发兵，就听说陈友谅派赵普胜攻陷了池州，守将赵忠战死，太平守将刘友仁前去支援，也战死沙场。朱元璋惊痛不已，可是各路兵将都被调去截击张士诚了，一时无法调拨，只好令赵德胜固守太平，防止赵普胜深入。随后催促徐达速速攻下宜兴，以便转攻池州。偏偏徐达到了宜兴，一攻几个月，都没有拿下。朱元璋心急火燎，早晚筹划，终于定下一计，让徐达截断宜兴城西通往太湖的粮道。徐达立即派总兵丁德兴分兵扼守太湖口，自己和邵荣等人合力攻城。城中断粮，没过多久就被攻下了。廖永安趁着胜仗，竟然率兵深入太湖。船走了一半，遇到张士诚的部下吕珍。冤家路窄，两军立即在湖中大战起来。太湖两岸的水深浅不一，芦苇纵横，烟波浩渺。吕珍机敏得很，让他的战船忽出忽没，忽进忽退，害得廖永安使不出什么勇劲。廖永安焦躁异常，只管命掌篙的人拼命追赶。谁知还没走出几里，船就被浅滩搁住。廖永安正着急，忽然看见芦苇中荡出几只小舟，舟上的人都是渔夫打扮。廖永安不加细辨，当即命小舟撑近大船。一只小舟刚刚靠近，廖永安就迫不及待地跳了过去，还没站稳，那渔夫竟然拔出短刀，把他的右臂砍伤。廖永安动弹不得，被假渔夫抓去。廖永安被擒之后，张士诚劝他归顺，他宁死不屈。朱元璋听说后，马上写信给张士诚，愿意用三千俘虏换廖永安一人。张士诚记着亡弟的遗恨，拒绝了来使，廖永安随即死于平江。后来，朱元璋封他为楚国公。

廖永安死后，杨国兴统领水兵防守宜兴城。张士诚派水陆两军夹击，都被杨国兴杀退，宜兴安然无恙。朱元璋派徐达领兵收复池州，徐达带着俞通海、赵德胜等人赶到池州城外。陈友谅的部下赵普胜手持双刀，出来对阵。双方争斗一场，没什么输赢。徐达回营后说："赵普胜那小子骁勇善战，怪不得叫他双刀。如果明天再战，我就要用计胜他了。"第二天，探子来报，说赵普胜濒江扎营，四面竖着栅栏。徐达大喜："有了！俞将军可以带着舟师攻他的后面，我和赵将军就带着陆军攻他的前面，明攻暗袭，不怕他不败！"俞通海领命前去。徐达让赵德胜率兵先出，赵普胜开营抵敌。赵德胜打起精神，与他酣斗几十回合，赵普胜越战越勇，赵德胜虚晃一刀，勒马就走。赵普胜乘势赶来，大约追了四五里，正碰上徐达引兵前来，接应赵德胜。赵普胜毫不畏惧，杀上前去。忽听到后面隐隐有号炮声，担心大营有什么闪失，急忙往回跑，到了营前，叫苦不迭。原来，营栅上面已经挂上"俞"字旗号。赵普胜后悔不已，还想拼命夺营。可惜徐达、赵德胜已经赶到，俞通海也杀了出来。赵普胜腹背受敌，不能支撑，只好大吼一声，向西逃去。

徐达、赵德胜随即攻下池州，生擒守将洪钧。徐达一面报捷，一面召集俞廷玉、张德胜等人联兵进攻安庆。俞廷玉带着水兵前来，正中赵普胜的埋伏。原来，赵普胜从池州败走后，料定徐达等人必会乘胜进攻，就在港中设下伏兵。远远看见俞廷玉前来，便顺风吹起呼哨。各舟闻声而出，围攻俞廷玉的战船。俞廷玉督兵猛战，还觉得支撑得住。谁知赵普胜瞄准了俞廷玉，一箭射去，正中俞廷玉的左腮，俞廷玉当场阵亡。幸亏这时俞通海前来接应，才将部分战舰救出。徐达听说后不禁叹息，派人将俞廷玉的灵柩运回，并上报应天。

朱元璋正在考虑是不是要亲征婺州，听到这一噩耗，沉思了许久。诸将都说赵普胜如此强悍，一定会再去攻打池州，为患长江。朱元璋说："赵普胜有勇无谋，陈友谅喜好猜忌，如果用计离间，派一个人就够了。"于是派了个牙将偷偷溜到安庆，与赵普胜的门客赵盟聊起同乡情谊。后来，这名牙将又写信给赵盟，故意误送给赵普胜。赵普胜私下看了那封信，里面的话语都猜不透，心中非常疑惑，于是疏远了赵盟。赵盟心中不安，竟然与那牙将一同来到应天，投奔朱元璋。朱元璋格外优待，赐他重金，并让他到陈友谅军中散布谣言，说赵普胜居功自傲，准备谋叛陈友谅。陈友谅果然中计，派人察探赵普胜的虚实。赵普胜哪里知道这些，见了使者还满口战功，骄傲自大。使者回去禀报陈友谅，陈友谅马上带兵赶到安庆，说要与赵普胜会师，一同进攻池州。赵普胜连忙赶到雁汊口迎接，刚刚上船，话还没来得及说，就已经身首异处。赵盟回禀朱元璋，朱元璋大喜，厚赏了赵盟。随即调回徐达，让他和李善长留守应天，自己带兵十万，以常遇春为先锋，向婺州进发。

等到了兰溪，有个叫王宗显的人觐见，禀报朱元璋："婺州的守将不和，不难攻入。"朱元璋高兴地说："要是攻下婺州，就让你做知府。"王宗显拜谢。朱元璋起程到了婺州城下，胡大海前来会师，觐见的时候禀报："婺州与处州互相照应，元参政石抹宜孙是处州的守将，常常发兵来支援，所以屡攻不下。现在听说主公要来，他就派参谋胡深，运着几百辆狮子车前来防御，现在已到松溪了。"朱元璋说："石抹宜孙用车师来支援此城，不免失策。松溪山多路窄，战车很难前行。只要派几个精兵，很快就可以破他。援兵一破，此城不攻自下。"胡大海点头。朱元璋又说："听说你的义子胡德济骁勇善战，何不拨给他几千精兵，让他去拦截支援车队？"胡大海领命而出，照朱元璋说的去办。刚到梅花门，就遇上胡深的战车队。胡德济击鼓向前，胡深来不及迎战，只好一个劲儿后退，以便于厮杀。偏偏杂草丛生，道路崎岖，就是没有遇敌的时候，都觉得七高八低，此时大敌当前更是进退两难。胡深没办法，只好抛弃车辆，引兵逃走。

胡德济返回军营报功，朱元璋马上督兵攻城。婺州城当即攻破。朱元璋入城后，下令禁止烧杀抢掠，并改婺州路为宁越府，任王宗显为知府。后又开办学堂，聘请鸿儒。荒废已久的学堂，从此有了琅琅的读书声。

不久，朱元璋返回应天，留下胡大海与常遇春攻打衢州、处州、绍兴。三个州以及周边的郡县全部攻克。捷书送到应天，朱元璋大喜，命耿再成驻守处州，胡大海镇守宁越，后来又改宁越府为金华府。胡大海想招揽贤士，得知有四大儒生，就逐一推荐给朱元璋。朱元璋马上重金礼聘四贤，有三人前来：一是浦江人宋濂，一是龙泉人章溢，一是丽水人叶琛。还有一位青田名士，清高自傲，经朱元璋再三邀请，方才出山。

## 明朝的第一位谋士

这位屡请不至的青田名士姓刘名基，字伯温，是明朝建国的第一位谋臣。他在元朝至顺年间考取进士，通古博今，尤其精通象纬学。当时的人们谈论起江左的人物，首推刘基。江浙一带的官吏，屡次起用他，都被他推辞。后来，朱元璋一再请他出山，他才说："我之前游西湖的时候，见西北一带有天子气象，十年之后定当应在金陵。如今朱氏创兴，礼贤下士，应天顺人，我不妨前往，助他一臂之力，如果真的可以成功，也不负我生平的志愿了。"于是整装上路，直达应天。

朱元璋听说刘基来了，急忙下阶恭迎，赐他上座。在谈论经史、询问时事的时候，刘基应对如流，并畅谈了十八条要策。朱元璋非常高兴，就说："我为了天下苍生，委屈先生了，还望先生不要抛弃我！如有指教，愿意静听教诲！"刘基就对朱元璋说："明公占据金陵，地势上有很大优势。但东南有张士诚，西北有陈友谅。为明公考虑，只有扫除二寇，才能北定中原。"朱元璋皱着眉头说："这两个人势力不小，怎么能轻易剿灭？"刘基说："御敌要分轻重缓急，用兵贵在有先后之序。张士诚暂且不用考虑，陈友谅地处上游，无时无刻不忘金陵，应该先用全力铲除此害。陈氏灭亡后，张氏势单力孤，就可以手到擒来了。"朱元璋说："先生的妙计在下非常佩服，此后行军全靠先生指导了！"朱元璋接着命人修筑礼贤馆，让刘基入住，宋濂、章溢、叶琛三人，也都住在馆里。后来，朱元璋任宋濂为江西等处儒学提举；任章溢、叶琛为营田司金事。只留下刘基主持军务，事无大小，一律向他咨询。刘基也感其知遇之恩，所以知无不言。

这天，朱元璋正在检阅兵马，忽然听说陈友谅挟持了徐寿辉，进攻太平。正准备派人前去支援，太平的逃兵前来禀报说太平沦陷了，花将军战死，知府许瑷、院判王鼎全都殉节。朱元璋大惊失色："有这种事情？我的义子朱文逊怎么样了？"那逃兵说："想必也尽忠了。"朱元璋听后，失声痛哭。原来黑将军花云与朱元璋的养子朱文逊一同防守太平。谁知天降大雨，被陈友谅趁机攻入。花云、朱文逊巷战了一个晚上，最终被擒。朱文逊被杀，花云忽然扯断绳索，夺了守兵的短刀，左右乱砍，杀死五六个人，并大声骂道："你们要是敢伤害我，我家主子来了，定会把你们砍成肉泥！"后来被众人用箭射死。花云的妻子郜氏投水殉节，侍女孙氏抱着他年仅三岁的儿子花炜逃走，被乱军劫到九江。朱元璋苦苦寻找他们，都没有找到。等到陈友谅战死，才有一位鹤发童颜的老人，带着孙氏，背着花炜前来。朱元璋将孩子接过来，抱在膝盖上，摸着他的头感叹道："这孩子虎头虎脑的，不愧是个将种，黑将军也不算枉死了！"说完，正准备赏赐老人。谁知那老人竟然不见了，四处寻找，都没有下落，弄得朱元璋也疑惑起来。后来问起孙氏，孙氏哭着说："奴家逃出太平后，就被乱军俘虏。小孩子夜夜啼哭，惹得乱军烦躁，奴家只好将他寄养在渔家。后来奴家偷出孩子，向东逃去。登船渡江的时候，在江中又遇到乱军，将奴家与孩子一同推到江里，幸亏被断木托着，漂到芦苇丛里，七天七夜没有东西吃。后来遇到老人，将奴家与孩子一同救起，我们才幸免于难。"朱元璋感慨地说："主忠仆义，万古流芳。我不但会养育这孩子，连你也一同收留。只是与你同来的老人究竟姓什么，叫什么？为何不知去向了？"孙氏说："他自称是雷老，不愿意说出实名。"朱元璋迟疑了半天，只说了"忠孝格天"四个字。

陈友谅攻下太平后，让部下杀死了徐寿辉，借采石五通庙为行宫，自称皇帝，国号汉，改元大义。命邹普胜为太师，张必先为丞相，张定边为太尉，接着约张士诚一起攻打应天。张士城不敢来，陈友谅生气地说："那盐贩子不来，我就自己攻下金陵给他看看！"随即调集水兵，从江州直达应天。舳舻遮天，旌旗蔽日，从头到尾差不多有几十里，颇有当年曹操八十万大军的气势。警报传到应天，朱元璋召集众将前来商议，众将纷纷献计，有的说应该出城投降，有的说应该逃往钟山，等将来再收复。只有刘基不说一句话。朱元璋退下后，召刘基来问话，刘基说："说降说逃的人都应该斩首，斩了他们才能破敌！"朱元璋说："依先生高见，应该怎么办呢？"刘基说："后举者胜。我们以逸待劳，何愁不胜?"朱元璋点头。刘基又和他商议了很久才退出去。朱元璋再次出来，众将又来献计，有的说应该派兵先收复太平，有的说请主帅亲自出征。朱元璋都没有采纳，只是命参谋范常给胡大海写信，让他攻打信州，牵制陈友谅的后路。朱元璋又召康茂才入内，对他说："听人说你与陈友谅关系不错，能给他写封诈降书吗?"康茂才领命而去，并和陈友谅约好，在江东桥喊三声"老康"，马上倒戈内应。康茂才禀报朱元璋，朱元璋笑着说："陈友谅啊陈友谅！你中我的计了！"然后马上通知李善长带着工役，连夜把江东的木桥改成铁石桥，上面大大地写着"江东桥"三个字，让人一望便知。朱元璋命常遇春、冯国胜、华高等人率领帐前五路大军，埋伏在石灰山两侧，令徐达埋伏在南门外，并嘱咐他们说："我带兵登上卢龙山，你们就远远望着山上，见到红色旗帜，就说明敌人来了；见到黄色旗帜，就马上麾兵杀出，不得有误！"诸将领命而去。朱元璋又命杨璟在大胜港驻兵；张德胜、朱虎等人在龙江关外防守。随后，自己登上卢龙山，专等陈友谅前来。

不到一天，陈友谅果然乘船东下。到了大胜港的时候，看见前面有重兵驻扎，担心会被袭击，只好退出大江，径直去找江东桥。离桥还有半里的时候，"江东桥"三字就映入眼帘，只是桥由大石砌成，并不是木质的，陈友谅心中不免有些怀疑。后来驶近桥边，连呼三声"老康"，可任凭他叫破喉咙，也只有旷谷的回声答应他"老康，老康……"。陈友谅这时才知道中计。因为船多人众，并不觉得惊慌，便下令向龙江进发。刚到龙江，陈友谅马上派了一万人上岸筑营立栅。那时正是酷暑，烈日炎炎，朱元璋身穿紫绒甲，在山上顶着靡盖督兵。后来看见将士们挥汗如雨，马上命人取掉靡盖，与将士们一起在烈日中暴晒。将士们准备下山攻营，朱元璋说："马上要下雨了，你们先去吃饭，一会儿趁着雨去攻打。"大家抬起头来，只见天气晴朗，阳光普照，都觉得莫名其妙。谁知刚吃完饭，忽然刮起西北风，黑云从四处聚来，大雨倾盆而下。朱元璋立即命令将士下山拔掉栅栏，然后竖起红色旗帜。陈友谅见栅栏被拔，就麾兵力争。就在双方奋力拼杀的时候，雨忽然停了。朱元璋又改竖黄色旗帜，并使劲击鼓。于是常遇春等人从左路杀到，徐达从右路杀到，把登岸的敌兵，通通赶到水里。这时，张德胜、朱虎又带着水兵杀来，吓得陈友谅不知所措。偏偏潮神又与他作对，来时潮涨，去时潮落，把数百号兵船一齐搁在了浅滩上。陈友谅无计可施，急忙改乘小舟，飞桨逃出。其余的军士也都投水逃生，有一半不善游泳的，都到河伯那里当差去了。朱元璋一边命人去追，一边亲自率兵夺取敌舰，连陈友谅所乘的大船也一律缴获。见船里还留着康茂才给他的信，朱元璋不禁失声笑道："这个呆鸟！"

陈友谅乘小船逃跑，驶到慈湖的时候，距追来的敌舟不过几丈，只好移船靠岸，鼠窜而去。这边的张德胜、朱虎及廖永忠、华云龙等人上岸穷追，直达采石。不料陈友谅得到援兵，回马来战，张德胜重伤身亡。廖永忠、华云龙等人悲愤异常，舍命冲锋，将陈友谅杀败，陈友谅这才丢盔弃甲逃回江州。随后，徐达收复太平，胡大海攻下信州，冯国胜等人夺取安庆。陈友谅不肯罢休，派张定边攻打安庆，李明道攻打信州，安庆竟然被夺下。李文忠前去支援信州，生擒李明道，献到应天。朱元璋又造下龙骧巨舰亲自率领，再次攻打安庆。刘基说："安庆城墙高而坚固，要慢慢来，我们不如去攻打江州，捣了他的老巢。"朱元璋不等他说完，就下令西上。陈友谅听说后，还以为是误报。等到城外鼓角喧天，才知道敌兵果然来了，慌忙整兵防守。幸得江州依山傍水，非常坚固，一攻一守相持了两天，城池仍完好如故。陈友谅这才稍稍放心，不想到了夜里，敌兵竟然登城杀入，急得陈友谅手足无措，只好带着夫人逃到武昌去了。原来朱元璋采用刘基的计策，计算好了城墙的高度，让工兵在船尾搭造天桥，乘着黑夜直逼城下。天桥与城墙刚好吻合，将士们不费什么力气就杀入城中。陈友谅还以为是神兵天降，只好仓皇逃走。

江州刚刚平定，浙东却传来警报，说胡大海、耿再成二将被刺身亡，朱元璋大吃一惊。


## 完美的防御战

胡大海留守金华，耿再成留守处州，二人本来是犄角相应，固若金汤。偏偏这两处有很多苗军，胡大海和耿再成都想将他们招揽过来。苗将蒋英、刘震、李福等人归降胡大海，李佑之、贺仁德等人归降耿再成。胡大海、耿再成都将他们留在帐下，优加款待。怎奈这些苗将狼子野心，始终靠不住。蒋英、李福等人首先谋乱。二人来找刘震商议，刘震一开始还不忍心。李福说要做成大事，就不能顾及私恩。于是，刘震也和他们一起造反。蒋英先写信通知处州的苗将，让他们同时举兵，然后请胡大海来八咏楼下看他们射箭。胡大海不知有诈，贸然前去。刚刚上马，就被蒋英拿铁锤击中脑袋，顿时脑浆迸裂，一命呜呼。蒋英砍下胡大海的首级，胁迫胡大海的部下。胡大海的儿子以及亲信都被蒋英等人杀死。只有典史李斌将大印藏在怀里，逃到严州告急。

李文忠急忙派何世明、郭彦仁等人前去讨伐，张德济也从信州赶来。偏偏铜山西崩，洛钟东应。李佑之、贺仁德等人接到蒋英的书信，还不敢轻举妄动。等到胡大海被杀，这才放胆作乱。耿再成刚听到兵变消息，李佑之等人就已经杀入。耿再成挥剑拼杀，无奈对方人多势众，终被杀害。耿再成的儿子耿天璧听到消息，马上派人到李文忠那里求援。随后，召集耿再成的部下替父报仇。

这时候，警报早已传到应天，朱元璋不免痛心，对刘基说："两州兵变，衢州恐怕也保不住了。这可如何是好？"刘基说："不过是一群乌合之众！况且严州有李将军就近支援，制伏贼党绰绰有余。要是明公担心衢州，不才愿意前去镇抚，顺路回家葬母。"朱元璋高兴地答应了，接着挑选得力将士让刘基带去，以便调遣。刘基星夜前进。到了衢州，守将夏毅出城迎接，并说衢州也有很多流言。刘基说不碍事，接着四处驻兵，并揭榜安民，一个晚上就平定了。后来又给各个属县发去文书，各县也相安无事。十多天之后，听说蒋英等人败投张士诚，李佑之等人被李文忠的部将与耿天璧等人杀死。刘基于是上疏禀报应天，自己回乡葬母去了。朱元璋得报后，自然欣慰。命李文忠为浙江行中书省左丞，总管严、衢、信、处诸郡的军马。耿天璧承袭父职，留守处州。李文忠攻打杭州的时候，抓获蒋英等人，将他们血祭胡大海。后来朱元璋追封胡大海为越国公，耿再成为高阳郡公。

刘基回乡葬母，方国珍写信前来慰问，刘基回信答谢，并宣示朱元璋的威德，劝他归附。方国珍于是派人到应天进贡物品。朱元璋非常高兴，写信给刘基，慰劳备至。还常常遥问军事，催促他回来。刘基于至正二十二年春回乡，到二十三年春复出。那个时候，朱元璋正准备支援安丰。刘基说："陈友谅、张士诚对小明王虎视眈眈，我们还是不要走这一步。"朱元璋说："小明王被围困，情况危急。我一直尊奉他的龙凤年号，不忍心袖手旁观啊。"刘基默不作声。原来，刘基刚到应天的时候，看见中书省设着御座，奉着小明王韩林儿的虚位。每当春秋佳节，朱元璋以下的人都会向座前行庆贺礼，只有刘基不去，并愤愤说道："一个竖子，供奉他做什么？"当时韩林儿居住在亳州，被元朝统帅察罕铁木儿打败，带着刘福通逃到安丰。张士诚带领十万兵马，趁机围住安丰城。刘福通知道打不过，就让人从小路到应天去搬救兵。刘基不想去支援，所以阻拦。偏偏朱元璋不从，竟然率领徐达、常遇春等人兼程赶过去。等赶到安丰，城已失守，刘福通被杀，韩林儿在逃。张士诚的部下吕珍把徐达等人团团围住。幸亏常遇春率军支援，三战三胜，才赶走吕珍。朱元璋就命徐达等人攻城，自己带着兵马去找韩林儿。在途中找到他，送到滁州，自己返回应天。由于这次行动，虎踞龙盘的都城险些被人偷袭。亏得陈友谅目光短浅，用五六十万的大兵专攻南昌，不去偷袭应天，才让这位有上天保佑的朱元璋从容布置，与陈友谅在鄱阳湖一决胜负。

陈友谅因为自己的地盘越来越小，不禁愧愤交集，就想破釜沉舟，与朱元璋决一死战。于是大造战船，每条船分成三层，高数丈，上面的人和下面的人说话都听不见，房室俱备，中间可过马匹。当下陈友谅就载着文武百官、家眷，以及六十万士兵，悉数东来。到了南昌，把战舰停住，准备攻城。守帅朱文正听说陈友谅倾国而来，急忙命邓愈防守抚州门，赵德胜防守官步、士步、桥步三门，薛显防守章江、新城二门，牛海龙等防守琉璃、澹台二门。自己带着两千精锐，往来策应。

陈友谅亲自督兵，猛扑抚州门。所有士兵都持笠帽大的盾牌，上御箭石，下凿城墙。没过多久，只听见一声巨响，城墙竟然坍塌了二十多丈。陈友谅的士兵正准备拥入，里面忽然响起火铳的声音，紧接着射出许多火星。火星熊熊炎炎，闪烁如电，稍微触着，不是焦头就是烂额。陈友谅的士兵还想用盾牌遮蔽，哪知盾牌都是竹制的，遇火就燃。士兵们都怕死，自然逐步倒退。邓愈命人竖起栅栏阻隔，栅栏还没有竖起来，外面的敌兵就攻了进来。双方接仗，不得不血肉相搏。正在这危急关头，朱文正督兵前来支援，一边战斗，一边筑城。外面的敌兵也不肯停下，连番杀人，又被连番杀出。等到城墙修补完毕，内外的尸体已经堆得像小山一样高了。朱文正手下的猛将，如李继先、牛海龙、赵国旺、许瑄、朱潜等人都战死了。

陈友谅休息了几天，又去攻打新城门。只见城内冲出一队人马，如狼似虎，锐不可当。首将便是薛显，他提刀突阵，尤其凶猛。陈友谅的部下刘震不识好歹，上前阻拦，被薛显横腰一刀，劈成两段。剩下的小兵全都吓跑了。薛显追杀一阵，收兵回去。

陈友谅转而攻打水关。水关设有栅栏，朱文正募集壮士防守。见陈友谅带兵前来，就从栅栏的缝里伸出长槊，迎头猛击。陈友谅的士兵倒也厉害，竟然上来夺槊。不料里面换用铁戟刺出，士兵奋手去夺，只听得一声声惨号。原来这铁戟用火淬过，一经挨着，皮肤马上烫烂。所以无人敢进，水关安然无恙。

陈友谅接着分兵攻陷了吉安、临江，招降了李明道，杀死曾万中。擒住刘齐、朱叔华、逍天麟三人，送到南昌城下开刀，并对城上的守兵喊道："如果不投降，这就是你们的下场！"守兵不为所动。陈友谅接着攻打官步、士步两门，赵德胜早晚巡城，指挥将士。忽然飞来一支硬箭，射中腰眼，深达六寸。赵德胜顿时忍不住痛，拔剑叹道："我壮年从军，屡受重伤，却都没有这次厉害。看来今天是命中该绝，只恨不能跟着我家主公扫清中原！"说完后晕倒在地，没过多久便死了。赵德胜死后，将士们越发奋勇。陈友谅围攻不下，但又不肯舍去，只好整天围城。朱文正假装派人送钱过去，让他不要攻得太急。暗地里命千户侯张子明偷偷越出水关，到应天告急。

张子明扮成渔夫的模样，摇着渔舟，唱着渔歌，混了出去。昼行夜止，半个月才到应天。朱元璋这才知道南昌被困，并问陈友谅的兵势如何。张子明说："陈友谅倾国而来，虽然来势汹汹，战死的倒也不少。现在江水干涸，巨船不方便转舵，想必粮食也快吃完了，所以要想打败他们也不难。"朱元璋说："你先去告诉朱文正，再坚守一个月，我定会亲自支援！"张子明领命而去；仍然扮成渔翁的样子，摇船返回。不料到了湖口，竟然被陈友谅的巡逻兵抓住，送到了陈友谅军前。陈友谅问他："你是什么人？敢如此大胆！"张子明说："我是张子明，到应天求援的。"陈友谅又问："朱元璋来支援吗？"张子明说："马上就到了。"陈友谅劝他说："你要是想得到荣华富贵，就去和朱文正说，应天无暇支援，让他速速投降。"张子明睁大眼睛说："你可别骗我！"陈友谅说："绝不骗你。"张子明说："你要真不骗我，我就去说。"陈友谅便命人将他押到城下，让朱文正答话。张子明高声喊道："朱统帅听着，张子明出使应天已经回来了。主上令我传谕，一定要坚守此城，援军马上就到了！"陈友谅听了这话怒火中烧，当即杀了张子明。

朱元璋因南昌危急，飞调徐达等人回军，集师二十万，即日出发。走到湖口的时候，先派指挥戴德率领两军，分别驻扎在泾江口、南湖嘴，拦截陈友谅的归路。又约信州的兵马防守武阳渡，防止陈友谅逃跑。安排好之后，继续前进。

陈友谅围攻南昌已经八十五天，听说朱元璋前来支援，急忙撤围东下，到鄱阳湖迎战。朱元璋带着水兵，从松门进入鄱阳湖，直抵康郎山。远远看见前面战船林立，料定是陈友谅的军队，就对诸将说道："我看敌舟首尾相连，气势虽然不小，但进退很不方便，要想破他，也不是件难事。"徐达在旁边说："不如用火攻。"朱元璋说："我也有这个意思。"于是将水兵分为二十队，每条船上都载着火器、弓弩。命令各将士驶进敌船的时候，先发火器，再放硬箭。众将士依计而行，果然一战获胜，杀敌一千五百余人。

这时候，前后左右的敌船多半被火烧着，连徐达所坐的大船，也着了火。徐达连忙令将士扑火，奋力再战。朱元璋担心徐达有闪失，就派船去支援。徐达的部将看见援船，更是耀武扬威，争先驱杀。不料敌兵竟然避开徐达，前去围攻朱元璋。朱元璋见敌兵靠近，连忙鼓船督战。船还没走多远，忽然被困住。陈友谅的骁将张定边乘机侵犯，一声号令，四面的汉兵把朱元璋困在了中间。宋贵、陈兆先等人舍命抵抗，身中数十箭，最终战死。朱元璋这时也大惊失色。韩成上前禀报说："杀身成仁是臣子的大义。臣愿意替主公去死，敢请主公与臣交换衣服。只要主公逃脱，臣死有何妨？"朱元璋沉思不决。韩成正要再说，只听得敌兵的声音越来越近，隐约听到速杀、速降的话。韩成急得不行，只好喊道："主公快听臣的话，否则同归于尽，有什么好处！"朱元璋这才脱下衣冠，递给韩成。韩成更衣完毕，回头看着朱元璋说："主公保重！韩成去了！"朱元璋心中不忍。无奈情况危急，只好任由他去。韩成登上船头，高声喊道："陈友谅听着！为了你我二人，你劳师动众，涂炭生灵！我今天就让你威风，你不要再大开杀戒了！你看着！"说完之后，扑通一声，竟然跳入江中。


## 决战鄱阳湖

陈友谅的部下张定边正围攻朱元璋，忽然一支冷箭射来，正中右额。这箭不是别人所射，正是朱元璋的部下，常遇春。常遇春射中张定边之后，驶舟支援。俞通海也奋勇杀到。张定边身受重伤，又见常遇春等人陆续到来，只好挥船倒退。江里面的水，这时候又涨了起来。朱元璋的坐船浮在水面上，随风飘荡。朱元璋趁势杀出，命俞通海、廖永忠等人火速去追张定边。张定边身中数十箭，却还不至于送命，竟轻舟逃脱。

那时已经日暮，朱元璋鸣金收军，叹着气说："刘先生没有来，我才身临险境。良将韩成也为我而死，真是可悲可痛！"当下召徐达入舱，对他说道："你快去和刘先生替换。请他星夜前来，不得有误！"

过了几天，刘基没来，陈友谅倒是开着他的大船来袭击了。朱元璋督兵接仗。大约过了半个时辰，朱元璋的部下多半败退。气得朱元璋一连斩了十几个队长。正在这时，江上荡来一叶扁舟。舟中坐着三个人，除了参谋刘基之外，一个穿着道装，一个穿着僧装。穿道装的人戴着铁冠，之前曾经和朱元璋见过一面，他叫张中，别字景和，自号铁冠道人。朱元璋在滁州的时候，铁冠道人曾说他龙瞳凤目，有帝王之相，贵不可言。那个穿僧装的和尚，外表古怪，朱元璋不认识。刘基介绍说他叫周颠，是建昌人氏，在西山古佛寺栖身，知道未来的事情。朱元璋大喜，急忙问他们破敌的法子。刘基说："主公暂且收兵，我自有良策。"朱元璋传令收兵。退到十里之外才停泊下来，商议战事。刘基主张火攻。朱元璋说："徐达、郭兴也都这么说。但是敌船有几百艘，哪能烧完？况且纵火要仗风势，江上的风飘忽不定，很棘手啊。"说到这里，铁冠道人忽然大笑起来。朱元璋急忙问他笑什么，铁冠道人说："真人出世，还怕顺风不来相助吗？"朱元璋说："什么时候有风？"周颠插话说："今天黄昏就会有东北风。"朱元璋问："高人既然知道天象，那究竟陈氏的兴亡如何呢？"周颠抬头凝视了半天，摇着头说："上面没他的座位啊。"朱元璋又问："我军有没有灾祸？"周颠说："紫微星中，有黑气侵犯，但旁边有解星，所以不必过虑。"朱元璋说："既然如此，就劳烦诸位商议一下明天的破敌之策。"周颠与铁冠道人齐声说："刘先生料事如神，足以应付。我们云游四方，行踪不定，只是来观贺大捷的。"朱元璋知道不可强求，就让他们自由出入。接着对刘基说："明天就请先生替我调遣，准备杀敌。"刘基说："主公提兵亲征，应该亲自发号施令。"朱元璋点头。刘基便附在朱元璋的耳边传授密计。朱元璋大喜，随即命常遇春等人进舱，吩咐一番，叫他们去准备。

这时天色暗淡下来，江面上忽然刮起一阵大风，阵阵吹向西南方向。陈友谅正带兵巡逻，远远看见江中来了七艘小船。上面载满了士兵，正顺风直进。陈友谅料定是敌军入犯，连忙命人搭弓射箭。谁知船上的士兵，好像都有避箭诀，一个也射不倒。小船反而越驶越近。知道射箭无用，陈友谅急忙改用槊刺。可槊都刺到敌兵的胸膛里去了，敌兵还纹丝不动。等到抽槊回来，那敌兵竟然随着槊一起过来了。仔细一看，原来是戴着头盔、身穿铠甲的草人。众人正在惊疑，忽然敌船抛来铁钩搭住了大船。舱板里面的死士将硫磺、火药、蘸着油渍的芦苇等东西，纷纷抛向大船。刹那间烈焰腾空，大船全被点着。陈友谅急忙令士兵扑灭。怎奈风疾火烈，四面燃烧，扑不胜扑。常遇春等人又领兵杀到，陈友谅心慌意乱，连连叫苦。不到一会儿工夫，陈友谅的两个弟弟全部战死。陈友谅回天乏力，只好麾兵西逃，怎奈大船都用铁索连着。等到断开之后，烧死、溺死、杀死的将士已经不计其数。

陈友谅逃了一段路，见已经甩掉敌船，顿时咬牙切齿，与诸将商议道："朱元璋诡计多端，竟然用火攻！我见朱元璋的大船，船身是白色的。明天出战，只要看见白色的战船，马上并力围攻，只有杀了他，才能泄我心头之恨！"部众领命。到了第二天，陈友谅又击鼓前来。只见满眼都是白色的战船，士兵们顿时面面相觑。无奈已经出战，不好退回，只得硬着头皮上前打斗。朱元璋正在船里麾兵督战，忽然刘基跳起来大声喊道："主公快换船！"朱元璋来不及细问，急忙照着他的话，改乘别的船只。刘基也跟着跳了过去，高兴地说："难星过了！难星过……"话未说完，只听一声炮响，原来的船已经炸裂。朱元璋又惊又喜，急忙询问刘基："此后还有难星吗？"刘基说："难星已过，主公尽可放心！"于是朱元璋麾船前进。那时，陈友谅高坐在舵楼上，刚刚辨出朱元璋坐船，连忙用炮击碎。满以为朱元璋必死无疑，不料他又督兵杀来，不禁大吃一惊。

一时间，朱元璋的将士勇气倍增，呼声震天。敌船大乱。朱元璋的部下杀一阵，烧一阵，刀兵水火面面俱到。陈友谅狼狈至极，幸亏张定边拼命保护，才突出重围，退到鞋山。朱元璋带兵追到罂子口，因为水面狭窄，就在口外停泊。陈友谅也不敢出战。一连过了几天，才见陈友谅冒死出来，众人急忙迎头痛击。陈友谅逃命要紧，顾不上士兵，甚至连家眷也没有带，只带着张定边乘着别的船，偷偷渡到湖口。朱元璋穷追不舍。这时却看见张铁冠自己驾着扁舟，唱着歌前来，朱元璋喊道："张道人！你还真是悠闲！"张铁冠笑着说："陈友谅死了，能不悠闲吗？"朱元璋说："陈友谅没死，你不要说大话了！"张铁冠大笑："你是皇帝，我是道人，要不要和我赌头上的脑袋？"二人正在调侃，有人禀报，陈友谅逃到泾江，被泾江的士兵袭击，中了一箭，从眼睛一直穿透脑袋，已毙命了！张铁冠说："怎么样啊？"说完，划着桨悠然自去。

朱元璋派人擒拿俘虏，共抓来几千人，一一查核。见其中有一个美妇和一个少年，问其姓氏，才知道那美妇是陈友谅的妃子阇氏，少年是陈友谅的长子陈善。过了一天，才得知陈友谅的确切死讯。据说，张定边载着陈友谅的尸体，带着陈友谅的次子陈理，已经逃到武昌去了。陈友谅称帝四年，死时年仅四十四岁。

朱元璋凯旋班师。到了应天，对刘基说："当初陈友谅要是袭击金陵，我们可就麻烦了。幸好陈友谅已死，我总算放心了！"之后论功行赏，大摆宴席，欢庆了好几天。朱元璋高兴得很，乘着酒意，想起阇氏的美色。于是密令内侍将阇氏召来，另外备下美酒佳肴，逼她陪饮。阇氏起初不肯相从，后来想到自己身怀六甲，日后如果能生个男孩，或许还能复仇，只好耐着性子前去。朱元璋令她坐在一旁，畅饮三杯。只见阇氏两颊泛红，波瞳含水，云鬓生光。朱元璋越瞧越爱，越爱越贪，竟把阇氏轻轻搂住，拥入龙帐。阇氏身不由己，只好半推半就，成就了一段风流佳话。

第二年是元朝至正二十四年。正月初一，因李善长、徐达等人屡次上疏，朱元璋即吴王位，设立百司官员，行庆贺礼。任李善长为左相国，徐达为右相国，刘基为太史令，常遇春、俞通海为平章政事，汪广洋为右司郎中，张昶为左司都事。随即昭告文武百官："你们为了天下苍生考虑，推我为王。如今刚刚立国，更应该正纪纲、严法令。元朝皇帝昏庸无能，官员作威作福，以致天下大乱，还望各位将相励精图治，千万不要重蹈覆辙！"


## 兵败如山倒

吴王朱元璋因武昌久未攻下，决定再次亲征。到武昌之后，朱元璋察探地形，得知城东有一座高冠山，汉兵就驻扎在那里，把它当做一道天然屏障。朱元璋审视完毕，对诸将说："要破此城，必夺此山。你们哪个敢率兵上去？"诸将面面相觑，只有傅友德奋然道："臣愿意效劳！"朱元璋大喜，问他需要多少兵马。傅友德说："几百精兵足矣！"朱元璋让他自行挑选。傅友德挑出五百名壮士，乘夜来到山下，一鼓作气，还真夺下了高冠山。从高冠山俯瞰武昌，城中一切了如指掌。城中守将陈英杰向来骁勇，见高冠山被占，气愤得不得了。第二天，竟然偷偷溜出城来，混到吴营里面，径直来到中军帐下。朱元璋坐在床上，突然瞧见陈英杰，便大声喊道："郭四，有刺客！"郭四是郭英的小名，当晚正轮他值班。听到喊声，郭英急忙持枪跑了进来，正巧碰上刺客，于是手起枪落，将他刺死。朱元璋解下自己穿的红锦袍，披在郭英身上，拍着他的肩膀夸奖道："你真是我的尉迟敬德啊！"

又过了一天，有探子来报，说汉将张必先带着潭岳一带的兵马前来支援，汉兵已经到夜婆山了。朱元璋说："张必先来了，要用计胜他。"随即召常遇春入帐，教他一条密计，让他速速去办。常遇春领命而去。过了五天，常遇春擒住了张必先，前来复命。朱元璋命人将张必先推到城下，对城中守将说："你们唯一的希望张必先已经被我擒获了！速速投降吧，免得生灵涂炭！"张定边站在城上，问张必先："你是怎么被他们擒住的？"张必先说："不用说了，汉数已终，兄弟还是赶快投降吧！"接着，朱元璋又派降将罗复仁入城招降。过了半天，罗复仁回来禀报，说陈理愿意投降。朱元璋打开军门，陈理带着张定边等人进来，低着头跪在那里。陈理尚且年幼，浑身颤抖，不敢抬起头来。朱元璋不禁动了恻隐之心，亲自将他扶起，和颜悦色地说："我不治你的罪，你不要惊慌。"说完，又命陈理入城，劝慰他的母亲。陈理母子见城中百姓吃不饱饭，就将府库中的储蓄全部取出买米赈灾。旁边的郡县看到这种情况，全都望风归降。朱元璋在武昌设立湖广行中书省，命参政杨璟居守，并封陈理为归德侯。后又在鄱阳湖康郎山以及南昌府两个地方，建了阵亡将士祠，算是褒忠报功。

陈友谅气数已尽，接着轮到张士诚了。张士诚听说朱元璋西征，就趁机侵城略地，于是，南至绍兴，北至通泰、高邮、淮安、濠泗，东北至济宁，通通成了他的属地，幅员辽阔，声势浩大。张士诚让部下对其歌颂功德，并向朝廷邀封。朝廷不答应，张士诚就自称吴王。随后建府第，置官员。任用弟弟张士信为左丞相，妹夫潘元绍为参谋，一切政事都由他们二人做主。张士信荒淫无度，整天玩色子、看戏、奸淫妇女，身边围满了狎客、歌伎。

朱元璋回到应天后，命徐达为大将军，常遇春为副将军，率领二十万大军讨伐张士诚，并下令军中："此行不得妄杀一人！不得抢掠百姓！不得毁人房屋！不得掘张士诚的祖坟！"接着召徐达、常遇春入内，问他们，"你们准备先攻打哪里？"常遇春说："当然是直捣平江了。平江是张士诚的老窝，只要攻破平江，其余郡县就可以不攻自破了。"朱元璋说："错！张士诚从盐贩起家，与张天麒、潘原明等人互相支援，倚为手足。一旦张士诚穷途末路，张天麒等人定会拼死相救。到时候，张天麒从湖州出兵，潘原明从杭州出兵，援兵四至，你如何取胜？如今之计，要先攻湖州，剪去他的羽翼，然后再移兵平江，这样才能稳操胜券。"接着朱元璋又对徐达说，"前些天，张士诚的部将熊天瑞前来投降，我看他不是真心的。你不要把我的计划泄露出去，只管让熊天瑞跟着，就说是要直捣平江。他一定会去通风报信。"徐达与常遇春领命而去。朱元璋又约李文忠攻打杭州，华云龙攻打嘉兴，同时发兵，牵制敌人的势力。

徐达、常遇春率兵二十万，从太湖攻向湖州，沿途战无不胜，擒住了尹义、陈旺、石清、汪海等人。张士信驻守在崑山，闻风而逃。徐达查阅将士，发现少了一个熊天瑞，想必是到张士诚那里报信去了。于是传令火速前进，直达湖州的三里桥。张天麒听说徐达要来攻打，急忙率领偏将黄宝、陶子宝等人，分道迎战。黄宝从南路出兵，正巧与常遇春碰面，一战即逃。常遇春追到城下，黄宝来不及入城，被常遇春擒获。张天麒、陶子宝得知黄宝被擒的消息，不战自退。徐达领兵围住湖州，守兵都没什么斗志，惶惶不可终日。后来，援将李伯昇派获港潜入城中，人心才稍稍安定下来。探马将此事报告徐达，徐达就派将士环布在四周，截击援军。忽又听说张士诚的部将吕珍、朱暹以及五太子等人，率兵六万，已经到城东了。徐达便和常遇春说："吕珍、朱暹都是骁勇悍将。还有什么五太子，听说是张士诚的养子，此人短小精悍，能从平地跳起一丈多高。我们还是小心为妙！"常遇春点头说："你来围城，我去截击援兵，随机应变。"徐达点头答应，分兵十万给常遇春调遣。常遇春率兵来到姑嫂桥，连连筑下十个堡垒，分别防守要隘。吕珍等人不敢上前，只好在城东设下五个寨子，与常遇春相持。常遇春也不与他交锋，一心只想截断他的粮道。

经探听得知，张士诚的妹夫潘元绍运送粮饷到达乌镇。常遇春于是发兵偷袭，大获全胜。后来张士诚的部将徐志坚带水兵偷袭姑嫂桥，竟被活捉。五太子因屡遭挫败，一气之下集合水兵去攻打常遇春的大营。常遇春出营接仗。五太子的士兵人人奋勇，个个争先。双方厮杀起来，常遇春这边稍逊一筹，险些被他击退。正在此时，薛显顺风纵火，把五太子的兵船烧得乌黑。五太子只好逃回去，与吕珍、朱暹等人商议，吕珍、朱暹面面相觑，支吾了好一阵子，只想出一条纳款投诚的计策。几个人投降后，常遇春立即禀报徐达。徐达令吕珍等人到城下，招呼李伯昇、张天麒等人出降。李伯昇、张天麒无可奈何，只好交了降书，迎接徐达入城。湖州拿下。

张士诚听说湖州沦陷，急得手足无措。不料又传来杭州、嘉兴沦陷的消息，不由得魂飞天外，连身子都抖了起来。后来吴江沦陷，参政李福、知州杨彝降敌的消息也传了回来。又过了两天，城外炮声隆隆，鼓声阵阵。张士诚知道是敌军杀到，急忙调兵登城，严防死守。第二天一早，张士诚登上城楼，只见四面八方都竖着敌军的旗帜：葑门驻扎着徐达的军队；虎邱驻扎着常遇春的军队；娄门驻扎着郭兴的军队；胥门驻扎着华云龙的军队；阊门驻着汤和的军队；盘门驻着王弼的军队；西门驻着张温的军队；北门驻着康茂才的军队；东北驻着耿炳文的军队；西南驻着仇成的军队；西北驻着何文辉的军队。各军磨刀霍霍，弄得这位张大王心烦意乱，只好命一班勇胜军加紧防守。勇胜军都是强盗出身，个个剽悍异常，张士诚格外恩宠，称他们为"十条龙"。这十条龙确实厉害，徐达等人昼夜猛攻，都不能得手。俞通海带兵攻下太仓、崑山、崇明、嘉定各县，回来复命的时候，见平江还没有攻下，不觉义愤填膺，于是率先猛扑。谁知城上的矢石确实厉害，攻了一个时辰，身中数箭，无功而返。徐达看他伤得很重，就把他送回应天。没过几天俞通海就死了。朱元璋不免悲痛。

　　光阴易过，转眼间几个月过去了。张士诚焦躁得很，竟然派徐义、潘元绍等人带着勇胜军潜出西门，绕到虎邱，去袭击常遇春的大营。常遇春事先已经得知，与王弼会师赶去拦截。两军相会，互相拼杀起来。张士诚又亲自派精兵支援，来势汹汹。常遇春的部下杨国兴战死，士兵们都有点畏缩不前。王弼看到这种情况，一马当先，挥着双刀，冲入敌阵。敌人被冲乱，常遇春乘机掩杀过来，竟将张士诚的将士逼到沙盆潭。张士诚连人带马堕入潭中，差点淹死。十条龙全部下水相救，等把张士诚救上岸，十条龙已经死了九条。张士诚狼狈地逃回城中，检查将士，发现伤亡无数，竟然捶胸痛哭起来。

　　正在这时，有位客人求见。张士诚召他进来问："你要说什么？"客人回答："您可知道天数？从前项羽叱咤风云，百战百胜，最后却被汉高祖刘邦打败，自刎乌江。可见天数难逃。您当年以十八名勇士攻入高邮，击退百万元兵。东据三吴，拥千里土地，南面称王，不亚于项羽。如果能爱民如子，赏罚分明，天下不难平定。你怎么会沦落到这种地步呢？"张士诚说："你之前不说，现在已经来不及了。"客人又说："曾经您门客如海，子弟亲戚闭目塞听，内外将帅朝歌夜饮，日日酣醉，哪知道有今天？就算有人想说，您也不愿意听啊。"张士诚叹了口气："事已至此，还说什么。"客人说："在下倒是有一计，不知道您愿不愿意听？"张士诚说："如果真能大难不死，你不妨直言。"客人说："不如早

042

从天命，自求多福。你不做皇帝，还能做个万户侯。得失之间，还要您自己考虑!"张士诚沉思了很久说："你先下去，让我想一想!"客人退下。

张士诚踌躇了一个晚上，决定不降。随后带兵冲出胥门，又被常遇春杀退。张士信督兵守城，被飞炮击中脑袋，当场死去。熊天瑞拼死抵御，甚至拆毁祠堂、民居，作为炮料，轮番击射。徐达攻了很多天，死伤无数，才攻破葑门。常遇春也攻破阊门，蜂拥而入。守将唐杰、周仁、徐义、潘元绍等人招架不住，先后投降。张士诚收集两三万残兵败将，在万寿寺东街巷战。那时大势已去，不到一会儿，士兵们就已纷纷逃散。张士诚逃回内城。徐达等人乘势杀入。只见张士诚的宫中，烈焰翻腾，照红了半片天空。

## 张士诚的末日

张士诚的宫里，有一座齐云楼，是张士诚的妻子刘氏居住的地方。张士诚兵败的时候，曾对刘氏说："我要是战败而死，你们怎么办?"刘氏说："夫君不用担心，妾决不负君!"等到平江沦陷，刘氏就命乳母金氏将两名幼子抱出来，然后将群妾侍女赶到齐云楼上，让养子辰保在楼下放火。霎时间烈焰冲天，一座高楼被烧成灰烬。随后，刘氏也悬梁自尽。张士诚一个人坐在室内，左右已经全都逃走了。徐达命降将李伯昇去劝张士诚投降。李伯昇敲了很久，没有回应，只好破门而入。只见张士诚穿着龙袍，两脚悬空，已经吊死在梁上了。李伯昇急忙令降将赵世雄解绳相救，张士诚竟然苏醒过来。这时候潘元绍也来了，再三开导张士诚。张士诚始终闭着眼睛，一言不发。在送往应天的路上，张士诚不说话也不进食，奄奄待毙。到了应天之后，李善长百般开导，劝他归顺。张士诚竟出言不逊，惹恼了李善长。李善长禀报朱元璋，想置他于死地。朱元璋还想保全他的性命，哪知张士诚竟乘人不备，自缢身亡。

张士诚于元至正十三年起兵，至正二十四年自称吴王，至正二十七年缢死在金陵，朱元璋为他殓葬。降将大多免罪，只有熊天瑞被斩首示众。朱元璋将平江改为苏州府，接着论功行赏。封李善长为宣国公，徐达为信国公，常遇春为鄂国公，其余将士也一概做了封赏。

平江还没有攻下的时候，朱元璋曾派廖永忠到滁州迎接韩林儿到应天府。刘基密嘱吴王，让廖永忠弄翻韩林儿的船，使韩林儿溺水身亡。朱元璋替他办好葬礼。后又除去龙凤年号，改为吴元年，设立宗庙社稷，构建宫室，订立乐律，规定科举。等到攻下平江，江东大定，朱元璋决定分道出师，一路攻打中原，一路平定南方。

因元相脱脱贬死在云南，河北一带多半沦陷。幸亏察罕铁木儿在关陕起兵，转战大河南北，平定晋冀，收复汴梁，剿抚山东，盗匪几乎被荡平。吴王朱元璋曾派人给察罕写信，与他通好，察罕回了信，却将使臣扣留。后来察罕被降将田丰所杀，朝廷就让察罕的养子王保保代理军务。王保保就是扩廓铁木儿，他率兵复仇，擒杀了田丰，又送还朱元璋的信使，并写信劝朱元璋归降元朝。朝廷也派尚书张昶，从水路到达庆元，授吴王朱元璋为江西平章。朱元璋不肯接受。

扩廓铁木儿智勇双全，毫不逊色于他的父亲。只是河南平章孛罗铁木儿，屡次动兵侵扰朝廷。元太子爱猷识理达腊，与扩廓铁木儿相处得不错，就让他调兵讨伐孛罗铁木儿。孛罗铁木儿当即举兵造反，驱逐太子，幽禁皇后。多亏威顺王和尚派人刺死孛罗铁木儿，朝廷才安定下来。扩廓铁木儿送太子回朝之后，被封为河南王，总管各路军马，代太子出师江南。不料关中四将军竟然抗命。四将军一个叫李思齐，一个叫张良弼，一个叫孔兴，一个叫脱列伯。他们互相勾结，推选李思齐为盟主，拒绝扩廓铁木儿。扩廓铁木儿怒不可遏，与李思齐等人力争。双方相持了好几年，朝廷屡次调解，都没有效果。后来，顺帝特意下诏，命扩廓铁木儿专管江淮军事。扩廓铁木儿一心想囊括关中，然后南下。顺帝很不高兴。太子还朝时，想趁机内禅，和扩廓铁木儿商议却遭其拒绝，也怀恨在心。父子二人都忌恨扩廓铁木儿，就想削去他的官职，夺掉他的兵权，并让太子统领各军，专门防备扩廓铁木儿。扩廓铁木儿年轻气盛，哪里肯受这种屈辱？当下占据了太原，抗旨不遵。顺帝正想派兵讨伐，哪知应天这边，已经命徐达为征虏大将军，常遇春为副将军，率师二十五万，向北行进。也不知朱元璋早给齐、鲁、河、洛、燕、蓟、秦、晋发了檄文。

朱元璋与诸将筹划北伐的事情时，常遇春认为应当直捣元朝都城。朱元璋不以为然，说应该先取山东，然后攻入河南，进军潼关，再去攻打元都，这样，敌人势孤援绝，自然容易攻破。接着，再西取云中、太原，进逼关、陇，统一中原。诸将全都点头称善，随即由徐达、常遇春统领重兵，向山东进发；命汤和为征南将军，吴桢为副将，率常州、长兴、宜兴、江淮的兵马，讨伐方国珍；胡廷美①也被封为征南将军，何文

---

① 胡廷美：就是胡廷瑞，因避讳朱元璋的字，故而改瑞为美。

辉为副将，率兵攻打福建；平章杨璟、左丞周德兴、张彬，率领武昌、荆州、潭州、岳州的兵马，从湖广进攻广西。

方国珍一直和应天通好，常常派使臣进贡物品。后来吴王朱元璋与陈友谅、张士诚争夺地盘，方国珍乘机抢占濒海的几个郡县。吴王派人去问，方国珍支支吾吾，说不出个所以然。吴王觉得他反复无常，决定进兵温州。方国珍派人去谢罪，并谎称攻克杭州之后，马上纳粮。可等到杭州平定，吴王向他征粮二十万石时，方国珍竟然置之不理。后来，汤和、吴桢奉命南征，围攻庆元。方国珍还想严防死守。谁知部下徐善竟带着父老乡亲开城投降，害得方国珍孤掌难鸣，只好带了些亲信，到海上避难。汤和分兵攻下定海、慈溪等县，又与廖永忠会师，夹攻方国珍。方国珍走投无路，惶惶不可终日。幸亏汤将军网开一面，派人去招降。方国珍这才献上二十六方大印，一万两白银，两千缗钱，并让儿子方明完奉表称臣。

吴王朱元璋见方国珍阴险狡诈，本来想赐他死罪。等看到那降表，又觉得凄凉婉转，不禁可怜起来，当即回信："既然已经投降，我也就不再追究了！"方国珍收到回信，立即带着部下赶到应天。吴王当面指责他："你反复无常，害我劳师动众。不过现在投降也不算晚！"方国珍随即叩头谢罪，归顺了朱元璋。朱元璋即位之后，一直厚待方国珍，在京师赏赐他府第，还给他的两个儿子封官。方国珍也算是善终了。

汤和等人收降了方国珍，就从水路直达福建，接应胡廷美的军队。福建正被陈友定占据着。陈友定是福清人，朝廷封他为福建行省平章政事，曾派兵侵略处州，被参军胡深打败。胡深进军松溪，擒获守将陈子玉，接着攻入建宁。胡深在建宁被陈友定的部下阮德柔偷袭，后来被擒杀。胡深文武双全，防守处州五年，恩威并济。他被擒获之后，天象有变，太阳中出现黑子。刘基说东南要损失一员大将，最后果然应验了。朱元璋听到噩耗，派人前去祭拜，追封他为缙云郡伯。胡廷美、何文辉等人率兵南下，先派人招降陈友定。陈友定将信使杀死，誓死不降。胡廷美得知消息，督兵猛进，先后攻陷光泽、邵武、建阳，直逼建宁。这时候，陈友定的部下袁仁递来降书，表示愿意开城投降。第二天一早，袁仁果真打开了南门。吴兵乘机拥入，曲出、赖正孙、谢英辅等人先后逃走，邓益战死，参军尹克仁投水自尽，金院伯铁木儿拔剑自刎。此后，兴化以及莆田等十三个郡县一律被平定。

胡廷美、何文辉等人攻克建宁之后，继续向前推进。陈友定派兵出城，正好遇到汤和的兵马。双方一阵厮杀，陈友定败下阵来。汤和兵临城下，城中的守将纷纷请求出战。陈友定说："敌兵远道而来，士气正盛。我们不如以逸待劳，和他打个持久战，看他怎么胜我？"诸将唯唯听命。陈友定下令守城的士兵不得轮番休息，不得交头接耳，违令者斩。将士们对此都有怨言，部将萧院判、刘守仁抱怨了几句，陈友定当即杀死萧院判，削去刘守仁的兵权。陈友定的做法逼得刘守仁出城投降。后来陈友定的军器库被人放火，城里炮声震天。汤和等人知道城里内变，蜂拥而至，城池随即被攻破。陈友定和他的儿子一同被擒，在闹市被斩首。

## 四海归心登帝位

杨璟、周德兴、张彬等人从湖广出师，南下永州，一路上攻无不克，战无不胜。永州守将邓祖胜派兵死守，杨璟在西江造了一座浮桥，渡兵攻城。几十天之后，城里的粮食全部吃完。邓祖胜服毒自尽，永州随即被攻下。后来，周德兴、张彬攻下全州。廖永忠攻下广州、梧州、藤州、桂林。只有杨璟、周德兴、张彬等人进攻靖江，几十天都没有攻下。朱亮祖领兵前来会师，驻扎在象鼻山下。四面围攻，仍然不能攻克。杨璟气愤难耐，命人将护城河里的水一律放干，又从壕沟里筑起土堤，直通北门。随后派兵猛扑，当即登城。后又移兵郴州，招降两江土官黄英衍、岑巴延等人。廖永忠也指挥耿天璧攻破了宾州、象州。两广平定，杨璟等人凯旋而归。这一年是元朝顺帝至正二十八年，也是明太祖洪武元年。

方国珍投降后，李善长等人上疏劝朱元璋登基，朱元璋不肯答应。奏折再三呈上，朱元璋才命人去办理。太史令刘基择定吉日，朱元璋在戊申年正月四日即皇帝位，国号明，改元洪武。即位前三天，在南郊筑坛，一切礼仪俱备。朱元璋命群臣斋戒沐浴，共同赶赴南郊。先祭拜天地，接着是日月星辰、风云雨雷、五岳四渎、名山大川。坛下鼓乐齐鸣，坛上烟雾缭绕。朱元璋亲自登坛，行祭告礼。太史令刘基诵读祝文。祝文读完之后，朱元璋率群臣拜跪。当天，风和日丽，碧空万里，与连日黑云沉沉、雨雪交加的气象大不相同。人人都说这是太平盛世的预兆。

祭祀完毕，李善长带着文武百官、都城父老高呼万岁，接着朱元璋带着皇子、大臣祭告宗庙。礼毕回朝之后，朱元璋在大殿受群臣朝贺，并封马氏为皇后，封长子朱标为皇太子，任用李善长、徐达为左、右丞相，刘基为御史中丞兼太史令。各位功臣也都加官晋爵。于是，明室初定，历史上称他为明太祖。

太祖罢朝回宫之后，对马皇后说："朕从布衣起家，能做上皇帝，外倚功臣，内靠贤后。每每想起从前与郭氏住在一起的艰苦日子就暗自感慨，要不是皇后从中调停，偷偷接济朕，朕怎么能有今天？豆粥麦饭，铭记在心，永不相忘。皇后跟随朕东征西讨，亲手为朕穿上铠甲战靴，种种劳苦，数不胜数。古人称家有良妇，如同国有良相。如今我有如此贤惠的皇后，才深信古语不假啊！"马皇后说："臣妾也听说夫妇相保易，君臣相保难，陛下不忘贫贱之妻，但愿也不要忘记患难之臣！"太祖说："唐有长孙皇后劝太宗不忘魏征，你可以和古人媲美了！"马皇后说："妾怎么敢和古人相比。"太祖说："你没有父母，只有族人。朕把他们招到朝中给他们封官，怎么样？"马皇后叩谢说："高官厚禄应该赏给贤臣，不应该私给外戚，陛下不要妄徇私恩啊！"太祖点头。

徐达、常遇春等人引兵攻入山东，各路元军纷纷投降。后来转攻益都。益都城内，元宣慰使普颜不花与母亲妻子诀别后，出城死战，被明军擒拿，因不肯屈服而被杀害。元总管胡浚、知院张俊先后自尽。普颜不花的妻子阿鲁真抱着子女，投入井中。接着东平、东阿、济南、济宁、莱阳各路守将，不是闻风而逃，就是解甲投降。太祖又派汤和修造海舟，给北征军送去粮饷，并命康茂才率领一万兵马支援北征军。常遇春攻克东昌，徐达攻下乐安。山东全境，全纳入明朝版图。

接着徐达与常遇春会师，平定河南。明太祖听说后，亲自来到汴梁。徐达与常遇春等人觐见，太祖慰劳一番之后，开始商议攻取元都的计划。徐达道："臣一路攻过来，见扩廓铁木儿观望不前，张良弼、李思齐等人毫无谋略，想必元都已经没有援兵了。如果现在进兵，必克无疑！"太祖指着地图提醒他："你说得不错，但北方土地平旷，作战以骑兵为主。现在应该先选骁勇善战的骑兵作为先锋。将军率水陆两军作为后应，带着山东的粮草补给粮饷，直捣元都，到那时都城就可以不战而降了。"接着又对冯胜说："你发兵进攻潼关，潼关得手后，派些人留守在那里。你马上转回汴梁，接应大将军，不得有误！"徐达与冯胜领命而出。冯胜即日出师，直攻潼关。此时，元将李思齐、张良弼都已经带兵逃到关外。冯胜派人偷偷溜到张良弼的营前，放了一把火，整个军营火光四起。张良弼从梦中惊醒，以为是敌人来偷袭，当即披甲上马，出营迎战。谁知杀了一场，发现都是自己的人马，连忙收兵，退入关内。李思齐听到这消息，也惊慌起来，马上移军葫芦滩。两军还没有扎营，冯胜已经率兵杀来，夺下了潼关。李思齐逃到凤翔，张良弼逃到鄜城。冯胜入关后，命指挥使于光、金兴旺等人留守，自己带兵返回汴梁。

太祖听说潼关这边得手，北伐军已经没有后顾之忧，就回到应天。命徐达等人进攻元都，并告诫他们不要大开杀戒。徐达进兵通州，在河东岸扎营。常遇春在河西岸扎营。诸将都想趁着锐气攻城。指挥郭英说："我军远道而来，敌军居守城内，一劳一逸，不宜急攻。"第二天清晨，天降大雾。郭英命一千士兵埋伏在道旁，自己带着三千精兵，直达城下。元知枢密院事卜颜铁木儿率一万多名勇士，分两路攻出。郭英假装败退。卜颜铁木儿率兵去追，中途遇到埋伏，队伍被冲成两截。郭英又转身杀回来，卜颜铁木儿猝不及防，被郭英刺落马下，接着被绑走了。元军没了主帅，顿时溃散四逃。郭英乘胜追击，又杀了几千人。等到收兵回来，统帅徐达已经引兵入城，卜颜铁木儿被斩首示众。休息数天之后，徐达准备攻打元都。不料元顺帝已经逃走，元都只剩淮王铁木儿不花以及左丞相庆童等人。


## 扩廓中计

元顺帝听说通州失陷，心急火燎，赶忙在清宁殿召集三宫后妃，以及太子爱猷识理达腊准备北行。宦官伯颜不花进谏道："陛下留在京都，臣等愿募集百姓出城迎战。"顺帝说："孛罗铁木儿、扩廓铁木儿屡次骚扰，京中守备早已空虚。还怎么守？"伯颜不花痛哭流涕："祖宗的天下，陛下应当死守，怎么能轻易放弃呢？"顺帝怒道："难道要我像宋徽宗、宋钦宗那样？朕意已决，不要再说了！"说完，拂袖回宫。到了黄昏，顺帝召淮王铁木儿不花和丞相庆童入内，命淮王监国，庆童为辅佐。自己则在半夜的时候，打开建德门，带着后妃、太子往北逃去。徐达率领明军，从齐化门攻入，擒获淮王铁木儿不花、左丞相庆童、平章迭儿必失朴赛不花等人。明军劝他们归降，全都不从，于是一律被处斩。徐达随即查封府库、书籍、宝物，又派兵守住故宫的殿门。所有的宫女、妃嫔还让原来的太监照顾着，并号令士兵，秋毫无犯。让百姓安居乐业，集市照常开张，然后又派人到应天报捷。徐达一面命薛显、傅友德等人分兵把守关卡；一面命华云龙修缮城池，专等太祖巡幸。

太祖得到捷报，下诏褒奖北征军，定应天为南京，开封为北京，并制定了官制。起先，明朝的官制模仿元代，设中书省总管天下吏治；置大都督府统领天下兵政；设御史台整肃朝廷纲纪，接着改立六部，定下吏部、户部、礼部、兵部、刑部、工部等名目。后来胡惟庸伏法，朝廷就罢去了中书省，废掉了丞相等官，用尚书管理天下大事，侍郎为副手。将大都督府分为五军都督府，由兵部管辖，权力远不如从前，并增设都察院管辖台官。

太祖命徐达、常遇春出师攻取山西，副将军冯胜、偏将军汤和、平章杨璟随军调遣。徐达受命西征，分道并进。常遇春攻下保定、中山、真定；冯胜、汤和、杨璟等人攻下怀庆，进逼太原。元将扩廓铁木儿的部下韩札儿来攻打泽州，与杨璟、张彬等人在韩家店相遇。杨璟、张彬等人藐视元军，以为韩札儿没什么能力，一鼓便可以击退。哪知韩札儿骁悍得很，手下又都身经百战。双方拼杀了很久，杨璟、张彬非但没有击退元军，反倒被他们冲散了阵势，败下阵来。大将军徐达得知消息后，立即调都督副使孙兴祖、佥事华云龙去防守北平，自己则带着大军直逼太原。途中听说元顺帝赦免了扩廓的罪状，让他官复原职，带兵攻打北平。徐达当即召集诸将前来商议。诸将都说应该回去支援，徐达却说："北平重地有孙都督等人把守，一定能抵抗得住。此次扩廓倾巢出动，太原必定空虚。我军不如乘他不备，直逼太原，一举捣毁他的巢穴。到了那个时候，扩廓进退失利，定被我们擒住。"商议好之后，明军继续前进。扩廓果然派兵来救太原，在城西扎营，大有排山倒海的架势。郭英登高远望，回去和常遇春说："敌兵虽多，却很不整齐；军营虽大，却很不谨慎。我军只要趁夜偷袭，一定可以取胜。"常遇春去和徐达说，徐达也点头同意。正在筹划的时候，忽然从扩廓的军营里送来一封信。徐达看完之后，写好回信，派人送去。

当晚天气阴暗，薄云笼罩。郭英带着三百名精骑，偷偷溜到敌营附近。一声炮响之后，士兵们四面纵火，顿时火光冲天，烈焰滚滚。常遇春带领大队人马跟了过来。敌营里面，也有一队人马呐喊着冲出来。两边相见，却并不厮杀，互通暗号后，这队人马引着明军，扑向主营。当时，扩廓铁木儿刚刚点上蜡烛，正准备看书，忽听到营外杀声连天，料到有什么变化，急忙起身。慌乱间，连靴子都没有穿好，竟光着一只脚，跑出帐外，跨上一匹劣马，扩廓举鞭乱抽，向北逃去。其身边只有十八名亲信跟随。常遇春等人杀入营帐，营中已经乱作一团。常遇春大喊："降者免死！"士兵们全都丢盔弃甲，跪了下来。这次战役共缴获四万士兵，四万匹马。

原来扩廓有一个叫豁鼻马的部下，看到元朝将要灭亡，就有了归降的意思。后来听说徐达礼贤下士，不杀降人。这豁鼻马便背着扩廓，暗中给徐达写信，表示愿意做内应。徐达马上回信相约，互通暗号。所以这次交战才这么容易得手。扩廓逃走后，太原很快被明军攻下。徐达又乘势收复了大同、平阳、榆次、平遥、介休。山西平定。

太祖接到捷报，心中的愉快自然不消细说。转眼间就是洪武二年。这年，太祖命人在江宁西北鸡笼山下，建一座功臣庙。

徐达等人平定山西之后，又奉命进军关陕。关中已经推选李思齐为统帅，驻兵凤翔。大军出发前，太祖先派人去招降。李思齐有投降的意思，可他的养子赵琦却不愿投降，并劝李思齐西入吐蕃。就在李思齐迟疑不决的时候，大将军徐达已经统兵入关，直捣奉元。元守将哈麻图逃走时被民兵杀死。那时关中大闹饥荒，太祖下令，每户分给二三石米粮，顿时民心归附。

常遇春进攻凤翔。李思齐听从赵琦的话逃往临洮。谁知赵琦竟然半路起了歹心，抢了珠宝逃走了。李思齐长叹几声，只好投降。徐达命人将他送到南京。太祖以礼相待，任命他为江西行省左丞。接着太祖传令，命常遇春回来防守北平，其余将士都跟着大将军攻打庆阳，并说张良弼兄弟狡猾多端，即使前来投降，也要小心处置，千万不要中计！

徐达领命之后，攻下平凉。张良弼非常惶恐，让弟弟张良臣防守庆阳，自己逃回宁夏。途中遇到扩廓的兵马，被扩廓活捉。张良臣听说后，就投降了明军。徐达派薛显入城，张良臣前来迎接，匍伏在马前，非常恭顺。薛显招抚完百姓之后，就在城外屯下兵马。张良臣骁勇善战，他本来想诱薛显入城，等到半夜，再关上城门劫杀薛显。谁知薛显竟然屯兵城外，使得张良臣的计谋没能得逞。张良臣只得趁夜打开城门，领兵杀出。薛显带领五千骑兵拼命抵抗，身中数箭，负伤逃到徐达的大营。检阅兵士，竟伤亡过半。徐达对诸将说："皇上明见，今天的事情早就被他猜到。张良臣困守孤城，终究是要败亡，我们就一起去灭了他！"诸将齐声领命。于是各路大军将庆阳团团围住。张良臣急忙派人到扩廓那里求援。扩廓那时还在宁夏，就派部下韩札儿攻陷原州，为庆阳声援。徐达派冯胜到驿马关抵御韩札儿。驿马关距庆阳三十里。冯胜赶到之后，听说韩札儿又攻陷了泾州，急忙星夜前进。途中遇到韩札儿的军队，冯胜将他们击败。那时常遇春早已回到北平。听到消息后，就带着部下李文忠，驱兵北进，到达锦州，击败元将江文清，进入全宁；接着又打败元丞相也速，进攻大兴州。一路马不停蹄，直达开平。元顺帝从燕京出走后，在开平驻扎。听说明军赶到，又仓皇逃走。常遇春追了几十里，招降将士几万人，缴获一万辆战车、三千匹马、五万头牛。于是蓟北平定。

常遇春还准备到庆阳攻打张良臣。谁知到了柳河州，竟然身患重病，霎时间全身疼痛，从前医好的箭伤，也好端端地裂开了。


## 雪地里的脚印

常遇春知道自己将不久于人世，便把军队里的事情嘱托给李文忠，再与诸将诀别，让他们听李文忠的指挥，随后就病逝了，年仅四十。常遇春刚毅果敢，善于安抚士兵，冲锋陷阵从来没有胆怯过。虽然读书较少，但往往能出奇制胜。他常说只要带十万兵马，就能横行天下，所以军中称他为"常十万"。大将军徐达，比常遇春还要年轻两岁，常遇春身为副将，却能虚心恭谨，实属难得。太祖听到噩耗，不胜悲痛，像当年宋太宗葬赵普那样亲自祭奠常遇春，赐葬钟山原，赠太保中书右丞相，追封开平王，谥号忠武，配享太庙。后又诏命李文忠接替常遇春的职务，去和徐达会师，帮他攻打庆阳。

李文忠到达太原后，有探子来报，说元将脱列伯等人围攻大同。李文忠就对左丞相赵庸等人说道："将在外，君命有所不受。只要有利于国家，专断一次又何妨？目前大同被围攻，应该前去救援。如果非要禀报后才能行动，岂不是错失良机了？"赵庸等人纷纷点头。于是便从代郡出雁门关，来到马邑。正巧元平章刘铁木儿带领几千骑兵杀来，明军当即迎头痛击，杀败敌兵，并将刘铁木儿擒获，接着进兵白杨门，捉住黠寇四大王。因天色已晚，雨雪纷飞，李文忠决定安营扎寨。大营扎稳后，雪下得越来越大，漫山遍野都是白茫茫的一片。李文忠不敢休息，带着几名骑兵到山里巡查。走了一圈，发觉山前山后的雪地上似乎有行人的踪迹，便策马回去，带着将士们又往前走了五里，才安顿下来。诸将都莫名其妙，议论纷纷。李文忠将他们召入帐中说："我看山上雪地里有很多脚印，附近一定有伏兵出没。如果在那里安营扎寨，一定会有危险。

现在移到这里，才稍觉安稳。但也要整装待发，静候军令。如有人敢轻举妄动，休怪军法无情！"诸将领命。果然，到了半夜，敌兵前来攻寨。李文忠下令营中只守不战。敌兵走近之后，见营门紧闭，呐喊了好几次，也不见有接战的兵马。正准备上前进击，哪知梆声一发，箭如飞蝗般射来。敌兵主帅脱列伯，料到营中有所防备，只好麾兵退下。

没过多久，鸡声报晓，晨光熹微。李文忠传令将士饱餐一顿，然后派兵去袭击敌营，自己则在营中静待消息。脱列伯的军队正在做早饭，看到明军从天而降，饭都顾不上吃，慌忙上马迎敌。从寅时一直打到辰时，不分胜负。探子担心元军人多势众，屡次报告李文忠，想请他支援。李文忠却神态自若，并不发兵。等过了巳时，雪开始融化，颗颗水珠折射着太阳的光芒。李文忠陡然上马，带着两路大军，驰入敌阵。元军本来就是饿着肚子打仗，一直在勉强支撑。此时忽然杀来一支生力军，元军想继续拼杀却没有力气，想逃跑却逃不出去，一个个惊慌失措。脱列伯也胆战心惊，正准备杀出一条血路，向北逃走。哪知李文忠跃马上前，一枪刺来，正中脱列伯的马首。脱列伯和马一起摔倒在地，明军一拥而上，把脱列伯活捉了。元军见主将被擒，自然无心恋战，纷纷下马投降。明军缴获无数军械物资，凯旋回营。李文忠派人将脱列伯送到京城，太祖命人给他松绑，并赏赐他冠带、衣服。从此脱列伯安居南京，直到寿终。孔兴本来和脱列伯约好一起攻打大同，听说脱列伯被擒，只好逃到绥德，后来被部将所杀。杀他的部将提着他的脑袋投降了明朝。

李文忠平定大同之后，正准备赶往庆阳。途中收到捷报，说庆阳已经攻下，张良臣与七个养子都被斩首。李文忠将情况禀报朝廷，然后静待后命。太祖随即下令北征，仍命徐达为大将军，李文忠、邓愈为左副将军，冯胜、汤和为右副将军，于洪武三年正月出发。临行前，太祖问各位将士："元主一直留在塞外，扩廓铁木儿屡次侵犯我朝兰州。你们要是出师，准备先灭哪一个？"诸将答："扩廓铁木儿屡屡侵犯边疆，无非是因为元主还在。如果我军直取元主，扩廓铁木儿一定可以不战而降。"太祖摇头："扩廓铁木儿率兵侵犯边疆，应该立即出师讨伐。如果不理会扩廓铁木儿，去攻打元主，那就是舍近求远。朕的意思是分兵两路：一路让大将军从潼关出西安，直取扩廓铁木儿；一路让左副将军出居庸关，进入沙漠，追袭元主。这不是一举两得吗？"诸将都说是妙计，于是分道而行。

徐达带着兵马直达安定。扩廓铁木儿驻扎到沈儿峪。两军隔沟立垒，一天要打好几次，彼此戒备森严。明左丞胡德济在东南扎营。半夜，突然听到营外着火，营中大乱。元军乘势杀入，幸亏徐达亲自率兵前来相救，才将元军杀退。徐达赶退元军之后，立即传胡德济入帐，喝令左右将他拿下，并对诸将说道："胡德济违令当斩。念他是功臣后裔，就将他送到京师，请皇上发落吧。"说完，将胡德济的部将，从赵指挥以下全部正法。众将瞠目结舌。

第二天，徐达下令出战。全军奋勇争先，扩廓铁木儿还没来得及摆阵，明军就已经杀到，仿佛雷鸣电掣一般，无人敢挡。元军的头目纷纷落马，被明军生擒活捉。扩廓铁木儿知道抵挡不住，急忙带着妻儿落荒而逃。慌忙中来不及辨路，狂奔一天一夜，只听到流水声潺潺不绝。待他立足细看，原来已经到黄河岸边了。正踌躇不决，听见后面杀声又起，扩廓铁木儿不禁叹息："前有大河，后有追兵，真是天要亡我……"话还没说完，忽然看见河里漂过一段很粗的浮木，有几丈长。扩廓铁木儿不觉转悲为喜，急忙带着妻儿跨上浮木，将手中的方天戟当成篙桨，飞摇而去。后面追赶的是明都督郭英，他看河边空无一人，还以为扩廓铁木儿逃往宁夏去了。哪晓得扩廓铁木儿已经投奔和林去了。这场大战，明军缴获无数军械物资，然后进攻沔州，攻下连云栈、兴元。胡德济被送到京城，太祖念胡大海的功劳，不忍心加罪，下令立即释放。

李文忠出了居庸关，攻下兴和、察罕诺尔、开平。听说元顺帝在应昌病逝，太子爱猷识理达腊即位，便想乘机进兵。元主爱猷识理达腊接连收到警报，哪里还敢抵抗？急忙带着后妃宫娥、文武将相开城逃走。不料明军前锋已到，竟然将他们全部截杀。元将百家奴、胡天雄等人护着爱猷识理达腊拼命北逃。应昌沦陷。李文忠带兵进城，搜到无数金银财宝、御玺法器，接着带兵去追元主，一直追到北庆州也没能追到，只好返回。

过了几个月，徐达、李文忠等人凯旋回朝，太祖亲自出郊外迎接。洪武三年十一月丙申日，太祖亲临奉天殿，大封功臣。王公以下文武百官分列两阶，晋封李善长为韩国公，徐达为魏国公，常茂为郑国公，李文忠为曹国公，邓愈为卫国公，冯胜为宋国公；汤和以下二十八人全部封侯，所有分封的大臣，全部赐以铁券。李善长、徐达等人叩头拜谢，太祖当即退朝。过了几天，又封中书右丞汪广洋为忠勤伯，御史中丞刘基为诚意伯。据说太祖屡次想给刘基加官晋爵，刘基再三辞谢。所以尽管刘基的功劳不亚于李善长，李善长封公，刘基却只封伯，都是刘基自愿，并不是太祖薄待。

## 天下第一奇男子

太祖为功臣加官晋爵之后，考虑到宋、元的弊端，就仿照古制，给王子王孙们封藩。当时封了九个儿子，一个侄孙。每年赐给一万石粮食。身边的官属、护卫最多的有一万九千人，最少的也有三千人。冕服、车、旗、府第仅次于天子，公侯不得超越。后来尾大不掉，成为燕王靖难的祸端。

洪武四年正月。太祖下诏伐蜀，命中山侯汤和为征西将军，江夏侯周德兴、德庆侯廖永忠为副将，带领水兵从瞿塘进发；颖川侯傅友德为征虏前将军，济宁侯顾时为副将，率陆兵从秦、陇进发。浩浩荡荡，前去讨伐明昇。明昇的父亲明玉珍原来是徐寿辉的部下，身长八尺有余，一只眼睛有两个瞳仁，驻守在沔阳。一次与元兵搏斗的时候，右眼中箭，于是成了独眼。后来，明玉珍占据蜀地，徐寿辉被杀之后，他就自称陇蜀王。再后来称帝，国号夏。病逝后由儿子明昇继位。明军攻克元朝都城的时候，明昇曾写信道贺。后来，太祖派人前去招降，明昇不肯答应。明军于是水陆出兵，大举进攻。

蜀丞相戴寿和平章吴友仁，设下防御的计策：用铁索为链，横断瞿塘峡口。在峡内羊角山旁边，凿穿石壁，系上铁链，架起飞桥，上面载上火炮，抵御敌军。汤和等人率令水兵来到峡口，果然被阻挡下来。傅友德趁夜抵达阶州，守将丁世珍弃城而逃。傅友德攻下阶州，又进攻文州、绵州，连战连捷。戴寿、向大亨逃到成都，吴友仁逃到保宁。

等到瞿塘峡的守卫渐渐松懈下来，明副将军廖永忠就偷偷派了几百名精兵，穿着青蓑衣，带着干粮水筒，翻过山度关。蜀山草木茂盛，明军穿着青衣，很难辨认，因此无人知晓。廖永忠料定他们已经越过关卡，就带领水兵猛攻，逆江而上。守将邹兴前来迎战，廖永忠令军士们奋力上前，一面接战，一面纵火。霎时间江上一片通红，铁索尽断。邹兴正在苦苦支撑，忽然后面有数十艘小船，载着青衣兵顺流而下。明军前后夹攻，就算邹兴浑身是手，这时也难以招架。突然间一支冷箭射过来，穿透了邹兴的脑袋，一个蜀帅就这样到阎王那里报到去了。

邹兴死后，蜀兵溃散。廖永忠随即进攻夔州。哪知夔州城门大开，城中空无一人，任人自由出入。廖永忠不费一兵一卒就占领了夔州。第二天，汤和赶来与廖永忠会师，商议攻打重庆的事情。廖永忠麾军再进，攻入铜罗峡。明昇尚且年幼，听说明军大队杀过来了，吓得魂不附体，立即召集群臣商议。左丞相刘仁劝明昇逃往成都，明昇的母亲彭氏哭着说："即使逃到成都，也只能苟延残喘几天，不如早点投降，还能保全百姓的性命。"明昇听了，马上派人奉表投降。汤和与廖永忠一同来到重庆。明昇将自己绑上，嘴里衔着玉璧，带领百官出城投降。汤和下马接过玉璧，廖永忠替他松绑，然后好言抚慰，并下令诸将不得侵扰宫廷。随即入城安抚百姓，并派人押送明昇以及明昇的母亲彭氏赶往南京。

这时，成都、保宁仍然坚守不下。傅友德围攻成都，戴寿、向大亨带领弓弩手拼命射箭，明军的前队大多被射倒，连傅友德也身中数箭。傅友德包扎好伤口继续战斗，部兵也拼死杀过去，戴、向二人抵挡不住，逃回城中。过了几天，城门大开。傅友德急忙麾军入城，不料城中却奔出象群，势不可当。幸好傅友德已经预备好火炮，轮番射击，大象才往城里奔去。守城的士兵大多被象群践踏而死，门都没来得及关上，明军趁机一拥而入。戴寿、向大亨不能再战，只得束手投降。傅友德又移兵保宁，正巧周德兴等人领兵到来，两下夹攻，城池当即被攻破。吴友仁无路可逃，被明军擒住。丁世珍从阶州逃走后，召集残兵败将袭击了文州，杀死了明将朱显忠。傅友德亲自支援，丁世珍再次逃走，后来被部下杀死。蜀地平定。

明昇被带到京城后，太祖宣他入见。明昇一个劲儿地发抖，太祖和颜悦色地安慰他，并封他为归义侯，还在京师赐了房子。汤和等人从蜀地班师回来，一路带着戴寿、向大亨、吴友仁等人。不料戴寿、向大亨乘汤和不备竟投河自尽。吴友仁被绑在船里，一直押解到南京，最后被斩首示众。其余的降将都被发配徐州。第二年，太祖将陈理、明昇流放到高丽国去了。

元朝大将扩廓铁木儿逃回和林后，元主爱猷识理达腊仍然对他委以重任。扩廓铁木儿于是屡屡发兵侵扰明朝边疆。太祖又命徐达为征北大将军，出雁门关，攻打和林；李文忠为左副将军，出居庸关，攻打应昌；冯胜为右副将军，出金兰关，攻打甘肃。徐达用都督蓝玉为先锋，来到野马川时，正遇到扩廓铁木儿的部下在河边饮马，于是冲杀过去。敌兵逃走，丢下数百匹战马。蓝玉追到图拉河，与扩廓铁木儿接仗。战了几个时辰，扩廓铁木儿败走，蓝玉长驱直入。各军都仗着锐气，争先恐后地追赶敌兵。扩廓铁木儿跑到山谷，后来又向北逃窜。蓝玉担心遇到埋伏，就让将士们暂且停下。谁知将士们不肯驻足，一定要灭掉扩廓铁木儿才肯罢休。两军一逃一追，转眼就越过了岭北。猛然听到一声呼哨，元兵从四面冲出，统帅贺宗哲来战蓝玉。扩廓铁木儿又从前面杀回，把明军冲断成数截，首尾不能相顾。加上山路崎岖，进退两难，将士们这时才知道扩廓铁木儿的厉害，可是已经晚了。蓝玉急忙下令退兵，并亲自断后。哪知杀声四起，草木皆兵。各军急不择路，不是坠下悬崖，就是填了沟壑。正在这危急时刻，幸亏徐达带兵前来支援蓝玉，这才杀退敌兵。徐达回营后，检查军士，损失一万多人，不禁叹息："诚意伯曾和我说，扩廓铁木儿不可轻视。这次都是我的过失，不能责怪部下！"于是上疏参劾自己。奏折刚刚发走，就接到左右两路的捷音。徐达这才转忧为喜："两军告捷，皇上也能宽心了。"

太祖接到军报后，慰劳三军，没有责怪徐达，只是命徐达、李文忠镇守山西、北平。扩廓铁木儿不敢再来侵扰，跟着元主迁徙到金山。到了洪武七年，太祖传谕元主，让他撤除帝号，元主没有回复。太祖又招降扩廓铁木儿，前后写了七封信，都石沉大海。扩廓铁木儿于洪武八年八月，在哈拉那海的衙庭病殁，妻子毛氏自尽身亡。太祖在宴请群臣的时候，问天下的奇男子是谁？群臣都说是常国公。太祖叹息道："你们都认为常遇春是奇男子吗？常遇春虽然是人杰，却臣服于我。只有元将扩廓铁木儿，始终不肯臣服，他才是真正的奇男子呢！"


## 狼子野心胡惟庸


江山已定，太祖有心弃武从文，常常想把兵权从那些身经百战的功臣手里收回来。只因北方还没有平定，南方也还有余孽，一时不便撤兵，只好一直拖延。但总是耿耿于怀，于是决定修明文治。洪武二年，太祖诏告天下，所有郡县都设立学堂。每三年进行一次科举，有乡试、会试等名目。乡试定在八月，会试定在二月，每三年考一次，每次考试分为三场。第一场考四书经义，第二场考论判章表，第三场考经史策。到了后来，又将四书经义，改为八股文，规定越来越严，范围也越来越窄。学子们纷纷揣摩迎合，都从八股文这边用功，弄得满口之乎者也，迂腐不堪，没一点实用。这种流毒一直延续了五六百年，才得到改革。

太祖四处征求贤才，派人寻找高人。元朝的行省参政蔡子英，自从元朝灭亡后，就跟着扩廓铁木儿逃到定西。扩廓铁木儿兵败逃跑后，蔡子英四处流亡。太祖听说他的姓名之后，命人将他的相貌画下来，在各地寻找。汤和找到后将他送到京师。太祖亲自为他解开枷锁，以礼相待。后来又给他封官，蔡子英始终不肯接受。一天晚上，蔡子英忽然大哭不止。别人问起原因，蔡子英说想起了旧主。太祖知道他很难回心转意，就命人将他送出塞外，让他继续跟随元主。

除蔡子英外，元朝的行省都事伯颜子中也是一名忠君的奇才。伯颜子中曾经守卫赣州，陈友谅攻破赣州后，伯颜子中逃到福建。太祖一再招揽，他都不肯前来。后来，明朝的布政使沈立本派人以重金相聘，伯颜子中叹息着说："现在死已经太迟了！"说完写下七篇诗歌，饮鸩而死。

太祖担心自己深居宫中，难免闭目塞听，就常常带几名亲信，微服出行，一边探访贤士，一边侦察吏治，一边调查民情。所以江淮一带，有很多太祖君臣的踪迹。相传太祖曾微服临幸多宝寺。太祖走到大殿里面，看见幢幡上都写着多宝如来佛号，就对侍从说道："寺名多宝，有许多多宝如来？"学士江怀素听了，脱口答道："国号大明，无更大大明皇帝。"太祖大喜，升他为吏部侍郎。太祖走到后院，看见一间屋子的门上贴着一张纸条，上面写着"维扬陈君佐寓此"。陈君佐年轻时候很有才华，落拓不羁，曾与太祖有过一面之交。太祖立即召他相见。陈君佐拜见完毕，太祖笑着问他："你当初幽默滑稽，我们一别这么久，你还像以前那样伶牙俐齿吗？"陈君佐没说话。太祖又问他："朕现在已经得到天下。你说说看，朕像以前的哪位君主？"陈君佐说："臣见陛下当初蛰伏的时候，常常吃草根、啃树皮；等到行军打仗的时候，又和将士们同甘共苦，吃些粗粮野菜。臣以为陛下酷似神农氏，否则怎么一再品尝百草呢？"太祖鼓掌大笑，让他跟随左右。路上经过一间酒肆，太祖带众人进去歇脚。酒肆很小，除了有些酒和豆子之外，什么菜都没有。太祖就说："小村店三杯五盏，没有东西。"陈君佐随口接道："大明君一统万方，不分南北。"太祖再次大笑，对陈君佐说："你就跟着朕入朝，当个词臣，怎么样？"陈君佐不肯，太祖也不勉强，当即与他作别。

过了几天，太祖又微服出行，途中遇到一个儒生。太祖见他风流倜傥，就和他聊了起来。这位儒生自称是重庆府监生。太祖出题考他："千里为重，重水重山重庆府。"儒生不假思索，马上对道："一人为大，大邦大国大明君。"太祖非常高兴。问明他的住址之后，才与他作别。第二天，派人赏赐千金。儒生这才知道是遇着太祖，庆幸不已。

太祖曾在元宵节的时候，出宫赏花灯、猜灯谜。有一盏花灯，上面画着一位妇人，手里拿着个西瓜，安坐在马上，马蹄很大。太祖一见，怒火冲天。回朝后，马上命刑官缉查，要将做灯谜的百姓杖死。刑部莫名其妙，请皇上恕罪。太祖生气地说："亵渎皇后，犯大不敬之罪，还能饶恕吗？"刑官仍然不解，只好遵旨用刑。后来研究起来才知道，马皇后是淮西妇人，有一双大脚，谜底指的就是马皇后，所以触怒了太祖，招来灭顶之灾。

太祖曾写过这样一首诗："百僚已睡朕未睡，百僚未起朕先起。不如江南富足翁，日高一丈犹拥被。"江南有一位富豪，名叫沈秀，绰号为沈万三。太祖进入金陵的时候，准备修筑城墙，苦于没有资本，就去找沈秀商议。沈秀表示愿意与太祖对半筑城。太祖和他约好同时筑城，沈秀点头答应。于是双方募集工役，连夜赶造。等到完工的时候，沈秀这边比太祖早了三天。太祖表面上大加抚慰，暗地里却怀恨在心。后来沈秀修筑苏州街的时候，用了几块茅山石。太祖就说他擅自挖掘山脉，将他打入大牢，准备赐他死罪。马皇后得知后，替沈秀求情。太祖说："百姓富可敌国，实在是不祥之兆。"马皇后说："国家订立法律，都是诛杀不法，却没听说过诛杀不祥。百姓富可敌国和国法有什么关系？"太祖只好将沈秀杖责后，流放云南。沈秀后来死在路上，万贯家财全部归公。苏州某富翁听说这件事情后，力行善举，散尽家财。后来，太祖又吹毛求疵，诛杀富豪。富家子弟倾家荡产，命丧黄泉的不计其数，唯独苏州那位富翁得以幸免。

太祖得国之后，立功的武将，首推徐达、常遇春；立功的文臣，要算李善长、刘基。刘基知道太祖的秉性，每次封官拜爵他都一再推辞。李善长做了右丞相，被封为韩国公，不免有些骄态。太祖有心换掉他，刘基说："李善长功勋很高，又能调和诸将，不应该轻易换掉。"太祖说："李善长常常揭你的短，你还要替他说情吗？朕就让你来做右丞相。"刘基说："这就像是堂中换柱子，必须用大而结实的木材。要是用小木材的话，不是墙倒就是屋塌。臣是小材，怎么能做丞相呢？"太祖说："那杨宪怎么样？"刘基说："杨宪有丞相之才，但没有丞相的器量。"太祖又问："汪广洋呢？"刘基说："还不如杨宪。"太祖又问到胡惟庸，刘基摇着头说："不行，不行，如果用他的话，恐怕会招来祸端。"太祖默不作声。后来杨宪犯诬陷罪伏法，李善长又辞去相职。太祖竟然用汪广洋为右丞相，胡惟庸为左丞相。汪广洋位居相位两年，庸庸碌碌，无所建树；胡惟庸不但狡黠多端，而且善于奉承，渐渐得到太祖宠信。太祖后来就罢免汪广洋，让胡惟庸做了右丞相。刘基感叹道："胡惟庸得志，一定会成为百姓的祸害。要是我的话没有应验，那就是百姓之福了。"胡惟庸听了，怀恨在心，唆使刑部尚书吴云诬陷刘基，说他想在王气之地建墓，图谋不轨，应该加以重罚。太祖似信非信，但还是扣除了刘基的俸禄。刘基忧愤成疾。服下几味药之后，反而觉得胸中像有东西堵着，后来竟不能进食，没过多久就不行了。太祖派人将他护送回青田，一个多月后，刘基就逝世了。后来胡惟庸伏法，经彻查，才知道是他设计毒死了刘基，太祖非常惋惜。怎奈木已成舟，后悔也来不及了。

　　胡惟庸除掉刘基后，更加肆无忌惮，生杀贬徙，为所欲为。魏国公徐达密奏太祖，说胡惟庸是奸邪，不见太祖听从，却被胡惟庸反咬一口，差点弄巧成拙，禄位不保。后来，胡惟庸想到自己与徐达有过节，终究不是件好事，便想出一计，把侄女嫁给了李善长的侄子，好与李善长结为亲戚，引做靠山。李善长那时虽然已经罢相，但仍然得宠，有时出入宫中，免不得替胡惟庸说几句好话。胡惟庸有了这个靠山，又渐渐骄纵起来。这时候，胡惟庸定远老家旧宅子的井里，忽然生出竹笋，高达数尺。一帮趋炎附势的门客都说是瑞兆。又有人说，胡家的祖坟上每天晚上都亮着红光。

　　后来，安吉侯陆仲亨和平凉侯费聚都遭到太祖的斥责，心中忐忑不安。胡惟庸乘机勾结他们，作为党羽，并让他们在外面招兵买马。后又私结御史中丞陈宁，阅览天下兵籍，招揽勇夫作为卫士，然后又托亲家李存义说服李善长，伺机谋逆。李善长一开始还惊慌失措，后来经李存义一再劝告，又变得模棱两可。胡惟庸看到李善长没有拒绝，以为大事可成。当即派明州卫指挥林贤下海招约倭寇，又派人给远在塞外的元主写信，请他作为外应。后来听说汪广洋被赐死，情势变得更加紧迫。原来，汪广洋被罢相之后，胡惟庸又将他引荐。所以汪广洋虽然知道胡惟庸不法的事情，却都没有说。后来御史中丞涂节上疏太祖，说刘基是被毒害而死，汪广洋知情不报。于是太祖就将汪广洋贬到云南，然后又下诏赐死。胡惟庸心里非常害怕，一边贿赂涂节；一边秘密勾结倭寇，准备造反。

　　洪武十三年正月，胡惟庸上奏太祖，谎称自己京城的宅井中涌出甘泉，请太祖临幸。太祖信以为真，趋驾前往。刚刚走出西华门，内使云奇忽然冲上前来，拦在队伍前面，好像有话要说，情急之下，却发不出一点声音。太祖认为他不敬，于是命令左右，拖下去痛打。云奇右臂被打折，就在奄奄一息的时候，仍然用手指着胡惟庸府第的方向。太祖这才明白过来。他连忙返回城中，登上城楼，远远看到胡惟庸的府上，站着很多兵马，这才知道胡惟庸谋逆，立即命羽林军前去抓捕。涂节得知消息后，为了避免大祸临头，就想出一个办法替自己脱罪。他急忙跑去禀报太祖，说胡惟庸准备谋逆。话音未落，羽林军已经将胡惟庸绑来，太祖亲自审讯他。胡惟庸一开始还不肯承认，经涂节作证，才供认不讳。太祖于是命人将胡惟庸拖出去凌迟。

## 胡蓝之狱

　　太祖将胡惟庸凌迟之后，又将陈宁等人一律正法。涂节虽然自首，但终究收了贿赂，参与了谋划，也被处以死刑，其余的党羽均遭到连坐。这次狱案中，有一万多人被屠杀。只有李善长、陆仲亨、费聚三个人因为和太祖是患难之交，太祖不忍心加罪。后来，太祖听说云奇重伤身亡，非常惋惜，就追封他为右少监，赐葬钟山。翰林学士承旨宋濂那个时候已经罢官，他的侄子宋璲和长孙宋慎都被判为胡惟庸的党人，而遭连坐。随后，宋濂也被押送到京城，准备投入大狱，处以死刑。马皇后进谏说："百姓家里给儿子请个老师都非常敬重，何况宋濂曾经亲自教过皇子，难道就不能保全他吗？"太祖说："既然是逆党，还谈什么保全？"马皇后又说："宋濂早就告老还乡了，一定不知道这件事情。"太祖生气地说："你一个妇道人家，知道什么？"马皇后低头不语。后来，马皇后侍奉太祖进餐，没有准备一点酒肉。太祖问她什么原因，马皇后痛哭流涕："臣妾听说宋先生马上要被斩首，心里面痛惜得很，愿意替皇子们服丧。"太祖扔下筷子，当即赦免了宋濂，将他安置在茂州。宋濂走到夔州的时候，因病逝世。宋濂教导太子十一年，兢兢业业。当时，海外各国的使节前来拜访，必问宋濂是否健康。宋濂去世时七十二岁，朝中上下，无不痛惜。

　　洪武十四年秋，太祖命傅友德为征南将军，蓝玉为左副将军，沐英为右副将军，率步骑三十万，征讨云南。云南在元顺帝时，被明玉珍攻破，后来大理援军赶到，击退了明玉珍。元主北逃之后，云南没什么变化。太祖认为那里过于偏僻，不想用兵，特意命翰林院待制王祎前去诏谕。哪知元主派人去征粮，胁迫王祎投降，王祎因不肯屈服而惨遭杀害。

后来，太祖再派湖广行省参政吴云前去，又被杀害。

太祖一气之下，命傅友德等人南征，旌旗蔽江而下。傅友德到达湖广之后，调集都督郭英、胡海、陈桓等人，领兵五万，从四川永宁赶往乌撒。自己带着大军从辰沅赶往贵州，路上攻克了普定、普安。元朝梁王把匝刺瓦尔密派遣司徒平章达里麻领兵十余万，驻扎在曲靖，抵御明军。沐英献计说："元兵认为我们远道而来，肯定一时不能深入。如果我们火速前进，出其不意，一定可以破敌。"傅友德点头称好，于是连夜进兵。快到曲靖的时候，忽然天降大雾，茫茫然一片。明军冒雾疾进，直抵白石江。白石江在曲靖的东北面，距城不过几里。达里麻这时才得知消息，急忙派一万精兵临江堵截。傅友德又用沐英的计策，把军队驻扎在江边，做出要渡江的样子，暗中另派奇兵从下游偷偷渡江，杀到敌人阵后，张旗鸣鼓。达里麻大惊失色，急忙分兵抵敌。沐英见敌人的阵势已经松动，料知敌人中计，急忙麾军渡江。元军腹背受敌，自然抵挡不住。明军乘势逼近，喊杀声惊天动地。沐英亲自率领铁骑，横冲而入，直奔达里麻跟前，大喝一声，挺枪直刺。达里麻被他一吓，竟然摔落马下。明军一拥而上，将他擒获。这场战役，共俘虏两万多士兵。

傅友德又分别派蓝玉、沐英等人赶往云南。自己带着部下赶往乌撒，为郭英等人声援。元梁王把匝刺瓦尔密，听到达里麻失败的消息，无心守城，逃入罗佐山，自刎而死。蓝玉、沐英接着带兵攻下板桥、临安等地。当时郭英、胡海、陈桓等人已经进到赤水河，斩木造筏，计划半夜的时候渡江。傅友德率大军前来支援他们，随即攻下乌撒一带，接着攻克七星关，直通毕节。远近的蛮夷，如东川、乌蒙、芒部等都望风归降。蓝玉、沐英这边又接连攻下大理、鹤庆、丽江、石门关、金齿，于是蛮夷部落一律降服，云南平定。沐英带着蓝玉与傅友德等人在滇地会师，联名报捷，并筹办善后事宜。没过多久，接到太祖诏谕，命傅友德、蓝玉等人班师回朝，留沐英镇守云南。沐英在云南设立官员，垦荒屯兵。百姓安居乐业，赞不绝口。太祖念沐英有功，就命沐氏世世代代镇守云南。

元主爱猷识理达腊在洪武十一年夏季谢世，他的儿子脱古思铁木儿即位，免不得又来侵扰边境。大将军徐达和副将军汤和等人奉命讨伐，擒住元平章别里不花，元兵败退。没过多久，徐达、李文忠先后病逝。太祖悲痛欲绝，追封徐达为中山王，李文忠为岐阳王，还亲自为他们立碑祭祀。太祖曾对诸将说："领命即出，成功即归，不卑不亢，不恋美色，不贪珠宝，忠正刚毅，与日月同辉，只有大将军徐达一人。"接着，太祖下令封边固守，好几年没有出塞。

洪武二十年，元太尉纳哈出率领重兵屡次侵犯辽东。蓝玉奉命前去抵抗，立了大功。太祖非常高兴，将他比作卫青、李靖。等到他凯旋归来的时候，又晋封蓝玉为凉国公。蓝玉身材高大，长相雄武，有大将之才，因屡次立功，渐渐得到太祖的赏识。蓝玉还是常遇春的妻弟，常遇春的女儿又是太子标的元妃，有着这层亲戚关系，蓝玉更是骄纵。元妃长得颇有姿色，蓝玉与她早晚接触，免不了有些勾搭的情事。朝中的人议论纷纷。太祖知道后，将蓝玉招来质问。元妃心中惭愧，自缢而死。太祖命人在赐给蓝玉的铁券中嵌入玉罪，让他引以为戒。谁知蓝玉死性不改，又霸占了东昌的民田。那时马皇后早已驾崩，太子也病逝，鲁王朱檀嗜药身亡，潭王朱梓谋变自焚，秦王朱樉被软禁，周王朱橚被贬徙。这一桩桩事情让太祖懊恨不已，于是大兴党狱。韩国公李善长都被赐死，那专横跋扈的蓝玉，还有什么生还的希望？

## "孝慈"马皇后

洪武十五年八月，一代贤后马氏病逝。不但太祖仰天痛哭，发誓不再立后，就是宫廷内外都默思哀悼。太祖起兵的时候，几乎每天都要打仗，马皇后一直跟随太祖左右，常常劝诫太祖不要大开杀戒。马氏被册立为皇后以后，仍然像当初一样节俭，身上的衣服都洗得褪色了，还不肯换新的。后宫的嫔妃都非常敬重她，将她比作东汉时的明德马皇后。

皇后生了五个儿子。周王朱橚年纪最小，放荡不羁。封藩的时候被封到开封，马皇后派江贵妃和他一起去，还赠给江贵妃一件自己常穿的衣服，一根棍子，对她说："大王如果有什么过错，你就穿上我的衣服，拿着棍子打他。如果他还是倔强的话，马上报告给我，我决不轻饶！"周王朱橚听了这话，再也不敢胡作非为了。马皇后驾崩之后，朱橚又开始放纵。太祖一气之下将他贬到云南，后来因为怀念马皇后的恩德，又把他调了回来。

每次有灾荒，马皇后就带着后宫的人吃素食，太祖对她说已经发过救济的粮食了，不必担忧。马皇后就说接济不如预备。马皇后平时常常会问百姓是不是安居乐业，并说："皇帝是天下之父，皇后为天下之母，自己的孩子不能安居，父母怎么能安心呢？"

马皇后虽然尊贵，但每天仍然亲自伺候皇上进餐。皇上早晚的御膳，她都格外关注。妃嫔们劝她注意自己的身体，马皇后就对妃嫔们说："从古到今，做妻子的照顾丈夫的饮食，是理所当然的事情。况且皇上脾气暴躁，若是偶有失误，谁敢担当？"有一次，呈上的汤稍微有些凉，太祖举起饭碗就扔向马皇后。马皇后急忙躲闪，耳畔仍被擦着，受了微伤，更被泼了一身污渍。马皇后神态自若，从容地换了衣服，重新呈上热汤。妃嫔们这才深信马皇后的话，并折服于马皇后的德行。宫里如果有人被临幸怀了孕，马皇后就会倍加体恤。妃嫔们如果惹皇上不高兴了，马皇后还会设法调解。

曾经有谣言说郭景祥的儿子不孝，打了郭景祥。太祖想将他正法，皇后上奏说："臣妾听说郭景祥只有这么一个儿子，独子容易娇惯，不过也未必尽如人言。如果查明属实，再行刑也不迟。不然杀错了人，可就断了人家的香火了。"后来，太祖得知是诬陷，说道："若不是听了皇后的话查明再作判决，郭家的香火就断了。"

李文忠驻守严州的时候，杨宪上疏诬陷他。马皇后说杨宪的话不能轻易相信，李文忠这才得以免罪。李希贤教皇子时，曾用笔杆击伤皇子的额头。太祖大怒，马皇后在一旁劝解道："这就像是让人家给裁衣服，只能由人家裁剪，而不应该为了儿子责备老师。"太祖这才罢休。

马皇后病重的时候，群臣都请太祖祈祷祭祀、广求良医。马皇后却对太祖说："生死由命，祈祷祭祀也没什么用，即使有良医，也不能起死回生。如果吃了药没什么效果，皇上定然会怪罪医生，这样反而增加了臣妾的罪过。"太祖叹息不已。后来问马皇后有没有什么遗言，马皇后呜咽着说："臣妾与陛下从布衣起家，仰仗陛下的洪福，臣妾才成为国母，这些已经足够了，还有什么话啊？不过臣妾死后，愿陛下能亲贤纳谏，像刚开始一样谨慎治国。"说完便逝世了，享年五十一岁。宫里的人全部失声痛哭，就是朝廷百官也一律默哀。宫中的人曾写了一首追忆歌：

我后圣慈，化行家邦，抚我育我，怀德难忘。怀德难忘，于万斯年，慭彼下泉，悠悠苍天。

马皇后于九月葬在孝陵，尊谥号为孝慈皇后，太祖终生不再立后。

太子朱标是马皇后的长子。太祖与陈友谅交战的时候，马皇后背着朱标一路随军前行。朱标被立为储君后，皇后画了一幅《负子图》交给他。后来李善长等人被赐死，太子进谏说："父皇滥加诛杀，恐怕会伤了和气。"太祖默不作声。第二天，太祖将一根荆棘丢在地上，命太子拾起来，握在手中。太子面有难色，太祖笑着说："朕如今杀戮群臣，正是为你除刺，你难道不明白朕的苦心？"太子说："上有尧舜之君，下有尧舜之民……"话还没说完，太祖忽然脸色大变，举起几案就朝太子丢去。太子急忙起身躲开，怀里的图不小心掉在了地上。太祖拾起来一看，顿时号啕大哭，这才没有追究太子的责任。

后来鲁王朱檀因为喜好吞服金石，毒发身亡。潭王朱梓有心谋变，弄得夫妇俱焚。太子目睹这一切，惶惶不可终日。潭王朱梓的母妃阇氏本来是陈友谅的妃子，当年太祖逼迫侍寝的时候，已经身怀六甲。朱梓长大后，被封到长沙做藩王。临行前，阇氏将他的身世告诉了他，并说之前委身于太祖，都是为了这一支血脉。朱梓哭着离开。到了长沙，朱梓终日闷闷不乐，整天与同僚吟诗作对，聊作消遣。后来，因为岳父被判为胡惟庸的党羽遭到诛杀，朱梓准备谋反。太祖派人将他召回，朱梓因为担心阴谋泄露，愤愤说道："宁见阎王，不见贼王。"说完，纵火焚宫，与妻子一同跳入火海。母亲阇氏忧悔成疾，没过几天也逝世了。

至于李善长一案，也是受了胡惟庸牵连。李善长的弟弟李存义，与胡惟庸结成儿女亲家。胡惟庸获罪后，李存义本来应该连坐，太祖顾念他的功勋，免他死罪，将他贬到崇明。但李善长却没有入宫拜谢，由此招来太祖的不满。后来，李善长向信国公汤和借三百名卫兵帮他盖房子。汤和表面上答应，暗地里却告诉了太祖。那时，京中百姓被株连的有很多，其中有个叫丁斌的，是李善长的亲戚。李善长替他求情，惹得太祖大怒，竟命人将丁斌捉来盘问。丁斌本来给胡惟庸家做事，一经审讯，就将李存义当日如何与胡惟庸勾结的事情，和盘托出。刑官捉来李存义父子严审。李存义父子煎熬不住，索性把事情的缘由全推到李善长身上。一班朝臣阿谀奉承，轮流上疏参劾李善长，都说他大逆不道。可怜李善长七十七岁高龄，却被逼得悬梁自尽，所有家眷共七十多人，全部被杀。随后，吉安侯陆仲亨、延安侯唐胜宗、平凉侯费聚、南雄侯赵庸、江南侯陆聚、宜春侯黄彬、豫章侯胡美、荥阳侯郑遇春等人一并坐罪诛杀。太祖又列出诸臣的罪状，写了奸党录，宣告天下。

太子朱标向来仁厚，看到这一切，心中忧虑万分。后来，太祖想要迁都，秦王朱樉担心会失去封地，颇有怨言。太祖又将他召回，软禁起来，命太子调查秦王的过失。太子回朝后，一再说秦王无罪。太祖不肯相信。太子忧愤成疾，于洪武二十五年夏归天。太祖赐谥号为懿文太子。

太祖当时有二十四个儿子。在这二十四个儿子中，燕王朱棣最为刚毅迅猛。太祖常说朱棣酷似自己，所以特别钟爱。太子死后，本想立朱棣为储君。只因太子那时候已生有五子，长子早年夭折，次子朱允炆已经长大成人，太祖便决定立朱允炆为皇太孙。

一年之后，颍国公傅友德奏请太祖赐给他一千亩怀远的田地，太祖非但不准，反而将他赐死。定远侯王弼在家里叹息道："皇上春秋已高，喜怒无常，我恐怕也要遭殃了。"为了这一句话，竟被奉诏赐死。宋国公冯胜被人诬陷，说他在稻场下私藏兵器，意图谋变。太祖将他召入，赐酒赐宴。谁知回到家中，就七窍流血而死。

总计开国的功臣，只有徐达、常遇春、李文忠、汤和、邓愈、沐英六个人保住了名声，死后被封王封爵。但徐达、常遇春、李文忠、邓愈四人都死在胡惟庸、蓝玉党狱以前，沐英镇守云南，远离天子，得以善终。汤和晚年得以善终，只因他绝顶聪明，见太祖疑忌功臣，便告老还乡，绝口不谈国事。享年七十，寿终正寝。

太祖诛杀功臣之后，所有守边的事情，都交给皇子们专任。燕王朱棣最为英武，洪武二十三年，他率兵出古北口，收降了元太尉乃儿不花。二十九年，又出兵到彻彻儿山，斩杀元将孛林铁木儿等数十人。太祖闻报后大喜，曾说要肃清沙漠，必须依靠燕王。洪武三十一年，太祖命燕王朱棣统率诸王。

燕王的权力越来越大，兵马越来越强，再加上燕京是元朝的遗都，更加野心勃勃。洪武三十一年闰五月，太祖驾崩，享年七十一岁，遗诏命太孙朱允炆继位，并说诸王镇守四方，不必来京。朱允炆依照遗诏，登上皇位，将太祖的梓宫葬于孝陵，追谥为高皇帝，庙号太祖，改第二年为建文元年。朱允炆后来遭遇国难，连庙号、谥号都没有，明代只沿称他为建文帝。

## 蛰伏的隐患

建文帝即位后，下诏令各地的藩王无须来京。于是诸王都派使节前去朝贺，只有燕王朱棣星夜兼程南下。快到淮安的时候，兵部尚书齐泰得到消息，禀报了建文帝。建文帝派使臣前去阻拦，燕王怏怏不快而回。

起先，太祖在世时，因为建文帝头长得有点偏，性格又过于柔弱，担心他不能担负重任，有过另立储君的念头。一天，太祖令朱允炆咏月，他在结尾写道："虽然隐落江湖里，也有清光照九州。"太祖看了，心里非常不高兴。后来又让他对诗。太祖出上联："风吹马尾千条线。"建文帝说："雨打羊毛一片膻。"太祖听了，脸色大变。当时燕王就上前对道："日照龙鳞万点金。"太祖不禁叫绝："好对！"从此太祖更加喜爱燕王，不想立建文帝为储君。偏偏学士刘三吾一再请求册立太孙，这才勉强答应。

建文帝虽是个优柔寡断的人，但对各地藩王却也有所顾忌。即位以后，亲信的大臣第一个是齐泰，第二个是侍读黄子澄。一天晚上，建文帝忽然召黄子澄入内，问他道："先生还记得东角门的谈话吗？"黄子澄应声说道："臣不敢忘。"建文帝马上封黄子澄为太常侍卿，参领国事。原来在建文帝还是太孙的时候，曾坐在东角门问黄子澄："各位皇叔拥兵自固，假如有什么变端，应该如何对付？"黄子澄说没有关系，且列举了汉景帝平七国的故例，建文帝这才高兴起来。这次与黄子澄提到这些，无非是让他在一旁辅佐，监制外藩。后来，户部侍郎卓敬递上一封密奏："燕王智虑过人，酷似先帝。现在镇抚北平，兵强马壮，万一有什么变化，会很难控制，应该将他封到南昌。"建文帝看完之后，将卓敬召入殿中，和他说："燕王与朕是骨肉至亲，应该不会有什么变端。"卓敬叩头提醒："陛下难道没听说过隋文帝杨广的事吗？父子之间都会谋逆，何况叔侄？"建文帝不等他说完，就摇头摆手："你不要说了！让朕仔细想想。"这话传了出去，顿时流言四起，都说新主有削藩的意思。

燕王首先得知消息，当即称病。剩下周王、齐王、湘王、代王、岷王等人也都不能自安，于是互相勾结起来。周王朱橚的次子竟然密告建文帝说自己的父亲不法，并牵扯到燕王、齐王和湘王。建文帝急忙召齐泰、黄子澄前来商议。齐泰说："诸王中只有燕王最强，除了燕王，其他人不用讨伐。"黄子澄插嘴说："齐尚书说错了，想除掉燕王，必须先除掉他的手足。周王是燕王的弟弟，既然他密谋不轨，不妨将他捉来，定罪量刑。一可以除掉周王，二可以惩戒燕王。"建文帝大喜，吩咐他马上去办。黄子澄命曹国公李景隆假言防守边关。经过汴梁，周王朱橚听到消息，毫无防备。哪知李景隆到了开封，竟然率兵袭入王宫，把周王朱橚以及妃嫔等人统统拿下，押到京城。建文帝见了周王，又心生怜悯，想放了他。齐泰与黄子澄坚决认为不可。于是将周王朱橚废为庶人，流放到蒙化，朱橚的儿子全部贬迁到别的地方。没过多久，又把朱橚召回京城，囚禁在狱中。

燕王虽然身在北平，但京中的消息无不知晓。他一边谎称自己病重，一边和僧人道衍日夜谋划夺位一事。道衍本姓姚，名叫广孝，自称得到过异人的传授，能知道吉凶。从前太祖封藩的时候，选了些名僧作为诸王的师傅。道衍被派入燕府，一见燕王，就说他要做天子。燕王非常高兴，所有的事情都与道衍商议。道衍又引荐了两个人，一个叫袁珙，善于相面；一个叫金忠，善于卜卦。二人都说燕王贵为天子，燕王随即动了心思，与他们三人日夜谋划。

道衍首先提出要大造兵器。因为担心有人泄露消息，就在后花园里挖下密道，修建密室。密室里面日夜打造兵械，外面则养了无数鸡、鸭、鹅，让它们不停地叫，以掩盖打造的声音。这些事情，除了燕王的亲信之外，没人知晓。原以为神不知，鬼不觉。可天下的事情，若要人不知，除非己莫为。这燕府日夜打造兵器的事情，很快一传十，十传百，传到了京城里，人人都说燕王准备谋反。

建文帝听从齐泰的话，命工部侍郎张昺为北平布政使，都指挥谢贵、张信掌管北平的事情；命都督宋忠驻扎在开平，并将燕府的卫兵调走，说是防御北寇；派都督耿瓛到山海关练兵，徐凯在临清练兵，严行戒备。布置妥当之后，建文帝命人修撰《太祖实录》，追尊懿文太子为孝康帝，庙号兴宗，母亲吕氏为皇太后，册封妃子马氏为皇后，儿子朱文奎为皇太子，封弟弟朱允熥为吴王，朱允熞为衡王，朱允熙为徐王。接着更定官制，内外官员的品衔都仿照周礼。

就在建文帝整修内政的时候，忽然传来湘王朱柏、齐王朱榑、代王朱桂等人蓄意谋反的消息。建文帝马上派兵前去，收回大印。朱柏烧毁了宫室，葬身火海；朱榑被囚禁在京师；朱桂幽禁在大同。朱榑和朱桂二人全部被贬为庶人。

一波才平，一波又起，西平侯沐晟奏称岷王朱楩蓄意谋反，建文帝将朱楩削职为民，流徙到漳州。这时，忽然听说燕王的儿子高炽、高煦、高燧来京城祭祀太祖，建文帝马上传入。彼此说话的时候，除了高煦有些拘束之外，剩下的两个人都非常恭谨，建文帝也觉得心里安稳了些。祭祀完毕后，齐泰想将三人留住，作为人质。哪知燕王正防着这一招，派人火速奏报，只说是燕王生命垂危，要求三个儿子速速北归。建文帝只好放行。

这时，魏国公徐辉祖求见。徐辉祖是徐达的儿子，徐达的女儿是燕王妃，燕王的三个儿子都是徐氏所生。徐辉祖入奏说："臣的三个外甥中，唯独高煦勇猛剽悍，他非但不忠，而且还想背叛他的父亲，他日必定成为后患。不如将他留在京师，免得他胡作非为。"建文帝没有说话。高煦临行前，在徐辉祖的马厩中偷出一匹好马，加鞭疾驰。等徐辉祖察觉，已经来不及了。高煦渡江北上，沿途乱杀百姓。到了涿州，又杀掉了驿官，这才回去见燕王。燕王不但没有怪罪，还笑容满面地说："我们父子能够团聚，真是天助我也！"

过了几天，建文帝派张昺、谢贵到燕府探视。那时正是盛夏，红日炎炎。燕府内却点着炉子，炉火烧得很旺。燕王披着羊皮，坐在火炉旁边，还是瑟瑟发抖，一个劲儿地说天冷。张、谢二人与他谈事，他却东拉西扯，说些荒唐的话。张、谢二人以为燕王真的病重。辞别之后，报告给了朝廷。建文帝于是命谢贵、张昺二人设法捉拿燕王，并约长史葛诚及指挥卢振为内应。北平都指挥张信曾经深得燕王信任，于是就命他亲自抓捕。

张信受命之后，不知所措。后来朝廷越催越紧，张信就想出一计。他乔装打扮一番，乘着妇人的马车赶到燕府，说有要事相告。燕王这才将他召入，张信看见燕王之后，立即拜见。燕王仍然一副疯癫的样子。张信跪下来说："殿下不必如此，有事尽可以和臣说。"燕王还装糊涂："你说什么？"张信又说："臣有心归附殿下，殿下却故意隐瞒臣。实话告诉殿下，朝廷有旨，命臣前来捉拿殿下，如果您真的有病，我就把您捉到京城，否则就应该早作打算。"话说到这里，忽然看见燕王起身下拜道："恩人！我的全家都仰仗足下了。"接着，二人互相搀扶着起来。张信随即将京中的密旨和盘说出。燕王立刻将亲信全部招来，商议了很久才散去。

燕王又对外说自己已经病愈，亲自来到御东殿，受百官朝贺。退殿之后，马上派人去和谢贵、张昺说："朝廷要逮捕的坐罪官员，已经一一收押，请两位速速前来，将他们带走！"谢贵、张昺听了，迟疑不决。燕王又派人去催。于是谢贵、张昺带着卫士来到燕府，门卫将卫士们阻拦下来，只让谢贵、张昺进去。二人只好命卫士在门外候着，自己进入燕府。刚到殿前，就见燕王扶着拐杖出来，笑脸相迎。接着，燕王赐宴，酒过三巡，忽然端上来几盘西瓜。燕王对二人说道："来尝尝新瓜。"谢贵、张昺称谢。燕王吃着瓜，忽然说道："如今编户齐民，皇上对百姓们都如此体恤。我身为天子的亲属，性命偏偏危在旦夕！"说完，把西瓜扔在了地上。说时迟，那时快。两旁忽然杀出伏兵，将谢贵、张昺以及葛诚、卢振擒住。燕王将手里的拐杖扔掉，厉声说："我生的什么病？

我为奸臣所迫，没有办法才会这样。如今已经擒获了奸臣，不杀还等什么时候？"随即下令将四人斩首。

北平都指挥彭二听说事情有变，急忙跨马入市，招集一千多名卫兵，准备攻入端礼门。哪知燕王派壮士庞来兴、丁胜等人带着众人出来拼杀。彭二见抵挡不住，仓皇而逃。燕王随即将葛诚、卢振的家人全部处斩，接着安抚百姓，城中平定。都督宋忠听到消息后，胆怯不敢进攻，从开平带着三万兵马，退保怀来。燕王誓师抗命，削去建文年号，仍然称洪武三十二年。设置官属，任用张玉、朱能、邱福为都指挥佥事，升李友直为布政司参议，拜金忠为燕纪善。随后，他自称靖难军，厉兵秣马，击鼓扬旗，造起反来。


## 靖难之役

燕王朱棣誓师抗命，以清君侧为名，招降了参政郭资、副使墨麟、佥事吕震以及同知李浚、陈恭等人。燕王那边已经攻下通州、蓟州、遵化，夺下居庸关、怀来。建文帝这边仍然迟疑不决。于是开平、龙门、上谷、云中的守将全部望风归降。谷王朱橞镇守宣府，因为离怀来比较近，担心遭到兵祸，竟然抛弃藩土，逃到南京去了。

京中听到警报，建文帝祭告太庙，削掉朱棣的属籍，并废他为庶人，接着诏示天下。特命宿将耿炳文为征虏大将军，驸马都尉李坚、都尉宁忠为副将，带兵讨伐燕王，接着又命都指挥使潘忠、杨松等人分道并进。燕王派张玉前去打探虚实，张玉回来后说："耿炳文年事已高，潘忠、杨松有勇无谋，行军安营都缺乏纪律，不用担心。只是我军如果想南下，必须先攻下潘忠、杨松才行。"燕王点头，当即下令移军涿州，在桑娄屯兵。那时正是中秋，天高月朗。燕军渡过白沟河后，直达雄县城下。杨松毫无防备，还乘着中秋佳节大摆宴席，醉饱酣睡。不料睡到半夜，燕军攀墙而上，大刀阔斧地砍入城中。杨松从梦中惊起，慌忙迎敌，已经是来不及了。霎时间九千将士全部战死，杨松也死在乱军之中。

燕王攻陷雄县之后，对将士们说："潘忠就在莫州，还不知道城已经被攻破，一定会带兵前来支援，我们趁机活捉他。"燕王当即命千户侯谭渊带领一千官兵，渡过月样桥，埋伏在水中，等潘忠的兵马过去之后，马上占据桥梁，断了他们的归路。燕王麾兵出城，严阵以待。潘忠果然引兵前来，越过月样桥，直逼雄县。快到城下的时候，望见前面都是燕军，不禁慌了手脚。交战的时候，燕军生龙活虎，锐不可当，潘忠料定难以抵挡，只好边战边退。谁知刚刚退到桥边，水中突然蹿出一个人，大吼一声："谭渊在此，快快束手就擒！"潘忠还没有看清，就被谭渊手起枪落，刺倒在马下。谭渊的手下一哄而上，把潘忠捉走了。潘军腹背受敌，不是被杀死就是被淹死。

燕王攻陷莫州后，接着商议下一步的作战计划。张玉说："为什么不直取真定？敌人刚刚聚集在那里，大营还没有扎稳，我军乘胜进攻，一定大获全胜。"燕王非常赞同，马上下令向真定进发。途中擒获了耿炳文的部下张保。燕王好言抚慰，张保自称愿意投降。燕王问起耿军的情形，张保说："耿军共有三十万人，先到的有十三万，分别驻扎在滹沱河的南北岸。"燕王说："你既然诚心归降，我就放你回去。你就说是偷了匹马逃回来的，然后把我军的战况全部告诉耿炳文。"张保点头离开。诸将上前说道："大王直逼真定，本来是想趁他不备，怎么让张保去通风报信呢？"燕王笑着说："诸将有所不知。耿炳文将兵马一半扎在大河南面，一半扎在大河北面，南北互相支援，我们很难取胜。只有让他知道我们的行踪，将南北的兵力合在一起，才能一举歼灭。而且，他们如果听说雄县、莫州的败状，一定会挫伤锐气。"诸将齐声称妙。之后，耿炳文果然将南岸的兵都移到了北岸。燕王派张玉、谭渊、马云、朱能等人绕到城的西南面，连破耿军两座大营。耿炳文出城迎战，张玉等人率兵奋击，两下里喊杀连天。这时，燕王亲自带着铁骑，沿城夹攻，耿军大乱。耿炳文支撑不住，慌忙逃回。朱能率死士在后面追杀，到了滹沱河，耿炳文仍然有几万兵马。朱能奋勇向前，冲入耿炳文的阵中。耿炳文的部下早已无心恋战，相继逃散。副将李坚、宁忠、都督顾成、都指挥刘燧等人都被擒获。耿炳文逃到真定，闭门固守。燕军攻了三天，没有攻下，就退回北平去了。

建文帝听说耿炳文战败，非常懊恼。便听从黄子澄的话，拜李景隆为大将军，赐给他通天犀带，并亲自饯行。齐泰说李景隆能文不能武，建文帝毫不理会。没过多久，耿炳文辞官归来，建文帝就一再催促李景隆进兵。李景隆到了德州，收集耿炳文的部下，并在各路调来五十万大军，在河间扎营。燕王听说后，高兴地说："从前汉高祖用兵如神，都只能领兵十万。李景隆这么个竖子，有什么才能，竟给他五十万兵马！这不是自取灭亡吗？"话音未落，就有探子来报："明将吴高、耿瓛、杨文等人进军永平。"燕王马上麾军支援，有将领问道："大王去支援永平，要是李景隆乘机偷袭北平，该如何是好？"燕王说："不用担心李景隆，我去支援永平就是想引他前来，先破吴高，再破李景隆。"当下命儿子高炽守城，并告诫他只许坚守，不许出战。自己则带着大军直达永平。吴高本来就胆小，听说燕军大兵将至，竟然丢下军械物资，退到山海关去了。燕军从后面追击，杀死了几千名士兵。

李景隆听说燕王去支援永平，果然带兵前来攻打北平。朱高炽严防死守，就连城里面的妇女也向城下乱丢瓦砾。李景隆军令不严，竟然被打退。朱高炽又派勇士乘夜前去偷袭敌兵大营。营中士兵大受惊扰，竟然退到十里以外的地方驻扎。只有都督瞿能愤怒交加，自己带着两个儿子以及一千多名精兵，直攻张掖门。马上就要登城的时候，李景隆因为他擅自做主，起了猜忌，下令缓攻。瞿能只好作罢。守兵连夜用水浇注城墙。第二天一早结水成冰，城墙非常光滑，不能攀登，两军相持不下。

这时候，燕王已经移师东北，暗图大宁。原来大宁由宁王朱权镇守，他东控辽左，西接宣府，部下全都骁勇善战。燕王抵达大宁城下后，暗中命令精兵四下埋伏，自己单骑入城。一见宁王就握着他的手大哭起来，只说："建文有负于我，现在北平被围，朝不保夕。求弟弟设法救我。"宁王此时也有兔死狐悲的念头，长吁短叹一番之后，替他上疏，求建文帝免他一死，接着设宴款待，流连了好多天。城外的伏兵大多已经混到城里，与宁王的部下互相联络。燕王准备告辞，宁王将他送出郊外，置酒饯行。第一杯递给了燕王，燕王一饮而尽；第二杯又递到燕王手里，燕王忽然将酒杯扔在地上，大喝一声："来人啊！"话音刚落，燕军一拥而出，将宁王擒住。宁王的部下都在一旁袖手旁观，大宁都指挥朱鉴上前争夺，竟被燕军杀死。燕王接着麾兵入城，揭榜安民。燕王又派兵分守要害，自己带着大宁的降兵开赴北平。到会州时，燕王检阅将士，设下五路大军，命都指挥张玉统帅中军，朱能统帅左军，李彬统帅右军，徐忠统帅前军，房忠统帅后军，命大宁的降兵分别隶属于各军。五路大军浩浩荡荡，直逼北平。

当时天气寒冷，大雪纷飞。燕王暂且驻扎在北河西面，河水汪洋浩瀚，无舟可渡。燕王望着天空默想："老天如果你真的要帮助我，今天晚上就让河水结冰吧。"谁知，上天有灵，刮了一晚上的寒风，将河水冻得结结实实。燕王大喜，马上麾兵渡河。那时正碰上李景隆在河对岸扎营。先锋都督陈晖渡河截击，被燕军一阵驱杀，大败而逃。燕军渡河上岸之后，河水竟然开始融化。燕军喜得神助，抖擞精神，直捣李景隆的大营。从午时一直杀到申时，连破七座营寨。李景隆抵挡不过，趁夜逃走。燕军进逼城下，见城外还有敌兵，只管奋勇杀入，城中这时候也杀出燕兵，内外夹攻，杀得敌人尸横遍野，血流成河。有几个士兵侥幸逃脱，连夜南逃，追上李景隆的残军，一同返回德州。李景隆逃到德州后，懊恼得很，准备再次调集军马，等来年春天大举进攻。这时，忽然听说有圣旨颁来，吓得面如土色。谁知打开一读，竟然被加封为太子太师，这事情来得突然，连李景隆都莫名其妙。

## 围攻济南

　　李景隆打了败仗，退到德州，建文帝反而加封他为太子太师。原来李景隆的败报传到京城，被黄子澄暗中藏匿起来，反而奏称交战获胜，不过因为天气寒冷，不便行兵，所以暂时退到德州，等来年春天再大举进犯。建文帝信以为真，于是加封李景隆为太子太师。李景隆接到圣旨后，迷惑不解，后来接到黄子澄的密函，才知道是黄子澄暗中掩饰，当然感激不尽。而且密函让他来年春天大举进军，也和他的意思相同。于是传令各地，招集兵马。到建文二年的初春，各处的兵马齐集起来，差不多有五六十万人。正准备祭旗出发的时候，忽然接到燕王攻打大同的急报。李景隆马上派兵支援。一路上，冰天雪地，冬天的寒气还很重，将士们叫苦连天。幸好探子来报，说燕王已经从居庸关回到北平了，于是大军又往回返。将士们南归心切，抛弃了无数铠甲兵器，以便速行。一班老弱病残都饿死、冻死在路上。

　　李景隆返回去一个多月之后，在德州誓师，会同武定侯郭英、安陆侯吴杰等人进兵真定，率兵六十万，队伍排起来有十几里。燕王听说后，对诸将说道："李景隆这些人真是无能，靠几十万兵马，就想来算计我！他哪里知道人多易乱，前后不能呼应，左右不能共谋，号令不能统一，怎么能成事？你们就严阵以待，敌兵来了就去攻击，怕他做什么！"张玉说："怎么不先去白沟河扼守要害，然后以逸待劳呢？"燕王点头说："你说得也有道理。"于是带兵前去。

　　到白河沟三天之后，从探子那里得知，李景隆的前锋都督平安马上就要攻来。燕王立即拔营前进,渡过五马河,直达苏家桥。猛然间听到炮声骤响,伏兵一拥而上,当先的一员大将挺矛出阵,正是南军都督平安。他后面的瞿能父子,也跃马而来,刀光闪闪,逢人便砍。燕兵猝不及防,开始向后倒退,差点旗靡辙乱。这时队伍里忽然冲出三员骁勇的大将出阵阻拦,与平安大战起来。燕军望过去,这三人一个是内官狗儿,一个是千户侯华聚,一个是百户侯谷允,三员大将盘旋厮杀,真是棋逢敌手。一直打到日落,双方才鸣金收军。第二天,李景隆、郭英、吴杰等人全都来了,魏国公徐辉祖也奉命出兵。几个人商定一番后,暗地里将火器埋在地下,然后出兵诱敌。燕军不知有诈,一路追来,忽然间火器爆炸,烟焰冲天,燕军都被烧得焦头烂额,连忙往回逃,就连燕王也不能阻止,只好亲自断后。逃了一程,天色已晚,燕王四顾手下,只有三个人跟着。当时愁云惨淡,树木苍茫,竟然辨不清东西南北。一会儿又听见水声潺潺,料知已经到达白沟河,于是急急忙忙跑到河边,辨明方向,仓促渡河,直抵北岸。走了一段路,看见自家的大营,这才放心,下令将士明天再战。

转眼间就已经天亮。燕王派张玉统领中军,朱能统领左军,陈亨统领右军,房宽为先锋,邱福为后应,共带着十几万兵马,渡河列阵。南军营中的瞿能父子约了平安,先后赶到。正巧遇到房宽前来,两下相交,不到十个回合,房宽的兵马就已经溃散。张玉等人见房宽败下阵来,都有些害怕。正在这紧要关头,只听燕王大喝一声,带着几千精兵,冲到阵前,舍命冲突。两军一直拼杀到中午,燕军已经有些疲倦。瞿能父子乘机上前,连连砍杀燕骑一百多人。这个时候,忽然北风骤起,飞沙走石,让人眼睛都睁不开,接着一声怪响,把李景隆身前的大旗折成了两段。李景隆觉得大事不妙,正准备鸣金收军,忽然燕军队里,射出许多带火的箭,火仗风势,烈焰冲天。燕王趁机绕到李景隆的阵后,带兵突入。前面的高煦又带领将士们,一齐纵火,顺风痛杀。可怜这瞿能父子,及俞通渊、滕聚等人全都葬身火海。平安骑马逃走。南军纷纷溃散。燕王麾兵直追,一直追到月样桥才收兵回营。李景隆再次逃回德州,抛弃的器械物资,数不胜数。多亏徐辉祖率兵断后,才不至于片甲不留。过了几天,燕王进攻德州,还没赶到城下,李景隆就已经逃走了,仓库里还有一百多万石粮食来不及带走。燕军入城后,安安稳稳地得到了粮草,声势越来越旺。

那时山东参政铁铉正押着粮饷前来。听到李景隆战败逃跑的消息,急忙跑到济南，与参军高巍收集残兵败将，发誓死守。李景隆这时候也逃到济南，在城外扎营。燕军乘胜进攻，李景隆的十多万兵马仓促迎战，又被燕军杀败。李景隆单骑逃走。燕军开始围攻济南，铁铉、高巍二人拼死防守，燕军久攻不下。

警报传到京城，建文帝心慌意乱，就与齐泰、黄子澄商量，假装派人到燕军议和，接着召李景隆回京，将所有的军务都交给左都督盛庸代理，并升铁铉为山东布政司使。燕王已经发兵，怎么肯半途而废？见了朝使，一概置之不理。燕王命将士们往城里灌水，城里顿时成了泽国。一时间，人心惶惶。铁铉宣告百姓："大家都不要担心，本人自有良策，只要静等三天，就可以破敌！"百姓都不知他葫芦里卖的什么药，只能等着。铁铉居然不慌不忙，暗中派人出城求降，接着召集了几百名父老乡亲，秘密叮嘱一番，让他们出城赶赴燕王大营。燕王出营巡视，只见百姓都跪在路旁，哭着说："奸臣不忠才让大王蒙受冤屈，跋涉至此。大王是高皇帝的儿子，我们是高皇帝的百姓，哪里敢违抗大王的命令？但百姓看见大兵压境，体会不出大王为国为民的苦心，还以为要大肆屠杀。大王如果真心爱民，就请退师十里，单骑入城，我们自当伏地欢迎！"燕王大喜，好言抚慰一番之后，让他们回城。第二天下令退军。只带了几个人，渡过吊桥，直达城下。城门果然已经大开，里面有无数官兵、百姓跪在地上，高呼千岁。燕王得意扬扬，缓缓走入。刚走到城门边，忽然听到一声怪响，连忙往上看，城上竟然放下一块铁板，差不多有几千斤重。燕王眼明手快，急忙勒马倒退。刚离开几尺，那铁板已经压下，正中马头，马头立刻被砸得粉碎。燕王从马上摔下，幸好被旁边的随从扶起，换了一匹马，飞驰而去。桥下本来设有伏兵，见燕王将要过桥，都冲出来拆桥板。偏偏桥板坚固，一时间拆不动，竟然被燕王越桥逃走。铁铉急忙出城来追，却为时已晚。回到城中之后，铁铉仍然叹息不已。

第二天一早，炮声震天，燕军前来攻城，铁铉急忙登城督兵。那炮石非常厉害，弹着城墙便有窟窿。铁铉急中生智，挂出了一个大牌子，上面写着"太祖高皇帝之灵"，字写得很大。燕王看了也觉得难为情，就不再攻城。守兵乘机修缮，城墙再次坚固起来。铁铉又密约盛庸内外夹攻，燕王只好突围北上。铁铉出兵追敌，一直追到德州。城内的燕军听说燕王北归，也无心防守，弃城逃去。德州随即收复。建文帝封盛庸为历城侯，升铁铉为兵部尚书，又下诏命盛庸统兵北伐，任平燕将军。副将军吴杰进军定州，都督吴凯进军沧州，互相照应，共图北平。

这消息传到燕王的耳朵里，燕王不以为意，反而下令出击辽东。走到通州的时候，张玉、朱能前来禀报："大敌当前，正是抵御的时候。如果出兵辽东的话，不是舍近求远了吗？"燕王听了，对二人悄悄说了一番话，二人这才点头。随即火速赶往天津，经过直沽，下令将士，沿河向南行进。燕王带兵一昼夜赶了三百里，走到天明，已经抵达沧州城下。沧州镇帅吴凯没料到燕兵突至，带着部下开城逃走，在路上，被燕军擒获。燕王非常高兴，命人将俘虏、物资，全部运到北平。自己带兵继续向南，又来到德州城下。盛庸仍然坚守不出，燕王久攻不下。只好带兵入侵临清、大名，接着来到济宁。盛庸马上与铁铉、平安合兵，驻守在东昌，并摆下火器、毒箭，专等燕军到来。燕军仗着屡战屡胜的威风，火速前来，一见南军，立即奋勇杀入。只是对方火器、毒箭频发，士兵沾上即死。燕王见前队的将士多半受伤，气愤难忍，竟然亲自带领精骑，冒险冲入南军。盛庸见燕王亲自前来，故意分开两翼，任燕王杀入，等燕王冲到中间，才派兵包围起来。燕王这时才知道中计，慌忙夺路而逃，可惜四周好像铜墙铁壁一般，无论如何都走不脱。燕将朱能、周长等人望见燕王被困，急忙率兵相救。突入围中，奋力拼杀，才杀开一条血路，护着燕王突出重围。张玉还以为燕王没有脱身，拼命杀入，最后死于南军的乱箭之下。这时候朱高煦、华聚等人前来相救，击退南军，燕军扬长而去。

燕王回到北平，检阅将士，损失两三万人，后来又听说大将张玉战死，不禁痛哭："兵败倒是没有关系，损失了一员良将，才是可惜。"诸将听了，也纷纷落泪。随后，燕王下令休养生息，准备等来年再大举进犯。

建文帝听说东昌大捷，非常欣慰。一面祭拜太庙，一面让齐泰、黄子澄官复原职，就是召还京师的李景隆也没有问罪。建文三年，建文帝正准备祭祀圜丘，大行庆贺之礼。忽然听说燕王朱棣又出师北平，从保定南下了。


## 燕王设计劫粮草

燕王朱棣于建文三年春，再次出兵南犯。临行前，亲自撰写祭文，哭奠阵亡将士张玉等人，并烧掉自己的战袍，赏赐阴魂。众人无不感激涕零。燕王见人心振奋，当即整兵来到保定，与诸将商议下一步的作战计划。邱福等人说攻打定州，燕王却说不如攻打德州。于是移兵向东而去。途中接到密报，说盛庸已经夹河驻兵。燕王便带着三名骑兵，去看盛庸的阵势。盛庸见燕王掠阵而过，急忙派一千骑兵追赶。燕王连发数箭，射倒追来的五六个人，加鞭逃脱。没过多久，又带着一万多名步兵，来攻打盛庸。盛庸拥兵防守，燕王令壮士们用长矛上前钩盾。两下牵扯的时候，燕军乘机攻入。这时燕将朱能率铁骑前来接应，燕王让他一马当先，自己从小路绕出，去袭击南军的背后。南军没料到后面又有一军杀来，顿时措手不及，败下阵来。这时天色已晚，两边收兵回营。燕王检点将士，死伤也很多；再加上损失了大将谭渊，不禁悲愤交加，竟带着十几名骑兵，直逼盛庸的大营，就在人家营前露宿了一晚。

到了天亮，四面全部围着盛庸的兵马，左右请燕王突围。燕王谈笑自若。等到日出，才招集骑兵，从容上马，穿营而去。盛庸的将士们面面相觑，连一支箭都不敢发，任他来去自如。第二天再次接仗，苦战一日，互有伤亡。两军都觉疲惫，正准备鸣金收兵。忽然东北风大起，遮天蔽日，咫尺间不见人影。燕军处在上风的方向，麾兵大进。庸军正想休息，哪禁得住燕军再次冲杀过来，全部不战而逃。燕军乘风追赶，来到滹沱河口，只见淹死的南军不计其数。盛庸退到德州，将打了败仗的消息据实上奏。

建文帝听到警报，吓得心惊肉跳。这时，方孝孺上奏道："燕兵背负叛乱的大名已经很久，马上就是酷暑，一定会不战自败。如今之计，还是令辽东诸将入山海关攻打永平，真定诸将渡过卢沟桥直捣北平，我用大兵压后，一定不难擒住燕王。现在就假装赦免他的罪状，他班师退兵，往返需要几个月，途中难免军心动摇。到时候再进兵去攻打，马上就可以荡平了。"建文帝连声称好，马上派大理寺少卿薛岩带着诏书前去。诏书还没带到，燕王已经攻下藁城、顺德、广平等地，气焰越来越盛。

大理寺少卿薛岩带着诏书赶往燕营。燕王读完诏书之后，生气地对薛岩说："你临行前，皇上对你说什么了？"薛岩说："皇上有旨，殿下早晨卸甲，朝廷傍晚就班师。"燕王笑着说："这话连三岁的小孩都骗不了，还要拿来骗我？"薛岩顿时浑身战栗，一言不发。燕将纷纷请燕王诛杀薛岩。燕王说："两国相争，不斩来使，你们不要胡说！"接着命人带薛岩参观军营，只见戈矛旗鼓，遮天蔽日，相接起来有一百多里，吓得薛岩汗流浃背，局促不安。燕王将他留了几天，告别的时候对他讲："替我转告天子，我的父亲是天子的爷爷，天子的父亲是我的同胞兄弟。

我身为藩王，已经享尽荣华富贵，还有何指望？况且天子待我不薄，只因奸臣一再诬陷，才酿成今天的局面。我为了自己的身家性命，不得已发兵南下，如今蒙诏罢兵，不胜感恩戴德。但奸臣尚在，大军未还。我军心存疑惑，不肯退散，还望皇上立即诛杀奸臣，遣散各军，我愿带着儿子到朝中请罪，恭候皇上处治。"薛岩唯唯听命，燕王又命人送他出境。

薛岩沿途不敢逗留，几天就回到京城。方孝孺先和他见了面，详细盘问。薛岩把燕王的话复述了一遍，方孝孺低头不语。等到建文帝召见，薛岩又将燕王的话重复，并说燕军实力强大，不容易攻破。建文帝对方孝孺说："果真如此的话，那是朝廷的不对。"方孝孺说："陛下派人宣谕燕王，怎么反被燕王说服？"建文帝犹豫不决。

后来吴杰、平安等人收集残兵败将，截断了北平的粮道。燕王不免有些担忧。于是派指挥武胜到京城上报，说朝廷已经答应罢兵，盛庸等人却一直不撤，并且断绝北平的粮道，显然是违抗圣旨，请从严惩办。建文帝看过之后，颇有罢兵的意思，对方孝孺说："燕王是孝康皇帝的同胞兄弟，是朕的亲叔父，如果逼他太甚，怎么对得起宗庙的神灵？"方孝孺说："陛下真想罢兵吗？罢兵之后，再想聚集可就难了。如果他长驱进犯该怎么办？陛下还是不要被他蒙骗，速速诛杀武胜，与他决绝。到时候士气一振，定会大胜而归。"建文帝又相信了方孝孺，将武胜打入锦衣狱。

燕王听到消息后大怒。随后马上派遣都指挥李远等人率轻骑六千多人，改换南军的衣甲，混入济宁、谷亭一带，与南军混在一起，乘机纵火，把南军囤积的粮饷，付之一炬。燕将邱福、薛禄合兵破济州城，派兵偷袭沛县，又放起一把火，将南军的几万艘粮船一齐烧毁，所有的军资器械也都化成了灰。这些消息传到京城，建文帝大为震惊。盛庸因粮道不通，焦躁异常，当即邀请大同守将房昭引兵进入紫荆关，据住易州的西水寨，窥探北平。平安也从真定出兵，准备向北平进击。燕王那时人在大名，于是派遣将领朱能等人截击平安，自己则带领大军去攻房昭。房昭被困多日，向真定求援。真定发兵相救，被燕王设伏杀败。房昭势穷援绝，只得弃寨西逃。平安在半路被朱能杀败，逃回真定。

建文帝屡屡听到失败的消息，无计可施。忽然想起太祖临终前，曾经嘱托过梅殷，要他辅佐幼主。建文帝当即召他入朝，商议军事。梅殷奉旨后也不推辞，出军镇守淮安，募集淮安的民兵，号称有四十万大军，防守燕军。建文帝又命徐辉祖支援山东。徐辉祖星夜前行，来到小河，听说都督何福与燕军交战大获全胜，平安转战北阪也杀败了燕军，心中非常宽慰。马上驱众来到齐眉山，与何福合兵，再次与燕军厮杀。后来，燕将李斌冲锋陷阵，被冷箭射中马头，马倒地后被擒杀。燕军非常气馁，随即溃散。燕将王真、陈文也全部战死。燕王退到几十里之外，才安营扎寨。众将都因屡次战败，请求暂时退兵休养。燕王说："兵事有进无退，稍稍有点失败，怎么能擅自退回？你们只顾目前，不顾长远吗？"说完，又下令军中："想渡河北归的请站在左边，否则站在右边。"将士们大多站在左边。燕王大声说："你们既然不愿南行，就请自便吧！"言语之中透露着不满。朱能站出来调和："汉高祖十战九败还能得到天下，我军胜多败少，怎么能轻易退兵呢？"将士们这才不再多说。燕王担心会有兵变，好几天晚上衣不解甲，不能安睡。

这消息传出来之后，南军相互庆贺。京城里的一班大臣，都说燕军将要逃走，京城不能没有良将镇守，应该将魏国公召回来。建文帝于是下诏召回徐辉祖。徐辉祖回京后，何福势单力孤。燕王又派朱荣、刘江等人率骑兵截击南军的粮道。何福支撑不住，只得到灵璧扎营。平安要将粮食运到何福大营，带了六万人马护卫，快到灵璧的时候，不料燕军忽然冲出来夺粮。平安慌忙抵抗，杀了半天也不能退敌，反被敌人把队伍截断。正在这危急关头，何福带兵前来支援，与平安合击燕军，燕王马上麾军退下。

平安、何福二人以为燕军已经退走，可以不用担心了。于是慢慢押着粮车，往灵璧大营走去。约莫走了几里，天色暗淡下来，暮霭沉沉，野景苍茫，前面丛林错杂，只能看见黑压压的一团，辨不出什么枝干。各军只管放心过去，猛然间听到呼哨四起，战鼓轰鸣，林间杀出千军万马，冲断南军。首当其冲的统将不是别人，正是燕王的次子朱高煦。南军已经疲惫，哪禁得住这支生力军的劫杀？况且又不知道对方有多少人马，于是兵刃还没接上，就已经肝胆俱裂。平安、何福还想拼死抵抗，谁知后面又来了燕王的大军，眼看着不能抵抗，只好夺路而逃。等到达灵璧，不但粮食全丢了，而且损失了一万多士兵、三千匹战马。众人相对无言，只好勉强闭寨拒守。

当晚，不见燕军进攻。只是营中的粮食已经吃完，大家一番商议之后，决定转移到淮河。何福下令军中，在第二天夜里，以放炮三声为号，一齐拔营。众将得令之后，好不容易挨过一天，晚饭以后，各军收拾妥当，专等炮声响起。一会儿，听到外面炮声接连三响，正好与号令相合。于是一齐开门，走出营外。谁知四面八方竟全都是燕军！

## 藏在箱子里的秘密

何福、平安等人拔营要走，正巧遇到燕军攻营。那三声号炮，也是燕军所放。实际上，燕军并不知道何福的号令，只因为连夜袭营，所以鸣炮进攻。刚好与何福的号令相吻合。福军误以为是自己人鸣炮，争相走了出来。真是无巧不成书。燕军趁势乱杀，整个大营顿时人仰马翻，尸积如山。副总兵陈晖、侍郎陈性善等三十多人，有的战死，有的被擒，连骁将平安也被燕军捉住，只有何福一人逃脱。这次战争之后，南军的精锐部队全部阵亡，从此一蹶不振。黄子澄听到噩耗后，放声大哭。后又上疏请调辽兵十万，到济南与铁铉会合，截击燕军的归路。建文帝准奏，令总兵杨文调辽兵到直沽。不料途中又被燕将宋贵当头袭击，辽兵全部逃走，杨文束手就擒，没有一兵一将能到达济南。

燕王接着进攻泗州，收降了守将周景初。燕王正准备乘胜渡过淮河，却听说盛庸带着几万兵马，几千战舰，在南岸严阵以待。燕王不敢轻易进兵，于是派使臣到淮安，去见驸马梅殷，只说要到淮南进香，恳请他借道。梅殷不肯答应。燕王大怒，又写信给他："本王出兵到此，就是为了清君侧，天命有归，何人敢来阻拦？不如见机行事，免得后悔莫及。"梅殷收到来信后，气愤难忍，竟然将来使的耳朵、鼻子全部割去，并对他说："暂且留下你的嘴，回去问问殿下，难道他不知道君臣大义吗？"使人将这话回报给燕王，燕王无可奈何，只好从凤阳取道。凤阳知府徐安听说燕王将到，马上拆毁浮桥，藏匿船只，断绝交通。燕军又不能渡过。

燕王踌躇了一会儿，想出一条妙计。他召邱福、朱能等人入帐，秘密叮嘱一番之后，自己带兵来到淮水北岸，接着指挥将士们，备好舟船，张旗鸣鼓，做出一副渡河的样子。南军在对岸瞧到，马上整备兵械，严密设防，专等燕军南渡。谁知燕军敲敲打打闹了半天，却没有一舟一筏渡过来。南军瞪着眼睛看了半天，最后各自回营休息去了。这时营外忽然杀声四起，燕军从天而降，吓得南军魂不附体。原来邱福、朱能等人听了密计之后，就带着几百名壮士，向西走了二十里，从上游雇了渔舟，偷渡淮水，绕到南军营前，奋勇杀入。盛庸没有防备，慌忙出帐上马，想要逃走。不料马也受惊，反而将盛庸掀翻在地。盛庸摔倒在地上，手脚都受了伤，几乎不能动弹。多亏手下的亲兵把他扶起，塞在一条小船里，这才仓皇逃走。军中没有了主将，顿时全营大溃。燕王乘机飞渡，上岸夹击，立即将南军扫荡干净，缴获大量淮南战舰。后来又攻下盱眙、扬州，杀死都指挥使崇刚以及巡按御史王彬。

京城得到消息后，非常惶恐。建文帝急忙派御史大夫练子宁、侍郎黄观、修撰王叔英等人分道征兵。各镇都观望不前，有的甚至给燕王送去钱粮，有意归附。朝中的大臣担心被困在京城，多半请旨出守，以方便逃跑，京中越来越空虚。建文帝也觉得惶恐，没办法只好下诏罪己，并派庆城郡主到燕王营中议和，表示愿意割地。郡主是燕王的堂姐，见到燕王之后，燕王先哭，郡主也跟着哭。燕王接着问："周王和齐王现在怎么样了？"郡主说："周王已经被召回京师，齐王还在狱中。"燕王叹息不已。郡主将建文帝的意思娓娓道出。燕王说："父皇的封土我都保不住，哪还敢指望割地？况且我率兵来到这里，无非是想祭拜孝陵。只要天子恢复以前的制度，赦免诸王，让奸臣不能蒙蔽主聪，我当即解甲归藩，仍然谨守臣礼。如果只是想托词缓兵，今天议和，明天又要开战，让我姐姐白跑一趟，我若答应反是中了奸臣的计谋。我又不是傻子，算计我干什么！"郡主不方便再说，只得告归，燕王把她送出营外。

郡主将这些话告诉建文帝，建文帝又问方孝孺。方孝孺说："长江天堑相当于百万大军，陛下不必担心。"话还没有说完，锦衣卫前来奏报，说苏州知府姚善、宁波知府王琎、徽州知府陈彦回、乐平知县张彦方、永清典史周缙都带着兵马来保卫京城。建文帝这才稍稍放心，然后一一召见，让他们在城外屯守。侍郎陈植来到营前，慷慨誓师，甚至痛哭流涕。无奈军心已变，就算口吐莲花，也没有办法。都督佥事陈瑄，竟然带着水兵投奔燕王去了。还有陈植的部下金都督也想投降。陈植看出他的意图，将他招来质问，不料他竟然反手将陈植杀死，带着兵马投奔燕王去了。燕王问明情况后，竟诛杀了金都督，并让人厚葬陈植。随后燕王祭祀江神，发兵渡江。一时间，船舰相接，旌旗蔽空，战鼓声传到数百里外。南军胆战心惊，盛庸等人率众抵御，还没交战，就已经乱作一团。燕军的前锋只有几百名精兵，却将南军杀得四处逃散。燕王渡江之后，带兵猛追了数十里。南军不是被杀就是逃散，只剩下盛庸一人一马，在慌乱中走脱。燕军乘胜攻下镇江，准备休养几天，进攻京城。

建文帝听说后，在殿前走来走去，束手无策。这时方孝孺上奏说："京城里还有二十万精兵，况且城高池深，粮食充足，防守不成问题。敌兵远道而来，用不了几天就会不战而逃。"建文帝依计而行，又请各位将领分守都城。齐泰、黄子澄借口外出征兵，不等建文帝批准，就自行离去了。齐泰逃到广德州，黄子澄逃到苏州。建文帝不禁叹息着说："事情因他们而起，难道他们竟要弃朕远逃吗？"正说着，外面报称燕军开始攻城，建文帝召方孝孺问计。方孝孺请他坚守城池，如果有什么不测，就殉死社稷。

建文帝听了这话，更加心惊肉跳。这时，翰林院编修程济跑入殿中，大声喊道："不好了，不好了，燕军已经入城了！"建文帝说："这么容易！难道是有内应？"程济说："谷王朱橞、李景隆等人打开了金川门，迎入燕王，京城这才沦陷。"建文帝流着泪说："罢！罢！朕没有薄待过他们，他们竟然如此负心，还有什么话好说？"程济说："御史连楹曾假装在燕王马前叩拜，想刺杀燕王，只因孤立无援，反而被杀害。"建文帝说："有这样的忠臣，朕都没有重用。朕也知道错了，不如听从方孝孺的话，殉死社稷好了！"说完，就要拔刀自尽。

这个时候，少监王钺忽然上奏："陛下不可轻生。高皇帝升天的时候，曾经留下一个箱子，交给掌宫太监，并留下遗嘱：子孙如果有大难，可以打开箱子，里面自有办法。程济插嘴问："那箱子现在在哪里？"王钺答道："就藏在奉先殿的左侧。"左右听了这话，都说大难已到，还是快快打开箱子。建文帝马上派人去取，不一会儿，有四个太监抬着一个红色的箱子进来。这箱子相当沉重，四围都用铁皮包裹，连锁心里面也灌了生铁。王钺将箱子砸开，大家死死盯着，都以为这箱子里有什么退敌的妙计。谁知箱子里竟然藏着三张度牒，一张叫做应文，一张叫做应能，一张叫做应贤。连袈裟、僧帽、僧鞋等东西也全都准备好了，并且有剃刀一柄，白银十锭，以及一张朱红色的纸，纸上写着：应文从鬼门逃出，其余的人从水关逃出，傍晚在神乐观的西房会合。建文帝叹息着说："天意如此，就这么办吧！"

程济取出剃刀，给建文帝剃发。吴王教授杨应能，因为名字和度牒上的相同，就表示愿意一起剃度。监察御史叶希贤说："臣叫希贤，想必应贤的这张度牒属于臣。"于是也把头发剃光了。三人脱了衣冠，披着袈裟，藏好度牒，整装出发，接着建文帝命人纵火焚宫。顿时火光熊熊，把金碧辉煌的一切尘缘烧得一干二净。皇后马氏投火自尽。妃嫔们大多已经逃走了，剩下的多半被烧死。建文帝痛哭一场，就要动身。这时，殿里还有五六十人都趴在地上哭泣，表示愿意跟随。建文帝说："人多不方便出走，你们还是自便吧。"

这时，还有九个人誓死相从，跟着建文帝来到鬼门。鬼门在太平门之内，是内城的一扇矮门，仅容一人出入，外面就是河水。建文帝弯着身子出去，其他的人也鱼贯出门。门外正巧有小船等在那里。船上有一位穿着道服的老人，叫皇上乘船，并叩头称呼万岁。建文帝问他叫什么，他说："姓王名昇，是神乐观的住持。昨夜梦见高皇帝命臣来此，所以一直在这里守候。"建文帝与九个人一同登船，船顺风而下，没过多久就来到神乐观。王昇将他们带入观中。那时已经是傍晚，一会儿杨应能、叶希贤等十三人也来了。

大家见面之后，仍跪在建文帝面前俯首称臣。建文帝说："我已经是僧人了，以后就以师兄弟相称吧，不必行君臣之礼了。"大臣们都哭着答应下来。随后，大家席地而坐，草草吃了晚饭。当即决定由杨应能、叶希贤、程济三人侍奉在皇帝身边。还有六个人隐姓埋名，负责一路上的饮食。剩下的十几个人分别住在各地，负责建文帝的住宿。第二天一早，应文和尚便带着应能、应贤等人与众人作别，云游四方去了。


## 壬午年的惨事

燕王朱棣攻入京城之后，只有魏国公徐辉祖带兵抵挡一阵，兵败之后也逃跑了。此外，文武百官大多在马前迎驾。燕王接见完毕后，又去看周王和齐王，三人泪流满面。事情办完之后，燕王随即回到军营，召集官吏商议。兵部尚书茹瑺先到燕王面前，劝他登基。燕王问："皇上呢？"茹瑺说："皇宫被烧，想必皇上已经驾崩了。"燕王皱着眉头说："我无缘无故被诬陷，不得已才发兵自救，一心想着为国除奸，以安定宗室社稷，效法周公垂名后世。谁知皇上竟然不能体谅，就这样轻生了。我已经得罪了天地祖宗，哪敢再登大位，还是另选德才兼备的亲王吧。"茹瑺一边叩头一边说道："大王顺天应人，怎么能说是'得罪'？"话音未落，一班文武大臣都跪在地上，黑压压地跪了一地，齐声大呼："天下是太祖的天下，殿下是太祖的儿子，无论是德还是功，都应该登上大位。"燕王仍然犹豫不决："明天再说吧。"第二天一早，群臣又来规劝。燕王这才起驾入城，命诸将守住城门，悬赏通缉齐泰、黄子澄、方孝孺等人。随后在奉天殿即皇帝位，受王公大臣朝贺。

燕王即位后，下令清宫三日。宫里面的宫女、太监多半被杀死，只有得罪过建文帝的，才得以幸免。燕王接着将宫人找来，问他们建文帝的行踪。宫人也不知道，只好把马皇后的残骸说成是建文帝的尸首。从灰烬中拨出来的尸首浑身漆黑，四肢残缺，辨不出是男是女，只觉得惨不忍睹，燕王不禁哭着说："傻孩子，你怎么这么傻呢？"当时，侍读王景站在一旁，燕王问他应该如何下葬。王景就说应当以天子礼殓葬。燕王点头，命人将尸首以天子礼埋葬。

　　这时有一个人满身缟素，直奔朝中，伏在地上失声痛哭，哭声震撼天地。燕王听到后，当即喝令左右将他拿下。燕王凝视着他说："你就是方孝孺？朕正要捉拿你，你却自己来送死！"方孝孺抗声说道："事已至此，死有什么好怕的！"燕王说："你愿意死，朕偏偏不让你死！"说完，命左右将他逮捕下狱。原来燕王大举南犯的时候，道衍将燕王送出郊外，跪在地上说："臣有事要嘱托。"燕王问是何事，道衍说："南朝有个鸿儒名叫方孝孺，此人很有学问，殿下入京之后，千万不要杀这个人。如果杀了他，天下的读书种子从此就断绝了。"燕王点头，并铭记在心里。所以索要罪人的时候，虽然将方孝孺列为首犯，暗地里却一直想保全他，并且让他的门徒廖镛、廖铭等人到狱中劝解。方孝孺怒斥他们："你们这些混账，跟了我这么多年，难道还不知道大义吗？"廖镛等人返回去报告燕王，燕王不以为意。

　　没过多久，朝廷准备草拟即位诏书，大臣们都举荐方孝孺，燕王就让他出狱了。方孝孺仍然穿着素服来到大殿。燕王对他说："先生这是何苦呢？朕只是想仿效周公辅佐成王。"方孝孺问道："那成王呢？"燕王说："他自焚死了。"方孝孺又问："那怎么不立成王的儿子？"燕王答："国家要依靠长君。"方孝孺反驳："那为什么不立成王的弟弟？"燕王一时语塞，无话可说，只得勉强说道："这是朕的家事，先生不必过问。"方孝孺还想再说，燕王已经命左右递上纸笔，委婉劝诫："先生是一代鸿儒，如今朕要即位，还要劳烦先生起草诏书，请先生不要推辞！"方孝孺将笔扔在地上，边哭边骂："要杀就杀，诏书不能起草。"燕王的火气一下子上来了，厉声问道："就算你自己不怕死，难道就不顾念九族吗？"方孝孺说："就算是灭我十族，我也不怕。"说到这里，又拾起笔写了四个大字，扔给燕王："这就是你的草诏！"只见纸上"燕贼篡位"四个字触目惊心。燕王不由得大怒："你敢说我是贼？"接着喝令左右用刀去划方孝孺的嘴，一直划到耳朵旁边。并下诏缉拿方孝孺的九族，再加上朋友以及门生，作为十族。每缉拿一个人，就带给方孝孺看。方孝孺毫不顾忌，燕王将他们一律杀死。后来又把方孝孺推出聚宝门外，处以极刑。方孝孺的弟弟方孝友也被一起抓来，与方孝孺一同死在聚宝门外。临刑前，方孝孺对着他一直流泪，方孝友就随口作了一首诗：

阿兄何必泪滂滂，取义成仁在此间。华表柱头千载后，旅魂依旧到家山。

时人称他们为"难兄难弟"。方孝孺的妻子郑氏以及两个儿子方中宪、方中愈全部自尽，两个女儿投河溺死。宗族亲友以及门客全部连坐被诛，一共八百七十三人，廖镛、廖铭也坐罪而死。

齐泰、黄子澄先后被捉拿。由燕王亲自审讯，二人誓死不屈，一同被凌迟。兵部尚书铁铉被抓到京城后，毅然背对燕王，不肯屈服。燕王强行命他转过身来，始终不能如愿。燕王命人将他的耳朵、鼻子一起割下，煎熟了送到铁铉的嘴里，并问他肉味是不是鲜美。铁铉大声说道："忠臣孝子的肉当然鲜美！"燕王更加愤怒，命人在大殿里烧起油锅，将铁铉扔了进去，铁铉顷刻间烫成了尸炭。但尸体自始至终都反身向外。燕王又命人用铁棒将残骸夹起来，让他面朝北面，并笑着说："你现在肯来朝拜我了？"话音未落，油锅里忽然溅起滚油，左右都急着避让，丢下铁棒走开。尸体落下后仍然反身向内。燕王大惊失色，赶忙命人安葬。

户部侍郎卓敬、右副都御史练子宁、礼部尚书陈迪、刑部尚书暴昭、侯泰、大理寺少卿胡闰、苏州知府姚善、御史茅大芳等人陆续被抓，不是被打掉牙齿，就是被割去舌头、断手断足，甚至还灭他们三族。其他人，像太常少卿廖昇、修撰王艮、王叔英等人在燕王攻城的时候就已经自杀。最奇怪的是东湖的一个樵夫，他每天背着柴薪来集市卖，从不二价。听说建文帝自焚后，竟然趴在地上大哭起来，然后丢下柴薪，投身入湖。以上这些都是壬午殉难的忠臣义士。

左金都御史景清平时大义凛然，等到燕王即位，要给他官复原职，他却没有推辞。有人耻笑他，说他贪生怕死，他却毫不在意。等到八月十五的时候，燕王临朝，朝拜完毕后，史景清忽然一跃而上，扑向燕王。燕王立即命左右将他拿下，搜得一把利刃，便质问他想干什么。史景清愤然说道："我想为故主报仇，可惜没有成事！"燕王大怒，下令将他剥皮。史景清谩骂燕王至死，骨头和肉都被肢解，皮被挂在长安门上。一天，燕王出巡，车驾经过长安门，门上悬挂的皮忽然断了绳索，扑向燕王。燕王非常诧异，马上命人将皮烧掉，接着派人诛他九族。后来又辗转牵连，称为"瓜蔓抄"，村落因此都变成了废墟。

建文帝时的旧臣，除归附燕王的以外，死的死，逃的逃，只有魏国公徐辉祖因为是燕王的舅舅，燕王不忍心诛杀，于是亲自召问。徐辉祖含着泪，一言不发。燕王想到他是开国元勋的后裔，又是自己的舅舅，应该特别从宽，所以只削去了他的爵位，并追封徐增寿为武阳侯，晋爵定国公，子孙世袭爵位。燕王又想到驸马梅殷还在淮河驻兵，不免有些忧虑。于是逼宁国公主写下血书，将他召回。梅殷接到书信后痛哭一场，然后跟着来使回到京城。燕王听说后，亲自下殿迎接，并说："驸马辛苦了！"梅殷说："劳而无功，真是惭愧！"燕王默不作声，心中很不高兴，只因一时不便加罪，暂时放他一马。

燕王改建文四年为洪武三十五年，将第二年改为永乐元年，在南郊祭祀天地，颁下即位诏书，大赦天下。命侍读解缙、编修黄淮到文渊阁任职；侍读胡广、修撰杨荣、编修杨士奇、检讨金幼孜参与机务，组建内阁。于是，太平盛世依旧。后来燕王朱棣庙号成祖，历史上称他成祖皇帝。成祖大封功臣，之前战死的将士全部追封。周王、齐王、代王、岷王全部官复原爵，各令他们归国。谷王朱橞因开门有功，厚加赏赐，改封至长沙。只有宁王朱权被诱入关，成祖曾当面答应，事成之后平分天下。等到成祖即位，却闭口不提，还把他留在京师。宁王朱权不敢相争，只是请封苏州给他。成祖不肯答应，后来又请封钱塘，成祖又不允许。宁王不得已，只好带着几个老臣去南昌，卧病在床，不再回京。成祖就把南昌封给了他。从此，宁王朱权韬光养晦，每天读书鼓琴，不问外事，这才保全性命。

成祖将妃子徐氏册立为皇后。皇后是徐达的长女，自幼温良娴静，喜好读书。册封为妃之后，一直侍奉高皇后，高皇后驾崩之后，徐后素食三年。靖难兵变的时候，很多部署都是由徐氏悉心规划的。她被册立为皇后，就对成祖说："南北的战争使得民生凋敝，从此以后应该休养生息。所有的贤才都是高皇帝留下来的，能用即用，不用问什么新旧。"成祖非常赞赏。

成祖有三个儿子，都是皇后所生。皇后既然已经册立，就应该册立太子。朱高煦打仗有功，不免骄傲自负，暗中让淇国公邱福、驸马王宁在成祖耳边替自己说话。成祖也认为朱高煦像自己，于是有心立他为储君。偏偏兵部尚书金忠认为不可以，并援引古今之事，阐说废嫡立庶的种种祸端，一再劝解。成祖于是左右为难起来。那时北平已改名为北京，设立顺天府，命朱高炽居守，朱高煦则跟随成祖在南京。金忠感觉局势不利于朱高炽，就和解缙、黄淮等人说到此事，并让他们共同调护。正巧成祖问到解缙立储的事情。解缙就说："皇长子仁义孝顺，天下归心，请陛下不要怀疑！"成祖没有说话。解缙又说："皇长子就不用说了，陛下难道不顾及您的圣孙吗？"原来成祖已经有了长孙，名叫瞻基，是高炽的妃子张氏所生。分娩的前一夜，成祖曾梦见太祖给他一只圭璧，上面写着"传之子孙永世其昌"八个大字，成祖引以为瑞兆。后来孩子满月，成祖抱着小孩看。只见那孩子英气满面，符合梦兆，于是更加钟爱。成祖登基后，瞻基已经十岁。他嗜书好读，灵敏机智，成祖赞不绝口。成祖果然为其所动，只是还没有作出决定。隔了几天，成祖拿出一幅《虎彪图》，命大臣们作诗。那图中画着一只老虎和几个虎崽子，样子非常亲昵。解缙见了，提笔就写，接着呈给成祖。成祖一看，是一首五言绝句：

虎为百兽尊，谁敢触其怒？

惟有父子情，一步一回顾。

看完之后，成祖不禁暗暗感叹。


## 三保太监下西洋


成祖看到解缙的诗后，知道他是趁机劝慰，心中非常感叹。后来又问到黄淮、尹昌隆等人，大家也都主张立嫡，这才决定立朱高炽为皇太子，封朱高煦为汉王，朱高燧为赵王。朱高煦应该去云南，朱高燧则在北京。朱高燧本来就和太子留守在北平，奉命后当然没有什么异议。唯独朱高煦一直怏怏不乐，他曾对人说："我犯了什么罪，要把我贬到万里以外？"于是不肯去上任。成祖也没有办法，只好暂且由着他。

成祖不遗余力地杀戮旧臣，却将盛庸留下来镇守淮安，封他为历城侯。李景隆迎降有功，被加封为太子太师。所有的军国重事，一概让他参与商议，接着召来前北平按察使陈瑛做副都御史，署都察院事。陈瑛是滁州人，建文初年授职于北平，曾收过燕府的贿赂，被佥事汤宗参劾，贬到广西。后来受到成祖的恩宠，变得越来越残忍。每次遇到有人犯事，往往屈打成招，牵连无辜，以至于狱因累累，彻夜喊冤。两班的御史都禁不住哭泣，陈瑛却谈笑自若，并和同僚说："这些人如果不加以处置，皇上当初何必要靖难呢？"没过多久，他诬陷盛庸心怀异图。成祖下旨将盛庸削爵查办，盛庸因害怕而自杀。耿炳文有个儿子名叫耿浚，娶了懿文太子的长女，建文帝授他为驸马都尉。成祖入京后，耿浚说自己病重，一直不肯露面。耿炳文从真定败退之后，一直住在家里，整天郁郁寡欢。陈瑛与他有过节，于是捕风捉影，非说耿炳文的衣服、器皿上面有龙凤图案，妄图不轨。这些话奏报上去，正中成祖皇帝的猜忌，立即命锦衣卫到耿炳文家，没收家产。耿炳文那时已年近七十，想想自己曾立过汗马功劳，如今却付之流水。何况现在年老体衰，哪还有精力去辩解，索性服下毒药，到地下找太祖皇帝去了。李景隆做了一年多的太师，也被陈瑛等人勾结周王，参劾他谋逆。于是被革职查办，所有的家产全部充公。

从此以后，陈瑛的气焰越来越盛，也越来越善于迎合。有一天，他忽然想到驸马梅殷与成祖不和，于是又写了一篇奏折。大意是说梅殷招揽亡命之徒，并与女秀才刘氏朋党为奸什么的。永乐三年冬季，成祖召梅殷入朝。都督谭深、指挥赵曦奉成祖的命令，迎接梅殷。走到笪桥的时候，二人竟然将梅殷挤入水中，梅殷当即被淹死。谭深、赵曦二人回去报告成祖，只说梅殷是自己跳水的，成祖也不细问。偏偏都督许成知道了二人的谋杀底细，就原原本本据实陈奏。成祖不便说明，只得将谭深、赵曦二人逮捕下狱，命法司惩办。

宁国公主听到噩耗，就跑到殿中，牵着成祖的衣角大哭，硬要成祖赔她的驸马。成祖好言劝慰，公主都不肯听，只是一味乱哭乱撞。还是徐皇后出来调停，才将她劝入内宫。徐皇后又劝成祖立即诛杀谭深、赵曦两个人，并封宁国公主的两个儿子为官，当成偿命的办法。成祖不好不从，就封她的长子顺昌为中府都督同知，次子景福为旗手卫指挥使，并命人把谭深、赵曦正法。梅殷的手下有个叫瓦剌灰的，侍奉梅殷很多年了，非常忠诚。梅殷死后，他终日痛哭不止。等到谭、赵二人伏法的时候，他就跪在朝中，请成祖砍断二人的手足，并剖肠挖心，祭奠梅殷的阴灵。成祖本来就心虚，只好听从他的请求。瓦剌灰叩头谢恩，直奔法场，把谭、赵二人的尸首截断四肢，又剖开胸膛，挖出鲜血淋淋的心脏，接着跑到梅殷的墓前，呈在祭案上，叩了无数个头，又大哭了一场。然后解下衣带，自缢身亡。宁国公主在宣德九年病逝。

皇太子高炽奉命南来，将职务交给高燧，带着僧人道衍等人进入京师。成祖见了高炽，也不过淡淡地问了几句。等到道衍觐见的时候，却赐座给他，并推他为第一功臣，当即升他为资善大夫，以及太子少师，并让他恢复原姓，喊他为少师而不喊名字。道衍扬扬得意地出来，到长州去探问亲友。大家都觉得道衍现在飞黄腾达了，所以多半夹道欢迎。唯独他的同胞姐姐不肯见他，道衍觉得非常奇怪，硬要相见。他的姐姐就让人出去对他说："我的兄弟是个和尚，没听说过什么太子少师。"道衍没有办法，只好改换僧服，再次去见姐姐。姐姐仍然拒绝。后来经家人一再劝解，这才站在院子里和道衍说话："你既然做了和尚，就应该六根清净，为什么要大开杀戒，闯出这等滔天大祸？现在还俗了，来走访亲戚，人家都羡慕你的荣华富贵。我是穷人，不配做你的姐姐。你走吧！不要再来纠缠了！"道衍不敢争辩，被她说得汗流满面，踉跄而出。茫然间又去走访老朋友王宾。王宾也是房门紧闭，只从门里面高声喊道："和尚错了！和尚错了！"道衍回京后，仍然住在寺庙里，除入朝之外，其他时候依旧穿着僧服。成祖劝他蓄发，他不肯听；赐给他的房子，他也全部退回。等到永乐十七年道衍死去，成祖追封他为荣国公。

太祖在位的时候，曾经严禁宦官干政，并在宫门外竖起铁牌以警示子孙。建文帝即位后，对内侍也审核得非常严格。等到靖难兵变之后，宦官都偷偷跑到燕营里，报告朝廷的虚实。所以成祖才决心南下，攻入京师。成祖即位后，尽管对那些宦官一再加官赏赐，但他们都嫌不够，弄得成祖也没什么办法。那时候云南、大同、甘肃、宣府、永平、宁波等地，到处都有宦官出使的踪影。后来成祖又派宦官郑和游历西洋，表面上是为了宣示威德，实际上是寻找建文帝的下落。原来建文帝逃到云南，然后住在锡永嘉寺，从此隐姓埋名，无人知晓。成祖怀疑他流亡到了海外，就命郑和出去寻访，并特意造下六十二艘大船，载着三万七千多名水兵，从苏州的刘家港出发，沿海向南，途中经过浙江、福建、直达占城，并称郑和为三保太监，所以有了三保太监下西洋之说。

郑和等人抵达占城之后，并不见有建文帝的踪迹。于是在心里暗想，既然建文帝没有着落，不如招降这些蛮人，让他们入贡，也算不辜负这一番长途跋涉。当下就与副使王景和商议，决定游历诸国，从占城南下，直达三佛齐岛国。这岛国是广东南海人王道明开辟的，后来被邻岛爪哇所灭，改名为旧港。海盗陈祖义又将爪哇的士兵和百姓赶走，占据了此岛，称王称霸。郑和到了旧港，分别派王景和等人带着二十多艘船只，去诏谕爪哇、婆罗洲。自己则带着一百多名随从，去见陈祖义，并传大明天子的命令，赏赐金银。陈祖义听说有赏赐，自然出城相迎，还设酒款待。一连住了几天，郑和就劝他每年向朝廷纳贡。这陈祖义是数年的大盗，只知道往里面兜钱，不知道向外面掏钱。一开始听说有赏赐，喜出望外地迎接郑和，后来听说要他年年进贡，哪里肯割舍，当下就拒绝了。郑和拂袖而出，回到船上，点齐兵士，去攻打陈祖义。陈祖义也出来抵抗，可终究是一群乌合之众，没战多久就逃走了。郑和据住海口，与他相持。陈祖义穷途末路，派人到邻岛求援。不料爪哇、婆罗洲的各岛，已经接受王景和的诏谕，归服了明朝。陈祖义走投无路，准备趁夜潜逃，却被郑和的伏兵团团围住，只好束手就擒。郑和领兵上岸，直入岛中。召集居民，宣示陈祖义的罪状，让他们另外推举一个人做岛主，并按时入贡，承认旧港永远是大明的属地。随后，郑和又向尼科巴、巴拉望、麻尼拉等地宣扬诏命，远近纷纷归附。

郑和回京复命。成祖大喜，又命他载着金银珠宝，去赏赐归降的国家。于是郑和再次出海，重赴外洋。从三佛齐国以下，全部都以礼相待，把他奉若神明。郑和赏赐完毕，又突发奇想，下令向西航行。一路上烟波浩渺，海水苍茫，凭着一路的顺风，直达西方的锡兰国。锡兰也是一个岛国，岛中气候炎热，不分春夏秋冬，草木茂盛，禽兽也很多。居民大多是巫来由种族，酋长叫做亚列苦奈儿。郑和来到这里后，亚列苦奈儿出城迎接，带着郑和看遍了飞禽猛兽，并殷勤照顾。亚列苦奈儿喜欢养一些老虎、豹子、狮子、大象等凶猛高大的动物，闲暇的时候，就逗弄它们取乐。百姓如果有谁犯了罪，就把他扔给老虎、豹子，任它们撕裂争夺。郑和不知道底细，等亚列苦奈儿和他说明之后，才惊异起来。过了一天，亚列苦奈儿请他看斗狮，郑和担心他有异心，就谎称自己生病没有去。后来派人查探，得知亚列苦奈儿果然想将郑和丢给狮子。郑和于是潜身逃走。亚列苦奈儿知道阴谋泄露，马上带了几千士兵，去追郑和。郑和这时候早就已经回到船上，派兵上岸，准备厮杀。亚列苦奈儿不知好歹，只管向前冲去，结果被杀得大败。后来又放出虎、豹、狮、象作为前驱，冲向郑和军。郑和军备好巨炮，轰炸过去，虎、豹、狮、象忍不住痛，都往后逃去，反而冲散了亚列苦奈儿的士兵。亚列苦奈儿大败而逃。和军乘胜追击，如入无人之境。不到一天就捣破了巢穴，生擒了亚列苦奈儿，并将他的妻儿一股脑儿捉来，送到京城。成祖更加高兴，等郑和觐见的时候，大加赏赐。

郑和休息了几个月，再次请求出海，成祖自然准奏。这次到了南洋的一个大岛上。这岛叫做苏门答腊，也有国王和太子。太子名叫苏干剌，因为得罪了国王，被捕下狱。太子的爪牙心腹，没命地跑到海边，正碰上郑和到来。郑和于是乘机出兵，助他一臂之力。郑和与太子里应外合，岛中大乱，国王支撑不住，立即逃走了。苏干剌出狱后做了国王，郑和让他称臣纳贡，苏干剌却不肯答应。郑和生气地说："如此忘恩负义，怎么能立国？"于是麾兵进攻，把王宫围得水泄不通，宫中没有粮食，也没有水。苏干剌无计可施，只得夺门逃走，被一举擒拿。郑和马上安抚岛民，另立新主，与他签订了朝贡的条约，然后敛兵退出，转到邻近的岛屿。其他岛屿无不望风投降，表示愿意遵守约束。郑和又向西南航行，绕出好望角东北面，直达吕宋。吕宋国王也奉币称臣，郑和这才回京。

郑和出海总计共有七次。有一次途中遇到飓风，天地昏黄，波涛汹涌，郑和率领的六十多艘船都走散了。等到风和日丽的时候，只剩下十几艘，损失不计其数。偏偏成祖好大喜功，因为郑和出海以后，虽然找不到建文帝的踪迹，却能使南洋各国尽行归降，他也算是一位功臣，所以一切损失，全不过问。南洋的商人、百姓也都喜欢中国的货物，于是双方互相交流。中国的东南海中还有外国的船只出没，航路一天天地开辟出来，国与国之间的交流也越来越多了。

## 南征北剿

安南国，古时名叫交趾，元朝时曾经臣服于中国。洪武初年，安南国王陈日煃派使臣朝贡，得到太祖的册封，仍然让他做安南国王。陈日煃死后，侄子陈日熞即位。陈日熞的兄长陈叔明将他杀死后，自立为王，又派使臣入贡大明朝廷。朝廷责备他不仁不义，陈叔明上疏谢罪，表示愿意把皇位让给弟弟陈日端。陈日端后来暴死，弟弟陈日炜即位。但国中大权，仍由陈叔明把持。

陈叔明与占城交战多年。他的女婿黎季犁智勇双全，击退了占城兵，与陈叔明共执国政。陈叔明病死后，黎季犁竟然杀了国王陈日炜，并大肆屠杀陈氏宗族。随后立自己的儿子黎苍为皇帝，自己做了太上皇，国号大虞，纪元天圣。后来，黎季犁改名为胡一元，黎苍改名为胡查。安南旧臣裴伯耆到明朝廷告状，接着陈日煃的弟弟陈天平也跑来，请兵替兄长复仇。成祖就派人到安南，责问胡一元的罪状。胡一元表示愿意请陈天平归国。成祖信以为真，就命都督佥事黄中、吕毅，大理卿薛岩率兵五千护送陈天平南归。走到芹站的时候，山路崎岖，林茂丛深。突然伏兵四起，陈天平来不及防备，当即被杀死，薛岩也遇害，黄中、吕毅夺路而逃，才得以保全性命。这下子惹恼了成祖皇帝，他立即下令发兵八十万，命成国公朱能等人领命南征。

成国公朱能受命为征夷大将军，统兵南下。西平侯沐晟、新城侯张辅为副将，以下共有二十五名将军，以及八十万士兵。他们分道并进，一路从广西进军，一路从云南进军。朱能在龙州得病身亡，朝廷命张辅接任。张辅从广西出兵，攻破隘留、鸡陵二关，南达芹站。沐晟也在白鹤江扎营，派人到张辅那里，约期会师。胡奆听说明军入境，马上派兵四处驻扎，所有的江口都设置横木，严防死守。张辅攻到富良江，再进至多邦隘。沐晟也沿江驻扎在北岸，两军南北扎营，互为声援。

多邦隘这时候已经设下土城，并且守备森严。张辅下令军中："此城一旦攻下，攻取安南便易如反掌。大丈夫报国立功就在今天，率先登上此城的必有重赏！"将士们听了，都摩拳擦掌。张辅趁着夜深人静，派都督金事黄中带着数千精锐，架起云梯，攀城而上。指挥蔡福等人率先登上，其余的人一概跟进。霎时间，万炬齐明，战鼓声声。敌兵仓皇失措，全部退走。蔡福进城之后，大军跟进，与敌兵巷战。敌兵派大象出阵，尽力冲突。谁知张辅的军中，忽然跑出无数狮子。大象见了雄狮，马上转头，自相踩踏。敌兵人象俱亡，血肉模糊。

那大象是真的，狮子却是假的。张辅早就听说城里有象阵，于是暗地里做了很多假狮子皮，蒙在马上。一旦象阵冲来，便将假狮突出。大象不知道真假，一看狮子来了，纷纷后退。辅军因此大胜，长驱直入东、西两都。杀得黎季犁父子大败，最后只能坐着小船，向海门逃去。在奇罗海口的时候，柳升的部下王柴胡擒住黎季犁以及他的儿子黎澄。第二天，当地人武如卿，也绑着黎苍前来邀功，于是安南平定。

张辅奏称安南本来就是中国的土地，陈氏子孙已经被黎氏杀光，无一子遗，不如就将安南改为郡县，可以一劳永逸。成祖准奏，于是设置交趾布政使司、都指挥使司、按察司，并分设十七个府衙，设立四十七个州，一百五十七个县，改鸡陵关为镇彝关。后来，都督柳升将黎季犁父子送到朝中。成祖将黎季犁和黎苍投入大狱，封张辅为英国公，沐晟为黔国公。这是永乐六年春天的事情。

之前，元主脱古思铁木儿被明将蓝玉打败，逃到喀喇和林，在土拉河畔被长子也速迭儿杀害。脱古思铁木儿的部下都不服，于是相继离散。当时蒙古的疏族铁木儿刚刚平定中央亚细亚，统辖了西域的各个汗国，接着侵略印度，攻破埃及，声势大震。后来他听说元主被明军逼得走投无路，不禁愤怒。于是招集元朝的残兵败将大举东征，企图恢复中原，统一世界。军报传到南京，成祖急忙令西宁卫守将宋晟，率领陕甘各军加紧防守。幸好铁木儿在途中病逝，边关才稍稍安定下来。疏族铁木儿的子孙互相争位，无暇顾及到大明，蒙古族从此一蹶不振。也速迭儿篡位之后，国中杀戮不断。传到坤铁的时候，更是被大臣鬼力赤篡位，去除蒙古国号，别称鞑靼可汗。蒙古族的百姓都认为鬼力赤不是元朝后裔，大多不愿从命。元太祖的弟弟溯只的后裔阿噜台乘机杀死了鬼力赤，迎立坤铁的弟弟本亚失里为大汗，自己做太师，号召四方，国势渐渐强盛。

鞑靼的西边有个瓦剌部落，是元臣猛可铁的后裔，与鞑靼一直不和，酋长叫做玛哈木。成祖起兵北平的时候，为了防止玛哈木偷袭，曾和他有过来往。后来成祖入京称帝，封玛哈木为顺宁王。玛哈木仗着这个靠山，常常与鞑靼为难。阿噜台去攻打瓦剌，反被他打败。

成祖听说他们互相仇杀，就想乘此机会收服鞑靼。永乐六年，成祖派淇国公邱福为征虏大将军，与王聪、火真、王忠、李远等人一起统兵十万，北征鞑靼。后又约瓦剌部出兵夹攻。瓦剌部的酋长玛哈木不等邱福前来，就已经攻破了鞑靼的都城。本雅失里与阿噜台只好迁到胪朐河旁。

邱福带兵赶到，听说鞑靼已经败北，就想乘胜追击，将其一举歼灭。于是带了几千精兵即刻去追。参将李远对他说："当心敌兵有诈！"邱福气愤道："你敢动摇我的军心吗？敌人就在前面，不去追还等什么！"李远又劝："将军辞行的时候，皇上再三告诫你，要慎重用兵。难道将军忘了？"邱福更加生气："将在外，君命有所不受！你假托天子的威灵，在这里嚼舌根，当心军法处置！"李远不敢多说，邱福麾兵直入。途中遇到的蒙古兵统统不战而逃，一直将他们诱到密林深处。这时呼哨四起，伏兵拥出，把邱福等人围在中间，密密匝匝地围了好几圈。邱福、火真、王忠等人冲不出去，先后战死。李远、王聪带着五百骑突围而逃，被敌兵追上，最终也身亡了。后面的军队听说后，急忙赶来，又被蒙古兵大杀一阵，死伤了一大半，其他的人狼狈逃回。

成祖听说后，因邱福不听忠言，追夺他的封爵，并下令来年春天亲征。转眼间已经是永乐八年。成祖命户部尚书夏元吉辅佐皇长孙瞻基留守北京，接运军饷。自己则带着王友、柳升、何福、郑亨、陈懋、刘才、刘荣等人麾兵五十万出塞。到了清水源的时候，水又咸又苦，人和马都没有水喝。成祖正在担忧，忽然西北两里之外，有甘泉涌出，这才解决了困境。成祖将它赐名为神应泉，接着大兵开进胪朐河，来到苍山峡。这时候前锋抓到了几名敌兵。成祖料定敌人没有走远，于是下令渡河前进。本雅失里不敢接战，向北逃到斡难河。成祖带兵直追，一直赶到斡难河畔，追上了本雅失里，驱杀过去，大败敌兵。

本雅失里丢下物资、牲畜，只带着七名骑兵逃走。起先，本雅失里听说成祖亲征，就想和阿噜台带兵西逃，阿噜台不肯答应。于是本雅失里西逃，阿噜台东逃。成祖认为本雅失里逃得太远不想穷追，就命人征讨阿噜台。那时已经是酷暑，士兵们在沙漠前进，挥汗如雨，白天不能跋涉，只好乘夜东行。后来渡过飞云壑，找到阿噜台的住处，派人带着敕书前去招降。阿噜台假装答应下来，暗地里却带着精锐部队跟在后面。成祖登高远望，看见数里以外，尘土飞扬，像是有千军万马急奔而来，不禁说道："阿噜台既然愿意投降，为什么要带重兵前来？莫非是来偷袭？"于是下令诸将严阵以待。阿噜台到了阵前，果然麾兵杀来。成祖一声令下，万箭齐发，射中阿噜台的马头。阿噜台翻落在马下，幸好被部兵扶起，换了匹马逃走了。明军一路追杀过去，好似残风扫落叶一般，敌兵大败。成祖认为天气太热，于是收军回营。休养了一天，下令班师。

阿噜台听说大军退去，又派人偷偷尾随，准备袭击。成祖正防着他这一招，沿途设伏，假装让几个人带着满满的物资在队伍后面跟着。蒙古兵贪财，扑上去争夺，结果被伏兵四面围攻，杀得一个不留，王师安安稳稳地凯旋而归。七月中旬王师回到北京，成祖在奉天殿论功行赏。

将士们正在庆贺大功告成，都御史陈瑛竟然参劾宁远侯何福心怀不轨。成祖认为何福是建文帝的旧臣，也有些怀疑。谁知何福咽不下这口气，竟然自缢身亡。成祖郁闷了很久。过了秋天，成祖起程南归。走到山东临城县的时候，妃子权氏忽然暴病身亡，成祖不禁号啕大哭起来。

## 妖女唐赛儿

徐皇后贤良淑德，善于辅佐成祖，成祖对她敬爱有加。皇后常常召见各位命妇，赏赐她们金银珠宝，对她们说："妇人侍奉丈夫，不仅仅表现在吃饭穿衣上面，更要随时规劝才行。朋友之间的话不一定会全听，但夫妇之间的话却容易接受。我早晚侍奉皇上，常常劝他记挂着百姓，你们也要尽力遵行啊！"永乐五年七月，徐皇后忽然患病不起，不久就去世了。成祖非常悲痛，特意命人在灵谷寺和天禧寺为她祭祀，追谥她为仁孝皇后，六年之后才安葬于长陵。皇后有个妹妹叫妙锦，端庄恬静，知书达理。成祖早就听说过她的芳名，想娶她来继后，偏偏妙锦不肯答应。成祖一再催促，妙锦竟然削发为尼。成祖非常后悔，表示不再立后，只命王贵妃管理六宫的事情。

这时候，朝鲜国进贡了几名美女。其中有个权氏最为娇艳，肌肤晶莹洁白，体态婀娜多姿，一张俏脸长得闭月羞花、沉鱼落雁。她还有一种特别的技艺，就是吹箫。在成祖面前试吹，抑扬婉转，不疾不徐，真是莺簧无此谐声，燕语无此叶律。成祖沉迷声色，拍手称赞。一首曲子吹罢，当晚就被太祖召幸。龙床之上，描不尽的倒凤颠鸾，说不完的海誓山盟。第二天晚上，权氏就被列为嫔御，一个月后又被册封为贤妃，他的父亲权永均也被封为光禄卿。成祖北征的时候，权妃请求随驾同行。成祖也是无她不欢，就带着她一起去了。谁知凯旋班师的时候，权妃中了暑气，勉强挨到山东，实在是支撑不住，竟然风凄月落，香消玉殒。成祖格外悲痛，赐葬于峄县，并亲自祭奠，赐谥号恭献。回到京城之后，仍然早晚思念。

成祖的次子朱高煦本来赐封云南，他却不肯前去。成祖北征的时候，朱高煦跟随左右，凯旋回来后仍然留在北京。成祖也没有说什么。后来朱高煦又请得皇上的旨意，任用天策卫为护卫，自己开设幕府。没过多久，又请求增设两名护卫，并私下和左右说："我这么英明神武，难道不配做秦王李世民吗？"一天，成祖命太子朱高炽带着朱高煦一同祭拜孝陵，太孙瞻基也跟着。太子身体肥重，又患了腿病，在两个太监的搀扶下往前走，还屡屡失足。朱高煦看了，在后面大声说道："前人蹉跌，后人知警。"话还没有说完，忽然后面有人接口说："还有后人知警呢！"朱高煦听了这话，回头一看，见是太孙瞻基，不禁大惊失色。朱高煦身长七尺有余，善于骑射，腋下有几片龙鳞，因此非常自负。成祖虽然已经立储，心里常常忘不了朱高煦的功劳。每次想和大臣们说说东宫的事，大臣总说太子贤明，成祖也就不方便再说什么。贵妃王氏又密受了徐皇后的遗命，始终保护太子。

后来，齐王和岷王因骄纵不法被削爵废藩。朱高煦乘机诬陷侍读解缙，说他蒙蔽皇上，并且泄露禁中密语，应该按罪惩罚。成祖余怒未消，便将解缙贬徙到广西，降他为参议。那时成祖正在北征，太子居守南京，解缙入见太子之后，官复原职。这事被朱高煦得知后，就说他私自觐见东宫，其中必定有阴谋。这话顿时激怒了成祖，立即将解缙逮捕下狱，严加拷打。解缙自己承认了罪状，一句话都没有涉及太子。后来锦衣卫掌管纪纲受到朱高煦密嘱，命狱卒给解缙灌酒，灌醉之后将他移到雪地里，解缙就这样被活活冻死了。编修黄淮曾经和成祖商议过立储的事情，这时候已经升任右春坊大学士，深得成祖信任。朱高煦对他忌恨已久，本来想勾结都御史陈瑛趁机参劾。不料成祖南归以后，查出陈瑛生性狡诈，诬陷了很多人，竟然将他下狱处死。朱高煦痛失一条臂膀，每天怏怏不乐。

永乐十一年间，成祖北巡，命太子监国，并留下尚书蹇义、谕德杨士奇、洗马杨溥、学士黄淮等人辅佐。第二年，成祖回京，太子接驾的时候，稍稍迟了一步，朱高煦马上造谣中伤太子。成祖也起了疑心，竟将黄淮、杨溥等人捉拿问罪，并密令兵部尚书金忠查验太子的罪状。幸亏金忠极力挽救，愿以全家百口人的性命为太子担保，太子才得以免祸。黄淮、杨溥却一直被关在狱中，到成祖逝世都没有被释放。

这件事情之后，朱高煦越发骄纵，竟然私自选取爪牙，想要谋逆。成祖稍有察觉，就把朱高煦封到青州。谁知他仍然不愿上路。成祖再三催促，朱高煦始终拖延，并擅自招募三千多名士兵，整天骚扰京城。兵马指挥徐野驴捉了他们中的一两个人，按罪惩治。朱高煦到署衙来要人，和徐野驴话不投机，就从袖中里取出个铁爪，杀死了徐野驴。大臣们都不敢奏报。这件事情被成祖得知后，就问杨士奇，杨士奇叩头说："汉王一开始被封到云南，不肯上路。后来又改封青州，仍然不肯上路，他的心思一看便知，不需要臣多说什么。希望陛下早做准备，以保全父子之间的恩情。"成祖没有说话。过了几天，又得知朱高煦私造兵器，蓄养亡命之徒。成祖勃然大怒，立即将朱高煦召来，当面责问他这些事情。朱高煦无法抵赖。成祖命人脱去他的朝服，囚禁在西华门内，准备将他废为庶人。还是太子在一旁劝解，成祖才将他封到山东乐安州，并勒令他即日起程。朱高煦没有办法，只好挥鞭上路。

永乐十八年，山东蒲台县里忽然出了一场乱事。匪首是一个妖女，名叫唐赛儿。唐赛儿是县里的百姓林三的妻子，并没有什么文韬武略，不过粗识几个大字，能读几句咒语而已。据说林三病死之后，唐赛儿为他送葬。回来的时候，在山麓的石缝中捡到一个石匣，打开一看，里面是一本经文和一柄宝剑。经文中写着一些密术以及各种剑法，唐赛儿早晚诵读。不到几个月，居然能驾驭鬼神，还剪下纸人、纸马供自己使唤。

接着，她又削发为尼，自称佛母，把所得的密法辗转传授出去。一帮愚夫愚妇深信不疑，信徒多达几万人。地方官听说之后，派衙役前去捉拿。唐赛儿哪肯束手就擒，立即杀死几名衙役。有几个跑得快的回去报告，地方官也不好再拖延，于是发兵去剿。唐赛儿走到这一步，索性一不做二不休，纠集几万教徒杀败官兵，占据益都的卸石棚寨，揭竿作乱。奸民董彦杲、宾鸿等人听说唐赛儿造反，马上前去拜会，见唐赛儿仗剑持咒，剪纸成兵，全都拜倒在唐赛儿面前，表示愿意做弟子。从此，二人侍奉唐赛儿左右，形影不离。两雄一雌，整天在一起研究妖法，行动越来越诡秘。

唐赛儿训练了好几个月，终于开始出兵，连连攻陷益都、诸城、安州、莒州、即墨、寿州等州县，声势日益猖獗。那时，各地的官员都惊恐万分，只好飞章上报朝廷。成祖命安远侯柳升以及都指挥刘忠，带领禁卫军前往山东。各地官员都来迎接，并说敌人有妖术，很难取胜。柳升冷笑着说："之前有黄巾贼，后来有红巾寇，都是妖言惑众，蛊惑愚民。到了最后，还不是被一刀砍下脑袋。你们要知道邪不压正！况且那唐赛儿不过是一个民间的寡妇，就算她有什么神奇，也只是雕虫小技，我自有办法对付！"说完，马上下令进攻卸石棚寨，并私下里让将士们准备了很多猪、羊、狗的血，以及各种秽物。途中遇到敌兵，双方立即接战。只见那唐赛儿跨马而来，穿着道装，年龄不过三十岁左右，带着几分风韵，两旁还有几名侍女护着。唐赛儿用剑向天一指，口中念念有词，突然间乌云笼罩，黑气漫天，滚滚人马从天而降。柳升急忙令将士取出秽物，向前泼去，只见空中的人马都化作了纸人草马，纷纷坠地，黑雾立即散去。依旧是风和日丽，朗朗乾坤。唐赛儿见妖法被破，拨马便走，剩下的人自然跟随。一群人逃入寨中，闭门死守。

柳升带兵围攻卸石棚寨，正在猛攻。忽然有人出来，说是寨中的粮食已经吃完，又没有水喝，所以情愿投降。柳升不肯答应，只是命刘忠去占据水道。刘忠来到东门，正巧碰到敌兵偷袭，箭如飞蝗，刘忠躲闪不及，竟然被射死。柳升安居在营中，还以为妖术已破，对方无能为力。这时却听到刘忠阵亡的消息，慌忙派兵去救，已经来不及了。等回来攻打卸石棚寨的时候，寨里面已经空无一人。宾鸿转攻安邱，城几乎被攻陷。幸好都指挥金事卫青听到警报，与张玕等人内外合攻，这才杀败宾鸿。剩下的残兵败将被鳌山卫指挥使王贵在中途截住，全部杀尽，只有唐赛儿依然在逃。柳升到了安邱，卫青在帐前迎接，柳升反而怪他无故动兵。刑部尚书吴中参劾柳升，成祖召他下狱，升卫青为都指卫使。随后在各地寻找唐赛儿，将山东、北京一带的尼姑、道姑全部捉来辨认。可怜无辜百姓，枉受酷刑，结果都是假赛儿，不是真赛儿。

唐赛儿作乱之后，山东的很多官员都因为纵容妖寇而被贬职，只有刑部郎中段民被升为山东左参政。段民到任后，尽心办事，所有冤枉的百姓全部宽大处理，并秘密派人捉拿唐赛儿。不到几天，唐赛儿就被绑来，段民亲自审讯，她谈笑自若，供认不讳。段民觉得奇怪，就命人去砍她的手脚，谁知纯钢硬铁反倒不如那玉臂结实，刀锋都砍出了缺口，唐赛儿的手脚却还是没有砍下。情急之下，只好把她那娇弱的身躯用铁索缠上，然后置入囚车，派人押送到京师。半路上，天色渐渐发黑，猛地看见前后左右，都是狰狞的厉鬼，高达几丈，腰里面别着弓箭，手中持着大刀，恶狠狠地杀过来。衙役们顾命要紧，纷纷丢下囚车，四散而逃。等厉鬼走了之后，再去看那囚车，里面只有一堆手铐脚镣，并没有什么唐赛儿。大家面面相觑了好久，只好回去报告段民。段民没有办法，也只得以实相报。朝廷里的一班官吏，刚听说妖妇被押往京城，都想去看一看，听说了段民的奏报，更加惊奇。成祖也没有责问，只是命人将捉拿的尼姑、道姑一律放还，连柳升也被释放。于是内外安静祥和，只是唐赛儿不知道哪里去了。

## 明成祖的四次北征

成祖击败阿鲁台之后，凯旋回京。过了一年，阿鲁台派遣使臣贡上马匹，并表示愿意称臣。成祖认为他弃暗投明，特意命户部收下贡物，并厚赏来使，派他回去传诏。这时瓦剌部的酋长玛哈木杀死鞑靼可汗本雅失里，另立答里巴为汗，自己专权。阿鲁台又派人来报，并表示愿意和朝廷共同讨伐。成祖大喜，封阿鲁台为和宁王，接着下诏亲征，仍带着柳升、郑亨、陈懋、李彬等将领，太孙瞻基这次也随驾出发。成祖对左右说道："朕的长孙聪明英睿，智勇过人。如今肃清沙漠，要让他亲自体会其中的艰苦，才知道内治外攘有多少难处！"左右称颂不已。

这一年是永乐十二年，车驾二月起程，四月到达兴和，五月出塞，六月到达三峡口。前锋刘江遇到几千名敌骑，一鼓击退。成祖料定敌人必定大举进攻，于是严阵以待。果然到了忽兰忽失温的时候，忽然望见前面尘头大起，无数蒙兵蜂拥而来。后面的麾盖下有两个人，一个是鞑靼可汗答里巴，一个是瓦剌酋长玛哈木。成祖登高指挥，命柳升、郑亨等攻打敌兵中坚；陈懋、王通攻打右翼；李彬、谭青、马聚攻打左翼。三军奉命进攻，火炮齐发，声震天地。玛哈木领着蒙兵，左拦右阻。郑亨身中数箭退下阵来。陈懋、王通也被蒙兵截住，不能取胜。李彬、谭青等人与敌兵酣斗，死伤相当。都指挥满都因受伤过重，死在阵中。成祖见各队相持不下，便从高处跃下，亲自率领铁骑冲阵，横扫敌军。将士们见主子亲自拼杀，也不得不舍命争先。玛哈木最终败阵而逃，部下全部溃散。明军追过两座高山，直达土拉河，斩杀数千名敌兵。成祖还想穷追，经皇太孙一再劝阻，才班师回京。后来听说，阿鲁台的百姓越来越多，兵力也越来越强盛，阿鲁台居然桀骜起来，每次遇到明使都要谩骂，有时甚至把明使扣留下来。成祖一再劝谕，阿鲁台全然不改，反而派人入侵边疆。

警报传到京师之后，成祖认为胡人反复无常，必为后患，决心迁都北京。永乐十九年春，车驾北迁，成祖下旨大赦天下，接着继续商议北征。兵部尚书方宾一再上疏，说粮食储备不够，不便兴师。成祖就召户部尚书夏原吉来问。夏原吉也说边关的储备，只够供应把守的士兵，不足以供给大军，并说连年征战，储备已经损耗了八九成，这时候应该休养生息。成祖不肯听从，仍然决定第二年二月亲征。

光阴易过，转眼又是春天。成祖率军起程，到达鸡鸣山。后来得知阿鲁台远逃，将士们就请求率兵深入。成祖不肯答应，带兵徐徐前进，一路过去，都没看见什么敌骑，如入无人之境。成祖命将士们围场打猎，或者比赛骑射，赐宴作乐，并亲自作了一首《平戎曲》，让士兵们传唱。五月中旬，成祖才度过偏岭，来到西凉亭。西凉亭是元朝皇帝巡幸的地方，现在却萧条冷寂，满目疮痍。成祖感慨地说："元朝修建这亭子，本来是想留给子孙万代的，谁能料到会有今天？古人常说天命无常，一定要有德的皇帝才能保得住江山，否则万里江山也会化作过眼烟云，何况是区区一个亭子呢。"随后下令禁止砍伐树木。

六月的时候，成祖到达威远，开平的探子来报，阿鲁台派兵攻打万全。将士们纷纷请求分兵。成祖说："阿鲁台担心我会直捣他的巢穴，才假装出兵，牵制我的兵力。要是我分兵支援的话，不是正中他的诡计吗？"接着继续前进，敌人果然逃走。大军接着进驻沙胡原，捉住了阿鲁台的部下，一一讯问。据说阿鲁台穷途末路，家眷都不顾了，独自向北远逃了。

成祖这才命都督朱荣、吴成等人尽收阿噜台丢弃的牛羊驼马，指日班师。

第二年七月，北方又传来阿噜台侵略边境的消息，成祖笑着说："朕就应该在塞外驻兵，以逸待劳。"接着又命皇太子监国，自己再次亲征。到了沙城，阿噜台的属下知院阿失铁、古纳台等人都带着妻儿前来投降。成祖问起阿噜台的情况，阿失铁说："今年夏天阿噜台被瓦剌打败，势力已经衰弱。现在听说大军前来，当然远逃了。"成祖非常高兴，封他为千户侯，后来又在上庄堡收降了鞑靼王子，封他为忠勇王，赐名金忠，接着下令南归。

永乐二十二年，也就是成祖皇帝末年，探子来报阿噜台侵扰大同，忠勇王金忠请成祖发兵相救，于是成祖第四次大举北征。成祖率领兵马一直走到隰宁，都不见有敌人的踪迹，心里很不高兴。后来听说阿噜台已经逃到答兰纳木儿河，成祖不愿无功而返，决定进入答兰纳木儿河。一路上白骨累累，成祖命柳升带着将士将它们埋葬。成祖命前锋金忠、陈懋等先行出发，自己作为后应。金忠、陈懋等人到了答兰纳木儿河，只见满眼荒芜，不但没有敌寨，就是车马的痕迹也是一概漫灭，不见一点端倪。成祖又派张辅等人在附近山谷搜索，方圆三百里，只有漫天黄沙，不见一丝人烟。成祖叹息了一声，下令回京。

途中路过清水源，只见道旁有几十丈高的石崖，成祖就命大学士杨荣、金幼孜将功劳刻在那石头上，并说："要让后世知道朕曾经路过这里。"铭刻完毕之后，成祖的身体稍有不适，就问内侍还有几天才能到达北京。内侍说，八月就可以到了。成祖又和杨荣说："东宫已经锻炼很久了，想必政务早已烂熟于心，朕回到京城后，军国重事就交给他裁决吧。朕想安享晚年了。"

成祖到达苍崖的时候，已经病得很重了，夜里都不能安睡。一闭上眼睛，就看见无数冤鬼前来索命。大军走到榆木川，成祖已经奄奄一息，无药可救了。他知道自己不行了，就召英国公张辅入内，表示传位于皇太子高炽。说完，喊了几声痛，当即驾崩。张辅与杨荣、金幼孜商议之后，认为不便发丧，于是瞒着众人，继续前行。暗中派少监海寿禀报太子，太子派太孙前去迎接，太孙到了军中，这才决定发丧。行到郊外后，太子将棺椁迎入仁智殿，举行丧礼。成祖享年六十五岁，尊谥为文皇帝，庙号太宗。嘉靖十七年的时候，又改庙号为成祖。太子朱高炽即位，以下一年为洪熙元年，史称仁宗皇帝。

## 佞臣高煦的下场

仁宗即位之后，改元洪熙，立即命人将夏原吉、黄淮、杨溥等人从狱中释放出来，并官复原职；接着仁宗封杨荣为太常卿；金幼孜为户部侍郎，兼文渊阁大学士；杨士奇为礼部侍郎，兼华盖殿大学士；黄淮为通政使，兼武英殿大学士；杨溥为翰林学士。后来又将杨荣与杨士奇一同升为尚书。于是内阁的职务渐渐重了起来。

仁宗小的时候，太祖曾命他和自己一同阅览奏章。仁宗留心察看，凡是涉及百姓利害的奏折，必定先呈给皇上看。里面有些文字上的错误，都没有标示出来。太祖问他："你读奏折的时候，怎么不审核一下文字呢？"仁宗答："偶然的一些笔误，不算什么，所以没有标明。"太祖点头。后来太祖又问他，尧、汤的时候水旱连年，百姓如何生活。仁宗就说尧、汤的时候，广施仁政，惠及民生，因此水旱无忧。太祖高兴异常："好孙子！有君子的度量了。"仁宗还是皇太子的时候，屡屡朱被高煦、朱高燧等人诬陷，却始终以诚相待，这才免于祸事。仁宗即位后，任用三杨，政治修明，让百姓休养生息，俨然一幅太平盛世的景象。仁宗曾经在池边纳凉，吟成一首五言律诗：

夏日多炎热，临池憩午凉。雨滋槐叶翠，风过藕花香。舞燕来青琐，流莺出建章。援琴弹雅操，民物乐时康。

后人每每读到这首诗，都会想起仁宗的风仪。仁宗又曾经在思善门外，建下弘文馆，与儒臣们讲论经史，终日不倦。夏天的时候，遍赐水果；冬天的时候，又赏赐皮毛。每次都和大臣们说："朕与诸位爱卿讲经论史的时候，常常觉得津津有味。可一到后宫，对着那些内侍宫女，就觉得索然无味。你们可不要嫌弃朕啊！"皇后张氏是彭城伯张麒的女儿，被册封为妃子的时候，就谨守妇道。成祖曾说仁宗太子的位置得以保全，多亏贤妇从中调停，所以仁宗对她始终敬爱有加。后宫中虽然也有妃嫔，但没什么人获得宠幸。张后之外，只有谭妃一人因为善解人意，才得来仁宗的恩泽。

仁宗册立完皇后，接着立儿子瞻基为皇太子，其余的儿子全部封王。命太子居守在南京，仍有回到南都的意思，并下诏将北京称为行在。仁宗赦免了建文帝时期的旧臣，放还永乐时因为坐罪而被判成边的家属，并恢复魏国公徐钦的爵位。仁宗屡次告诫法司要慎重量刑，并诏谕杨士奇、杨荣、金幼孜三人，给先朝的冤屈大臣们平反，还时常免租税、施赈款。

洪熙元年五月，仁宗得了重病，才过两天，竟然生命垂危。朝廷急忙命中官海寿去南京召皇太子瞻基回朝。海寿刚刚到达南京，仁宗就已经归天了。太子当天上路，从南京向北京出发。这时候，有谣言说汉王朱高煦在途中设下埋伏，准备袭击太子。太子的左右都请求加派护卫，或者从小路北行。太子说："君父在上，什么人敢胡来？"接着骑马入都。走到良乡的时候，太监杨瑛带着尚书夏原吉、吕震，手捧遗诏前来迎接，传位皇太子。太子十天之后继承皇帝位，追尊皇父为昭皇帝，庙号仁宗，皇后张氏为太后，又因为谭妃以死殉主，追封她为昭容恭禧顺妃。仁宗在位只有一年，享年四十八岁。太子瞻基即位后，改元宣德，历史上称他为宣宗。

宣宗立锦衣卫百户侯胡荣的女儿胡氏为皇后，接着又册封孙氏为贵妃。召翰林学士杨溥入内阁，与杨士奇等同参机务，命大理寺卿胡概、参政叶春巡抚南方。从此，每逢各处遇到灾情乱事，宣宗都会派大臣前去巡抚。后来又设置了固定的人员，于是三司的职权比以前轻了很多。

汉王朱高煦徙居乐安之后，仍然心怀不轨。这次听说仁宗突然驾崩，召回太子。本来打算中途偷袭，只因时间太紧，没有来得及实施。宣宗改元的第一天，朱高煦派人献上元宵灯。侍臣对宣宗说："汉府来使大多是窥探皇上意思的，心存叵测。之前汉王的儿子瞻圻留居在北京，每次都将朝廷的事情偷偷报告给汉王，平均一天要报六七次。先帝担心他泄露机密，就将他贬到凤阳守陵。此次陛下登基，汉王又借口献物，常常派使人前来，不可不防啊！"宣宗说："永乐年间，成祖曾经对皇考和朕说过，说皇叔有异心，但皇考待他非常厚道。朕也应该效仿皇考，宁可他负我，不可我负他。"朱高煦这时候，正在那边日夜赶造军器，招募壮丁充军，放出死囚犯为自己效命，招揽亡命徒，夺取州府以及百姓的马匹，编立五军四哨，任命官职，派人约山东的都指挥靳荣互相接应，准备先取济南，然后入侵京城。

御史李浚家住乐安，本来已经辞官回乡。得知这个消息后，急忙丢下家人换上朝服，从小路赶到京师，上疏禀报。山东的官员这时候也来报告。恰巧朱高煦派心腹枚青去约英国公张辅，请他作为内应，张辅将枚青捉拿，并报告皇上。宣宗派中官侯泰给高煦发去诏书，一再劝勉。

朱高煦反而厉声对侯泰说："靖难起兵，要不是我拼死辅佐，哪能有今天？父皇听信谗言，削去我的护卫，将我贬徙到乐安，仁宗又用金银财宝来糊弄我。现在皇上又要威胁我谨守臣节，我岂能一辈子这样下去？你看我兵强马壮，就是横行天下，也不是难事。你还是速速回去报告你家主子，让他把奸臣捉来送给我，免得我动手！"侯泰不敢多说，回到京城后，只好含糊复命。

过了几天，朱高煦派百户侯陈刚递上奏折。奏折中尽是些大不敬的话，并认为夏原吉是罪魁祸首，一定要宣宗将他诛杀。宣宗大动肝火，连夜将诸位大臣召来商议，准备派阳武侯薛禄去讨伐朱高煦。大学士杨荣说："陛下忘记李景隆了吗？"宣宗转过头去看夏原吉，夏原吉已经脱下朝冠，准备服罪。宣宗不高兴地说："你这是干什么？莫非是因为朱高煦的奏折？朱高煦没有借口才找你作为口实，朕难道那么愚笨，会被朱高煦欺瞒？"夏原吉叩头谢恩，接着上奏："如今之计，应该立即整兵，星夜前往，定可一举荡平。如果派大将出师，恐怕会重蹈李景隆的覆辙。"杨荣也劝宣宗亲征。宣宗召张辅入内，与他商议亲征的事情，张辅说："高煦有勇无谋，外强里弱，现在只要给臣两万人马，马上就可以将他绑来，何必要劳烦皇上呢！"杨荣说："朱高煦认为陛下刚刚登基，一定不会亲征，所以才肆无忌惮。"宣宗点头，于是决定亲征，将朱高煦的罪状申告天地、宗庙、山川、百神，并命阳武侯薛禄、清平伯吴成为先锋，少师蹇义、少傅杨士奇、少保夏原吉、太子少傅杨荣等人随驾。留郑王瞻埈、襄王瞻墡居守京城。又派指挥黄谦以及平江伯陈瑄出守淮安，防止朱高煦南逃。部署完毕之后，宣宗统率五军将士，即日出京，战鼓声远达百里之外。

途中，前锋薛禄回来报告，说朱高煦已经下了战书，约于明天出战。宣宗下令大军火速前进。大军到达乐安后，马上围攻四面城门。那时已经天亮，守城官兵慌忙登上城墙，用炮向下攻击。宣宗命人发射神机铳，仰射城上。一时间硝烟四散，声震如雷，守兵全都四散逃生。中午的时候，城墙已经摇摇欲坠，将士们准备攀墙入城，宣宗不肯答应。暂时停止攻打，给城里发去书信，劝朱高煦投降。朱高煦没有回应。宣宗又命人将招降的敕书绑在箭上，射入城中，晓示祸福利害。城里面的人看了敕书，都想捉拿朱高煦献功。朱高煦狼狈至极，偷偷派心腹到御帐前，要求给他一晚上的时间，与妻儿诀别，然后出城投降。宣宗恩准。当晚，朱高煦将打造的兵器、与各处勾结联系的书信，全部付之一炬。火光齐天，通宵不绝。转眼间天已大亮，朱高煦溜出城门，来到宣宗帐前，俯首待罪。群臣都说应该将他正法。宣宗说："朱高煦固然不仁不义，但祖宗宽待亲藩已经有了先例。"群臣又用"大义灭亲"四个字，坚决请求加刑。宣宗没有答应，只是令朱高煦入见，并取出群臣的奏章给朱高煦看。朱高煦看完之后，面色如土，急忙叩头说道："臣罪该万死，生杀由陛下决定。"宣宗命朱高煦写信，将几个儿子一同召到京师。并改乐安为武定州，令薛禄、张本二人镇守，大军凯旋而归。朱高煦的家眷全部绑来京城，宣宗将他们废为庶人，并在西安门内建造一室，称为逍遥城，关押朱高煦夫妇，但饮食像平常一样供奉。王斌、朱恒等人全部诛杀。

朱高煦被关押几年后，宁王朱权上疏，请求赦免朱高煦父子，不见宣宗答应。朱高煦心里非常不满。宣宗亲自前去探视，见朱高煦坐在地上，免不了训斥几句。谁知宣宗转身刚想回去，朱高煦竟然伸出一只脚，把宣宗钩倒在地。宣宗大怒，起来之后，他让人搬来一口铜缸，罩住高煦。那铜缸重三百多斤，朱高煦用力往上举缸，缸竟然被他挪动了。宣宗又命人用炭火熏缸，没过多久，炭火就将铜缸烧得红通通的，任朱高煦力大无穷，也无能为力了。


## 后宫的明争暗斗

赵王朱高燧与朱高煦是一路货色，之前就常常想着夺嫡，与中官黄俨等人一再密谋废立。事情败露之后，黄俨被诛杀。因为仁宗宽恕，朱高燧才得以免罪，仁宗将他封往彰德。朱高煦谋逆后，暗中勾结朱高燧，约好一同起兵。朱高煦被擒拿之后，户部尚书陈山出京迎驾，奏称应该乘胜移兵，攻打赵王。宣宗转问杨荣，杨荣非常赞成。宣宗又问蹇义、夏原吉，二人也没有异议。于是便让杨荣传旨，令杨士奇草拟诏书。杨士奇说："太宗皇帝只有三个儿子，当今皇上只有两个叔父，其中一个罪无可赦，理当严惩，这也是情有可原的。但如果一律革除，若皇祖有灵的话，岂不是要哀痛了？"杨荣厉声说道："这是国家大事，你一个人沮丧什么！"杨士奇说："朱高煦被擒之后，赵王一定不敢造反，何苦要戕杀骨肉呢？士奇不敢草拟这种诏书。"当时杨溥也在一边，他与杨士奇意见一致，从容说道："等见到皇上，再决定吧。"杨荣听了这话，拂袖离开，马上去见宣宗。杨溥与杨士奇接踵而至，门卫只放杨荣进去，不让他们两个入内。二人正在彷徨，恰巧蹇义、夏原吉奉召前来，杨士奇便让他们去说。蹇义说："皇上心意已定，恐怕很难挽回了。"杨士奇说："王道最重要的就是重懿亲，如果可以保全的话，还是应该设法保全。"蹇义点头入内，将杨士奇的话转达给宣宗。宣宗返回京师，不再提这件事。后来，朝中大臣有的请求削去赵王的护卫，有的请求拘赵王入京，宣宗都没有决定下来，再次将杨士奇召来问道："朝中大臣都谈起赵王，究竟应该如何处置呢？"杨士奇说："现在宗室里面，只有赵王和陛下最亲，陛下应该委婉保全，不要被大臣的议论蛊惑！"宣宗说："朕如今也只有这么一个皇叔，怎么会不爱？但如果想保全的话，也要有个好办法。朕准备将群臣的奏章，给赵王看，让他自己决定，你以为如何？"杨士奇说："有一个玺书，更加周到。"宣宗就命杨士奇起草诏书，亲自看过，盖好御印；命驸马都尉广平侯袁容与左都御史刘观，一同赶往彰德，把玺书以及大臣们的奏章拿给赵王看。赵王喜极而泣："我可以重生了！"于是上表谢恩，表示愿意献出护卫。到这里，群臣的争议才慢慢平息。宣宗从此更加重用杨士奇，并且按照惯例每年赏赐赵王。赵王得以岁终，于宣德六年去世。

宣德三年，宫中风起云涌。之前宣宗册立胡氏为皇后，并册立孙氏为贵妃。不到两年，就闹出了一宗废后的大事来。原来孙贵妃出身贫微，是永城主簿孙忠的女儿，小的时候就聪慧绝伦，模样儿也娇美。偶然间被张太后的母亲看见，非常喜欢，当即传旨将她选入宫中。那时候孙氏才十岁，太后的母亲就将她带在身边抚养。张太后的母亲也就是彭城伯的夫人，张太后还是妃子的时候，已经出入宫中。成祖准备为皇太孙择偶的时候，彭城夫人就一再说孙氏贤良，应该被选为太孙妃。

七年之后，太孙渐渐长大，奉成祖的旨意选妃。司天官上奏说星气在奎娄之间，应当在济河寻找佳女。正巧济宁的百户侯胡荣生了七个女儿，将第三个女儿充选。成祖见她贞静端庄，便册封为太孙妃。彭城夫人听到这个消息，心中很是不平，马上入宫启奏成祖，请他改封。成祖不便出尔反尔，就命孙氏为太孙的嫔妃。仁宗即位后，张后正位，彭城夫人又在张后面前喋喋不休。张后向来寡言少语，任她如何怂恿，也都闭口不答。宣宗登基的时候，心里也稍稍倾向于孙氏，所以册立皇后的时候，便册封孙嫔为贵妃。明初定例，册封皇后的时候用金宝、金册，册封贵妃只有金册没有金宝，宣宗特意命尚宝司制成金宝，赐给贵妃。这位孙贵妃体态妖娆，性情狡黠，百般取悦皇上，几乎把这位宣宗皇帝玩弄于股掌之中。宣宗年过三十，还没有儿子，不免有些忧愁。曾和孙贵妃说："皇后有病不能生育，你没病也不生育，难道朕命中不该有儿子吗？"孙贵妃听了这话，忽然跪下，做出一副娇羞的样子说："臣妾久承皇上恩泽，也觉得有些异样，最近红潮一直不来，已经有一个多月了，莫非是……"宣宗大喜，马上说道："你要是生了麟男，立即册立你为皇后。"孙贵妃假装惊讶地说："后位已经定下，臣妾怎么敢去抢夺？陛下还是不要再说这种话了！"宣宗大赞："好贵妃！好贵妃！"亲自把她扶起，抱在膝盖上，说了许多甜言蜜语，其中已经有了厌弃皇后的话。

流光易逝，转眼就已经是八九月，孙贵妃居然分娩下一个麟儿，宫人报给宣宗后，宣宗喜出望外，马上到贵妃宫中探望，等侍女抱出那孩子，见他哭声响亮，便觉得是个英物。宣宗满面笑容，给儿子取名为祁镇，并慰劳了贵妃几句，接着走出内宫，传旨大赦。其实，这皇子祁镇并非贵妃所生，不过是贵妃想夺取后位的一条密计。她暗中与怀孕的宫女，定了易吕为嬴的密约。恰巧宫女生了男孩，她便将他取来当成自己的儿子，诓骗宣宗。宣宗哪里知道这些，还以为是贵妃亲生的。才过了几天，就准备立乳儿为皇太子。朝中大臣看出皇上的意思，也接连上章奏请。宣宗便召张辅、蹇义、杨荣、夏原吉、杨士奇等人入内，然后问他们："朕有一件大事，要和你们商议，你们为我做个决定。朕三十还没有儿子，中宫有病不能生育，如今贵妃生了儿子，就应当立为储君。朕听说母以子贵，乃是古制，但不知道应该如何处置中宫呢？你们替朕想一个法子！"张辅等人听了这话，面面相觑，不发一言。宣宗又讲了些皇后的坏话，杨荣就顺水推舟："照陛下说来，不妨废后。"宣宗问："废后有典故吗？"杨荣说："宋仁宗曾经废郭后为仙妃。"宣宗又看着张辅等人说："你们怎么都不说话？"杨士奇忍耐不住，叩头答道："臣子侍奉皇帝、皇后，就像儿子侍奉父母。母亲有了过错，做儿子的怎么敢轻易说出废母的话？"张辅与夏原吉也跪在地上劝谏："这是宫廷大事，还要好好商议才行。"宣宗又问："此举会不会让外面的人议论纷纷啊？"杨士奇说："宋仁宗废掉郭后，孔道辅、范仲淹等人因为阻谏而被废黜，至今仍然贻笑史册，怎么能说没有议论？"宣宗沉下脸来，拂袖离开。

过了一天，宣宗在西角门，再次召见杨荣、杨士奇等人，并问他们之前的事情考虑得怎么样。杨荣从怀里取出一张纸，呈给宣宗看。宣宗一看，上面全部都是诬陷皇后过失的，竟然多达二十件。宣宗不禁脸色一变：“皇后什么时候有这些过错！这样诬陷诋毁，不怕宫庙神灵吗？”接着又看着杨士奇问道：“依你之见，到底应该怎样？”杨士奇说：“宋仁宗废后之后，也曾经后悔，陛下还是慎重考虑。”宣宗仍不以为意，让他们退下。又过了几天，又召问张辅等人，张辅等人还是模棱两可。只有杨士奇启奏：“皇太后应该会有主张。”宣宗说：“与你们商议的决定，就是太后的旨意。”杨士奇便不再说什么。宣宗见杨士奇不说话，就让张辅等人退下，命杨士奇跟着他到文华殿。然后屏去左右，偷偷和杨士奇说：“朕也不是一定要废后，但事不得已，你总要给我想个办法啊。”杨士奇一再推辞，经不住宣宗再三恳求，于是仰起头来问：“中宫与贵妃有没有什么过节？”宣宗说：“彼此非常和睦。这几天中宫有病，贵妃还常去探望。”杨士奇说：“既然如此，不如乘中宫有病，让她自己让位吧。”宣宗点头，杨士奇随即退出。大约过了十多天，宣宗再次召见杨士奇，对他连连称赞：“你的这条计策不错，中宫欣然同意让位。虽然太后不许，贵妃也不肯接受，但中宫让贤的意思，已经坚决了。”杨士奇借机进言：“宋仁宗虽然废掉了郭后，但恩赐礼遇都还照旧，愿陛下善始善终，不要分什么厚薄。”宣宗说：“朕就听你的话，决不食言！”于是，废后的事情就这么定下来了。

## 与民同乐

宣宗用杨士奇的计策，劝皇后退位。布置好之后，先立祁镇为太子，由礼臣奉上册宝。孙贵妃欣喜过望，嘴里却推辞：“皇后的身体痊愈之后，也会生儿子，臣妾的儿子怎么敢高于皇后的儿子？”宣宗说：“朕就要立你为后了！”贵妃又假装推辞，宣宗不肯答应。这时胡皇后已经上疏辞位，宣宗命她退居长安宫。胡皇后生来喜好安静，不爱奢华的装饰。退位之后，张太后非常怜悯她，曾把她叫到清宁宫居住。后宫举行宴会的时候，也一定会把她的位置摆在孙皇后之上。孙皇后曾因为这个怏怏不乐。可惜有太后暗中保护胡皇后，她也只能得过且过，不便再争。后来宣宗也非常后悔，曾自我解嘲地说都怪那时候太年轻气盛。因而给胡皇后赐号为静慈仙师。英宗正统七年，太皇太后张氏驾崩，胡皇后悲痛不已，隔一年也去世了。

宣宗册立了孙后，心里非常欣慰，于是在西苑宴请大臣。西苑在紫禁城的西边，苑中有个太液池，方圆十多里，池中架着长桥。桥的东面是圆台，台上有圆殿，北面就是万岁山，山上有六七所金碧辉煌的殿堂。池边种植着珍稀树木，奇花异草更是数不胜数。池中间有一个几丈高的玉龙，口中喷出甘泉。圆殿后面也有吐水石龙作为对应，仿佛瀑布一般。宣宗命人在圆殿旁建了一座草舍，作为告天祭地时的斋宫。虽然是三间矮屋，却修筑得格外精雅，宛如神仙的住处。蹇义、夏原吉、杨荣、杨士奇等十八人奉召来到西苑，宣宗已经在苑中等候。诸臣拜见完毕之后，君臣一起游山玩水，先到万岁山，然后在太液池泛舟。宣宗让内侍撒网捕鱼，约略网到几尾，把它们交给御厨做成佳肴。后又和群臣在舟中小饮。天子大臣乘着酒兴，吟诗作对。你一言，我一句，无非是颂扬政绩。后来舍船上岸，宣宗在东殿赐宴，饮的是玉液琼浆，吃的是山珍海味。宣宗特旨，君臣同乐，不醉不归。诸位大臣开怀畅饮，无不尽欢。宴席结束后，宣宗又赏赐了美玉、珠宝等物，大家叩头称谢，这才散去。

　　过了几十天，是张太后生辰，大臣们纷纷朝贺。典礼结束后，宣宗带着太后游览西苑，并亲自抬着太后的肩舆上万岁山。太后非常高兴，和宣宗小饮几杯，并对他说："如今天下无事，我们才能母子同乐，这都是上天与祖宗所赐。天下百姓，就是上天与祖宗的赤子，你身为皇帝，如果能保全百姓的温饱，我母子也就能长享此乐了。"宣宗离席叩谢，当日尽欢而散。没过多久又带着太后祭拜山陵，宣宗亲自骑马，在前面做向导。到了清河桥，宣宗下马扶着太后的车辇，徐徐前进。黎民百姓夹道欢呼朝拜。太后和宣宗说："百姓们爱戴皇帝，无非是因为皇帝能安民，但愿你始终如一，不要让百姓们失望啊！"宣宗谨遵教诲。

　　祭拜完山陵之后，宣宗和太后一起来到农家。太后将村妇召来，问了些家常琐事。村妇淳朴应对，如同家人一般。太后非常高兴，赏赐了她。村妇又献上野菜，太后取来尝了尝，对宣宗说道："这是农家风味，不可不尝。"宣宗也吃了几口。回去的时候，宣宗见道旁有几名耕夫，就特意问他要来手中的耒耜，亲自推了三下，然后看着蹇义等人说道："朕推了三下就推不动了，何况长此劳动呢？"接着赏赐了耕夫。其他路过的农家也各有赏赐。顿时欢声载道，百姓交口称颂圣明。

　　宣宗励精图治，君臣相互监督，兴利除弊，任贤去佞，仍然定北京为都城，以免重蹈覆辙。任用的地方官员也一律称职。况钟在苏州任职，锄强扶弱，号称"能吏"。赵豫在松江任职，救贫济困，号称"循吏"。两位太守爱民如子，声名卓著。后来宣宗又起用薛广等二十九人，也都政绩卓著。还升曹弘、吴政、赵新等人为侍郎，分别任南北巡抚，深得民心。

"喜逢国泰民安日，又见承平大有年。"这位从容御宇的宣宗皇帝，遵循祖制，兢兢业业，这才坐享安闲。宣宗善于作画，所绘的人物花卉，都极其精致。他曾画过《黑兔图》、《松云荷雀图》、《黑猿攀槛图》赏赐给王公，都被他们视为秘宝。还造了宣纸，薄的轻盈坚固，厚的润滑细密。有人将它们裁剪成笺，有菊花笺、红牡丹笺、洒金笺、五色粉笺等名目。其他的像褐色香炉、蓝纱宫扇、青花脂粉箱也都由大内创制出来，流传禁外。宫中还曾经斗过蟋蟀，宣宗最喜欢这种游戏，曾密召苏州的地方官进贡了一千只。这些无非是因为天下太平，才有此清赏。好在宣宗并没有因此耽误国事，不过是借物抒怀，消遣一下而已。

一天，宣宗微服出行。夜已经很深，他只带着四名骑兵来到杨士奇家。杨士奇仓皇出迎，并叩头："陛下的安危关系重大，怎么能轻易来到这里？"宣宗笑着说："朕想到你的一句话，所以前来讨教。"接着与杨士奇谈了很久，才起驾回宫。过了几天，宣宗又派内监范弘去问杨士奇，微服出行有什么害处。杨士奇回答："皇上的惠泽未必能遍及各处，万一被什么怨夫冤卒找到机会加害皇上，岂不是天大的灾祸？"十几天后，捕盗校尉果然捉到两名盗匪。据说他们乘皇帝出行，意图犯驾。宣宗不禁感慨道："联现在才知道杨士奇爱朕啊！"从此之后，更加器重杨士奇。杨士奇也知无不言，鞠躬尽瘁。

宣德三年，宣宗出巡朔方，击败了兀良哈的寇匪。五年到九年，两次巡边，都到达洗马林。诸将请乘机攻打瓦特部落。杨士奇与杨荣极力劝阻，宣宗才没有动兵。后来夏原吉、金幼孜先后病逝，蹇义也因年老体弱，无法参政，国事全部依赖三杨。一两年之后，宣宗忽然患病。病重的时候，宣宗令太子祁镇即位，所有的国家大事都要禀报太后才可以颁行。诏书刚刚写好，宣宗就驾崩了。宣宗在位十年，享年三十八岁。生了两个儿子，长子就是太子祁镇，次子名叫祁钰，是贤妃吴氏所生。祁镇这时年仅九岁，朝中谣言四起，众位大臣争相说太子年幼不能称帝，甚至侵犯到太后，说太后取出金符想召立襄王瞻墡为帝。杨士奇对杨荣说道："继主年幼，所以才会谣言四起，如果真有什么不测危及宫廷，我们愧对先皇厚恩啊！"杨荣点头，接着率领百官入朝。正巧太后亲临乾清宫，所有的女官全部佩刀持剑。太后召二杨入见。二杨叩头完毕，马上要求见太子。太后说："我正为这件事要召二位爱卿呢。你们都是先朝的老臣，一定要辅佐幼主，不要辜负了先帝！"二杨又叩头遵命。太后于是命二杨宣入百官，召太子出来，指着他对大臣们说："这就是新天子，全仗诸位爱卿辅佐！"大臣们听了太后的话，都伏在地上高呼万岁。随后奉太子登位，大赦天下，以下一年为正统元年。这就是英宗皇帝，英宗追封父皇谥号为章皇帝，庙号宣宗。尊张太后为太皇太后，孙后为皇太后，封弟弟祁钰为郕王。

这时宫中的一个蠹虫渐渐露出了头角。这蠹虫名叫王振，是司礼太监。他狡猾多端，曾经在东宫侍奉过仁宗，宣德年间，已经小有权势。英宗还是太子的时候，王振早晚在英宗身旁侍奉。英宗即位后，就让他掌管司礼监，对他格外宠任，并称呼他为先生。王振作威作福，擅自在朝阳门外筑了一座将台，请皇上阅兵。表面上是阅兵，其实是收揽兵权，抵制文臣。他还假传圣旨，升自己的门客纪广为都督佥事。王振还觉得不够。正巧这时兵部尚书王骥、右侍郎邝野奉旨筹边，拖延了几天。王振就唆使英宗，将二人召来，当面指责道："你们欺负朕年龄小吗？如此怠慢，成何体统？"接着喝令左右将二人打入大牢。右都御史陈智参劾张辅，说他回复奏折的时候有意拖延，并说科道隐匿不发，应该坐罪。

那九岁的小皇帝知道什么，自然全由王先生做主。王振因为张辅是历朝老臣，不便加刑，只命人将科道的官员，每人杖责二十。太皇太后得知后，急忙下令停杖，却已经来不及了。只有王骥、邝野被太皇太后特旨释放出狱。太皇太后非常恼怒，将英宗和张辅、杨士奇、杨荣、杨溥等人一并召来，对英宗说："这五位大臣是先帝留下来辅佐你的，一切国政都应该和五位大臣商议，没有他们赞成，不准妄行！"英宗含糊答应下来。随后，太皇太后又命令女官宣王振入殿。王振跪在地上，太皇太后勃然大怒道："你侍奉皇帝起居，却做了这么多不法的事情，罪无可赦，现在就赐你死罪！"王振听了大惊失色，正准备辩解。那左右的女官已经拔剑出鞘，架在王振的脖颈上，吓得他魂不附体，一句话都说不出来。英宗见到这般情形，连忙匍伏在地替他求情。五位大臣也依次跪下。太皇太后说："皇帝年少，不能看出你这种小人，我今天就姑且听皇帝以及诸大臣的话，暂将你的头颅寄下。从此以后，看你敢不敢干预国政！"太皇太后让他退下，王振战栗而出。

从此以后，王振收敛了很多，约有三四年不敢干预政事。正统五年，太皇太后年老体弱，杨士奇、杨荣等人也都年迈，王振渐渐故态又萌。没过多久，杨荣病逝，王振问杨士奇："我的同乡里面什么人能到京城任职啊？"杨士奇谨慎答道："山东提举佥事薛瑄可以。"王振随即上奏英宗，召薛瑄为大理寺少卿。薛瑄到京城上任后，始终不肯臣服王振，王振怀恨在心。

正统七年，英宗册立皇后钱氏，一切礼仪免不得劳烦王先生。王先生颐指气使，哪个还敢怠慢？一场仪式操办下来，英宗感激不尽。这年十月，太皇太后张氏病重，传旨问杨士奇、杨溥国家有没有什么大事还没有办好。杨士奇连忙拟好三封奏折，依次呈递。第一封奏折说建文帝临朝四年，虽然已经逃亡，但不能削去年号，应当修建文帝实录。第二封奏折说太宗有诏，收纳方孝孺等人遗书的一律处死，现在应该解禁。第三封奏折还没来得及呈上，太皇太后就已经驾崩了。杨士奇等人悲痛不已，只有那位阴险狠毒的王先生心中大喜，拔去了眼中钉，他从此可以为所欲为了。

## 土木堡之战

司礼监王振因太皇太后驾崩，越来越肆无忌惮。太祖曾在宫门立了一个三尺高的铁牌，上面铸着"内官不得干预朝政"八个大字，王振竟然将这铁牌掘走。翰林院侍讲刘球，向英宗递上奏折，大旨是要英宗勤学习、亲政务、起用贤士、息兵养民等等。其中没有一条参劾王振的，王振一开始也没觉得有什么。偏偏有个叫彭德清的太监，说这是暗中参劾王振。王振听了这话大怒，马上逮刘球下狱，并嘱咐锦衣卫指挥马顺置刘球于死地。马顺趁晚上带着小校入狱，让他持刀杀死刘球。刘球大呼太祖太宗，声音未绝，头已经被砍断，血流遍地，身体仍然屹立不动。马顺竟然命人将尸体肢解。毕竟忠魂未泯，不久，那小校就暴病而死，接着马顺的儿子得了疯病，号啕大哭，还抓着马顺的头发，拳脚相加，并痛骂他说："老贼！我刘球并没有什么大过，你竟然敢趋附那太监，活活将我害死！我就先把你的儿子带走吧！"说完，两眼一翻，倒地而死。

此际，有一个指挥病逝。他的一个小妾长得非常妖艳，王振的侄子王山与她勾搭成奸，准备娶她回家，偏偏指挥的妻子从中阻拦。王山就唆使小妾诬陷，说妻子毒杀亲夫，并到都御史衙门击鼓申诉。都御史王文亲自审讯，一开始还刚正不阿，后来竟受王山唆使，严刑逼供，将人屈打成招。大理寺少卿薛瑄知道这宗冤案后，立即驳回。王文就参劾薛瑄收受贿赂，朝廷竟然要将薛瑄判处死刑。王振有个老仆人，在地上坐着哭泣，被王振瞧见，问他什么原因。这老仆人呜咽着说："听说薛夫子将要受刑，不禁伤心起来。"后来兵部侍郎王伟上疏援救，这才免了薛瑄的死罪，将他放归田里。

没过多久，杨士奇病逝。大学士杨溥孤掌难鸣，敷衍了两三年，也得病谢世。三杨陆续病终，王振正好独揽大权。内使张环、顾忠因为参劾王振，被判凌迟。大理寺丞罗绮，参赞宁夏军务，只因曾经说中官是老奴，就被发配边疆。只有光禄寺卿余亨每天用御膳供奉王振，被升为户部侍郎。剩下的朝中大臣，以及外面的官僚，每次朝见，一定要先到王振的府上，最少纳上百金，多则千金万金，称爷称父的不计其数。

这时候，西北烽烟再起。先是兀良哈三卫屡次进犯边疆，宣宗北巡的时候曾经击退寇匪，后来兀良哈仍然在塞外出没。英宗曾经派成国公朱勇等人分兵出击，连破敌营，斩获的敌兵数以万计。兀良哈三卫衰落下来，心中恨意却更深，竟然勾结瓦剌部侵犯边疆。瓦剌部的酋长马哈木死后，儿子脱欢即位。与鞑靼部的头目阿噜台结为仇敌，最后阿噜台被脱欢杀死，余众东迁，也先继任鞑靼可汗。也先曾派人向明朝入贡，王振为了粉饰太平，赏赐的时候一掷千金。正统十四年，也先用两千人贡上战马谎称三千。王振令礼部点验人数，按名给赏，虚报的一概不给，所有的请求也只答应了十分之二。也先非常恼怒，决定大举入侵。鞑靼可汗脱脱不花一再劝阻，他都不从，脱脱不花只好跟着他发兵。

警报像雪片一样飞入京城，英宗只信任王振，便向他问计。王振说："我朝在马上得天下，太祖、太宗都是亲经战阵。皇上春秋鼎盛，年力方刚，何不仿效祖宗，出师亲征呢？"英宗听了这话非常高兴，便召集群臣，准备北征。当时，兵部尚书邝野、侍郎于谦一再劝阻，英宗不肯听从。吏部尚书王直又率百官再三谏阻，也不见采纳。英宗竟然下诏令郕王居守京城，自己率领六军亲征塞北。英国公张辅以及公、侯、伯、尚书、侍郎等人一律随行，士兵多达五十万。王振侍奉在英宗左右，寸步不离。沿途事宜，也都由他一人做主。

到了居庸关，大臣们请旨驻扎，全部被王振驳斥。到宣府的时候，接连几天的大风大雨使得军队里怨声鼎沸，大臣们又接连上疏请求扎营。王振大怒："朝廷养兵千日，用兵一时，难道还没有看见一个敌人，就想回去吗？再有人多说，一概军法处置。"于是麾兵再进。一路上王振威风凛凛，没人敢说什么。成国公朱勇等人上奏事情，全部要跪着听命。

尚书邝埜、王佐等人稍稍触怒王振，便被罚跪，一跪就是一天。钦天监正彭德清是王振的心腹，他和王振说："如今皇上御驾亲征，和从前在宫中可不一样。如果有什么疏忽，危及皇上的安危，什么人敢担当啊？"王振又大声说道："即使是这样，也是天意。"学士曹鼐进言："臣子的性命倒是没什么关系，只是皇上涉及社稷安危，怎么能轻易进发？"王振始终不听。

等到了阳和，军队里已经开始缺粮，士兵们被饿死的有很多，王振仍然决定北行。直到走到大同，中官郭敬秘密阻拦王振，王振这才有了回去的意思，于是下令班师。大同总兵郭登、学士曹鼐等人奏请车驾速速进入紫荆关，才能保得万全。曹鼐转告王振，王振还是不听。王振是蔚州人，一开始想邀皇帝到他家里去，于是就率大军向蔚州进发。后来又担心损及到乡里的禾苗，这才改道宣府。这时忽然有探子来报，说也先率众来追，马上就要到这里了。王振毫不在意，只派朱勇率领三万骑兵，去拦截也先。朱勇年轻气盛，草率上路。进军到鹞儿岭的时候，被敌兵左右夹攻，最后全军覆没。

邝埜听到消息后，急忙请车驾长驱入关，然后严兵断后。奏折呈上去之后，并不见报。邝埜又到行殿去请旨，王振呵斥他："你这迂腐的儒生知道什么兵事！"喝令左右将他推出。

王振带着英宗徐徐南行，走到土木堡的时候，太阳还没有落山，距怀来只有二十里。群臣都想进入怀来以保皇上安全，王振检点自己的物资，发现少了一千多辆，就下令驻兵等待。当时虽然是秋天，但天气仍然炎热，大队人马走了两天，已经非常燥渴。四处觅水，都没有一滴甘露。掘井两丈有余，仍然一片干涸。士兵们惊慌得很，就派探子去找水。探子回来后说南面十五里的地方，有一条小河，只是敌军的前锋已经到河边了。诸将听说敌军将到，越觉得慌乱，王振却仍然谈笑自如。

半夜，敌军纷纷而至，都指挥郭懋等人急忙上马迎战。杀了大半个晚上，敌人越来越多，竟将御营团团围住。正在着急的时候，也先的使臣带着议和书前来。英宗命曹鼐派两名通事跟北使一起去。王振急忙传令拔营，将士们有了这等好机会，争先恐后地往回逃。跑了不到三四里，猛然间听到炮声四起，敌骑再次杀到，大刀阔斧地砍向官军。那时官军饥渴难忍，归心似箭，谁还有力气对付敌兵？敌兵左冲右突，大喊着快快投降。英国公张辅、泰宁侯陈瀛等人还想勒兵抵抗。哪知敌兵接连放箭，将士多被射死，就连张辅等一班辅臣也都中箭身亡。英宗不禁慌张起来，只好睁着眼看着王振，王振却一个劲儿地发抖。护卫将军樊忠愤愤地说："皇上遭此劫难，都是王振一人的过错。将士伤亡，生灵涂炭，我今天就为天下杀了此贼！"说完后，立即从袖中取出铁锤，猛击王振的脑袋。只听扑通一声，头颅当即被击碎，鲜血直喷，王振倒地而死。樊忠请英宗立即上马，自己率领骑兵冒死突围。怎奈敌兵层层围堵，竟然没有一条出路，樊忠力战身亡。英宗见樊忠已死，无计可施，只好坐在地上休息。这时竟然有一队敌兵，破围而入，将英宗挟持而去。

## 景泰帝登基

英宗被掳走的警报传到了朝廷，在京留守的大臣们都半信半疑。他们刚刚与郕王商议完军情，正准备退朝回家，忽然看见几名败兵奔入京城。随后萧维桢、杨善等人也跟跄归来，百官惊奇地问道："皇上的乘舆回来了吗？"萧微桢、杨善连连摇头。百官诧异："你们两个人都跟着皇上，怎么你们回来了，皇上还没回来？"二人被他们问住，不知道该说什么。经百官再三究问，这才说出"乘舆被陷"四个字。百官急忙入报郕王，郕王又转禀孙太后，顿时宫廷鼎沸。孙太后、钱皇后等人哭得跟个泪人儿似的。再问起英宗的下落，就连萧、杨都不知情。这么喧闹吵嚷了好几天，才接到怀来守臣的急书，说是英宗被扣留在敌兵大营，敌人已经开始索要金银珠宝了。于是太后收集宫中的珍宝，用八匹骏马载着，派使臣送到乜先的大营，想赎回皇帝。

乜先好不容易才抓住英宗，岂肯轻易放还？送过来的金银珠宝一概接受，英宗却还是不放。使臣报告给太后，太后没有办法，只好召集群臣商议。侍讲徐珵建议："京师的老弱病残加起来不到十万，如果乜先乘胜进攻，怎么能抵挡得住？不如迁到南京。"尚书胡濙反驳："我们能去，敌人也能前往。我只知道固守京师，不知道惧敌南迁。"侍郎于谦厉声斥责："哪个敢倡议迁都？如果谁想南迁，就该斩首。试想京师是天下的根本，京师一动，大事就去了。北宋南渡就是借鉴。请太后速召勤王兵，誓死固守京都。"太监兴安大声说道："京师里有陵庙，如果大家南下的话，谁来看守它？徐侍讲贪生怕死，不能商议国事，快给我拉出去！"徐珵惭愧地退下。太后命郕王统领百官，立皇长子见深为太子，当时见深只有两岁。

郕王祁钰受命辅政之后，每天都要临朝议政。郕王封于谦为兵部尚书，修缮兵甲，固守京城。于谦毫不推辞。朝中大臣又轮流上疏参劾王振，说王振陷宗室社稷于危难，应该诛灭九族。郕王迟疑不决。指挥马顺呵斥群臣："王振已经死了，还说他做什么?"这话一出，惹恼了给事中王竑。只见他越出班列，一把抓住马顺的头发，怒目圆睁："你平时仗着王振作威作福，今天还敢来这里多嘴?"马顺不服，也抓住王竑，二人你一拳我一脚，竟在大殿上厮打起来。百官见马顺倔强得很，都气得直冒烟。顿时一拥上前，围攻马顺。马顺虽然是个武夫，毕竟双手不敌四拳，在众官的拳打脚踢下，当场死去。郕王没有办法，只好令都御史陈镒带领卫兵将王振一家老小全部斩首。陈镒又去抄王振的家，一共得到金银六十多库、玉盘一百座、珊瑚树六七十株，其他珍宝古玩更是不计其数。

　　也先捉住英宗后，让部下伯颜铁木儿好生看待，还想将自己的妹妹嫁给英宗。英宗身边只有校尉袁彬以及译使吴官童等几个人，吴官童偷偷对英宗说："也先想把妹妹许配给陛下。陛下乃万圣之尊，怎么能做胡人的女婿?"英宗踌躇了半天，才答道："可我深陷敌营，又不能拒绝，怎么办?"吴官童道："臣自有办法。"接着吴官童对也先说道："令妹想嫁给皇上，真是盛情难却。不过要等到皇上车驾还朝之后，厚礼聘迎才行。"也先这才不说什么。后来也先又想选几个胡女侍寝，吴官童又婉言推辞："等日后跟着你的妹妹一同嫁过来，一并列为妃嫔。"也先便不再多说，却总是不肯放还英宗，还挟持他到宣府城下，假传圣旨，命守将杨洪、罗守信开门迎驾。杨洪让守城的小兵大喊："臣只知道为皇上守城，其他的事不敢从命。"也先见杨洪拒绝，又带着英宗到大同索要金银。刘安等人出城见了英宗。英宗偷偷对他说："也先说要归附于我，真假难辨，你们还要严行戒备。"也先见了刘安，仍是索要财物。刘安以金至驾还为约，接着入城筹集一万两金银送给也先。郭登听说后，就对手下亲信说："这明明就是欺负我们，不如将计就计，劫回车驾。"也先见边关的守备越来越严，也不敢进攻，只能拥着这位奇货可居的英宗往来于塞外，什么苏武庙、李陵碑等名胜，都去游览过。英宗得过且过，常住在伯颜铁木儿的营中。虽然得到伯颜夫妻的优礼相待，但毕竟身在胡房，事事受到牵制。而且胡汉风俗全然不同，住的是毡房帐篷，吃的是奶茶膻肉，情况凄凉极了。

　　郕王祁钰留守在京师，免不了有左右侍臣怂恿他做皇帝，他也正有此意。正巧都指挥岳谦出使瓦剌，回京后口传英宗圣旨，令郕王继承大任。郕王假意推辞了半天。朝中大臣一再坚持，都说皇上被掳，皇太子年幼，这种危急关头，不能不考虑宗室社稷。郕王再三推辞，经群臣入奏太后，太后降旨，令郕王即位，郕王这才受命登基，遥尊英宗为太上皇帝。这年是正统十四年九月，郕王登基，以下一年为景泰元年。后来英宗复辟，又削去了他的帝号，仍称为郕王。到宪宗成化十一年，追还尊称，立庙祭祀，谥号为景帝。

也先本来扬扬得意，因为他挟持着太上皇。后来听说景帝即位，似乎把这位太上皇置之度外，也先不由得失望起来。这时，太监喜宁投靠也先，并献计："现在紫荆关一带守备空虚，不如乘机攻打这个关口。谎称奉太上皇回京，让守吏开关相迎。我们留下守吏，乘机入关，直攻京城。京城如果被攻，朝廷一定会南迁，到时候北京就是我们的了。"也先大喜，马上带着太上皇来到紫荆关，假传太上皇旨意，命守备都御史孙祥、都指挥韩青接驾。孙、韩二人带了一千名骑兵出关，去迎接太上皇，不料遇到伏兵，冲不出去，只好自刎身亡。接着，也先率军入关，长驱东进，震惊京师。

也先拥着太上皇过了易州，来到良乡，进入卢沟桥，沿途无人拦阻，只有父老百姓接驾，献上些茶果酒水等物。太上皇写了三封信，一封给皇太后，一封给景帝，一封给诸位大臣，由番使递入京城。朝中大臣有人想议和，派人到军营里问于谦。于谦说："我只知道用兵，其他一概不知。"也先等了两天，不见有议和的消息，于是纵兵大肆抢掠，自己带着精兵攻打德胜门。于谦设下埋伏。也先的弟弟博罗、平章卯那孩贸然带兵前来，伏兵从暗处一齐杀出。博及首先受创，摔落马下。卯那孩前来相救，不料被人射中咽喉，当场毙命。余众纷纷逃去。这时也先派兵前来接应，双方又厮杀起来。也先乘官兵迎战的时候，偷袭西直门。都督孙镗慌忙迎敌，奋力斩了敌人的几名前队。

就在两军相持的时候，石亨率军赶到，两下夹攻，这才将也先击退。也先气愤难忍，命伯颜铁木儿带着太上皇出紫荆关，自己领兵攻打居庸关。那时天寒地冻，守将罗通用水灌城，水凝结成冰，敌人爬不上去。也先在城下住了七天，只好退兵。途中被罗通追上，也先三战三败，伤亡无数，只好狼狈逃走。那时，太上皇已经出了紫荆关，连日的雨雪使得跋涉非常艰难，幸亏袁彬随身侍奉，白天为他执鞭子，晚上为他暖被窝。蒙古人哈铭、卫沙狐狸也一路相随，尽心尽力地侍奉。

也先退走之后，京师解严。景帝论功行赏，于谦、石亨的功劳最大，封石亨为武清侯，加封于谦少保衔，总督军务。后来，也先又派使臣来京，仍说想送太上皇还驾。朝中大臣又开始主张和议，于谦毅然说道："社稷为重，君为轻，千万不要堕入敌人的诡计。"于是拒绝了来使，传令各个边关塞口，专心固守，不要被敌人所骗。这时景帝尊皇太后孙氏为上圣皇太后，生母贤妃吴氏为皇太后，册立汪氏为皇后。典礼修明，宫廷庆贺。

过了残冬腊月，就是景泰元年，也先又派兵侵略大同。总兵郭登出师抵御。走了几十里，远远看见前面的敌兵蜂拥而来，差不多有一万多人。郭登手下只有八百名骑兵，兵力悬殊太大，将士们免不了有些害怕，纷纷请求退兵。郭登厉声喝道："我军离城将近百里，一旦退兵，人马疲倦，如果敌寇来追，肯定全军覆没了！"说到这里，他拔出宝剑大声说："敢言退者斩！"说完驱兵前进，直攻敌人大营。敌兵前来迎战，郭登连射两箭，射死了敌人的两名头目，接着又乘势跃出，砍死一名头目，敌人吓得直往后退。郭登麾兵前进，呼声震天，吓得敌兵心惊胆战，拔腿就逃，只恨爹娘少生了两条腿。

自从土木堡兵败之后，边将没有人敢与敌寇战斗。郭登此次竟以八百骑兵勇破敌寇万人，令军中士气大振，被推为战功第一。朝廷听说了他的捷报，封他为定襄伯。从此边关将士奋勇当先，人人想着杀敌立功。随后，朱谦在宣府得胜，杜忠在偏头关得胜，王翱在辽东得胜，马昂在甘州得胜，一时间士气大振，无懈可击。还有一桩可喜的事情，就是太监喜宁被宣府参将杨俊捉到，送回了京师。

## 太上皇还朝

太监喜宁自从投靠了也先，不但劝他在边境烧杀抢掠，还一再阻止太上皇南归。太上皇恨他恨得咬牙切齿，常常与侍臣袁彬商议，想杀死那逆贼，但急切中又不能下手。喜宁也最恨袁彬，曾经把袁彬诱出营外，将他困住。幸亏太上皇及时赶到，亲自解救，袁彬才得以脱身。袁彬于是和太上皇定下一条密计，说要派喜宁回国，索取金银财宝，然后让卫士高磐与他同行。喜宁不知是计，急忙去通报也先，表示愿意前去。临行前，袁彬偷偷递给高磐一个锦囊，里面藏着密书，让他系在大腿上，然后交给宣府总兵官。高磐领命后，立即与喜宁上路。没过几天就到了宣府。参政杨俊听说太上皇派使臣前来，赶紧出城迎接，设下酒宴接风。高磐这时赶紧解下锦囊，偷偷交给杨俊。杨俊借故离开座位，私下一看，马上明白过来，便让士兵们小心伺候。喜宁也很机警，见杨俊很久不出来，担心他有什么变化，就想起身离开。不料高磐在一旁，竟将他的双手挟住，大声喊："杨参将快来捉拿这阉贼！"杨俊正好引兵进来，几人齐上，像老鹰捉小鸡一般，将他抓去，打入囚车，押回京师。不久，喜宁便被判凌迟。

高磐回去禀报太上皇，太上皇高兴地说："除了这阉贼，我南归就有望了！"说完命令袁彬转告乜先，只说喜宁顶撞边境官吏，所以才被捉拿。乜先愤愤不平，马上派兵进攻宣府，要给喜宁报仇。守将朱谦奋力拼杀，把他打得七零八落，大败而逃。后来乜先又以奉还太上皇为名，转攻大同。乜先的先锋队来到城下，仰头叫道："城里的守将速来迎驾！"定襄伯郭登料到其中有诈，假装带着将士穿着朝服出迎，暗中却让人埋伏在城上，一旦太上皇入城，马上放下闸板。布置就绪后，才开城高喊："来将既然送归太上皇，就请让太上皇先行，护从随后。"敌兵置之不理，仍然拥着太上皇前来。郭登退到城门里，迎接太上皇。不料敌兵竟然停住，迟疑了半天，又带着太上皇疾驰而去。乜先见这次的计谋又不行，越发觉得气馁。心里暗想明朝已经有了新皇帝，白白挟持一个废物，毫无用处，还不如与大明朝廷议和，把太上皇送回去，不仅能得到恩惠，还能结一外援。计划定好之后，乜先便令阿拉知院派遣参政完者脱欢，借贡马为名，进入怀来，协商和议。

边将把这件事情转奏朝廷，景帝犹豫不决。尚书王直首先上疏，请求立即派使臣前去迎驾。胡濙等人又联名奏请。景帝亲临文华殿，召集群臣商议："朝廷担心议和会误了国家大事，想与敌寇绝交，你们却一再说要议和，是什么原因？"王直跪奏道："太上皇在塞外蒙尘，理应早日迎接回来。如今瓦剌既然有意送回，何不乘此机会迎驾，以免后悔？"景帝顿时变了脸色，慢慢说道："朕也不是贪恋这个位置，是你们一再要求，朕才勉强接任的。如今你们又出尔反尔，真是令人不解。"大臣们听了皇上的这一番话，都吓得不知道如何回答。只有于谦从容不迫："大位已定，什么人还敢有争议？只是太上皇在塞外理应奉迎回来。万一敌人使诈，也是他们理亏，我们可以趁机声讨，这样就不必议和了。"景帝听了这话才舒展开眉头，然后对于谦说："听你的吧。"

右都御史杨善、中书舍人赵荣请求前往。朝廷就命二人为正使，都指挥同知王息、锦衣卫千户汤胤勣为副使，带着金银珠宝，国书钱币去往塞外。杨善临行前检阅了所带的物资，发现除了金银钱币之外没有别的赏赐，他便将自己的俸禄捐出，添购了各种新奇的玩意，随身带着。等到了瓦剌，杨善暂时住在客馆。馆使田氏也是中原人，杨善和他非常谈得来，将所带的礼物赠给他一些。田氏非常高兴，马上告诉了也先。第二天，杨善和也先见面，赠了他很多东西，也先颇为欢喜。杨善乘机质问也先："太上皇帝在位时，贵国派来贡使多达两三千人，所有的人各有赏给，待你们不薄。你们怎么屡次背盟？"也先说："你们一再压低我的马价，而且给的布匹很多已经撕裂了。我们前后派去的使臣，大多被你们留在京城不让返回。难道是我错了？"杨善回答："太师上贡的马匹，数量年年增加，朝廷不忍心拒绝，这才给价略少。太师计算一下，总的价目比以前是多了还是少了。至于撕裂损毁的布匹，都是通事所为。朝廷也常常检查，一经发现立即查处。况且就是太师的贡马，也有好有坏，貂裘有优有劣，难道是太师的本意吗？太师派去的贡使，多达三四千人，有很多盗窃犯法后，因为担心获罪，就擅自逃走了，与我朝无关。"也先听完，觉得句句合理，语气不由得和善起来。杨善又说："太师一再出兵，攻击我国边陲，杀死我国士兵、百姓几十万。太师的部下想必伤亡也不少，上天有好生之德，太师好杀，难道不怕犯了天忌？如果现在你送还太上皇，与中原和好如故，化干戈为玉帛，岂不是很好吗？"也先听到"天忌"两个字，不禁失色。原来也先抓住太上皇之后，曾经想过加害。一天正想着犯驾，忽然天上一道闪电把他的乘骑击死，也先这才罢休。听杨善说到这里，也先心悦臣服。伯颜铁木儿劝也先留住杨善，另外派人到北京，要求太上皇复位。也先不肯失信，当即带着杨善去见太上皇。然后择定吉日，送太上皇起程。

临行前，也先在营中设宴饯行。奉太上皇上座，自己带着妻妾相陪，并命人弹琵琶佐酒。杨善在一旁侍立，也先看着他问："杨御史怎么不就座？"杨善口中答应，身子仍然站着不动。太上皇也看着杨善笑道："太师要你坐，你就坐吧。"杨善答："君臣的礼节，臣不敢违抗。"太上皇笑着说："我命你就座。"杨善这才叩头称谢，然后坐在偏席。也先称赞道："中国的大臣的确有礼节，不是我们这些粗人能仰望的。"当下开怀畅饮。太上皇因为马上可以回去，也喝得酩酊大醉，到了晚上各自回到原来的大营。

第二天，伯颜铁木儿等人也来饯行。隔了一天又给各位使臣以及随从大臣饯行。又隔了一天，太上皇才起驾南行。也先预先筑好土台，请太上皇登座，自己带着妻妾部下，在台下拜别。典礼结束后，也先和部下一直送到几十里以外，还解下弓箭作为献礼，然后洒泪而别。伯颜铁木儿一直将太上皇送到野狐岭，挥泪说道："太上皇这一去，不知何日才能再相见。"太上皇感激他供奉的私惠，一边称谢，一边泪流满面。二人又小饮几杯，喝完之后，伯颜铁木儿屏去左右对太上皇的侍臣哈铭说："我们一起侍奉太上皇，已经一年多了，但愿太上皇回国后福寿康健。我家主人如果有什么缓急，还请转达太上皇，不要忘记前情！"哈铭答应下来。太上皇劝伯颜铁木儿回马，伯颜铁木儿仍然依依不舍，一直将他们送出野狐岭口，并另外赠了些牛、羊等物。太上皇停下马来，彼此又抱头痛哭一番，经杨善等人一再催促，这才与伯颜铁木儿话别。伯颜铁木儿大哭而归，仍然命部下率领五百骑兵护送太上皇还京。

太上皇还朝的消息早就传到京城，景帝不能不迎，只好命礼部去办。尚书胡濙议定好礼节之后，即日上奏。景帝偏偏从中节俭，只用一辆车、两匹马，迎接太上皇入居庸关。等进入安定门，才更换坐具。给事中刘福上疏说礼节不宜太薄。景帝说："朕担心敌寇有什么诡计，这才一概从简。况且收到过太上皇的来信，曾说礼节不要过于繁琐，朕怎么能违命？"大臣们不敢再说什么。过了几天，太上皇已到京城。景帝出东安门迎接，太上皇也下马答拜，二人哭了一会儿，各自寒暄一阵，景帝命人将太上皇送入南宫。百官跟着前去，行过朝见礼后，景帝下诏大赦。

太上皇自从住到南宫之后，名为尊崇，实际上是软禁。闲庭草长，别院萤飞，遇到节日、生辰的时候，也没有大臣前来朝贺。胡濙等人曾上疏申请，景帝一概置之不理。只有也先等人时时念及太上皇，派人贡献些东西，太上皇每次也都有答礼。景帝心里很不高兴，就给也先发去诏谕："之前朝廷派遣使臣不当，才让彼此失和。如今朕就不派人过去了，如果太师有使臣的话，朕当以礼相待，但人数不要过多，赏赐也可以从厚！"

景帝迎回太上皇之后，内外无事。这时已经是景泰三年，正值盛夏，景帝闲坐在宫中，对太监金英说："东宫的诞辰就要到了。"金英说："还没有。"景帝说："七月初二，不就是太子的生日吗？"金英叩头说："是十一月初二。"景帝没有做声。原来，景帝并非记错了日子，他的儿子见济是七月初二的生辰，已经十几岁了，景帝想将他立为太子。然而兄长的儿子见深，已经早一步被立，一时不好改换，这才把见济的生辰充做太子的生日，假装说错，来试探金英的口气。偏偏金英以实相报，好像不明白旨意一般，弄得景帝也无话可说。

过了几天，景帝还是忍耐不住，一心想立自己的儿子为储君。百官不敢抗命，只好模棱两可地答应下来。随后由礼部置办典礼，选择吉日变更储君，立皇子见济为皇太子，改封原来的太子见深为沂王，下诏特赦，宫廷设宴庆贺。不料皇后汪氏偏偏据理力争，竟然与景帝反目成仇，闹出一场废后的事情来。

## 夺门复辟

皇后汪氏性格刚正，能识大体，只是所生的都是女儿。皇子见济是杭妃所生，景帝想立见济为太子，汪后阻拦道："陛下从监国登基，已经很庆幸了。千秋万代之后，应该把帝位交还给皇侄。况且储位已定，怎么能轻易更改呢？"景帝听了很不高兴。后来决定易储后，汪氏又反复劝阻，惹得景帝动怒，竟愤然说道："皇子不是你生的，你才心怀嫉妒，不想让他正位。你难道没听说过宣德年间的故例吗？胡皇后没有生育，甘心让位。前车之鉴，你不去吸取，反倒来这里多嘴多舌，朕要你管吗？"说完，抽身而起，竟到杭妃宫中去了。汪后遭到这种谴责，心有不甘，呜呜咽咽地哭了一夜，然后令女官代草了一封奏折，愿将后位让与杭妃。景帝顺水行舟，自然照准，并援引宣德废后的典故，颁告群臣。不等大臣们商议，已经将汪后迁入别的宫室，改册杭妃为皇后。

景泰二年，也先杀死自己的主子脱脱不花。于谦请景帝讨逆复仇，景帝不肯答应。原来，脱脱不花娶了也先的姐姐，生下一个儿子。也先想把他立为储君，脱脱不花不肯答应。也先马上去攻打脱脱不花，脱脱不花兵败逃走。经也先一番追击，杀死了脱脱不花，自称监国。景泰四年，也先自立为可汗，称为大元田盛可汗。景帝在给他的回信中，也称他为瓦剌可汗。也先于是越来越猖獗，并霸占了脱脱不花的妃妾，左拥右抱，朝欢暮乐，不理朝政。没过多久，也先被阿拉一刀挥成两段。阿拉想继承汗位，谁知鞑靼部酋长孛来领兵杀入，阿拉竟战败身亡。孛来抢走也先的母亲、妻子，以及一方御玺，找来脱脱不花的儿子麻儿可儿，拥立他为鞑靼可汗，号称小王子。此时的瓦剌已经逐渐衰败下来，鞑靼的实力越来越强。

皇子见济被册立为东宫后，只过了一年多，忽然染上一种奇怪的病症，不久便逝世了。景帝悲痛得很，命人将他葬在西山，谥号怀献。礼部郎中章纶以及御史钟同认为东宫已死，不如仍立沂王，以安定人心。奏章呈入后，景帝心里很不高兴，勉强发交礼部，让他们商议。礼部知道这种事情很难实施，只用"缓议"两个字搪塞了事。章纶再次递上奏折，景帝看到后不禁大怒。那时已经日暮，有圣旨从门缝中传出，命锦衣卫抓章纶下狱。这时南京大理寺少卿廖庄也遥上奏章，请景帝朝见太上皇，优待太上皇的儿子。景帝没有回复。过了一年，廖庄因有事到京城，在东角门朝见景帝。景帝想起以前的事情，就说他平时狂妄至极，令人杖责八十，并贬为驿丞。内侍又在景帝面前说罪魁祸首是钟同、章纶。景帝就取出巨杖交给法司，下令每人杖责五百下。钟同被杖死，章纶死而复苏，仍被关在狱中。从此朝中大臣，没人敢再提这件事情。

转眼间已经是景泰七年。元宵节刚过，皇后杭氏竟然患了风寒，起初是寒热交加，后来病情加重，没过多久便一命呜呼了。这时宫中来了个李惜儿，她本来是江南的土娼，辗转来到京师。因为姿态妖艳，色艺无双，被景帝得知，竟让内侍召入。景帝一见倾心，当晚便命她侍寝。这李惜儿是妓女出身，枕席上的功夫比起那些妃嫔来，自然有天壤之别。景帝畅快异常，极其宠爱。可怜无德的女人，往往因宠生骄，因骄成悍。入宫不到两三年，就与景帝争吵了好几次。景帝一气之下，将她逐出宫外。杭皇后本来深得皇帝宠爱，病逝之后，宫里的几个妃嫔都没什么才貌，长夜漫漫，让景帝如何度过？当下决定选秀女，得了一个美人。她体态轻盈，身材婀娜，性情容雅，惹得景帝越瞧越爱，越爱越宠，春风一度，无限欢娱后，封她为唐妃。过了半年又晋封为贵妃。每次游览西苑，必定让贵妃乘马相随。还增建了御花房，搜罗各省的奇葩异草，讨她欢心。于是，一个风流天子，一个绰约佳人，只管在那安乐窝里，翻云覆雨，尝尽温柔滋味。

可惜好梦难长，彩云易散。景泰八年元旦，朝贺礼结束之后，景帝忽然觉得不舒服，好几天都不能临朝。百官前去问安，太监兴安出来说道："你们都是朝廷栋梁，不能为社稷考虑，只知道天天问安，有什么好处？"众人一时无语，只好退下。到了朝房，大家都认为兴安是想建储。于是御史萧维桢等人再次上疏，请求立沂王为太子。学士萧镃认为

121

沂王既然已经退位，不便再立，还须另选他人。奏折递上去之后，过了好多天，才有圣旨颁下，只说朕偶感风寒，当于十七日临朝。大臣们面面相觑，感到莫名其妙。

石亨见景帝的病越来越重，就跟都督张轨以及太监曹吉祥说："你们想要立功封赏吗？"二人听了，不禁诧异起来。石亨偷偷地说道："皇帝已经病得很重了，立太子还不如重立太上皇。"曹吉祥跳起来惊呼："好计！好计！"石亨又说："这是我一个人的主张，还须找个老成持重的人来实施。"张轨建议："太常卿许彬怎么样？"石亨点头。几个人马上来到许彬家，与他商议密计。许彬说："这可是不世的大功，要快速行动，可惜我已经年迈，无能为力了。不过可以推荐一个人。"石亨问是谁，许彬答："就是徐元玉。"石亨等人道谢而出。

这徐元玉就是当年倡议南迁的徐珵。只因景帝见到徐珵的名字，好像眼中钉一般，就有人劝他："皇上不想看见你的名字，还是改一个吧。"徐珵于是改名为有贞，字元玉。石亨等人来到徐有贞家，说到复辟大计，徐有贞非常赞成，但说要先通知南宫。张轨答："昨天已经通知太上皇了。"徐有贞道："那也得等到有了消息才行。"第二天是上元节，徐有贞在石亨家，秘密商议了一个通宵。第二天黄昏，石亨等人通知徐有贞，说已经得到南宫的消息，请及早定计。徐有贞抬头看天象，然后对石亨等人说道："紫薇星已有变化之势，事情就在今晚，不可错失良机。"石亨、张轨、曹吉祥三人马上散开，各自去筹备。徐有贞焚香祝天，祷告了一番，然后与家人诀别："事成之后功在社稷，我们共享荣华富贵；否则必定招来杀身之祸，只有做鬼之后再回来相见了。"家人设法挽留，徐有贞主意已定，挥袖离开。

那时已经是三鼓。禁中的卫士因为有十七日视朝的旨意，已经打开了禁门。徐有贞跟踉而入，在朝房等候。约莫过了半个时辰，石亨、张轨等人一拥而入。那时天色晦暗，星月无光，一行人直奔南宫。谁知在南宫门外敲了半天都没人响应。徐有贞命人取来巨木，几十个人将门撞开。大家乘机进去，觐见太上皇。太上皇那时还没有就寝，见他们进来，不觉惊奇地问："你们要干什么？"众人伏在地上齐呼万岁。太上皇惊道："难道是请我复位吗？这件事情千万要审慎。"徐有贞等人齐声说道："人心一致，请陛下速速登车！"接着，徐有贞等人扶着太上皇，坐上乘舆，向皇宫行去。这时，天色放晴，月明星稀。太上皇又问起徐有贞等人的职位、姓名，徐有贞一一相报。来到东华门的时候，门卫大声喝止。太上皇也厉声说道："我是太上皇，有事入宫，什么人敢阻拦！"门卫走近一看，果然不假，就由他进去。一行人直入奉天殿，徐有贞做向导。两阶的武士用铁爪攻击徐有贞，也因为太上皇呵斥，相继退去。那时龙椅还在大殿的角落，众人将它推到正中间，请太上皇登座。然后鸣钟击鼓，大开殿门。百官刚刚来到朝房，正等着景帝视朝，听到奉天殿有喧哗声、呵斥声，继而有钟鼓声，都觉得非常奇怪。一会儿，忽然看见徐有贞走出大殿，大声喊道："太上皇复位了！百官怎么还不觐见？"百官听了这话，都吓了一跳，但事已至此，还有谁敢抗拒？不得已只好整理衣冠，登上大殿，依次跪在地上，三呼万岁。

## 于少保的冤狱

景帝这个时候卧病在床。正是残梦初回，炉香欲烬的时候，忽然听到殿上传来钟鼓声，不禁惊异起来，连忙问内侍："难道是于谦不成？"内侍正在错愕之间，内监前来禀报，说南宫复辟了。景帝连声说："好！好！好！"说着，气喘吁吁，面壁而卧。这边正在叹息，那边已经是满朝庆贺。徐有贞复辟有功，太上皇即刻让他入阁，参与机务。然后又宣布中午的时候正式即位，历史上还是称为英宗。接着，英宗传下圣旨，抓少保于谦，大学士王文、陈循、萧镃、商辂，尚书俞士悦、江渊，都督范广，太监王诚、舒良、王勤、张永等人下狱。于谦等人那时就在朝班，被锦衣卫以迅雷不及掩耳之势一一牵去，打入大狱。

原来，石亨的侄子石彪贪婪暴虐，曾经被于谦参劾，戍守大同。石亨一直怀恨在心。徐有贞也和于谦有些小过节。英宗复辟之后，二人成为首席功臣，正好借机报复。于是诬陷于谦、王文想迎立襄王瞻墡。英宗感激两位大臣。对他们的话自然言听计从，不等群臣退朝，就将这几人拿下。后来徐有贞、萧维桢等人，以"意欲"两个字，锻炼成词，上奏于谦、王文等人的罪状，说他们妄图迎立襄王瞻墡。英宗这时候还不忍心："于谦对国家有功，不应该加刑。"徐有贞挥臂上前："不杀于谦，今天的事情还有什么名誉可言？"英宗这才狠下心来。

临刑这一天，愁云惨雾布满了天空，路边的百姓无不泪流满面。太后听说于谦的死讯，也哀叹了很多天。曹吉祥的部下，有一个叫朵耳的，亲自带着酒菜，哭奠于谦。曹吉祥得知后，把他痛打一顿。第二天，他又哭着去祭祀，曹吉祥也无可奈何。于谦的妻儿被坐罪戍边。锦衣卫抄家时，发现家里面都没有多余的钱，只有一间正屋锁得很紧。打开一看，里面都是御赐的物件，连查抄的官吏也当场痛哭。都督同知陈逵将于谦的遗骸葬在杭州西湖，后人称为于少保墓。每年老百姓都会来墓前祭拜，络绎不绝。相传在这里祈祷非常灵验，大概是忠魂未泯的缘故。

于谦、王文死后，太监舒良、王诚、张永、王勤等人一并就刑，陈循、俞士悦、江渊被贬戍边，萧镃、商辂削职为民。范广因为与张軏有嫌怨，关押几天之后就被杀害。张軏又借口杨俊在宣府任职时，不接纳英宗而杀害了他。后来张軏入朝，途中忽然得了暴病，回到家中满身青黑，呼号着死去。有人说是范广作祟，也有人说是杨俊索命。叙功论赏时，张軏曾被封为太平侯，可见荣华富贵不过是过眼云烟。

那时石亨被封为忠国公，张軏的弟弟张輗被封为文安侯，都御史杨善被封为兴济伯，石彪被封为定远伯；徐有贞晋职兵部尚书，曹吉祥等人世袭锦衣卫，袁彬为锦衣卫指挥同知；从监狱里将礼部郎中章纶放出，授予礼部侍郎；追封已故御史钟同为大理寺左丞，赐谥号恭愍，并让他的儿子袭位。此外加爵晋级的一共有三千余人，一时间，朝中上下欢呼雀跃。

一朝天子一朝臣。尚书王直、胡濙及学士高谷都找了个借口辞官回乡。英宗命吏部侍郎李贤、太常寺卿许彬、前大理寺少卿薛瑄入阁办事，接着改景泰八年为天顺元年，大赦天下。后来又称奉太后诰谕，废景泰帝为郕王。太后吴氏还称宣庙贤妃，削去皇后杭氏的位号，改称怀献太子为怀献世子。有人请英宗革除景泰的年号，英宗没有答应。

没过多久，郕王病逝，年仅三十。英宗下令毁去他所建造的寿陵，改葬在金山，与之前死去的王公们同葬一处，并让郕王的妃嫔们殉葬。唐妃痛哭一场，当即自尽。被废的汪皇后被下令殉葬郕王，侍郎李贤说："汪妃已经被废黜，剩下的两个女儿还都小，实在是值得同情，还请陛下收回成命。"英宗这才没有让她殉葬，然后又立见深为太子。

有一次，英宗忽然想起小时候曾经在腰间佩戴过一个玉玲珑，自己一直将它视为珍品，可是怎么找都找不着，便去问太监刘桓，刘桓说景帝将它拿走了，想必现在在汪妃那里。英宗于是派人向汪妃索取，汪妃一直说没有看见。英宗再三索要，汪妃始终不肯交出。左右劝汪妃将那东西交出去，汪妃愤愤地说道："景泰帝虽然被废，也算是做了七年的天子，难道这区区一件玉器，也消受不起吗？我已经将它丢到井里去了！"英宗因此怀恨在心。后来，有人说汪妃出宫的时候，私自带走很多东西。英宗就派锦衣卫去取，拿回白银二十万两，还有很多其他物件。可怜这汪妃被刮得一干二净，还多亏太子见深念着旧情，时不时前去探望。太子的母亲周贵妃与汪妃也很投缘，也随时邀请她入宫，叙叙家常。汪妃这才得以保全余生，一直到武宗正德元年，在自己家的旧宅子里寿终正寝。郕王于成化十一年被恢复帝号，追谥为景。埋葬汪妃的时候用妃嫔的礼仪，祭祀用皇后礼仪，与郕王合葬在金山，追谥号为景皇后。

襄王瞻墡被封到长沙，德高望重，向来很有声誉。英宗北困的时候，孙太后想迎立襄王，曾命人去襄国取金符，结果没有取到。襄王反而上疏太后，请她册立太子，并命郕王监国。等到英宗还都之后，襄王又上疏景帝，让他早晚前去拜见英宗，初一、十五的时候也不要忘了率领群臣朝拜。英宗对这些全然不知，反而在复辟之后听信徐有贞、石亨的谗言，杀死于谦、王文，并怀疑襄王有异图。后来，英宗看到襄王的这两封奏折，不禁涕泪交加。这时，才后悔杀了于谦、王文。从此，英宗渐渐疏远徐有贞、石亨。

石亨自恃功高，与曹吉祥朋比为奸，互相倚作臂膀。徐有贞这时候已经窥视出皇上的意思，不得不和他们貌合神离。凑巧英宗和徐有贞说了一些私密的话，被内线偷听到，报告给曹吉祥。曹吉祥见了英宗，故意将这些话抖出来，还说是徐有贞告诉的，英宗于是更加疏远徐有贞。后来，曹、石二人强夺河间的民田，御史杨瑄将他们的罪状一一上报。英宗称杨瑄为贤御史，并想加以重用。曹吉祥非常害怕，连忙到英宗面前哭诉，说杨瑄诬陷他，应该反坐，英宗没有答应。后来天空中出现彗星，掌道御史张鹏、周斌等人约齐同僚，准备轮流上疏，请英宗惩罚曹吉祥、石亨。这件事情被给事中王铉得知，私下告诉了石亨。石亨急忙转告曹吉祥，二人一同来到英宗面前，不停地磕头。英宗非常惊讶，就问起事情的原委。曹、石齐声说："御史张鹏是被诛杀的太监张永的侄子，听说他要为张永报仇，陷害我们。"说到这里，两个人又呜呜咽咽地哭了起来。英宗说："陷害不陷害，朕自然会做主，你们先退下去吧！朕自然会留心的。"二人拜谢而出。

隔了一个晚上，果然有人上疏痛骂曹吉祥、石亨，为首的就是张鹏，其次是周斌，以及各路御史，连杨瑄也名列其中。英宗不等看完，就命人将杨瑄、张鹏等人一律投入大狱。刑官为了讨好曹吉祥、石亨，一味滥用酷刑，责问他们主谋是谁，于是又牵连到都御史耿九畴、罗绮。石亨、曹吉祥想乘此机会一网打尽，又上疏："徐有贞、李贤等人与臣有过节，其实是这件事情的主谋，所以杨瑄、张鹏才会如此大胆。"英宗看过之后，气愤难当，索性将徐有贞、李贤一并丢到大牢。这一天，风狂雨骤，电闪雷鸣，天上有像鸡蛋一样大的冰雹猛砸下来，击毁了奉天门角，连正阳门下的马牌也被拔起来刮到了郊外。石亨家里的水积了好几尺深，曹吉祥家门前的大树全部都被打折，闹得人人惊恐，个个慌张。英宗看到天象示警，只好下令将大牢里的人全部放出，贬徐有贞为广东参政，李贤为福建参政，罗绮为广西参政，耿九畴为江西布政使，周斌等十二人被贬为知县，杨瑄、张鹏戍边。另外命通政使参议吕原，以及翰林院修撰岳正入阁参与机务。尚书王翱认为李贤无缘无故受到牵连，便请求将他留下。英宗也很看重李贤，就听从王翱的请求，将李贤官复原职，没过多久又升他为吏部尚书。

曹吉祥、石亨见李贤再次被起用，心里非常懊恼。正巧这时内阁中有匿名的书帖诽谤朝政。曹、石二人得知后，就上疏英宗，请他悬赏缉拿。岳正上奏说："为政有礼，哪有堂堂天子悬赏缉拿内阁罪犯的道理？况且办得越急，奸臣就藏匿得越深，要是缓下来，倒是不免露出马脚，请陛下详察。"英宗点头，没有加以追究。后来，岳正又密奏英宗说："曹、石二人的权力过重，恐怕不是皇上保全功臣的最终意愿。"英宗说："那你就替朕转告二人。"岳正于是去和曹、石二人说，曹、石再次到后宫去哭诉，并脱下官帽请求赐死。英宗这时候又觉得心软，于是好言劝慰一番，然后又责怪岳正说漏了话。岳正道："曹、石两家必定会被灭族，臣想替陛下保全他们，他们却不识好歹！"英宗默不作声。曹、石二人听了这话，更加愤恨。后来承天门发生天灾，英宗命岳正草拟罪己诏，岳正将时政的过失一一陈述，曹吉祥、石亨趁机诬陷，于是英宗将岳正贬为钦州同知。岳正入阁仅仅二十八天，被贬之后，路过家乡漷县，去探望母亲，留住了一个多月。尚书陈汝言趁机参劾，岳正又被贬戍肃州。

拔掉岳正这颗眼中钉之后，曹吉祥、石亨又开始追究匿名信的事情，诬陷是徐有贞所为，英宗也不细细审查，竟下令将徐有贞拿还，下狱治罪。曹吉祥、石亨又对英宗进谗："徐有贞曾经自己写过武功伯券，其中有几句话流露出非分之想，应当被抛尸弃市。"英宗迟疑了半天，让二人退出，转而询问法司马士权。马士权答道："徐有贞如果有心谋逆，就不会写什么诰券自露马脚了。"英宗这才醒悟，免去徐有贞死罪。后来石亨伏法，徐有贞被放归田里，放浪山水间，十多年后才去世。

礼部侍郎薛瑄看到曹吉祥、石亨如此横行，便感叹道："君子见机而作，还留在这里干什么？"于是辞官还乡。江西处士吴与弼也借口自己年老体衰，辞官离去。英宗这时候还为死去的太监王振立下祠堂，封曹吉祥的养子曹钦为昭武伯。如此种种，让人气馁。只有一件事稍快人心，那便是将庶人朱文奎释放出狱。朱文奎是建文帝的小儿子，被关押时年仅两岁。释放出来之后，英宗让他住在凤阳，赐给房屋与奴婢，每月提供俸禄，并让他婚娶。不过那时，朱文奎已经五十七岁，连牛马都不认识。没过多久便病逝了。

## 曹、石灭门案

兵部尚书陈汝言与曹吉祥、石亨串通一气，因为巴结二人，由郎中升为尚书。从此，他私下勾结边将，暗地里搜罗爪牙，开始作威作福。久而久之，陈汝言觉得曹、石二人也不过如此，于是不再像以前那样巴结他们，并暗地里把曹、石二人的坏事说给英宗听。曹、石二人靠徐有贞的密计，才加官晋爵，后来还要排挤诬陷徐有贞。陈汝言由他们提拔，现在却反咬一口，曹、石二人怎么可能不恼怒？当下就嘱咐言官参劾陈汝言，英宗准奏。陈汝言被捕下狱，查抄的家产不下数百万两白银。英宗命人将抄出的财物，全部陈列在内殿，召石亨等人来看，恼怒道："于谦在景泰年间任职的时候享受何等的优遇，最后被抄家的时候却身无余物。陈汝言在位不过一年，财物竟然多到这种地步，如果不是贪赃受贿，又是从哪里来的？"说完又连声喊："好于谦！好于谦！"石亨等人心虚得很，都低着脑袋一声不吭。直到英宗拂袖离开，石亨等人才扫兴而出。

后来，鞑靼部落的头目孛来侵犯安边大营。大同总兵定远伯石彪率兵猛击，连连战败敌兵，缴获马、骆驼、牛、羊共两万余头。英宗按功行赏，晋封石彪为侯。石彪是石亨的侄子，石亨被封为公，石彪又被封为侯，一门鼎盛，权力越来越大。那时朝内朝外的官吏，都要在他叔侄跟前巴结讨好，才能保全官职。只是天下事盛极必衰。石彪肆意妄为，免不了有人密奏，惹得英宗大怒，下旨召石彪还朝。石彪贪恋权位，暗地里指使千户侯王斌等人上疏。英宗料定这其中必有隐情，便将王斌等人捉拿，严刑拷问，并下旨召石彪速归。石彪回到京城之后，英宗让他和王斌对质。王斌又供出了石彪种种不法的事情，比如说私藏龙袍等。

其中，还有一桩重大的事情，那便是英宗回朝之后，乜先曾经遵照前约，将妹妹送到大同，托石彪转献给京师。石彪见那女子姿色诱人，就假装答应下来，暗地里却强行霸占，自行消受。那时英宗还被软禁在南宫，内外隔绝，而乜先也没来得及细问，就被阿拉杀害，更是死无对证。谁知天网恢恢，疏而不漏，这次竟被王斌等人说穿。石彪无从抵赖，只好承认。英宗大怒，将石彪投入大狱。

石亨急得没法，只好上疏谢罪，请英宗削去他们叔侄的官爵，放归田里。英宗没有答应。后来法司再三审讯石彪，其中有些事情牵连到石亨，于是石亨被勒令回府，不许干预朝政。随后，英宗将李贤招来，并问他："石亨有'夺门'之功，朕想稍微宽厚一点处理，卿以为如何呢？"李贤说："陛下还以为'夺门'两个字是美名吗？要知道这皇位本来就是陛下的，要说也只能说成'迎驾'，而不能说是'夺门'，不是顺理成章的事情才能说是'夺'。而且当天算是侥幸成功了，如果事情败露，石亨等人死不足惜，陛下将被置于何地呢？"英宗徐徐点头。李贤又说："如果景泰帝果然一病不起，群臣自然会上疏请陛下复位，那时候岂不是更名正言顺？石亨等人一心想从中邀功，肆意杀戮当时的老臣。国家的太平气象都被这些人减削掉一半了！"英宗说："确实如此！"李贤退下去之后，英宗下诏，以后的奏折中不要再用"夺门"的字样，并将冒功受官四千名官员，一律革职查办。

石亨得势的时候，曾经卖官鬻爵，以贿赂的多寡来判断官职的高低。那时就有"朱三千，龙八百"的谣传。"朱"是指朱诠，"龙"是指龙文，二人都因贿赂石亨得官。金都指挥逯杲也奔走于石亨的门下，因此得以保举。石彪获罪之后，石亨在家待罪，逯杲就上疏揭发他招权纳贿等事情。英宗夸奖他忠诚，并让他监视石亨的行动。逯杲担心石亨再次被起用，于是专心察探。正巧有一名下人被石亨训斥，就将石亨抱怨的情形，秘密告诉逯杲。那时正值天顺四年正月，彗星再次出现，逯杲于是上疏说石亨与石俊等人造谣生事，有其他图谋，应该赶紧治罪。英宗看完奏折之后，又给内阁大臣看。内阁大臣们都看着皇上的脸色行事，自然说应该正法。那时石亨无路可走，只得束手就擒，被关入大狱。狱吏冷嘲热讽，早晚拷打。石亨忍受不住，竟活活气死了。石亨一死，石彪的头颅，哪里还能保得住？一道圣旨就将他斩首了。两家的财产全部充公。

一波未平，一波又起。太监曹吉祥兔死狐悲，担心事情会波及自己，不得不先行防备。他在正统年间，曾担任过监军，那时曾挑选一些壮汉作为帐下心腹。回朝之后，仍然将这些壮汉蓄养在家中，所以家中藏了很多兵甲。养子曹钦被封为昭武伯，手下本来就有很多武将，后来又招集死党，作为羽翼。千户侯冯益与他有些往来，曹钦曾问冯益："古时候有宦官的儿子做天子的吗？"冯益说："你的本家魏武帝就是宦官曹节的后人。"曹钦大喜，留下冯益饮酒，醉后得意忘形，又密谈了很久。还让他那娇娇滴滴的妻妾出来侍宴，与冯益把酒言欢。冯益本来就擅长嘴上的功夫，这次更是滔滔不绝，满口恭维，说得曹钦心花怒放，好像已经做上了皇帝，连他的娇妻美妾也不停地笑，几张樱桃小口合都合不拢。一直到深夜，宴席才结束。

转眼间又是一年。鞑靼部头目孛来等人分兵入侵，攻打山西、陕西、甘肃边境。朝廷正准备派遣尚书马昂以及怀宁伯孙镗带兵讨伐。大军还没有出发，孙镗等人尚留在京中。英宗查探军务，早晚阅读奏章，忽然看见一本奏章参劾曹钦，说他擅动私刑，鞭毙仆人曹福来。英宗心中不禁一动，于是随即提起笔来，批了几语。大意是说朝廷的法律不得滥用，大小臣工都应该谨遵。曹钦擅自鞭打家人致死，实属不当，应当彻底查究。批好之后，将原奏颁发，令指挥逯杲查办，不得徇私枉法。曹钦知道这件事情之后大惊："去年降旨捉拿石将军，如今轮到我了。如果不早作打算，难免大祸临头。"当下就邀请冯益等人密谋大事。钦天监正汤序也在座中，说是七月初二英宗将派遣西征军出师，紫禁城空虚，此时正好可以动手。冯益高兴地说："机会到了！机会到了！"曹钦急忙问是什么好办法，冯益答道："请您秘密通知义父，约他于初一晚上集合禁兵，准备内应。您就号召众人，从外攻入，内应外合，还有什么事情办不成？"曹钦欣喜地说："好极了！好极了！我的兵马一旦入殿，马上就废掉皇帝，事成之后，我请冯先生为军师！"冯益拜谢。

计划好之后，过了几个晚上，就是七月初一。曹钦在家中宴请党徒，专门等着半夜行事。指挥马亮曾经与他们一同谋划造反的事情，酒过数巡，猛然间触起心事，暗想事情要是不成功，可要诛灭九族。于是离席而去，直奔朝房，正巧遇到恭顺侯吴瑾在朝值班，马亮将事情一五一十地说了出来。吴瑾大惊失色地说道："有这种事情？怀宁伯孙镗明天就要辞行，今晚也在朝堂留宿，我去通报他！"说完，急忙去通知孙镗。孙镗知道后，草草写了几句话，从大内的门缝里塞入。英宗看到之后，忙命人捉拿曹吉祥，并下令皇城以及京师的九道大门不得轻易打开。

那时曹钦还没有觉察，乘着三分酒兴，带着家将以及弟弟曹铉等人跨马而出，直奔长安门。见大门紧闭，料到事情泄露了，于是转身来到逯杲家。当时逯杲正要入朝，迎面遇到曹钦兄弟，当时就被砍了脑袋。曹钦提着逯杲的首级直奔西朝房，途中看见御史寇深，又一刀杀死了他。转入西朝房，正好与吏部尚书李贤相遇。李贤来不及躲避，被曹钦的手下击伤左耳。幸好曹钦在后面喝住，并握着李贤的手恳求道："您是好人，我今天走到这一步，都是被逯杲逼出来的，并不是我的本意，劳烦您替我在皇上面前说说话！"李贤还在那里迟疑，曹钦竟然扔下一个首级，大声喊道："你看这是不是逯杲！"一边说，一边走进朝房，看见尚书王翱正在里面坐着，便不分青红皂白，上前就要捆绑。李贤急忙进去喝止："你不要这么莽撞！我与各位王公联名上奏，担保你无罪，怎么样？"曹钦大喜，放开王翱。李贤模模糊糊地写了几句话，交给曹钦。曹钦带着那奏折来到长安左门，想从门缝里将奏折扔进去。谁知门被堵得死死的，连奏折都塞不进去，只好下令纵火焚门。守门的士兵将御河的砖石拆卸下来，将门紧紧堵住，一时间烧不进去。曹钦等人只好在宫门外呼喊吵闹。怀宁伯孙镗看来不及调兵，急忙让两个儿子在长安门外大喊有贼谋反，霎时间召集来西征军两千多人。工部尚书赵荣披甲上马，高呼杀贼有赏，也召集齐数百人。两边夹攻，曹钦等人料定事情难成，只好边战边退。这时候天色大明，恭顺侯吴瑾带着五六名骑兵与贼兵相遇，最后力战而死。尚书马昂以及会昌侯孙继宗陆续带兵到来，曹钦的手下被杀死过半，曹钦的几个弟弟也都被击毙。这时，天降大雨，曹钦狼狈逃回，跳入井中。官兵一齐追上，杀入曹钦家，不论男女长幼统统杀死。曹钦的妻妾原本还梦想着做后妃，没想到竟落得这般下场。官兵们在井中找到曹钦的尸体，将他捞出，拖到集市，等着皇上下旨。没过多久，英宗临朝，命人将曹吉祥拖到集市，与曹钦兄弟四人的尸首聚在一处，鱼鳞寸割，万剐凌迟。汤序、冯益等人自然被连坐，所有曹氏的亲党全部问成死罪。随后，晋封孙镗为侯，马昂、李贤、王翱被升为太子少保，马亮告叛有功，升为都督。追封吴瑾为梁国公，寇深为少保，以擒贼诏示天下。曹、石两家从此灭门了。

内变安定之后，西北的警报一天天地往京城传。英宗命都督冯宗充以及兵部侍郎白圭接任马昂、孙镗等人的职务，统军西征，屡战屡胜。孛来只好上疏求和。英宗派人去诏谕，孛来答应每年纳贡，总算是把边境的事情了结了。后来，广西苗瑶作乱，占据大藤峡，在民间四处抢掠。都督佥事颜彪奉旨前去剿灭，连连攻破乱贼七百多个寨子，苗瑶才稍稍平定下来。

英宗以为内外平定，免不得想图些安逸。于是大兴土木，增筑西苑，亭台楼阁又添了不少。除了奉太后游览，以及率妃嫔等人临幸之外，英宗还常常召集文武大臣前去游玩，并赐酒宴。还在南宫的旧居中，盖了几间殿宇，在那里种上些四方贡上的奇花异树，看起来十分雅致。每当春暖花开的时候，就让皇亲贵戚以及内阁大臣，跟着自己玩赏，还赐果品茶，把酒吟诗，仿佛与宣德年间一样快活。

怎奈光阴易逝，好景难留。太后孙氏于天顺六年驾崩。天顺八年正月，英宗也身患重病，卧床不起。期间，有内侍诬陷太子，英宗便密召李贤入内，和他商议。李贤伏地叩头："太子仁慈孝顺，希望陛下不要听信谗言。"英宗问："照你说来，一定要传位给太子了吗？"李贤又叩头："宗室社稷之幸！国家百姓之幸！"英宗马上起身，宣太子入殿。太子跪在英宗面前涕泪交加，英宗非常感动。父子二人感叹了很久，才道别离开。没过多久，英宗驾崩，享年三十八岁。遗诏罢除宫妃殉葬，太子见深即位。之后，太子尊父皇为英宗，以下一年为成化元年，见深便是历史上的宪宗皇帝。

这时两宫的尊号又惹起一番争论。原来英宗的皇后钱氏没有儿子，太子见深是周贵妃所生。英宗北困的时候，钱后曾经倾囊相出，每天晚上都痛哭流涕，累了就睡在地上，以至于哭瞎了一只眼睛，并损坏了一条腿。英宗被放归之后，幽居在南宫，行动上不能自由，时常烦闷，幸亏钱后随时劝慰，才能稍稍释怀。复辟之后，太监蒋冕曾经去和太后说，周贵妃生了儿子，应当被升立为皇后。英宗得知后，立即将蒋冕赶出后宫。孙太后驾崩之后，钱氏又追述太后的往事，并为废掉的胡后申冤。英宗这时才知道自己不是孙皇后所生，于是追封胡后谥号，称为恭让皇后。钱皇后的弟弟钱钦钟在土木堡殉难，英宗想加封他的儿子钱雄，钱后又一再推辞。于是英宗对她更是敬爱有加。等到英宗弥留的时候，还和顾命李贤说，等钱后千秋万岁之后，应当与朕同葬。李贤将遗言写下，藏在阁中。宪宗即位后，周贵妃私下嘱咐太监夏时，让他唆使内阁大臣，立自己为太后。夏时于是提议钱后没有儿子，而且肢体有损，应当将她废掉，另立皇上的生母为太后。幸亏李贤与学士彭时一再抗议，这才仍然尊皇后钱氏为正宫慈懿皇太后，贵妃周氏为皇太后。

## 贵妃万贞儿

两宫太后分别奉上尊号后，就轮到册立皇后的问题了。孙太后的宫中有一名宫人名叫万贞儿。万贞儿四岁的时候，就被带入宫中做些杂役。十几年之后，居然出落成一个绝色女子。她丰容盛鬋，秀外慧中，身体丰满圆润，酷似当年的杨玉环。孙太后爱她聪明伶俐，就召入仁寿宫，让她掌管衣饰。宪宗小时候朝见孙太后，贞儿曾在一边搀扶过，与宪宗渐渐亲昵起来。后来，宪宗再次被册封为东宫，万贞儿正是豆蔻芳龄，二人依然往来莫逆，两小无猜。天顺六年，孙太后驾崩，宪宗已经十四岁，渐渐地知道些人事，便将这位万贞儿召到东宫。万贞儿那时虽已年过三十，却还是处子之身，姿色尚在，一点也不逊色于二十多岁的人。她之前因为无机可乘，不能入侍英宗，不免有些叹惜。现在能来服侍太子，当然使出浑身的手段，眉挑目逗地勾搭储君。宪宗情窦初开，一番穿针引线之后，二人便如胶似漆，居然在那华枕绣衾间，试起了鸳鸯的勾当。从此二人相亲相爱，形影不离。英宗对这一切毫不知情，只知道东宫年龄渐长，应该帮他选妃。当下便由中官奉旨，选入淑媛十二名，由英宗亲自端详，留下三个人，一个姓王，一个姓吴，一个姓柏，都留在宫中，没有册立。英宗驾崩后，两宫太后认为宪宗年已十六，不可不替他册立皇后，于是命司礼监牛玉慎重选择。牛玉认为先帝之前挑选的三个人中，吴氏最为贤惠，可充作皇后的人选。太后又亲自察视，见吴女体态端方，也非常满意，便命钦天监择选吉日，册封吴女为皇后。宪宗迫于母命，不好不从。

后位册定下来之后，宪宗封万贞儿为贵妃，王氏、柏氏为贤妃。万贵妃虽骤然显贵，但心中却很不自在。每次觐见吴后，都装出一副不高兴的脸色。起初几次，吴后还能勉强容忍，二十多天之后，便有些忍受不住，免不了出言训斥。万贵妃自恃宠幸，半句都不肯受屈，自然反唇相讥，甚至吴后说一句，她还要说两句。吴后一时性起，竟命太监将她拖倒，自己取过杖来，连打了几下。

这万贵妃哪肯遭受这种委屈，回到自己宫中之后，哭泣不止。凑巧宪宗进来，她索性大哭起来，弄得宪宗莫名其妙，急忙询问缘由。万贵妃故意不说，后来经侍女禀报，宪宗这才知道原因，顿时龙心大怒，卷起袖子就要出门。贵妃见宪宗起身，料定他必然会去正宫那里吵闹，年少气盛，反而会闹得不成样子，便抢先一步，拉住宪宗的衣角，将他劝了回来。宪宗又气愤，又怜惜，慢慢替贵妃脱下衣服，只见她那雪肤上面，透露出好几条杖痕，不由得大怒："好一个泼辣货，我要是惩治不了她，连皇帝都不做了!"万贵妃呜咽着说："陛下请息怒!臣妾年老色衰，不及皇后年轻，还请陛下命臣妾出宫，免得被皇后看了碍眼。那时皇后自然心平气和，臣妾也不用遭这种罪了。"宪宗说："你不要这么说，我明天就把她废掉!"万贵妃冷笑道："册立皇后是两宫太后的旨意，陛下废后，就不怕两位太后动怒吗?"宪宗答："我自有办法。"贵妃这才无话可说。宪宗便命内侍摆酒设宴，亲自安慰贵妃，让她消气。酒后同入龙床，又是喁喁私语，无非是废后的计划，一直谈到半夜，才同入好梦。

第二天，宪宗一起来，就到太后那里抱怨，只说吴后喜怒无常，并喜好歌舞，不足以母仪天下。钱太后一言不发，周太后却劝阻："刚做了一个月的夫妻就要废易，太不成体统了。"宪宗："太后如果不肯答应，儿臣情愿不做皇帝。"周太后沉思了半天，才说："先帝在世的时候，曾准备选立王氏，我听司礼监牛玉说吴后比较贤惠，而且看她二人的姿色相貌不相上下，所以就册立了吴后，哪知道她是这种脾气。依我看来，皇儿能将就便将就过去，万一不行，就改立王氏好了。"宪宗不好再说什么，只得应声而出，转身去报告万贵妃，贵妃不以为然。宪宗一想，不如先废了吴后，再作计议，于是面谕礼部，即日废后。礼部已经受了万贵妃的嘱托，并不劝阻。于是诏书一下，吴后只好缴还册宝，退居西宫。万贵妃仍然觊觎皇后的位置，常让宪宗到太后面前请求。宪宗也有这个意思，便替她说情。太后嫌她年龄太大，始终不肯答应。好容易过了两个月，后位还是没有定下来。后来经太后屡屡降旨，催促册立王氏。宪宗无奈，只好立王氏为皇后。好在王氏性情柔婉，与万贵妃算是相安无事，彼此还能凑合过去。

成化二年，万贵妃生下一子，宪宗大喜。谁知不到一个月，孩子竟然夭折。后来，贵妃再也没有怀孕，只是一味嫉妒其他妃嫔，不让宪宗临幸她们。宪宗曾经偷偷摸摸地与妃嫔交欢过几次，也曾暗结珠胎，但多被贵妃察觉，设法打掉。宪宗不但不恨，反而竭力奉承贵妃。贵妃喜欢的，全部宠用;贵妃讨厌的，全部贬斥。贵妃的父亲万贵被封为都督同知，贵妃的弟弟万通被封为锦衣卫都指挥使，还有眉州人万安，与贵妃本来不是同族，他却大献殷勤，自称是贵妃的侄子。贵妃于是转达宪宗，马上升他为礼部侍郎，入阁办事。

过了一段时间，慈懿皇太后钱氏驾崩，周太后想另造陵寝，不想让她与英宗合葬，万贵妃也迎合周太后的旨意，劝宪宗听从母后的安排。宪宗心里还有些迟疑，便将群臣召来商议。彭时首先上奏："合葬已经是惯例了，何必要另行商议？"宪宗答："朕怎么会不知道这个？但这些都是母后的意思。"彭时又说："皇上遵从礼节才是大孝。"接着，商辂与刘定之等人也上奏："皇上大孝，应当遵从先帝的心意。现在如果将慈懿太后的棺椁安置在先皇的左边，空下右边虚位以待，便是两全其美了。"宪宗略略点头，当即退朝。又过了好几天，经群臣一再催促，甚至伏地大哭，宪宗这才下旨，照大臣们的意思去办。群臣齐声呼万岁，依次退下。

成化五年，柏贤妃生下一个儿子，取名祐极。又过了一年，纪淑妃又生下一个儿子，这孩子便是后来的孝宗。生孝宗的时候并没有取名字，宪宗也并不知情。原来纪妃是贺县人，不但饶有姿色，并且聪敏过人。成化三年，西南蛮部作乱，襄城伯李瑾及尚书程信等人前去讨伐，先后焚烧掉蛮寨两千多座，俘虏了很多人。纪氏也被俘虏到京城。王皇后见她灵秀聪慧，便亲自教授文字，让她管理内藏。宪宗偶然间驾临内藏，正巧遇到纪氏。问到内藏的多少时，纪女口齿伶俐，应对详明，顿时龙心大悦，便在纪女的寝榻上演了一出龙凤合欢。过了几个月，纪女的小腹居然鼓了起来，万贵妃得知后就让心腹侍女前去调查。那侍女颇有良心，只说是纪氏得了肿胀病。贵妃半信半疑，勒令她退出内藏，住到安乐堂。纪氏十月怀胎，生下一个男孩，料知不便抚养，只好咬咬牙把孩子抱出去，交给门监张敏让他拿去溺死。张敏惊叹："皇上还没有子嗣，怎么能轻易抛弃骨肉？"于是便将孩子藏入密室，只拿些蜂蜜花粉，暗地里哺育。万贵妃曾经派人前去察看，也不见有什么动静，只好罢休。幸好废后吴氏贬居在西宫，与安乐堂相近，听到消息后，就把孩子带来哺育，这才保全了婴儿的性命。宪宗全然不知，只知道有皇子祐极一个人，长到两岁，就将他封为皇太子。到了第二年二月，太子竟然患起病来，来势汹汹，什么药都不管用，只过了一天一夜，就夭折了。宫女、太监都觉得这件事有些蹊跷，暗暗查访，果然是万贵妃下的毒手。只因贵妃宠冠六宫，哪个敢在太岁头上动土？大家也只好置若罔闻，明哲保身。

时光易逝，转眼就是成化十一年。宪宗因处处受贵妃压制，常闷闷不乐，再加上思念亡子，更觉得郁郁寡欢。一天，宪宗召太监张敏给他梳头，将镜子拿在面前照，忽然看见头上生了几根白发，不觉叹息道："朕已经老了，却还没有儿子。"张敏马上叩头："万岁已经有儿子了。"宪宗愕然地问："朕的儿子已经死了，哪里还有子嗣？"张敏又叩头答道："奴才的话一出，恐怕性命就不保了，只要万岁为皇子做主，奴才死而无憾。"此时司礼监怀恩也在一边，便跪下来说："张敏说得不假。皇子在西宫被抚养成人，现在已经六岁了。只因担心遭到毒手，所以才不敢上报。"宪宗大喜，马上驾临西宫，命张敏等人到安乐堂迎接皇子。纪氏抱着儿子大哭："我儿这一去，我的性命就难保了。我儿在这里被偷偷抚养六年，今日前去，若看见穿黄袍长着胡须的就是我儿的父亲，我儿去拜见就是了。"说完，就给那孩子换了一件小红袍，抱上小车，命张敏等人护送前去。等到了西宫的台阶下面，那孩子竟然自己从车中走下来，扑到宪宗的怀里。宪宗把他抱起来放在膝上，看了好久。见他非常可爱，不禁悲喜交加，垂着泪说："像我！像我！的确是我的儿子！"张敏当即将纪氏被临幸的年月，以及生子情况，详细叙述一遍。宪宗接着召见纪氏，握着她的手痛哭一场，让她住在西宫，然后命司礼监怀恩去通知内阁，内阁大臣无不欢欣雀跃。随即命礼部定名，叫做祐樘，然后册封纪氏为淑妃。

大学士商辂担心祐樘会重蹈太子祐极的覆辙，但又不便明言，只好与同僚商议了一计，接着呈上奏折："皇子与母亲因病别居，很久没有相见，应该让母子朝夕相处，一切抚育都由贵妃主持。"宪宗准奏。于是将纪妃移居永寿宫，并时常被宪宗召见，与宪宗把酒言欢。此后宫内的妃嫔稍稍放大了胆子，蒙幸怀孕以及诞下皇子的消息接二连三地传来。邵宸妃生下儿子祐杬，张德妃生下儿子祐槟，姚安妃、杨恭妃、潘端妃、王敬妃等人也陆续生男。只有万贵妃满怀痛苦，早晚哭泣。后来终于忍无可忍，又用那药死太子的手段，杀害了纪妃。太监张敏听说纪妃暴死，知道自己也不能免祸，于是祈祷苍天，求上天保佑皇子祐樘安康，然后吞金自杀。


## 大藤峡中断大藤

荆、襄的上游郧阳，地处秦、豫、楚三省的交界，元朝时候就是山贼匪寇聚集的地方。直到元朝覆灭，这里的山贼都没有收服。洪武初年，卫国公邓愈曾经出兵讨伐，把那里的土匪剿得一干二净。怎奈山多地广，丛林茂密，官兵凯旋归去之后，流寇又开始聚集。起初还不敢出头，到了成化元年，遇到些饥荒，流民开始聚集，不久便闹出一场叛乱来。其中有个头目姓刘名通，力大无穷，能举起一千斤重的石狮子，绰号叫"刘千斤"。这刘千斤有个同伴，本名叫石龙，绰号叫做"石和尚"。二人纠集数万党羽，占据海溪寺，高揭黄旗，推刘千斤为汉王，建元德胜，还封了将军、元帅，任石和尚为谋士，四处烧杀抢掠。指挥陈昇等人曾经带领数千人马前去征剿，反被他四面夹攻，杀得片甲不留。朝廷接到警报，这才知道贼势猖獗，非同小可，就命抚宁伯朱永为讨贼总兵官，兵部尚书白圭提督军务，太监唐慎、林贵为监军。另外命湖广总督李震、副都御史王恕会合三路兵马，直捣贼巢。

白圭到达南阳后，得知刘千斤等人在襄阳房县豆沙河等处分设了七座营寨，便准备四路进军。一路从南漳攻入，一路从安远攻入，一路从房县攻入，一路从谷城攻入，掎角并进，互相照应。当下上疏朝廷，得到允许后，亲自率领大军从南漳攻入；派偏将林贵、鲍政等人从安远攻入；喜信、王信等人从房县攻入；王恕率指挥刘清等人从谷城攻入；总兵官朱永因为身体有病，留守南阳。东西南北四路兵马，浩浩荡荡，杀向贼营。刘千斤自恃力大，亲自抵御大军。白圭用诱敌计，将刘千斤引到临城山中，然后发出伏兵，左右夹攻，杀得他夺路而逃。刘千斤还想从寿阳窜到陕西，谁知一到寿阳就被官兵截住。为首的统兵大将是指挥田广。刘千斤转身就逃，田广率兵尾追，一直追到古口山。刘千斤逃入山中，依险驻扎。田广扼守山口，等各路大军陆续到来，就一齐杀入，当即杀死刘千斤的儿子刘聪，以及苗虎等一百多人。刘千斤被迫退到后山。后山山势险峻，天上又下着雨。尚书白圭身先士卒，麾兵直进。又命刘清带着一千多人，从小路绕到敌人后面。刘千斤只管前面，不管后面。正在酣战的时候，突然听到后面喊声大震，鼓角齐鸣。乱贼们回头一看，只见满山是火，火焰冲天，不由得胆战心惊，纷纷逃窜。怎奈山路崎岖，七高八低，越是性急，越是踏空，坠崖而死的就达到半数，剩下的也都被官兵砍死了。刘千斤提着大刀，左右飞舞，几百个官兵一齐上前，都不能靠近，反被他劈死数十人。后来经强弓四射，刘千斤脸上中了好几箭，才大吼一声，倒在地上。各军一拥而上，把他按住，用最粗的铁链捆绑，直到他无法动弹了，才扛抬下去。苗龙等四十人也被一并擒住，押到京师，照往常的惯例，在集市凌迟。只有石和尚、刘长子二人翻山逃走，招集败兵，屯聚在巫山。各路大军围攻了一个多月，终于一网打尽，凯旋还朝。石和尚、刘长子被凌迟，余犯全部斩首。荆、襄一带平定。朱永封伯，白圭晋封太子少保，其余将领全部加官晋爵。只有指挥张英因遭到诸将嫉妒，说他贪污受贿，被朱永捶死。这是成化二年的事情。

荆、襄还没有平定的时候，广西的大藤峡苗瑶族就聚众为乱，湖南、靖州一带群起响应。右都督李震受命讨伐靖州，连破乱贼八百多个营寨，威震西南。瑶人都称他为金牌李，不敢再反。那大藤峡蜿蜒曲折，因有一根大藤横贯两座山崖，仿佛天造地设的桥梁，故而被称为大藤峡。峡中的瑶人在藤上攀缘，往来不绝。峡谷北面的山洞多达一百余处，最幽深险峻的有仙人关、九层崖等洞。峡谷的南面还有牛肠村、大岵村，也非常险要。英宗时期，瑶人作乱，都督佥事颜彪连破瑶寨，瑶患才稍稍平息。只是瑶酋长侯大狗，始终没有抓获。颜彪班师回朝后，侯大狗仍然不断骚扰广东境内。守臣没有办法剿平，只好上疏待罪。兵部尚书王竑，奏称浙江左参政韩雍文武双全，可以让他前去讨伐。朝廷便召韩雍为佥都御史，办理军务，特命都督赵辅为征夷将军，统兵南征。

韩雍先到南京召集诸将，共同商议进兵方略。诸将认为，应该先进攻广东，然后再攻打广西的巢穴。韩雍却说："你们只知其一，不知其二。贼党现在已经蔓延数千里，如果从枝叶开始攻打，足以拖垮我军。不如仗着锐气，直捣大藤峡的巢穴，来个釜底抽薪。"诸将纷纷点头。等赵辅来了之后，与韩雍谈到军事，二人非常投机。赵辅便把一切行动都交给韩雍调度。韩雍当即带领诸军火速前进，一路上势如破竹。

就在大军乘胜向峡口进发的时候，道旁有数百名百姓跪在那里。老少不一，年老的打扮得像村民，年少的都穿得像儒生。这几百人都说他们是穷苦百姓，听说官兵到来，愿意做向导。韩雍不等他们说完，便喝令士兵将他们统统拿下，带入帐中。诸将都很诧异，只见韩雍大声呵斥道："你们这群苗贼，还敢来骗我！左右快快给我搜身！"士兵不敢怠慢，在这几百人身上一搜，果然都藏着利刃，便将他们推出辕门，全部斩首。韩雍还命人将尸体肢解，挖出肠胃挂在丛林里。瑶人得知后，都认为韩雍是天神，韩雍麾下的将士也全部折服。

韩雍向来严肃，三司长吏见到他，也全部跪在地上奏报。这时新会丞陶鲁求见，只是长揖却不跪拜，韩雍呵斥他："你来这里干什么？"陶鲁答道："来与您攻打乱贼啊！"韩雍又说："贼党据险自守，必须大兵挺进。我看部下文臣武将几百人，没一个能去，正在担忧呢，你能担当这个重任？"陶鲁毫无惧色："不但可以，而且很容易。"韩雍生气地说："真是大言不惭，还不快快退下，免得受笞！"陶鲁反而答道："您难道不想早点平贼吗？陶鲁愿意效力！"韩雍见他神色自若，料定他必有异才，不禁缓和下来，对他说："你肯为国效力当然是件好事，但不知道需要多少兵马？"陶鲁说："三百人足矣。"韩雍大笑道："三百人哪里够用？"陶鲁从容应答："兵贵在精，而不在多。三百人已经足够了。但必须严加挑选、训练，这样才可以使用。"韩雍就让他自己挑选。陶鲁号令军前："能力举百钧、箭射两百步的壮士，出列！"当时大军共有十五六万人，陶鲁从中竟只招了二百五十名。又招募了几天，才凑成三百人。陶鲁自行督练，杀牛犒劳，和他们同甘共苦。将士们都愿意为他效死，人称陶家军。

没过多久，韩雍率领诸将四面进攻。瑶酋侯大狗听说官兵大军齐发，就把妇女和物资全都安置在贵州的横石、寺塘诸崖，自己纠集死党几万人在峡南堵截，用滚木、巨石、镖枪、毒箭轮番进攻。官兵登山仰攻，煞费力气。韩雍号令军中，有进无退。一直攻了很久，山上的瑶人和山下的官兵都疲倦起来，枪声、箭声时断时续。这时，只见陶鲁拥盾而出，大声喊道："麾下的壮士们快跟我来！"话音未落，那三百名陶家军都左手执盾，右手持刀，向前冲去，呼声震撼山谷。瑶人急忙抵御，拼命往下射箭、扔石头。不料这陶家军剽悍得很，任他矢石如雨，也毫不退缩，只管向前猛攻。韩雍见陶家军占了上风，也麾兵继续前进。瑶人支持不住，只好逐步退后。官兵登上山冈之后，韩雍下令纵火焚山，一时间烈焰飞腾。可怜这些瑶人东奔西逃，无处躲藏，都被烧得焦头烂额，剩下几千名剽悍点儿的，拥着侯大狗逃到了横石崖。

韩雍下令穷追，一直走了很多天，才看见崖谷。侯大狗居高临下，在绝壁悬崖间用千斤巨石滚压下来，声音大过响雷。韩雍让将士们停在崖下，不断敲鼓。另派陶家军绕到后山，偷偷登上崖顶，趁敌人松懈的时候，响炮为号。从卯时一直攻到未时，乱贼渐渐疲惫，巨石也用完了。这时，隐隐间听到有炮声传来，韩雍急忙命将士冒险登山，大家攀藤附葛，一拥而上。陶家军也从后山攻入，官兵漫山奋击，一连打了几个昼夜，才把瑶贼削平，生擒了侯大狗等七百八十多人，三千二百多人被斩首。韩雍又命人磨出一片山崖，在上面记载平瑶的年月。同时命人将大藤斩断，断绝瑶人往来的通道，改大藤峡为断藤峡。后又分兵到各地肃清贼党。捷报传到京师，宪宗传旨嘉奖，当即召赵辅还朝，晋封为武靖伯；封韩雍为右副都御史，负责两广军务；升陶鲁为佥事；其余将士也全部按功给赏。后来又命韩雍在梧州设立府衙。韩雍令行禁止，盗贼于是销声匿迹。成化十年，韩雍被中官黄沁陷害，辞官回乡，五年后病逝。百姓一直非常怀念他，还立下祠堂祭祀。正德年间，朝廷才追封韩雍谥号襄毅，有褒功恤死的意思。

### 阿丑的戏中戏

宪宗听说各处的叛贼被依次荡平，自然非常欣慰。万贵妃殷勤献媚，每次遇到捷报，都要在宫中设宴庆贺。其中有个叫汪直的太监，年纪轻轻却聪慧狡黠，非常善于奉承贵妃，因此得到宪宗的宠幸。这汪直原本是大藤峡中的瑶人，瑶贼被平定后，当做俘虏送入宫中，充作昭德宫内使。昭德宫便是万贵妃的内宫。汪直能察觉出贵妃的喜怒，于是竭力奉承。贵妃又一再抬举，让他做了掌御马监事。

后来，宪宗想得知宫外的事情，便让汪直改换衣服，带着锦衣卫外出，察探官民的举动。但凡有什么街谈巷议，汪直无不奏报宪宗。宪宗非常满意，就在东厂之外又增设一个西厂，命汪直为总管。东厂是成祖时期所建，专门伺察官员以及百姓情况的。现在宪宗又另树一帜，其人数比东厂还要多几倍，声势上也超出东厂。汪直一时间兴风作浪，弄得大狱兴起，冤死的官民不计其数。朝廷大臣都噤若寒蝉，不敢发言。只有大学士商辂上疏抗议。宪宗不但不听，反而大怒，并让内监怀恩传旨责问。商辂并不慌张，反而正色说道："朝臣不论大小，有罪都应当请旨捕拿审问。汪直竟敢擅自捕拿三品以上的京官，这是第一桩大罪。大同宣府是边疆要地，守备官极其重要，岂可一日之内空缺数人？汪直擅自拘押守备官，多达数人，这是第二桩大罪。南京是祖宗的根基，汪直擅自搜捕留守大臣，这是第三桩大罪。宫中侍臣动不动就更换，这是第四桩大罪。不除掉汪直，国家就危在旦夕！"这几句话说得怀恩瞠目结舌，当即回去复旨。项忠那时候已升任兵部尚书，也一再参劾汪直。宪宗不得已，只好仍然让汪直掌管御马监，暂时关闭西厂。只是宪宗依然对汪直恩宠有加，常常让他秘密外出，探刺事情。御史戴缙九年不得升迁，一直非常懊恼。看见汪直仍然被宠眷，索性迎合皇上的意思，私下奏上一本，说西厂不应该废止，还说汪直的行为，不但应当被今日效仿，而且可以为万世效仿。宪宗当即准奏，下诏重开西厂。从此，汪直的气焰更嚣张了。

汪直刚刚掌管西厂的时候，士大夫们与他并没有什么来往，只有左都御史王越与韦瑛结交后，间接地与汪直通好。吏部尚书尹旻也是个寡廉鲜耻的人物，一心想巴结权阉，竟然在西厂觐见汪直，甚至向他磕头，汪直不禁大喜。兵部尚书项忠向来高傲，一天在路上遇到汪直，汪直下车拜见，项忠没有理他，自顾自地走了，惹得汪直咬牙切齿。后来，西厂在项忠的参劾下停办，汪直更是气愤难耐，发誓与项忠势不两立。这次西厂重设，汪直引用吴绶作为爪牙。吴绶曾经是锦衣卫千户侯，跟着项忠讨伐荆、襄的盗匪。后来因违法被参劾，竟然恨上了项忠。吴绶写得一手好文章，在汪直的保荐下，被授为镇抚司问刑。吴绶唆使东厂的人诬陷项忠受太监黄赐的请托，任用刘江为江西都指挥。宪宗一时糊涂，竟让项忠对簿公堂。项忠高傲绝俗，哪肯低眉顺目？当下就在大堂抗辩，毅然不屈。惹得宪宗大怒，将他削职为民。

随后，汪直又诬陷商辂纳贿，商辂也辞官回乡。尚书薛远、董方、右都御史李宾等人一并罢官。那蝇营狗苟的王越居然升任兵部尚书，兼左都御史掌院事。王越以外，辽东巡抚陈钺也格外巴结汪直。起先辽东寇警，汪直想揽功，便带着私党王英赶赴辽东，一路上耀武扬威，各路都御史也都言听计从。到了辽东，陈钺在郊外匍伏相迎，说尽了恭维的话，所有随从汪直的人员全部有赏。汪直大喜，宴席的时候更是穷极珍馐，直喝得汪直酩酊大醉，满口赞扬。隔了一天汪直便奔赴开原，再次下令招抚。马文升知道他的来意，便把安抚的功劳，全部推给了他，只是所有接待的礼仪不如陈钺。汪直未免有些失望，草草应酬之后，便返回辽东。和陈钺说起马文升怠慢他的事情，陈钺也说马文升居功自傲，接着又格外巴结。酣饮了好几天，汪直经陈钺再三挽留，住了几十天，才动身回京。一入京城，马上参劾马文升。宪宗不分青红皂白，竟然逮马文升下狱，没过多久又将他贬到重庆，并责怪言官隐藏不报，当廷杖责李俊等五十六人。

那时鞑靼的大汗麻儿可儿已经去世，众人拥立马固可儿吉思为大汗，马固可儿吉思与孛来不和，被孛来杀害。马固可儿吉思的部下毛里孩不服，纠集众人攻杀孛来，并遣使通好大明朝廷。宪宗担心其中有诈，竟然扣留了来使。毛里孩于是纠集三卫屡寇山陕。抚宁侯朱永等人出师抵御，打了几场胜仗，毛里孩这才退走。谁知一波未平一波又起，长城西北方的河套地区又有战乱。在这里，黄河由北绕到南，与圈套相似，因此取名河套。这里地肥水美，最适宜耕种放牧。蒙古属部孛鲁乃、札加思兰、孛罗忽等人潜入河套，割地称雄，屡次侵略延绥。朱永移兵抵御，王越也奉旨参战。塞外还没听说杀敌，京中却得到了捷报。王越等人不停高升，敌寇却仍然占据着河套。后来，王越被封为三边总制。札加思兰迎元朝后裔满都鲁为汗，自称太师，一心与明廷为难，大举深入，直抵秦州、安定等县。这次王越总算出了点力，得知敌人的妻儿、家产都在红盐池，就偷偷带着总兵官许宁、游击将军周玉星夜前进，袭破敌人的营帐。等到敌寇返回来的时候，才发现妻儿、家产都已荡然无存，只好痛哭一场，狼狈北去。

　　汪直得知消息后大喜，急忙面奏宪宗。宪宗当即下诏，命朱永为平虏将军，王越提督军务，同汪直监军，大举兴师，向西进发。这时又来了个剽悍的酋长，人称小王子。他率领三万兵马侵略大同，连营五十里，声势嚣张。总兵许宁领兵固守，小王子竟然到处烧杀抢掠，并毁掉代王的别府。许宁出城迎战，却遭遇伏兵，被杀得落花流水。幸好参将周玺等人赶来，才算将他们救出。回城后检点败兵，已损失了一千多人。许宁得罪被贬，宪宗颁诏令汪直、王越严密围剿，不得松懈。汪直与王越这时正准备回京，听了这道圣旨，进退两难。那时陈钺已经入居兵部，替他们说情，又遭到宪宗的职责，还被免去了官职。没过多久，宪宗关闭了西厂，调王越镇守延绥，降汪直为南京御马监。王越和汪直二人不知道为什么，竟忽然间失宠，彼此叹息了一番。又想不出什么法子，只好遵照朝旨，分道扬镳。

　　汪直得罪的原因另有一段隐情。后宫有个小宦官名叫阿丑，他诙谐幽默，并且善于演戏。一天他在皇帝面前演戏，扮成醉鬼的模样，一上场就疯疯癫癫，四处谩骂。另外一个小太监扮成行人的模样，和阿丑说："某大官到了！"阿丑毫不理会，嘴里仍然骂骂咧咧。小太监下场后，又出来说："御驾到了！"阿丑仍然没有理会。等到第三次相报，说是"汪太监到了！"阿丑这才慌张起来。来人故意问他："皇帝都不怕，难道还怕汪太监吗？"阿丑连忙摇手："不要多嘴！我只知道汪太监不好惹呀！"这时宪宗就在下面，听了这话，暗暗点头。阿丑知道皇上已经动心，就在第二天再次出演。这次他竟然效仿汪直的穿着打扮，手里持着两把大斧，挺胸而行。旁边有人问："你带着这两把斧头做什么？"阿丑摇头：

"这是钺，不是斧。"那人又问拿着钺做什么，阿丑答："这两钺非同小可。我自从典兵以来，全仗着这两钺呢！"那人又问这钺叫什么名字，阿丑笑道："怪不得你是个呆鸟，连王越、陈钺都不知道吗？"宪宗听了这话暗暗惭愧。等到戏剧结束后，又接到御史徐镛参劾汪直的奏折。宪宗这才下定决心，将汪直、王越贬职，并起用之前的兵部尚书项忠，让他官复原职，召还前兵部侍郎马文升，封他为左都御史，巡抚辽东。

朝中上下满心期盼，谁知一党刚落，一党又起。万安内结贵妃，越来越得宠。李孜省是江西的赃官，学了些五雷法，密结宦官梁芳、钱义，被授为太常寺丞。还有江夏的妖僧继晓，与中官梁芳相识，自称精通房术。正巧这时宪宗春秋已高，觉得精神不足，不能应付妃嫔，就是老而善淫的万贵妃也不免暗暗抱怨他。梁芳双方巴结，又推荐了继晓，让他指导宪宗，还采集春药让皇上服用。宪宗如法炮制，果然与从前大不相同，一个晚上能同时临幸数人。宪宗心满意足，便封继晓为国师。继晓表示愿意为皇帝祈福，就在西市建造大永昌寺。为此逼走了曾在那里居住的很多百姓，并花费数十万白银。这还不在话下，继晓淫邪成性，只要见有姿色的妇女，就强行留在寺中，日夜交欢。京中的百姓都被他胁迫侮辱，怨声载道。刑部员外郎林俊气愤难忍，当即上疏请宪宗斩掉继晓以及太监梁芳。宪宗怎么肯听从，还没看完，就将林俊逮捕下狱，拷问主谋。都督府经历张黻上疏解救，也被抓到狱中。司礼太监怀恩非常仁义，他面奏宪宗，请求释放二人。宪宗大怒，操起桌案上的端砚，向怀恩掷去。幸好怀恩把头一偏，砚台落在地上，没有击中。宪宗拍着桌子大骂："你敢协助林俊诽谤朕吗？"怀恩伏在地上，大哭不止。宪宗把怀恩斥退后，怀恩派人去对镇抚司说："你们巴结梁芳，诬陷林俊，林俊要是死了，你们还能偷生吗？"镇抚司这才不敢诬陷，也替他们说情。宪宗这时才稍稍息怒，便将二人释放出狱，贬林俊为云南姚州判官，张黻为师宗知州。


## 明时长恨歌

成化二十一年元旦，宪宗受百官朝贺后退朝，午膳刚刚结束。忽然听到天空中一声巨响，自东向西，仿佛霹雳一般。宪宗以为是震雷，就走出宫门抬头望去，只见天空中一道白气曲折升腾，接着又有碗大的一颗赤星，从东向西划下，轰然作响。宪宗不禁毛骨悚然，当晚心神不安。第二天一早临朝，吏部给事中李俊递上一封奏折，针砭时弊，言辞恳切。宪宗夸奖了他，竟然降了李孜省、邓常恩等的职，还把国师继晓革职为民。给事中卢瑀、御史汪莹、主事张吉以及南京员外郎彭纲等人见李俊的奏折有效，纷纷上奏。今天你一本，明天我一本，惹得宪宗厌烦起来，索性不再阅览。私下里却让吏部尚书尹旻将奏牍上所署的名字记录下来，等到有什么机会，就一律按名字远调。李俊、卢瑀等人相继被调离。李孜省、邓常恩等人却官复原职，比以前更加得宠。

　　一天，宪宗视察国库，见历朝积攒的金银，有七窖已经用得空空如也。随即便召来太监梁芳、韦兴等人责问："铺张浪费了这么多金银，罪过都该归在你们头上！"韦兴不敢说话。梁芳却答："建寺筑庙也是为万岁祈福，所以在这上面的花销不算浪费。"宪宗冷笑："就算朕饶得了你，恐怕后人不会这么宽大，到时候要找你们算账呢。"这几句话说得梁芳浑身冰冷，谢罪而出，急忙跑去报告万贵妃。万贵妃这时已经移居安喜宫，吃穿住行都非常奢侈，与中宫一样。梁芳一进来，就不停地叩头，并喊着："娘娘……"贵妃问起原因，梁芳就将宪宗的话转述了一遍，又说："万岁爷所说的后人，明明就是指东宫，倘若东宫得志，不但老奴等人性命难保，恐怕连娘娘也脱不了干系！"贵妃说："这东宫原本就不是好人。他小的时候，我劝他吃饭，他竟然冲着我说，饭里面有没有放毒。你想他那个时候就开始刁钻，如今都快二十岁了，怕是以我们为鱼肉了吧！但一时间也没有办法，你说怎么办？"梁芳道："何不劝皇上易储，改立兴王？"贵妃问："就是邵妃的儿子祐杬？"梁芳答："祐杬虽被封为兴王，倘若得到娘娘的保举，成为储君，他必定感激万分，难道还不能共保富贵？"贵妃点头。等到宪宗进宫，就使出她那蛊媚的手段，诬称太子如何暴戾，如何乖张，不如改立兴王，以安定社稷等。宪宗起初不肯答应，可哪禁得住贵妃的一番柔语娇啼，也不好不依。第二天，宪宗与太监怀恩谈到这件事情，怀恩一再说不能易储。宪宗非常生气，正准备下诏易储，忽然接到禀报，说泰山连震，御史奏称应该暗示东宫。宪宗一边看奏折，一边说："这是天意，不敢有违。"于是就把易储的事情搁置起来。万贵妃屡次催促，宪宗都不理不睬。贵妃挟恨在胸，竟然酿成了肝病。成化二十三年春，宪宗在郊外祭天，遇到弥天大雾。第二天就要回宫的时候，安喜宫的太监忽然来报："万娘娘中痰猝死了！"宪宗惊诧地问："怎么这么快？"太监低头不语。宪宗急忙赶到安喜宫，只见龙榻之上，一朵红颜已经枯萎，不禁涕泪交加。再去责问宫里的太监，才知道贵妃一连几天都闷闷不乐，正巧有宫女触怒她，她就用拂尘连连打了那宫女几十下，宫女不过觉得痛，她竟然一口痰堵在胸中猝死了。宪宗难过地说："贵妃离开，我也就活不长了。"接着按照皇后的礼仪办了丧事，并辍朝七天，赐万氏谥号为恭肃端慎荣靖皇贵妃。

丧葬完毕之后，宪宗常常郁郁寡欢，只有李孜省还稍稍能为他分担些忧愁，就将他升为礼部侍郎。春风桃李，秋雨梧桐，都能让宪宗回忆起往事，触景伤情。这年八月，宪宗一病不起，命皇太子祐樘在文华殿管理朝政，过几天他就驾崩了，享年四十一岁。太子即位，历史上称为孝宗皇帝，追加父皇谥号为宪宗皇帝，尊皇太后周氏为太皇太后，皇后王氏为皇太后，以下一年为弘治元年。大赦的诏书还没有下达，就先降旨贬斥了几个宠臣。侍郎李孜省、太监梁芳、外戚万喜以及私党邓常恩、赵玉芝等人全部被贬戍，并罢免了传奉官两千多人，夺去僧道封号的有一千多人。宫廷一清，这才大赦天下，接着立妃子张氏为皇后。鱼台丞徐顼上疏请孝宗尊上母妃的谥号，并追究死因。幸好孝宗天性仁厚，担心有损先帝的遗意，所以一概置之不问。万安等人这才平安无事。

过了几天，太监怀恩来到内阁，手里拿着一个小木匣，交给万安，然后对他说："皇上有旨，这岂是大臣所为？"万安莫名其妙，打开匣子看见里面有一本小书，末尾署着"臣安进"三个字，是从前亲笔所写，这才回忆起之前的隐情，不禁汗流浃背，伏在地上。庶吉士邹智、御史姜洪、文贵等人当时也在内阁，凑过去一看，只见那小书上列的都是些房中术，于是哄堂大笑。过了两天，万安入朝，怀恩朗诵参劾奏章，开头的署名就是庶吉士邹智等人，后面都列着万安的罪状。万安一再磕头哀求，毫无辞官的意思。怀恩读完，走到万安前面，摘去他的牙牌，大声说："快走吧！免得加罪于你！"万安这才诚惶诚恐地离开，辞官而去。

孝宗常常悲痛地怀念起自己的生母，曾经派人到贺县寻找外家，却始终没有消息。只好在桂林立下祠堂，春秋祭祀，并追谥生母纪氏为孝穆太后。大学士尹直奉旨修撰册文，其中有"睹汉家尧母之称，增宋室仁宗之恸。"这么一句，孝宗牢记在心，每当有闲暇的时候，就回味这两句话，往往潸然泪下。又因为宪宗的废后吴氏对他有养育之恩，所以一切衣食住行都照太后的礼节。

宪宗末年，用人不当。当时就有"纸糊三阁老，泥塑六尚书"的谣传。三阁老指万安、刘翊、刘吉；六尚书指尹旻、殷谦、周洪谟、张鹏、张鎣、刘昭。这九个人时进时退，毫无建树，所以才说他们是纸糊泥捏的。孝宗即位之后，励精图治，黜佞任贤。起用前南京兵部尚书王恕为吏部尚书；升礼部侍郎徐溥为礼部尚书，兼文渊阁大学士；升编修刘健为礼部侍郎，兼翰林学士，入阁办事；召南京刑部尚书何乔新为刑部尚书。逮捕梁芳、李孜省下狱，流放邓常恩、赵玉芝等人，诛杀妖僧继晓，所有纸糊泥捏的阁老、尚书全部清理出了朝廷。

孝宗的皇后张氏，是都督同知张峦的女儿，册封为皇妃之后，与孝宗相亲相爱。后来张氏被册封为皇后，父亲张峦被封为寿宁伯，死后还被追封为昌国公。那时海内一统，平安无事，贵州的苗族稍稍作乱，也被巡抚邓廷赞讨平。北方的小王子以及脱罗干的儿子火筛虽然时不时侵犯边境，经过甘肃总兵官刘宁的一番战守，也偃旗息鼓了。孝宗政体清闲，自然逐渐松懈下来。内监李广、杨鹏等人趁机邀宠，带着皇帝游山玩水。后来经太子以及侍讲大臣的劝阻，孝宗也稍有悔悟。可惜外臣的规劝终究不如近侍的谄媚，并且东厂还没有改革，仍然由内侍做主，难免徇私舞弊。

凑巧这时发生了一件讼案。先前千户吴能有个女儿名叫满仓儿，生得妖艳绝伦。因为这满仓儿性情淫荡，屡教不改，吴能就将她卖给了乐坊的张氏。张妇又将她转卖给乐工袁璘做妻子。吴能的妻子聂氏本来就不想卖女儿，吴能死后，聂氏就查访女儿的下落，前去认领。哪知满仓儿不但不认母亲，反而白眼相待。聂氏非常生气，就与儿子一起将满仓儿引诱到家里，藏在密室之中。袁璘前去赎要，却没有结果，于是告到了刑部。丁哲、王爵得知案情后，训斥了袁璘几句。袁璘竟然信口谩骂，以至于惹恼了二人。丁、王二人让衙役重打袁璘，袁璘归家之后，因为身上有伤，胸中的愤怒又不能发泄，没过几天就病死了。御史陈玉等人检查袁璘的尸体，发现确实是病死，就填写了尸表备案，然后将他埋葬。谁知杨鹏的侄子与满仓儿有染，满仓儿于是从密室逃出，前来哭诉冤情。杨鹏的侄子带她觐见叔父，只说是刑部枉断，以至于袁璘屈死。杨鹏不明白事情真相，只是觉得满仓儿楚楚可怜，就参劾丁哲、王爵无故杀人，应该抵罪。后来经法司细细盘诘，案情才水落石出，无奈碍于东厂的面子，只能委曲求全，将满仓儿一顿毒打，并判了丁哲等人杖人至死的罪状，准备流放。刑部吏徐珪打抱不平，上疏替丁哲等人辩解。谁知朝廷非但不准奏，反而将他革职为民。丁哲、王爵也被一同流放。

## 老臣难敌八虎

弘治八年以后，孝宗在朝政上渐渐松懈下来，太监杨鹏、李广朋比为奸，蒙蔽孝宗。李广用得道修炼不断蛊惑，害得聪明仁恕的孝宗居然也迷信起仙佛来，还召用番僧方士来研究仙符祈祷的事情。大学士徐溥以及阁臣刘健、谢迁、李东阳等人都上疏劝阻，并引唐宪宗、宋徽宗的典故为戒，孝宗虽然无不嘉许，心中却总是宠任李广。李广权倾朝野，越来越骄纵不法。徐溥忧虑气愤，竟然得了眼病，于是三次上疏辞官。皇上答应了下来。

这时，鞑靼部小王子等人又来侵扰边境。之前的兵部尚书王越被贬多年，他派人贿赂李广，求他暗中保荐。不久，奉旨起用，总管三边军务。王越那时年过七十，奉诏即行。飞奔至贺兰山下，攻破了小王子的大营，缴获牛、马、骆驼不计其数，被晋封为少保。李广因为举荐有功，也重重有赏。李广每天献计献策，无人不从。后来又劝孝宗在万岁山建造毓秀亭。亭子刚刚建成，幼公主忽然夭逝，接着清宁宫着火。清宁宫是太皇太后的住所。火灾之后，司天监奏称，建毓秀亭犯了岁忌，所以才有这种灾祸。太皇太后大怒："今天李广，明天李广，天天闹李广，果然闹出祸事来了！李广不死，后患恐怕还不止这些呢。"这句话传到李广耳朵里，不禁胆战心惊，暗暗说道："这下坏了！得罪了太皇太后，还有什么活头？不如早点了断！"于是悄悄回到家中，倒满一杯鸩酒，一饮而尽，睡死在了床上。

孝宗听说李广暴死，心里非常惋惜。后来想到李广有些道行，这次或许是驾鹤仙去也未必，他家里总会有些奇书，何不找来一看？于是就命太监到李广家去搜索秘籍，去了没多久，就看见太监夹着一些书本回来复命。孝宗大喜，展开一看，并不是什么服食炼气的方法，而是些出入往来的账目。其中有某日某文官赠了黄米多少石，某日某武官赠了白米多少石，约略核算下来，黄米、白米有几千万。孝宗不禁诧异起来，就质问左右："李广一家有多少张吃饭的嘴，能吃这么多黄米、白米？况且听说李广家面积不大，这么多黄、白米怎么贮存啊？"左右答："万岁有所不知，这都是李广的隐语。黄米就是黄金，白米就是白银。"孝宗听到这话，不禁大怒："原来如此！李广欺瞒着朕，私下收受贿赂，文武百官更是无耻，真是可恶至极！"说完当即手谕刑部，并将账本颁发下去，让法司一一追查。李广当日声势显赫，大臣们没有一个不和他往来的。听到这消息，自然个个惊心，只好去找寿宁侯张鹤龄，黑压压地跪了一地，求他到皇帝面前说情。寿宁侯起初不肯答应，无奈官员们跪着不起，只好亲自给大内写信，托张皇后从旁劝解。张皇后委婉地劝了很久，才算了事。

这件事情之后，孝宗顿时觉悟，开始亲贤臣远小人。三边总制王越经言官轮番参劾，忧虑而死，孝宗特召之前的两广总督秦纮接替他的职务。秦纮上任后，练壮士，兴屯田，申明号令，士气大振。朝中任用马文升为吏部尚书，刘大夏为兵部尚书。马文升在班列中老成持重，所作所为均以社稷为重。刘大夏曾是户部侍郎，因治河有方，颇有功绩。这次提拔之后，经朝廷一再催促才肯上任。孝宗问起他迟迟不肯上任的原因，刘大夏叩头说："臣年老体弱，看见天下百姓穷困，国库空虚。恐怕自己不能胜任，所以才一再推辞，想让陛下另用良臣。"孝宗大惑："从古到今征敛赋税都有规定，没听说过会让民穷财尽的道理啊。"刘大夏答道："陛下以为是常例，其实并无常制。臣在两广任职以来，每年都在广西征收铎木，广东征收香药，数以万计，其他地方可想而知。"孝宗又说："现在士兵怎么样呢？"刘大夏说："和百姓一样穷。"孝宗问："驻扎下来有日粮，出行的时候有月粮，怎么会穷呢？"刘大夏说："将帅们克扣过半，哪能不穷？"孝宗叹息："朕在位十五六年，竟不知道兵民穷困，朕是怎么做的天子啊！"于是下诏禁止供献，并追究各将帅克扣粮饷的情况。

孝宗专心于政务，常常与李东阳、刘健、谢迁三人讨论利害，三人也竭尽全力辅佐，知无不言。当时有歌谣唱："李公谋，刘公断，谢公尤侃侃。"左都御史戴珊也很有才学，与刘大夏恩宠相当。戴珊曾经因年老体弱想辞官回乡，孝宗不许。刘大夏替他求情，孝宗说："你替他申请，想必是受了他的委托。这就像是主人挽留客人，主人情真意切的时候，客人都会勉为其难地留下来。戴卿却不念朕的情谊，稍留一阵都不肯吗？"刘大夏听了叩头代谢，出来告诉戴珊。戴珊感激涕零："皇上如此待我，戴珊就死在这官位上了。"

弘治十八年，户部主事李梦阳，上疏指斥弊政，洋洋洒洒说了几万言，其中涉及外戚寿宁侯。寿宁侯张鹤龄马上反驳，并摘取其中的几句话诬陷李梦阳，说他罪该处斩。孝宗没有答复。皇后的母亲金夫人又到宫里哭诉，孝宗没办法才将李梦阳下狱。金夫人还请严刑拷打，这下惹怒了孝宗，竟然批示李梦阳复职，罚俸禄三个月。第二天，孝宗邀请金夫人游南宫，张皇后以及她的两个弟弟也跟着。酒过三巡，金夫人与张皇后都进去更衣。孝宗召张鹤龄到旁室，单独与他密谈。左右都不知道说了些什么，只是远远看见张鹤龄脱下官帽叩头，从此张鹤龄兄弟稍稍敛迹。孝宗又召刘大夏前来议事，商议完之后，就问刘大夏："这些天外面怎么讨论？"刘大夏答："陛下释放李梦阳后，上下齐颂皇上英明！"孝宗说："朕怎么肯滥杀正义之臣，来泄小人的私愤呢？"刘大夏叩头大赞："陛下此举真是如同尧舜了。"

孝宗与张皇后始终相亲相爱，没有别的宠妃。皇后生了两个儿子，长子叫做厚照，次子叫做厚炜。厚照在弘治五年被立为太子；厚炜封为蔚王，三岁的时候就夭折了。孝宗日理万机，常常废寝忘食。释放李梦阳后两个月，忽然生了一场大病，竟然卧床不起。于是将阁臣刘健、李东阳、谢迁等人召到乾清宫，说道："朕继承祖宗的大统，在位十八年，如今已三十六岁。不料一病不起，恐怕要与诸位爱卿长辞了。"刘健等人都在龙榻下叩头："陛下万寿无疆，怎么说这种话？"孝宗叹息："生死由命，不能强求。诸位爱卿辅佐在朕的左右，日夜操劳。朕深感谢意，如今与诸位爱卿诀别，却有一事相托。"说到这里，孝宗休息了一下。握着刘健的手说："朕蒙父皇厚恩，选张氏为皇后，生子厚照，立为皇储，如今已经十五岁了，尚未选婚，宗室社稷事关重大，应该令礼部即刻举行。"刘健等人唯唯领命。孝宗又看着内阁大臣说："受遗旨。"太监陈宽扶着桌案，季璋捧着笔砚，戴义上前书草，无非是大统相传，由太子继位等话。写完之后，呈给孝宗过目。孝宗将遗诏交给阁臣，又对刘健道："东宫天资聪颖，只是喜好玩乐，还要劳烦诸位爱卿辅以正道，朕死也瞑目了。"刘健等人又叩头："臣等定当尽力。"孝宗这才让他们退下。没过多久，孝宗就驾崩了。之后，太子厚照即位，称为武宗皇帝，以下一年为正德元年。

那时太皇太后周氏已经于弘治十七年崩逝。太后王氏还在，便尊太后为太皇太后，皇后张氏为太后，加封大学士刘健以及李东阳、谢迁等人为左柱国，以神机营中的军二司内官太监刘瑾掌管五千营。刘瑾本来姓谈，小的时候自行阉割，投入刘太监门下，冒姓刘氏，得以侍奉东宫。武宗还是太子的时候，就对他宠爱有加。刘瑾又结识了七个密友，他们是马永成、谷大用、魏彬、张永、邱聚、高凤、罗祥，连同刘瑾一起被称为"八党"，后来又称做"八虎"。武宗服丧期间，也没觉得有多悲伤，只知道与这八个人暗地里找些乐子。所有应该弘扬、应该革除的事情，一概置之不理。大学士刘健等人屡次上疏，都没有回应。刘健于是请求辞官，这才有旨慰留。兵部尚书刘大夏、吏部尚书马文升料定朝政难以挽回，便各自上疏要告老还乡，竟然得到应允。二人一同离开都城，当日大风大雨，摧毁了郊外祭坛上的兽瓦。刘健、李东阳、谢迁又联名上疏，历数政令的过失，言辞痛切。哪知复旨下来，只有淡淡的"知道"两个字。

　　过了些日子，武宗册立夏氏为皇后，大婚期内没有人上谏。刘瑾与马永成等人乘机将歌舞、摔跤引进来，引导皇帝玩乐。给事中陶谐、御史赵佑等人看不过去，上疏参劾，却被交与内阁审议。户部尚书韩文与同僚谈到时弊的时候，泪流满面。郎中李梦阳对他说："您身为国家大臣，不去济世救民，哭有什么用！"韩文就问："有什么好办法？"李梦阳答："最近听说谏官参劾内侍，已经交给内阁商议了。内阁中有很多元老，必定会坚持原奏，您应该带着诸位大臣去争取，这可是好机会呀！"韩文毅然说道："你说得对。我已经老了，只图一死报国。"接着就让李梦阳草奏，亲自删改。第二天早朝，先在朝房内给诸大臣看了，让他们一同署名，当时就有一多半大臣署名签字。等到武宗视朝的时候，韩文当面呈递。武宗略略读了一遍，不由得愁闷起来，退朝之后，竟然呜呜咽咽地痛哭，过了中午也不吃饭，几个太监也对着流泪。武宗踌躇了很久，就派司礼监王岳、李荣等人到内阁商议，一天之内往返三次，最后转述皇上的旨意，准备将刘瑾等八人迁徙到南京。刘健等人还想斩草除根，这时候太监李荣，临门传旨："皇上有旨问诸位大人。诸位大人忧国爱君，所言极是。但奴辈们侍奉皇上有些年头了，皇上不忍心马上诛杀，还请诸位大人稍微宽恕些。"大家相顾无言。韩文大声历数八人的罪状，侍郎王鏊也说："八人不去，霍乱的根本还是没有除掉。"李荣答："皇上的意思也是要惩治这八个人。"刘健就和诸位大臣说道："皇上既然答应要惩治这八个人，还有什么话说？那就尽力争取吧。"诸位大臣齐声答应，相继退走。

　　武宗还没有决定下来，司礼监王岳就联络太监范亨、徐智等人准备第二天一早捉拿奸贼。这时吏部尚书一职已经改任焦芳，焦芳与刘瑾关系一直很好，听到消息后，急忙派人相告。刘瑾正和七个好友商量这件事，七个人得到消息后都吓得面如土色，痛哭起来。只有刘瑾从容自若，冷笑道："你我的脑袋还在脖子上，还有嘴能说话，慌张什么！"接着，刘瑾起身说："随我来！"七个人就在刘瑾的带领下来到大内。这时已经天黑，武宗点着蜡烛独自坐着，心中忐忑不安。刘瑾带着七个人跪在皇上面前，不停叩头。武宗正要问话，刘瑾先哭诉："今天要不是万岁施恩，奴才们就要被喂狗了。"一句话说得武宗软下了心肠："朕还没有降旨拿问，谁敢说这话？"刘瑾又呜咽："外臣们参劾奴才们，全由王岳一人主使！王岳外结内阁大臣，对内牵制皇上，担心奴才们从中作梗，所以先发制人！"武宗动气："王岳如此刁钻，理应加罪。只是内阁都是先帝遗臣，一时不便处置。"刘瑾又哭："奴才们死了有什么可惜的！只是担心大臣们会挟制万岁，那时就要天下大乱了！"武宗生性好动，听了这话不禁勃然大怒："朕是一国之主，岂能受阁臣监制！"刘瑾又说："那就速速了断，以免被牵制！"武宗马上命刘瑾掌管司礼监，兼提督团营，其余几人也各有职务安排，并命锦衣卫速速捉拿王岳下狱。刘瑾等人皆大欢喜，当晚就拿住王岳，并将范亨、徐智等人一律捉拿，严刑拷打。

　　第二天天亮，诸位大臣入朝候旨，不料内旨传出，事情大变。于是刘健、谢迁、李东阳全部上疏辞官。刘瑾假传圣旨准许刘健、谢迁辞官，独独留住了李东阳。原来阁议的时候，只有李东阳默不作声。接着有旨命尚书焦芳为文渊阁大学士；侍郎王鏊兼翰林学士，入阁参与机务；发配太监王岳等人到南京。王岳与范亨在途中，被刺客杀害。只有徐智逃得快，保全了性命。刘健、谢迁辞官出都的时候，李东阳在郊外为他们饯行，喝了几杯，就叹息着说："你们都辞官回乡了，独独把我留在这里有什么用？可惜不能与你们同行。"说完，不禁掉下眼泪。刘健正色道："何必要哭呢！假如当天你多说一句话，也就和我们同行了。"李东阳不禁惭愧，与刘健、谢迁告别后，怅然返回。


## 夜夜江潮泣子胥


　　刘瑾得势之后，肆意排挤大臣。焦芳与他勾结起来，二人狼狈为奸，变更成规，堵塞言路，欺凌百姓。南京给事中戴铣向来正直，给京城递上奏折，大意是说元老不可去，宦贼不可信。刘瑾看到这折子，气得脸都绿了。正巧武宗在击球作乐，他就趁机送上奏本，请他参决。武宗大概看了几句，就扔给刘瑾："朕没耐心看这些胡言乱语，你去办吧。"刘瑾巴不得有这么一句，马上传旨抓捕谏臣，将他们一律打入大牢，廷杖伺候。南京御史蒋钦也被看做是戴铣的党人，杖责之后削籍为民。出狱刚三天，蒋钦又上疏参劾刘瑾，于是被重新逮入大狱，再杖三十下。蒋钦的旧伤还没有恢复，又添了新伤，被打得血肉模糊，伏在地上呻吟不绝。锦衣卫问他：“你还敢胡言乱语吗？”蒋钦厉声说道：“一天不死，就要尽一天的责任。”锦衣卫又将他关在牢里。昏昏沉沉地过了三个昼夜，蒋钦才苏醒过来。心中越想越气，就又向狱卒要来纸笔，准备继续参劾刘瑾。刚刚写了几句话，忽然听到墙壁间发出阵阵声音，凄凄楚楚好像鬼啸，不禁搁下笔来。过一会儿，声音低了下去，于是提笔再写。快写完的时候，鬼声又起，案上的残灯也绿光荧荧，似灭未灭。蒋钦不禁毛骨悚然，暗暗想道：“这奏折一旦递上，肯定会招来大祸，想必是先灵默示，不想让我葬送性命。”于是整了整衣冠，忍痛起来，对着灯下说：“如果真的是先人，就请大声相告。”话音刚落，果然声音变得凄厉起来。蒋钦顿时万念俱灰，准备将奏稿付之一炬。这时候又转念一想：“既然已经决定做了，怎么能忍气吞声，让先人蒙羞呢？”于是奋笔写完，然后托狱吏代为递入，又有圣旨传出杖责三十，这次的杖刑比前两次更加厉害，蒋钦中途昏倒好几次。等拖入狱中，已经不省人事，勉强挨了两个晚上，与世长辞。只有那奏折流传不朽。

王守仁这时候任兵部主事。见戴铣等人因直言获罪，也忍耐不住，诚诚恳恳地奏了一本。哪知这奏折根本就没送到皇帝面前。刘瑾私下看了一遍，马上假传圣旨判他杖责五十，接着贬为贵州龙场驿丞。王守仁被贬出京，来到钱塘江，觉得后面有人尾随，料定是刘瑾想将他置于死地，便乘着夜色，假装投江，将官帽、鞋子扔在水面上，并作了遗诗，其中有“百年臣子悲何极？夜夜江潮泣子胥”两句。然后，自己隐姓埋名，逃入福建武夷山中。后来因为担心父亲受到牵连，仍然赶赴龙场驿上任。

从此，宦官势力遮天，朝廷的生杀予夺全部由刘瑾主持，批答章奏则归焦芳主政。所有内外奏章，分为红本和白本两种。朝中大臣上奏，必须先到刘瑾那里递上红本。一天，都察院的奏章冒犯了刘瑾的名号，刘瑾马上命人责问，掌院都御史屠滽吓得魂飞魄散，急忙带着十三道御史，到刘瑾家谢罪。大家跪在阶前，任由刘瑾辱骂。刘瑾骂一句，大家就磕一个响头。等刘瑾骂完，还是没人敢仰视，直到他厉声斥退，才起身告归。刘瑾大权在握，索性将老臣正士，一股脑儿视为奸党，尽情贬斥，并假传圣旨，榜示朝堂。

榜示之后，大臣们在金水桥南一律跪下，由鸿胪寺官宣读圣旨，作为告诫。群臣听完诏书，个个义愤填膺。与刘瑾等不合的人，多半趁机辞官。有些人稍稍贪恋权贵，不是被贬，就是被杖责。真是豺狼当道，善类一空。

正德三年的一天，午朝刚刚结束，皇上的车驾正要回宫，忽然看见地上有一封信，就命人捡起来。武宗大致一看，原来是封匿名帖，其中无非是说刘瑾不法，当即交给刘瑾自己看。刘瑾诡辩了几句，武宗也无暇顾及，径直回宫去了。刘瑾当即来到奉天门，传众官前来，命他们一个个跪在门外。前排的翰林官低眉顺目："刘公公待我们恩重如山，我们感激还来不及，谁还敢诬陷刘公公？"刘瑾听了这话，把头一点，举起胳膊一挥，让翰林官走了。后面一排御史等官，见翰林院脱了干系，也都照着哀求："我们身为台官，都知道朝廷的法度，谁敢凭空诬陷？"刘瑾听了这话，冷笑道："诸君都是好人，就我是个佞贼！如果要和我作对，尽可以光明正大地告发，何必要在暗地里中伤！"说完，竟恨恨地退到里面去了。众官不敢离开，只好一直跪在那里。当时正是酷暑，烈日炎炎，大家穿着朝服跪在那里，一个个大汗淋漓。太监李荣看到大家的狼狈情景，觉得不忍心，就让小太监带着冰好的西瓜，让众官解渴，还低声劝慰："现在刘爷已经入内，诸位可以暂时起来活动一下。"大臣们正疲倦得很，巴不得舒展一下筋骨，听了李荣这话，都起来吃瓜。谁知瓜还没吃完，就看见李荣急急忙忙地跑来："刘爷来了！刘爷来了！"大家急忙丢下瓜皮，还是跪在那里。

刘瑾远远就看见了这边的情形，一双贼眼睁得跟铜铃似的，他走到众官面前，恨不得一口将他们吞下去。太监黄伟看不下去，就对众官说："信里面写的都是为国为民的事情，究竟是哪一个写的？好男儿一人做事一人当，何必嫁祸他人！"刘瑾听了"为国为民"四个字，怒目圆睁："什么为国为民！太平盛世下敢写匿名信，好男儿能做出这种事情？"说完，反身入内。没过多久，就有旨传出，撤去李荣、黄伟的差使。一直等到日落，众官仍然在那里跪着，全都奄奄一息。小太监奉了刘瑾的命令，将他们一齐驱入锦衣卫的大狱中，共计三百多名。第二天，李东阳上疏解救，没有批准。过了半天，刘瑾得知匿名信是后宫的太监所为，于是乐得卖个人情，把众官放出狱中。三百人跟跟跄跄回到家中，刑部主事何钺、顺天推官周臣、礼部进士陆伸都因中暑过重，撒手人寰。

那时，东厂以外已经重设西厂。刘瑾意犹未尽，又设立内厂，由自己管理，越发为所欲为。前兵部刘大夏坐罪戍边，前大学士刘健、谢迁被贬为平民，此外像前户部尚书韩文以及前都御史杨一清等人，统统脱不了干系，不是被戍边，就是被罚款。众位大臣本来就两袖清风，家里没什么积蓄，只能变卖家产。还有些百姓，偶然间犯了小错，一家坐罪，甚至连累到左邻右舍。刘瑾担心武宗会来干涉，就故意怂恿，在西华门内造了一间密室，起名为豹房。又选来歌姬舞女到豹房中，陪侍武宗日夜纵乐。武宗耽于声色，还以为刘瑾是好意，对他越加宠信。

这时的各部尚书都是刘瑾的私党，都御史刘宇本来是焦芳介绍，上任之后，他一味奉承刘瑾。刘瑾刚开始收受贿赂，不过几百金，最多也只有一千金。刘宇一出手，就以万金相赠。刘瑾喜出望外，马上升他为兵部尚书，后来又升为吏部尚书。刘宇在兵部，有内外武官的贿赂中饱私囊，送给刘瑾一半，自己还能享受一半。做了吏部尚书之后，进账反而少了，于是叹息：“兵部就很好了，何必要来吏部。”这话传到刘瑾耳朵里，他马上请刘宇来家中饮酒。酒过三巡，刘瑾对刘宇说：“听说阁下不喜欢吏部的职务，现在就让你入阁，不知意下如何？”刘宇大喜过望，千恩万谢，尽兴而归。第二天一早，穿好公服，先到刘瑾那里申谢，再准备入阁办事。刘瑾却不高兴：“阁下还真想入阁？这内阁岂是轻易就能进去的？”刘宇听了这话，好像丢了魂一样，呆坐了好半天才怏怏告别。第二天就递上辞呈，挂冠而去。

刘宇罢官之后，张彩顶了这个空缺。苏州知府刘介一味巴结张彩，由张彩一手提拔，升任为太常少卿。刘介来到京城后，纳了个小姜，虽然是小家碧玉，却是个出了名的尤物。张彩向来好色，听说有这种事情，就盛装前去祝贺。刘介慌忙出门迎接，殷勤款待。饮了几杯美酒之后，张彩就嚷嚷着要见佳人，刘介不敢推辞，只好让新人盛妆相见。开门之后，只见两名侍女拥着一个佳丽缓缓出来，环佩叮当，脂粉气馥，已足以令人心醉，加上她体态轻盈，身材婀娜，仿佛嫦娥出现，仙女下凡，走到席前，轻轻道声万福，敛裙下拜。惊得张彩来不及还礼，急忙离座，竟然将酒杯撞翻。张彩这时还没有察觉，等到新人拜见完毕退下之后，才知道袖子已经被酒淋湿，连自己也笑了起来。

这时，早就有侍女上前擦抹，另斟一杯佳酿递上。张彩接连饮了好几杯，已有了七八分酒意，便忽然问刘介：“足下今天的富贵从何而来啊？”刘介说：“全仗恩公赏赐。”张彩微笑着说：“既然如此，你要怎么报答呢?"刘介不假思索,信口说道:"我的东西就是您的东西。只要恩公吩咐,刘介不敢私藏。"张彩马上起身说:"足下已经说得这么明白,兄弟怎么敢不遵命?"一边说,一边在随从耳边密嘱了几句。那随从竟然抢入房中,拥出那位美人,登上驾舆。张彩也翻身上马,与刘介拱手说:"生受了,生受了。"接着,风驰电掣一般离开了。宾客们惊得目瞪口呆,好大一阵子才反应过来。大家劝慰了主人几句,分道散去。刘介只能暗自懊恼罢了。

张彩夺了美人之后,任情取乐。过了几个月,不觉厌烦起来。听说平阳知府张恕家有一爱妾,生得艳丽绝伦,就派了个说客到张恕家索要。张恕自然不肯,马上就被人参劾,逮捕入京。法司按律问罪,准备将他贬官戍边。这时,之前的说客再次前来,哈哈大笑:"不听我的话惹祸了吧?"张恕听了这话,才知道祸事的根源,于是痛骂张彩。说客等他骂完,才说:"你骂张尚书骂了这么久,他身上有一点损失吗?而你的罪已经定了,官也丢了,将来恐怕还要性命难保。这世间有几个绿珠甘心为你殉节?你要是有什么不测,几个妻妾还不是落到别人手里,何不自己回头呢?失了一个美人,还能保全无数啊!"张恕沉思了一会儿,叹了口气,低头不再说话。说客知道张恕已经回心转意,马上出去派役使赶到平阳,接了张恕的爱妾,送到张彩府中。张恕得以免罪。


## 刘瑾的末日

安化王朱寘鐇是庆靖王朱栴的曾孙,朱栴是太祖的第十六个儿子,被封到宁夏。他的第四子朱秩炵,在永乐十九年被封为安化王,孙子寘鐇承袭爵位。寘鐇向来狂傲自大,一直有非分之想。曾有一帮术士为他算命,都说他以后大富大贵。有个叫王九儿的女巫,教鹦鹉妄言祸福。鹦鹉见了寘鐇,就喊他是老皇帝。寘鐇于是更加自命不凡,暗地里勾结指挥周昂、千户何锦、丁广等人为爪牙,招兵买马,伺机而动。

这时是正德五年,刘瑾派遣大理寺少卿周东到宁夏屯田,并征收租赋。五亩地就要缴纳十亩的租银,百姓们都交不起,周东便派人严刑拷打。再加上巡抚安惟学是刘瑾的私党,上任之后,一味作威作福,甚至将士犯错,连妻儿一起毒打,部下对他恨之入骨。宁夏卫孙景文与寘鐇一直有往来,就入见寘鐇献计:"殿下欲图大事,何不乘此机会揭竿举义?"寘镭大喜，马上让孙景文在家置办酒宴，邀请被侮辱过的将士畅饮。席间，孙景文说要趁此机会剿灭贪官，入清阉党。将士们都欣然说道："即便不成功，死也无憾！"当下歃血为盟。孙景文马上转告寘镭，寘镭于是密约周昂、何锦、丁广等人，准备谋反。

正巧这时边境传来警报，游击将军仇钺以及副总兵周英率兵出防。总兵姜汉挑选了六十名精兵当做牙将，命周昂带领，何锦为副手。周、何二人就和寘镭商议，借设宴为名，诱杀巡抚总兵以下的官员。姜汉以及镇守太监李增、邓广汉等人迷迷糊糊前来，大家正在酣饮，周昂、何锦等人持刀而入，一刀一个结束了他们的性命。接着，一行人来到巡抚署衙，把安惟学一刀劈成两段，又将周东拖出，做了了结。寘镭下令孙景文起草檄文，声讨刘瑾以及张彩等人，一边在各镇传播，一边烧毁官府、抢劫库藏、释放罪囚、夺取兵船。又令何锦为讨贼大将军，周昂、丁广为左、右副将军，孙景文为军师，招张钦为先锋，定期出师。

陕西守吏急忙派人向朝廷奏报。刘瑾还想隐瞒过去，暂时没有上报，只假传圣旨，命游击将军仇钺以及兴武营守备保勋发兵讨逆。仇钺驻扎在玉泉营，听说寘镭谋反，马上带人回到镇上。途中遇到寘镭的说客劝他归降，仇钺假装答应下来，等到了镇上，便卧床不起。寘镭因他熟悉边疆的形势，就派何锦、周昂等人去询问战守的事情。仇钺假意敷衍："朝中的阉党真是可恨！如今由王爷仗义举兵，比当年的太宗还要名正言顺。可惜我一时不能效命，等身体稍微恢复之后，马上去做王爷的前驱，入清君侧！"何锦也非常狡猾，担心他言不由衷，就说："仇将军现在身体有恙，还是保养要紧，只是手下的兵马，能不能借来一用？"仇钺不假思索："彼此同心，何必要说借呢？"说着，就将卧榻里藏着的兵符交给何锦。何锦喜形于色，欣然而去。

仇钺偷偷派遣心腹，约保勋兵前来，然后里应外合。正巧陕西总兵曹雄也来信让仇钺接应。仇钺捻着胡须想了半天，计上心头，当即报告寘镭，说官兵已经到达河东，请速速派兵阻拦，不要让他们渡河。寘镭毫不怀疑，马上派何锦等人到渡口拦截，只留下周昂守城。寘镭出城祭祀社稷等神，派人去请仇钺陪祭。仇钺以有病为借口推辞。寘镭祭祀完毕，返回城中，派周昂前去探病。仇钺暗中布置好壮士，周昂一入寝室，壮士就握着铁锤，从脑后猛击。周昂顿时脑浆迸裂，死于非命。仇钺一跃而起，披上铠甲，跨马出门，带着一百多名壮士，直抵城下。城卒见仇钺前来，还以为他病已痊愈，前来效力，急忙大开城门迎接。仇钺等

155

人拥入安化王府，凑巧孙景文等人出来迎接，仇钺指挥壮士将他拿下，连十几名随从也全部抓住，接着大步走入内厅。真镪听见外面的声音，就出来察看，迎面遇到仇钺，刚想上前握手，不料仇钺右臂一挥，竟将真镪掀倒在地，壮士从后趋上，立刻将真镪抓住，捆绑起来。真镪这时才知道中计，后悔也来不及了。真镪的儿子台濬以及党羽谢廷槐、韩廷璋等人急忙前来相救，又全部被仇钺带领的壮士打倒，一并擒住。随即搜出安化王的大印，将它盖在檄文上面，命令何锦速归。何锦的部下有个叫郑卿的人，与仇钺关系很好，何锦留丁广等人守在河边，自己带兵退回。不料郑卿已经联合士兵，中途变节。何锦只好孤身西去。那时曹雄、保勋等人已经渡河，杀败了丁广、张钦等人，官兵一直追到贺兰山下，堵住山口，分兵到山中搜索，才把丁广、张钦等捉得一个不留。真镪叛乱，只用了十八天就被荡平。

　　京城这个时候还没收到捷报，只听说仇钺助纣为虐的消息。刘瑾知道遮瞒不住，只好报告武宗。武宗急忙找大臣商议，李东阳马上请求停征粮草以安定人心。武宗一概允许，并命泾阳伯神英任总兵官，太监张永监军，率京营兵前去讨逆。朝中大臣请武宗起用前右都御史杨一清提督军务，武宗也答应下来，将兵权托付给他。刘瑾与杨一清不合，就矫旨命户部侍郎陈震为兵部侍郎，一同出征，以便监视杨一清。各方将帅刚刚走出都门，仇钺的捷书已经传到，武宗将泾阳伯神英召回，只命张永及杨一清到宁夏安抚。杨一清在途中听到官兵要大肆屠杀的谣言，就传话出去："朝廷决不妄杀一人，敢有人造谣生事，当以军法处置！"谣言不攻自破，百姓们也都放下心来。杨一清到任后，按乱党罪行的轻重，重罪逮捕，轻犯释放，然后派人押解真镪等人入京，自己与张永留下来待命。真镪等人送到京城后被诛杀，圣旨令张永回朝，封仇钺为咸宁伯，留杨一清总制三边军务。一场逆案，总算了清。

　　起先，杨一清与张永西行的时候，途中谈论军事，非常投机，说到刘瑾的事情，张永也愤愤不平。杨一清这才叹了口气道："藩镇有乱事，还是容易除去。只是宫禁里的大患……"张永惊奇地问是什么，杨一清将身子移到张永旁边，在手心里写了一个"瑾"字。张永也凑到杨一清的耳边轻语："刘瑾早晚侍奉皇上，独得恩宠，皇上一天不见他，就郁郁寡欢。如今刘瑾羽翼丰满，耳目众多，若要除他，恐怕不是件容易的事情。"杨一清悄悄地说："公公也是皇上的信臣，如今讨逆不派他人，只委任公公监军，皇上的意思可想而知。公公班师回朝后，和皇上说起宁夏的事情，公公就拿出真镗的檄文给皇上看，其中就有刘瑾霍乱朝纲，假传圣旨，图谋不轨的事情。公公再说天下人都心有抱怨，大乱将起。我料定皇上英明，必然会听公公的话，诛杀刘瑾。到时候，公公不是要流芳百世了吗？"张永皱着眉头："事情如果不成怎么办？"杨一清说："这事情要是他人奏请，结果很难说。可若是从公公的口中说出，那就一定会成功。万一皇上不信，公公就叩头恳请，并表示愿死在皇上面前，皇上一定会感动。只是这事情既然决定了，就要快点去做，以免被反咬一口。"张永听了这话，起身说道："老奴还有几年的活头，难道不肯以死报主？"杨一清听了这话大喜，又赞扬了好几句。

张永奉旨还朝的时候，杨一清为他饯行，又用手指蘸着杯中的余酒，在桌上写了一个"瑾"字。张永点头会意，拱手告别。张永快到京城的时候，请旨在八月十五献上俘虏，刘瑾让他设法拖延。原来术士余明推算星命，算到刘瑾的侄孙刘二汉福泽不浅，该是九五之尊。刘瑾信以为真，就暗中购置兵甲，联络党羽，准备在中秋谋逆。正巧刘瑾的兄长都督刘景祥因病身亡，刘瑾失掉一个帮手，不免有些窘迫。这时张永又请求进献俘虏，刘瑾于是就让他延期。但天下事若要人不知，除非己莫为。京城里面，关于刘瑾逆谋的事情，早就传得沸沸扬扬，只有那位荒诞淫乐的武宗，还一点都不知情。

张永来到京城之后，有人通风给他，他就先行入宫，觐见武宗。献俘完毕，武宗摆下酒宴犒劳，刘瑾也在其中，从中午一直喝到黄昏才撤下酒席。刘瑾因为另有心事，称谢而出。张永故意逗留，等众人散去之后，才到武宗面前叩头，呈上真镗的伪檄，并论述陈瑾的十七件不法之事。后又将刘瑾逆谋的日期，一一奏报。武宗那时候喝得晕头转向，只是迷糊："今天没什么事，再喝几杯！"张永说："陛下畅饮的日子还多着呢。只是现在大祸临头，如果迟疑不办，明天奴才就要粉身碎骨了。"武宗还在沉思，张永又催促他："不但奴才们粉身碎骨，就是万岁也不能长享安乐了！"武宗被他这么一激，不觉酒醒了一大半，说道："我这么厚待他，他敢如此负我？"正说着，太监马永成也进来报告："万岁不好了！刘瑾要造反了！"武宗说："真的吗？"马永成回答："外面的人已经多半都知道了，怎么会是假的？"张永又插嘴道："请万岁速派禁兵，前去捉拿逆贼。"武宗说："很好！朕就派你去吧！我到豹房等你。"张永马上出去，传召禁兵，径直来到刘瑾府上，把府第团团围住。那时已经三鼓，张永麾兵破门而入，直接进到寝室。刘瑾正在做着美梦，猛然间听到外面人声鼎沸，便披衣起来，一开寝门，就遇到张永，张永大声说："皇上有旨，传你去呢！"刘瑾问："皇上在哪里？"张永说："在豹房！"刘瑾看着家人说道："半夜三更，有什么事情宣召？真是奇怪！"张永答："到豹房就知道了。"刘瑾整整衣冠，昂首阔步走了出去。还没走几步，就有禁兵上前，将他捆住。刘瑾呵斥他们，禁兵也不和他计较，只管乱推乱扯的，连夜将他带到东朱门，绑到菜厂里面。

第二天早朝，武宗将张永的奏折给内阁大臣看，内阁大臣建议："不查抄刘瑾的家，不足以证明谋反的真假，恐怕刘瑾还不肯认罪呢。"武宗迟疑了半天才说："等朕亲自前去查抄。"说完就带着文武百官，亲自来到刘瑾府上，由锦衣卫一一搜查，从外到里翻了个底朝天，共搜来黄金二十四万锭，另外还有五万七千八百两散金；元宝五百万锭，另外还有一百五十八万三千六百两；宝石两斗；奇巧玩物不计其数。还有八爪金龙袍四件，蟒衣四百七十件，兵甲一千多件，弓弩五百件。其中有两柄貂毛扇，扇柄上暗藏机关，用手叩动，竟露出寒光闪闪的一具匕首。武宗不禁大怒："好胆大的狗奴才！他果然谋反了！"说完马上整驾回朝，传旨将刘瑾入狱，交给法司审讯。随后捉拿逆党，把吏部尚书张彩、锦衣卫指挥杨玉、石文义等人一并下狱。朝中六科十三道共同参劾刘瑾的罪状，共有三四十条。就是刘瑾门下的李宪也上疏参劾，比别人说得更加透彻。刘瑾听说李宪参劾自己，就冷笑着说："他是我一手提拔起来的，现在也来参劾我？"

第二天，当庭审理逆案，刘瑾被带上殿来。刑部尚书刘璟见了刘瑾，不由得面红耳赤，一句话都说不出来。刘瑾睁着两眼，厉声说道："满朝的公卿都是我的门下，哪个敢来审我？"众官听了这话，面面相觑，纷纷退到后排。只有一人挺身而出："我敢审你！我是皇亲国戚，没有出自你的门下，怎么不敢审你？"刘瑾看过去，原来是驸马都尉蔡震，不觉吃了一惊。蔡震又喝道："文武大臣都是朝廷命官，你说是你的门下，目无皇上，该当何罪？"说完，呵斥左右，"快给我扇耳光！"左右不敢怠慢，在刘瑾的两颊上，狠狠地抽了数十下，刘瑾禁不住叫起痛来。蔡震又呵斥道："你家里为什么私藏弓箭铠甲？"刘瑾支吾了一会儿，才说："这……这是保卫皇上呢！"蔡震笑着说："保卫皇上，要放在宫禁中，怎么藏在你家里？况且龙袍蟒衣岂是你能穿的东西？若不是图谋不轨，造下这些衣物做什么？事情已经败露，你还敢狡辩？"这几句话，说得刘瑾哑口无言，只好匍伏叩头。蔡震随即命人将他带到狱中，到后宫复旨。第二天，武宗下诏，逆贼刘瑾罪状确凿，无须复审，即刻凌迟，所有逆贼的亲属一律处斩。于是这位权倾天下的太监被人当场脔割，京城里的人都争着去吃刘瑾的肉，一文钱换一片肉，顷刻间瓜分殆尽。

刘瑾的亲族十五人一一伏法，侄孙刘二汉自然也被赏了一刀。刘二汉临刑前，痛哭流涕："我原本该死，但这些都是焦芳、张彩两个人唆使的。张彩如今已经下狱，谅他也不能幸免，只是焦芳安然无恙，我实在是不甘心呀！"原来焦芳、张彩先后附会刘瑾，焦芳曾称刘瑾为千岁，自称是刘瑾门下。后来，张彩得势后，常常在刘瑾面前说焦芳的坏话。刘瑾就当众辱骂焦芳，焦芳于是辞官回乡，这些距刘瑾死不过两个多月。张彩的罪名成立，正准备处斩，他竟然在狱中死去，尸体被凌迟。指挥刘玉、石文义等人也全部被处死，而焦芳只是被除名。焦芳的儿子焦黄中这时候已经由侍读升任侍郎，性格极其狂傲。焦芳有一美姿，原本是土官岑濬的家眷。岑濬得罪后，便被焦芳据为己有。焦黄中也垂涎三尺，平时在父亲左右，已经与那美人儿眉挑目逗。等到焦芳失势，愁闷成疾，他竟然以子代父，把美人诱入自己的室内，宽衣解带，做出些无耻的勾当。那美人厌老喜少，恰也两厢情愿，但外人已经纷纷传播开来。焦芳除名之后，焦黄中没有受罚，御史等人就轮流参劾，并把那乱伦的罪状一并列入，于是焦黄中也被免职。其他的人，像户部尚书刘玑、兵部侍郎陈震等统统削职为民。


## 河北剿匪记


刘瑾伏罪之后，张永等人相继受到封赏，张永的兄长张富被封为泰安伯，弟弟张容被封为安定伯。魏彬的弟弟魏英被封为镇安伯，马永成的弟弟马山被封为平凉伯。张永等人身为太监，照常例虽然难封伯爵，但权势也显赫起来，不过比起刘瑾，那就稍差一点。内阁中换了两个大臣，一是刘忠，一是梁储，二人之前都被刘瑾排斥，现在被一起召入内阁，均授予吏部尚书兼文渊阁大学士的职位。李东阳没什么变动。弊政略微有所变更，但百姓还和之前一样困苦，分毫未减，时不时还有盗贼出现。

那时，霸州有个叫张茂的大盗，家中设有重楼复壁，可以藏纳上百人。邻盗刘六、刘七、齐彦名、李隆、杨虎、朱千户等人都与他往来甚密。这张茂是太监张忠的结义兄弟，时常托张忠贿赂权阉。马永成、谷大用等人得到好处，也和他做起朋友。他竟然假扮太监的模样，混入豹房，随意游览。武宗哪管得了这么多，整天与三五个美人踢蹴踘为乐。张茂出入自由，毫无忌惮，有时手头紧了，就去做些抢劫的勾当。一天在河间府出手的时候，参将袁彪率兵来抓，张茂虽然带了几个同党，但终究寡不敌众，败阵逃跑。袁彪不肯罢休，一直查到张茂的住处，带了很多兵马要和他算账。张茂听到消息后，害怕极了，连忙到好兄弟张忠那里求救。张忠说没有关系，便将张茂留住，一边准备盛宴，一边等袁彪到来。袁彪不好推辞，只好赴宴。张忠竟然令张茂作陪，东西分坐。喝了几圈之后，张忠倒了满满一大杯酒，递给袁彪，说道："听说参戎来这里缉拿盗贼，为公家服务，足以见您的一片忠心。但兄弟有一事相托！"说完，就用手指着西座的张茂对袁彪介绍道："此人是我的同族兄弟，还望袁将军多多照顾！"然后又给张茂斟了满满一杯，和他故意说道，"袁将军与你和好，从今以后不要在河间一带扰民了！"张茂唯唯从命。袁彪也无可奈何，只得答应下来。

张茂侥幸脱险后，又故态重萌，仍然四处劫掠。可巧御史宁杲奉命捕盗。到了霸州，得知张茂是个巨盗，便召巡捕李主簿前来，命令他捉拿张茂。李主簿知道张茂的厉害，并且听说张茂家深幽得很，根本无从搜捕，左思右想，想出了一个办法。他扮作弹琵琶的艺人，邀了两三名同伴，来张茂家弹唱。张茂生性粗犷，没料到会遭他人暗算，就把他们召入陪酒。李主簿擅弹，同伴擅唱，张茂听得如痴如醉，竟然将他们留住了几天。李主簿在张茂家自由自在地转了几圈，把家里的密道曲折之处都打探了个明明白白，这才找个借口告别。到夜里就带着宁杲以及几十名勇士翻墙而入，熟门熟路进去将张茂擒拿了。

剩下的几个盗贼杨虎、齐彦名、刘六、刘七等听说张茂被擒，慌忙托张忠周旋。张忠去和马永成商议，马永成一定要两万两白银，才肯替他说情。可这强盗劫来的金银，都是随手得来随手用尽，哪有积蓄？大家商议一番后，杨虎起身说："官库里的金银多得很，不如借些使使？"当晚便召集党羽，去劫官署。署中早有准备，一听到盗警，救火的救火，接仗的接仗，有条不紊。杨虎料定难以得手，只好一溜烟跑了。刘六、刘七听说杨虎失败，急忙向官署自首。官府令他们捕捉其他盗贼，将功补过，几个月间，也捉到好几个毛贼。但盗贼向来不喜欢约束，隔了不久全都私自逃走。此后，这些人便开始对抗官府、抢劫行人，不到几十天，竟然聚集了好几千人，声势越来越大。

兵部尚书何鉴认为京军没有讨贼的能力，请朝廷发宣府、延绥两镇的兵力讨伐。得到允准后，马上命兵部侍郎陆完总管边境兵马，所有边将许泰、邵永、冯祯等人全部听凭调遣。兵马刚刚走出涿州，就听说盗寇已到固安，将要侵犯京师。武宗得知消息后，非常惶恐，马上下令追回陆完，让他到固安堵截贼盗。许泰、邵永从霸州进攻，前后夹击，连破贼寨，接着又调大同总兵张俊，以及游击江彬出征。谷大用看到贼盗的势力越来越小，便主动请求督兵，以邀功封赏。武宗就让他提督军务，任伏羌伯毛锐为总兵官，太监张忠为神枪营监军，全部出击，与陆完会师。刘六等人听说王师倾巢而出，竟然舍弃济宁，从小路卷甲北上，想乘武宗到郊外祭天的时候劫驾。哪知消息被尚书何鉴得知，马上严设守备，防得水泄不通。武宗乘辇出城，直达南郊，从容地行过祭天礼。刘六知道官兵有所防备，也不敢入犯，只好西掠保定去了。

这时候，另一伙盗贼在霸州文安县赵镡的带领下转攻河南，然后一路向东，直达徐州。赵镡天生神力，性情豪迈，人称赵疯子。淮安知府刘祥率兵讨伐，反被生擒。赵镡审讯刘祥，得知他没有虐待过百姓，就把将他放了回去。随后，赵镡渡河南行，擒住了灵璧知县陈伯安。赵镡劝他入党，陈伯安不肯屈服，反而痛骂贼党。刘三在一旁，听不下去，竟拔出宝刀砍向陈伯安，赵镡急忙拦阻，并对刘三说："陈大令忠直可嘉，不如把他放回去吧。"刘三这才停手，将陈伯安放回。此后，所过州县，只要不是贪官污吏，一律秋毫不犯。转入泌阳后，来到焦芳家里搜索一番。焦芳早已经远逃，赵镡就让人扎了个草人，当成是焦芳，自己拿着刀乱砍乱剁，还一边嚷着："我为天下诛杀此贼！"接着，命手下放火，把焦氏的府第烧得干干净净。随后攻陷归德府，杀得官军七零八落，大败而逃。

赵镡命众人休息一天，然后渡河。杨虎自恃剽悍，独自带着死党杨宁等九人临河夺船。不料武平卫百户夏时已经率兵埋伏在那里，等杨虎一下船，夏时马上用强弓、巨石攻上前去，杨虎的坐船被击沉，杨虎等人当即溺死。刘三听说杨虎已死，就与赵镡商议，只说是没有主子的话，一定会大乱。赵镡索性顺水推舟，让刘三做主子。刘三自称为奉天征讨大元帅，令赵镡为副手，将十三万部下分为二十八营，各竖大旗为号，又弄来两面金旗，上面写着：

虎贲三千，直抵幽燕之地，龙飞九五，重开混沌之天。

这四句话是赵疯子的手笔，刘三非常喜欢。刘三于是约刘六、刘七等人分别侵掠山东、河南，刘六再次攻打霸州。朝廷将谷大用、毛锐等人召回抵御刘六。谁知谷大用刚刚与刘六相遇，便慌忙逃走，毛锐也不战而逃。刘六与刘七追杀一阵，夺下官兵许多兵器铠甲。

谷大用狼狈回京，武宗也没有怪罪他，只是另派都御史彭泽、咸宁伯仇钺接统军务。彭泽与仇钺颇有威望，奉命出师后马上开始围剿盗匪。这时，赵镱等人攻打唐县，攻了二十八天都没能攻下，邢老虎又得病身亡。赵镱只好转攻襄阳、樊城、枣阳、随州等地，正巧碰到彭泽、仇钺统军到来。彭泽、仇钺与赵疯子在西河相遇，两下交锋，杀得昏天暗地。这次的官兵都是精锐，再加上彭泽、仇钺二人持刀督阵，退后者马上斩首，所以人人效命，个个争先。赵疯子抵挡不过，吃了一个大败仗，伤亡两千余人。赵疯子拖着残兵败将，向南疾奔，在河南府与刘三会师，直攻府城。总兵冯祯领军追讨，奋战了一昼夜。冯祯阵亡，贼党也被杀死很多。仇钺又率大军逼近，连战连胜。指挥王瑾射中刘三的左眼。刘三忍不住痛，纵火自焚。赵疯子逃到德安，料定不能成事，正巧遇到行脚僧真安，当即剃度做了和尚。他的部下邢本道被湖广巡抚刘丙捉住，细细拷问后得知赵疯子做了和尚，便给各镇发去檄文抓捕。赵疯子来到武昌，走入食肆中，要酒要肉，大吃大喝。武昌卫军人赵成、赵宗等人见他形迹可疑，趁赵疯子酒意醺醺的时候，动手将他捉拿，然后抬到府衙报功。赵疯子被押送到京师，按大逆不道的惯例凌迟处死。河南一带的盗贼从此肃清。

彭泽、仇钺等人移师山东，去帮助陆完。陆完正与刘六、刘七等人争斗，互有杀伤。刘六、刘七得了一个女帮手，很是厉害。她便是杨虎的妻子崔氏。崔氏有一身的拳棒功夫，兼带三分妩媚，平时常骑着一匹黄骠马。盗众见她比她夫君还要勇猛，就送给她一个诨号，叫"杨跨虎"。杨虎死后，又称她为杨寡妇。杨寡妇替夫报仇，投奔到刘六、刘七营下，刘六等人自然欢迎。偏偏这时遇到佥事许逵，许逵精通兵法，之前是乐陵知县，捍守孤城，屡次却敌，被升为佥事。此次许逵引兵到来，手下个个生龙活虎一般，刘六、刘七、杨寡妇招架不住，败退到枣林。途中又被御史张缙以及千户侯张瀛截杀一阵，弄得七零八落，逃入河南，转至湖广一带。后来为官军所迫，刘六溺死水中，刘七与杨寡妇向东逃去，出没在长江一带。侍郎陆完亲临江上，分守要害，与贼匪相持。仇钺又从山东赶来，还有副总兵刘晖率辽东兵，千总任玺率大同兵，游击郤永率宣府兵，一股脑儿齐集大江，与贼匪死战。刘七等人退到保狼山。官兵带着盾牌，跪着上山，手持枪炮，边上边攻，没过多久便攻入贼寨。刘七身中数箭，投水而死。杨寡妇不知下落，大约是死于乱军之中了。

## 篾片官江彬

　　河北的盗贼被一举荡平之后，免不得又是一番封赏。陆完、彭泽都被加封为太子少保，仇钺被封为咸宁侯，连谷大用的弟弟谷大宽也被封为高平伯。君臣正在欢庆，忽然接到四川警报，说是保宁盗贼蓝廷瑞的余党连连攻陷州县，势力日益猖獗。总制尚书洪钟无力剿平，请朝廷派兵。

　　原来湖广、江西、四川等省连年饥荒，因此盗贼并起：湖广有沔阳的杨清、邱仁等人；江西有东乡的王钰五、徐仰三等人；桃源有汪澄二、王浩八等人，而且渐渐蔓延开来。明廷派遣尚书洪钟分兵围剿，洪钟应付下来，只好奏请增兵。武宗于是将洪钟罢职，命都御史彭泽带领总兵时源西征。

　　彭泽来到四川后，马上征集苗兵，围剿贼寇，接连擒获各方盗贼，四川平定。皇上封彭泽为太子太保，任时源为左都督。没过多久，彭泽被调到甘肃负责军务，管理哈密。哈密在甘肃西北，元朝末年由威武王纳忽里镇守。永乐二年才传去檄文招降，那时纳忽里已死，儿子安克铁被封为忠顺王，然后设置了哈密卫。之后，哈密的邻部吐鲁番日益强盛。正德元年，拜牙郎承袭哈密爵位，淫虐无道，不理政事。吐鲁番酋长满速儿用重金诱惑拜牙郎。拜牙郎随即抛弃了哈密，投奔吐鲁番。满速儿夺去他的金印，派部下占据哈密，又写信给甘肃巡抚，言辞嚣张。

　　彭泽上任后，正在筹划剿抚的事宜。哈密卫目写亦虎仙忽然前来，彭泽急忙将他召入。问起吐鲁番与哈密的近况时，写亦虎仙说："满速儿势力强盛，一时恐怕难以平定，不如给他些金银财宝，将就着牵制一下。到时不但哈密城可以归还，金印也可以归还，总比劳师动众要好很多。"彭泽觉得有道理，就依从写亦虎仙，给他一些金银让他交给满速儿，要求归还哈密城以及金印。哪知写亦虎仙早就和满速儿串通一气，再次要求朝廷增币。彭泽以为增币是件小事，就答应了他，并上疏说番

163

酋已经悔过，不必用师，哈密城以及金印马上可以归还。武宗大喜，召回了彭泽。

满速儿探知彭泽回朝，不但不肯归还城池和金印，反而四处烧杀抢掠。甘肃巡抚李昆派人质问满速儿，满速儿又派写亦虎仙等人去索要金银。李昆就将写亦虎仙留下，只让他的随从回去，给了随从两百匹杂布，让满速儿拿哈密城印来交换写亦虎仙。随从走后，好几天没有消息。李昆正在疑惑，忽然有探子来报："满速儿带领一万兵马来攻肃州了！"李昆马上召来兵备副使陈九畴商议，陈九畴说："兵来将挡，火来水淹，怕他什么！"马上调兵守城，派游击芮宁出城抵御。芮宁战死在城外，番兵直逼城下。陈九畴昼夜巡逻，趁夜袭破番兵大营。满速儿败走瓜州，又被副总兵郑廉袭击，狼狈不堪，驰回吐鲁番，再次派人求和。陈九畴认为满速儿狡猾多端，应该拒绝。李昆却不肯答应，竟然上奏朝廷。

兵部尚书王琼与彭泽有过节，这次趁机陷害，说彭泽欺君辱国，陈九畴轻率激变，朝廷命人将他们一并逮捕，连哈密卫目写亦虎仙也被押送到京师。幸亏有杨廷和代为周转，武宗才免去彭泽、陈九畴二人的死罪，将他们削职为民。写亦虎仙竟然脱罪，留居在京师。他向来狡黠多端，与米儿马黑麻结为一党，巴结锦衣卫钱宁，得以入侍宫廷。武宗喜爱他聪明灵巧，逐渐开始宠幸他，还赐了他国姓，收为义子。当时武宗的义子有很多，无论是朝中大臣，还是俘虏小兵，只要能讨武宗欢心，都一律赐姓为朱，认作干儿子，算起来有两百多人。这两百多人中，第一个得宠的要算钱宁，第二个便是江彬。

钱宁小的时候，被卖到太监钱能家。钱能死后，钱宁已经长大，转去侍奉刘瑾，因此有机会接近武宗。因为他善承意旨，渐渐邀来宠幸。武宗喝醉的时候，甚至会倚着钱宁做枕头，彻夜长眠。有时百官候朝，等到中午都没有武宗起居的消息。必须由钱宁通报，才可以入殿排班。钱宁因此得以掌管锦衣卫，权力一天大过一天。江彬本来是大同游击，剿平盗匪后，班师获赏。他听说钱宁的大名后，将战争敛聚来的财物私下相赠。钱宁便把他引入豹房，觐见武宗。江彬口才极好，马上招来武宗的喜爱，被升为左都督，后来又被认作义子，甚至在武宗左右留侍，同起同睡。钱宁见江彬夺宠，非常后悔，开始有意排挤。江彬察觉出来后，想了一计，故意去和武宗谈论兵事。武宗问长道短，江彬乘机上奏："如今中原边境的兵马最强，京城周围的士兵远远比不上。河北一带的群盗，全靠边境的兵马荡平，如果单靠京营的这些兵马，恐怕现在还没肃清呢!"武宗不禁动容："京营如此腐败，怎么能防止灾祸呢？要想变弱为强，该想个什么办法？"江彬又说："莫过于互相掉换一下，京兵赴边，边兵来京，这样一来内外都成劲旅了。"武宗点头，连称妙计，立即下令将四镇兵调入京师。大学士李东阳等人极力劝阻，武宗都没有采纳。

四镇兵①奉旨到京后，武宗披上战甲，亲临校阅，果然军容壮盛。武宗心里大喜，立即召来总兵许泰、刘晖等人，好生夸奖了一番，各赐国姓。于是四镇兵又被称为外四家军。武宗命江彬为统帅，管辖四家。从此，江彬的权势越来越大，就算有十个钱宁，也不能把他扳倒了。武宗又亲自挑选一些兵马，让他们练习弓箭，编成一军，亲自统率。武宗与江彬等人早晚驰逐，呼噪声、弓马声终日嘈杂不绝。宫廷内外都忧心忡忡，只有武宗异常欣喜。李东阳屡劝无效，只好辞官而去。杨廷和因丁忧告归。吏部尚书杨一清入阁办事，不到几个月，就与江彬、钱宁等人做了对头，于是情愿辞官还乡。

朝中的几位大员多半离去，江彬更是肆无忌惮，开始诱导武宗纵欲。正巧延绥总兵官马昂革职在家，听说江彬的大名，马上入京拜见，希望能官复原职。江彬沉思了一会儿，微笑着说："只要足下能办到一件事，保你富贵。"马昂问什么事，江彬笑道："不必说了。就是说明了，恐怕你也办不到。"马昂被他这么一激，立即说道："除非是杀头，否则没有办不到的事情。"江彬将密计告诉了马昂，马昂应声而去。原来马昂有个妹子，容颜绝世，歌舞骑射样样皆通，成年之后嫁给了指挥毕春。江彬从前曾见过几次，垂涎已久，却偏偏弄不到手。此次武宗渔色，让他搜罗佳人，江彬便让马昂将妹子送入宫中，一则可以消之前的闷气，二则可以巩固自己荣宠。马昂做官心切，就依计行事，借口母亲重病，将妹妹召回家中，说出这一段隐情。那妹子听说要入宫为妃，倒也情愿，只是一时不好答应，只说哥哥胡闹。经马昂再三央求，这才淡扫娥眉，被他送入京中。江彬接到佳人后，见她风姿秀媚，比之前更加娇艳，不禁色胆如天，搂住求欢。那美人本来就认识江彬，向来钦佩他威武出众，也就半推半就，任他玩弄。江彬足足享受了三天，才将她打扮一番，献入豹房。武宗见了这如花似玉的美人，还管什么嫁过不嫁过，马上赐了三杯美酒，让她侍寝。妇人家利欲熏心，格外柔媚，弄得武宗把她当成

---

① 四镇兵：即宣府、大同、辽东、延绥。

165

个宝贝，早晚都要黏在一起。当下武宗就将马昂官复原职，还赐给他府第，真是皇恩浩荡，光宗耀祖了。

一次，武宗与江彬夜游，临幸马昂的私府。君臣欢饮，有一盘鱼脍味道绝美，武宗赞不绝口，问由谁烹调。江彬马上说是出自小妾杜氏之手。武宗说："你的小妾来马家做饭，可见你们友情绝非一般。但君臣要比朋友更加重要，朕想暂借几天，不知你意下如何？"江彬没防住武宗会这么说，心中懊恼不已，但一言既出，驷马难追，只好唯唯从命。第二天就硬着头皮，将杜氏装饰妥当，送进了豹房。武宗见这位杜美人和马美人姿色不相上下，就白天让她烹鱼，晚上唤她侍寝，从此再也没有送回去。江彬也无可奈何。

武宗得陇望蜀，有了马、杜两位美人，还嫌不够，又召问江彬："你老家是宣府的，不知道宣府的美人多不多？"江彬说："宣府的美人确实不少，皇上不妨亲自游观一番。"武宗皱着眉头道："朕也想出去游玩，但无故游幸大臣们要来阻拦，怎么办？"江彬献计："秋狩是古时的盛典，不妨借出猎为名，乘机游历边疆，也可以校阅兵马，何必郁郁寡欢，深居大内呢？"武宗沉思了半天，又说："朕从没有举行过秋狩，如果要创行此典，必须挑选良辰吉日，就算大臣们不来劝阻，也要筹备很多天。况且随从很多，仍然不能自由行动，我们不妨微服出行吧。"江彬答了一声遵旨。于是两个人就在正德十二年八月的甲辰日，乘着月夜，潜出德胜门，扬长而去。


## 凤姐巧遇真龙


武宗带着江彬微服出了德胜门。只见天高气爽，夜静人稀，皓月当空，凉风时而拂来，二人精神为之一爽，一路步行，毫不疲倦。转眼间鸡声报晓，天已经大亮，路上开始有了车马，二人于是雇了车夫径直赶赴昌平。这天早上，众位大臣入朝等了半天，才得知武宗微服出行的消息，都惊诧起来。大学士梁储、蒋冕、毛纪等人急忙驾了辆轻车，马不停蹄地追赶，直到沙河才追上武宗。几人下车苦苦劝阻，武宗就是不从，一定要出居庸关。梁储等人没有办法，只得同行。巡关御史张钦已经得到武宗到关的消息，马上递上奏折劝阻，说鞑靼部小王子侵略边境，已经传来警报。可惜武宗游兴正浓，就是不肯掉头。于是一行人走走停停，距离关口只有几里地的时候，武宗派人去传报说车驾要出关。张钦命令指挥孙玺紧闭关门，将关门钥匙藏好，不准轻易打开。分守中官刘嵩准备去迎驾，张钦阻止道："这关门钥匙由你我二人掌管，如果关门不开，车驾不能出去，违命当死！如果遵旨开关，万一敌兵变心，重蹈当年土木堡的覆辙，我与你职守所在，追究起来也是个死罪。同是一死，宁可不开关门，死后还能万古留名。"正说着，已经有人来报，说御驾已到，命指挥孙玺开关。孙玺回答："臣奉御史命令，紧守关门不敢轻易打开。"张钦干脆背着敕印，仗剑坐在关门之下，号令关中："敢说开关者斩！"一直相持到黄昏，张钦又亲自上疏："车驾亲征，必定会先行通知，并有六军护卫，百官随从。如今一个都没有，就说车驾要即日过关，必定是出境生事的匪徒假传圣旨。臣只知道守关捕匪，不敢无端奉诏。"这折子还没递上去，使者就又来到关下，催促开关。张钦拔出剑来，怒斥道："你是什么人，敢来骗我？就算我肯饶你，我这把宝剑也不肯饶你。"使者慌忙离开。武宗气愤难当，正准备传旨捉拿张钦，忽见京中各个官员的奏折如雪片般飞来，一时读不胜读，越觉躁急得很。江彬在一旁说："内外官员纷纷上奏，反而闹得不成样子，请圣上暂时忍耐一下，返回京师再做打算。"武宗不得已，只好传旨还朝。隔了几天，武宗命张钦去白羊口巡逻，另调谷大用守关。自己则和江彬换了衣服，混出德胜门，星夜兼程赶到居庸关。只与谷大用打了个照面，便扬鞭出关去了。

出了关门，当天就来到宣府。那时江彬早已通知家属，让他们造了一座大宅子，名为镇国府第，府内房宇幽深，陈设华丽，有说不尽的美景。武宗到了宅子里，已经百色俱备，于是心中大喜。一面命侍役赶往豹房，将珍宝侍女全都带来，一面与江彬寻花问柳，日日畅游。只见宣府的女子果然与京中不同，满眼都是佳丽，至于大家闺秀，更是体态苗条，婀娜多姿。每到夜里江彬就带着武宗闯入高门大户，逼迫妇女出陪。有几家不识情由的，还出言不逊，经过江彬一番密语，才知道是皇帝到来。于是众人只能表示欢迎，就算心中不情愿，也只能忍气吞声，强颜欢笑。武宗也不管什么，只要有美人，就尽情调戏，欢谑一场。有合意的，干脆带回去，让她陪在枕边。江彬也时不时可以分一杯羹。

过了一个多月，二人来到阳和。正碰上鞑靼小王子率领五万兵马入侵大同，单兵官王勋登城固守，相持了五天，敌寇没有捞到一点儿便宜，只好转而侵掠应州。应州与阳和紧挨着，警报纷纷传来，武宗自恃懂些兵法，便准备调兵亲征。江彬劝道："这是总兵官的责任，陛下何必亲犯险境呢?"武宗笑道:"难道朕不配做总兵官?"江彬又说:"皇帝就是皇帝,总兵官就是总兵官,名位不同,不便相混。"武宗偏偏性起道:"'皇帝'两个字有什么好?朕偏要自称总兵官。"说到这里,又踌躇了很久,才接着说,"'总兵官'三个字前面,再加上'总督军务威武大将军',就与寻常的总兵官不同了。"江彬不便多说,只得极口赞成。武宗当即把"总督军务威武大将军总兵官"十二个字,铸成一枚金印,调发宣府、大同的戍兵,亲自到应州防御敌寇。小王子听说御驾亲征,倒也吓了一跳,于是引兵退去。武宗率兵穷追,追上敌人的队尾后,打了一仗,只斩下敌人十六枚首级,自己的士兵却死伤了数百。幸好敌寇只顾着远逃,武宗这才凯旋班师。班师途中还乘着便路,临幸大同。京中自大学士以下屡次递上奏折,请武宗回宫,武宗全然不理,一味在外游幸。武宗在大同游玩了几天,没有什么中意的地方,就返回了宣府。

一连住了几天,武宗因路途已经走熟,索性独自一人溜出来,连江彬都没有带。武宗慢慢走在路上,左顾右盼,来到一间酒肆门口,见一名年轻女子淡妆浅抹,艳丽无双,不禁目眩神迷。武宗走入肆中,借喝酒为名,与她调侃起来。那女子以为他是普通的客官,就进去准备好酒菜,端了出来。武宗想亲自去接过来,那女子说:"男女授受不亲,请客官放尊重点!"说完,便将酒菜摆在桌上。武宗见她措辞典雅,举止大方,顿时心生爱慕,便问道:"酒肆里只有你一个人吗?"女子回答:"还有一个兄长,现在到乡下去了。"武宗又问起她的姓氏,女子红着脸不肯说。武宗一再追问,女子这才含羞说道:"奴家名叫李凤,兄长名叫李龙。"武宗随口称赞:"好一个凤姐。凤兮凤兮,应配真龙。"李凤听了这话,知道他是一语双关,就退到了后面。武宗独酌独饮,顿时愁闷起来,就举起筷子在桌上乱敲。李凤急忙出来相问。武宗说:"我一个人喝酒好没滋味,特意请你出来,陪我喝几杯。"李凤责怪他:"客官休得无礼!奴家又不是青楼女子,客官不要看错了!"武宗说:"一起喝几杯也没什么关系!"李凤不想和他斗嘴,又想转身离开。武宗却起身离座,抢上几步,去牵李凤的衣袖。吓得李凤又惊又恼,拼命抵抗。可惜李凤只是一个弱女子,哪里比得上武宗的力气大。不由分说,便像老鹰拖小鸡一般,被武宗拖到了内室。李凤正要叫喊,武宗急忙捂住她的樱桃小口道:"你不要惊慌,如果从了我,能保你一生荣华富贵。"李凤还是不肯,用力反抗,好不容易才掰开武宗的手,气喘吁吁地说:"你是什么人,敢如此放肆?"武宗问她:"当今世上,什么人最尊贵?"李凤

168

说："谁不知道是皇帝最尊贵！"武宗说："我就是那最尊贵的皇帝。"李凤不信："哄我做什么？"武宗也不和她争辩，解开衣襟，露出那平金绣蟒的衣服让她看。李凤还是半信半疑，武宗又取出一方白玉给李凤看："这是御宝，你好好看看！"李凤虽然是在市井里长大，倒也认识几个字，就从武宗手中拿过来，细细辨认。只见上面写着"受命于天，既寿永昌"八个字，料定他是真皇帝，便慌忙跪在御前说："臣妾有眼无珠，望万岁恕罪！"武宗亲自将她扶起，趁势抱入怀中，接着武宗脱下长袍，关了内室的门，将李凤轻轻按在榻上。就在二人彼此情浓的时候，李龙已经从外面进来，只见店堂里空无一人，内室倒是关得很紧，侧耳一听，竟然传来男女的呻吟声，不由得怒火中烧。于是飞快地叫来官兵，引他们捉奸。不料官兵进来的时候，武宗已经高坐堂上，喝令他们下跪。官兵还在迟疑，李凤在一旁娇呼："万岁在此，还不下跪！"官兵听到"万岁"两个字，急忙俯首称臣。李龙也吓得魂不附体，急忙跪在官兵后面，不住地叩头。武宗让李龙到镇国府候旨，然后带着李凤一同进入镇国府。李龙到府上觐见，武宗不但授予他官职，还赐了黄金千两。

转眼间已经是残冬，京城里的百官，又一再请求武宗回宫。武宗一心恋着凤姐，无心起程，想封凤姐为妃嫔。于是让她自己决定。李凤推辞道："臣妾福薄命微，不应该显贵，如今蒙万岁的恩泽，已经是喜出望外，怎么还敢荣封？但愿陛下早日回宫，以万民为念，那时臣妾要比封赏还荣耀十倍呢。"武宗暗暗点头，这才决定在下一年正月起驾还京。

光阴似箭，岁岁更替，武宗起驾回宫，带着李凤以及所有的美人一同上路。到了居庸关，忽然碰上雷雨大作，关口上所凿的四大天王，又是怒气冲冲，目若有光。李凤毕竟是小家碧玉，少见多怪，看到这些，不禁晕倒在车上。武宗急忙把她救醒，在关外借着驿馆，让李凤养病。李凤伏在枕上边哭边说："臣妾自知福薄，不能入宫侍候皇上，只请皇上速速回宫，臣妾死也瞑目了。"武宗也哭道："朕情愿抛弃天下，也不愿抛弃你。"李凤又呜咽着说："陛下的身子关系重大，贱妾的生死何足挂齿？还望陛下保重龙体，惠爱民生。"说到这里，已经是气喘连连，不能再说。过了一会儿，两目一翻，悠然长逝。武宗悲痛异常，命人将她葬在关山上面，用黄土封茔，谁知那黄土却在一夜间变成白色。武宗感叹："好一个贤德的女子，至死都不肯受封，可惜朕无福消受，不能和她共享富贵。但一个女子都知道以社稷为重，朕怎么忍心违背她的遗言？"当即决定入关。

没过几天就来到德胜门。门外已经搭起十里长的彩棚，张灯结彩，华丽非常。还有一千多副彩联，无非是宣扬圣德，夸赞圣功的。最可笑的是对联的颂词上只称威武大将军，下面的落款也都只写了姓名职务，臣字一律抹去。杨廷和、梁储等人率领众官备好羊羔美酒，到彩棚旁恭候。只见全副銮驾整队行来，一对对龙旌凤旗，一排排黄钺白屏，爪牙侍卫、心腹太监以及宫娥彩女不计其数。随后是宝盖迎风，金炉喷雾，当中拥着一匹红鬃骏马，马上坐着一位威武大将军，全身甲胄，仪表堂堂，正是明朝的武宗正德皇帝。众官伏地叩头，三呼万岁。武宗约略点头，随即下了坐骑，步入彩帐之中，登上那临时的宝座。百官当即跟了进去，杨廷和手捧琼浆，梁储斟满玉酒，蒋冕进奉果品，毛纪献上金花。武宗饮了美酒，尝了鲜果，受了金花，高兴地对大臣们说："朕在榆河亲手斩了一颗敌人的首级，你们知道吗？"大臣们听了，不得不极力颂扬。武宗大喜，下座出帐，骑上骏马驰入东华门，径直到豹房去了。

## 死在杖下的言官

武宗回京之后，正碰上南郊的届期，于是来不及斋戒，就到郊外祀礼。典礼结束后，武宗又命人在奉天门外陈设他从应州缴获的刀械衣物，让臣民观看。连续忙碌三四天，武宗才有了点闲暇。又在豹房里居住了几天，猛地想起凤姐，觉得她的性情模样都不是豹房女子所能及的，于是暗自叹息，闷闷不乐。江彬就劝他说："有一个凤姐，怎么知道不会有第二个凤姐？陛下不妨再次巡幸，重见佳人。"武宗点头，于是又依着老法子，与江彬换了行头，一溜烟似的奔出京城，径直来到宣府。那时关门仍然是谷大用把守，出入无阻。杨廷和等人一再劝阻，武宗不肯听从。给事中石天柱刺血上疏，御史叶忠痛哭陈书，都没有回应。武宗闲游了二三十天，忽然接到太皇太后驾崩的消息，不得已才回京奔丧，勉勉强强地守了几个月。到了夏天，武宗又找了个借口，出幸昌平。到昌平后，只住了一天，竟转往密云，住在喜峰口。

民间这时流言四起，都说武宗此番游幸是为了寻访妇女，然后带回宫去侍奉。百姓们都害怕得很，纷纷躲避。永平知府毛思义在城里贴出告示辟谣，百姓这才安稳下来。不料事情被武宗得知后，竟然将他逮捕入狱，关押了好几个月，才释放出来，降为云南安宁知州。

到太皇太后的梓宫从京师出发的时候，武宗才回到京中，竟然穿着戎服送葬。到了寝陵之后，武宗又在寝殿中一杯接一杯地喝酒，直喝得酒气冲天，高枕安睡。棺椁下葬之后，还要皇帝祭庙。大臣们到殿里请了几次，都只听到鼾声大作，一时不便惊动，只好坐着等待。一直等到黄昏，武宗才从梦里醒来，起身祭祀。这时，外面忽然刮起疾风，下起暴雨，再加上阵阵响雷，殿上的烛火一时间全被吹灭。侍从们都吓得战战兢兢，武宗却谈笑自如。礼毕回宫之后，御史等人因为天象迭变，上疏请武宗节约开支，减少歌舞。奏折递上去之后，众臣眼巴巴地望着批复，不料竟如石沉大海一般。

过了几天，武宗再次与江彬以及几个小太监，出了东安门，越过居庸关，住进宣府。内阁大臣一再上疏请武宗回朝，武宗非但不从，反而令兵、户、工三部各派一名侍郎来宣府办事。武宗日日找寻佳丽，却找不出第二个凤姐。江彬担心武宗愁闷，又带着他从宣府走往大同。由大同渡过黄河，来到榆林，直达绥德州。听说总兵官戴钦家的女儿才貌双全，武宗竟等不及预先传旨，便擅自前去拜访。戴钦听说御驾前来，连衣冠都来不及穿戴，穿着便服出去迎接，匍伏在地上说："臣不知皇上驾到，不能恭迎，罪该万死！"武宗笑容可掬道："朕不过是到此闲游，不必行君臣之礼，快快起来说话！"戴钦谢过了恩，才敢起身。当即命内厨置办一桌酒席，请武宗宴饮。才喝了几杯，武宗就用眼光示意江彬，江彬马上会意，开口对戴钦说："戴总兵知道圣驾前来是什么意思吗？"戴钦说："敬请传旨。"江彬道："只因听说贵总兵的女儿贤良淑德，特意前来一见。"戴钦不敢推辞，只好将女儿打扮一番带出来。戴女盛妆前来，环佩叮当，冠裳楚楚，走到席前弯腰相拜，三呼万岁。武宗见她丰容盛髻，国色天香，端凝之中另带柔媚，不禁失声称妙。江彬笑着和戴钦说："佳人已经中选，今晚就麻烦你送嫁了！"武宗匆匆喝了数杯，便起身离去。过了半天，就有彩舆来迎接戴女。戴钦不敢抗旨，只好硬着头皮，将女儿送走。武宗得到戴女之后，消受了几天，再次下令起程，从西安经偏头关，直达太原。

太原有很多乐坊，有名的歌伎都聚集在这里。武宗一到境内，马上找来歌伎陪酒。不多时，歌伎陆续前来，全部都是娇滴滴的面孔，脆生生的喉咙。其中有一女子站在后排，生得俏丽多姿，虽然不施脂粉，却有一副自然的美态。那可人的姿色映入武宗的眼帘，武宗立即将她召至座前，赐她御酒三杯，让她独歌一曲。那女子不慌不忙地唱了起来，只听她娇喉婉转，雅韵悠扬，一字一节都好似流莺缩曲。武宗听得出了神，越听越好，越看越俏，不由得击节称赏。江彬趁机凑到一边打趣："这歌女的唱功可好？"武宗说："此曲只应天上有，人间难得几回闻。"说完，又让她陪酒。那女子得到皇帝的宠爱，自然喜不自禁，再加上几杯香酿灌溉春心，顿时脸泛桃花。武宗心猿意马，牵着她的香袂，走入内室，当即宽衣解带，成就好事。最奇怪的是交欢时候，那女子竟然和处子一般，让武宗惊异不已。细问起她的家世履历，才知道她是乐户刘良的女儿，乐工杨腾的妻子。武宗又问："你既然已经嫁给杨腾，难道杨腾……"刘氏连笑带喘答道："其实是臣妾学了些房内的功夫，虽然已经破节，却仍然如同完璧。"武宗说："妙极了！妙极了！"于是颠鸾倒凤，极尽欢悦。武宗一直在此流连了很久，才心满意足地带着她回京。一开始就住在豹房，后来转入西宫，享受着专房的恩宠。武宗平时饮食起居一定要她陪同，但凡她有什么要求，也全部答应。左右要是触怒了皇上，总是求她说情，宫中都称她为刘娘娘。武宗与近侍谈起来，也以刘娘娘相称。因此江彬见了这位刘娘娘，也只好拜倒在裙下，像对待母亲一样供着她。

武宗在偏头关的时候，曾经加封自己为镇国公，并亲笔写下敕书："总督军务威武大将军总兵官朱寿，统领六师扫除边患，屡建奇功，特加封为镇国公，每年俸禄五千石，令吏部执行！"杨廷和、梁储等人联名劝阻，都说名不正，言不顺，请速速收回成命。武宗就是不肯听。还追录应州的战功，封江彬为平房伯，许泰为安边伯，此外共有九千五百五十名内外官员被加官封赏。回到京城之后，武宗又想南巡，便手敕吏部："镇国公朱寿宜加封为太师。"后来又诏谕礼部，"令威武大将军太师镇国公朱寿，到山东祀神祈福。"还命工部，速速修船备用。这些敕书下达后，大臣们纷纷上疏劝谏。武宗看到这些奏折烦躁得很，加上江彬、钱宁等人在一边煽动，便将黄巩、陆震、夏良胜、万潮、陈九川、徐鏊等人全部打入大狱，并罚舒芬等一百零七人，在午门外连跪五天。可怜这些赤胆忠心的大臣们白天被罚长跪，晚上就银铛入狱。

京城里连日阴霾，即使是中午都和黄昏一样。南海子的水涨了好几尺，其中一座桥下的七根铁柱，都被水势折断。金吾卫指挥张英气愤难当，光着手臂，带了两个土囊，到朝中去哭谏。武宗把他斥退后，他就拔出尖刀刺向胸脯，顿时血流满地。卫士夺去张英手中的刀，将他关到牢里，并问他带土干什么。张英说："我来这里哭谏，就没想着要活着回去，只是担心自尽的时候会弄脏大殿，准备撒土掩血。"武宗接着下诏杖责张英。张英忍耐不住，死在狱中。其余官员也一律被杖责，其中有十几个人，受刑不起，都惨死在杖下。这时，又有一桩大逆不道的案子出现了。

## 宁王府的叛乱

宁王朱宸濠是太祖的儿子宁王朱权的第五世孙。宁王朱权被成祖封到江西后，历经四世传至宸濠。宸濠的父亲名叫觐钧，曾经纳了一名妓女做妾，生下了宸濠。宸濠长大后，性格非常轻佻，没有一点威仪。术士李自然、李日芳等人反说他有真龙的相貌，可贵为天子。又说南昌城的东南面有天子气，宸濠因此沾沾自喜。刘瑾得志时，宸濠曾派中官梁安带着两万两金银到京城贿赂刘瑾，武宗糊里糊涂就准了宁王府增设护卫的请求，宸濠于是招兵买马，图谋不轨。等到刘瑾被诛杀以后，兵部又将他的护卫革去。宸濠越发觉得心里不是滋味，时刻准备谋变。

兵部尚书陆完做江西按察使的时候，与宸濠相处得很好。等到陆完掌管兵部之后，宸濠又不断馈赠，求陆完替他想想办法，把护卫调回来。陆完就给宸濠写信，让他援引祖训，自己上疏申请，然后在一旁帮他说话。于是宸濠一边上疏，一边偷偷派心腹，装了满满一车金银财宝到京城，将它们分别赠给权臣，请他们代为疏通，大家心里全都默认下来。只有大学士费宏感觉到宸濠背后有阴谋，就常常在朝中说："听说宁王带着金银珠宝入京，想要恢复护卫，只要我在内阁一天，就一天不会答应。"陆完、臧贤听了费宏的话，都不敢鲁莽行事，只好和钱宁商议。钱宁对陆完说："三月十五日是廷试进士的日子，内阁与部院的大臣都会到东阁阅卷，你可以在十四日，再次将宁王的奏折递上来。我与杨廷和说一下，请他即日批准，那时还怕费宏不准？"陆完大喜，马上依计行事，果然马到成功，武宗恢复了宁藩护卫。后来担心费宏反对，陆完一伙竟然一起诬陷费宏。费宏罢官南归时，宸濠又派人去暗杀，纵火烧了费宏的船。所有的行李全部化为灰烬，费宏能带着家眷走脱，还算是件幸事。

宸濠又讨好武宗，得知武宗喜欢玩具，特意在元宵节前，献上奇巧彩灯，什么鱼、龙、人物，全部栩栩如生。还派人入宫悬挂，代为装置。

武宗见了，大加赞赏。等武宗回到豹房之后，猛然间听到外面人声鼎沸，警笛乱鸣，急忙跑出来看。只见一片红光冲达云霄，把整座宫殿照得通红，心中非常惊异。武宗又走上平台观看，只见那火势越烧越猛，远近通明。内侍凭着猜测，对武宗说："这失火的地方，怕不是乾清宫？"武宗反而笑道："好大一处烟火，想必是祝融氏趁着元宵，也来点缀景色呢。"第二天也不去追查原因。还是杨廷和等人上疏，请武宗节约开支，武宗这才下了一道诏旨，将什么遇灾交儆的套话抄袭几句，算作了结。

宸濠在朝廷勾结了内援之后，又私招外寇。盗匪杨清、李甫、王儒等一百多人都是江湖有名的祸害，全部被他招入府中。宸濠觉得他们无人统率，不免有些散漫，就请来鄱阳湖的强盗头子杨子乔做群盗的统领。听说举人刘养正通晓兵事，就将他请入府中。刘养正举出宋太祖陈桥兵变的典故作为谈资，听得宸濠一个劲儿地赞叹他是奇才，就把心中藏了多年的图谋，和盘托出，请他相助。刘养正本来就是个篾片朋友，只知道阿谀奉承，称宸濠为"乱世真人"。宸濠听后高兴极了，竟称呼刘养正为刘先生，把他看做军师。江西按察司副使胡世宁得知宁府举动异常，就上疏揭发。武宗看了奏折后非常怀疑，命河南左布政孙燧为右副都御史，巡抚江西。宸濠听到消息后惴惴不安，只得上奏朝廷，先将自己的罪状洗刷一遍，又说胡世宁离间亲情，妖言诽谤，应该立刻逮捕。这奏章刚刚递上去，胡世宁已经被升为福建按察使了。宸濠假装饯行，请他赴宴，在饮食中投了毒。胡世宁上路后，腹痛异常，泻了几次恶血，几乎丧命。途经浙江的时候，因老家住在附近，就顺便去祭奠祖坟。谁知逮捕胡世宁的圣旨已经到了浙江，派巡浙御史潘鹏就近拘拿胡世宁。幸亏浙江按察使李承勋与胡世宁关系很好，让他隐姓埋名，从小路逃回京城，胡世宁才保住了性命。胡世宁到京城后，又上奏说宁王必反，却被关入大牢。锦衣校尉受了太监的密嘱，连连毒打胡世宁，胡世宁气息奄奄，只有半口气勉强支撑。钱宁等人都说他诬告亲王，一定要加他死罪。大理寺少卿胡瓒说："宁王图谋不轨，幸好有胡世宁揭发，这样的功臣反而要加他死罪，还怎么服天下？"没过多久，江西抚按孙燧、李润等人又一再上奏说胡世宁无罪，武宗这才免了他的死罪，贬往辽东。胡瓒也被罚了俸禄。

宸濠让党羽王春、余钦等人，招来大盗凌十一、闵廿四、吴十三等五百多人，与杨清等人一同藏匿在丁家山寺，强夺民财商货，存入府库，接着又勾结广西的土官以及各处的蛮夷作为外援，并且在府中私设冶厂，

174

督造枪、刀、盔甲，叮叮当当的声音彻夜不绝。吴十三等人将劫来的七千两库银窝藏在何顺家里。巡抚孙燧得知后，派南昌知府郑巘带着官兵夺回库银，拘拿并诛杀了何顺。孙燧又派兵捉住了吴十三等人，关在南康府的大狱中。凌十一、闵廿四等人竟去报告宸濠，然后召集群盗，劫回吴十三。孙燧大怒，立即上疏朝廷，奏折七次上达，都被宸濠派人拦截下来，没一封递上去。

时金事许逵请孙燧先发制人。孙燧担心兵力不足，迟迟不肯发兵。正巧江彬与钱宁有些过节，太监张忠附会江彬，想乘机扳倒钱宁，就在武宗面前说钱宁和宸濠勾结，图谋不轨。武宗听后暗自点头，准备再次削去宁藩护卫，以免后患。御史萧淮又尽情揭发，并说宁王的探子大多藏在臧贤家里。武宗派锦衣校尉到臧贤家里搜查。臧贤家有很多复壁，外面是木柜，里面另有暗室，宁王的探子都从复壁中逃走了。校尉以"形迹可疑"四个字上报朝廷。于是，武宗派太监赖义、驸马都尉崔元等人，亲自到宁王府上撤销护卫。

朝廷的人奉命起程，宁王府那边正在大肆祝寿。原来，宸濠的生辰是六月十三日。这天宁王府里张灯结彩，通宵演戏，热闹非凡。所有的镇守官、巡抚官、按察司、都御史等人齐来祝贺，欢集一堂。大家高呼畅饮，兴高采烈。这时，探子跟跟跄跄地跑了回来，还带着三分气喘。想要禀报京城里的事情，无奈高朋满座，不便直言，只好东张西望。宸濠将他召入内室细细盘问。过了一会儿，才出来陪客。大家都喝得醉醺醺的，也无暇顾及。一直等到酒阑席散，宸濠才召刘养正、刘吉等人秘密商议。刘养正说："俗语说：'先下手为强'，如果还要迟疑，就要被他人牵制了。"接着沉思一阵，说："有了！有了！"随即在宸濠耳边说了几句，宁王宸濠顿时欢天喜地。当下召来盗首吴十三、凌十一、闵廿四等人，让他们各自带着党羽，带上兵器，分头办事去了。

天明之后，巡镇三司各官陆续前来谢宴，只见府中的护卫一律带甲露刃，不免有些奇怪。这时，宸濠出来站在露台上，大声宣布："孝宗当日为李广所误，抱来民间的养子，扰乱宗室血脉，已是一十四年。昨日奉太后密旨，令我等起兵讨贼，你们知道吗？"众官听了这话面面相觑。只有巡抚孙燧毅然说道："密旨在哪里？取来我看看！"宸濠呵斥道："不必多说，我今天就准备前往南京，你愿意保驾吗？"孙燧怒目圆睁："你说什么？你可知道天无二日，臣无二主，太祖的法制还在，哪个敢违背？"话音未落，只听宸濠大喊一声："来人啊！"吴十三、凌十

175

一、闵廿四等人应声入内，将孙燧捆绑起来，众官大惊失色。按察司副使许逵上前说道："孙都御史是朝廷大臣，你是反贼，竟敢擅自杀他？"接着又看着孙燧叹息道，"我早就说过要先发制人，你一再拖延，如今被人牵制，还有什么好说的？"宸濠又让人绑住许逵，并问他还有什么话说，许逵说："我只有一片赤胆忠心，怎么肯从你这反贼？"宸濠大怒，马上吩咐手下把二人痛打一顿。孙燧的左臂被打断，许逵也是血肉模糊，接着被牵出城门，一同斩首。许逵临死前，仍然高声痛骂："今日反贼杀我，明日朝廷必杀反贼！"二人殉义时，天空中的炎炎烈日忽然被黑云遮住，变得惨淡无光。宸濠反而借此示威，并将御史王金，主事马思聪、金山，右布政胡濂，参政陈杲、刘斐，参议许效廉、黄宏，佥事顾凤，都指挥许清、白昂以及太监王宏等人统统捉住，投入大狱。马思聪、黄宏绝食而亡。宸濠让刘养正草拟檄文，传达远近，革去正德年号，斥责武宗，授刘养正为右丞相，李士实为左丞相，参政王纶为兵部尚书、总督军务大元帅。后又分别派逆党娄伯、王春等人四处收兵，招降左布政使梁宸、按察使杨璋、副使唐锦等人。又令吴十三、闵廿四等人夺取船只，一连攻陷南康、九江，震惊大江南北。

这场叛乱的削平多亏了一位能文能武的儒将，他就是之前反对刘瑾，被贬戍龙场驿的王守仁。王守仁被贬到龙场后，因驯服苗民有功，没过多久就被召入京师，升为鸿胪寺卿。后来因江西盗贼作乱，升他为佥都御史。王守仁上任之后，马上邀闽、广两省的官兵会师，先讨伐大帽山贼，连破贼人四十多座山寨，擒获贼首詹师富。随后进讨大庾、横水、左溪等地的贼匪，几十年的巨寇一并肃清，远近惊服，视他如神明。

王守仁因境内平定，就去拜见宸濠。宸濠留他宴饮，正巧李士实也在，彼此谈论时政。李士实说："世乱如此，可惜没有汤武。"王守仁答："即使有汤武，也要有伊吕。"宸濠说："有了汤武，就会有伊吕。"王守仁反驳道："有了伊吕，必定会有夷齐。"彼此针锋相对。宴毕后，宸濠知道王守仁不肯相从，屡次想加害，王守仁却暗中防备。正巧福州叛乱，王守仁奉命查处福州乱军，这才得以幸免。王守仁来到丰城，丰城知县顾佖已经得知宸濠叛乱的消息，并告诉王守仁，说宸濠有悬赏王守仁的消息，王守仁随机应变，立即乔装打扮，混入临江。

176

## 一代儒将王守仁

王守仁到了临江，知府戴德孺向他问计。王守仁说："这里濒临大江，又靠近省府，易攻难守。不如速速前往吉安，还可以整顿一下防守，好抵御叛贼。"戴德孺又问："您通晓军机，料敌如神，如今宸濠举兵，下一步会怎么走呢？"王守仁答道："从宸濠考虑，有上、中、下三策：如果他直取京师，出其不意，这是上策。否则就绕道南京，那么大江南北必受其害，虽不算是上策，也是中策。如果专守南昌，不敢越雷池一步，那就是下策。他日王师齐集，四面夹攻，就像瓮中捉鳖，只能束手就擒了。"戴德孺听完非常佩服。王守仁当即转赴吉安，与知府伍文定商量战守的事情。王守仁说："贼兵如果从长江出发，顺流东下，南京必不可保。我已经定下计策，让他不敢东行。十天以后，各军就可以调集起来，那时既可以战也可以守，就不足为虑了。"伍文定赞道："您说得很对。在下虽然不才，但愿意效犬马之劳。"王守仁大喜，一边与他筹备军事，一边向各州府投递檄文，大意是说："朝廷早知道宁王谋逆，已经派都督许泰带领四万京军南下，两湖都御史秦金、两广都御史杨旦以及本都御史一起会师，共十六万人，齐集南昌。大兵所过之处，沿途应提供军粮，不得误事，否则后果自负。"这檄文一传出去，马上被宸濠的探子得知，宸濠信以为真，只顾紧紧守住南昌，不敢越雷池半步。

李士实与刘养正二人天天怂恿宸濠，让他早日攻打南京，宸濠也非常心动。这时探子递来一封蜡书，宸濠展开一看，不禁大惊失色。原来蜡书是巡抚王守仁写给李士实、刘养正二人的，其中说："两位贤士有心归顺朝廷，在下非常钦佩。现在已经调集各兵，驻守要害，专等叛贼东来，以便趁机袭击。还请两位从中怂恿，使他早一天东行，早一天破灭，将来论功行赏，两位要算是头功了。"这密书明眼人一看就知道是王守仁的反间计，偏偏宸濠不知情，还以为李、刘二人私通了王守仁。于是对二人的言语，从此不再轻信。二人无可奈何，只能暗暗叹息罢了。

宸濠坚守南昌十几天，并不见有大兵前来，这才知道中了王守仁的诡计，追悔莫及。随后连忙请来李士实、刘养正商议，二人仍然劝宸濠急速东行。宸濠便留下些兵马防守南昌，自己带着李士实、刘养正、闵廿四、吴十三等人，共六万人，分兵五路，从鄱阳湖蔽江而下。命刘吉为监军，王纶为参赞，指挥葛江为都督。宸濠亲自在中坚督战，所有的妃嫔、世子、侍从等人一概从行。

船只行到安庆，宸濠命人向城中投书，招守吏出降。猛然间听到城头一声鼓响，顿时旗帜飞扬，刀戈森列。在那刀光剑影中，闪出三员大将，一个是都督佥事杨锐，一个是知府张文锦，一个是指挥崔文，都是满身甲胄，八面威风。宸濠高声说道："本王奉太后密旨，亲自讨贼，并非造反！你们不要认错，快快开城投降，免得一死！"知府张文锦说："我奉皇上命令，守卫国土，保护百姓。你要是自知罪恶，就早些束手受缚，我们还好替你洗刷。如果一再执迷不悟，到时候身首异处，宗祀灭绝，不要后悔！"宸濠大怒，马上派兵攻城。城上的飞箭、巨石像雨点一般砸下来，宁王兵多人被射伤，就连宸濠的盔缨上，也中了一箭，头颅险些被射破。宸濠吃了一惊，带兵退下。第二天再次攻城，还是没占到一点儿便宜。一连几天，城池完好无缺。宸濠不禁发愁地感叹："小小一座安庆城都攻不进去，还想什么金陵！"

王守仁在吉安已经征集各处兵马，共得八万人。这八万人全部听从王守仁的号令，进逼丰城。王守仁和众位通判、知府商议的时候，大家一致认为应该支援安庆。王守仁却说："诸位只知其一，不知其二。如果我军去支援安庆，必须越过南昌，一定困难重重。况且安庆城的守兵就算疲劳，但也足以自保，不需要我们援应。依我之见，不如直接攻打南昌。"推官王晔说："宁王在南昌整顿了十几天才出兵，他将南昌视为根据地，必定留备森严。我军如果进攻，未必一时就可以拿下。安庆被围困久了，很容易沦陷。到时候南昌还没有攻下，倒是先丢了安庆，恐怕不是良策。"王守仁笑道："你太看重这反贼了。他迟迟发兵是因为中了我的计，后来激愤而出，精锐大多随行，南昌的守兵必定单薄。我军刚刚集齐，气势正锐，不难攻破南昌。他要是听说南昌危急，势必派兵自救，安庆自然可以解围。等他到达南昌，我已经把南昌夺下，贼兵一定会泄气，到时候就会手到擒来了。"众官纷纷表示赞成。王守仁将全队人马，分为十三哨，每哨大概有三千人，少的有一千五百人，伍文定为先锋。王守仁让他将九哨作为正兵，四哨作为游兵。正兵专门负责攻击，游兵往来照应。正在吩咐的时候，忽然有探子来报，说宁王曾在南昌城南预设了伏兵。王守仁说："知道了。"便召知县刘守绪入内，"宸濠虽然预设伏兵，一定超不过几千人。我给你五千骑兵，连夜出发，从小路过去偷袭，不怕伏兵不灭。这就叫做将计就计。"

王守仁在七月十九日发兵，等到二十日黎明的时候，兵临城下。当即下令军中，一鼓准备，二鼓登城，三鼓不登者斩，四鼓不登者杀其全队。后又写了檄文，捆在箭上，射入城中，令城中的百姓闭门自守，不要慌张，也不要四处逃跑。随即下令各军整顿攻城的用具，带到城下。霎时间鼓声大震，各军云集城下，把云梯、绳索等东西，一律捆扎妥当，接着二鼓响起，人人缘梯而上，奋勇登城。城上虽然有守兵抛下飞箭巨石，可惜官兵拼命前来，前仆后继，防不胜防。守兵又远远望着城南，可伏兵并没有前来，只觉得一片火光，料定伏兵已被截击，不禁魂飞魄散，索性各自逃命去了。等到第三通鼓响的时候，王守仁手下的各军已经有一半攻入城内，于是大开城门，将外面的兵引进来。王守仁麾军大进，如入无人之境。刘守绪也扫荡完伏兵，进入城中。城池已经攻破，接下来王守仁揭榜安民，并严申军律，不准骚扰百姓。

王守仁带领各兵攻入王宫。忽然见王宫高处黑烟翻腾，如同泼墨一般，接着在烟雾中冲出一道火光，直上云霄，照得全城通红。顿时爆裂声、坍塌声、哭号声，不绝于耳。突然火光之间，拥出一群人来，疾走如飞。伍文定眼疾手快，急忙喝令军士速速捉拿。原来是宜春郡王拱、逆党万锐等人。王守仁当即将他们关入牢笼，接着入宫灭火。宫人大多已经葬身火海，生还的一律被关押。随后检点仓库，发现金银钱谷还有很多，这都是宸濠长年累月横征暴敛得来的民脂民膏。王守仁取了一半，犒赏从征的将士，剩余的全部检点记录，严加封闭。

王守仁在吉安的时候，就已经将宸濠造反的事情报告京师。武宗在豹房接到奏折，也慌张起来，马上召集诸位大臣商议。尚书王琼说："有王伯安在，不久就会有捷报，不用担心。"大家半信半疑，江彬却偏偏请武宗亲征。武宗早就想南巡，现在正好借此机会出去。于是传旨内阁，称："宸濠悖逆天道，图谋不轨，现在令总督军务威武大将军镇国公朱寿，统领各镇边兵征剿。"杨廷和等人上疏阻拦，都没有消息。武宗只是将太监萧敬、秦用、卢朋、都督钱宁、优人臧贤、尚书陆完等人一并下狱，并没收家产。

这时武宗最宠爱的刘美人，正好得了小病，不能随行。武宗就和她约好，准备车驾先行，然后再回头迎接她。刘美人拿出一支玉簪，交给武宗，作为日后迎接的证据，武宗把簪子藏在袖中。武宗来到卢沟桥策马疾奔时，竟然丢失了玉簪，苦苦找了很多天都没有找到。到了临清州，武宗派人去迎接美人。美人推辞道："不见玉簪，怎么敢赴召？"武宗没有办法，只好乘着小船，昼夜疾行返回京师，才将美人接来一起南下。这件事情竟然没有一人察觉。这时，王守仁的捷报已经传来，武宗索性慢慢地南下。

王守仁攻到南昌之后，休息了两天，就派伍文定、徐琏、戴德孺等人分道出兵。这时，忽然有探子来报，说宁王宸濠已经从安庆撤围，要来援救南昌，王守仁笑道："我正要他回兵自救呢。"众官都提议坚壁固守。王守仁却说："你们又说错了。宸濠兵马虽然多，但都是乌合之众，并没有严肃的号令所到之处烧杀抢掠。自从谋变以来，宸濠从没遇到过与他旗鼓相当的大敌，所以兵强马壮不过是徒有虚名。他用来诱惑人心的，无非是事成之后封官赏爵。现在安庆不能取，南昌又被我攻下，进无可进，退无可退，军心大乱，试问世上哪一个人肯白白拼着性命，去求那远在天边的富贵呢？"正说着，帐外又报抚州知府陈槐率兵到来，王守仁高兴地说："我军兵力大集，不去擒拿逆贼，还等什么时候？"

过了一晚，听说宸濠的先锋队已经到达樵舍。王守仁立即召集将士，对他们说道："今天就是叛贼就擒的日子，还望各位为国效劳，努力破贼！"众将士齐声领命。王守仁将伍文定传到座前，说："前驱的重任还要劳烦你了！"伍文定欣然领命。王守仁接着又召余恩说："你去接应伍太守，我有锦囊妙计赠你，等到了军前再打开来看。你与伍太守依计而行，不得有误！"说完，取出锦囊递给伍文定。二人领命而去。王守仁又传邢珣前来："我也赠你锦囊一个，你可以依计行事！"邢珣也受命而去。王守仁转头对徐琏、戴德孺吩咐道："你们两个可以分兵两队，作为左右翼，夹击贼兵。"二人一同领命。王守仁派遣完诸将后，带着几千名亲兵出城驻扎，专等各路的捷报。

## 黄石矶与王失机

宸濠围攻安庆，相持了半个多月都不能攻下。忽然接到南昌被围的消息，不免心慌意乱，急忙下令撤兵相救。李士实进谏："南昌的守兵势单力薄，敌不过王守仁，我们如果回去救援，恐怕已经来不及了。"宸濠问："丞相的意思是继续攻打安庆？"李士实说："这也不必。照我看

180

来，何不直取南京，即位称尊？那时再传檄天下，大江南北就容易平定了，还怕江西不服？"宸濠沉思了半天没有采纳，只说："南昌是我的根基，金银财宝都在那里存着，我要是没了这些积储，军需怎么供给？现在无论如何，也要去救南昌，先顾全根本，然后再作别的打算。"李士实只好默然退去。

宸濠见李士实退出，马上率领将士登舟，逆江而上，直达阮子江口。然后又先派两万精兵去救南昌，自己带着大兵作为后应。先锋队顺风扬帆，进逼黄家渡，远远看见前面已有战船，分两队排列，船上的旗号在前面的是"伍"字旗，在后面的是"余"字旗。宸濠的前锋仗着顺风顺势，鼓噪前进。伍、余二人假装交战，不到几个回合，就匆忙逃去。宸濠听说前锋得利，也率众跟上，只可惜前军与后军隔得太远，前后不能相顾。邢珣奉了密计，绕到敌军先锋队后面，冲杀过去。敌军来不及防备，顿时慌了手脚。前面的伍、余两军，又反身杀来，一阵扫荡，把敌船击沉无数。宸濠远远看见，急忙命令各船增援。不料左右两边各听得一声炮响，左边杀出的兵船上，悬着"徐"字旗号；右边杀出的兵船上，悬着"戴"字旗号。两路官兵拦腰截击，宸濠顾东失西，顾西失东，撞舟折舵声、呼号惨叫声搅成一片。伍、余的军队扫荡完前面的敌船后，来援助徐、戴。四五路官兵夹击宸濠，宸濠异常惊慌，只好下令逃跑，好不容易才从重围中冲出一条血路，向东逃生。官兵赶了几十里，夺下无数船只兵械，这才收兵。

宸濠退到八字脑，泊船休息，正对着黄石矶。宸濠见矶势险要，就问左右："这矶叫什么名字？"左右都说不知道，这时有一小兵是饶州人，熟悉地形，就上前说："此地名叫黄石矶。"宸濠勃然大怒："你敢讥笑我？"话音未落，已经拔出佩刀，把小兵杀死。刘养正急忙去问："大王为什么要杀那小兵？"宸濠还带着怒气，悍然道："他说这是王失机，难道这矶已经知道我失败了？这明明就是取笑我！"刘养正说："他说的黄字，是黄色的黄，不是大王的王，他说的石字，是石板的石，不是失败的失，矶字与失机的机字也不相同，大王千万不要误会。"宸濠这才知道误杀了小兵，便令将士将小兵的尸首拖到岸上埋了。随从的各将士见宸濠如此昏庸，料定大事难成，纷纷离去。

宸濠正在愁闷，忽然接到军报，王守仁已经派知府陈槐、林械等人攻打九江，派曾玙、周朝佐等人攻打南康。宸濠大惊失色："曾玙是建昌知府，是不可多得的良才，他也帮助王守仁去攻南康吗？如果南康、九江被他夺去，我岂不是没有土地了？这可怎么办？"刘养正说："事已至此，就不必说了。现在只有振作军心，再打一仗。如果能战胜王守仁，还有机会夺回南昌。"宸濠于是下令，将士们率先效命的赏千金，突阵受伤的赏百金。赏令一下，士兵们果然摩拳擦掌，鼓舟再进。

还没走多久，就遇到了官兵。两下接仗，宸濠的将士和之前大不相同，刀枪并举，炮弩频发，靠着一股锐气直扑官兵。官兵竟被他们杀死数百名，开始向后退去。伍文定统领全师，看到这种情形，急忙跃上船头，抽出佩剑，把临阵退缩的士兵砍死五六名，又把令旗一挥，掩杀上去。当时乌云密布，黑烟漫天，拳头大的火星，一颗颗飞入伍文定的船中。伍文定毫不胆怯，仍然挺身矗立，督军死战。忽然间火星爆裂，弹到伍文定的脸上，将伍文定的连鬓长须烧去了一半。伍文定用手一拂，没有丝毫惊慌。官兵见主将如此镇定，毫不怕死，不由得振奋起来，纷纷冲上前去。宸濠见一时不能取胜，也拨船突阵。不料一炮射来，正中他的坐船，把船头击得粉碎，江中的波浪随着震荡，旁边的战船都摇动起来。宸濠急忙逃到别的船上，部下顿时溃散，纷纷逃去。

宸濠吃了第二个败仗，懊恼得很，马上收拾残兵败将，集成一个方阵，将船只连起来防守，并将全部的金银拿出来，犒赏将士。王守仁得知消息后，马上派人给伍文定递去书信。伍文定打开一看，上面没有别的话，只有"急用火攻"四个字。李文定说："我也正有此意。"

这个时候，宸濠正在召见部下，准备将临阵脱逃的头目斩首示众。可这些头目都是些盗匪，谁肯枉送自己的性命？于是一哄儿争辩起来。这时，探子忽然来报："官兵来了！官兵来烧我们的船了！"宸濠听了，大惊失色，急忙出去看。只见前后左右已经是火势炎炎，烧得正旺。当时正值秋天，江上的秋风吹来，火仗风势，越蹿越旺。官兵乘着火势，纷纷跳上敌船。宸濠在船头，呆呆地望了很久。只见邢珣从左路杀来，戴德孺从右路杀来，余恩攻后，伍文定攻前，自己部下的将士纷纷投水，毫无抵御的能力，不禁大哭："大事去了！"正说着，副舟已经着火，吓得宸濠几乎晕倒，慌忙走入船舱，与妃嫔等人相对痛哭。正妃娄氏站起来说："臣妾之前曾多次劝阻殿下，不要辜负国恩，殿下不肯答应才会有今大。罢！罢！殿下负了皇上，臣妾却不忍心辜负殿下。"说完，疾步走到船头，奋身一跃，投入水中。妃嫔们见娄妃殉难，又听得毕毕剥剥的声音越来越近，料定难以逃生，便各自打开船舱，投水自尽了。宸濠满脸泪水，带着儿子仪宾呆呆地在舟里坐着。官兵从四面跃上，将宸濠父子用最粗的铁链捆绑妥当，牵到船外。宸濠放眼一看，所有的丞相、元帅都已经两手反翦，捆在船中。彼此欷歔长叹一番，闭目等死。伍文定等人将叛党一一锁住，没有漏脱一个，如李士实、刘养正、徐吉等共有几百人。擒斩叛兵三千多人，溺死约三万人，烧死、逃走的不计其数。溺水的浮尸积聚江上，绵延好几里。

陈槐、曾屿等人也收复了九江、南康二郡，并在沿湖等处，捕杀叛党两千余人。各位将领陆续回到南昌，王守仁还在城外驻扎，对他们一一慰劳。这时，宸濠被推到王守仁的座前。王守仁正要责问，宸濠忽然开口哀求："王先生！本王被你擒拿，情愿削去护卫，降为庶人，请先生代为周全！"王守仁正色说道："国法俱在，还有什么话好说！"宸濠这才哭着说："从前商朝的纣王听信了妇人的话，以至于亡国；如今我不信妇人的话，也是亡国。古今相反，追悔莫及。娄妃啊娄妃！你不负我，我却负了你，死也晚了！"王守仁听了这话，也大为感叹，命人将娄妃的尸骸打捞上来厚葬。这时，众将士献上宸濠的信匣，其中很多书信都写着与京官、疆吏的勾结情形。王守仁也不去细读，一把火烧了个干净，接着上疏告捷，率军入城。听说武宗已经起驾南征，王守仁马上递上奏折劝阻。

王守仁的奏折中，一再谏阻南巡，并请将逆贼就地正法，以免发生意外。不料武宗得知后，毫不理睬，只是下令将逆贼好生看管，等车驾到达之后再行发落。太监张忠以及安边伯许泰等人做贼心虚，就在武宗面前挑拨："王守仁之前曾经和叛逆勾结，虽然有功劳，但也不能抵罪。"幸好武宗还有一隙之明，没有理睬。接着，二人又给王守仁写信，说："千万不要将逆藩宸濠押解到京城。现在皇上亲征，必须将宸濠放入鄱阳湖，等皇上亲自与他交战，再去擒获，然后论功行赏。这样一来，功归朝廷，圣驾也不虚此行了。"王守仁不为所动，竟不等武宗的旨意，就将宸濠押解出南昌，准备北上。张忠、许泰两人，又带着威武大将军的檄文在途中拦截，勒令将宸濠交出。王守仁从小路赶往浙江，想从海路把宸濠押解至京，就连夜赶到钱塘江，不料太监张永又在杭州等着。

王守仁见了张永，先把之前计除刘瑾的功绩，赞美了一番，说得张永异常欢喜。王守仁又说："公公忠心于国家，在下向来钦佩，为何在京城里不阻拦皇上南征呢？"张永叹息："王先生在外任职，怪不得不知道内情。皇上天天在豹房里嬉戏，左右小人蛊惑主聪，哪个肯说句效忠的话？我是皇上的家奴，只有在一旁默默辅佐，趁机劝劝罢了。我此次南行并不是为了贪功，不过是因为皇上向来固执，凡事只能先顺从，然后暗暗挽回。一旦逆命，不但皇上不高兴，而且会触怒那帮小人，谗言一进，对天下大计又有什么好处？"王守仁点头道："足下如此忠诚，令人佩服。"张永说："我的苦心也只有先生知道。"王守仁便将张忠、许泰几次三番索要宸濠的情况，一一说明。张永答道："我所说的小人，指的就是他们。王先生准备怎么处置？"王守仁说："宸濠已经被押解到这里，好在遇到了公公，现在就将这副重担卸给公公，还望公公妥善处置。"张永说："先生的大功我岂能不知。有我在，一定不让先生受屈，请先生放心！"王守仁便将宸濠的囚车交给张永，然后乘夜回到江西。

张永押着宸濠当天上路。途中还对家人说道："王都御史赤心报国，张忠、许泰、江彬等人还想害他，日后如果朝廷有事，谁还会尽忠？我一定要设法替他保全。"武宗这时已经到了南京，张忠又在武宗耳边说："王守仁已经去了杭州，为何不来南京觐见皇上？就算陛下有旨召他，恐怕他也未必肯来。王守仁目无君上，跋扈的程度由此可知。"武宗派人到江西，去召王守仁。王守仁奉召后，马上动身，谁知到了龙江，又被张忠派人截住，不让他觐见。王守仁气愤难忍，当即脱下朝服，躲到九华山去了。张永得知此事后，就对武宗道明实情："王守仁一召即来。中途被阻，现在已经弃官入山，情愿去做道士。国家有此忠臣还将他闲置起来，岂不是可惜？"武宗这才下令召回王守仁，任他做江西巡抚，升知府伍文定为江西按察使，邢珣为江西布政司右参政，并让王守仁再次递上捷报。王守仁将之前的奏折做了改动，说是奉威武大将军的方略才讨平叛逆，江彬等人这才无话可说。武宗在南京接受俘虏，并命人在城外建了一座广场，竖着威武大将军的旗帜，自己与江彬等人穿着战甲出城。到了场中，下令各军四面围住，然后将宸濠放出，让他脱下枷锁。随后，这位威武大将军亲自擂起战鼓，下令士兵再次将宸濠捆起，然后奏凯入城。

## 百步穿杨

武宗在南京接受完俘虏，本来应当立即回宫。但武宗南巡本来就是为了那钦慕已久的南朝金粉，好不容易来了，哪肯马上回去？况且路过扬州时，太监吴经已经选好了美人供奉上来，武宗正乐得左拥右抱，图个欢畅。而且生平最爱的刘娘娘这次也一并跟来，体贴入微，样样周到，武宗安心享乐，哪还记得什么京师？闲暇时，就带上几个小太监出外打猎，日子过得有滋有味。后来竟然成为习惯，一天也待不住。多亏这位刘娘娘爱主情深，婉言劝慰，每次武宗出游都会轻装跟随，算是监督一下。江彬等人在南京飞扬跋扈，巴不得武宗多留几天，他好多糟蹋几个妇女，多凌辱一些百姓。

太监张忠、安边伯许泰因为前旨没有取消，竟然带着京军赶赴江西，沿途逞着威风，肆意勒索。到了南昌，与王守仁相见，也傲慢无礼。王守仁百般忍让，殷勤款待。张忠、许泰毫不感激，整天和士兵捏造流言，诬蔑王守仁，从早到晚，嘴里喊着王守仁的姓名，谩骂不绝。有时王守仁出署办事，士兵就故意挡道，准备乘机寻衅。王守仁一味包容，以礼相待。士兵们没有办法，只好退去。王守仁又秘密吩咐属下，让他通知城里的妇女都暂时避到乡下，免生事端，然后安排酒肉，犒赏京军。许泰得知后，竟然前去阻止，不让士兵接受犒赏。王守仁每次外出，遇见北军的官员，必定停车慰问，异常亲切。北军有病，随时给药；北军病死，一律厚葬。人非草木，孰能无情？北军得到这般照顾，也非常感动，纷纷说："王都堂待我们有恩，我们怎么忍心侵犯他。"从此以后，南昌城里安静了许多。

不久便是冬至，百姓刚刚经历了一场战乱，免不了要祭奠亡魂。北军触景生悲，动了思家的念头，纷纷请求班师。张忠、许泰一概不准，反而要和王守仁到校场校阅军队。到了这一天，王守仁带着江西军早早来到校场。过了很久，才见张忠、许泰策马而来，后面跟着的士兵不下万人。王守仁鞠躬相迎，张忠、许泰才下马答礼。三人走到座前，分了宾主，依次坐下。许泰开口说道："今日天高气爽，草软马肥，正是试演骑射的时候。所有南北将士都是国家栋梁，现在叛乱初平，惩前毖后，更应该互相校射，以示鼓励。这也是我们这些带兵官应尽的职责。"说完，哈哈大笑。王守仁暗想，昨天的书信里只说要校阅，并没说要南北军比赛骑射。今天到了校场才突然说，明明就是乘我不备有意刁难。算了！我自有对付的方法。于是就说："伯爵时时不忘武备，足见忠心耿耿。但我的精锐部队都已经分派出去把守要处了，现在城里的士兵多半是老弱病残，恐怕不值得一比。"张忠不高兴地说："王都堂何必谦虚呢！逆藩宸濠率领十万大军横行江湖，阁下调集劲旅，只用三十五日就把他们荡平了。若不是兵精将勇，怎么会这么快呢？"王守仁推托道："全仗着皇上的威灵，以及诸位公公的教导，守仁何功之有？"许泰说："那就实地检验一番吧。"接着传令校射。

将士们早已等候多时，得令之后，就在百步之外张着靶子，先请江西军射箭。王守仁说："主不先宾，自然应该由京军先射。"京军听了，当下选出善于骑射的几十个人，接连发箭，十箭里面中了七八箭，锣鼓声不绝于耳。张忠也连声喝彩，觉得脸上有光。许泰却笑着说："十个中了七八，也还有几箭不中，这算什么精通呢？"京军退下去之后，轮到江西军。江西军都是老弱病残，十个不过中了四五，张忠不禁失声大笑："强将手下无弱兵，怎么这么没用？"许泰说："有了强将，兵弱一点儿有什么关系？"王守仁却神色不变地说："我本来就说不堪一比，两位公公不要怪罪！"张忠又接着挑衅："许公公说有了强将，兵弱一点儿无所谓，想必是王都堂身怀绝技吧？"许泰马上问："王都堂能射箭吗？"王守仁推托道："射法倒是略知一二，但向来只懂得文史，武技方面不怎么娴熟，还望两位公公原谅！"许泰说："既然知道射法，那不妨试试看。"王守仁说："班门之下，怎敢弄斧？"张忠说："有斧可弄，何畏班门？"二人一吹一唱，逼得王守仁无话可说，只好起身离座："两位公公有命，在下恭敬不如从命，就此献丑了。"说完，就走下去，让随从牵来一匹马，一跃而上，先在场子里跑一圈。到了箭靶竖着的地方，王守仁留神看了看，然后返回到众人发箭的地方，取了弓，拔了箭，不慌不忙，拈弓搭箭，左手如抱婴儿，右手如托泰山，大喝一声，将箭放了出去。不偏不倚，正中红心。南北的士兵齐声喝彩，铜鼓也敲得异常响亮。一箭刚中，一箭又来，与第一支箭并杆竖着，箭头只差分毫。鼓声再次响起，喝彩的声音震耳欲聋。王守仁跃下马来，拈着第三支箭，侧身射去，这一箭射过去，正对着第二支箭杆，嗖的一声，将第二支箭送了出去，正插入第二支箭的箭洞中。大家看了这般绝技，欢呼之声顿时淹没了鼓声。王守仁还想再射，不料背后有人拉扯，急忙扭过头去看，

186

原来是安边伯许泰，便说："献丑了，献丑了。"许泰说："都堂的神箭不亚于当年的养由基，怪不得能够立平叛逆，我等已经领教过了，还是停手吧。"

原来张忠、许泰二人，总以为王守仁是个文官，没什么武艺，可以借机嘲笑一番，谁知他竟有这般绝技。而且王守仁三箭过后，北军也齐声喝彩，声音震耳欲聋。于是张忠就在许泰耳边说："我军都折服于他了，怎么办？"许泰听了，马上下座制止。王守仁正好借此收场，撤队而归。回到署中，过了一天，就听说张忠、许泰有班师的消息。又过了一晚，二人果然前来辞行。王守仁免不了又摆下盛宴，给他们饯行。张忠、许泰在江西一共驻扎了五个多月，以肃清余孽为名，盘踞在南昌，平时捕风捉影，搜罗平民，无辜株连，没收财产。这次班师令一下，真是人心大悦，江西总算重见天日。

武宗在南京风花雪月地过了半年，没有还京的音信。江彬作威作福，成国公朱辅因为触怒了他，被罚长跪军门。魏国公徐鹏举是徐达七世孙，邀请江彬赴宴的时候，不开中门，也不在中堂设座，顿时惹怒了江彬，大声询问原因。徐鹏举拱手说道："从前高皇帝曾经巡幸私府，入中门，坐中堂，此后便将中门封闭，中堂也形同虚设，没人再敢用。如今将军光临怎敢怠慢？但如果破了故例，就是大逆不道，恐怕将军也不愿承受啊。"江彬听了这话，明知道是徐鹏举有心为难，但是他将"高皇帝"三字抬压出来，谁能抵抗得过？只好变嗔为喜，自认无知，勉勉强强喝了几杯，起身离去。诸位大臣一再请求，又听说宸濠在狱中有谋变的消息，武宗这才起程北归。

当晚，武宗亲自祭祀龙江，举行起程仪式。第二天来到瓜州地界，正碰上大雨，一行人暂时躲到百姓家里避雨。等到雨过天晴，才从瓜州渡江，临幸金山。武宗遥望长江一带，气象万千，觉得非常快慰。隔了一天，武宗登舟南渡，驾临前大学士杨一清的私府，君臣饮酒赋诗，又流连了两三天，才向扬州进发。到了宝应地界，一汪大湖映入眼帘。这湖名叫泛光湖，武宗看见湖光如镜，游鱼可数，不禁大喜："好一个捕鱼的佳处。"于是下令停船。扬州知府蒋瑶前来接驾，武宗就让他备好渔网等物。蒋瑶不敢怠慢，马上照办。武宗命太监、侍从等人在湖心撒网，得鱼多的有赏，得鱼少的则罚。大家划着船，分头下网，武宗开舱坐观，看见三三两两的人正撒网捕鱼，不禁心旷神怡，流连忘返。

约莫过了半天，各艘小船摇荡过来，纷纷献鱼。武宗按照多寡颁了赏赐，这才下令停止捕鱼。后来看见进献的鱼中，有一条鱼长约数尺，暴睛巨口，与众不同，便随口说道："这鱼又大又怪，值五百黄金。"江彬正恨蒋瑶没有按照惯例，给他些好处，便启奏说："泛光湖得来的巨鱼，应该卖给当地。"武宗准奏，便将巨鱼送给蒋瑶，让他回去取钱。过了一会儿，蒋瑶气喘吁吁地跑来见驾，叩头之后，从怀里取出些簪子、耳环等东西，双手呈上："臣奉命守郡，不敢私动库银，搜集臣家中所有，只有贱内佩戴的首饰还可以充作银钱，此外实在没有别的东西了，还望陛下恕罪。"武宗笑着说："朕要这些东西做什么，刚才不过是说笑罢了。你带来的东西，还是赏给你的妻子吧！"蒋瑶叩谢。武宗问："听说此地有一种琼花，这花究竟是什么样子？"蒋瑶叩头说："从前隋炀帝时曾到这里赏玩琼花，等到宋室南渡，这花憔悴而死，如今已经绝种了。"武宗快快不快："既然没有琼花，可有什么其他土产吗？"蒋瑶说："扬州虽然繁华，土产却是有限。"武宗说："苎麻白布不是扬州的特产吗？"蒋瑶不敢多说，只好叩头："臣领命了。"蒋瑶退下后，马上命人筹办五百匹细布奉作贡物，武宗这才下旨开船。

武宗从扬州来到清江浦，重新临幸太监张阳家。设宴张灯、征歌选美，君臣同乐。三天之后，武宗问张阳："朕路过泛光湖的时候，看人撒网捕鱼，非常快意。清江浦是著名的水乡，想必也有湖沼可以捕鱼。"张阳答："此地有个积水池，汇集了各路的河流、小溪，水非常深，鱼儿也有很多，或许可以撒网呢。"武宗高兴地说："你先去预备渔网，朕决定明日观渔。"张阳领旨而去。

第二天，武宗带着侍从来到积水池边，只见层峦叠嶂环抱着一汪清水，洞壑清幽，别有一番雅致。武宗就和张阳说："这池子占地不多，却很幽静，但是要想捕鱼，却不能驾驶大船，只能用小渔舟。"张阳说："池里本来就有小舟，可以取来用用。"武宗问："在哪里？"张阳慌忙答道："都停泊在芦苇丛中了。"武宗马上令侍从各自驾着小舟，四处撒网捕鱼。武宗看了一会儿，兴致突发，也想改乘渔船，亲自捕鱼。张阳说："圣上不便亲犯波涛。"武宗说："怕什么？"于是仗着威仪，跳上小船，身旁的四名太监也随着下船。两个太监划桨，两个太监布网，渐渐地荡入中间。那水中正好有一尾白鱼，银鳞闪闪，烁烁生光，武宗说："这鱼生得这么可爱，怎么不把它捕了？"两个太监领命张网，偏偏这鱼儿刁钻得很，不肯投网。渔网到东，它就游到西；渔网到西，它又返了回来，网来网去，总是网不到。武宗非常懊恼，竟然从船里取出渔叉，亲自试投。不防用力太猛，船身一侧，只听"扑通，扑通"几声，皇帝、太监一同跌到水里去了。

## 拔胡须的新刑罚

武宗掉入水里之后，险些被淹死。幸亏划船的两位太监，曾在京城的太液池里耍过水，二人游到武宗身旁，将武宗手脚握住，托出水面。水面上的其他船也急忙划过来，这才将武宗揽到船上，其他的两名落水太监也被旁人救起。只是武宗生平从来没有游过泳，而且日日纵欲，元气大伤。那时正是寒秋，湖水凛冽刺骨，所以人虽然被救起，却已经是鼻息细微，不省人事了。幸好御舟中带着御医，想尽办法，极力施救，武宗才把池水吐出，渐渐苏醒过来。只是元气难以挽回，龙体从此衰弱下去。大学士杨廷和等人请旨速速还京，武宗这时候也觉得疲倦，于是下令速归。

轻舟荡漾，日行百里，没过几天就到了通州，武宗将各位大臣召集起来，商议宸濠的处置问题。杨廷和等人请求仿照宣宗处置高煦的故例，在御殿受俘，然后商议刑罚。只有江彬说应该立即诛杀逆贼，免得滋生祸患。武宗正担心宸濠有什么变端，就听了江彬的话，命宸濠自尽，宸濠死后还下令焚尸。过了三天，武宗才班师回京，将各个逆党一并牵着，让他们跪在大路两边。尚书陆完、都督钱宁都因受逆案牵连，做了矮人。众人被脱去上衣，两手被反绑住，背上贴着白纸，上面写着姓名和罪状。逆党的家属，不分男女老少，一律裸体反绑，挨个跪着。武宗身穿铠甲，跨着战马，在正阳门下看了很久，才命人将几个奸党正法，然后把首级挂在竹竿上。武宗策马回宫，还住在豹房。后来钱宁也被正法，陆完被罚戍边，只有太监萧敬孝敬了张忠两万两银子，才买回一条小命。

武宗凯旋而归后，降下特旨，命定国公徐光祚、驸马都尉蔡震、武定侯郭勋祭告宗庙社稷。过了几天，又补行郊祀大典。武宗只好亲自去祭祀。来到天坛后按照惯例跪拜下去，只觉得一阵头晕目眩，支撑不住，侍臣连忙过去搀扶，半天才站起身来，只听哇的一声，吐出一口鲜血，顿时浑身发颤，再也不能礼拜了。只好委托王公草草祭祀完毕，自己乘着车驾，返回大内。

转眼间已经是残年，爆竹一声除旧岁，桃符万户贺新春。武宗身体还没有痊愈，就免了朝贺礼。这一病就是几个月。转眼到了春季，十五的时候正巧碰到日食，阴霾四起，朝中的人都认为是不祥之兆。江彬等人越来越骄纵，竟然假传圣旨，改西官厅为威武团营，自称兵马提督。手下的将士也狐假虎威，桀骜不驯。武宗卧病在豹房，懵然不觉。御医尽心尽力地调治，每天人参、鹿茸地进补，始终不见效果。朝中大臣问起皇上的病情，御医们统统都是摇头。司礼监魏彬对大学士杨廷和说："皇上重病在身，御医们已经束手无策，不如悬赏巨金，在民间求访。"杨廷和听后，知道他话里有话，沉思了一会儿，才开口道："御医侍候皇上久了，经验也有很多。譬如伦理顺序，总是先亲后疏，亲近的人关乎痛痒，自然关系密切，这是疏远的人，万万比不上的。据我想来，总是亲近的人靠得住啊！"魏彬唯唯而退。

过了两天，武宗的病越来越重，从昏昏沉沉中偶然醒来，睁开眼睛一瞧，只见太监陈敬、苏进二人在左右侍奉，就对他们说："朕病到这种程度，已经不可救药了。可以将朕的意思传达给太后，此后的国事，就请太后宣谕内阁大臣，然后妥善商议解决好了。"说到这里，已经是上气不接下气，喘息了很久，才叹息道："从前的政事都被朕一人所误，与你们无关。但愿你们日后小心谨慎，不要胡作非为！"陈敬、苏进齐声遵旨，等武宗安睡之后，才去通报张太后。张太后到豹房时，武宗已经不能说话了，只是眼睁睁地看着太后，淌下几滴泪珠。太后含泪慰问，谁知他却两眼一翻，双脚挺直，撒手人寰了，年仅三十一岁。

太后将杨廷和等人召到豹房，商议立储的事情。杨廷和屏退左右，私下对太后说："江彬大逆不道，准备谋逆，要是现在听说皇上驾崩，一定会迎立外藩，为祸不浅。还请太后做好事先的防备！"太后问："现在怎么办呢？"杨廷和说："现在只有秘不发丧，先定好大计。这里耳目众多，不如回到大内再作计较。"太后听了，也来不及悲痛，马上乘辇回宫。杨廷和一起进入宫中，略略商议一番之后，便赶赴内阁。太监谷大用、张永到内阁探信。杨廷和说："皇上驾崩，应该拥立皇储。"张永说："这是目前最重要的事情。"杨廷和便从袖中取出祖训，然后说："兄终弟及，这是祖训。兴献王长子是宪宗的孙子，孝宗的侄子，皇帝的侄弟，按照次序应该由他继立。"梁储、蒋冕、毛纪等人齐声赞成，张永、谷大用也没有异议，杨廷和便让太监去禀报太后。不久便传下皇帝遗诏，以及太后懿旨，传位于兴献王长子。

杨廷和等人返入内阁，一面请命太后，派谷大用、张永等人到豹房奉迎棺椁，入殡大内；一面派人去迎接兴献王世子入朝。当时国中无主，全靠杨廷和一人主持。杨廷和又上奏太后，申请改革弊政。太后一一照办，托言皇上遗旨，罢去威武团练各营，所有入卫的边兵，一概给予重资遣归，并遣散了豹房的番僧、教坊司乐人、四方献来的妇女，将宣府行宫的金银珠宝一律收归国库。还有京城内外的皇店，也一并撤销。武宗在位的时候，曾令太监开了好多酒肆，称为皇店，店中有戏子、歌伎，非常热闹。武宗到店中游玩，常常不醉不归。

贼臣江彬得到消息后，很不高兴。他早就对宫中大位垂涎很久。自从改组团营之后，江彬整天在外面办事，没有时间入宫，连武宗驾崩，他也毫不知情。这时忽然接到罢免团营、遣归边卒的遗诏，不禁大怒："皇上已归天了吗？一班混账大臣瞒得我好紧！"这时候都督李琮在一旁进言："宫廷里很显然已经怀疑我们了。现在不如快快动手，如果侥幸成功，则富贵无比，万一不成，也能北走塞外。"江彬犹豫不决，便找来许泰商议。许泰也踌躇不已，慢慢地说："杨廷和等人既然敢罢免团营，遣返边卒，想必已经严行防备，有恃无恐，提督还是小心为妙。"江彬提醒道："不知道内阁里的大臣到底是什么意思。"许泰说："那就让我去探一探，怎么样？"江彬点头。

许泰与江彬告别后，驱马疾驰，直达内阁，正巧遇到杨廷和。杨廷和不慌不忙，反而和颜悦色地和他打招呼。许泰问道："江提督让兄弟前来探问，究竟军国重事，应该如何裁夺？"杨廷和说："奉太后懿旨，已经前去迎立兴献王世子了。来往还需要些时日，现在国务繁忙，毫无头绪，还请伯爵去报告江公，让他前来一同商议。"许泰欣然同意，和他告别。杨廷和知道他中了计，就招司礼监魏彬，太监张永、温祥共同来到密室，促膝谈心。杨廷和首先开口对魏彬说："之前要不是您谈起，几乎误了大事。现在皇位已经有人继承，可以不用担心了。只是还有大患未除，该如何是好呢？"魏彬问："你说的大患是指水木旁吗？"杨廷和还没来得及回答，张永就接过话头说："怎么不快点杀了他？"杨廷和说："逆贼刘瑾伏法，全靠张公公，今天又要仰仗您了。"张永微微一笑。杨廷和又将许泰的话详细叙述一遍，然后在张永耳边说了一番。张永点头叫好，接着转告魏彬、温祥，二人也拍手赞成。第二天，魏彬又将密计禀报太后，太后也答应下来。

过了一天，江彬带着卫士跨马前来，准备到大内哭灵。魏彬已经事先等候在那里，就对江彬说："坤宁宫正准备在屋顶上安置兽吻。昨天

191

奉太后的旨意，准备派人去祭祀，正巧你来了。"江彬听了这话，非常高兴地说："太后的委托，怎么敢不遵行？"说完马上改穿祭服，到宫里去祭祀。祭祀完毕，太监张永一定要请他赴宴，江彬不便推辞，就跟着他去喝酒。二人才喝了几杯，忽然接到太后懿旨，即刻逮捕江彬下狱。江彬扔去酒杯，跑了出去。跑到西安门的时候，见门已经关上，就慌忙转身向北跑，远远看见北安门的城门还没有关，心里才稍稍宽慰。正准备穿城出去，守城士兵已经一齐拥上，将他按倒在地，紧紧捆住。江彬破口大骂，士兵也不和他计较，只顾拔他的胡须出气。江彬骂一声，胡须就被拔落一两根；骂两声，胡须就被拔落三五根，等江彬骂完，胡须也所剩无几了。江彬下狱之后，许泰也被拿住，打入大狱。还有太监张忠以及都督李琮等人，也与江彬一起住到了监狱里。锦衣卫查抄江彬的家时，共收出黄金七十柜，白银两千两百柜，金银珠玉、珍宝首饰不计其数，还有被他私藏在家中的几百本奏折。刑部按罪准备将他处以极刑，只因新皇未到，暂时将此案悬搁起来，让他多活了几天。新皇正了大位之后，将江彬凌迟处死。李琮、钱宁、写亦虎仙等人一并处死。只有张忠、许泰免死充边。

新皇来到京城后，由大明门进入文华殿，先派百官祭告宗庙社稷，接着又去朝见皇太后。午时，在奉天殿即皇帝位。当即颁布诏书，称奉皇兄遗命继承大位，以下一年为嘉靖元年，大赦天下。历史上称为世宗皇帝。

## 世宗初政

世宗即位两个月后，册立陈氏为皇后，并奉上两宫尊号，称慈寿皇太后为昭圣慈寿皇太后，武宗皇后为庄肃皇后，皇太后邵氏为寿安皇太后，兴献皇后为兴国太后。春意盎然，桃花烁烁，幸好两宫合德，后室太平。偏偏老天不愿意成人之美，寿安皇太后邵氏忽然生起病来，医药无效，没过多久便驾崩了。这位邵太后本来是宪宗的贵妃，是兴献王的母亲。世宗继承大位之后，邵氏已经年迈，并且双目失明，听说自己的孙子做了皇帝，把世宗从头到脚摸了个遍，高兴得嘴都合不拢。后来邵氏得病归天，世宗想把她葬在茂陵，也就是宪宗皇帝的陵墓。礼官不敢反驳，杨廷和等人上疏的时候，也只是说："祖陵不应该屡屡挖开，以免惊动神灵。"世宗不同意，仍然坚持合葬，只是另外在奉慈殿祭祀罢了。礼部尚书毛澄认为大礼不合体统，忧愤成疾，上疏辞官。辞呈递上去五六次，都没有被批准。后来因为病得厉害，又再次申请，世宗这才准许他回乡。毛澄匆匆上路，舟到兴济的时候，就与世长辞了。毛澄在任的时候，曾因世宗不遵循礼节奋然说道："老臣虽然老眼昏花，但也不同意摒弃古礼。否则只有辞官这一条办法，也就眼不见，心不烦了。"世宗非常器重毛澄，尽管他再三触怒天颜，依然对他恩宠有加。世宗听说毛澄病死在路上，心里非常惋惜，追封他为少傅，赐谥号文简。

世宗改元以后，甘肃、河南、山东几省时不时有乱警传来。甘肃总兵官李隆因为与巡抚许铭不和，就唆使部下杀死许铭，然后起兵作乱。世宗起用陈九畴为佥都御史，巡抚甘肃，诛杀李隆以及几名叛党，才算平定下来。河南、山东的乱事是由青州盗匪王堂等人挑起的，他们在东昌、兖州、济南一带烧杀抢掠，还杀死指挥杨浩。世宗限山东官吏马上荡平，官吏们担心遭到严惩，于是分道驱逐贼匪，贼兵不能屯聚，流窜到河南。后来，提督军务右都御史俞谏调集山东、河南的官兵，悉力围剿，才算把流寇一律扫除。

嘉靖二年夏季，西北大旱。秋天的时候南方又发了大水，世宗不免担忧。太监崔文说修道可以避祸，世宗就召见方士邵元节等人，并在宫中设立祭坛。香花灯烛，时时降召真仙；锣钹幢幡，处处宣扬法号。世宗还挑了二十多名年轻的太监，让他们改穿道装，学习诵经忏悔，在乾清宫、坤宁宫、西天厂、西番厂、汉经厂、五花宫、西暖阁依次建立祭坛，几乎将那紫禁宫变成修炼的道馆。大学士杨廷和代表内阁大臣，吏部尚书乔宇代表各部大臣，请世宗远离僧道，停止斋祭。给事中刘最又参劾崔文引进旁门左道，请求重罚。世宗不但不听，反而将刘最贬为广德州判官，作为惩一儆百的典型。杨廷和、乔宇等人只好睁一只眼，闭一只眼，任他祭祀。

刘最被贬出京后，崔文还觉得不痛快，就唆使私党芮景贤诬陷他，说刘最在途中仍然用给事中的旧官衔，擅自乘坐大船，苛刻对待役夫。皇帝顿时大怒，马上派人将刘最逮回京师，拘押在狱中，接着革职充戍；给事中郑一鹏目睹时弊，一心想着救国，便一再上疏，请世宗停止斋祭，放归方士。世宗看完奏折后，才答应暂时停止斋祭。

没过多久，世宗又颁出内旨，命太监提督苏杭织造。杨廷和认为监

193

织一职已经罢免，现在再次实行，纯属弊政，当即封还了圣旨，直言劝阻。世宗很不高兴。

世宗即位之后，杨廷和认为世宗英明果断，虽然年轻气盛，但还算有所作为，自信可以辅佐太平，所以军国重事尽量与世宗争辩，曾经先后封还御批四次。世宗虽然表示出宽容，但心中已经不满。加上内侍从中挑拨，说杨廷和专横跋扈，不守人臣之礼，最终难免成为国害，说得世宗不能不信。这次谏阻织造的事情发生后，世宗大怒，杨廷和接连上疏辞官。就在君臣相持不下的时候，南京刑部主事桂萼忽然遥上奏章，请世宗改称孝宗为皇伯父，改称兴献帝为皇父，称兴国太后为圣母。为了这一奏折，再次惹出一场争执，几乎兴起大狱来。

## 君臣之争

南京主事桂萼与张璁同朝为官，张璁来到南京后，与桂萼相见，二人谈起朝中的礼仪，全都愤愤不平。桂萼极力赞成张璁的说法，并主张申奏。正巧这时，听说侍郎席书以及员外郎方献夫上奏，请皇上称孝宗为皇伯，兴献帝为皇父。奏折全部被内阁大臣拦截，传达不上去。桂萼就代他们写了两封奏折，申明自己的意思，并托京城官员，代自己呈入。

世宗亲自阅览，读一句，点一下头，读几句，就连点几次头，一直到读完，才赞赏道："这封奏折关系重大，天理纲常就要仰仗它来维持了。"于是召集大臣商议。尚书汪俊带着文武大臣二百多人，一同驳斥桂萼的提议，世宗不听。给事中张翀等三十二人，御史郑本公等三十一人，再次上章辩论，认为应当听从众人的意见。世宗呵斥他们朋比为奸，扰乱国政，下诏扣取半年的俸禄。汪俊等人见皇上心意已决，就请在兴献帝、兴献后之上各加一个皇字。世宗还不满意，将桂萼、张璁召到京城来商议。杨廷和见朝政紊乱，决心离开，世宗竟然准许他辞官。

后来兴国太后寿辰，世宗命大臣入朝拜贺，宴席、赏赐一律照给。等到慈寿太后寿辰的时候，却早早就下令免去朝贺。修撰舒芬上疏谏阻被夺取俸禄，御史朱淛、马明衡、陈逅，员外郎林惟聪等人先后奏请，全部遭到痛斥。原来兴国太后入京的时候，慈寿太后以藩妃的礼节相待，兴国太后非常失望。世宗朝见的时候，慈寿太后也非常冷淡。因此，世宗母子一定要推重本生。张璁、桂萼又依次上疏，张璁更是说今天商量讨论的，不是皇与不皇的问题，而是考与不考的问题。世宗一再嘉奖，并召来大学士蒋冕、毛纪、费宏等人，准备在奉先殿的一旁建宫殿，祭祀兴献帝的灵位。后又诏谕礼部，追尊兴献帝为本生皇考恭穆献皇帝，奉上兴国太后尊号为本生圣母章圣皇太后。世宗又说："朕的本生父母已经有了尊称，就应当在奉先殿旁另建一室，供奉父皇的神位，以尽孝心。"接着催促役工，限日完成。

宫室竣工之后，命名为观德殿。大学士蒋冕认为追加尊号、建立祭室都是由世宗亲自裁决，没有经过内阁审定，不由得愤愤地说："我这个内阁大臣，不能匡扶国家，已经是渎职了，还留在这里做什么？"因此连连上疏辞官，世宗准奏。正巧户部侍郎胡瓒上疏说大礼已定，请停召张璁、桂萼二人。世宗不得已，只好准奏，命张璁、桂萼仍回原任。张璁、桂萼听到消息后，非常气馁，仍然联名上疏，并说："'本生'二字，是对后面的称谓而言的。如果不把这两个字除去，那么虽然称为皇考，仍然与皇叔无异。礼官有意欺君罔上，臣等愿意到京城当面质疑！"这话说得世宗又感动起来，再次让二人入朝。张璁、桂萼星夜兼程赶到京城，一进都门，就得知京官反对他们，并要效仿前朝马顺的旧例。桂萼听说后不敢出门，张璁也躲避了几天，才敢入朝。退朝后，二人担心仇人加害，不敢原路返回，便悄悄溜出东华门，躲避到武定侯郭勋的家里。

给事中张翀等人连续上疏参劾张璁、桂萼以及席书、方献夫等人。张翀取来群臣的奏章，送交给刑部，准备拟定张璁等人的罪名。尚书赵鉴私下和张翀说："一旦得到旨意，马上杀掉他们。"张翀非常高兴，免不了与同僚谈起。哪知一传十，十传百，竟被世宗得知，他严厉指责了张翀、赵鉴，并升张璁、桂萼为翰林学士，方献夫为侍讲学士。张璁、桂萼与方献夫担心众怒难犯，奏请辞官，世宗不许。学士丰熙，修撰舒芬、杨慎、张衍庆，编修王思等人都不愿与张璁、桂萼同朝为官，各自请求罢官，都被免了俸禄。给事中李学曾、御史吉棠等人上章解救，都被贬斥，甚至下狱。桂萼、张璁二人兴高采烈，又上陈十三件事，差不多有数千言。

这十三条纲目奏上去之后，世宗非常赞赏，马上命司礼监传谕内阁，除去册文中的"本生"字样。大学士毛纪一再坚持不可，世宗就当面指责毛纪等人："此礼一定要速速更改，你们眼里没有皇上，难道还想让朕没有父皇吗？"毛纪等人免冠退下。世宗又将文武百官召到左顺门前，颁布手谕，更定章圣皇太后的尊号，除去"本生"两个字，正名为圣母，限四天之内敬上册宝。百官不服，九卿、詹事、翰林、给事、六部、大理各个部门纷纷上疏，据理力争。奏折十三次递上，都没有消息。一时间，群臣大集，共有九卿二十三人，翰林二十二人，给事二十人，御史三十人，诸司郎官及吏部十二人，户部三十六人，礼部十二人，兵部二十人，刑部二十七人，工部十五人，大理寺属十二人，全部跪伏在左顺门，大呼高皇帝、孝宗皇帝。世宗在文华殿听到声音，就命司礼监传令让他们退去，可群臣仍然跪在地上，不愿离开。尚书金献民说："宰相辅臣更是应该力争，怎么能不来？"就派礼部侍郎朱希周到内阁传报。于是大学士毛纪等人也赶到左顺门跪伏。从辰时一直到午时，太监几次劝退，群臣始终不肯离去。世宗大怒，命锦衣卫捉拿首先倡议的几个人，其中有丰熙、张翀、余翱、余宽、黄待显、陶滋、相世芳、毋德纯，一律投入大牢。杨慎、王元正在朝门大哭，一时间群臣齐号，声震朝廷。世宗更加恼怒，索性一不做，二不休，拘押了马理等一百三十四人。只有大学士毛纪、尚书金献民、侍郎何孟春等人，勒令回家待罪。

过了几天，世宗将首先倡议的八个人戍边，其余的人四品以上夺取俸禄，五品杖责，编修王相等十六人因杖责受伤，先后毙命。大学士毛纪请求宽恕大臣们的罪状，被世宗痛责，说他勾结朋党，毛纪立刻辞官离开。世宗更改确定大礼，称孝宗为皇伯考，昭圣皇太后为皇伯母，献皇帝为皇考，章圣皇太后为圣母。后来又修献皇帝实录，在京师设立献皇帝庙，号称世庙，并下令编撰《大礼集议》。嘉靖七年，《大礼集议》编成，由世宗亲自填写序文，改名为《明伦大典》，颁布天下，并追论之前各位大臣的罪状，然后任张璁为吏部尚书，兼文渊阁大学士，桂萼为礼部尚书，兼武英殿大学士。二人私自庆贺，喜出望外。

定礼筑庙的时候，田州指挥岑猛作乱，免不得劳动王师，平定乱事。田州是广西各土族聚集之处，其中以岑氏势力最大，自称为汉岑彭的后裔。明朝初年，元安抚总管岑伯颜以田州归附，太祖特设田州府，令岑伯颜任知府。四世之后传至岑猛，他与思恩知府岑浚有了过节。二人互争长短，岑浚攻陷了田州，岑猛逃走。都御史总督广西军务潘蕃发兵诛杀岑浚，降岑猛为千户侯，贬迁到福建。

正德初年，岑猛贿赂刘瑾，被升为田州府同知，兼领府事，岑猛将之前的部下招揽回来，准备收复祖业。后来因为征讨江西流寇有功，被升为指挥同知。岑猛还不满意，开始侵犯邻境，成为边患。朝廷命都指

196

挥沈希仪、张经、李璋、张佑、程鉴等人，率兵八万，分五路进兵。另派参议胡尧元为监军，总督军务。岑猛听说大兵入境，非常惶恐，不敢交战，竟然逃到归顺州。归顺州知州岑璋是岑猛的丈人。姚镆听说岑猛逃到归顺州，便悬赏通缉，因为担心岑璋是岑猛的丈人，可能会帮助岑猛，便召沈希仪前来商议。沈希仪说："岑猛与岑璋虽然是翁婿关系，相处得却很不融洽，末将自有办法除掉岑猛。"姚镆非常高兴，马上让他去办。沈希仪回到营中，召来千户赵臣商议。赵臣与岑璋本来很熟，沈希仪就派他前去。双方见面后，寒暄一阵，岑璋设宴款待赵臣，赵臣装出很不高兴的样子。岑璋再三询问，赵臣始终一言不发。岑璋心中更加疑虑，就带着赵臣来到内室，问起原因。赵臣潸然泪下，岑璋也流着泪道："要死就死，不妨直言相告。"赵臣嘟囔着说："因为我们之前的情谊，我才辗转来到这里，但如果今天把实话告诉你，你可以生还，我却要死了。"岑璋大惊失色："你如果肯救我，我绝不让你送死。"说完，对天发誓。赵臣就对岑璋说："如今督府悬赏缉拿岑猛，听说岑猛藏匿在你这里，特意让我出兵攻打你。我要是不说，你必死无疑。我话一出口，你必定要为自己考虑，死的就是我，真是无奈。"岑璋叩头拜谢："请君放心。岑猛娶了我的女儿却像仇人一样对待她，我正想杀死他，只是担心他兵力众多，这才迟迟不肯动手。如果有官兵相助，马上就可以诛杀岑猛了。岑猛的儿子岑邦彦现在守卫隘口，我先派一千人作为内应，你可以发兵去攻，我们内外夹击，一切都很容易。"赵臣高兴地回去，报告沈希仪，当晚就去攻打岑邦彦。双方内应外合，岑邦彦的头颅唾手取来。岑猛听说岑邦彦被杀，惊慌失措。岑璋反而好言相劝，为他提供酒菜和美女，让他解闷。岑猛喜忧参半，整天与美女为乐，当他问到官兵时，岑璋就骗他说已经退兵了。

后来，胡尧元等人前来索要岑猛的首级，岑璋就拿着檄文给岑猛看，并说："官兵已到，我也不能保护你了，你自作打算吧。"接着将鸩酒递给岑猛，岑猛接过酒来大骂："中了你的诡计，还有什么话好说！"说完，将鸩酒一口饮下，刹那间毒性发作，七窍流血而死。岑璋砍下岑猛的首级，解下岑猛的佩印，派人前去报功，诸位将领凯旋班师。岑邦彦战败而死，岑猛的党羽陆绥、冯爵等人全部被擒，只有卢苏、王受逃走。隔了一年，卢苏、王受又纠集众人作乱，攻陷了田州城。

## "无为" 之道

　　卢苏、王受是岑猛的余党，他们攻陷田州后，又侵犯思恩。右江一带，人心惶惶，有人说岑猛根本没死，也有人说岑猛的党羽勾结安南，已经攻陷思恩州。一时间风声鹤唳，草木皆兵。姚镆控制不了局势，只好向各处调兵，周围的藩镇长官都与姚镆关系不好，不但不肯调兵给他，反而说他的坏话。御史石金听说后，就参劾姚镆剿匪无功，欺君罔上。这下子惹怒了世宗，立即革去姚镆的职务，任王守仁为兵部尚书，总督两广军务，前去讨伐田州。另外派御史石金为巡按，同赴广西。王守仁到任之后，听说卢苏、王受的势力越来越盛，就与石金商议改剿为抚。于是派人到田州招降，让他们前来谢罪。卢苏、王受既怀疑又害怕，不敢前去。王守仁又派人前去，发誓永不相负。卢苏、王受这才带着很多兵马，到辕门赴约。王守仁一再坦诚告诫，二人终于自缚待罪。王守仁历数了他们的罪状，下令分别杖责数十下，然后到二人营中，安抚叛党，田州从此安定下来。

　　王守仁从田州返回的时候，父老百姓拦道阻拦，说是断藤峡里的瑶人又开始猖獗，盘踞三百多里，成为百姓的祸害。王守仁于是留在南宁，暗中派卢苏、王受去攻打断藤峡，立功赎罪。二人奉命即出，连连攻破断藤峡各寨，诛杀贼匪的头目，遣散帮凶，断藤峡又恢复了平静。王守仁上疏称卢苏、王受有功，朝廷对二人赏赐有加。尚书桂萼让王守仁乘机攻打交趾，王守仁不肯答应。桂萼就参劾王守仁在征抚的时候，不把握机会，失去交趾，于是世宗没有给王守仁封赏。没过多久，王守仁病重，上疏请求辞官，并推荐郧阳巡抚林富代替自己。朝廷的旨意还没下达，王守仁就因病情恶化，来不及待命，离任回乡，走到南安的时候闭目长逝。桂萼又说他擅离职守，请世宗不要赐予恩典，并停止世袭。江西的士兵和百姓向来尊敬王守仁的德行，灵车所到之处，都穿着素服前来哭灵。一直到穆宗隆庆初年，才追封谥号为文成。王守仁是浙江余姚人氏，曾经在阳明洞中读书，当时的人称他为"阳明先生"。生平的学问涉及道教、佛教，但都以儒教为归宿。他曾说，知是行的前提，行是知的实践；知是行的开始，行是知的终结，人必须知行合一，这才是真正的道学。这几句话是阳明先生的学说，门徒大多遵守。日本人也是靠着阳明先生的遗志，实力奉行，才有今天。

世宗即位初年，曾逮兵部尚书王琼下狱，并谪戍榆林，起用彭泽为兵部尚书，陈九畴为佥都御史，巡抚甘肃。这次变动，是因为王琼陷害彭泽、陈九畴，给事中张九叙又参劾王琼的罪状才有的。陈九畴到了甘州，正碰上吐鲁番酋长率领部下入侵，陈九畴带领士兵奋力抵抗，战败满速儿，一直追到肃州，又与肃州的总兵官姜奭夹击一阵，杀死敌将火者他只丁，其他士兵皆仓皇逃走。边境百姓传言满速儿已死，陈九畴就依据谣传，上疏报捷。谁知满速儿安然无恙，西逃之后，休养了两三年，又派部将牙木兰占领了哈密，并侵犯沙州、肃州。世宗听到警报，起用前都御史杨一清总制三边，并将他比做郭子仪。吐鲁番听到杨一清的威名也非常害怕，收敛了很多。杨一清建议朝廷暂且招抚，先让满速儿缴还哈密城的大印。后来杨一清奉召入阁，尚书王宪接替他的职务。王宪仍然采用杨一清的计策，派使臣诏谕吐鲁番，让他们悔过伏罪，归还哈密。满速儿置之不理。

后来，世宗听信张璁、桂萼的话，再次召王琼为兵部尚书，接替王宪总制三边。王琼上任后，马上奏称满速儿没有战死，陈九畴与金献民欺君罔上，应该一律问罪。百户侯王邦奇也上疏弹劾陈九畴、金献民以及杨廷和、彭泽等人，说得异常激愤，再加上张璁、桂萼二人火上浇油，世宗自然大怒，马上降下手诏，派人将陈九畴、金献民逮捕下狱。张璁、桂萼准备将陈九畴斩首，金献民削官为民，杨廷和、彭泽一律加罪。偏偏刑部尚书胡世宁不肯答应，并说："陈九畴误信谣传，妄报贼死，罪责固然难免，但他也曾奋力破贼，保全了甘州、肃州，功足以抵罪，应该从轻发落。"世宗这才令陈九畴免死，发配边境，并削去金献民、彭泽的官职，只有杨廷和没有提及，总算是包容过去。

世宗重任张璁、桂萼之后，原有的内阁大臣先后罢官。御史吉棠请世宗召回三边总制杨一清，以消除朋党。世宗便召杨一清入阁，杨一清在内阁时间一长，与张璁、桂萼有了过节。王准、陆粲参劾张璁、桂萼任用私党，公报私仇，恐怕将来要成为社稷之患，贻误不浅。世宗随后免去了张璁、桂萼的官。可没过多久，世宗又念起张璁之前的功劳，竟然将他召回，贬王准为典史，陆粲为驿丞。随后，詹事霍韬再次参劾杨一清，世宗下令法司集齐朝廷大臣，商议杨一清的功罪。杨一清一气之下上疏辞官，世宗准许他罢官，杨一清当日出都。正巧那时候太监张永病死，张永的弟弟张容请杨一清为他写墓志铭。杨一清与张永是旧交，盛情难却，等到撰成之后，免不得接受些馈礼。这件事被张璁得知后，竟暗中嘱咐言官诬陷杨一清收受贿赂。杨一清回家之后，得知这一消息，不禁愤恨地说："我已经这么老了，还被这两个小人诬陷，真是气死人了！"几个月之后，杨一清背上生出一只毒疮，流血而亡。又过了几年，才被追封谥号文襄。

桂萼再次入阁后，在位的几年里，没什么建树，后来告老还乡，没过多久便病死了。只有张璁备受恩宠。张璁因为犯了皇帝的名讳，便上疏请改，世宗写了"孚敬"两个字，作为张璁的名字。其实世宗名叫厚熜，与张璁的璁偏旁不同。朝中大臣见他得宠，就相继附和，不敢有什么异议。只有夏言与他分张一帜，世宗也很相信夏言，张孚敬反而占了下风，因此屡屡陷害夏言。谁知世宗反而袒护夏言，训斥张孚敬，张孚敬没有办法，辞官离开。世宗命侍郎翟銮、尚书李时先后入阁，升任夏言为礼部尚书。翟銮、李时两人任何事情都要与夏言商议。夏言虽然没有干预内阁事务，权力却在内阁大臣之上。

世宗在位十年，一直没有皇子，便准备再次在宫中设立祭台，让夏言任祭坛监礼使，侍郎湛若水、顾鼎臣做导引官，文武大臣依次进香。世宗也亲临坛前，虔诚行礼。主坛的大法师名叫邵元节。邵元节是贵溪人氏，据说小时候得到仙人真传，能呼风唤雨，驱鬼通仙。世宗听说他的大名后，将他召入京城。问起仙术，邵元节只说了一个"静"字，静字之外，便是"无为"两个字。世宗一再赞赏，封他为真人。没过多久命他祈祷下雪，果然彤云密布，瑞雪纷飞。世宗佩服得五体投地，立即加号为致一真人，赐给玉金银象印各一枚，并命人在都城建造真人府。耗资数万，两年才造成。世宗又赠田三十顷，供真人府日常饮食，并派去四十名杂役供真人使唤，真的是礼敬有加，尊宠备至。邵真人登坛主持坛事，早上诵经，晚上持咒，差不多有一两年。偏偏后宫几十名妃子，无一生男。编修杨名参劾邵元节，遭来世宗怒斥，被下狱戍边。邵元节也以祈祷无效，请求回山，并说只要皇上心诚，不出两年，一定会有儿子。世宗大喜，就派人到贵溪山中，建造仙源宫，让他休养。宫殿造好之后，邵元节入朝辞行，世宗摆下酒宴作别，并问："真人此去，何时能再次相见？"邵元节掐指一算，欣然说："陛下多福多寿，而且命中多男，臣来觐见皇上，应当不止一两次。"世宗说："朕已经三十岁了，还是没有子嗣，如果神仙保佑有一两个儿子，就已经知足了，哪里敢多求呢？"邵元节安慰道："陛下请放心，到时候就知道我所言不假了。"说完，拂袖离开，飘然而去。

说也奇怪，邵元节出京几十天之后，后宫的阎贵妃居然有了身孕。几个月后，世宗因贵妃生产，还需要祈祷，就派锦衣千户侯孙经去召邵元节。世宗在便殿召见，对邵元节慰劳有加，还赐彩蟒衣一件，以及教辅国王大印一枚。第二天再设祭坛，世宗格外虔诚，沐浴斋戒，然后到坛前祈祷，一时间香烟凝结，雾霭氤氲。大家都说庆云环绕，是祥瑞之兆，世宗也深信不疑。过了三天，阎妃分娩，果然是个麟儿。群臣依次入贺，世宗说："这都是致一真人的大功。"于是加封邵元节为礼部尚书，赐给一品俸禄，赏白金、文绮、宝冠，并给邵元节的徒弟邵启为升了官。

## 命中注定的火劫

世宗喜得皇子，给他取名载基，开始相信方士的灵力。从此道教盛行，佛教衰灭，菩萨也只能在太上老君面前低眉顺目。夏言揣摩皇上的意思，请他除去禁中的佛殿。原来明宫里面有个佛殿，里面藏有金银佛像以及各种器具，相传是元代建造，一直传到明朝。世宗看了夏言的奏章之后，就命他带着武定侯郭勋、大学士李时先去察看一下。

夏言等人奉命入殿，见殿中陈列的无非是铜铸的如来，金装的观音，以及罗汉、韦陀、弥勒佛等，倒也不新鲜，没什么稀奇。等走到最后一个大殿，只见墙壁上的灰尘积了很厚，房檐前面的蜘蛛网纵横交错，殿门紧紧关着，兽环上面衔着一把大锁，大锁上积的尘垢，差不多有几寸厚。几人去向殿中的住持索取钥匙，住持说这里面有怪异的东西，不应轻易打开。夏言就怒斥他："我们奉旨而来，还怕什么妖怪不妖怪？"住持不得已，只好呈上钥匙。哪知大锁已经生锈，钥匙插入锁心，仍然开不动。夏言就命侍役砍断大锁，开门入内。门里面幽黑深邃，和阎罗殿差不多。几个人鱼贯进殿，凝神细细瞧去，并不见有什么丈六金身的庄严佛像，只有无数奇形怪状的神鬼与漆鬓粉脸的女像，抱腰亲吻，眉挑目逗。最看不过去的，是几个男像和几个女像统统裸着身体，一丝不挂，彼此伏在地上，做出交欢的情景。夏言不禁愤愤说道："佛门清净之地，竟有这种污秽的东西！"说完，就与郭勋、李时二人一并出来，到朝廷复旨。三人直言不讳，并请求把所有的异像全都埋到野地里。世宗说：

"既然这么淫邪，就应该一律销毁，免得一些无知的百姓挖出来供奉。"随即派遣工役，尽行拆毁，然后一一销熔，共得一万三千多斤金属。还有些金函玉匣里面藏着的佛头、佛牙等物，也一律销毁。殿宇的遗址改筑慈庆、慈宁宫，奉两宫太后居住。

皇子载基才出生两个月，忽然患了绝症，没过多久便夭折了。世宗非常难过，幸好王贵妃再次怀孕，足月临盆，生下一个男孩，取名为载壑，接着是杜康妃、卢靖妃各生一男，杜妃的儿子名叫载垕，便是后来的穆宗，卢妃的儿子名叫载圳，后来被封为景王。世宗连得二子，少了很多伤痛。后来世宗又连得四子，一个叫做载㙺，一个叫做载𡒊，一个叫做载壝，一个叫做载𡊹，都是妃嫔所生，全部夭折。

世宗共有三个皇后。第一个皇后是陈氏。一天，陈氏与世宗坐在一起，张、方两位妃子进茶。世宗见两位妃子手似柔荑，就握着端详，爱不释手。皇后竟然将手中的茶杯扔掉，站了起来。这下子触怒了天颜，被大声呵斥。皇后那时正有身孕，惊吓之后竟然流产，接着身患重病，一命呜呼了。第二个皇后是张妃。张妃继位中宫之后，听从夏言的建议，亲自到北郊养蚕，还带着六宫嫔妃御听讲《章圣女训》，倒也淑德。后来不知因为什么事情触怒了世宗，竟在嘉靖十三年被废，嘉靖十五年谢世。第三个皇后是方氏。世宗册立的这三个皇后，要算册立方后时礼节最为隆重。后来世宗因正宫没有生育，理应立长，就在嘉靖十八年，立皇子载壑为太子，封载垕为裕王，载圳为景王。

那个时候，四方的道人齐集朝中，江西龙虎山中的张天师也入朝觐见。世宗和他谈起道法，他就以"清心寡欲"四个字奏称，很合皇上的心意，便加封他为正一嗣教真人，赐金冠、玉带、蟒衣、银币，并将他留在京城，让他与邵元节分坛主事。那坛场的摆设非常铺张，上下共分五层：最下一层，按照五方的位置，分别设立红、黄、蓝、皂、白五色旗；第二层，是苍松、翠柏扎成的亭台楼阁；第三层，有八十一名小太监分别穿着法服，手持百脚长幡，站成方队；第四层，罗列着钟、鼓、鼎等物件；第五层上面才是正坛，金童玉女排列成行，四面环绕着鲜花，中央点着一枝巨大的蜡烛，上面供着三清等像。青狮白象栩栩如生，香烟袅绕于九霄之中，清磬声悠扬在三界上。这位正一真人张天师，头戴金冠，腰系玉带，身穿蟒衣，手持象简，虔诚祷告。世宗在坛边行拜叩礼，只听张天师口中念念有词，喊了几十回天尊，诵了两三次祝文。忽然炉内的香气冉冉上升，氤氲不散，竟然凝成祥云。空中的一轮红日与

202

那缥缈的云烟，映照成彩，红、黄、蓝、皂、白回环交结。世宗看着，也觉得奇异。正在惊喜交加的时候，又听见空中传来嘹亮的一声，声音婉转清扬。世宗举目上眺，竟然看见一双白鹤从彩云深处回翔而下，绕坛盘旋了三周之后，冲天飞去。这时的世宗更加相信这一切是仙人点化，连忙望空拜谢。等到还朝之后，百官齐声称贺，三呼万岁。世宗更加高兴，赏赐给张天师无数金银财宝。张天师随即请求归山，世宗挽留不住，只好派人将他送回去。没过多久，天师就病死了，世宗将他厚葬，叹息了好多天。

后来，世宗南幸承天，祭拜兴献皇帝的陵墓。邵元节因为患病留在京中。快病死的时候，他对门徒邵启为说："我就要死了，见不到皇上了。麻烦你转告他，我死以后，陶典真可以继承我的位置。"说完就逝世了。邵启为谨遵师命，禀报了世宗。世宗听后大哭一场，亲自写下手谕，颁发给礼部，所有营葬典礼都仿照伯爵的惯例，然后召陶典真前来供职。

陶典真是黄冈人，曾做过黄冈县掾吏，一向喜欢神仙方术。邵元节还没有显贵的时候，曾经与他有些来往。邵元节得宠后，顾念之前的友谊，替他疏通，陶典真被升为辽东库大使。后来觐见邵元节的时候，免不了恭维几句，邵元节便替他举荐。正巧那时宫里有妖怪作祟，陶典真仗着道法，焚香烧符，祷告了三天三夜，妖怪果然全都没了踪影。到底这宫里有没有妖怪呢？据《明宫轶闻》记载，宫里每晚都有黑气作祟，像浓烟一样弥漫，而且每天晚上能听到敲木鱼的声音。一位宫娥很有胆识，听到声音后就起来，到处细听，原来怪声出自台阶下面，就用小石头作了标记。等到第二天黎明，奏报世宗。世宗命人移开台阶向下挖去，挖到几尺深的时候，果然挖出一具木鱼，已经朽腐。扔到火里之后，一股绿烟冲上来，发出阵阵恶臭，袅袅不绝。后来经陶典真入宫作法，宫禁才得以平安。世宗从此开始器重陶典真，但总以为是由邵元节传授，他才有如此了得的法力。

这天，世宗出去游玩。只见天高云淡，春光明媚。世宗心舒意惬，对着美景流连忘返。猛然间一阵旋风从西北刮来，顿时飞沙走石，马鸣声嘶，护驾的官吏都吓得面如土色。世宗急忙召见陶典真，问这旋风有没有什么征兆。陶典真跪奏："臣已经推算过了，今天晚上应防止发生火灾。"世宗惊奇地说："这如何是好？"陶典真安慰道："圣驾应该有救星，只是请陛下让随从小心保护才行。"世宗点头。这天黄昏的时候，世宗让随从等人熄灯早睡，又命令值夜班的吏役分头巡逻，不得怠慢。

世宗这才进入御寝，吹熄蜡烛，早早地睡了。谁知睡到半夜，行宫后面忽然着了大火，顷刻间就烧红了天。宫中的侍卫随从忽然遇到火灾，都仓皇失措，乱逃乱窜。这火又是从外面烧进来的，竟然将门堵住。大家逃命要紧，也不管有火没火，统统从火堆中越过，不是焦头烂额，就是燎发燃眉，有几个应死于火劫的，受了几阵浓烟就晕倒了，被烧得乌黑。世宗本来有戒心，听到外面的毕剥声，慌忙起来，开门一瞧，已经是满眼红光，顿时吓得胆战心惊。几个内监前来护驾，谁知外面已经连成火圈，无路可走，只好退回去。世宗因为之前听了陶典真的话，就和内侍们说："不要惊慌！朕自有救星。"话音未落，门外已经有人抢入，连君臣礼都来不及行，慌忙将世宗背在身上，从火焰稍小一点儿的地方冲了出去。逃到宫外，幸好没有受伤，这才将世宗放下。世宗一看，原来是锦衣卫指挥使陆炳。陆炳叩头问安，世宗宽慰他说："要不是你救朕，朕几乎要葬身火海了。陶卿曾经说朕有救星，不料救星就是你啊。"正说着，陶典真也踉踉跄跄地跑过来，眉毛和胡子都被烧焦了。世宗问他："怎么你也会受灾？"陶典真说："陛下的劫数里，应该有些小灾。臣刚刚默默祈祷，以身相代，把那些小灾都移到自己身上了。只要陛下安然无恙，臣何必吝惜这些须眉呢？"世宗大喜。火灭之后，世宗回宫察看，好好的宫殿已成一片焦土，检查吏役，伤亡了好几百人。世宗按照惯例抚恤，任陶典真为神霄保国宣教高士，特准他携带家属，随官就任。

这时候，章圣太后已经驾崩。当年九月，奉诏葬章圣太后于显陵，世宗送葬南下。世宗南巡时，曾经命年仅四岁的太子监国。回到都城后，陶仲文又进献清净养心的道诀，世宗非常信从。一天临朝的时候，对朝中大臣说："朕想让太子监国一两年，朕要在宫中修养，等身体健康了，再来亲政。"大臣们面面相觑。太仆卿杨最心里反对，但见大臣们一句话都不说，也只好暂时含忍过去。等到退朝后，才递上奏折抗议。

这奏折惹得皇上大怒，竟然下诏逮捕杨最下狱。杨最经受不住严刑拷打，死在狱中。随后世宗又晋升陶典真为忠孝秉一真人，没过多久又加封为少保礼部尚书，晋升少傅，食一品官的俸禄。接着又令东宫监国，世宗常常不理朝政，整天斋祭。给事中顾存仁、高金都因为直言劝阻而获罪。监察御史杨爵忍耐不住，竟然上疏直陈五大弊端：一是奸贼郭勋随意升降官员；二是大兴土木剥削民脂民膏；三是朝中政事荒废；四是崇信方术，随意加封官衔；五是阻塞言路。然而这五大弊恰恰被世宗视为美政，看到这种奏折，世宗怎能不异常愤怒？当下便将杨爵逮捕下狱，严刑拷打，打得他血肉模糊，晕死了一夜，第二天才苏醒过来。主事周天佐、御史薄铉都因上疏相救，下狱受刑，先后被打死。至此群臣噤若寒蝉，无人敢言。大学士张孚敬屡进屡出，于嘉靖十八年死在家里，世宗追悼不已，赠职太师。李时那时已经病终，礼部尚书、监醮使夏言升任武英殿大学士，导引官顾鼎臣升任文渊阁大学士。二人最得皇帝的宠信，所有祭坛时的荐告文，都由二人主稿。因而创出了用青藤纸写朱字的做法，称为青词。青词以外，还写了很多歌功颂德的诗篇。内外官吏纷纷效仿，一再称祥瑞、颂太平。风气一开，阿谀奉承的人接踵而来，于是又引出一个大奸贼来。

## 宫婢之变

嘉靖年间，有一位大奸臣乘机得志，身居显位，秉政二十多年，把明朝的元气剥削殆尽，几乎亡国败家。这奸臣就是严嵩。

弘治年间，严嵩高举进士，有术士替他相面，说他日后定会大富大贵，但有一条饿纹进入口中，恐怕将来要被饿死。严嵩笑着说："既说大富大贵，又说会饿死，可见自相矛盾，不足以深信啊。"此后，严嵩浮沉于官场，一直没什么起色。他不愿庸碌终生，就变本加厉地逢迎，多方活动，终于找到了尚书夏言这条门路。后来夏言入阁，便将严嵩一起调入京师任礼部尚书，严嵩一切礼仪无不仰承皇上的旨意，深合帝心。因为设立祭坛斋祭的时候，屡次出现祥云，严嵩就仗着历年来的学问，写成一篇《庆云赋》，呈给皇上御览。世宗从头到尾阅读一遍，觉得字字典雅，语语精工，就是夏言、顾鼎臣二位大臣的青词也略逊他一筹，不禁拍手称赞。没过多久，严嵩又献上《大礼告成颂》，世宗更加赞赏。从此，所有青词等类的文章，都让严嵩主笔。夏言、顾鼎臣二人反倒渐渐失宠。顾鼎臣在嘉靖十九年，得病逝世，世宗追封他为太保。只有夏言自恃功高，瞧不起这位严尚书，况且严嵩的每一次晋升，都是由自己一手提拔，所以对待严嵩几乎与门客差不多。严嵩与夏言是同乡，因为要靠夏言引荐，不得不曲意奉承。谁知夏言竟然一天比一天骄傲，盛气凌人，严嵩心里暗暗怀恨，表面上却格外谦恭。

一天，严嵩摆下酒席邀请夏言，写了请柬过去，夏言竟然拒绝。严嵩又亲自来到夏府求见，夏言不肯出来。严嵩不得已，只好长跪阶前，展开请柬和声朗诵。夏言这才转怒为喜，出来应酬，然后随着严嵩赴宴。夏言以为严嵩老实谦逊，从此对他不再怀疑。可俗语说得好："明枪易躲，暗箭难防"。这严嵩是个阴柔险诈的人物，受了这种恶气，怎么能不私图报复？凑巧翊国公郭勋与夏言有过节，严嵩随即与郭勋勾结，准备设计陷害夏言。

当初，夏言被加封为少师，世宗赐了他一枚银章，上面有"学博才优"四个字。后来，世宗到承天祭拜显陵，郭勋、夏言、严嵩等人护驾随行。祭拜典礼结束后，严嵩请表恭贺，夏言请回京后再议。世宗竟然答应了严嵩的请求。严嵩于是揣摩意旨，与郭勋挑拨离间，一再进上谗言。世宗顿时恼怒，说夏言傲慢不恭，将赐给他的银章收回，又削去他的爵位，勒令罢官。后来，世宗的火气慢慢下去，又把银章赏还给夏言。夏言知道有人陷害，在上疏谢恩的时候，写了一句"一志孤立，为众所忌"，世宗看了又下诏责问。夏言干脆申请罢官，圣旨不许。后来，昭圣太后病逝，夏言的奏折又惹恼了皇上，被严厉驳斥。夏言只好推托身体有病，以至于昏庸延误。世宗让他辞官回乡，夏言奉命离开之前，到西苑的斋宫告辞。世宗又开始可怜他，让他回家治病，等待安排。

没过多久，言官开始轮流参劾郭勋。尽管世宗有意宽恕，下令复查，不料复查一次，加罪一次，复查两次，加罪两次，于是一个作威作福的翊国公就这样被除掉了。满朝文武拍手称赞，只有严嵩因为失掉一个帮手，始终怏怏不快。

明代的时候，皇帝与皇太子的冠式是用乌纱折上巾，也就是唐朝所称的翼善冠。世宗崇尚道教，不戴翼善冠，而是戴香叶冠。后来，他命人制造了五顶沉水香冠，分别赐给夏言、严嵩等人。夏言说这不是臣子应该戴的，就将赏赐退了回去。只有严嵩遵旨戴着，并且用轻纱笼住，以示郑重。世宗于是更加喜欢严嵩，疏远夏言。后来遇到日食，世宗就说："有大臣怠慢君主，才招来上天的警告。夏言傲慢无礼，应该贬职，所有武英殿大学士的遗缺，都让严嵩接替!"这诏书一发，严嵩马上代替夏言入阁，登上了宰相的位置。那时严嵩已经六十多岁，却和壮年差不多，早晚在西苑的椒房值班，不敢懈怠。世宗非常高兴，赐给严嵩一枚银章，上面有"忠勤敏达"四个字。后来皇上又陆续赐匾，挂满了严嵩的府第，内堂被称做"延恩堂"，藏书楼是"琼翰流辉"，修道阁是"奉玄之阁"，大厅上面大大地写着"忠弼"两个字，作为特赏。严嵩从此开始窃权揽位，结党营私。长子严世蕃被升任尚宝司少卿，性格贪婪狡诈。严嵩父子狼狈为奸，朝野为之侧目。

嘉靖二十一年十月，宫中竟然闹出一宗谋逆的大案来。谋逆的罪魁祸首，乃是曹妃宫里的婢女杨金英。原来，世宗虽已经是中年，因求储心切，故而广纳妃嫔。其中有个曹氏生得妍丽动人，最受宠爱，被册为端妃。每次世宗有闲暇的时候，都会到端妃宫里调笑取乐，差不多有"后宫佳丽三千人，三千宠爱在一身"的情形。端妃的婢女杨金英因侍奉不周，屡次触怒皇上，世宗几乎将她杖死，还是端妃替她说情，才把性命保住。谁知这杨金英非但不知道感恩，反而衔恨在心。正巧世宗祷告雷神后，回到端妃宫中，二人一起喝了几杯，世宗就昏昏睡去。端妃替他把被子盖好，放下罗帏，恐怕惊动了他的美梦，就轻轻关上寝室的门，到偏房去了。不料杨金英看到这个机会，悄悄地溜进寝室。侧耳细听了很久，听到鼾声大起，她竟然放着胆子，解下腰间的丝带，绑成一个结，揭开御帐，把那结套在皇帝的脖子上用力拉扯。这时忽然听到门外有脚步声，杨金英不禁手忙脚乱，慌慌张张地丢下带子，逃了出去。门外站的是另一名宫婢，叫做张金莲。张金莲正从寝室门口经过，偷偷向里面看，只见杨金英解下腰带打了个结套，不知在做什么勾当。她本来想报告给端妃，后来一想，这杨金英是端妃的心腹，或许就是端妃派去的，不如速速报告皇后较为妥当。于是三步并作两步地跑到正宫，禀报祸事。方皇后听后大惊失色，慌忙带了几名宫女，跟着张金莲赶入西宫，也来不及通知端妃，直接到御榻前探视。揭开帐子一看，只见世宗的脖子上套着一条丝带，吓得胆战心惊，慌忙用手在鼻子上试了试，觉得还有热气，这才宽下心。随即去看那结套，幸好是个活结，不是死结。想来是世宗命不该绝，杨金英忙中失误，没有把结套扎牢，用力牵扯时，反而将带结扯脱一半。方皇后将结套解开，端妃才匆匆忙忙地进来。这时候的方皇后看着端妃，不由得柳眉倒竖，凤眼圆睁，用力将丝带扔到端妃脸上，并厉声喝道："你看看！你看看！你竟敢做这种大逆不道的事情！"端妃莫名其妙，吓得浑身乱抖，幸好张金莲替她辩解，只说是杨金英谋逆。方皇后这才命内侍去捉拿杨金英，然后宣召御医，替世宗诊治。

没过多久，世宗就苏醒来，手足可以舒展，眉目也能活动。只是脖子因为被带子所勒，虽然没有伤及性命，但究竟气息还没舒通，一时间说不出话来。方皇后见世宗苏醒过来，就出去审讯杨金英。杨金英起初还想抵赖，后来经张金莲对质，无从狡辩，只好俯首认罪。偏偏方皇后不肯就此罢手，硬要问她主谋是谁。杨金英支支吾吾说不出来，后来动了大刑，才供出一个王宁嫔。方皇后就命内监将王宁嫔牵来，也不问她是真是假，就用宫中的私刑，把她打了一个半死。随即召端妃入内问道："逆犯杨金英是你的婢女，你与她共同谋逆，还有什么话好说？"端妃匍伏在地上，一个劲儿地喊冤。方皇后冷笑着说："皇上睡在哪里，你难道不知道吗？"于是下令身边的太监："快将这三名罪犯拖出去，按照大逆不道的惯例，凌迟处死。"端妃听了这话，魂都飞到了九霄云外，几乎不省人事。等到苏醒之后，还想哀求，已经被牵出宫外。可怜她玉骨冰肌，只落得暴骨含冤。王宁嫔和杨金英也一同受刑。

世宗痊愈之后，回忆起端妃的音容笑貌，问遍了宫里的人，统统替她喊冤，于是哀痛不已，从此和皇后有了隔阂。嘉靖二十六年，大内失火，世宗那时住在西宫，听到火警，反而向天说道："不要说仙佛无灵，看那妒害好人的人，今天恐怕要遭天谴了！"宫人请求去救方皇后，世宗默不出声。火被扑灭后，接到大内的禀报，说皇后被火烧得非常厉害，世宗也不去探望，皇后最后病死。后来世宗又追悼亡后，痛哭流涕地说："皇后曾经救过朕，朕却不能救皇后，不免辜负她了。"于是亲定谥号为孝烈。

世宗遭遇这次宫变之后，更是万念俱灰，便敕谕内阁："朕从今天开始潜心斋祭，所有的国家政事都交给大学士严嵩主裁。大学士应体会朕的心思，谨慎率领百官，秉公办事。"严嵩接到这道旨意，欢喜异常，从此遇事独断，从不询问同僚。内外百官有什么要倡议的，必定先请教严嵩。大学士翟銮以兵部尚书的身份入阁办事，资望高于严嵩，有时与严嵩商议事情，难免妄自尊大。严嵩因此挟嫌报复，将他父子削职为民，并将崔奇勋、焦清一概贬为平民。山东巡按御史叶经曾经揭发严嵩受贿。正巧严嵩在山东监考乡试，考试完之后，严嵩摘录了卷中的几段文字，说他诽谤。世宗命人将叶经逮捕入京，杖责八十，叶经因受伤过重而死。试官周矿、提调布政使陈儒全部被坐罪贬官。御史谢瑜、喻时、陈绍，给事中王畿、沈良材、陈垲以及山西巡抚童汉臣、福建巡按何维柏等人，都因为参劾严嵩而得罪，严嵩从此气焰更加嚣张。世宗自从宫变之后，移居到了西宫，整天想着长生不老，从此不再祭祀郊庙，也不去管理朝政，大臣们常常见不着皇上的面。只有秉一真人陶典真出入自由，世宗接见他时，常常让他坐在一旁，并称呼他为先生。严嵩曾经贿赂陶典真，此后有什么党同伐异的事件，都由他代为陈请，一奸一邪，表里相依，大明的国脉被他们斩断不少。

后来礼部尚书张璧去世，吏部尚书许瓒辞官，严嵩一心想独掌政权。不料内旨传出，召夏言入阁，官复原职。夏言奉诏后立即前来，一入阁中，又开始盛气凌人。所有的批复都按照自己的意思来，丝毫不与严嵩商议，就是严嵩引用的私人也多半被驱逐。严嵩有时候祖护几句，都被夏言当面指责，反而弄得严嵩不敢出声。御史陈其学用盐法的事情参劾崔元以及锦衣都督陆炳，世宗交给内阁商议。二人非常惶恐，就到严嵩家去恳求。严嵩摇着手说："皇上面前或许还能通融，但夏少师那里可就不方便了，二位还是去求他吧。"二人没有办法，先给夏言送过去三千两银子，结果被夏言退回。于是二人只好到夏言那里请罪，并且长跪多时，苦苦哀求。夏言这才答应替他们周转，二人叩谢而出。

后来严嵩的儿子严世蕃因为收受贿赂，并且在替输户转纳钱粮的时候克扣太多，被夏言得知，准备参奏。有人报告了严世蕃，严世蕃着了急，忙去找自己的老父，让他想办法。严嵩跺着脚说："这下坏了！老夏那里怎么挽回呢！"严世蕃听了这话，急得涕泪交加。严嵩毕竟舐犊情深，踌躇了半天，才说："现在迫在眉睫，我也顾不得脸面了。好儿子，快跟我来。"严世蕃答应着，就跟着严嵩来到夏府，请见夏少师。门卫进去之后，好半天才传出话来，说是少师有病，不能见客。严嵩听后，捻着胡须微笑，从袖子里掏出一大锭白银，递给门卫说："劳烦你带我们前去，我们专门为了探病而来，并没有别的事。"门卫见了白银，乐得眉开眼笑，嘴里却说："丞相有命，不敢不遵啊。"严嵩道："我见到少师，自然有话说，请你放心，保证与你无关。"门卫这才带他们进到夏言的书室。夏言见严嵩父子进来，也不便训斥门卫，只好避到床榻上，装出一副病怏怏的模样，蒙着被子呻吟。严嵩走到床榻前，低声问道："少师的身体不好吗？"夏言不理睬他。连问了好几声，才见夏言露出头来，问是何人。严嵩报上姓名，夏言假装惊奇道："这里狭小简陋，怠慢严丞相了。"说着，想欠身起来。严嵩连忙说："严嵩与少师是同乡，向来蒙少师引荐，不胜感激，少师难道还把严嵩看做外人吗？少师不必起身，尽管安睡吧！"夏言说道："老朽体弱多病，无意中怠慢了严丞相，真是过意不去。"严嵩又说："这有什么怠慢的，只因严嵩听说少师身体欠安，来不及奉命，就心急火燎地跑进来，少师责怪我就是了。但少师昨天身体还很好，今天就不舒服了，莫非是中了寒气？"夏言长叹一声："体内元气已经空虚，又碰上了邪气，这邪气一日不去，元气就一日不能恢复，我正准备下猛药攻攻这邪气呢。"分明就是话中有话。严嵩一听，急忙带着严世蕃，扑通一声跪了下去。严世蕃又连磕响头，惊得夏言慌忙起身，说道："这……这是为了什么事，快快请起！"严嵩父子长跪如故，四行眼泪如雨点一般坠落下来。

## 兵临城下

严嵩父子跪在夏言的床榻前，泪珠像雨点一般洒落下来。夏言再三请起，严嵩说："少师若肯赏脸，我父子才能起来。"夏言明知道是为了参奏的事情，却不得不问。严嵩这才将来意说明，严世蕃又是磕头又是哀求，说自己悔过了。夏言笑道："这件事想必是误传，我并没有参劾的意思，请你们放心！"严嵩说："少师不能哄骗人！"夏言说："大丈夫一言既出，驷马难追，尽管放心吧，不要折杀我了！"严嵩父子这才称谢起来。彼此又谈了几句，严嵩父子才起身告别。夏言只说了"恕不远送"几个字，依然裹着被子坐在那里。

严嵩回家之后，暗想就算严世蕃不会被参劾，刚刚自己也受了夏言的侮辱，于是怀恨在心，整天与同党谋划，想设计陷害夏言，夏言却毫不知情。有时夏言与严嵩到西苑值班，世宗常常派左右的太监，伺察二人的动静。太监遇到夏言，夏言总是高傲得很，看他们如同奴隶一般。转到严嵩那里，严嵩必定邀请他们就座，或者去和他们握手，暗地里把黄白物塞到太监的袖子里。太监们得人钱财，替人消灾，自然在世宗面前称赞严嵩的好处。那夏言不但没钱，还要摆架子，逞威风，太监们都讨厌他，背地里说他坏话。而且祭坛的青词被世宗看得非常郑重，平时所用，必须仰仗二相的手笔。夏言年岁已高，再加上政务繁忙，常常让门客替他起草，糊里糊涂地呈上去，世宗看着很不入眼，常常扔在地上。严嵩虽然年老，却有儿子严世蕃帮忙。严世蕃狡猾成性，很能揣摩皇上的意思，撰写的青词句句打入世宗的心坎，世宗以为是严嵩自撰，所以更加宠幸。只是严世蕃仗着父亲得势，并没有改正自己的贪心，严嵩告诫过他几次，严世蕃就是不肯听。严嵩担心夏言检举揭发，就让严世蕃辞官回家。世宗反而专门派人召回，加授严世蕃为太常寺少卿。严世蕃日益骄横，严嵩见皇上越来越宠爱自己，索性让他胡作非为。

嘉靖三年，大同五堡兵作乱，鞑靼部趁机侵犯。虽然金都御史蔡天佑等人平定了叛乱，还是有鞑靼兵屡次出没于塞外。鞑靼的势力本来已经衰落，达延可汗即位之后，颇有雄才大略，统一了周围各部，自称大元大可汗，还南下侵略河套等地，吞并朔漠，并将所有领地分为漠南、漠北两部。漠北的土地封给幼子札赍尔，称为喀尔喀部。漠南的土地封给子孙，让次子巴尔色居住在西部，嫡孙卜赤居住在东部。达延可汗死后，卜赤继承可汗的大位。不久巴尔色病死，儿子究弼哩克承袭父亲的遗职，移居在河套一带，成为鄂尔多斯部的始祖。巴尔色的弟弟俺答居住在阴山附近，成为土默特部的始祖，彼此并不相互统属。没过多久，究弼哩克病死，俺答将两个部落合并起来，势力日益强盛，屡次侵犯明朝边境。明将曾经发兵抵御，互有胜负。

嘉靖二十五年，兵部侍郎曾铣总督陕西三边军务，屡次建议收复河套地区，并上疏尽力申请。他的奏折递上去之后，有旨让兵部复议。兵部认为，筑守边境与收复河套都是难事，但两件事比较起来，还是收复河套更难一点，就决定先筑守边境，然后慢慢地收复河套。世宗转问夏言，夏言的意思和曾铣相同。世宗就颁下诏书："河套长久以来被敌寇占据，并趁机侵略边境，边境百姓横遭荼毒。朕每晚辗转反侧，深深忧虑，可惜边境大臣一味拖延，没人为朕分忧。如今，侍郎曾铣倡议收复河套，实在值得嘉奖。但轻敌者必败，现在就命曾铣与边境大臣悉心筹划，长久打算。兵部可以发白银三十万两给曾铣，让他修筑边境，慰劳士兵！"曾铣接到圣旨后，立即募集士卒，添筑堡垒，忙碌了好几个月。随后督兵出寨，击退敌寇，缴获牛、马、骆驼九百五十头，兵器八百五十多件。世宗按照他的功劳给了赏赐。曾铣又和陕西巡抚谢兰、延绥巡抚杨守谦、宁夏巡抚王邦瑞以及三镇总兵商议收复河套的方略，并且列出机要，附上阵营图。世宗点头称赞。兵部尚书王以旂等人见风使舵，都说曾铣前后的奏折都可以实行。

后来大内失火，方皇后驾崩，世宗非常恐惧，就释放杨爵等人出狱，并下诏让大臣直言。那阴险狠毒的严嵩得了机会，就上疏说："灾异的原因其实是曾铣在边境首先挑衅，误了国家大计。夏言扰乱国事，应该一同加罪惩处。"严嵩的奏折一上，大臣们陆续上疏，大多将灾祸的原因归在曾铣、夏言的头上。世宗竟然背弃前言，把脸一翻说道："出兵河套是不是师出有名？是不是一定可以成功？一个曾铣不用可惜，倘若兵祸连连，涂炭生灵，什么人来负这个责任？"朝中内外听了这话非常诧异，接着就听说夏言被罢官，曾铣被押解到京师，兵部尚书王以旂以及赞成收复河套的官吏分别被惩罚。于是，一番攘外安内的大好政策，片刻间烟消云散。

严嵩心里还不满足，一定要借着这件事害死夏言才肯罢休。起先咸宁侯仇鸾镇守甘肃，因为贪赃枉法被曾铣参劾，逮入京师下狱。仇鸾与严嵩本来是同党，严嵩于是暗中设法，让严世蕃替仇鸾草拟奏折，辩诉冤屈，并诬陷曾铣克扣军饷，贿赂夏言。世宗下令彻底查究，曾铣在西市被斩首，妻儿流放到两千里之外。曾铣很有谋略，不但善于用兵，而且廉洁谨慎，死后家无余资，朝中的人都替他喊冤。曾铣被斩首以后，夏言自然不能免罪。世宗下诏逮捕夏言。当时夏言刚到通州，听说曾铣被斩，大吃一惊，从车上跌下，忍着痛叹息说："这下我死定了。"接着马上写了一封奏折，痛斥严嵩，其中说："仇鸾被关押在狱中，皇上的圣旨降下还不到两天，仇鸾从哪里得知？这奏折必定是严嵩等人替仇鸾伪造的，用来诬陷臣等。严嵩如同王莽一般玩弄权术，臣的生命就在严嵩的手心里，还望皇上保全。"奏折刚刚写好，就被赶来的官兵逮捕到京城，夏言把写好的奏折托人呈入，世宗不肯理会。后来，严嵩听说刑部有减罪的想法，担心夏言会生还，准备再次加害。

正巧这时俺答侵略居庸关，边境的警报传到京城。严嵩立即上奏说居庸关告警，都是夏言等人主张收复河套的结果。这道奏章一下成了夏言的催命符，夏言被判重罪，妻子苏氏流放广西，侄子、侄孙全部被削职。严嵩得志，从此独揽大权。世宗虽然从南京吏部召来张治，任命为礼部尚书，兼文渊阁大学士，并命李本为少詹事，兼翰林院学士，但二人入阁后，只知道明哲保身，万事都听命于严嵩，唯唯诺诺。

俺答侵略居庸关，因关城险阻不能得手，便移兵侵犯宣府。把总江瀚、指挥董旸先后战死，敌寇接着进逼永宁。大同总兵官周尚文派兵截击，仗着老谋深算，杀了一名敌帅，俺答这才仓皇逃去。严嵩父子与周尚文有过节，屡次想陷害他。幸好边患连连，世宗倚重，周尚文才没有被害。哪知天不假年，没过多久周尚文病逝，死后应给的抚恤典礼，都被严嵩阻拦下来。给事中沈束上疏代请，触怒了严嵩，被逮捕下狱。沈束的妻子张氏留在京师，无论刮风下雨都要入狱探望。所有探监的费用，全靠给别人做针线活换钱缴纳，狱卒非常可怜她，不忍心苛索。

周尚文在大同病逝之后，朝廷下旨令张达接替他的职位。俺答听说边将换人，又去侵犯。张达有勇无谋，与副总兵林椿带着士兵出关接仗。双方恶战一场，彼此死伤很多，敌兵已经退去，张达还穷追不舍，中途遭遇埋伏，战死在乱军之中。林椿率兵前去救援，被敌兵刺成重伤，死于非命。俺答召集全部人马大举入犯，震惊边疆。严嵩收受了仇鸾的贿赂，竟替他保举，不但赦免出狱，还升任大同总兵官。仇鸾来到大同后，正好俺答前来，吓得手足无措，只好派人带着金银财宝去贿赂俺答，求他移兵攻打别的地方，不要侵犯大同。俺答收了贿赂，就向东沿着长城，到潮河川南下，直达古北口。都御史王汝孝带兵抵抗，俺答假装退下，暗地里另派精兵绕出黄榆沟，破墙而入。王汝孝的部下没料到敌兵从天而降，吓得纷纷逃散。俺答接着侵略怀柔，围攻顺义，直达通州。巡按顺天御史王忬率先赶到白河口，将东岸的船只全都赶到西岸。敌寇前来，无船可渡，只好在河边安营扎寨，在昌平烧杀抢掠，蹂躏各个陵园。

当时京城内外乱作一团，宫中急忙传令各镇的兵马，并分别派出文武大臣九人，把守京城的九个大门。但召集来的禁军只有四五万人，还有一半是老弱残兵。原来，自从武宗驾崩后，禁军的名单都是虚数，所有的兵饷都被统兵大员装进自己的口袋。纵有几个强壮兵丁，又被派到各个大臣家里，一时不能归队。所以在队的士兵不是老弱，就是病残，一听到寇警，都开始哭哭啼啼。都御史商大节领命统兵，只得慷慨誓师，士兵百姓听了倒也愿意效劳。商大节就命人到武库索要铠甲和兵器，不料回来之后，仍然是赤手空拳。商大节急忙去问原因，大家都说："武库中哪有什么兵器，只有几十顶破头盔，几百副烂铠甲，几千杆废枪罢了。"商大节叹息道："这可怎么办呢？"说完，沉思了一会儿，又对大家说，"现在是火烧眉毛了，你们先到武库里挑上几样，我去奏请皇上，请他下令赶制。"大家含糊着答应下来，陆续退去。商大节据实相报，朝廷批给五千两银子，让他自由支付。商大节摆布了好几天，还是不能成军。幸好这一年开了武科，各地应试的武举人来得不少。商大节将他们招来应敌，这才登城防守。过了两天，俺答已经造好竹筏，让前锋七百骑人马偷偷渡过白河，进攻京城，把安定门外的校场作为驻扎地。京城中人心惶惶，世宗又很久不视朝政，大臣们屡次请旨都没有回应。礼部尚书徐阶一再上疏，世宗这才亲临奉天殿，召集文武百官商议。谁知上殿以后，只是命徐阶严厉指责百官，让他们严守罢了。百官正面面相觑，侍卫来报，说大同总兵官仇鸾以及巡抚保定都御史杨守谦，带兵来到京城保卫皇上。世宗说："很好。就命仇鸾为大将军，统管各路兵马，杨守谦为兵部侍郎管理军务。兵部尚书是谁？马上传旨出去。"兵部尚书丁汝夔急忙跪下来准备聆听皇上的吩咐，谁知世宗竟然退朝了。丁汝夔起身出去，私下拉了拉严嵩的衣角，问他主战还是主守。严嵩低声说："边境失利，或许还能掩饰。要是皇城外面失利，那就无人不知了。你还是谨慎行事好了，敌人抢够了，自然就会离开，何必轻易开战呢？"丁汝夔唯唯而退。于是兵部发令，切勿轻举妄动。杨守谦孤军力薄也不敢出战，双方相持了三天三夜。俺答竟然在城外放火，刹那间火光齐天，照彻百里。

## 俺答退兵

俺答带兵一直攻到京城，沿途大肆抢掠，又放起一把火来，将京城外面的民居全部烧去。百姓无家可住，东逃西散。老的小的多半毙命，年轻力壮的不是被杀，就是被掳。其中有一半妇女，除了年纪老、模样丑的，全部被这班鞑靼任情奸污，最有姿色的几个人供俺答享用取乐。大将军仇鸾本来就害怕俺答，后来听从属下时义、侯荣的话讨好朝廷，勉强支撑。此次到了京师，哪里敢与俺答对仗？只好派时义、侯荣再去说情。二人来到俺答的大营，见俺答坐在胡床之上，左右陪着几个抢来的妇女，也顾不得什么气节，相继下跪。俺答问："你们来做什么？想必又是送金银给我吧？倒难为了你家主人的好意。"时义说："大王想要金币，倒也不难，只是如果震动了宫廷，惹得皇上动起疑来，反不愿赠给金币了。"俺答说："我并不想攻占你们的京城，我只想互市通贡，每年能得些利益，马上就会退兵。"时义说："这也容易，我们回去禀报就是了。"二人回去禀报仇鸾，仇鸾听说皇上主战，一时也不敢上报。

俺答等了三天，什么消息都没有，就派游骑来到东直门，闯入御马厩抢了八个太监，将他们带回大营。俺答也不杀他们，反而给他们松绑，好言劝慰道："我这里有一封信，劳烦你们递给你家主子。"说完，将书信取出，交给他们。这八个人拿了信，直奔东直门，接着入城禀报世宗，呈上番书。书中大意，无非是要求互市，以及每年的岁贡，结尾还有如果不答应，不要后悔等话。世宗看完后，就来到西苑，召见大学士严嵩、李本等人。礼部尚书徐阶将书信拿出来问："你们怎么认为？"严嵩看那书里都是些恐吓的话，心中暗想这事情真是不好解决，答应也不是，不答应也不是。当下眉头一皱，计上心来，便启奏说："俺答上疏请求岁贡，这是礼部的事情，陛下可以去问礼部。"礼部尚书徐阶听了严嵩的话，暗暗骂道："老贼！你要嫁祸给别人吗？"心中一思量，也启奏道："岁贡的事虽然由礼部掌管，但也要靠皇上裁夺。"世宗说："事关重大，大家还是好好商量一下。"徐阶踌躇了半天，才说："现在敌寇已到京城，震惊陵庙。我们却战守两难，不便轻举妄动，似乎应该暂时答应他们的要求，以解燃眉之急。"世宗说："他要真的肯退去，金银珠宝倒是不用吝惜。"徐阶道："如果只耗费些金银珠宝，那有什么不可？就怕他们得寸进尺，一再索要。"世宗皱着眉头说："你也想得太远了。"徐阶又说："臣倒有一个办法。俺答的书信都是汉文，我们就说汉文难以相信，而且没有临城胁迫的道理，如今应该退出关外，另外派使臣呈上番文，由大同的守臣代奏，才可以答应。如果他真的退去，我们就迅速拨调援兵，齐集京城，到那时，条件能答应就答应，不能答应就和他们交战。"世宗点头称赞，命徐阶依计而行。

徐阶马上派人去传达，没过多久便得到俺答的回信，说是要派三千人进入京城，否则就向城外增兵，发誓攻破京师。徐阶见到书信之后，先召百官前来商议，然后宣布了俺答的信，百官瞠目结舌，不敢发言。忽然有一个人高声喊道："我主张开战，不必言和。"徐阶望过去，原来是国子司业赵贞吉，就开口问道："你主张开战，有什么妙计啊？"赵贞吉说："如今要是答应他们进京，他们必定会挑选三千名精兵入城，表面上是通贡，其实是想做内应，内外夹攻，请问到时候诸位如何抵敌？就算他诚心通好，没有什么意外的变故，也是一场城下之盟，想我们堂堂中原，怎么能受辱于敌人？"检讨毛起接着说："谁不知道应该出战？只是如今欲战无资，只好暂时答应他们的要求，然后再来商议战备。"赵贞吉呵斥他说："要战就战，何必迟疑？况且敌人异常狡诈，怎么肯信我们的诱约？"徐阶见双方起了争执，知道商议不出什么来，索性起座离开，自行上奏去了。

当晚，城外的火光更加猛烈，德胜门、安定门以外，统统化作一片焦土。世宗在西宫远远看着，只见外面火光冲天，连夜不绝，不禁抓耳挠腮，连连说道："怎么办？怎么办……"内侍也交头接耳，互相说着白天朝议的情况，正巧被世宗听到，就详详细细地问了一遍，让人把赵

215

贞吉找来问话。赵贞吉奉命而来，世宗赐给纸笔，让他写下自己的意见。赵贞吉提笔就写，大概是说："如今兵临城下，非战不可。陛下今天应该亲临奉天门，颁下罪己诏书。追奖已故的总兵周尚文，以鼓励边帅。释放给事沈束出狱，以开言路。命令文武百官，共同守城，并宣谕各营的士兵有功就赏，立一次头功，赏赐一百两银子。这样一来一定可以退敌。"世宗看了之后，非常感动，立即升赵贞吉为左椿坊左谕德，兼河南道监察御史，命户部发放五万两白银，奖励各营的将士。

当时俺答已经抢夺了八天，所得大大超过期望，竟整好辎重，向白羊口而去。世宗命仇鸾前去追袭，仇鸾没有办法，只好发兵尾随敌后。谁知敌兵竟然掉头攻打，吓得仇鸾胆战心惊，急忙退后，刹那间溃不成军。一直等到敌兵转身，徐徐出塞，这才收集残兵败将，检点人数，已经伤亡了一千多人。仇鸾在回京途中，砍下八十多名死去士兵的脑袋，说是敌人的首级，然后献捷报功。世宗信以为真，加封仇鸾为太保，赏赐了很多金银财宝。京中的官吏听说敌寇退去，相互庆贺。不料有严旨下来，命人马上逮捕尚书丁汝夔、都御史杨守谦下狱。原来京城的西北面建了很多内臣的庭院豪宅，自从敌寇纵火以来，都一并被烧毁。内臣对世宗说，这都是因为丁汝夔、杨守谦二人牵制将帅，不允许出战，以至于烽火四起，惊动皇上，还请求将二人治罪，以警戒后人。世宗听了这话大怒，立刻传旨将二人逮捕起来。丁汝夔本来是听了严嵩的话，才命令各营停止战备工作，现在反而获罪，急忙嘱咐家属向严嵩求救。严嵩对来人说："有老夫在，决不会让丁公屈死。"来人欢喜地离开了。严嵩马上去见皇帝，谈到丁汝夔，世宗陡然变了脸色："丁汝夔太辜负朕了，不杀死他，无法向百姓谢罪。"这几句话吓得严嵩一言不发，踉跄而出。后来，丁汝夔以及杨守谦一同被送到法场，丁汝夔大哭着说："贼嵩误我！贼嵩误我……"话音未落，刀光一下，身首异处。杨守谦也被依次斩首。

过了一天，又有一道旨意颁下，命人逮捕左谕德赵贞吉下狱。原来赵贞吉在廷议之后，去见严嵩，严嵩推辞不见。赵贞吉就怒斥门卫，说他有意刁难。正在吵嚷的时候，忽然有一个人走了进去，笑着对赵贞吉说："足下为什么事情而来啊？军国重事还要慢慢商议才行。"赵贞吉看过去，原来是严嵩的义子赵文华，不禁愤愤说道："像你们这些权门走狗，知道什么天下大事？"说完，悻悻离开。赵文华也不和他争辩，冷笑着进去，当即报告了严嵩。俺答退走之后，严嵩就奏称："赵贞吉大言不惭，毫无规矩，只是想为周尚文、沈束说情，蒙蔽皇上。"这句话又激怒了世宗，立即命人将赵贞吉关押几天，杖责之后，贬为荔波典史。

当日赵贞吉主战的时候，朝中大臣都袖手旁观，不敢附和，只有一个小小的官吏，大声说道："赵公说得很对。"吏部尚书夏邦谟，注视着他问："你是什么官，敢在此高谈阔论？"那人立即应声说道："您不认识锦衣经历沈炼吗？你们这些大臣无所建树，小臣才不得不说。沈炼痛恨国家无人，才让敌寇猖獗。如果用一万兵马保护陵寝，一万兵马护送通州的军饷，再配合十几万的勤王大军，足以击败敌寇，何故屡议不决呢？"夏邦谟说："你自己去奏报皇上吧，我们无才，你也不必和我们空说。"沈炼愤愤不平，竟然真的写了奏折，世宗全然不理。沈炼闷闷不乐，开始纵酒。一天，在尚宝丞张逊业家喝酒，彼此畅谈国事，讲到严嵩的时候，沈炼停杯痛骂，涕泪交加。当晚回到住处，余恨未平，沈炼叹息着说："从古到今，哪个人不死呢？如今奸臣当国，正是忠臣拼死尽言的时候，我何不上疏参劾他？就算是死了，也心甘情愿。"定好计划之后，沈炼取出笔墨，写了起来，写完之后，读了一遍，索性连夏邦谟也一起参劾。第二天呈了上去。试想，一个小小的锦衣卫经历，居然想参劾大学士以及吏部尚书，就算他笔挟龙蛇，口吐烟云，也是毫无办法。况且世宗正倚重严嵩，哪里还肯容忍？圣旨一下，马上驳斥他诬蔑大臣，罢了他的官。同时刑部郎中徐学诗、南京御史王宗茂都因参劾严嵩，一并获罪。从此，所有不服严嵩的京官被一网打尽。

没过多久，又有俺答入寇的消息，仇鸾急忙命手下时义出塞，带足了金币，贿赂俺答的义子脱脱，表示情愿互市通贡，不必动兵。脱脱禀报俺答，俺答自然同意，于是写信给宣大总督苏祐，让他转交仇鸾。仇鸾与严嵩商议，每年分春秋两次入贡。俺答进贡的货物，无非是塞外的马匹，因此叫做马市。马市开通后，命侍郎史道掌管。兵部车驾司员外郎杨继盛很不赞成，上疏反对。世宗看到奏折后，就让内阁以及诸位大臣商议，严嵩等人不置可否，只有仇鸾痛骂道："这混账目不识兵，才说得这么容易！"接着自己递上密奏，痛斥杨继盛。世宗马上将杨继盛打入锦衣狱，交给法司拷问。杨继盛不肯改变自己的意见，竟然被贬为狄道典史。

217

## 杨继盛舍生取义

马市开通之后，由侍郎史道主管。俺答驱马来到城下，起初还按照马匹的质量给价，不失信用。后来却屡次用羸马搪塞，硬是索要高价，边吏一旦挑剔，马上喧哗不已。有时在大同互市，就去侵略宣府；在宣府互市，就转而骚扰大同；甚至早上互市，傍晚侵略，并将卖出去的羸马一并掠去。大同巡按御史李逢时一再上疏，说互市必将酿成大祸。兵部尚书赵锦也递上御敌的方略。世宗这才让仇鸾督兵出塞，前去讨伐俺答。

仇鸾本来认严嵩为义父，一切行为都由严嵩暗中庇护。自从总督京营以后，权力与严嵩相差无几，免不得骄傲起来，将严嵩抛在脑后。严嵩抱怨他负恩，曾递上密奏诬陷仇鸾，仇鸾也密奏严嵩父子贪赃枉法、骄纵妄为。于是世宗渐渐开始疏远严嵩，只命徐阶、李本等人到西宫值班，严嵩不得入内。严嵩更加憎恨仇鸾。后来世宗命仇鸾出兵，严嵩料定仇鸾胆怯，就唆使朝中大臣请旨督促。可恨这仇鸾身为大将，却从来没有和外寇正面交锋过，一直靠着时义、侯宗等人买通俺答，遮掩过去。此刻奉命北征，他是无谋无勇，如何行军？况且这次有严嵩作对，老法子统统用不着，又不能托词不去，只好硬着头皮，麾兵出师。途中缓一天，是一天；挨一刻，算一刻。不料警报频频传来，边境的局势越来越严峻，大同中军指挥王恭战死在管家堡，宁远备御官王相战死在辽东卫。朝旨又严厉得很，把大同总兵徐仁、游击刘潭等人一概拿问，巡抚都御史何思革职为民。俗语说兔死狐悲，这下子仇鸾越发气短。好不容易走到关外，探听到俺答的部众驻扎在威宁海，他居然想出一计，乘敌不备掩杀过去，于是率兵疾走。刚到猫儿庄，就听到两旁的呼哨陡然响起，霎时间拥出两路人马，都持刀挺戟，旋风般杀来。仇鸾叫了声不好，马上策马逃跑。部下见大帅一走，哪还有心思恋战，纷纷弃甲而逃，结果被敌兵切菜一般举刀乱砍，抢了物资便走。不一会儿工夫，敌兵已经去得无影无踪了。仇鸾逃了一段路，才有侦骑来报，说："那些只是俺答的游击队，并不是全部的敌寇，请大帅不必惊慌。"仇鸾听了这话，又羞又恨，斥退了探子，回到关中。

仇鸾忧愤成疾，背上竟然生出一个毒疮，忍不住疼，早晚呼号。他本来准备上疏辞官，可看着那将军的大印又恋恋不舍，只好一味拖延过去。偏偏礼部尚书徐阶参劾仇鸾的罪状，兵部尚书赵锦又奏称："强敌压境，大将军仇鸾却因病不能出兵，万一敌寇长驱直下，则祸害不小，臣愿率兵前去，代替仇鸾征讨。"这下子，说得世宗着急起来，马上给兵部颁诏，以尚书不便轻出为由，令侍郎蒋应奎暂时管理兵政，总兵陈时接替仇鸾的职务。可这大将军的印章还在仇鸾手里，就命赵锦收回。仇鸾得到消息之后，马上返回京城，在家中养病。赵锦在夜里亲自拜访，手持圣旨要取回大印。仇鸾这时已经一病不起，听到圣旨后，"哎哟"了一声，倒在床榻之上，顿时毒疮迸裂，气息奄奄。家人慌了手脚，急忙将仇鸾叫醒。仇鸾睁开眼睛一看，禁不住泪流两行。等到将大印交出，赵锦离开，仇鸾立即断气而亡。

世宗这时已经知道仇鸾奸诈，就派都督陆炳秘密调查。正巧仇鸾的旧部时义、侯荣等人冒功被升为锦衣卫指挥等官，听说仇鸾病死，料定自己难以安居，竟然逃出居庸关，想去投奔俺答。陆炳得知后，急忙给关吏送信，请他们发兵缉拿仇鸾的部下。时义、侯荣等人正要出关，被关吏一同扣押，送到京师。经法司审讯，二人将仇鸾勾结敌虏，私自纳贿的事情一一招了出来。当时，世宗大怒，竟然剖棺戮尸，并捉拿仇鸾的父母妻儿，以及时义、侯荣等人一同处斩。随后又宣告天下，立即罢除马市。俺答听说后，稍稍引退。世宗又命宣大总督苏佑与巡抚侯钺、总兵吴瑛等人出师北伐。侯钺率领一万多人出塞，袭击俺答。谁知俺答已经预先得知，设下埋伏等待，等侯钺的兵马一到，立即杀出，杀死把总刘钦等七人，士兵更是死伤不计其数。侯钺等人拼命逃脱，才算保全了性命。后来，俺答又侵犯大同，副总兵郭都率兵出战，因为孤军无援，再次战败。侯钺被逮捕到京城，削职为民。

世宗考虑到杨继盛是因为参劾仇鸾才被贬官，未免冤枉，于是又召杨继盛回京，从典史四次迁升，一直升为兵部员外郎。严嵩与仇鸾有过节，也因为杨继盛参劾仇鸾有功，便从中说情，于是杨继盛又被升为兵部武选司。杨继盛哪里知道这些，只知道感激皇上的恩德，一心想着报国。刚上任一个月，就草拟奏折参劾严嵩的罪状。稿子还没写成的时候，妻子张氏进来，问杨继盛参劾什么人，杨继盛愤愤地说道："除了严嵩，还有谁？"张氏委婉地劝他说："你不用动笔了，之前你参劾仇鸾，几乎被害死。如今严嵩父子权势遮天，一百个仇鸾都敌不过他，你这不是在老虎头上搔痒吗？不但对国家无济于事，反而身陷祸端，这又是何苦？"

杨继盛说："我不愿意与这奸贼同朝共事，不是他死，就是我亡。"张氏说："你就是死了也没什么好处，还不如辞官！"杨继盛说："龙逢、比干流芳百世，我能跟在古人之后，也知足了。你不要阻拦我！"张氏知道劝不住，只好含着泪走了出去。杨继盛继续起草，从头到尾，论述了严嵩的十大罪状以及五种作奸犯科的事情，语语痛切，字字呜咽，堪称明史上的一篇大奏折。

杨继盛一直等了十五天，才斋戒沐浴将这奏折递上。谁知早上呈上奏章，晚上就被捕入狱。原来世宗看了奏折，立即将严嵩招来。严嵩见里面有召景、裕两位王爷前来作证的话，就启奏道："杨继盛竟敢私自勾结二王，诬陷参劾老臣，请陛下明鉴！"世宗马上下令逮捕杨继盛下狱，命法司严厉审问主谋。杨继盛说："话都是我说的，尽忠也是我一个人的事情，难道一定要有他人主使吗？"法司又问他为什么要找两位王爷作证，杨继盛又厉声说道："满朝文武都惧怕严嵩，除了景、裕两位王爷，谁敢说话？"法司就不再继续追问，只是说他诬蔑大臣，杖责了一百下，交给刑部。刑部尚书何鳌受严嵩密嘱，想将他杖死，幸亏有郎中史朝宾相救。严嵩也确实厉害，竟马上贬史朝宾为高邮判官。又因为奏折中的事情需要查明，就由严世蕃亲自写了辩书，送给兵部武选司郎中周冕，让他照着样子抄一遍上奏给朝廷。周冕铁面无情，竟然将实情上奏。

这下，朝中大臣都为严嵩父子捏一把冷汗。谁知严嵩使出各种手段，居然打通关节，传出圣旨，说周冕捏造事实，朋比为奸，将他下狱削职，并且升严世蕃为工部左侍郎。杨继盛披枷带锁，从狱中被带到朝廷，道旁的人都来围观，见杨继盛身受重刑，纷纷叹息："杨继盛是天下的义士，怎么遭到如此毒手？"又指着枷锁悄悄地说："怎么不把这种刑具，带在奸相的头上，反而冤枉好人？"

国子司业王材听到舆论后，就对严嵩说："人言可畏，相公何不网开一面，救出杨继盛，否则遗臭万年多么不值。"严嵩也有所感悟，慷慨道："我也可怜他一番忠诚，就替他在皇上面前求求情，宽恕他一点好了。"严嵩和儿子严世蕃商议，严世蕃说："不杀掉杨继盛，怎么会有宁日？"严嵩迟疑了半天，又说："你也是从一时着想，不管以后的日子。"严世蕃建议道："父亲要是决定不下来，就去问问别人。"严嵩点头说道："你去和胡植、鄢懋卿商量一下。"严世蕃领命而去，到鄢懋卿的家里说明情况。鄢懋卿惊道："这不是养虎为患吗？"严世蕃说："我也这

220

么说，可家父一定要我问问您和胡公，我也不能不到此一行。"鄢懋卿说："老胡恐怕也不赞成！我去请他前来。"当下就派家人去请胡植。

胡植过来之后，谈起杨继盛的事，也和鄢懋卿一个想法。严世蕃便匆匆告别，将二人的话转告给严嵩。严嵩说："既然众论一致，我也顾不得什么了。"于是打定主意，要杀杨继盛。正巧这时倭寇猖獗，赵文华去视察海防部署，与兵部侍郎张经等人有了过节。赵文华嫉贤妒能，诬陷张经等人。于是严嵩就任意牵扯，将杨继盛一并列入，可怜这位赤胆忠心的杨老先生，就这样在市井之间舍生取义了。

## 冒名顶替的功劳

杨继盛入狱后，曾有人给他送过一副蛇胆，说可以清热解毒。杨继盛却推辞道："我胸中自有肝胆，不需要这东西。"后来经过几次杖笞，已经是体无完肤，两条大腿上的碎肉一片一片地坠下来，而且伤到筋骨，越拉扯越痛。杨继盛咬住牙根，用手将腐肉挖去，又把吃饭的碗敲碎，捡了一只碎片，割断了两条腿筋。

杨继盛的妻子张氏是个知书达理的贤妇，之前就知道参劾严嵩是白费工夫，于是一再劝阻杨继盛。可惜杨继盛不肯听从，最后被捕下狱。世宗本来不想杀他，却因被严嵩诬陷，牵连到张经的案子里，于是下令将他一同处决。张氏急得异常悲痛，发誓要替丈夫去死，托人递了奏折给皇上。那万恶的严嵩怎么肯轻易将这奏折呈上去，于是张氏的一片苦心，付诸东流。杨继盛血染法场，沉冤燕市。

兵部侍郎张经等人被赵文华陷害的事情，说来话长。中国沿海一带，向来有倭寇出没。明太祖时期，就曾设立防倭卫所，以控制海滨的局势。成祖年间，明朝官兵屡次打败倭兵，于是倭寇在很长一段时间不敢来兵侵犯。日本将军足利义满，派人向中原纳贡，被封为日本国王，从此之后与中国互通有无，并替中国诛杀海寇，只准商民入市，不准掳掠。因此沿海一带，还算平安。世宗即位之后，宁波鄞县人宋素卿畏罪逃到日本，正巧足利义满去世，足利义植即位。因为政治上过于羸弱，不能制止盗寇，盗寇就与宋素卿联络，借着入贡为名，在宁波一带大肆抢掠。

幸亏巡按御史欧珠以及镇守太监梁瑶，设计诱捕宋素卿，将他下狱处死。谁知除了一个，反而引出好几个。汪五峰、徐碧溪、毛海峰、彭老生虽然都是中原的百姓，却占据海岛，勾结倭寇，在沿海一带抢掠。巡按浙江御史这时候已经改任陈九德，他当即上疏请朝廷派兵讨伐。世宗就命朱纨为右都御史，巡抚浙江，兼管福州、兴化、泉州、漳州的事宜。朱纨上任之后，下令禁海，早晚练习兵甲，严厉纠察，缴获了很多倭寇的船只，斩杀倭寇探子数百人。不料御史周亮等人嫉妒他的功劳，参劾他妄杀倭寇，挑起事端。朝廷竟然下旨夺官，还要严刑讯问，朱纨悲愤而死。此后，巡抚御史的官职一直没人担任。

直到嘉靖三十一年，安徽人汪直亡命海上，成为巨寇。徐海、陈东、麻叶等人和他勾结联络，纵横无敌，连海外的倭寇都望风降服，愿意受他指挥。汪直随即登岸，侵犯台州，攻破黄岩，骚扰象山、定海各地，浙东一带不得安宁。于是朝中大臣商议，再次设立巡抚御史这一官职，命王忬巡抚浙江，提督沿海军务。

王忬领命后，马上起程，按期来到浙江。得知参将俞大猷、汤克宽智勇双全，就将他们招为臂膀，接着招募士兵，激励将校，趁夜派俞大猷、汤克宽率兵偷袭倭寇。汪直在普陀山安营扎寨，据岛固守。俞大猷带领精锐士兵，乘着风势先发制人，汤克宽做后应，径直向贼寨扑去，四面放起火来。汪直等人猝不及防，慌忙逃走。官军追杀过去，斩获一百五十枚倭寇的首级，生擒一百多名俘虏，另外烧死、溺死的不计其数。汪直逃到福建海域，又被都指挥尹凤迎头痛击，杀得七零八落，狼狈逃窜。浙江经此一战，人心安定了许多。

哪知这汪直刁蛮狡猾得很，又去勾结倭寇，大举进犯。调集了几百艘战舰，蔽海而来，浙东、浙西同时告警。王忬派汤克宽防守东面，俞大猷防守西面，两将如同砥柱一般，捍卫中流，任凭汪直如何勇悍，也不能越雷池一步。汪直只好改变计划，开始北犯，转去侵略苏州、松州。这两个地方向来富饶，又没什么守备，倭寇乘虚而入，肆意抢夺。

倭寇头目萧显残暴凶悍，带着几十名寇匪，在上海、南汇、川沙一带大肆屠杀，直逼松江城。剩下的贼兵围攻嘉定、太仓，所过之处，烧杀抢掠，无恶不作。王忬急忙派都指挥卢镗火速袭击，突入萧显的大营内。萧显措手不及，慌乱中被杀死，贼兵大乱。卢镗等人麾兵截杀，砍去无数头颅。剩下那些没杀完的毛贼，逃回浙江境内，恰巧与俞大猷相遇，霎时间被杀得精光。只有汪直这一路，攻破昌国卫，直扑乍浦、青村、柘林等地，沿途奸淫掳掠，祸害百姓。王忬又调汤克宽北上支援，却遇到了瘟疫，士兵大多得病。汤克宽无可奈何，只好任由倭寇北窜。

汪直一直攻入江北，震惊山东。那时朝臣又要参劾王忬，说他以邻为壑，坐视不理。还算世宗包容，没有加罪，只是改封他为右副都御史，调去巡抚大同，另命徐州兵备副使李天宠代任。

王忬离开浙江之后，浙江又不安宁了。李天宠控制不住局面，只好请朝廷另外派人前来，朝廷于是命南京兵部尚书张经为右都御史，兼兵部侍郎，总督江南北、浙江、山东、福建、湖广各军。张经曾做过两广总督，颇有威信，为狼土兵所敬服。朝廷决定征狼土兵剿灭倭寇，并且升俞大猷、汤克宽为总兵，归张经统帅，下令立即平定倭寇。张经慷慨自负，因为狼土兵向来听从指挥，每次出战都会拼死效力，就将他们调来，命各省的统兵官，就近驻守，不得擅自行动。本地的将校本来就有很多，张经偏偏要从远地去调集狼土兵，于是大家彼此观望，不再效命。那时汪直正带着倭寇，从北向南，返回到浙江境面，距省会只有几十里。李天宠据守在省城，束手无策。张经驻扎在嘉兴，也不发兵支援，幸好副使阮鹗、金事王询拼死防守省城，才算把寇兵击退。

这时通政司赵文华已经升任工部侍郎，上陈了抵御倭寇的七件要事，第一条就是请朝廷派官员去祭拜海神。世宗看完，就召严嵩来问。赵文华是严嵩的义子，严嵩哪能不尽力撺掇？就说赵文华对兵事非常娴熟，不如让他前去祭祀，乘机督察军情。世宗准奏，命赵文华南下。赵文华得了这个美差，沿途索贿，恃宠横行。到了江南，祭祀完毕后，便与张经谈论军务。张经自命为督军元帅，瞧不起赵文华，赵文华又自恃为钦差大臣，看不惯张经，二人还没说几句话，已经是水火难容。

这时，广西田州土官妇瓦氏带着几千狼土兵到达苏州，张经仍然按兵不动。巡按御史胡宗宪与赵文华勾结一气，屡次催促张经发兵，张经拒不答复。等到再三催促，才说永顺、保靖两处的人马还没有到齐，等到齐后出发也不迟。赵文华愤怒至极，立即上疏参劾张经，说他的才能足以平寇，只因身为福建人，与倭寇大多是同乡，所以徇情不发，错失战机。这奏折刚刚递上去，张经已调齐永顺、保靖的兵马分路并进，水陆夹攻，在石塘湾杀败倭寇，寇匪向北逃往平望，又碰到总兵俞大猷，不到半个时辰，就死伤了一多半。倭寇只好转奔王江泾，又有两路兵杀到。一路是永顺兵，由宣慰使彭冀南带领；一路是保靖兵，由宣慰使彭荩臣带领，两路生力军如狼似虎，前后夹击，打得敌寇上天无路，入地无门，统统进入鬼门关。还有一些逃回柘林。四路得胜的大兵一齐追杀，在柘林四面纵火，乱烧乱砍，大胜而归。自出师防海以来，这算是第一

223

次战功。张经大喜，立即上疏告捷。这时候的朝廷，早已接到赵文华的劾奏，世宗正要派人逮捕张经。不料张经的捷报传来，接着赵文华的捷报也传了过来，说是狼土兵初至，张经不许他们出战，由自己与胡宗宪督兵，出战海上，才有了这场胜利。世宗只好召严相问明。试想一下，这仇人遇着对头，义儿碰着干爹，直也变曲，曲也变直，还问他干什么？朝旨马上下令捉拿张经，并将李天宠、汤克宽等人一并拿问。到了京师，任他们如何分辩，硬说他们是冒功诬奏，于是张经、李天宠、汤克宽及杨继盛等九人，全部死于西市。

张经死后，由周珫代任。李天宠的遗缺，就委任给了胡宗宪。不久，又罢免了周珫，任南京户部侍郎杨宜为总督。杨宜担心会重蹈张经的覆辙，凡事必定先和赵文华商议，赵文华的气焰越来越嚣张。只是狼土兵只服张经，不服其他人，从此不受约束，开始骚扰民间。倭寇得知内情后，又在柘林集合，分别侵犯浙东、浙西，直达安徽，从宁国、太平折入南京，转战数千里。应天巡抚曹邦辅，派兵前去剿匪，与敌寇相遇。佥事董邦政，奋勇突阵，连连斩杀十多个贼匪。贼兵大败而逃，被官兵追到杨家桥，四面围住，见一个，杀一个，所有柘林来的寇匪被杀得一个不留。赵文华听说敌寇被围，急忙带兵北上，想抢曹邦辅的功劳，走到杨家桥，敌寇已经被全部歼灭，曹邦辅已经上疏告捷。赵文华气得不得了，就挑选了四千名浙江兵，与胡宗宪一起，准备进攻柘林老巢，并约曹邦辅联合剿杀。江南兵分为三路，浙江兵分为四路，东西并进。到了松江，听说柘林贼已经转到陶家港，就在砖桥扎下大营。寇匪派精锐偷袭浙江兵，赵文华抵挡不住，只好退走。江南兵也陷入埋伏中，死了两百多人。赵文华将罪过归在曹邦辅头上，说他拖延时间。世宗又要下旨拿问。给事中孙浚、夏栻等人一再说曹邦辅为人脚踏实地，之前杨家桥一战，功绩显著，此次愆期，一定有别的原因。世宗这才让赵文华秉公办理。赵文华料定贼寇不好平定，立即申请还朝，世宗准奏。赵文华到了京师，又说杨宜、曹邦辅等人没有平贼的能力，只有胡宗宪可以胜任。于是杨宜免职，曹邦辅戍边，独独升胡宗宪为兵部侍郎，总督东南军务。

赵文华回到京城后，先带着珍宝到严府请安。见了严嵩以及严世蕃，当即将奇珍异宝献了几件，严嵩心里自然喜欢。赵文华又到内室，叩见严嵩的妻子欧阳氏，献上精圆的珍珠，翠绿的翡翠，还口口声声叫着母亲，说了无数感激的话。妇人家既喜爱珠宝，又喜欢听奉承话，看着这义子文华，比亲生儿子都要好数倍，真是爱上加爱，喜上加喜。这时候，严嵩正好从外面进来，赵文华急忙抢步迎接，腰间的佩带都在两边飘舞，像欢迎一样。严嵩就座后，欧阳氏忽然说："相公年纪大了，所以遇到事情总是会忘记。"严嵩就问是什么事情，欧阳氏微笑着指向赵文华的腰带："我儿这样为国操劳，奔走于南北之间，还用着这种腰带，难道相公不能帮他换副新的吗？"严嵩用手捻着胡须道："老夫正在筹划呢，夫人不必着急。"赵文华急忙下拜："难得父母如此厚恩，为孩儿设法升官，孩儿感激万分！"严嵩随口说："这也没有什么难的。"欧阳氏又亲自离座，去扶赵文华，赵文华接连磕了几个响头，这才起来。当即由严嵩赐宴，二老上座，赵文华坐在左侧，严世蕃坐在右侧，喝到很晚才散席。

没过几天，世宗就升赵文华为工部尚书，并加封他为太子少保。赵文华喜出望外，急忙去叩谢严嵩。严嵩对他说："我看上面还是有些怀疑你，不过是看在我的面子上，才加了你的官爵。你还要想个法子，讨皇上喜欢，才能保住这爵位。"赵文华叩头答道："还要仰仗义父赐教。"严嵩捻着胡须说："依我看来，不如再去视师。"赵文华说："兵部已经派侍郎沈良才去了。"严嵩笑道："朝旨都能改，兵部算什么？"文华大喜，回到家中之后，立即上疏自荐。严嵩又在世宗面前说："沈良才不能担负重任，不如仍然派赵文华前去，江南的百姓都感念赵文华的恩德，现在都伸着脖子盼望呢。"世宗就命赵文华兼任右副都御史，提督浙闽军务，再下江南。

## 反间计

赵文华打着监督的名义，到处耀武扬威，欺凌百官，两浙、江淮、福建、广州征集的粮饷一大半被他充入私囊。到了浙江，胡宗宪摆酒接风，格外恭谨。酒席上谈到军事，胡宗宪叹息着说："倭寇越积越多，是万万杀不尽的，我的意思不如招抚。"赵文华问："是招抚倭寇呢，还是招抚盗匪？"胡宗宪说："倭寇不容易招抚，也不能招抚，自然是招抚盗匪了。"赵文华说："兄弟既然有意招抚，怎么不早点筹办？"胡宗宪说："小弟自升任总督军务以来，巡抚一职就由副使阮鹗继任，他一心想要剿匪，屡次干涉我的计划，我能怎么办？"赵文华说："我既然来了，就要为兄弟做主，何必怕一个阮鹗呢？"胡宗宪答："盗匪太多，也不是都能招抚的。目前的盗匪，以汪直为首，但他有勇无谋，不足为虑。只有徐海、陈东、麻叶这三个人，狡猾得很，不能不先收服。"赵文华问："徐海等人既然这么刁蛮狡猾，那不是很难收服？"胡宗宪笑着说："小弟自有办法，就等着您来替我做主，好顺手去办呢。"说到这里，就在赵文华耳边说了几句话，赵文华大喜，便将一切的军事都托付胡宗宪。自己只管征发军饷，收敛银子。

胡宗宪得到认可后，立即放胆去办，先派指挥夏正去徐海那边游说。徐海是杭州虎跑寺的一个和尚，因不守清规，奸淫大户人家的妻妾，被地方上的士绅赶走，他随即投奔海上，与海寇陈东、麻叶勾结，自称平海大将军，东抢西掠。曾将抢来两个女子作为侍妾，一个叫翠翘，一个叫绿珠，都长得非常妖艳。徐海左拥右抱，对她们非常宠爱。夏正挑了最好的珠宝、簪子、耳环，赠给翠翘和绿珠，让她们说服徐海，归顺朝廷。然后自己去见徐海，并对他说："足下奔波于海上怎么能比得上在内地安居？做海盗怎么能比得上做大官？利害得失，请君自己考虑！"徐海沉思了很久，说："我也不是不想，但木已成舟，就算有心归顺，朝廷也未必能容得下我啊。"夏正道："我奉胡总督的命令前来招抚你，你还有什么疑惑呢？"徐海又说："我这个时候归顺了朝廷，胡总督即使不杀我，也只不过让我做个小兵罢了。"夏正出言道："胡总督非常喜爱足下的才能，所以才让我到这里劝说，否则足下的头颅恐怕已经不保了。"徐海生气地站起来说："我也不怕什么胡总督，你去叫他来，取我的头颅吧。"夏正忙劝慰道："足下请息怒，容我说明情况。"一边说着，一边故意看着旁边的下人。徐海就命左右退出，自己与夏正密谈。夏正说："陈东已经得到密约，准备捆着你去投降呢。"徐海大惊失色："这是真的吗？"夏正说："怎么不是真的！不过陈东为日本人做事，胡总督担心他会反复无常，所以命我来招抚您。您如果能捆着陈东、麻叶二人归顺朝廷，这可是大功呢，胡总督一定会奏明皇上给您加官晋爵。"徐海不禁沉思起来。夏正继续煽动道："足下还以为陈东、麻叶是好人？君不负人，人将负君啊。"徐海这才说："让我仔细想想，再给你答复。"

夏征离开后，徐海马上命人窥探陈东的消息。正巧陈东已经听说他迎接夏正的事情，也在怀疑，见了徐海的差人就恶狠狠地说了几句。差人回去报告徐海，徐海暗想："果然是真的。"就进去和两个小妾商量，两个小妾极力怂恿，叫他戴罪立功。徐海便将麻叶引来，捆上献到军前。

胡宗宪没有讯问，马上令左右给他松绑，好言劝慰，并让他给陈东写信，设法捉拿徐海。麻叶对徐海恨之入骨，当然唯命是从。立刻写好书信呈给宗宪。宗宪并没有直接寄给陈东，而是让夏正寄给徐海。徐海就将麻叶的书信寄给萨摩王。萨摩王是倭寇的首领，陈东正是他亲弟弟的部下。萨摩王见了这封信，非常恼怒，也来不及查明虚实，竟将陈东拿下，交给徐海。徐海抓住陈东，带着手下去见胡宗宪。胡宗宪请赵文华以及巡抚阮鹗列坐，依次升堂。赵文华坐在中间，胡、阮二人分坐两旁，传见徐海。徐海叩头谢罪，并在胡宗宪面前跪下。胡宗宪起身下堂，摸着徐海的脑袋说："朝廷已经赦免了你的罪状，并准备颁赏，你不要惊慌，快快起来！"徐海应声起来。徐海的手下将陈东带进来。胡宗宪只是责问了几句，没有下令斩首。随后取出金银财宝，犒赏徐海。徐海领赏后，表示想借个地方屯兵，胡宗宪笑道："你自己选吧。"徐海答："那就沈庄吧。"胡宗宪说："你去驻扎在东沈庄吧，西沈庄我要驻兵。"徐海称谢而去。

胡宗宪见徐海已经离开，就转问陈东："你与徐海是多年的好友，怎么会被他擒住呢？"陈东正在气头上，就说徐海如何狡猾，并说自己正想归降，反被徐海捉来献功。胡宗宪微笑着说："原来如此，你果然有心归降的话，我怎么肯害你？只是你手下有兵马吗？"陈东道："大约有两三千人。"胡宗宪说："你去把他们召来，驻扎在西沈庄，将来我仍然让你统率，好监视这个徐海。"陈东高兴地道谢。胡宗宪急忙命人给他松绑，让他将人召到西沈庄，暗中却假借陈东的手笔，给他的部下写信："徐海已经勾结好官兵，准备围剿你们，你们赶紧自谋生路去吧。"这封信到了西沈庄，陈东的部下自然摩拳擦掌，去东沈庄厮杀。徐海见陈东的部下前来攻打，与他们交战了好几次，忽然大彻大悟："我中计了！"急忙给萨摩王写信，谁知早被胡宗宪想到，派人在路上拦截下来。徐海眼巴巴地指望着倭兵，忽然有探子来报，说赵文华已经调兵六千，与总兵俞大猷直奔沈庄而来。徐海一路逃到梁庄，碰巧遇到大风，官兵乘风放火，把徐海手下的贼众烧死了一大半。徐海逃了一段路，前面被大河阻拦下来，无路可逃，只好投入水中。官兵中有认识徐海的，大声喊："不要让徐海逃了。"徐海听了这话急忙钻入水底，有善于游泳的官兵已经抢先入水，纷纷捕捞。等捉到徐海，他已经鼻息全无了。

东沈庄已破，西沈庄也站不住脚，赵文华等人奏称大捷。世宗命人将罪魁祸首押解入京，赵文华乘此机会押着陈东、麻叶去京师，陈东、麻叶被凌迟处死。赵文华被升为少保，胡宗宪被升为右都御史。

赵文华得了厚赏，又跑到严府叩谢，馈赠的礼物也比之前多了一倍，严嵩夫妇倒也欢喜得很。只是严世蕃心怀奢望，听说赵文华满载而归，料定会有重谢，赵文华也知道他最为贪婪，就用黄金白银抽成丝，穿成一顶幕帐赠给严世蕃。又用上好的珍珠串起来，结成宝髻二十七枚，赠给严世蕃的妻妾。原来严世蕃贪淫好色，平时听说哪里有美妇，定要把她弄到手，所得爱妾二十七人，婢女不计其数。二十七位夫人个个享受荣华富贵、锦衣玉食，平常的珍奇玩意看都不看，看着那宝髻，竟然当成普通首饰，不怎么稀罕。严世蕃见了这金丝幕帐，心里也很不满足，只好勉强收着。赵文华博得皇帝的恩宠后，权位几乎与严嵩相等，他想到自己能有今天都仗着严家人提拔。盛极必衰，严家要是倒了，自己也一定同归于尽。况且赠给严家的东西已经有几万两银子，严世蕃对自己不但不道谢，反而是一副不满足的面孔，长此以往，恐怕难以为继，不如另作打算，于是一心一意等候着时机。

一天，赵文华来到严嵩府上，径直走入书斋，只见严嵩一个人坐在那里小饮。赵文华行过了礼，就笑着说道："义父怎么一个人喝酒啊？莫非是效仿李白举杯邀影？"严嵩说："我哪有那种雅兴？如今年纪大了，头发都白了。幸好现在有人传授给我一方药酒，据说常喝此酒，可以延年益寿。我照着方子服了几个月，还算有效果，所以在这里独酌呢。"赵文华说："有这种妙酒，孩儿也要试试，能不能将方子给我抄一份。"严嵩说："这有什么不可？"随即命家人将方子抄了一份交给赵文华。

到了第二天，赵文华密奏世宗，说："臣有神仙授的药酒一方，听说常常服用可以长生不老。大学士严嵩已经试饮了一年，觉得很有效果。臣近日才得知，所以不敢私藏，将原方录上，请皇上也照着服用，一定可以延年益寿。"世宗看完奏折就说："严嵩有这种秘方，却不肯呈上，可见人心难料啊。看来赵文华倒还有些忠心。"于是也照着方子开始服用。

内侍听了世宗的话，就暗中将那密奏偷出，报告给严嵩。严嵩不禁大怒，立即命家人把赵文华找来。不一会儿工夫，赵文华就赶了过来，看严嵩怒容满面，心里咯噔一下，连忙施礼请安。严嵩呵斥他说："你向我行什么礼？我一手把你提拔起来，你却想害死我！"急得赵文华出了一身冷汗，战战兢兢地说道："儿……儿子怎么敢？"严嵩冷笑着说："你还敢狡辩？你在皇上面前献了什么东西？"赵文华支支吾吾："没，没有什么东西。"严嵩没有接话，从袖子里取出一张纸，朝赵文华扔去。赵文华接过来一看，正是他的密奏，顿时吓得面如土色，只好双膝跪地，捣蒜一般磕起头来。严嵩厉声说道："你可知罪吗？"赵文华嘟囔着说："儿子知罪，求义父息怒！"严嵩又说："谁是你的义父？"赵文华还在叩头，严嵩对家人说："快将这畜生拖出去！"家人听了这话，当下就过来两个人，把赵文华拖出相府。

赵文华回到自己家中，食不能安，夜不成眠。第二天一早，吃完早饭，盘算了很久，才让车夫送他到严府。赵文华亲自敲门，门上的豪奴非常势利，看见赵文华，故意不理不睬。赵文华只好低声下气，求他通报。门奴说："相爷有命，今天无论什么人，一概不见。"赵文华忙道："相爷既然这么说，麻烦你去报告公子。"门奴说："公子还没有起来。"赵文华一想，这可如何是好，猛然间记起一个人，就问："萼山先生在府上吗？"门奴说："我也不知道。"赵文华悄悄取出一包银子，递给门奴，并说了无数好话，门奴才进去。一会儿出来后，说萼山先生有请，赵文华匆匆入内。这萼山先生其实就是严府家奴的头目，名字叫严年，号萼山，内外官僚来攀附严府的时候，都是由严年经手，因此人人敬畏，称他为"萼山先生"。赵文华常年出入严府，当然少不了他的份儿。这时彼此相见，赵文华格外客气，严年也假装谦恭。互相礼让了一会儿，严年摇着头说："赵少保！你也太负心了。相爷现在非常恨你，都不想再见你的面，就是我家公子那里恐怕都周转不开。"赵文华奉承道："萼山先生无事不可挽回，这次就要靠你周旋了，兄弟不胜感激。"严年面有难色，赵文华就在他耳边说了几句，他才点头。

过了几天，正好碰上严嵩的官假。赵文华料定这天出入严府的人会有很多，他连随从都来不及带，就独自来到严府。门奴已经收了馈金，也不去拦阻。赵文华来到大厅外面，停住脚步，向里面探望过去。远远看见严嵩夫妇高坐在上面，一帮干儿子和严世蕃分别坐在两旁，在厅中畅饮，欢声笑语不绝于耳。正看着，忽然见严年出来，慌忙上去作揖。严年低声说："公子已经禀报过太夫人了，太夫人正盼望着您呢！"赵文华正准备进去，严年说："且慢！我再去通报一下。"赵文华侧耳倾听，又等了半天，才听欧阳氏说道："今天高朋满座，大家都来了，只是少了一个文华。"严嵩接着说："这个负心贼，还提他做什么？"赵文华心里一跳，透过缝隙往里面看，见严嵩虽然这么说，脸上却没有怒容，接着又听欧阳氏说："文华之前不过是一时冒失，俗语说得好：'宰相肚里能撑船'，相公何不就此释怀呢？"接着听到严嵩笑了一声。这时候的赵文华，知道机会难得，也来不及等严年回来，竟壮着胆子闯进去，走到严嵩席前，趴在地上放声大哭。严嵩还想斥骂，偏偏欧阳夫人已经令家婢将筷子、碟子添置上来，并叫赵文华一起入座，还劝慰说："只要你以后改过自新，相公就不再计较了。"赵文华叩谢而起，这才走到座位前，勉强喝了几杯。没过多久，酒阑席散，赵文华等别的客人都走光了，才敢起身告辞。好在严嵩没有严厉指责，赵文华总算是放心地回去了。谁知这时候接到圣旨，让他督建正阳门楼，限两日内竣工。赵文华不免慌张起来。

## 十三岁的嫔妃

　　嘉靖三十六年四月，奉天、华盖、谨身三殿忽然着火，损失惨重，世宗下诏罪己，并斋祭五日。后来又听信术士的话，准备速建正阳门楼。赵文华在工部任职，无法推托。怎奈朝旨命他两日内竣工，时间仓促，哪里能建得起来？赵文华只好派人连夜赶筑，两天之后门楼只筑成一半。正巧这天是严嵩值班，世宗和他说："朕命赵文华督造门楼，工期是两天，他却只筑了一半，难道是藐视朕不成？"严嵩上奏道："赵文华自从南征回来之后，就中了暑，至今还没有痊愈，想必是因此耽误了，怎么敢怠慢圣旨呢？"世宗没有说话。严嵩退下去之后，马上让严世蕃去通知赵文华，让他早作准备。赵文华立即上疏称病，世宗亲自批答，让他回老家休养。赵文华接到圣旨，只好收拾行装，到严府道别。欧阳夫人可怜他，让他多留几天，赵文华也就留在京城，还想着官复原职。正巧世宗斋祭，停止晋封官员，赵文华便让儿子赵怿思到宫中请假，说是要送父起程，无非是指望世宗把他留下。不料有旨传出，竟然痛斥赵怿思顾家忘国，让他立即戍边；赵文华心存试探，目无君上，应削职为民。赵文华见了这种圣旨，不由得涕泪交加，万念俱灰。后又父子离别，愁上加愁，没办法只好带着家眷，雇船南下。他平时本来就有病，遇到这有生以来第一件失意的事，立即旧病复发。一天晚上，忽然觉得肚子很胀，用手去抚摩腹部，只听噗的一声，肚子竟然破裂，肠子流出而死，所有的富贵荣华，都化作泡影。

　　胡宗宪听到赵文华的死讯，不免惆怅起来。那时候，海寇中还剩一个汪直纵横海上。胡宗宪与汪直都是徽州人，汪直做了海寇，却没有把母亲一起带去。他的母亲被关在狱中，胡宗宪命人到徽州将他的母亲接到杭州，好生款待，并亲自去慰问过一次，让他的母亲给汪直写信。汪直收到家书后，非常感动。胡宗宪又派蒋洲前去说服汪直，汪直叹了口气说："徐海、陈东、麻叶三人都死在胡都督的手中，我难道也要去自寻死路？"蒋洲说："这话说错了。徐海、陈东等人和胡都督非亲非故，都督为国家除害不得不那样做。您与他都是徽州人，自然有特别的情谊。现在足下的家眷都在杭州，一切衣食都由胡总督供给，要不是念在同乡的份儿上，肯这么优待吗？"汪直问道："照你说来，胡都督真没有害我的意思？"蒋洲说："不但不想害你，还要替你保奏呢。"汪直踌躇了很久，才说："既然这样，你先回去。我自然会带着兄弟们投降。"蒋洲和他约好日期，回去报告胡宗宪。

　　胡宗宪得知后大喜，谁知等了很多天，一点儿消息都没有。巡按周斯盛对胡宗宪说："这一定是汪直的诡计，蒋洲收了贼匪的好处，不能说他没罪。"当下就将蒋洲关入大牢。正在这时，有人禀报："舟山岛的外围，有几艘海船，里面有很多海寇，头目就是汪直。沿海的将士看见他人多，已经做好戒备，大帅准备如何处置？"胡宗宪说："他既然愿意来投降，何必要怀疑他。"接着，准备再派蒋洲招抚。谁知周斯盛担心蒋洲靠不住，就另派指挥夏正前去招抚汪直。汪直见将士守备森严，不免有些心慌，就问夏正："蒋先生怎么不来？"夏正答："蒋先生另有事情要做，没有时间前来。"汪直说："难道胡都督是因为延期怀疑我吗？我因中途遇到飓风，船只被毁，只好退回去改乘别的船，这才延误了日期。"夏正说："胡都督心性坦白，断不至于怀疑。"汪直始终不信，只派养子王㳘跟着夏正去见胡宗宪。胡宗宪问汪直为什么没有来，王㳘就说："我们好意投降，却听说你们盛兵相待，怎能不让人怀疑。"胡宗宪再三解释，王㳘才说："汪头目很想觐见大帅，却被左右拦住。如果大帅以诚相待的话，就派一大官去换他上来。"胡宗宪道："这有何妨。"仍然安排夏指挥前去。夏正奉命前去，被王㳘留在船上，汪直移船上岸，去见胡宗宪。胡宗宪开门相迎，汪直进去后立即跪下请罪。胡宗宪亲自将他扶起，笑着说："大家都是同乡，关系不亚于弟兄，何必这么客气。"于是邀请他坐上了客位。汪直坐定之后，感慨道："大帅不计前嫌，把我招到这里，人非草木，孰能无情？此后定当与大帅一起肃清海寇，借以赎罪。"胡宗宪说："老兄敢作敢当，他日为国家出力，爵位一定在我之上。"汪直大喜："这还要仰仗大帅提拔。"胡宗宪接着盛宴相待，还令属下把酒肉送到汪直的船上，让夏正作为东道主，款待船中的党目。汪直此时已经是喜出望外，感激万分，宴席完毕后，就留在客馆里。胡宗宪命文牍员写好奏折，替汪直请罪，当天发了出去。

过了数天，朝廷传出旨意，胡宗宪展开恭读，不禁皱起眉头来。原来圣旨中说："汪直是海上的元凶，万难赦免，应即刻就地正法。"胡宗宪一想："这事可怎么办？看来朝旨难违，只好将汪直砍头，夏指挥的生死当然不能兼顾了。"随即不动声色，在第二天摆下酒宴，邀请汪直入席。酒过三巡，胡宗宪拱手说道："我之前保奏足下，如今朝旨已到，足下要高升了。"汪直刚说出"感谢"两个字，就见两旁的偏门拥出很多持刀佩剑的士兵，站在左右，汪直非常惊异。胡宗宪高声说道："请足下跪听朝旨。"汪直无可奈何地离开座位，跪了下来，胡宗宪照着圣旨朗读，念到"就地正法"四个字，立即有士兵上前，将汪直捆绑起来。汪直厉声说道："胡宗宪！胡宗宪！我原本就说你靠不住，不料还是中了你的计，你真是狡猾得很！"胡宗宪说："这也要你原谅，奏稿也在，不妨拿给你看。"汪直恨恨地说："还看什么奏稿，总之是要我死罢了！"胡宗宪也不和他争辩，立即命刀斧手将汪直推出辕门，号炮一声，人头落地。

这消息传到汪直的船上，那帮杀人不眨眼的党徒立刻把夏正拿下，你一刀，我一剑，剁成了肉泥，接着扬帆而去。那时船上还有三千人，仍然联络倭寇，到处抢劫，胡宗宪也不去追赶。夏正死不瞑目，胡宗宪竟然奏称巨寇被诛，海寇荡平等话。世宗非常高兴，封胡宗宪为太子太保。

世宗听说海寇荡平，正好专心他的正事，便说："叛党束手就擒，这都是因为鬼神有灵啊。"因此将功劳归在陶典真头上，加封他为恭诚伯。那时，南阳有位方士叫梁高辅，年过八十，眉毛胡子全白了，两手的指甲有五六寸长。他找来七七四十九名童女，采集她们第一次的经血，晾晒多年，精心炼制，制成一味药。此药服食后，有一种奇特的效果，那就是一个晚上可以临幸十名女子，屡战不疲，并说这药吃了可以长生不老。世宗那时年过五十，精力衰竭。后宫还有几十个嫔妃，单靠这么一个老头儿，哪里能遍承雨露，免不了背地里发些牢骚。世宗也觉得抱歉，就算略有所闻，也只好含忍过去。自从服用了梁高辅奉上的仙药后，居然与壮年时候一样，每天晚上可以临幸好几位妃子。世宗喜出望外，立即封梁高辅为通妙散人。

　　从此，梁高辅一心一意为皇帝炼药，格外殷勤，还选出三百名八岁到十四岁的童女，放到宫里养着，等她们经期一到，立即取来做成药水，混入药中。梁高辅还给他的药取了一个美名，叫做先天丹铅。后来又选入十岁左右的女童共一百六十人。这四五百名童女闲着没事，有的被分到祭坛帮忙，有的被分到各个宫里侍奉主子。其中有个姓尚的女子，年仅十三，秀外慧中，被选到西宫侍奉皇上。一天黄昏，世宗坐在那里一边诵经一边击磬，忽然觉得疲倦起来，打了一个瞌睡，一不小心把击磬的槌子误敲到了别处。侍女们都低头站着，没有看见，就是看见了也不敢发声，唯独尚女失声大笑。这一笑惊动天颜，世宗不禁张目四顾，目光一下子就盯到尚女的脸上，只见她梨窝半晕，还带着笑痕。世宗本来准备大声呵斥，却偏偏被她的憨态感染，不知不觉消了怒气，仍然回头看经。可惜情魔一扰，心中竟然忐忑不定，眼神也总是不由自主地去看尚女。尚女先是面带笑靥，后来又变成羞怯，接着低下头去拨弄她的衣带，越发显得娇美动人。世宗越看越喜欢，哪还有什么心思念经，竟然随口叫她过来，令其他侍女退出。侍女们退班之后，都为尚女捏了一把汗。世宗把尚女叫过来，问了几句她的姓名籍贯，就将击磬的槌子一扔，顺手牵住尚女，让她坐在膝盖上。尚女不敢顺承，可又不敢拒绝。世宗竟然捧起她的笑靥，硬硬地给她一个亲吻。尚女急忙挣脱皇帝的手，站起身来，世宗岂肯放过，又将她的纤腕拉住，扯到寝室中。当下服了仙药，霎时间兴致盎然，此时的尚女哪里还能逃脱？只好任凭世宗脱衣解带，抱上龙床。尚女年仅十三岁，既不敢哭也不敢叫，只好咬着牙忍受。可偏偏世宗药性已发，欲罢不能，尚女忍耐不住，只好在枕畔哀求。毕竟皇恩浩荡，勉强停住云雨，让她穿衣退下，令内侍宣召庄妃。

　　庄妃姓王，从丹徒徙居到金陵，由那里的官吏选入，起初并未得宠。寂寞深宫，不免伤怀，惆怅中吟成几首宫词，借作消遣。世宗得知后，因才怜色，召入御寝，春宵一度，其乐融融，随即册封为庄妃。后来又加封为贵妃，主管仁寿宫的事情。等庄妃召到，尚女已经起身离开，世宗也不和庄妃谈论，直接令她卸妆侍寝，于是天子多情，佳人擅宠，又演出几多风流韵事。过了两个晚上，世宗再次召幸尚女，尚女还是心惊胆战，推辞了片刻，无法抗旨，只好再去领赐。不料这次的感觉却迥然不同，竟然畅快淋漓。没过多久，世宗称她为尚美人，后来又册封为寿妃。正在老夫少妻如胶似漆的时候，忽然一名太监急急忙忙进来，呈上一方罗巾，巾上有无数血痕，世宗模模糊糊辨认了一番，才辨出是一首七言律句：

> 闷倚雕栏强笑歌，娇姿无力怯宫罗。
>
> 欲将旧恨题红叶，只恐新愁上翠蛾。
>
> 雨过玉阶天色净，风吹金锁夜凉多。
>
> 从来不识君王面，弃置其如薄命何？

## 盛极必衰

世宗看完血诗，不禁流下眼泪。这血诗是宫人张氏所写。张氏才貌双全，刚刚入宫就被宠幸，但性格上不免有些骄傲，平时仗着有些才气，不肯顺服于世宗，没过多久就失宠了。接着被禁锢在冷宫之中，郁郁成疾，呕了几个月的血，含怨而亡。临死之前，她用玉指蘸着呕出的鲜血，在罗巾上面写了一首诗，系在腰间。明代后宫故例，曾被宠幸过的宫人得病身亡时，一定要留一件身边的遗物，呈献皇上，作为纪念。张氏死后，宫监按照惯例，取了罗巾，呈给世宗。世宗多情，一下子触起感伤。当下便诘责宫监，为何不早点禀报。宫监跪着说："奴婢等人没有奉旨，哪敢冒昧上报？"这话说得并没有错，可世宗听了，却变悲为怒，说他顶撞，命令左右将他拿下，自己走出西宫，亲自去看张氏。只见她玉骨如柴，银眸半启，僵卧在床榻之上，不由得叹息道："朕辜负你了。"说完，含着两行眼泪，命人将内侍揪出几个，与之前拿下的宫监，一同杖责。有几个忍不住疼，竟然毙命。

明代的时候，分别设有两浙、两淮、长芦、河东这几个盐运司，各负其责，运司以上就没有人管辖了。鄢懋卿因勾结严嵩，被保荐为全国盐运总督，总理盐政。自从他奉命出都之后，就带着家眷，在各区巡查，沿途索要贿赂。所用的仪仗前呼后拥，后面的五彩轿子用十二个大脚妇女抬着，轿子上坐着一位半老徐娘，满头的金银珠翠，浑身的绫罗绸缎，这便是总理盐政鄢懋卿的妻室。彩轿之后，还有几十乘蓝轿，无非是粉白黛绿，鄢氏的美姬。每到一处，不论抚按州县，无不恭迎，除了日常的供应之外，还要搭进去不少银子，才能博得鄢懋卿的欢心。

这天，鄢懋卿在两浙巡视。来到淳安境内，距城只有几里的时候，还不见有人迎接，又往前走了几里，才看见有两个人在路边等着，前面的衣衫褴褛，好像一个乞丐；后面同行的，虽然穿着袍服，却也破旧得很，就像边远地区驿丞的模样。这二人走到轿子旁边，将位置前后互换了一下，穿着旧袍子的官员上前参见。鄢懋卿正在气头上，不由得厉声问道："来者何人？"那人毫不畏惧，正色答道："下官便是海瑞。"鄢懋卿用鼻子哼了一声，故意说道："淳安知县到哪里去了？让他前来见我。"海瑞又大声说道："下官便是淳安知县。"鄢懋卿说："你就是淳安知县？为什么不坐轿子，反而自失官体？"海瑞说："小官愚昧，只知道治理百姓，以为百姓安乐了，官体就能保全。今天承蒙大人教诲，心中不解。"鄢懋卿说："淳安的百姓都靠你一个人治理吗？"海瑞说："都是朝廷的恩德。只是淳安是一个穷县，又屡遭倭寇侵犯，更是凋敝不堪，小官不忍心扰民，这才减免了轿舆，请大人原谅！"鄢懋卿无话可说，只好忍住气，勉强和他说："我奉命来此，借贵地暂住一晚。"海瑞说："小官理应奉迎。只是县小民贫，供应简陋，还望大人特别宽容！"鄢懋卿默不作声，在海瑞的带领下，来到县署。海瑞自己充当差役，让妻子、女儿充当仆婢，除茶饭酒肉以外，没有什么进献。鄢懋卿本来就憋了一肚子气，再加上妻妾等人都骄奢成性，暗中骂着混账知县。鄢懋卿只好劝慰她们："今天要是和他斗气，反而显得肚量太小，将来再和他算账。我听说他自号'刚峰'，撞在老夫手中，无论如何刚硬，都要叫他服软。"于是在淳安县挨过一宿，第二天一早就起程离开。过了一个多月，海瑞正在署中办事，忽然接到京城来信，说是被巡盐御史袁淳参劾，下诏夺职。海瑞坦然地说："我早就知道得罪了鄢氏，已经把这官位置之度外了，彭泽归来，流芳千古，我还要感谢鄢公呢！"接着缴还县印，自己回到琼山去了。海瑞之外，还有慈溪知县霍与瑕也因清廉不屈，触怒了鄢懋卿，被一同免官。

当时，严嵩父子权倾内外，所有热衷官场的人都攀缘附会，只有翰林院待诏文征明廉洁自爱，拒绝与权势交往。严世蕃屡次想把他招揽过来，文征明始终不肯答应。文征明原名叫做文璧，后来以字闻名，能书会画，与祝允明、唐寅、徐祯卿三人一起被称为"吴中四大才子"。祝允明别号枝山；唐寅字伯虎，号六如居士；徐祯卿字昌谷，三人全部荣登科第，文采齐名。祝枝山善书，唐伯虎善画，徐昌谷善诗，全都风流倜傥，不慕虚荣，只有文征明比较通融。张璁、杨一清等人都想招揽文征明，文征明一律谢绝。各地乞求文征明书画的人接踵而来，文征明择人而施，遇到豪门权贵，一概不予，因此名声越来越大。严嵩父子一向很器重他，后来屡招不至，严世蕃就想设法陷害。这时候，严嵩的妻子欧阳氏患起病来，一时间顾及不到，只好把文征明的事情，暂时搁起。

欧阳氏是严世蕃的生母，治家很有法度。曾因严嵩贪心不足，婉言相劝："相公不记得钤山堂二十年的清寂了吗？"这钤山堂是严嵩少年时的读书堂。严嵩中进士之后，并没有贵显，仍然过着清苦的生活，闭户自处，读书消遣，曾写过《钤山堂文集》，为人传诵。当时布衣素食，并不敢有其他妄想。后来踏入仕途之后，性情大变，欧阳氏这才加以规劝。严嵩也不是没有惭愧过，可惜近朱者赤，近墨者黑，既然已经贪婪成性，那推心置腹的话也就听不到耳朵里去。欧阳氏见严嵩不肯听，又去训斥严世蕃。严世蕃把母亲的教诲当做耳边风一样，征歌选美，呼朋引伴，已经成了平常事。欧阳氏病逝之后，严世蕃原本应当护送棺椁回乡，严嵩对皇上说臣只有这么一个儿子，请求将他留在京城侍奉自己。世宗准奏，于是严世蕃大肆享乐，除了流连声色之外，还干预朝事。严嵩那时已经衰迈，时常记忆不灵，各个部门遇到需要裁决的事情，他就会说："怎么不去和我儿子商议？"或者直接说："让东楼决定吧。"东楼就是严世蕃的别字。可惜严世蕃身在朝廷，心在娇娃。母亲病逝后，几个月的时间里，又添了几个美妾。于是麻衣素群中，映着绿鬓红颜，越觉俏丽动人。递上去的奏折往往含义模糊，甚至前言不搭后语，世宗渐渐开始不高兴，后来又听说严世蕃在家纵淫，更加生气。

隔了几天，世宗所住的万寿宫忽然着火，一时间来不及抢救，乘驾、服饰都被烧成灰烬，御驾只得移住到玉熙宫。玉熙宫建筑老旧，规模狭小，远远比不上万寿宫，世宗闷闷不乐。大臣们请他住回到大内，不见相从。自从杨金英谋逆后，世宗就迁出大内，不愿回宫。严嵩请皇上移居到南宫，这南宫是当年英宗幽居的地方。世宗生来多猜忌，为人小心谨慎，看了严嵩的奏折，怎么能不恼怒？当时礼部尚书徐阶已经升任为大学士，与工部尚书雷礼一起请求重新修建，一个月就可以完成。世宗非常高兴，马上许可，从此军国大事多向徐阶咨询，只有斋祭的事情还会问到严嵩。

言官见严嵩失宠，就想落井下石，扳倒这位专政多年的大奸臣，御史邹应龙尤为热衷。一天晚上，正准备草拟奏折，忽然想起之前因参劾严嵩而获罪的人，一旦弹劾无效，就会身陷危机。这可如何是好？想到这里，不禁心灰意冷，连身子也疲倦起来。这时外面有役夫进来说："马已备好，请大人出去狩猎。"邹应龙身不由己，竟然离座出门，果然有一匹骏马，鞍鞯齐备，邹应龙当即纵身翻上。役夫把弓箭递给他，骏马跑了很久，都是些生路，正在惊疑的时候，猛地看见前面一座大山挡住去路。山上并没有什么猎物，只有巨石林立，他左手拔箭，右手拈弓，要射那块巨石，一连设了三箭，都没有射中，免不得着急起来。这时忽然听到东面有鸟鹊的声音，回头一望，只见有丛林密荫处露出一座楼台。他不管三七二十一，又张弓搭箭，嗖地射了过去，轰隆隆的声音过后，那楼台已经崩塌。

邹应龙听到这声巨响，不由得心中一惊。睁开眼睛再看，并没有什么山林，什么夫马，只有桌案上的一盏残灯似明似灭，自己仍然坐在书室中，到这里才觉得是南柯一梦。迷迷糊糊之中，已经是三更天了，追忆梦境，如在眼前，但不知道是吉是凶，沉思了一会儿，才猛然醒悟："要射大山，不如先射东楼，东楼倒塌，大山也就摇动了。"于是重新磨墨挥毫，拟成奏稿，第二天递了上去。

## 严家的厄运

御史邹应龙得了梦兆后，立即挥毫泼墨，专门参劾严东楼。奏折递上去之后，世宗看完，就找来大学士徐阶商议。徐阶低声说道："严氏父子罪恶昭彰，陛下应该果断一点，免得滋生祸端。"世宗点头。徐阶退下去之后，径直造访严府。此时的严嵩父子已经听说邹应龙上疏的事情，正担心会有什么不测，看到徐阶前来，慌忙出去迎接。寒暄过后，就问起邹应龙参劾的事情。徐阶从容地说："小弟今天到西宫值班，正巧邹应龙的奏折递到。上面看完之后，不知为什么勃然大怒，立即召来小弟问话。小弟就说严相任职多年，并没有什么过失，严公子平时的所作所为，也不像奏折上说得那么严重。小弟说完之后，见龙颜已经温和下来，想必不会有什么事情了。"严嵩急忙下拜："全仗多年老友极力挽回，老朽应当拜谢。"严世蕃也跟着父亲叩头，惊得徐阶连称不敢，忙扶起严嵩父子，然后好言劝慰一番，这才离开。

严嵩父子将徐阶送出家门。回到家没过多久，就有锦衣卫来宣读诏书，勒令严嵩罢官，并逮捕严世蕃下狱。严嵩跪在地上，见严世蕃已经被免去衣冠，由锦衣卫推了出去，这才徐徐起来，泪如雨下，呜呜咽咽地说："罢了！罢了！徐老头明知道这件事，还来这里探试，真是可恶！"转念又想："现在得宠的大臣只有徐阶，除了他，也没人能营救了。"正在满腹踌躇的时候，鄢懋卿、万寀等人都来探望。万寀是大理寺卿，鄢懋卿这时已经升为刑部侍郎，二人都是严府的走狗。严嵩刚和他们谈几句，不料锦衣卫返了回来，索要严世蕃的儿子严鹄、严鸿以及家奴严年，吓得严嵩说不出话。鄢、万二人也没有办法，只好将三人交出，让锦衣卫带走。这时家人又来通报，说中书罗龙文已经被逮捕。这时候的严府内外，悽惶万状，窘迫不堪，大家都围着鄢懋卿、万寀，请他想办法。鄢懋卿抓耳挠腮地想了一会儿，才说："有了！有了！"大家听了这话，连忙问是什么办法？鄢懋卿说："你们不要慌张，我自有办法！"说完，就在严嵩的耳边说了几句。严嵩说："这也是没有办法中的办法，但恐怕徐老头子会从中作梗，以至于坏事。"万寀道："不妨派个人去探一探，看那徐老头子到底是什么意思。"没过多久便有人回报徐阶的话："我要是没有严氏的提拔，就没有这高官厚禄，我决不会负心"。鄢懋卿说："这老头子诡计多端，他的话怎么能信？我们就照计划去办吧。"说完匆匆离开。

不到一天，就有诏旨将蓝道行逮捕下狱，原来鄢懋卿想营救严世蕃，就贿赂内侍，陷害蓝道行，并说邹应龙就是受了蓝道行的唆使才递上奏折。世宗果然中计，竟然将蓝道行捉拿。鄢懋卿等人又私下派人去说服蓝道行，说只要他将责任推给徐阶，就可以脱罪。蓝道行说："除贪官是皇上的本意，纠贪罪是御史的本职，关徐阁老什么事？"这话传到鄢懋卿的耳朵里，只弄得画饼充饥，仍然没有一点办法。于是严世蕃被贬成雷州卫，他的儿子严鹄、严鸿以及私党罗龙文全部戍守边疆，升邹应龙为通政司参议。没过多久，御史郑洛参劾鄢懋卿、万寀朋比为奸，二人都被免官。随后，工部侍郎刘伯跃、刑部侍郎何迁、右通政胡汝霖等人因为是严家的亲朋好友，也被陆续罢去。

后来，朝旨又下，加恩严鸿为庶人，让他侍奉严嵩回乡。徐阶见世宗又开始向着严嵩，恐怕遭来后患，急着想去上奏。世宗看见徐阶，就召他上前，先开口说道："朕日理万机，不胜劳累。现在庄敬太子载壑虽然已经去世，幸好载坖、载圳都已经长大，朕准备现在禅位，退居西宫，专门祈求长生不老，你以为如何？"徐阶急忙叩头，上谏阻止。世宗又说："严嵩辅政也有二十多年了，他的是非功过先不用说。单说帮助朕修炼始终不改这一条，就是他的第一诚心。如今严嵩已经还乡，儿子也已经伏罪，谁还敢再说什么？像邹应龙这样的人，朕决不宽恕，定当马上处斩！"徐阶大惊失色，唯唯而退。回到府中后，暗想："严嵩已经离开，一时半会儿也不能东山再起，这还是件小事。只是裕王载垕、景王载圳平时在待遇上没什么分别。载圳有意夺嫡，怕不是活动了后宫，才让皇上说出今天的话，这件事情倒是不可不防。"

严嵩上路之后，蓝道行死在狱中。严嵩到了南昌，马上就是万寿节了，就与地方官商议，在南昌城内的铁柱观中，请道士蓝田玉等人为皇上祈福。蓝田玉能画下灵符，召来仙鹤。只见他登坛诵咒，手里捏着灵符，在香炉中焚烧起来，不一会儿工夫，居然有白鹤飞来，绕着祭坛盘旋了三周，望空而去。严嵩就和蓝田玉交好，让他传授召鹤的密法，接着写下祈鹤文，托巡抚代奏。没过多久得到朝旨，世宗不但称赞了他，还赏赐了金银。严嵩随即上表谢恩，并乘机申请："老臣今年八十有四，只有一个儿子严世蕃，还在千里之外戍边。臣死之后，连托付后事的人都没有。请陛下赐臣的儿子回来，给臣养老送终。"谁料世宗竟不高兴地说："严嵩有孙子严鸿侍养，已经是特别加恩，还不满足吗？"严嵩听了世宗的话，心里非常沮丧。这时，却忽然看见严世蕃父子从外面进来，不禁又惊又喜，便问道："你是如何被放回家的？"严世蕃说："儿子不愿意去雷州卫，所以自己逃了回来。"严嵩又说："回来倒是好，但如果被朝廷得知，岂不是罪上加罪了吗？"严世蕃说："不碍事的。皇上深居西宫，怎么会知道？只是那徐老头子……哼！恐怕他的脑袋就要保不住了。"严嵩惊奇地问："为什么？"严世蕃说："罗龙文也没去戍所，现在逃到了徽州歙县，准备招集刺客，取徐老头子以及邹应龙的脑袋，给我泄恨呢。"严嵩跺着脚说："这你就错了！如今皇恩浩荡，准许我告老还乡，你恶行累累，却没有判重罪，只是派去戍边，我们父子仍然平平安安。有朝一日，皇上回心转意，还有赦免的希望。你这么做与叛逆有什么差别？况且朝廷现在正准备加封徐阶以及邹应龙，要是知道你的阴谋，不但你我性命难保，恐怕严氏一族，也要灭门了。"严世蕃不以为然，正要狡辩，忽然听到外面人声鼎沸。严嵩大惊失色。有人来报，说是伊王府差来三十名校尉，二十多名乐工，来索要几万两银子的欠款，要求现在就要付给他。严嵩叹了口气说："有这种事情？他也未免逼人太甚了。"

这伊王是太祖的二十五子厉王的六世孙，名叫典楧，为人贪婪暴戾，尤其好色。曾经强夺民宅，广建府邸，亭台楼阁不亚于皇宫。又命校尉、乐工等人招选民间女子，共招来七百多人，其中有九十名中选，留在王宫侍奉，其余落选的女子勒令百姓交钱赎身。校尉、乐工等人乐得从中取利，任情索价，并挑选模样不错的尽情糟蹋，百姓赎回去之后，也是残花败柳。朝廷知道后，勒令他毁去宫室，归还民女。谁知他竟然抗旨不遵，于是罪上加罪，照徽王故例，被废为庶人，禁锢在高墙之内。典楧这时才开始担心，马上派人给严嵩送去几万两银子，求他代为周旋。严嵩生平最爱的就是金银，便老实收下，一口答应，哪知自己也失了权势，怅怅归来。典楧听到这个消息，就让差人原价索回，接连数次，都被门奴挡住。他就特意派遣多人，登门硬取。严嵩不愿归还，可又不好不还。沉思了好大一阵，外面的聒噪声越来越大，不得已才将银子取出，还了回去。

乐工、校尉等人押着银子离开。到了湖口，忽然见绿林豪客蜂拥而来，直接上去抢夺金银。乐工没什么用，此时逃命要紧，三十名校尉还算有点力气，拔刀相向，与盗贼交起手来，刀来刀往，各显神通，但最终寡不敌众，只好抛弃金银，落荒而逃。这些绿林好汉押着金银径直送到了严府。原来，严世蕃暗中派遣家奴，带着几个亡命徒扮成强盗的模样，劫回了银子。严氏父子喜出望外，典楧这时已经得罪，还向哪里申诉？于是一桩劫案再也没人过问了。

严世蕃见没人检举揭发，胆子越来越大，竟然招集了几千名工匠大造府第，豪奴悍仆仍然凌辱官民。这时，正好袁州推官郭谏臣奉公出差，路过严嵩家。只见豪门之内，几百号役工搬砖运木，忙碌得很。其中还有三五名头目，身穿狐裘，在场地里监工，一派颐指气使的气象。郭谏臣低声问随从："这不是严相的府邸吗？"随从说："是。"郭谏臣走了过去，想到里面观察一下情况，不料已经有人喝住他："监工重地，闲人不得擅自入内，快给我退出去！"郭谏臣的随从抢先一步，冲他说道："家主是本州的推官。"话音未落，那人竟睁大眼睛说："什么推官不推官，总之是推出去罢了。"郭谏臣听了，也不禁开口问道："敢问高姓大名？"那人答道："谁不晓得我是严相府中的严六？"郭谏臣冷笑着说："失敬，失敬！"严六仍在那里谩骂不绝，随从正想和他理论，被郭谏臣喝住，只好低头退出。院子里有稍稍知道点事情的，和严六说："对地方上的官员应该尊敬一点，不该如此怠慢。"严六说："就是京城里的官出入我家门下，我也要训斥他几声，谁敢和我使个脸色？小小一个推官，怕他什么？"郭谏臣踉跄而出，役工等人一齐嘲笑，随手拾起砖头瓦砾向他身后掷去，作为送行的礼物。

## 树倒猢狲散

袁州推官郭谏臣因受到严六的凌辱，无从泄愤，便将严氏的罪恶详详细细地写下来，呈给南京御史林润。正巧林润巡视江防，郭谏臣见到他后，又把事情的始末说了一遍，并且把罗龙文私自豢养刺客的事情，也一一说明。林润立即向朝廷报告。世宗看到奏折后，大为震怒，命林润将严世蕃等人捉拿，入京问罪。林润得到旨意后，一边命徽州府推官栗祁缉拿罗龙文，一边亲自赶往九江与郭谏臣接洽。郭谏臣先将严府的四千名工匠遣散，然后围住严世蕃的府第。罗龙文在徽州听到了缉捕的消息，急忙逃到严府，不料严府已经被围得水泄不通，只能自投罗网，束手就擒。

世宗命法司严加审问，严世蕃在狱中神色自若，反而笑着说："任他燎原火，自有倒海水。"严氏的党羽在京城还有很多，都为严世蕃担忧，于是暗中贿赂狱卒，进去探望。严世蕃说："纳贿的事情我倒是不必隐瞒，好在当今皇帝并没有办过多少贪官，这点不用担忧。但要说聚众谋逆，料他也没什么证据。我想杨继盛、沈炼的案子，是足以连累我家的罪证。现在就劳烦各位当众宣扬，就说这两个案子事关重大，邹应龙、林润二人听了，一定会再去上疏，那时候我就可以出狱了。"大家都问："杨、沈两案再加进来，罪行可就更重了，怎么还能出狱？"严世蕃说："杨继盛、沈炼下狱，虽然是由我父亲拟旨，但终究是皇上决定的，如果旧事重提，必然会触怒皇上，从而加罪于他们，到时候我不是可以脱罪了吗？"大家点头离开，故意把这件事情在朝中宣扬。刑部尚书黄光升、左都御史张永明、大理寺卿张守直等人果然中计，准备将杨、沈两案归罪于严氏，再次上奏。

奏折写好之后，几个人去拜访大学士徐阶，谈到继续参劾严氏的事情。徐阶说："诸位的奏折能不能给我看看？"黄光升说："正要请教你呢。"说完，就从怀里取出稿子，递给徐阶。徐阶从头到尾看了一遍，淡淡地说："法司断定的案子一定没什么错误，今天已经来不及上疏了，诸位就请到内厅品茶畅谈吧。"接着几人来到内厅，仆人上茶之后，徐阶就让他们退下，笑着对黄光升说："你们的意思是想救严公子吗？"黄光升等人疑惑不解，纷纷摇头。徐阶接着说："你们既然想置小严于死地，为什么要牵扯杨、沈两个案子？"张永明说："用杨、沈的案子，正是要他抵命啊。"徐阶又笑道："诸位弄错了，杨、沈冤死原本是人人痛愤，但皇上英明，他肯承认自己的不是吗？你们的奏折一入御览，皇上必定会怀疑是法司借着严氏归罪于他。到时候，皇上震怒，严公子反而可以逍遥法外了。"黄光升等人听了这话恍然大悟，齐声说道："阁老高见，令晚辈心服口服，只是这奏折该怎么写呢？"徐阶说："现在奸党耳目众多，稍有不慎，就会泄露机密。如今只需要把林御史奏折中说的聚众谋逆尽情揭发，再参入旁证，就足以推倒严氏了。"接着徐阶从袖子里取出一张纸，对众人说："老朽已经拟好一封，请诸公过目。"大家看过去，见徐阶的奏折与林润的原奏大致相同，其中又增加了几条，一是罗龙文与汪直勾结，贿赂严世蕃求官；二是严世蕃听信术士的话，说南昌有王者之气，接着大造府邸，规模不亚于皇宫；三是严世蕃聚集亡命之徒，北通胡虏，南结倭寇等等。黄光升等人连声叫好。徐阶就让他们进到密室，关上门速速写成。黄光升等人随身带着印章，写完之后，立即盖印加封，由黄光升亲自递呈，然后大家和徐阶告别，回家等消息去了。

严世蕃在狱里，听说黄光升、张永明等人已经将杨、沈两案加入奏折，高兴得不得了，当即叫狱卒买来酒肉，和罗龙文两人喝得烂醉，鼾睡了一个晚上。到了第二天中午，忽然有狱卒来报，说有圣旨命都察院大理寺锦衣卫审讯，已经来提两位了。严世蕃诧异地说："莫非另有变化？"话音未落，锦衣卫就将二人反绑起来。不一会儿工夫，已经到了长安门，只见徐老头子穿着朝服出来，三法司一同恭迎，几个人分别进入大厅，在桌案前坐下。二人奉召入厅，跪在下面，徐阶也不细细盘问，只是从袖子里取出奏折，扔给严世蕃看。严世蕃看完之后，吓得面如土色，只好连声喊冤。徐阶笑道："严公子，你也不必狡辩了，朝廷证据确凿之后，才命我们来质问的。"严世蕃着急地说："徐公，徐公！你一定要害死我父子吗？"徐阶说："自作孽，不可活，和我有什么关系？"说完，就对三法司说："我们退堂吧！"法司领命，仍然命人将严世蕃等人带回去。

徐阶离开之后，回到府中，亲自写了一封奏折，说事情已经落实，严世蕃勾结倭寇、密谋叛逆，证据确凿，请速速判刑，以泄公愤！这奏折就像是严世蕃的催命符，不到一天，就有圣旨传出，将严世蕃、罗龙文处斩。严世蕃回到狱中的时候，就和罗龙文说："这下完了。"奸党们前来探望，严世蕃低头不语。后来圣旨下令处斩，二人急得没有办法，只得抱头痛哭。那时，严世蕃的家人到狱中请严世蕃给家里写信，与父亲诀别。严世蕃取过纸笔，泪珠簌簌地往下流，一张白纸湿透了半张，手也发起颤来，不能写字。不一会儿工夫，监斩官就来了，押着两个人去了法场，当即被斩首。朝旨又削严嵩为民，令江西抚按没收家产。抚按等不敢怠慢，立即到严府查抄，共得来黄金三万两，白银三百多万两，奇珍异宝不计其数，几乎超过皇宫。又查到严氏家人藏匿奸盗，强夺民田等罪状，其中二十七人被发配边疆，严嵩被驱逐出门外，房产全部被查封。严嵩寄居在自己的墓地里，两年后饿死。

严嵩父子被扳倒之后，总督东南军务胡宗宪心里惴惴不安，又因倭寇未肃清，担心遭到谴责，就将两只白鹿进献到京师，并让手下徐文长附上文章，极力称颂帝德格天，仙鹿呈祥等等。世宗看过文章之后，不由得极口称赞，当即升胡宗宪为兵部尚书，兼统管巡抚。后来，胡宗宪又献了两只白龟，五根五色灵芝，世宗更加喜欢，给白龟赐名为玉龟，灵芝赐名为仙芝，胡宗宪也有封赏。

胡宗宪的官越做越大，责任也越来越重。他平时颇有胆略，与倭寇的大小几十场战斗，屡得胜仗，每次临战，也必定亲自上阵，从来没有畏缩过。嘉靖三十八年，江北庙湾以及江南三川沙连破倭寇，江、浙地区的倭寇稍稍平息，转到广东、福建一带。胡宗宪既统管东南，广东、福建的军务也归他调遣，一些总兵平时来奏事的时候常常会遭到他的斥责，因此心怀不满。而且自从严氏衰落之后，大臣们株连了很多，胡宗宪虽然有功，但终究难逃"严党"这两个字。嘉靖四十一年，朝中参劾他的奏章已经堆得满满的了。世宗本来就是个好猜的主子，今天褒，明天贬，喜怒无常，竟然将胡宗宪夺职，放归乡里。第二年，又有大臣继续参劾，胡宗宪被逮捕到京城，服毒身亡。

胡宗宪一死，倭寇越来越猖獗，竟然攻陷福建的兴化府。兴化是福建有名的郡县，一向富裕，这次被攻陷之后，远近为之一震。幸好这时一位名将应运而生，为国操劳，屡破敌寇，最终平定东南。这位名将就是定远人戚继光。戚继光，字元敬，世袭登州卫都指挥佥事。一开始是胡宗宪的部下，任参将一职，能自创新法，出奇制胜。福建的匪患越来越急，巡抚游震得飞章上告，并请朝廷调浙江义乌的兵马前去支援，由戚继光统率。世宗准奏，并命参政谭纶、都督刘显、总兵俞大猷一同支援兴化。刘显从广东赶来，部下不满七百人，在府城三十里外隔江驻兵。俞大猷之前被胡宗宪参劾，被贬到大同戍边。这次复官南下，仓促间不敢攻城，也暂且观望，专等戚继光前来。倭寇在兴化城住了三月，奸淫掳掠，无恶不作，后来又移攻平海卫，都指挥欧阳深战死。

　　这个时候，戚继光带着义乌的兵马赶到。谭纶就命戚继光率领中路大军，刘显率令左路大军，俞大猷率领右路大军，进攻平海卫。倭寇急忙前来迎战，第一路遇到戚继光，正准备摇旗呐喊，冲杀过去。不料戚家军中鼓角齐鸣，士兵们手里拿着一只竹筒喷射，放出无数石灰，白茫茫的就像起了大雾，迷住敌兵双眼，使他们连东西南北都辨不清楚。倭兵正在擦眼睛，戚家军已经杀到，手里拿的兵器也不是平常的刀枪剑戟，而是一两丈长的筤筅，打得倭兵头破血流，东歪西倒。这筤筅究竟是什么东西呢？据戚继光的兵书上记载，是将长大的毛竹用快刀截去嫩梢细叶，四面削尖枝节，锋面快如刀刃，与狼牙棒、铁蒺藜相似，也叫做狼筅，是戚继光自创的兵器。倭兵从来没见过这种东西，吓得手足无措，四散奔逃。谁知逃到左边，与刘显相遇。刘显率军一阵乱砍，倭兵被杀死无数。逃到右边，又与俞大猷碰头，一阵乱搠，又杀得一个不留。向后面逃去的倭兵，被戚继光麾军赶上，顿时头颅乱滚，颈血直喷，平海卫当即收复。接着官兵又去攻打兴化，那里已经是一座空城，留守的倭兵早不知逃到哪里去了。


## 先买棺材后上疏

　　戚继光收复兴化之后，福州以南一律平定。只有沿海等处还有几万名倭寇，不时骚扰商旅，没过多久又进攻仙游。戚继光听到警报，立即带兵围剿，与倭寇在城下相遇。戚继光一声军令，戚家军风驰潮涌一般突入敌阵。那倭寇头子看见戚军的旗帜已经心惊胆战，没战了几个回合，就急急忙忙向同安奔去。戚继光麾兵去追，一直追到王仓坪地界，杀敌无数，剩下的倭寇都逃到漳浦。戚继光率领部下，直捣倭寇的老巢，捉拿的、杀死的不计其数。余党都逃向广东潮州，又被俞大猷迎头痛击，一举歼灭。倭寇兴起二十多年，攻破城池，杀死官吏、百姓不计其数，到这时才受到重创，不敢再来侵略。东南沿海终于可以安枕无忧了。

海寇肃清之后，世宗认为四方无事，天下太平，越发倾心于修炼。方士王金、陶仿、刘文彬、申世文、高守中等人陆续被招到京城。一天傍晚，世宗正在闭着眼睛练习打坐，忽然听到有东西坠落下来，睁开眼睛一看，只见膝盖处有两个硕大的蟠桃，连枝带叶，看起来非常鲜美。当即拿来食用，味甘如醴。第二天临朝的时候，世宗与大臣们说到这件事情，群臣都说是皇上的诚意感动了上天，所以降下仙桃，世宗更加深信，马上命方士斋祭五天五夜。祭坛还没有撤，又有仙桃降下。万寿宫里养的白兔、寿鹿各自生了三只，群臣又上疏道贺。世宗授予各位方士翰林侍讲等官。陶典真的儿子陶世恩伪造了五色灵龟、灵芝，呈入西宫，又与王金、陶仿等人杜撰仙方，炼成丹药进贡。这些丹药医书中统统没有记载，气味难闻，难以入口。世宗求仙心切，竟然放开喉咙，服食下去。不料自从服食仙药之后，开始烦躁口渴，夜不成寐。后来去询问各位方士，都说服食仙药后，该有这种情况，就升陶世恩为太常寺卿，王金为太医院御医，陶仿为太医院使。

那时陶仲文的党徒胡大顺因为有罪而被贬斥，后来希望再次起用，竟然伪造了一本《万寿全书》，说是吕祖传下来的，内有秘方，必须用黑铅炼白然后服用，可以长生不老，起名叫做先天玉粉丸，之后派徒弟何廷玉送到京师。正巧江西道士蓝田玉屡试召鹤的密法，颇得世宗宠信。何廷玉就走了这条门路，贿赂内侍赵楹，将那《万寿全书》进献。世宗展开看了几页，见上面多半言辞怪僻，情节支离，不由得惊诧起来，就问赵楹："这献书的人现在在哪里？"赵楹说："现住在江西。"世宗没有说话。赵楹就去报告蓝田玉，蓝田玉转告何廷玉道："你师傅大喜了。皇上现正在念叨着他呢！"何廷玉高兴得很，立即与蓝田玉商议，假传圣旨，征胡大顺入京。胡大顺到京城后，去见蓝田玉，因为担心之前有罪，不敢再见皇上。蓝田玉也不免迟疑起来，又去和赵楹商议。赵楹笑道："这有什么，皇上老眼昏花，哪还能记得这些？就算记得名字，也可以改名换姓啊。之前叫胡大顺，现在叫胡以宁，不就没事了吗？"胡大顺非常高兴，于是蓝田玉对世宗说，献书的人已经到了京城。世宗随即召见，胡大顺硬着头皮，进入西宫，三呼万岁之后，跪伏在下面。偏偏世宗眼快，看着他的相貌似曾相识，却一时记不起来，略略询问几句，就让他退下去了。

世宗的体质本来不弱，精神也过得去，平时阅览章奏一个晚上都不会疲倦，自从服用仙方之后，神经开始紊乱，忧心忡忡，白天常常感到

245

秽物或者是一团黑气从眼前经过。这其实是真气耗损，虚火上升的缘故。世宗不明白原因，反而令蓝田玉等人入宫祈福。可祈祷来祈祷去，毫无结果。蓝田玉担心因此获罪，就说是蓝道行下狱冤死，所以变成厉鬼。世宗似信非信，不得不问大学士徐阶。徐阶说："胡大顺目无法纪，冒名胡以宁混入后宫。蓝田玉私引罪人，胆大包天，臣请陛下严行惩处！不要再相信他们的话了！"世宗愕然说道："胡以宁就是胡大顺吗？怪不得朕召见的时候，他鬼鬼祟祟，朕又觉得似曾见过，这等放肆小人怎么能轻饶？"徐阶说："蓝田玉是严氏的党羽，屡次进献白铅，居心叵测。甚至伪传密旨，召来胡大顺，请陛下严惩！"说得世宗气愤难忍，立即命锦衣卫捉拿蓝、胡二人，交给法司审讯。证据确凿后，连赵楹也牵连进去一并问罪。于是蓝田玉、胡大顺、赵楹三人一律被处斩。

世宗杀掉这三个人之后，仍然迷信道教。那时前淳安知县海瑞，因严党伏罪，被升为户部主事，见世宗始终不肯醒悟，就和妻儿诀别，誓死上奏。世宗看完之后，怒气冲冲，将奏折扔到地上，看着内侍说："这混账妄自尊大，竟然来教训朕了，快给朕拿住此人，不要放走他！"太监黄锦在一边说道："听说此人上奏的时候，已经买好棺木，与妻子、儿女诀别，并遣散了仆人，坐以待毙，决不会逃走的。"于是世宗马上传旨，命人将海瑞关入大狱。

锦衣卫奉命离开后，黄锦又将奏折捡起来，仍然放在桌案上。世宗顺手拿起来再读一遍，不觉心有所触，暗暗地想蓝田玉、胡大顺等人都以假药来蒙蔽朕，海瑞的话也有道理。于是自言自语道："这个人可以和比干媲美了，不过朕倒不是商纣。"此后，世宗的病一天比一天重，渐渐将奏折的事搁置起来。嘉靖四十四年冬，世宗常常心烦意乱。到第二年正月，吃什么药都没有效果，病反而加重了。

暮春的时候，徐阶举荐吏部尚书郭朴以及礼部尚书高拱提任内阁大事。朝廷于是命郭朴兼武英殿大学士，高拱兼文渊阁大学士。入秋以后，世宗的顽症越来越深，常常喘得面红耳赤，还有腹胀便秘的症状。后来从西苑回到大内，太医们轮流诊治，最终无可挽回，一直拖到冬季，终于在乾清宫驾崩，享年六十岁。死前留下遗言，所有因直言不讳而被判刑的官员，生者录用，死者抚恤，在监狱服刑的一律释放。

这诏令一下，朝野上下无不感激涕零，只有郭朴、高拱两阁臣认为徐阶不和他们商议就下诏令，不免怏怏不快。郭朴对高拱说道："徐公草拟遗诏，讪谤先帝。如果按照律例定罪，还不是要被处斩吗？"从此二人与徐阶之间就有了矛盾。

世宗驾崩后，承袭大统的当然是裕王载垕。王公大臣们马上奉他即位，大赦天下，以下一年为隆庆元年，称为穆宗。穆宗尊皇考为肃皇帝，庙号世宗，追尊生母杜氏为孝恪皇太后，立继妃陈氏为皇后。所有前朝的政令，不合时宜的全部改动，将方士王金、陶仿、申世文、刘文彬、高守中、陶世恩，投入大狱一并处死，释放户部主事海瑞。

海瑞自下狱之后，早已将生死置之度外，世宗崩逝的消息，他一点儿都不知道。提牢官事先得到口风，说宫中的遗诏里有释放言官的话，料到海瑞不但会脱罪，而且会加以重用，就带着酒菜来到狱中，邀请海瑞共饮。海瑞见提牢官如此厚待，还以为是断头宴呢，倒也没有恐惧，依旧谈笑自若。酒过三巡，海瑞与提牢官诀别，托他照顾妻儿。提牢官笑着说："今日兄弟送来酒菜，并不是给先生送死，而是祝贺先生升官呢。"海瑞不禁诧异，急忙问明情由。提牢官站起身低声对海瑞说："皇上已经驾崩，先生用不了多久就会提拔了。"海瑞惊讶地问："此话当真？"提牢官说："什么当真不当真！今天已经有遗诏下来，所有因直言而获罪的官员，生者召用，死者抚恤，在押人员全部释放。"海瑞没等他说完，就丢下酒杯，放声大哭起来。接着哇的一声，将所有吃下去的东西全部吐了出来，满地狼藉，顿时晕倒在狱中，很久才苏醒过来。后来又从夜里哭到天明。没过多久，释放他出狱的诏旨颁下，提牢官拱手称贺。海瑞徐徐走出牢狱，入朝谢恩。过了几天，海瑞又被升为大理寺丞。三年后，任佥都御史，巡抚应天等府。

海瑞轻车简从，出都赴任。下车后，立即访查贪官污吏，无论案件大小一律记录在案。他还经常微服出游，暗中察访。因此江南的官员开始心存戒备，趁自己已经捞了不少好处，就早早地辞官还乡了，连监督织造的太监，也怕他铁面无情，而减去乘轿，韬光养晦。很多豪门望族都把从前的朱门漆得黝黑，以免引人注目。还有在乡里作恶的土豪都躲避到其他县里，不敢还乡。海瑞扶贫济弱，下达的命令雷厉风行，有关部门都战战兢兢不敢延误。吴中的弊政，自从海瑞上任后，被革除一大半。海瑞还疏通了吴淞的白茆河，使其通流入海，沿河的民居再也不必担心它时时泛滥。白茆河疏通还有利于灌溉，因此百姓互相讴歌称颂。

只是实心办事的官吏，往往因为保护百姓的利益而触怒权贵。当时秉政大臣中，资望最深的徐阁老与郭朴、高拱屡有争议，随即因病告退。郭朴也被罢免，高拱去而复入。此外，穆宗即位后，江陵人张居正被命为吏部侍郎，兼东阁大学士，入阁参决大政。高拱与张居正恃才傲物，目空一切，听说海瑞正直严厉，不肯阿谀奉承，心中暗暗嫉妒。海瑞在吴中仅仅做了半年巡抚，言官就已经迎合辅臣，参劾了他很多次，因此被改任为南京粮储。吴中的百姓听说海瑞离开，都拦在路上，哭着求他留下来。海瑞只带了一名仆人，乘夜出城，才得以脱身。百姓留不住海瑞，就画了他的头像，早晚供香，虔诚拜祭。海瑞任督粮没多久，又被言路攻击，接着辞官而去。一直到张居正死后，海瑞才被召为南京右都御史。海瑞做了一生的官，始终两袖清风。到神宗十六年，病死在任中，死后身边概无他物。金都御史王用汲前去办理海瑞的后事，见他只有几尺葛布，一再叹息，接着为海瑞金棺殓身，送到琼山老家，买地安葬。发丧的时候，农民辍耕，商人罢市，都哭号着来送别，送葬的人群绵延几百里而不绝。

## 西陲纳降

穆宗即位以后，听从徐阶的话，尽力革除前朝的弊政。后来徐阶辞官还乡，高拱、张居正入掌朝政，引用门生韩揖等人，此后言路又开始堵塞。尚宝卿刘奋庸、给事中曹大野、大学士陈以勤，都被高拱倾轧，称病离开。资格最老的李春芳，向来端庄冷静，明哲保身，也在隆庆五年辞官离去。

只有边陲一带，任用了几个得力的将领。戚继光被升为都督同知，总管蓟州、昌平、保定三镇的练兵事宜。戚继光建下一千二百座战台，台高五尺，中间设有三层。每个台子上可以驻扎一百人，铠甲粮草一律齐备。险要的地方一里之内建有两三个台子，其他地方一里一台或两里一台，绵延两千多里，星罗棋布，互相声援。戚继光还创制了一种拒马器，来防御敌人的骑兵。每当遇到敌寇，就先发火器，等敌寇稍稍接近的时候，再让步兵拿着拒马器，站在前排，其中掺杂着长枪军、筤筅军，众士兵全部步伐整齐，可攻可守。戚继光还特意调来三千名浙兵作为先锋。浙兵到达蓟门后，在郊外列队，不巧天降大雨，从早到晚，浙兵全部直挺挺地站在那里，没有一人敢动。戚继光镇守边关数年，制度严明，器械犀利，无论什么巨寇，都闻风远逃，不敢扰事了。后来朝廷又派曹邦辅为兵部侍郎，与王遴等人督御宣府、大同。都御史栗永禄镇守昌平，保护陵寝。刘焘屯守天津，守卫通州粮储。戴才管理饷运。彼此同心协力，边境稍稍安宁。后来鞑靼部落的酋长俺答色欲熏心，酿出了一件萧墙祸事，中原几百年来的寇患，从此消除。这也算是明朝中期的一件幸事。

原来，俺答的第三个儿子铁皆台吉早年病逝，遗子把汉那吉幼年丧父，被俺答的妻子一克哈屯接来养育。把汉那吉长大之后，娶了比吉的女儿做配偶，因为她相貌丑陋，很不合把汉那吉的意思。于是，把汉那吉就自己娶了袄尔都司的女儿。此女叫三娘子，是俺答的长女所生，按名分上说来，是俺答的外孙女。这位三娘子貌美似花，仿佛一个塞外昭君，天生娇艳。把汉那吉因为她艳丽动人，再三央求袄尔都司才把她娶来。娶过门之后，满以为可以了却一下相思的滋味。谁知俺答竟然羡慕不已，他想出一计，只说是新人应该拜见祖父，行盥馈礼。把汉那吉不知有诈，就让三娘子前去行礼。三娘子从中午拜见，一直到晚上还没出来。把汉那吉等得烦躁不已，就派人到俺答的帐外探望，谁知毫无消息。仆人只好匆匆返回去报告。汉那吉这才觉得事情不对头，亲自去探听，本想闯入俺答的内寝，却被卫兵拦住，不让他入内。汉那吉气愤难忍，想与卫兵动手，这时又过来几个小兵连笑带劝地说："好了，好了，这块肥肉，已经进了老大王的口中了。就算他吐出来，也没什么滋味了，不如让他去吃，自己再另外找一块吧。"汉那吉听了这话，悔恨交加，竟然转身出去，回到住所，对部下阿力哥说："我的祖父抢走我的女人，以孙媳为妻，猪狗不如。我不能再做他的孙子，只好另寻生路了。"阿力哥问："到哪里去呢?"汉那吉答："不如去投降明朝，中原向来看重礼义，应当不会有这种事情吧。"阿力哥奉命后，略略收拾好行囊，就和汉那吉连夜逃到大同，叩门投降。总督王崇古命人将他收纳。部将劝阻道："一个无足轻重的家伙，不如不要接纳。"崇古说："这可是奇货可居，怎么能不纳呢?俺答要是派人前来要人，我们有叛党赵全在他那里，正好可以和他交换。否则就让把汉那吉召集旧部，寓居在近塞。俺答老死之后，我可以命他出塞去攻打鞑靼部落，那时我们不是坐收渔翁之利吗?"于是王崇古上奏朝廷，封汉那吉为指挥使，阿力哥为正千户侯，各赏大红罂丝衣一件。

俺答的妻子一克哈屯担心中原人会诱杀爱孙，整天和俺答吵闹。俺答也开始后悔，于是纠集十万兵马，侵略大明边境。王崇古给各镇发去檄文，严兵戒备，大家一律坚壁清野以待俺答。俺答攻无可攻，掠无可掠，进退两难，只好派人请命求和。王崇古命百户侯鲍崇德去做信使，要求俺答绑着赵全等人交换汉那吉。鲍崇德通晓蒙文，到了俺答营前，从容入内，长揖不拜。俺答呵斥他说："为何不下跪？"鲍崇德说："天朝大使来此通问，从来没有拜跪的礼仪。况且朝廷优待你的孙子，你却无故兴兵，是想让你的孙子速死吗？"俺答问："我孙子汉那吉果真安然无恙？"鲍崇德说："朝廷已经封他为指挥使，连阿力哥也被授为千户侯，能不安然无恙吗？"俺答于是离开座位，亲自慰劳，并设下酒宴款待鲍崇德。暗中却派人进入大同，禀报巡抚，去看看汉那吉不料派去的小兵在途中却忽然看见汉那吉蟒衣貂帽骑马出来，气定神闲，一副天朝命官的样子。汉那吉看见那小兵就和他说了几句话，无非是抱怨祖父，怀念祖母等等。小兵回来报告了俺答。俺答百感交集，就和鲍崇德说："我的孙子被封为朝廷命官，足见天朝的恩情。但这孩子从小没有父亲，由祖母一手养大，祖母时常挂念着他，还望贵使替我转告他。"鲍崇德说："赵全等人早上回去，你的孙子晚上就能回来了。"俺答非常高兴，就让左右退下，低声对鲍崇德说："我其实不想作乱，乱事都是赵全等人挑起来的。大明天子要是肯封我为王，统辖北方各个部落，我马上称臣，永不背叛。我死之后，我的子子孙孙继承我的爵位，世世代代依附中原。"鲍崇德说："大汗如果真有此意，我定会为你禀报。想必朝廷有意怀柔，一定不会辜负您的好意。"俺答更加欣慰，于是给鲍崇德饯行。入席之后，俺答折箭为盟："我若食言，有如此箭！"鲍崇德也说："我也一样，决不食言。"畅饮尽欢之后，双方才告别。俺答又派人去觐见王崇古，王崇古也厚待来使，愿意遵守前约。于是，俺答就带着赵全等九人前去归附。

之前，山西妖人吕镇明曾借着白莲妖术，图谋不轨，事情败露后被诛杀。余党赵全、李自馨、刘四、赵龙等人逃到俺答那里，驻扎在古丰州。俺答于是托词进兵中原，引赵全等人入见。赵全等人欣然前来，不料一入大营就被伏兵擒获，接着被押送至大同，只落得身首分离的下场。

只是放回汉那吉的诏旨传下去之后，汉那吉依依不舍，不想出发。王崇古就对他说："你与祖父、祖母是血脉亲情。既然你的祖父诚心要你回去，你就尽管前去。如果他还敢虐待你，我就发兵十万，替你问罪。我朝恩威及远，现在正与你的祖父议和。将来还要和你的国家互相通贡，往来不绝，到时候你也可以顺便来玩，何必快快不快呢？"汉那吉听了这话，不由得双膝跪下，边哭边说："天朝如此待我，总帅如此待我，我发誓永不相负。"王崇古亲自将他扶起，赐酒饯行。酒阑席散后，汉那吉才带着妻子一同回去。阿力哥也跟着回去了。俺答见了把汉那吉，倒也没有责备，依然如常相待。不过仍然霸占着三娘子，不肯归还。俺答只是派人报告朝廷，发誓永不犯边。穆宗封俺答为顺义王，将他所在的城池取名为归化城。俺答的弟弟昆都力以及儿子辛爱等人都被封为都督同知等官，把汉那吉被封为昭勇将军。后来河套地区各个部落，也要求归附，明廷一视同仁，分别授予官职。于是西陲安定下来，几十年没有动过兵甲。

穆宗在位六年，一切政令都非常简洁。宫廷内外跟着一起节俭，每年省下来的费用有几万两银子。只是辅政大臣互相倾轧，门户渐开。高拱和张居正起初还是莫逆之交，彼此同心同德，后来渐渐有了隔阂。高拱举荐礼部尚书高仪入阁办事，无非是想培植党羽，排挤张居正。隆庆六年闰三月，穆宗忽然病倒。两个月后，觉得身体好转，就上殿临朝。不料刚刚登上御座，就觉得头晕目眩，眼前发黑。幸好两旁有侍卫左右搀扶，将他送回后宫。

穆宗知道自己没有多少时间了，就将高拱、张居正找来，嘱咐后事。二人走到床前，穆宗只握着高拱的右手，说了很多话。张居正在一旁跪着，他连正眼都没有看一下。当晚，二人就住在乾清门。穆宗半夜病情加重，再次任高拱、张居正以及高仪为顾命大臣，接着便驾崩了，享年三十六岁。

隆庆二年，穆宗曾立李贵妃的儿子翊钧为太子。翊钧自幼聪慧过人。六岁的时候，见穆宗在宫中骑马，他就上前劝阻说："父皇为天下之主，却骑马驰骋，倘若有什么闪失，怎么办？"穆宗看他伶俐过人，就将他立为太子。陈皇后住在别的宫里，太子跟着贵妃前去问候起居，每天早晨都要去，很得皇后欢心。太子即位的时候，刚刚十岁，后来庙号神宗。神宗即位，命以下一年为万历元年。

那时候有个叫冯保的太监，在宫中侍奉已久，很有权力。这次本来应该轮他做司礼监，偏偏高拱举荐陈洪和孟冲，冯保于是心生怨恨。正巧张居正和他交往密切。穆宗病重时，张居正处理的十几件事，都用密书通知冯保。穆宗驾崩后，冯保假传遗诏，自称与内阁大臣等人一同顾命。后来神宗登基，百官朝贺，冯保竟然站在御座旁边，昂然自得，令满朝文武惊愕不已。之后，冯保奉旨掌管司礼监，又总督东厂事务，权力越来越大。高拱上疏参劾冯保，冯保听说后担心极了，马上赶到李贵妃的宫里，拼命磕头。李贵妃问了他四五次，他才流着泪说："奴才被高阁老陷害，就要被贬斥了。高阁老不想让奴才掌司礼监，所以唆使言官陷害奴才。奴才死不足惜，只是奴才是奉皇上特旨才掌管司礼监的，高阁老怎么能擅自变更？奴才不能侍奉太后和皇上，所以才在这里哭泣。还请太后做主，保全奴才的小命！"说到这里，又连磕了几个响头。李贵妃生气道："高拱虽然是先皇的辅臣，究竟是个臣子，怎么这么专横？"冯保又说："高拱专横跋扈，满朝皆知，只因他势力很大，所以众臣才不敢奏劾，还请太后留意！"李贵妃点头道："你退下去吧，我自有办法。"冯保含泪而去。第二天，群臣入宫静听两宫特旨，高拱欣然而入，满以为一定会把冯保扳下去。谁知那诏旨中，并不是贬斥冯太监，而是贬斥他高大学士。

## 闯入深宫的男子

高拱入朝听旨，宣旨的太监正是新任司礼监的冯保。高拱跪在下面，气得七窍生烟。那时情不能忍，可又不敢不忍，险些晕了过去。宣诏完毕后，各位大臣陆续起身，只有高拱还匍伏在那里，张居正赶紧走过去将他扶起来。高拱勉强起身，狼狈而出。回到京中的寓所之后，高拱匆匆收拾行李，雇了一辆牛车，离开了都城。张居正与高仪给小皇帝上疏请求朝廷将他留下来。朝旨不许。没过多久，高仪就死了。于是假公济私的张居正，自然而然地成为首辅了。

神宗即位后，追谥先皇为庄皇帝，庙号穆宗，又准备将陈皇后及李贵妃各自奉上尊号。明朝的制度是天子新立的时候，必须尊母后为皇太后。如果自己是妃嫔所生，生母也要称为太后，不过尊号上面要加以区别。那时太监冯保想在李贵妃面前献媚，就屡次暗示张居正，想将李贵妃与陈皇后并尊为皇太后。张居正不敢怠慢，就让朝中大臣商议。大臣们只知道趋炎附势，哪个敢来拦阻？当下便尊陈皇后为仁圣皇太后，李贵妃为慈圣皇太后，仁圣皇太后居住在慈庆宫，慈圣皇太后居住在慈宁宫。张居正请慈圣皇太后移居乾清宫，照顾小皇帝的起居，获得允准。慈圣皇太后教育小皇帝非常严格。每天五更的时候，必定到御寝前，叫他起床，然后命左右扶着小皇帝坐起来。等小皇帝进水洗脸，吃过早点后，就让他登殿视朝。早朝完毕后，小皇帝想嬉戏玩闹一会儿，不愿意读书，慈圣皇太后就罚他长跪，因此神宗对她非常敬畏。慈圣与仁圣皇太后之间始终非常亲密。每次神宗觐见的时候，慈圣皇太后都会问他去慈庆宫了没有。所以神宗拜见完慈圣皇太后之后，必定会到仁圣皇太后那里拜见。冯保虽然有太后恩宠，却也不敢带着小皇帝胡作非为。张居正受到太后嘱托，一心想着整肃朝纲，以不负众望。于是请开经筵，议定三、六、九日视朝，其他时间都在文华殿讲读。神宗很喜欢听这些东西，还赏赐了张居正。万历改元之后，命成国公朱希忠以及张居正管理经筵事宜。张居正在经筵讲读完之后，就在文华殿后支一张小床，和神宗促膝密语。有一次，张居正带病讲读，神宗竟亲手为他煮椒汤，真是皇恩浩荡，无微不至。

这年元宵节，张居正认为还在大丧期间，于是免去了灯火。第二天早朝，神宗刚刚走出乾清宫，突然看见一个男子神色仓皇，从甬道上急急忙忙地走来。侍卫以为他是太监，就问他进去有什么事情，那人一言不发。大家一拥而上，将他拿住，在袖子里搜出一把匕首，随后将他押到东厂，让司礼监冯保审讯。冯保立即审问，那男子自称姓王名大臣，是总兵戚继光的部下。冯保问完之后，将他收押，就去通报张居正，将供词递上。张居正说："戚总兵统帅南北军，忠诚可靠，想必不会做出这样的事情。"冯保没有说话。张居正微笑着道："我这里倒是有一计。"冯保问是何计，张居正就附到冯保耳边低声说："足下生平所恨的无非就是高氏，如今正好借这名罪犯，把他们铲平。"冯保大喜："还有太监陈洪也是我的对头，从前高拱曾举荐他为司礼，这次我也要把他拉进去。"张居正说："这就由足下自行裁夺吧。"

冯保称谢而去。回家之后，找到一个叫辛儒的打扫茅厕的下人，授予他密计，让他去教王大臣。辛儒本来就很狡猾，他进到牢里面，先和王大臣说了几句话，接着又备下酒菜，与王大臣对饮，渐渐问起他的履历。王大臣这时候喝了酒，昏头昏脑地说："我本来是戚大帅部下的三屯营南兵，因违反营规，被他痛打一顿赶了出来。后来流落到京师，受了许多苦。心想反正生不如死，就闯到宫里面，故意犯驾。朝廷问罪，我就一口咬住戚总兵，这样他必定获罪。他打我，我就害他，就算是死也瞑目了。"辛儒说："戚总兵手握兵权，怎么能被你扳倒？你这样做不过是白白送了一条性命，我想你也是个好汉，何苦出此下策？现在有一个绝好的机会，你不但可以脱罪，还可以升官发财，你愿不愿意？"王大臣听了这话，不禁站起来说："有这种好机会？我肯定愿意，但不知道是怎么安排的。"辛儒低声道："你先坐下！听我和你细说。"王大臣便又坐下，侧耳听着。辛儒说："你就说是高相国高拱派你来行刺的。"王大臣摇着头道："我与高相国无冤无仇，怎么能害他？"辛儒说："你这个人，就是有些呆气。皇太后、皇上都不喜欢高相国，所以才逐他回乡。就是大学士张居正、司礼监冯保也都与高相国有过节。你要是扳倒了他，岂不是能讨大家喜欢，邀来重赏吗？"王大臣疑惑道："那我不是要首先认罪吗？"辛儒说："自首可以免罪。况且这案子由冯公审讯，你要是照计划去做，冯公自然会替你周旋。"王大臣听到这里，不禁起身下拜："如果真像你说的那样，你就是我的再生父母。"辛儒把他扶起，又和他畅饮几杯，然后去报知冯保。

冯保复审王大臣的时候，王大臣就一口咬定是高拱派来的。冯保也不细问，便让辛儒送他回去，并给了王大臣蟒衣一件，刀剑两柄，告诉他如果再次审讯，就说这是高拱所赠。王大臣唯唯听命。冯保就将伪证呈给皇上，并说内监陈洪也有勾结的情形，已经逮捕入狱。张居正也上疏请求诘问主使。两路夹攻，闹得满朝皆知，人言鼎沸。

张居正听说外面的人议论纷纷，心中忐忑不安，就去问吏部尚书杨博。杨博正色说道："这件事情节离奇，稍有不慎就会兴起大狱。皇上初登大宝，秉性聪明，您是首辅，应该引导皇上宽厚仁慈。况且高公虽然刚愎自用，但断然不会谋逆。皇天在上，怎么能无故诬陷他人？"张居正被他说得羞愧，不由得红了脸，勉强答了一两句，就回家了。这时，大理寺少卿李幼孜前来拜见。李幼孜与张居正是同乡，张居正当然愿意接见。李幼孜拄着拐杖进去，张居正问他："足下拄着拐杖前来，想必身体不好。"李幼孜不等他说完，就接着他的话说道："我抱病而来，还不是为了那桩逆案。您要是不去为高相国辩白，将来恐怕会名污青史啊！"张居正敷衍了好久，李幼孜才起身离开。

随后，左都御史葛守礼和尚书杨博一同来到张居正家。张居正见二人前来，就开口说道："东厂的供词已经写好，等同谋、主犯到齐之后，就可以上奏皇上请他处置了。"杨博说："愿相公主持正义，保全朝廷元气。东厂中的人哪个有良心？倘若株连众多，后果不堪设想啊。"张居正不胜其烦，愤愤说道："你们都以为我甘心让高公受屈吗？东厂的奏折都在，你们可以拿去看一看！"说完，反身进去，取出奏折扔到二人面前，说："你们自己看看和我有没有关系！"杨博拿过奏折，从头细瞧，只见帖子里有："大臣所供，历历有据。"两句话，其中"历历有据"四个字，是另外加进去的，正是张居正的手笔。杨博当时不便明说，就哧地一笑，将揭帖放入袖中。张居正见他笑了一下，忽然想起涂改过四个字，只好支吾着说："东厂中的人不明白事理，所以替他们换了几个字。

如果这件事情可以挽回的话，一定尽力挽回。"二人齐声说道："这最好不过了，造福天下，留名青史，在此一举！"说完，拱手告辞。

张居正送出二人，就入宫担保高拱无罪，请求特别委派清廉的大臣，彻底查究。神宗于是命令都督朱希孝、左都御史葛守礼以及冯保会审王大臣。朱希孝是成国公朱希忠的弟弟，接到圣旨后，急忙与他哥哥商议："是谁奏报皇上，弄出这种难题要我去做？一旦失察，恐怕祖宗都难保了。"还是朱希忠有点主意，让朱希孝去问张居正。张居正对他说："不用问我，你只要去见吏部杨博，他自有方法。"朱希孝和他作别后，马上去找杨博，边哭边说。杨博笑着说："这不过是借您的威名，保全朝廷大体，怎么忍心陷害您呢？"朱希孝鸣咽着说："如果想平反的话，必须搜查证据。"杨博又说："这有何难？"接着便和朱希孝低声说了几句。

朱希孝转忧为喜，回去之后马上派了一名校尉到狱中，查问刀剑的来由。王大臣一开始还不肯说实话，经校尉一番威胁恐吓，才说是辛儒送的，并将他指使自己串供的事情讲述了一遍。校尉又说："你怎么能往自己身上引罪呢？你不如说了实话，还可以减免罪行。"王大臣凄然说道："我实在是不知道。辛儒说我持刀犯驾，罪无可恕，如果照他说的去做不但可以免罪，还可以享受荣华富贵，谁知道他竟然是骗我的！"说完，大哭不止。校尉又劝慰了一番，才回去复命。

这时候高氏家人已经被逮到京城。朱希孝带着冯保、葛守礼三人升堂会审。明朝故例，法司会审的时候，必须先将犯人拷打一顿，叫做杂治。王大臣被带上法司，冯保先下令杂治，校尉走过去剥了王大臣衣服，王大臣高声喊："已经答应给我荣华富贵，怎么还要打我？"校尉不理会他，将他痛打一顿，才推到公案前跪下。朱希孝先命高家人站在校役中间，问王大臣："你看两旁的校役有没有认识的？"王大臣忍着痛，睁开眼睛看去，并没什么熟人，就说："没有认识的。"冯保立即插嘴："你胆敢犯驾，究竟是何人主使，赶快从实招来！"王大臣瞪着眼睛说："是你让我说的啊。"冯保听了这话大惊失色，勉强镇定一下，又问："你不要瞎闹！之前为什么说是高相国指使的？"王大臣说："是你教我说的，我哪认识什么高相国？"冯保无地自容。朱希孝又问："你的蟒衣、刀剑是从哪里来的？"王大臣说："是冯家的仆人辛儒交给我的。"冯保听了这话，恨不得找个地缝钻下去。还是朱希孝看不过去，替冯保解围说："你不要乱说！朝廷的讯狱官，也是你能诬陷的？"接着就命校尉将王大

255

臣押回去，下令退堂。

冯保踉跄而归，暗想如果王大臣再多说什么，自己的性命恐怕就要丢了，就派心腹潜入大狱，用生漆调酒，劝王大臣喝下。王大臣不知是计，一杯下肚从此做了哑巴，不能再说话。此时宫里有一个殷太监，已经七十多岁，是资格最老的内侍。有一次和冯保一同侍奉皇上，谈到这件事情时，殷太监说："高拱是个忠臣，怎么会有这种事？"又看着一旁的冯保说："高胡子是个正人君子，不过与张居正有些过节，张居正才屡次想害他。我们这些内侍，何必要相助呢？"冯保听后，更加沮丧。于是这件事情就一直拖延着，后来刑部只把王大臣处斩，免去了一切株连。

一番大风大浪平静下来之后，高拱从此闭门谢客，不问世事。一直到万历六年，高拱因病逝世。张居正奏请给高拱官复原职，冯保却余恨未消，请太后将一切抚恤减成半数。在给高拱的祭文中仍然含着贬词。后来追念遗功，才追封高拱为拱太师，赐谥号文襄。


## 贤母教子

张居正手握大权之后，百官全都奉公守法，政体为之一清。两宫太后同心同德，凡遇张居正进谏，必定称呼他为先生，并说皇上如果有所违逆怠慢，可以到后宫陈明，立即替他指斥等等。于是张居正任劳任怨讲解经筵，即便是每个字的发音也要——纠正。一天，神宗读《论语·乡党篇》，读到"色勃如也"这一句的时候，把"勃"字误读成"背"字。张居正就在一旁厉声喝道："应该读成'勃'字！"神宗吓了一跳，顿时面色如土。其他大臣也相顾失色，张居正却依然面带怒容。后来神宗见了张居正，非常敬畏。张居正除了讲解经书之外，还呈入几幅屏风。屏风上面画的是天下各省、州、县的疆域，所有官员的姓名都用标签贴在上面，供皇帝御览。一天，讲经完毕后，神宗问张居正："建文帝逃出去之后，做了和尚，这事情是真的吗？"张居正说："臣看国史里面没有记载这件事情，只听之前的老臣说，他身穿袈裟，云游四方，还在田州的寺壁上题诗，其中有'流落江湖四十秋'七个字。或者真有此事，也未必可知。"神宗叹息了几声，又命张居正把那首诗呈上来。张居正说："这是一首亡国遗诗，何足让皇上过目？皇上想看的话，应该看皇陵石碑，以及高皇帝御制的文集，想想祖宗创业的艰难。"神宗点头。第二

256

天，张居正就将皇陵的碑文呈给皇上御览。神宗看完，就和张居正说："朕把碑文读了好几遍，都感动得掉眼泪了。"张居正说："祖宗当年艰难创业，才有了今天的江山。皇上只有效法祖宗，才能长保大业啊。"接着，又讲起太祖窘迫时的情况，以及即位以后勤俭节约的事情。神宗感慨道："朕一定谨守祖宗大业，但也要先生辅导！"此后常常给张居正赏赐。其中最有名的是一枚银章，上面有"帝赉忠良"四个字。还有御书的匾额两方，一方是"永保天命"，一方是"弼予一人"。

张居正在内阁办事，此外只有吕调阳一人，难免会手忙脚乱，就引荐了礼部尚书张四维。张四维格外恭谨，对着张居正，都不敢自称同僚，平时也毫无建树。张四维入阁之后，礼部尚书的遗缺就给了万士和。万士和一开始做官的时候，就因触怒严嵩被贬官，这次入任尚书之后，张居正又忌恨他多嘴，干脆命给事中朱南雍参劾万士和，万士和因此辞官还乡。

万历五年，张居正的父亲逝世，讣告传到京师。神宗亲自写信劝慰，并格外厚赐。当时李幼孜已升任户部侍郎，想向张居正献媚，就唆使朝臣，留住张居正。张居正当时也担心退职以后，会被人陷害，只是面子上说不过去，只好上疏请求奔丧。一班趋炎附势的官员陆续上疏，请旨留住首辅，大意无非是说把对父亲的孝，移作对国家的忠等等。张居正于是仍然亲自裁决政务，跟没事人一样。

谁知这时候，天上发生日食。编修吴中行、检讨赵用贤、刑部员外郎艾穆等人联名上疏，说张居正贪恋权位，蒙蔽圣听，因此遭来天变。张居正得知后，气愤得不得了，马上通知冯保，让他去和神宗说，将上疏的大臣一概加以廷杖。隔了几天，朝旨果然下来将吴中行、赵用贤、艾穆、沈思孝四人一齐杖责。侍讲于慎行、田一儁等人上疏营救，奏折都被冯保搁置起来。进士邹元标也被杖责并革职戍边。

第二年，神宗大婚，本来准备让张居正充当纳采问名副使。给事中李涞奏称，张居正正在服丧期间，不应该参与大婚的事情，请求另选大臣。神宗不肯答应，传皇太后谕旨，令张居正改换吉服，张居正奉旨照办。等册封皇后的礼仪结束后，才请求回乡安葬父亲。临行前，神宗对他说："朕不能离开先生，但想到先生孝顺，不得已才答应先生的请求。只是国事慎重，朕无所依靠，不免担忧。"张居正叩头道："臣为父亲办葬礼，不能不去。只希望皇上大婚以后，修身养性，留心国家大事。"说完，伏在地上痛哭。神宗也不禁流下眼泪说："先生虽然远行，但国事还要留心。此后如果有什么事，不妨密封上奏。"张居正叩谢而起，辞别两宫太后，离开京城。

张居正还乡之后，神宗又起用大学士吕调阳等人。可遇到大事，仍然不敢专断，必须派人到江陵报告，听取张居正的意见。入夏之后，皇上就征他还朝。张居正以母亲年迈为由，请求等秋凉之后上路。神宗又派指挥翟汝敬前去催促，并特意命人护送张居正的母亲从水路起程。张居正这才遵旨登程。

那时，神宗已经册立王氏为皇后，二人伉俪情深。李太后认为皇帝已经大婚，于是返回慈宁宫居住，随即召张居正入内，和他说："我不能常常看着皇帝。先生是国家首辅，受先帝嘱托，还望你能早晚督促皇上，不要辜负先帝！"从此，张居正格外勤勉，所有的军国要政，无不悉心筹划。内荐礼部尚书马自强、吏部侍郎申时行参与阁务；外任尚书方逢时、总督宣大、总兵李成梁镇抚辽东。李成梁骁勇善战，屡次战败塞外的巨寇，被封为宁远伯。于是内外承平，十年无事。

张居正劝神宗量入为出，撤掉内外冗员，严厉审核各省的财税。神宗年龄渐长，开始有了六宫，便让司礼监冯保挑选三千五百名太监入宫。其中有孙海、客用二人，狡猾成性，得到皇上宠幸后，就带着神宗夜游别宫。皇上穿着窄袖小衣，骑马持刀，跟镖客一个打扮。后来又出西城游玩，免不了饮酒陶情，逢场作戏。这些事情被冯保得知，就去禀报了李太后。李太后大怒，换上青色布袍，摘下簪子、耳环，令人宣神宗入宫，接着传话给张居正，让他上疏劝阻。神宗得到消息，不免惊慌失措，可惜母命难违，只好硬着头皮慢慢挨到慈宁宫。一进宫门，就听到太后大声催促。神宗远远看见母后的神态、服饰，与平常大不相同，不觉心惊胆战，连忙跪下磕头。太后瞪着眼睛说："你倒好！你倒好！先皇把大业交给你，是叫你这么游荡的吗？"神宗连抖带颤说："儿……儿知罪了，望母后宽恕！"太后哼了一声说："你也知道有罪吗？"说完，冯保已经奉上张居正的奏折，太后大略看了一遍，就扔给神宗说："你自己看！"神宗取过奏折，刚刚看完，又听见太后说："先帝弥留之际，内嘱你的两位母亲教育，外嘱张先生等人辅导，真是煞费苦心。不料你这不肖子，胆大妄为。如果不肯改过自新，恐怕将来会玷辱祖先，我顾着社稷要紧，管不得什么私恩，难道必须要你做皇帝吗？"又对冯保说："你到内阁，去取《霍光传》来！"冯保答应着出去。不到一会儿，仍然返回宫内，叩头说道："张相国命奴才代奏，他说皇上英明，只要改过

258

自新，将来必能成就大事。霍光的典故，臣不敢奉上！不如草诏罪己好了。"太后说："张先生既然这么说，那就这么办吧。"冯保又起身出去。没过多久，返呈草诏，太后令神宗起来，亲笔抄写，颁示朝堂。可怜神宗的双膝已经跪得疼痛异常，草诏里又有很多检讨的话，不禁懊恼得很。偏偏太后催促着写，一点也不肯放松，也只好照本抄录，呈给太后。太后看过，交给冯保颁发去了。太后办完这一切，禁不住泪流满面。神宗跪在那里忏悔，过了很久才奉命退出。

　　李太后训责过神宗后，又将孙海、客用逐出宫外，并令冯保严厉审核内侍。神宗虽然很不高兴，可也无可奈何，只好得过且过，再作计较。张居正又请儒臣编撰了历朝以来的《宝训》、《实录》，分成四十章，依次呈上，作为经筵的讲义。

　　神宗此时年少气盛，正是喜欢听人奉承的时候，张居正的各种请求，实在是与神宗的本意不相符，不过形式上总要敷衍过去。神宗于是优诏褒奖，准许施行。各官侍讲的时候，神宗也只好洗耳恭听。一旦讲解完毕，就游散在各宫之间，乐得图些畅快，活络一下筋骨。一天，闲步蹀入慈宁宫，正好李太后去慈庆宫闲谈，不在宫中，神宗正想退出宫门，忽然看见一个少女袅袅婷婷地走了过来……

## 春风一度结珠胎

　　神宗蹀入慈宁宫，巧遇一个宫娥。那宫娥上前请安，神宗叫她起来，她徐徐起身，侍立在一旁。神宗见她面容姣好，举止从容，不禁怜爱起来。随即返回到慈宁宫里坐下，那宫娥也缓缓跟在后面。神宗问她太后去了哪里，接着又问起她的姓氏，宫娥回答说姓王。神宗仔细端详了半天，见她应对大方，丰神绰约，更觉得雅致宜人。沉思了半天，对她说道："你去取点水来，朕要洗手！"王宫人将水呈进神宗，神宗见她双手纤柔，肤质洁白，越生爱慕之情，正想把她拉过来，猛然想起有贴身太监在一边，便让他回避出去。王宫人见太监回避，料到皇帝有别的意思，但也不便抽身，只好服侍他洗手，并呈上手巾。神宗拭干了手，就对王氏笑着说："你为朕递上手巾，朕也不会辜负你。"王宫人听了这话，不由得红云上脸。神宗见了，禁不住心猿意马，竟然学起楚襄王，将她按倒在床上，做了一回高唐好梦。王宫人半推半就，等到云散雨收，已经

259

是珠胎暗结。

幸好这期间李太后一直没有回宫。神宗担心李太后怪罪，匆匆整理好衣襟，就抽身离开了。第二天，神宗命随从太监赐给王宫人一副首饰，并嘱咐内侍谨守秘密，谁知那文房太监已经将临幸王宫人的事情记录下来。此后，神宗自觉心虚，没有再去临幸。虽然早晚请安，免不得出入慈宁宫，遇到王宫人，也不敢正眼相看。王宫人怨恨皇帝薄情，但也只能藏在心中。转眼几个月过去了，王宫人腰围渐渐宽大，茶饭不思。李太后看了，觉得事情蹊跷，但一时也不便明说，只好暗中察探神宗的去向。

这时候的六宫中有个郑妃，生得闭月羞花。神宗很是宠爱，册封她为贵妃，平时常在她的宫中留宿。非但妃嫔中没人能比过她，就是正宫王皇后也不能和她相比。李太后调查了好多天，不见什么可疑的情迹。王宫人的肚子却一天比一天大，步履维艰，很明显是身怀六甲，便将她召来密问。王宫人伏在地上呜咽起来，说起被临幸的事情。好在李太后严待皇帝，厚待宫人，非但没有责怪王氏，还让她好生调养。而后又命文房太监呈上皇帝起居的簿录，果然上面清清楚楚地记载着临幸的日期，和王宫人说的丝毫无误。李太后立即命宫人摆酒设宴，邀请陈太后入座，并召来神宗侍宴。席间谈到王皇后没有儿子，陈太后不免叹息。李太后说道："皇儿也太不长进了，我宫内的王氏被召幸，现在已经有孕在身了。"神宗听了这话，面红耳赤，嘴里却还要抵赖，说没有这种事情。李太后说："何必隐瞒呢！"接着把起居簿录递给神宗，并说，"你看明白点儿。"神宗这时候，无话可说，只好离座谢罪。李太后道："你既然召幸了她，就应该向我说明白，我也不会为难你。如今，我已经查得明明白白，你却还要抵赖，真是不孝，下次不要再这样了！"神宗连连点头，陈太后也从旁劝解。李太后又说："我与仁圣太后都已经老了，彼此都想有个孙子。如今王氏有了身孕，如果能生一个男孩的话，也是宗室社稷的幸事。古人云：'母以子贵'，有什么贵贱可分呢？"陈太后非常赞成。宴饮完毕，陈太后回到慈庆宫，神宗也谢宴出来，立即册封王宫人为恭妃。接着，王宫人拜谢两宫太后，移居到其他宫里。后来恭妃怀孕满期，临盆分娩，果然生下一个麟儿，就是皇长子常洛。常洛后来继位为光宗皇帝。过了三天，神宗临朝受贺，大赦天下，并加上两宫太后的徽号。陈太后加了"康静"两字，李太后加了"明肃"两字。

皇长子降生的时候，大学士张居正忽然患病，卧床数月，还是没有痊愈。百官都替他祈祷。神宗命张四维等人掌管内阁中的事务，但遇着

260

大事，仍然要到张居正的家里请示。张居正一开始还能带病办公，后来病势越来越重，渐渐不能支撑，以至于桌案上的奏折堆得很高。张居正一病就是半年，累得骨瘦如柴，奄奄一息。自知死期将至，就举荐之前的礼部尚书潘晟，以及吏部侍郎余有丁接替自己。神宗立刻准许，命潘晟兼武英殿大学士，余有丁兼文渊阁大学士。圣旨刚刚下达五天，言官就开始轮流参劾潘晟，神宗不得已只好将他罢官。没过多久，张居正病逝。神宗辍朝凭吊，派司礼太监护着张居正的棺椁，回乡殡葬。对张居正的家人赏赐丰厚。两宫太后都加赐金银，追谥号文忠。

铜山西崩，洛钟东应。张居正一死，宫内的冯保变得势单力孤，加上太后归政已久，也不愿问起朝政。宫里的太监蠢蠢欲动，想把冯保扳下台去。于是总找机会在神宗面前说冯保的坏话。神宗本来就对冯保很不满意，一经挑拨，马上猜疑起来。御史江东之又率先参劾冯保和锦衣同知徐爵狼狈为奸。神宗便将徐爵下狱，定了死罪。言官李植看出皇上的意思，就列出冯保的十二大罪状，统统是神宗平时敢怒不敢言的事情。此时，乾纲独断，没人省制。于是神宗就贬冯保为南京奉御，不准他逗留片刻，并令锦衣卫查抄家产，得来数万巨资。随后，江东之又参劾吏部尚书梁梦龙、工部尚书曾省吾、吏部侍郎王篆均为冯保的私党，应当斥退。于是几个人同时被免官。此外还牵扯了很多其他官员。

只有刑部尚书严清与冯保毫无往来，因此得到神宗的器重，将他调任为吏部尚书，接替了梁梦龙的遗缺。严清量能授职，把从前的弊端尽行革除。可惜天不假年，在任仅仅半年，就得病还乡，没过多久便病逝了。蓟镇总兵戚继光从前由张居正委任，每件事情都要和张居正商榷，这次也被调到广东。戚继光不免怏怏不乐，上任一年后，就告病回乡，三年后病逝。戚继光与兵部尚书谭纶、都督府金事俞大猷都是当时的名将。谭纶死于万历五年，俞大猷死于万历八年，一个谥号襄敏，一个谥号武襄。戚继光在万历十一年回乡，万历十四年病逝，万历末年追加谥号武毅。戚继光著有《练兵实纪》、《纪效新书》两本书，所谈论的兵法，至今仍然脍炙人口，被兵家奉为秘传。

冯保得罪以后，新提拔起来的大臣又开始攻击张居正。神宗索性夺去他的太师官衔，并将谥号一并夺去。大学士张四维见众官对张居正积怨已深，就准备改弦易辙，以收服人心，因此上疏神宗请他召回吴中行、赵用贤、艾穆等人。神宗立即采纳，朝政为之一变。后来，张四维逝世，朝旨追封太师，赐谥号文毅。申时行晋升为首辅后，又引荐礼部尚书许国兼任东阁大学士。许国和申时行是好友，二人同心办事。可惜言路一开，台官竞相上言，彼此针锋相对。于是阁臣一帜，台官一帜，为了张居正的案子闹得不可开交。

这时潞王翊镠婚期将至，需要珠宝备办彩礼，可皇宫中却提供不出。太后召神宗前来，问他："皇宫里难道连这些珠宝都凑办不齐吗?"神宗说："近几年来，朝中大臣鲜廉寡耻，都把外地的贡品私自献给冯、张两家，所以天府的珠宝寥寥无几。"太后说："冯保家已经查抄，想必可以入库了。"神宗说："冯保阴险狡猾，早就将珍宝偷运到别处去了。名义上是查抄，其实所得有限。"太后感慨道："冯保是个太监，可张居正身居首辅，居然也包藏祸心，真是人心难料!"神宗知道太后回心转意，马上命司礼监张诚等人南下荆州，去查抄张居正的家。张诚先给江陵守令写信，命他速速查封，不要让张家人逃匿。守令得信后，立即召集全班人马，围住张氏的府第。自己亲自到府上，把他全家人口悉数查清，之后，统统赶入一个房间，让衙役在室外守着。可怜张家的妇女竟然全部绝食，活活饿死了十几个人。张诚到达之后，更加凶横，翻箱倒柜也没找出什么巨宝，就是金银财宝也只有很少的一点。张诚愤怒地说："十年的宰相就攒下这么点银子? 一定是藏在别的地方了!"于是召来张居正的长子礼部主事张敬修，逼他献出。张敬修说只有这么多。张诚不信，竟然命人将张敬修的衣冠脱去，严刑拷打，并将张氏的亲族一一传讯。张敬修熬不住痛，寻了短见。亲戚朋友没有办法，只好各自倾尽家产，凑出一万两黄金，十万两白银交了上去，张诚这才罢手。大学士申时行得知情况后，与六卿大臣联名上疏，奏请从宽发落。刑部尚书潘季驯又奏称张居正的母亲年过八旬，朝不保夕，请皇上推恩，留下他母亲的性命。神宗这才特许留下空宅一所，田地十顷，赡养张居正的母亲；接着又削去张居正的官阶，夺回玺书诏命，将他的子孙一律贬斥。张居易曾做过都指挥，张嗣修曾任编修，现在全部革职远戍。一座巍巍然的师相门第，顿时烟消云散。

## 立储风波

万历十四年正月，郑妃生下一个儿子，取名为常洵，神宗立即晋封郑妃为贵妃。大学士申时行等人认为，皇长子常洛今年已经五岁，生母

262

恭妃却始终没有加封，而郑妃刚刚生了皇子就被册封，足见郑妃专宠，将来一定会有废长立幼的事情。于是上疏请神宗册立东宫。神宗看完奏折后，马上提笔写道："皇子们都还小，再等两三年册立也不迟。"批旨刚刚发下，户科给事中姜应麟、吏部员外郎沈璟立即上疏抗奏。谁知奏折刚刚递上，神宗看了两眼，就扔在地上，生气地说："朕册封贵妃，难道是为了立储起见？大臣们怎么能这样诽谤朕呢？"二人随后被贬。

没过多久，刑部主事孙如法又上疏："恭妃生下皇子五年，没见晋封；郑妃一生下皇子，就被册封为贵妃，大臣们难免会动疑。"神宗恼怒，将他贬为朝阳典史。御史孙维城、杨绍程等人也因请求立储而被夺去俸禄。礼部侍郎沈鲤再次上疏请求一并册封恭妃，神宗实在不耐烦，就召申时行进来问话："朕并不想废长立幼，怎么会弄得朝议纷纷呢？"申时行说："陛下向来公正，臣深深钦佩。现在陛下不妨下诏，说明立储之后，自当加封恭妃，而大臣们只要管好自己分内的事情就可以了。到那时人言自然就会平息。"神宗点头，立即拟旨颁发。这旨意一下，言官更加激愤起来，你上一疏，我奏一本，全部都是指斥宫闱，攻击朝政。神宗一概不理，所有臣工的奏折都被扔在纸篓里。

郑贵妃的父亲郑承宪，因为家里非常贫穷，曾经将女儿许配给某个孝廉做妾。临别的时候，父女抱头痛哭，不胜凄凉。这位孝廉向来仁厚，看到这种情形，大为不忍，就将这桩婚事退掉了。郑氏感激万分，脱下一只鞋子赠给孝廉，发誓定会报恩。入宫之后，郑女大受皇上宠幸，想起以前的事情，仍然不能忘怀。不料竟然把孝廉的名字给忘记了，只有一只鞋子还保存在身边，就特意命小太监到市场上去卖，要价很高。过了一年，无人问津，不过朝中却传为奇闻。那位孝廉得到消息后，就带着自己的那只鞋子来到京城，来到小太监卖鞋子的地方，拿出自己的鞋子一比，果然吻合。小太监问明他的姓氏，让他留下来，并立刻报告了郑贵妃。郑贵妃哭着在神宗面前讲完自己的故事，并说："要不是这位孝廉，臣妾哪有机会服侍陛下？"神宗也很感动，就将那位孝廉提拔为县令，没过几年又升为盐运使。

郑贵妃备受恩宠，又生了一个麟儿，现在满心指望的，无非是儿子能做上太子，以后自己就可以做太后。于是常常在枕席间要求神宗，请他立常洵为太子。神宗正在温柔乡里缠绵，不敢惹恼贵妃，自然含糊答应下来。等出了西宫，想到废长立幼不免又要引起大臣的争执，因此左右为难，只好将立储的事情暂时搁起。偏偏礼科都给事王三余，御史何倬、钟化民、王慎德又接连请求立储。神宗看到这种奏折，都是只看两三行，就扔在一边，一个字都不批。一天，神宗侍奉李太后进膳，李太后问他："朝中的大臣屡次请求立储，你为什么不立皇长子呢？"神宗说："他身份卑贱，是都人的儿子，不好册立啊。"太后大怒："你难道不是都人的儿子吗？"说完，扔下筷子就要起身。神宗慌忙跪下去，直到太后怒气全消，才站立起来。原来，那时候的后宫，称呼宫人为都人，李太后也是由宫人得宠，所以才这么说。神宗出了慈宁宫，转到坤宁宫，与王皇后谈起立储的事情，王皇后也委婉地劝解了一阵。王皇后端庄贤淑，善于侍奉两宫太后，尽管郑贵妃宠冠后宫，王皇后也不和她计较。所以神宗和皇后之间仍然没有隔阂。

万历十八年正月，皇长子已经九岁。神宗亲临毓德宫，召见申时行、许国、王锡爵、王家屏等人商议立储的事情。申时行等人还是认为应该册立长子。神宗说："长幼自有次序，朕岂会不知道这个道理？但长子还小，是不是再推迟一段时间？"申时行等人就说："长子已经九岁，正是教化的时候。"神宗点头。几个人叩头退下，刚出宫门，忽然有司礼监的人追上来说："皇上已经宣皇子入宫，与先生们一见。"申时行等人再次返回宫中。皇长子、皇三子依次前来。神宗召过皇长子，让他站在御榻右面，并问申时行等人："你们看这孩子相貌如何？"申时行等人抬头看了一会儿，齐声说道："皇长子龙姿凤态，仪表非凡，足以见得皇上的仁慈使后代昌盛。"神宗欣慰地说："这都是祖宗的德泽，朕怎么敢当？"申时行说："皇长子渐渐长大，应该是读书的时候了。"王锡爵也说："皇上正位东宫的时候，只有六岁，那时候就已经读书了，皇长子读书已经晚了。"神宗说："朕五岁便能读书。"说着，又指着皇三子说，"这孩子也五岁了，还离不开乳娘呢。"随后将皇长子抱到膝前，抚摩着他的头。申时行等人又进言："有这种美玉，怎么不早点琢磨，让他成器呢？"神宗说："朕知道了。"

谁知这件事情竟被郑贵妃得知，一寸芳心，忍不住添了许多颦皱。于是对着神宗又是撒娇又是嗔怪，弄得神宗无可奈何，只好低眉顺眼，求她息怒。贵妃立即乘机要挟，带着神宗一同来到大高元殿，在神明面前发下密誓，约定将来一定立常洵为太子。神宗亲笔写下誓言，封在玉盒中，交给贵妃。贵妃这才变嗔为喜，越发尽力奉承。神宗坠入情网，整天住在西宫，沉迷于酒色。每天日上三竿，都不见神宗上朝。有时干脆派太监传旨，说是圣体违和，近日免朝，甚至连郊祭典礼都由官员代替，不愿亲自前去。

后来，吏部尚书宋纁、礼部尚书于慎行等人率领群臣联名请求立储，都被严厉指责，一律免了俸禄。没过多久，申时行等人再次上疏请神宗册立东宫，圣旨说要于万历二十年春举行。到了万历十九年冬季，工部主事张有德请求预备建储仪式，被神宗训斥，夺去俸禄以示惩罚。神宗认为有旨在前，不能反悔，似乎有了准请立储的意思。可郑贵妃宠冠六宫，所有的内外政务，哪一件她不知道？当下就带着玉盒，跪在神宗座旁，呜呜咽咽地哭了起来，说道："皇儿常洵从小就没有福气，情愿让位给皇长子，从前誓约就此取消。"神宗明知道她是有心刁难，怎奈在神明面前的密誓，墨迹未干，况且看到她一枝梨花春带雨的模样，就算是铁石心肠，也要被她熔化了。于是亲手将她扶起，一边给她擦眼泪，一边好言劝慰，委委婉婉地说了一阵，并表示遵照之前的誓约，不从阁议。这下子，宫中大臣纷纷抗议，申时行看着皇上的脸色，顺风使舵。给事中罗大纮递上参劾奏章，说申时行阳奉阴违。中书舍人黄正宾也上疏痛斥申时行。神宗削去罗大纮的官职，杖责了黄正宾，并将他革职为民。许国、王家屏也被一律免官。申时行迫于舆论，只好请求辞官。神宗一再挽留，直到申时行第三次乞归，并举荐了赵志、张位等人接替自己，神宗才答应下来。申时行离开后，神宗就任赵志为礼部尚书，张位为吏部侍郎，兼东阁大学士，参与机务。

万历二十年，礼科给事中李献可见宫中并没有立储的消息，特请神宗让皇长子读书。不料忙中出错，在奏折里误写了弘治年号，被神宗发现，马上训斥他侮辱君主，贬职外调。王家屏、孟养浩等人上疏营救，神宗命锦衣卫杖责孟养浩一百下，革去官职，其他人一概贬斥。吏部郎中顾宪成、章嘉桢等人，上疏说王家屏忠君爱国，不应该废置。神宗又恨他们多言，革去顾宪成的官职，贬章嘉桢为罗定州州判。顾宪成是无锡人，乡里有东林书院，是宋朝杨时讲课的地方。顾宪成曾经和弟弟顾允成集资修筑，和高攀龙、钱一本、薛敷教、史孟麟、于孔兼等人一起在院中讲学，往往讽议时政、评价人物，朝中大臣也遥相呼应。后来被称为东林党，与大明江山同归于尽。

## 三娘子的三世情缘

鞑靼部落的酋长俺答自从被封为顺义王之后，年年通使，岁贡不绝。万历九年，俺答病逝，大明朝廷特赐祭坛七座、彩币十二双、布匹一百，三娘子和黄台吉上疏称谢，并贡上名马。黄台吉是俺答的长子，那时已经年迈，不喜欢兵事，只是一味迷信佛教，并听从僧人，禁止杀掠，因此西北塞外相安无事。王崇古、方逢时卸职后，由吴兑继任总督。吴兑驾驭有方，各个番部相继畏服。三娘子钦佩他的才能，曾经到总督府拜见。吴兑将她当做自己的女儿看待，有时候三娘子写信索要金银财宝，吴兑马上给予。各个番部稍稍有什么风吹草动，三娘子也总是预先报告，使吴兑有所准备。黄台吉承袭顺义王的爵位之后，改名为乞庆哈，也非常恭顺，谨慎奉命。只是黄台吉向来好色，曾经在西僧的怂恿下，娶了一百零八名妇女。可惜这一百多名番妇姿色都很平常，没一个比得上三娘子。黄台吉垂涎已久，想娶三娘子为妻。三娘子却嫌他年老多病，不肯迁就，准备带着部下迁徙。这个时候吴兑卸职，另授郑洛为总督。郑洛上任后，得知此事，就想："如果三娘子到了别处，我朝封这黄台吉还有什么用？"于是就派人去和三娘子说："你不妨就跟了大王，天朝还会封你为夫人。你要是自己离开，不过是个普通的妇人，还有什么殊荣呢？"三娘子为利害所迫，只好顺从黄台吉，与他成为夫妇，二人和好度日。

转眼间，四年过去了。黄台吉得病身亡，三娘子再次成为寡妇。那时黄台吉的儿子扯力克继承王位，这扯力克倒是一个翩翩公子，长得玉树临风，气宇轩昂。把汉那吉这时候已经死去，扯力克就纳了他的遗妻比妓。三娘子曾经生过一个儿子，名叫不他失礼，本来也想收比妓为妻，偏偏被扯力克夺去，心中很不高兴。连三娘子也有怨言，竟然带着儿子准备离开。郑洛得知后，再次替她调停，先是派人去说服三娘子，劝她下嫁扯力克。三娘子老妇配少夫，自然格外乐从。但有一个条件，就是扯力克要把所有的妻妾都赶走，才肯答应。郑洛又派人去和扯力克说："你要是能与三娘子结婚，朝廷仍然封你为王，否则就封别人了。"扯力克欣然答应，并依照三娘子的约定，把所有的妻妾全部赶走，还整了冠服，备齐车马，亲自到三娘子的帐中迎娶。三娘子徐娘半老，风韵犹存，眉宇间仍然流露着妩媚。二人再次成就了一段欢喜缘，完结了一笔相思债。郑洛为三娘子请封，朝廷封三娘子为忠顺夫人，扯力克袭封如旧。三娘子常年为明朝保边守塞。山、陕一带的边境，商民安堵，鸡犬无惊。

哪知到了嘉靖二十年，宁夏竟然出了一个哱拜，他纠众作乱，不免煽动兵戈。这哱拜本来是鞑靼的部种，之前曾因得罪酋长，叩关投降，隶属于守备郑印的旗下，屡立战功，升任都指挥。后来，在任副总兵的时候辞官，儿子承恩承袭职位。承恩初生时，哱拜梦见空中裂开一道缝，缝里掉出一个妖物，看起来很像老虎，那东西掉下来之后，就跑到妻子的寝室。他正想拔剑除妖，没想到被孩子大哭的声音惊醒，起来一看，妻子已经生下一个男孩。他也不知是凶是吉，只好将他抚养长大，取名为承恩。承恩渐渐长大，模样如狼似虎，番人本来就粗犷，哱拜反而非常钟爱他的狰狞模样。哱拜告老辞官后，承恩承袭都指挥。凑巧洮河以西常常发生寇警，巡边御史周弘禴，命承恩、指挥土文秀以及哱拜的义子哱云等人率兵讨伐。出发前，巡抚党馨奉总督郑洛的命令，调遣土文秀支援西部边境。哱拜那时候虽然住在家里，但仍然有很多人前去报信，这次听说土文秀被调，不禁叹息着说："土文秀虽然身经百战，但是能独当一面吗？"于是亲自到郑洛那里，说明来意，并愿意让儿子带着自己的三千名部下一起征讨。郑洛极力嘉奖，答应了他的请求。

于是土文秀、承恩陆续起行。偏偏巡抚党馨恨他毛遂自荐，只给承恩拨了些羸马。承恩很不高兴地上了路，在金城与敌人相遇，追杀数百人，奏凯归来。党馨不但没有奖励功劳，反而吹毛求疵。后来又听说承恩娶民女为妾，就责怪他违律诱婚，还杖责了二十下。承恩骄傲成性，哪肯受这般委屈？就是他父亲哱拜也觉得自损脸面，心里很不满意。土文秀、哱云二人本来应该记功升职，又被党馨阻拦。戍卒的衣粮拖欠了很久都没有发放，军锋刘东旸心里非常不平，就去拜见哱拜，说起被党馨克扣的情形。哱拜微笑着说："你们也太无能了，怪不得被他玩弄。"刘东旸听了这话，愤然离开，纠集部下闯入帅府。总兵张维忠向来缺乏威望，见众人拥入，吓得手足无措。党馨听说兵变的事情，马上藏到了水洞中。后来被刘东旸等人找到，牵到书院，历数罪状，然后把他杀死。石继芳也身首异处，接着这群人纵火焚烧了公署，取走符印，释放罪囚，在城中大肆抢夺。

刘东旸于是自称总兵，任哱拜为谋士，承恩、许朝为左、右副将，哱云、文秀为左、右参将，当下分兵四出，攻陷玉泉营以及广武，连破汉西四十七堡。刘东旸又分兵过河，想攻打灵州。总督尚书魏学曾立即通知副总兵李昫，让他暂且设立总兵，派兵围剿。李昫派游击吴显、赵武、张奇等人转战前来，汉西的四十七堡依次被收复。只有宁夏各镇还被敌人占据。河套部落的酋长着力兔带着三千番兵，来支援刘东旸，屯兵演武场。刘东旸也将抢来的几个妇女献给河套部落，河套人扬言与哱王子已经是一家人了。哱云、着力兔一起去攻打平卤。萧如薰在城南设下伏兵，自己假装带着弱兵出城，诱敌前来。哱云仗着锐气，边追边杀，萧如薰边战边退，一直绕到城南。紧接着一声号炮，伏兵全部拥出，将哱云困在中心。伏兵从四面向中间射箭，霎时间就将哱云射死。着力兔这时候还在后面，听说前面的部队被围，料知中计，急忙带兵逃回塞外。朝廷得知后，特升萧如薰为总兵，调麻贵为副总兵，进攻宁夏，并赐给魏学曾上方宝剑。

御史梅国桢保荐李成梁的儿子李如松，说他忠诚勇猛，可以担当大任。于是李如松被命为总宁夏兵，并以梅国桢为监军。这时，宁夏巡抚朱正色、甘肃巡抚叶梦熊先后率兵赶到，齐逼城下。魏学曾与叶梦熊商议，将黄河的大坝挖开，用水灌城。于是城内城外水深数尺，城中人心惶惶。许朝逃出城门，去见魏学曾，表示愿意忏悔投降。魏学曾让他回去杀死哱拜父子赎罪。许朝走后，音信全无。李如松派人四处打探，得知河套部落的庄秃赖以及卜失兔，纠集了三万名番兵，侵犯小盐地，另外还派了一万名骑兵从花马池西沙湃口进入，为哱拜声援。李如松就派副总兵麻贵等人前去迎剿，这才将河套部落击退。然而，着力兔又带着一万多名人马，攻入李刚堡。李如松派兵截击，连连打败河套兵，一直追到贺兰山，河套兵才全部逃走。监军梅国桢与魏学曾不和，竟然参劾他延误兵事。于是叶梦熊代任督师。叶梦熊下令军中，先登城者奖赏一万金，于是人人奋勇，个个争先。过了五天，水蔓延到北关，城池崩裂了好几丈，承恩、许朝等人连忙到北关守卫。李如松、萧如薰偷偷带着精兵去攻打南关，总兵牛秉忠年已七十，仍奋勇先登。梅国桢大呼："老将军都登城了，你们还害怕什么？"话音刚落，只见各位将校一挥而上，南关随即攻下。承恩等人惊慌失措，急忙派部下张杰出城说情。叶梦熊假装答应下来，暗地里仍然筹备攻城器械。监军梅国桢日夜巡逻，严行密察。一天傍晚，正在街上巡逻，忽然有歌声传来：

痈不决，毒长流。巢不覆，枭常留。兵戈未已我心忧，我心忧兮且卖油。

梅国桢听了，不禁诧异起来，就对部下说："什么人在唱歌，快去给我抓来！"部下奉命而去。没过多久就捉到一个人。梅国桢见他相貌非凡，便问起他的姓氏、职业。那人回答道："小人姓李名登，没有考上功名，就做起了小买卖。如今兵戈相向，只好沿街卖油，以便糊口。"梅国桢说："你唱的歌词，是谁教你的？"李登说："是小人随口编的。"梅国桢暗暗点头问道："我有一项差遣，你能为我办得到吗？"李登说："只要小人能干，一定效力。"梅国桢就亲自给他松绑，并赐给他酒食，授予密计，还交给他三道札子。李登受命而去，入见承恩说："哱氏曾经有安塞之功，监军不忍心诛杀，特令我呈密札给将军。将军如果听我的话，就速速杀死刘、许二人赎罪，否则请立即杀死我。"承恩沉思了半天，就答应下来。李登出去之后，又从小路来到刘东旸、许朝的大营。也把密札交给他们说："将军本来是汉将，何必要能跟着哱氏作乱呢？将军靠的不过是河套的援兵。如今河套兵已经战败，杯水怎么救得了车薪？为将军考虑，应该速速除掉哱氏，然后到大营自首。不但之前的罪可以一笔勾销，还能立功封赏。"刘、许二人心动，就与李登约定好，李登接着回营报命。

梅国桢仍然督兵攻城，不停猛扑。没过多久，刘东旸那边传来密报，说土文秀已被杀死。又过几天，城上竟悬出三颗人头，一个是土文秀的，剩下两个是刘东旸、许朝的。原来刘东旸诱杀土文秀后，承恩知道他有变化，就和部下周国柱商议。周国柱曾与许朝争夺过一名女子，彼此互不相让，有了隔阂。周国柱和承恩定计，借口商议军务，将刘、许二人引来，先杀了许朝。刘东旸逃入茅厕，被周国柱搜出，一刀劈成两段，随后将三颗脑袋一起挂在城上。李如松、萧如薰等人陆续登城，揭榜安民，并搜出宁夏巡抚关防以及征西将军印各一枚。哱拜那时候仍然安住在家中，李如松提兵围攻哱拜的家。哱拜知道不能幸免，就关上门自缢身亡。家中这时起了一把火，将哱拜连人带屋全部烧毁。参将李如樟看见火起，急忙派兵踹门而入，生擒了哱拜的次子承宠、养子哱洪大以及余党土文德、何应时、陈雷、白鸾、陈继武等人。

总督叶梦熊、巡抚朱正色、御史梅国桢先后入城安抚百姓，并慰问庆王世子帅锌。帅锌是太祖第十六个儿子的七世孙，曾被封到宁夏。哱拜作乱时，曾向王府中索取金银。那时庆王伸域刚刚驾崩，世子帅锌还在守丧，没有袭封爵位。母妃方氏带着世子躲避到地窖中，后来因害怕受到侮辱而自杀，所有的宫女财宝统统被抢走。等到叶梦熊入府，帅锌才得以保全。当下大将们驰书报捷，并将一干人犯押送到京师。哱承恩、哱承宠、哱洪大等人被立即处死，神宗令庆王世子帅锌承袭爵位，大加赏赐宁夏功臣。神宗准许叶梦熊、朱正色、梅国桢世袭官位。武将以李如松为首功，特加封宫保头衔，萧如薰以下也各有封赏，所有死难将士各得抚恤。宁夏再次平定。

　　哪知一波才平，一波又起。东面的朝鲜国遭到倭寇的蹂躏，朝鲜王李昖心急火燎，向大明求援。于是一场战争在所难免。


## 援助朝鲜

　　朝鲜在中国的东方，旧时称为高丽。明太祖时，李成桂是朝鲜国主，和中原通好，太祖给他授印并册封为王，世代做中国的藩属。朝鲜与日本只隔了一个海峡，两国一直互通往来。神宗时期，日本出了一个丰臣秀吉，他统一了国境，并派使臣到朝鲜逼他们朝贡，还唆使他们攻打大明边境。国王李昖当然一口回绝。这丰臣秀吉当初不过是个奴仆，后来跟着日本关白①信长，替他出谋划策，二人共占领了二十多个州。正巧信长被参谋阿奇支杀害，丰臣秀吉统兵复仇，自称关白，攻下六十多个州。因为朝鲜不肯从命，丰臣秀吉竟然分别派行长清正等人带着几百艘战船，从对马岛出发，直逼釜山。朝鲜很久没有打过仗，国王李昖又耽于酒色，一听到倭兵到来，大家手忙脚乱不知道该怎么办，只好望风奔逃。倭兵进一步，朝鲜兵退一步。李昖料定支撑不住，就留下小儿子李晖管理国事，自己弃了王城，逃到平壤。没过多久又逃到义州。倭兵攻入京城，俘虏了王子以及大臣，毁去坟墓，抢掠府库，四处侵略。江原、黄海、全罗、庆尚、忠清、咸镜几乎全被倭兵占领。李昖急得没有办法，只好向大明朝廷求援。朝议认为朝鲜是中国的属国，势在必救，急忙派使臣薛潘，到朝鲜去传话，扬言大兵将至，让他们不要害怕。李昖信以为真，谁知等了好多天，只有一两千游击队，在史儒等人的带领下迷迷糊糊地来到平壤。正碰上天降大雨，误陷埋伏，仓促中史儒战死。副总兵祖承训统兵三千，渡过鸭绿江，作为后应。不料倭兵乘胜东来，锐不可当。祖承训急忙策马回奔，才捡回一条性命。

————————————

　　① 关白：日本国的官名，职位和丞相差不多。

朝廷得到消息后，非常震惊，就派兵部右侍郎宋应昌带兵攻打倭人。倭人仗着锐气，径直攻入丰德。明兵刚刚从四下里围攻过来。行长清正等人狡猾得很，派使臣来到军前，说是不敢与中原抗衡，情愿易战为和。兵部尚书石星本来就很胆怯，听到有求和的消息，急忙找了一位能言善辩的说客去和倭人商讨。嘉兴人沈维敬不管好歹应征前去，行长见他之后非常恭谨地行了礼，并对沈维敬说："天朝如果能按兵不动，我军用不了多久就会返回，此后就以大同江为界，平壤以西尽归朝鲜，绝不侵略。"沈维敬返回去报告，有几个老成练达的大臣都说倭人狡诈，不可轻信，于是催促宋应昌只管进兵。偏偏石星被沈维敬的话迷惑，认为可以缓一缓。

宋应昌到达山海关后，人马一时难以集齐，朝廷又派李如松为东征提督，让他和弟弟李如柏、李如梅等人在辽阳与宋应昌会师。沈维敬见到李如松后，又把日本行长的话转述一遍，李如松怒斥他说："你敢擅自勾结倭人？"然后看着左右，准备将他推出去斩首。参谋李应试在李如松耳边说："表面上派沈维敬送款，暗地里出奇兵偷袭，这就是明修栈道，暗度陈仓的计策。"李如松不等他说完，就说是好计，然后去和宋应昌说。宋应昌也一力赞成，于是留下沈维敬，誓师东渡。这天，水天一色，风和日丽，层峦叠嶂倒映在水中别有一番生趣。监军刘黄裳慷慨激昂地说："今日此行，可是封侯的好机会啊！"

李如松到达平壤后，审时度势。只见东南临江，西北靠山，北面还有牡丹台，地势十分险峻。倭人列炮以待，李如松料定敌兵厉害，就暂且在城外扎营。到了半夜，倭兵前来偷袭大营，幸亏李如松事先做好了防备，令李如柏出兵迎战，才将敌兵杀退。李如松默默筹划了一番，第二天黎明，就派游击吴惟忠带兵攻打牡丹峰，其他兵马分队围城，独独不去攻打西南角。李如松又召副总兵祖承训来到帐前，密嘱了几句，祖承训离开。又过一个晚上，李如松亲率各军将领一鼓攻城。那牡丹台上的炮火与平壤城头的强弓，就好像疾雨一般，射杀过来。各位将校不免有些胆怯。李如松手持佩剑，把先退的士兵，斩杀五六名，大军才冒死前进，逼到城脚，取出准备好的云梯，攀缘而上。倭兵非常厉害，在城上拼死抵抗。城墙内外的尸体堆积如山，两军依然相持不下。

这个时候，平壤城西南角，忽然有明军蜂拥登城，吓得倭兵措手不及，急忙分兵堵御。李如松见倭兵自乱阵脚，料定西南得手，就派人去登小西门，自己也从大西门杀入。这个时候，吴惟忠正率兵猛攻牡丹峰，忽然一弹飞来，洞穿了他的胸膛，但他仍然奋勇督战，好不容易才占住牡丹台。倭兵终于支撑不住，弃城东逃，纷纷渡过大同江，回到龙山。这次战役多亏祖承训授了密计，偷袭西南角，才将倭兵杀退，夺回平壤，接着黄海、平安、京畿、江原依次收复。

李如松连连打败倭人，渐渐开始轻敌，变得趾高气扬起来。这时，有朝鲜兵来报，说倭兵已经放弃了朝鲜的京城。李如松大喜，亲自带着几个人赶往碧蹄馆，察探虚实。碧蹄馆在朝鲜城西，距京城只有三十里。李如松刚刚来到大石桥，隐约望见碧蹄馆，不料扑通一声，连人带鞍坠落马下。李如松的右额撞在石头上，血流不止，险些晕过去。随行的将士急忙上前搀扶，猛然间听到一声敌哨，四面八方都有倭兵围拢过来，把李如松的一队人马团团围住。多亏身边的大将骁勇善战，左支右挡，舍命相救。战到午后，将士们的战袍都被汗水湿透了，肚子也饿了，剑也缺了，刀也折了，弓袋内的箭也要用完了，情况非常危急。幸好李如柏、李如梅先后杀到，倭兵才渐渐退下。

那时候大雨滂沱，平地变成了泽国，骑不得骋，步不能行，明军又受到这番挫折，只好退驻在开城。后来得知倭将平秀嘉在龙山囤积了几十万石粮食，李如松就招募死士，趁夜纵火焚粮。倭寇断了粮，只好派人来到明军表示愿意修和，大明朝廷准奏。倭将放弃了京城，退兵釜山。李如松与宋应昌入城，检查粮食，还有四万多石，大豆也有很多，就准备趁着倭兵退兵，顺势尾追。可惜倭人步步为营，无懈可击。祖承训、查大受等人追了一程，知难而退，接着倭人送回王子以及俘虏的大臣等人。

倭人派使臣小西飞到朝中商议，大臣多半漠视，只有石星以礼相待。译官对小西飞提出三件事：一是勒令日本人归国，二是授封之后不必给予贡品，三是日本人要宣誓永不侵犯朝鲜。小西飞一一答应下来。大明朝廷就派临淮侯李宗城充当正使，都指挥杨方亨为副使，与沈维敬一同赶往日本。李宗城等人奉命观望，一味拖延。一直到万历二十四年，才一起赶到釜山。沈维敬先行渡海，竟然私自献给丰臣秀吉蟒袍玉带，以及地图武经。他还用三百匹壮马作为馈礼，娶了日本人阿里马的女儿，然后住在日本境内。李宗城贪财好色，沿途索要钱财，进入对马岛后，岛官仪智格外欢迎，晚上还送过去两三名美女。李宗城整天恣意欢娱，竟将大事抛之脑后。仪智常常请他参加酒宴，席间让他的妻子出来相见，李宗城看过去，真是倾国倾城。当时李宗城正好有三分酒意，情不自禁，竟然去牵她的衣袖，想把她搂抱过来。仪智顿时恼怒起来，下令逐客。李宗城跟跄逃出，得知后面有日本人在追杀，急得辨不清东西南北，玺书也不知道丢到哪里去了。他料知难以复命，一时没有办法，只好找了个树林，上吊自尽。或许是命不该绝，随从找到之后，将他救活，带着他逃到庆州。朝廷派人捉住李宗城，命方亨充当正使，沈维敬充当副使。

方亨赶到日本宣谕，丰臣秀吉跪拜受封。后来因为朝鲜王只派了州判前去恭贺，丰臣秀吉大怒，对沈维敬说："我遵照天朝的约定，还了他的两个儿子、三个大臣以及攻打下来的州县。如今朝鲜王却派小官前来祝贺，这是污辱我国还是污辱天朝？我与朝鲜势不两立，请替我回报天朝，请天子处分朝鲜。"随后和议决裂。

倭兵行长清正等人再次侵略南原、全州，进犯全罗、庆尚，直逼京城。杨镐率军救援朝鲜，倭兵这才退到蔚山。蔚山虽然不是很高，但地势非常险要。杨镐和邢玠、麻贵各军分兵三路，合攻蔚山。就在快要攻破蔚山的时候，杨镐却忽然鸣金收军。原来杨镐与李如梅是好友，杨镐想留点机会让李如梅建功立业。等李如梅赶到，倭兵已经重新布置好了兵力。杨、李二人围攻了十天，都不能拿下蔚山，接着行长清正前来支援蔚山的倭兵，杨镐来不及下令，竟然策马西逃，被倭兵从后追击，杀死士兵无数。游击卢继忠率兵三千人断后，死得一个不留。杨镐逃到朝鲜京城，反而对邢玠、麻贵等人说他打了胜仗。这下惹恼了参议主事丁应泰，丁应泰将他的败状全部列入奏折，飞报明廷。神宗罢免了杨镐，派天津巡抚万世德接替后任。邢玠又招募江南水兵筹划海运，接着都督陈璘带领粤兵赶到，刘綎带领川兵赶到，邓子龙带领江浙兵赶到。水陆兵分四路，各置大将，中路由李如梅统帅，东路由麻贵统帅，西路由刘綎统帅，水路由陈璘统帅，四路并进，直扑倭寇大营。后来辽阳传来寇警，李如松出塞战死，朝廷调李如梅前去支援，遗缺派董一元代任。

谁知四路大军全部败北。朝廷派人斩掉郝、马二人，董一元等人戴罪留任，立功自赎。几个月后，忽然传来丰臣秀吉病死的消息，倭寇全线撤退，陈璘、麻贵、刘綎、董一元等人这才鼓足勇气去追。倭寇都没有什么斗志，统统抱头乱窜，逃到舟中，扬帆东去。日本侵略朝鲜的七年中，中国丧失兵力数十万，花费粮饷数百万，但一直没有打过胜仗。直到丰臣秀吉死后，战祸才渐渐平息。

## 蛆虫也知天命

明万历年间，泰宁卫的酋长炒花屡次侵略辽东，双方互有死伤。炒花是巴速亥的堂弟，巴速亥被李成梁杀死后，他的儿子巴土儿与炒花想起旧怨，于是屡次前来侵略，先后被李成梁击退。李成梁卸职后，总兵董一元接替了他的职务，巴土儿、炒花等人纠集土默特部，大举入犯。董一元在镇武堡设下埋伏，用老弱残兵诱敌深入，大破敌军。巴土儿中了暗箭，负伤而逃，没过多久便死了。炒花心有不甘，就唆使青海酋长火落赤、永邵卜等人相继侵扰。甘肃参将达云偷偷绕到敌人背后，杀得敌兵十个里面死了八九个，被当时的人称为战功第一。朝廷升任达云为总兵官，从此镇守西陲，敌寇不敢再进犯。

后来，辽东总兵董一元调赴朝鲜，神宗特任李如松继任。李如松率轻骑出塞，正碰上土默特部众前来侵扰。李如松迎头痛剿，接着乘胜进逼，想要捣入敌人的巢穴。谁知番兵竟然从四面八方前来支援土默特，李如松被困在中间，因孤掌难鸣，粮尽援绝，活活战死在沙场。神宗命李如梅接任，李如梅担心重蹈覆辙，不敢轻易进兵，被人以拥兵畏敌的罪名参劾，不久被罢官。后又任命七十六岁高龄的李成梁镇守辽东。李成梁素有威名，上任以后，与番人停战，互通往来。在他镇守的八年里，辽东还算安定。

日本侵略朝鲜的时候，播州宣慰使杨应龙上疏，表示愿意率领五千人征讨倭人。谁知杨应龙刚刚起程，就传来倭人议和的消息，杨应龙只好满心不快地返了回来。这杨应龙并非有心报主。他的祖宗叫做杨端，曾在唐乾符年间占据播州，后来向中原称臣。洪武初年，他的子孙又派使臣纳贡，爵位一直传到杨应龙。杨应龙从征蛮夷，恃宠而骄。贵州巡抚叶梦熊以及巡按陈效，曾经多次奏称杨应龙凶狠狡诈的罪状，大明朝廷因为边境多事，没有来得及查问。这下子，杨应龙更是肆无忌惮。他所居住的府第中装饰着很多龙凤图案，还擅自用了几个太监。他有个小老婆叫做田雌凤，深得宠爱，并与正室张氏不和。杨应龙竟然诬陷张氏，将她砍死，并杀了她的全家。张氏的家人上疏告变，叶梦熊请求发兵讨伐。杨应龙急忙赶到重庆自首，表示愿意出两万银子来赎罪。主审官不肯答应，杨应龙就主动请求去征讨高丽的倭人。这次中途罢兵，朝廷特派都御史王继光巡抚四川。杨应龙怎肯再次上钩？官军一再追捕，他就聚众抗拒，甚至杀死多名官军。王继光看不过去决定征讨，随即火速赶到重庆，与总兵刘承嗣、参将郭成等人，三路进军，越过娄山关，来到白石口。杨应龙假装投降，暗中却招集苗兵袭破官兵大营。都司王之翰全军覆没，各路将士仓皇而逃。王继光遭到这种挫折，职位自然不保，当下奉旨夺官，改任谭希思为四川巡抚，并调兵部侍郎邢玠总督贵州。邢玠命重庆太守王士琦前去宣谕，令杨应龙主动请罪。杨应龙身穿囚服在郊外迎接，将部下黄元、阿羔、阿苗等十二人一同献上，并表示愿意出四万两银子赎罪，先将次子杨可栋作为人质，钱到之后再将他赎回来。王士琦回去后，将黄元等人斩首。

杨可栋被软禁在重庆后，立即生起病来，在床上躺了几天，便一命呜呼。杨应龙痛心疾首，领走棺椁后，索性开始抵赖。王士琦催促他缴纳赎款，杨应龙说："我儿子还能复活吗？要是我的儿子还能复活，我就如数缴纳。"随后，他纠集苗人，据险自守，烧毁草塘、余庆两司，并围攻黄平、重安，沿途杀害官吏百姓，奸淫掳掠，无恶不作。

正巧这时贵州巡抚改任为江东之。江东之命都司杨国柱、指挥李廷栋，率领部兵三千人，去剿杀杨应龙。到了飞练堡，杨应龙的儿子杨朝栋以及弟弟杨兆龙等人，带兵迎战。战了没多久，杨朝栋等人便纷纷倒退。杨国柱等人一直追至天邦囤，被杨朝栋、杨兆龙等人两路包抄，左右猛击，三千人霎时间被杀得精光。杨国柱、李廷栋等人统统战死。江东之被夺职，代之以郭子章。又特派前四川巡按李化龙为兵部侍郎，总督川、湖、贵三省军务。李化龙约刘綎、麻贵、陈璘、董一元等人一同前来。

杨应龙听说大兵将至，先纠集了八万兵马侵犯綦江。綦江城里的守兵不满三千人，哪里敌得住叛贼？参将房嘉宠杀死妻儿，与游击张良贤舍命防守，最终因寡不敌众，在巷战中身亡。杨应龙将库银取出犒劳三军，并屠杀全城。李化龙赶到重庆时，杨应龙已经五路并出，攻破了龙泉司，接着杨应龙集齐各路兵马，登坛誓师，兵分八路而进。

官兵这边，四川的兵马分为四路，总兵刘綎由綦江攻入；马孔英由南川攻入；吴广由合江攻入；副将曹希彬受吴广管束，由永宁攻入。贵州的兵马分为三路，总兵董元镇从乌江出发；参将朱鹤龄受董元镇的管制，统领宣慰使安疆臣，从沙溪出发；总兵李应祥从兴隆出发。每路兵约有三万人。部署好之后，刘綎从綦江出发，进攻三峒。三峒地势险峻，被称为是奇险之地。贼兵头目穆焰等人踞险防守，刘綎手执大刀，斩关直入。杨应龙久仰刘綎的威名，特派儿子杨朝栋从小路出击。刘綎怒马跃出，首先陷阵，一柄亮晃晃的大刀，盘旋飞舞，苗兵不是被砍，就是被伤。乱贼抵挡不住，纷纷奔走相告：“刘大刀到了！刘大刀到了！”杨朝栋被刘綎大喝一声，吓得手忙脚乱，慌忙丢掉手中的兵器，逃命去了。刘綎大杀一阵，乘胜进军桑木关、乌江关、河渡关、娄山关，在白石驻扎下来。杨应龙情急万分，决定率领苗兵死战。想尽各种办法，还是连战连败，杨应龙非常窘迫，与儿子杨朝栋抱头痛哭。没过多久，官兵开始围攻土城，杨应龙散金悬赏，招募敢死队，却没有一个人前来效命。杨应龙提着刀出来巡视，只见四周火光齐天，官兵已经从四面八方登城进来，只好带着两名爱妾自缢身亡。官兵找到杨应龙的尸体，并生擒杨朝栋、杨兆龙等一百多人，其中包括杨应龙的小妾田雌凤。将士们凯旋而归。

外事稍稍平定，朝中又开始争论国本的问题。先是万历二十一年，王锡爵入朝，密请建立东宫。神宗答复他说：“朕虽然有今年春天册立东宫的旨意，但昨天读到祖训，应该是立嫡不立庶。皇后的年龄还不算大，如果生了儿子，该如何处置？现准备将常洛与他的两个弟弟并封为王，再等几年，到那时皇后仍然没有生育的话，再册立也不迟。”当时王恭妃生子常洛，郑贵妃生子常洵，周端妃生子常浩，于是有了三王并封的手谕。王锡爵想出一条权宜之计，他援引汉明帝马后、唐玄宗王后、宋真宗刘后的典故，想让皇后抚养常洛，作为立储的预备。谁知神宗不肯答应，仍然坚持之前的决定。一下子，朝中大臣又开始议论纷纷。没过多久，神宗在王锡爵的请求下，命皇长子出阁讲学，辅臣轮流侍班，一切都仿照东宫的惯例。

一年后，王锡爵请求辞官，特意命礼部尚书陈于升、南京礼部尚书沈一贯入阁参政。陈于升入阁之后，与赵志、张位等人非常默契。可惜神宗深居简出，拒绝纳谏，陈于升都没有机会见皇帝一面。当时京师发生地震，淮水决堤，湖广、福建发生大饥荒，甚至乾清宫、坤宁宫相继失火，仁圣皇太后陈氏也驾崩了。天灾人患纷至沓来，神宗却全然不知，只是派中官四处开矿，却都没有结果，于是便勒索百姓以偿费用。要是富家巨族，就诬陷他盗矿；若有良田美宅，就说下面有矿脉；接着又增设各省的税使，横征暴敛。连民间的米、盐、鸡、猪都要征税，全国的百姓痛苦不堪。陈于升早晚殚精竭虑，屡次请求觐见神宗都没有得偿所愿，没过多久便积忧成疾，郁郁而死。赵志这时候也得病而终。朝廷于是另用前礼部尚书沈鲤、朱赓入阁办事，以沈一贯为首辅。立储大事，却始终没有定下来。

郑贵妃依旧专宠，王皇后仍然体弱多病。宫中的太监都觉得皇后如有不测，贵妃一定会正位中宫，她的儿子常洵当然会被立为太子。黄辉从内侍那里得知情况后，就私下和给事中王德完说："这是国家大政，恐怕早晚会发生变化，将来传载史册，必定说是朝中无人。您担负着这个责任，怎么能不说呢？"王德完点头，接着和黄辉一起上奏。神宗读完奏折后，怒火中烧，立即将王德完逮捕下狱，严刑拷打。尚书李戴、御史周盘等人上疏相救，均遭到指责。

到了万历二十八年，皇长子常洛已年近二十。大臣们请求先册立储君，再行婚嫁之礼，神宗仍旧不理不睬。过了一年，阁臣沈一贯一再坚持册立储君，势在必行。就在神宗还迟疑的时候，郑贵妃又拿出当年的玉盒为证，请神宗守约。神宗取过玉盒，在手里抚摸了一阵，然后揭去封印，打开盒子察看。谁知之前的誓书，竟被蛀虫咬得全是破洞，最奇怪的是偏偏把常洵两个字，咬得一笔不留。神宗不禁悚然说道："天命有归，朕也不能违背天意。"此话一出，郑贵妃料到事情有变，竟然在地上打起滚来，像泼妇一样破口大骂。神宗忍耐不住，大踏步走出西宫，召来沈一贯，立常洛为皇太子。沈一贯立刻草写，颁发给礼部，当天施行。过了一晚，神宗准备更改册立日期。沈一贯封还谕旨，一再申明不可，这才在万历二十九年十月十五，举行了立储典礼。

## 连心十指有长短

皇长子常洛被册立为皇太子后，其他各位皇子也被陆续封王。常洵被封为福王，常浩被封为瑞王，还有李贵妃的儿子常润、常瀛也都被册封。第二年正月，神宗册立郭氏为太子妃。婚礼刚刚结束，朝中大臣入朝庆贺。忽然圣旨传出，说皇上患病，召诸位大臣到仁德门听诏。大臣们来到仁德门，见一名太监匆匆出来，召沈一贯入内。沈一贯跟着他进入启祥宫，直达后殿的西暖阁，只见神宗还穿着平常的衣服，却席地而坐。看到李太后站在皇帝后面，太子和诸王都跪在皇帝面前，沈一贯不由得诧异起来。沈一贯定了定神，向神宗叩头请安。神宗命他上前，怆然说道："朕忽然患病，恐怕会一病不起。自认为继承大业的这三十年

277

间，没有什么大过。只是因为宫殿没有竣工，暂时开矿、加税。现在开矿、加税事宜应该可以和江南织造、江西陶器一并停止。所有派过去的太监一概还京。让法司把关押已久的罪犯释放，因为上言而获罪的大臣也全部官复原职。"说完，就让左右将他扶起，然后就寝了。沈一贯叩谢而出，拟好圣旨呈了上去。

当晚，内阁的九位大臣都在朝房值班。三更天的时候，太监捧着圣旨出来，大致和面谕说的一样。不料等到天亮的时候，有太监前来，说是皇上病愈，准备追回之前的话。沈一贯听了这话，还在沉思，旁边的太监已经等不及了，一再催促，沈一贯不得已，只好取出之前的圣旨，让他们带走。那个时候，司礼太监王义正在皇帝面前力争，说是金口一开就不能反悔了。神宗置之不理，王义还想再次阻谏，中使已经拿着圣旨进来复命了。王义顿时气愤难忍，愤然退下。来到内阁，正巧与沈一贯相遇，王义一口吐在沈一贯的脸上说："好一位胆小如鼠的内阁宰相！"沈一贯毫无头绪，不知道怎么回事。王义又说："矿税对民间骚扰已久，宰相难道不知道吗？如今好不容易有个机会下令撤除，宰相只要稍稍坚持，马上就会革除弊政，为什么要把圣谕退回去？"沈一贯这才知道自己错了，只好唯唯谢罪。从此不论是大臣还是言官，再请革除弊政的时候，神宗都没有了答复。

没过多久，宗室里闹出一桩狱案来。楚王英焴是太祖的第六个儿子朱桢的第七世孙。英焴死后，宫人胡氏生下了孪生兄弟华奎、华璧，一时间议论纷纷，都说这两个孩子不是胡氏所生。幸好有王妃一再澄清，这事情才算了结。华奎世袭爵位，华璧也被封为宣化王。时隔二十多年后，宗室里有个叫华越的人，再次提出华奎兄弟的血统问题。说华奎实际上是王妃的兄长王如言的儿子，而华璧实际上是王妃族人王如绰的家人王玉的儿子。这奏折递上去之后，沈一贯认为封王袭位已经是很久以前的事情了，就让通政司暂行搁置起来。偏偏这件事情被华奎得知，便参劾华越诬告，皇上命礼部复查。礼部侍郎郭正域正好是楚人，也听说过传闻，就请查明虚实之后，再定罪量刑。结果查来查去，也没查出什么证据来，只能禀明是诬告。怎奈华越的妻子是王如言的女儿，她一口咬定华奎是自己的同胞兄弟，小时候被抱进楚宫。后来，朝中有旨传出，说楚王华奎袭封已经二十多年，为何最近才揭发？华越夫妇的证词有很多漏洞，不足为据。于是华越被判诬奏罪，降为庶人，禁锢在凤阳。这圣旨一下，郭正域失了面子，御史钱梦皋又讨好沈一贯，参劾郭正域陷

278

害宗室，应当处罪。郭正域也揭发沈一贯藏匿奏折，并说沈一贯收取了华奎的重贿，因此才会庇护华奎。毕竟沈一贯势大，郭正域势小，苍蝇始终撞不过石柱，于是郭正域被免官。

皇长子常洛被立为储君之后，生母王氏仍然没有得到加封。恭妃一直寂居在幽宫之中，到岁终都没有再见过皇帝一面，免不了感叹寂寞，整日流泪，渐渐双目失明，什么都看不到了。万历三十四年，皇太子的选侍王氏生了儿子由校，这孩子是神宗的长孙。明朝的制度中太子的女侍，有淑女、选侍、才人等名号。王选侍生下儿子之后，神宗自然惬意得很，立即奉上慈圣太后的徽号，并晋封王恭妃为贵妃。王恭妃名义上虽然加封，但实际上仍然失宠，就是母子之间也不能时常见面。光阴易过，王恭妃整日哀愁感叹，自然郁郁成疾，接着便卧床不起。皇太子听说母亲病重，请旨前去探望。不料宫门竟然是锁着的，当下找到钥匙开锁，推门而入，只见母妃惨卧在床榻之上，面容憔悴，话都说不完整。太子看到这种情形，不禁心如刀割，大哭起来。王贵妃听到声音后，就用手撩住太子衣服，呜咽着说："是我儿吗？"太子哭着说是。贵妃又用手摸着他的头，半天才说："我儿啊，做娘的一生困苦，只剩下你这一脉骨血了。"说完，又哽咽起来。太子扑到母亲怀里，热泪滔滔。贵妃接着说道："我的孩儿都长这么大了，我死也无恨了。"说到"恨"字，已经是气喘吁吁。一口痰竟噎在喉咙里，贵妃张着嘴想要再说点什么，已经发不出声音了，转瞬间气绝而亡。太子抱着母亲的尸体一直哭泣，还是神宗召他入内，好言劝慰了半天，太子这才节哀。

当时沈一贯、沈鲤同时罢官，神宗任用于慎行、李廷机、叶向高三人为东阁大学士，与朱赓共同办理内阁事务。于慎行上任十天就病逝了，朱赓也随后逝世，李廷机因被参劾而罢官，只有叶向高上疏说："太子的母妃病逝，应该厚葬。"奏折递上去之后，没有消息。再次上疏，神宗才准奏，赐王恭妃谥号温肃端靖纯懿皇贵妃，葬于天寿山。

郑贵妃得知王恭妃的死讯后，又开始觊觎太子之位。福王常洵本来被封到洛阳，大臣们屡次请他上路，都被郑贵妃暗中阻止。神宗被她迷惑，一味沉溺在温柔乡里。常洵婚娶时，排场阔绰，花费的金钱多达三十万。还在洛阳建下王府，规模和宫廷相差无几，花费的金钱多达二十八万，是平常亲王的十倍。还在崇文门外，开设了几十家官店，售卖各种物品，与百姓争利，所得的盈余专供福王府使用。一切起居饮食和皇太子常洛比起来不知要好多少倍。万历四十年冬，洛阳府竣工，叶向高等人请福王上路，神宗将日期定在来年春天。

转眼间就是初春，礼部向神宗申请，没有回应。到了初夏，兵部尚书王象乾又诚诚恳恳地奏了一本，神宗没有办法，只好说亲王上路，惯例都是在春天，现在已经逾期，就等来年吧。没过多久，又从宫内传出消息，说福王到藩地的时候，要给四万顷田庄，满朝大惊。向来亲王到藩地时，除了每年的俸禄以外，再适量给些草场牧地，或者一些废田河滩，但最多不超过千顷。于是叶向高立即上谏阻拦。奏折上去不久，就有批复下来，说："田庄的事情之前就有成例。"叶向高又上疏书："东宫辍学已经八年，而且很久不能见到皇上，福王却一日两见。但愿皇上能够坚守明年春天的信约，不要再以田庄为借口。"不必细想也知道，屡屡延期无非是郑贵妃暗地里牵制着神宗。正巧这件事情被李太后得知，宣召郑贵妃到慈宁宫，问她福王为什么不上路，郑贵妃叩头回答："常洵想祝贺母亲明年的寿辰，所以迟迟不行。"太后马上生气地说："你也真是善辩。我的儿子潞王封到卫辉，明年也能来祝寿吗？"郑贵妃碰了这个大钉子，只好唯唯而退。

一日，锦衣卫百户王曰乾上奏说奸人孔学、王子诏勾结郑贵妃、内侍姜严山等人诅咒皇太子，并用木头刻下太后、皇上的肖像，用钉子戳木像的眼睛，还约了赵思圣带刀行刺，意图谋逆。这奏折可是非同小可，神宗看完后，不由得震怒，本想将奏折发交给刑部，彻查到底。经叶向高劝阻，才将奏折搁置下来。后来，御史以其他事情参劾王曰乾，将他打入狱中，这事才算了结。神宗接着诏谕礼部，命福王在万历四十二年上路。

第二年二月，李太后驾崩，宫廷内外相继哀悼。郑贵妃还想留住福王，于是怂恿神宗，让他下谕改期。后来经叶向高封还手敕，再三劝阻，福王这才如期而行。起程前一天晚上，郑贵妃母子足足抱头哭了一夜。第二天一早，福王辞行，神宗也恋恋不舍，握着他的手叮嘱很久。福王出宫后，还四次被召回，神宗约好让他三年上一次朝，赐两万顷田庄。中州肥沃的土地向来就少，从山东、湖广那边割了好多地才算凑足了数。神宗又赐他一千三百引淮盐，让他可以开店卖盐。福王还不满足，又奏请神宗将已故大学士张居正的家产以及江都到太平沿江各州的杂税，还有四川的盐井、茶树等都给他。神宗自然全部答应，并且常常怀念他。

皇太子常洛住在慈庆宫，非奉召不得觐见，父子二人好像陌生人一样。第二年五月，忽然有一名莽汉就像着了魔一样，穿着短衣窄裤，手持一根枣木棍，闯入慈庆宫的大门，逢人便打，打倒了好几个太监，踏着大步来到殿檐下。宫中的呼喝声、救命声扰成一片，多亏内官韩本用带人前来，才把这名莽汉拿住。

## 三案之梃击案

内官韩本用等人拿住莽汉之后，将他绑到东华门，由指挥朱雄收监。过了一晚，皇太子将事情上报，朝廷命巡城御史刘廷元秉公审讯。刘廷元提出当场审问罪犯。那罪犯自称是蓟州人，姓张名差。除了这两句之外，说话颠三倒四，无从查究。刘廷元看他疯疯癫癫，就再三诱供。他却总是信口乱说，什么吃斋，什么讨封，以至于问了好几个时辰，都没得到什么有用的线索，惹得刘廷元厌烦起来，当即退了堂，奏请派人另审。

朝廷又派刑部郎中胡士相、岳骏声等人复审，张差似乎清醒了一点，供称："李自强、李万仓等人烧了我的柴草，我气愤难忍，就想到官府告状。四月份我来到京城，从东门走进来，找不到路，就改往西走，遇见两个男子，他们给了我一根枣木棍，说拿着这个可以申冤。我一时疯迷，闯入宫中，打伤守门卫兵，走到前殿的时候就被抓住了。"这话说得模模糊糊，胡士相等人不得要领，难下断词，仍只好照着刘廷元之前的奏折复旨。

当时叶向高因病告退，改用方从哲、吴道南为内阁大臣。二人资历尚浅，威望不高，不敢多说什么，就和刑部商议，准备依照宫里以前的例子，将他斩首。这奏折还没递上去，提牢主事王之寀却有新的线索上报。原来王之寀到狱中发放饭菜的时候，私下里问张差到慈庆宫闹事的缘由。张差起初不肯承认，后来又说不敢说。王之寀让左右退下，然后细细盘问。张差这才说："我的小名叫张五儿。父亲名叫张义，已经病故。最近马三舅、李外父叫我按照一个不知姓名的老公公的吩咐行事，并约好事成之后给我田地。我就跟着他们来到北京，走到一座大宅子。然后一个老公公来了，他请我吃饭，还嘱咐我说，你先冲进去，撞着一个杀一个，杀人也不碍事，我们定会救你。吃完饭后，他就带着我从厚载门进到慈庆宫。守卫阻拦，被我击伤。后来因为老公公太多，我就被抓住了。"

281

王之寀知道"老公公"三个字是太监的通称，要查也无从查起，于是问起马三舅、李外父的名字以及大宅的住处。张差却又开始答非所问、装疯卖傻。王之寀将狱录词写出交给主审官，侍郎张达得知后就说："张差既没有疯也不是狂，他有谋略有胆识。因为担心受到刑罚而不肯招，欲言又止。请皇上亲自审讯，或者派三司会审，一切自然水落石出。"户部郎中陆大受以及御史过庭训接连上疏请求速断，神宗都没有回应。

过庭训就给蓟州发去檄文，让当地官员搜集证据。后来，知州戚延龄上报："郑贵妃派太监到蓟州建造佛寺，太监烧制陶瓷需要柴薪。当地人于是都想去卖柴薪赚点小钱。张差把自己的地卖了，换成柴薪，想从中牟利。不料被当地人嫉妒，一把火把他的柴全都烧掉了。张差到太监那里诉冤，反而被太监指责。想到自己破产，竟然开始发疯，就想上京来告御状，这便是张差到京城的缘由。"大臣们看了这信，都说张差确实是疯子，可以结案了。只有员外郎陆梦龙认为这件事关系重大，不应该模糊结案，于是又让十三司会审，然而张差的供词还是没有变。陆梦龙于是亲自去劝诱，给了张差纸笔，让他画出入宫的路径，以及遇到的人的姓名。还说可以替他脱罪，偿还烧毁了的柴薪。张差信以为真，喜出望外，马上写道："马三舅名叫马三道，李外父名叫李守才，都住在蓟州井儿峪。前面说的不知道姓名的老公公，其实是修筑铁瓦殿的庞保，不知道街道的宅子，其实是朝外刘成的大宅。三舅、外父常常到庞保那里送灰，庞保、刘成两个人在玉皇殿前面商量，让三舅、外父逼迫我打到宫里。如果能打到小爷，吃也有了，穿也有了。姐夫孔道也这么说。"说完之后，拿笔画出路径，然后呈上。陆梦龙看完之后，高兴极了，安慰张差几句，就给蓟州发去檄文，押解马三道等人上路，接着还请法司提庞保、刘成对质。庞保、刘成都是郑贵妃的内侍，这次由张差供出，就算郑贵妃巧舌如簧，也洗不清这层连带关系。给事中何士晋递上奏折，直攻郑国泰，并涉及郑贵妃。

神宗看到奏折后，不禁为难起来，马上来到郑贵妃宫中。郑贵妃迎驾的时候，见皇帝怒容满面，心里忐忑不安。神宗从袖子里取出一封信，扔给贵妃叫她看。郑贵妃不看也就罢了，看了几行就急得花容失色，泪珠扑簌簌地往下流，然后在驾前跪下，边哭边说。神宗感叹道："大臣的意思，朕也不便替你解免，你自己去求太子好了。"说完，径直离开。郑贵妃连忙到慈庆宫去见太子，向他哭诉，然后表明心迹，甚至屈膝拜倒。太子慌忙答礼，答应为她调解。郑贵妃这才起身还宫。太子奏请神宗不要株连。于是神宗亲自带着太子、皇孙等人来到慈宁宫，召阁臣方从哲、吴道南及文武大臣入内，大臣们黑压压地跪了一地。神宗说："朕自从母后逝世以来，悲痛无比。今年春天以后，腿和膝盖都没什么力气。每逢初一、十五，必定会亲自到慈宁宫，到圣母的座前参拜，不敢有丝毫懈怠。最近忽然有个叫张差的疯子，闯入东宫伤人，外面于是有了很多流言。你们谁没有父子，如此这般是想离间朕和皇子吗？"说到这里，又拉着太子的手说，"太子非常孝顺，朕也非常爱惜他。"太子说："张差疯疯癫癫的，将他正法就可以了，何必要株连其他人呢？大臣本都怀疑我们父子，你们可以无君，但本宫不能无父。况且我们父子之间相亲相爱，你们是什么居心，一定要让我成为不孝子吗？"神宗等太子说完，又对群臣说道："太子的话，你们听到了吗？"群臣齐声领命，接着叩谢而出。隔了几天，罪案已经定下来，张差处死，马三道等人流放，李自强、李万仓不过打了几棍了事。后来又将庞保、刘成杖死在后宫。王之寀被徐绍吉等人参劾，削职为民。神宗久居深宫已经二十五年，这次总算是朝见了一次百官。

过了一年，即万历四十四年，清太祖努尔哈赤在满洲崛起，建元天命。后来大明国的国土被努尔哈赤的子孙唾手夺去，这也是明朝史上的关键一笔。相传努尔哈赤的远祖是金国的后人。金国被蒙古灭亡后，遗族逃到东北，在长白山下住了下来。清朝的史官为了颂扬圣明，说爱新觉罗氏的祖先是仙女吃了鲜果之后诞生的，后来他用柳条编成一个筏，乘筏渡河，来到一个村子。村子里的人看见他漂到此处，非常惊异，就将他奉为主子。恰巧村子里有一个老人喜欢他俊伟的模样，就以爱女相配，此后他便安心居在那里。村民们连接成一个堡寨，称为鄂多哩城。从此子孙代代相传，一直传到孟特穆才移住到了赫图阿喇。孟特穆的第四代孙子，名叫福满。福满有六个儿子，第四个儿子觉昌安生了好几个儿子，其中第四个儿子塔克世是努尔哈赤的父亲。努尔哈赤仪表非凡，勇略盖世。那时，明总兵李成梁镇守辽东，与图伦城的尼堪外兰合兵攻打古埒城。古埒城的主子阿太章京的妻室是努尔哈赤的堂姐。觉昌安担心孙女的安危，就带着塔克世率兵支援，结果死于乱军之中。

努尔哈赤那时二十五岁，听说祖父被害，大哭一场，发誓要报这血海深仇，于是拣了别人遗弃的十五副铠甲，去攻打尼堪外兰。尼堪外兰屡战屡败，一直逃到明朝边境。努尔哈赤写信给明朝的官员，请求归还祖父的棺椁，并将尼堪外兰拿问。那时候，神宗刚刚继承大统，不想动兵，就归还了他祖父的棺椁，并封努尔哈赤为建州卫都督，加龙虎将军的职衔。努尔哈赤北面受封之后，因为尼堪外兰还没有交到，仍然派人前去索要。边境的官吏索性拿住尼堪外兰交给他。他斩杀了仇人，才与明朝通好，每年供上些物品，然后招兵买马，拓展版图。

那时，辽东海滨共分为四个部分。一个叫做满洲部，努尔哈赤就是在这里兴起；一个叫做长白山部；一个叫做东海部；一个叫做扈伦部。扈伦部又分为四个部落：第一个是叶赫，接着是哈达，然后是辉发，最后是乌拉。其中以叶赫最为强盛，明朝随时牵制着叶赫，倚靠它作为屏蔽，称为海西卫。叶赫主听说努尔哈赤在满洲崛起，料定他有大志，就想早点斩草除根。于是纠集哈达、辉发、乌拉三部，以及长白山下的珠舍哩、讷殷二部，还联络了蒙古的科尔沁、锡伯、卦勒察三部，一共三万多人，去攻打满洲。哪知努尔哈赤厉害得很，一场战争下来，叶赫反倒被他杀得七零八落，大败而归。辽东海滨各部落陆续降顺了努尔哈赤，只有叶赫因为有大明朝廷撑腰，始终不肯顺服。明朝屡次发兵帮助叶赫，还派人去责备努尔哈赤。努尔哈赤心里非常不平，就背叛明朝，自己做起了满洲皇帝，筑殿立庙，创设八旗制度，并且不再使用万历的年号，独称天命元年。过了两年，努尔哈赤竟然决定攻打明朝，他写了七大恨事祭祀天地，然后集合两万兵马，直攻抚顺。降将李永芳把前来支援抚顺的将领张承荫、颇廷相、蒲世芳等人打败，辽东大震。

这时候大学士方从哲保荐了一个人才，说此人熟悉边情，可以担当保卫辽东的大任。他就是之前征讨过朝鲜，瞒败为胜的杨镐。神宗起用杨镐为兵部尚书，赐了他上方宝剑，命他担任辽东经略。杨镐到达辽东之后，满洲兵已经攻克清河堡，守将邹储贤、张旆战死，副将陈大道、高铉逃回。杨镐请出上方宝剑，将两名逃将斩首示众，接着传檄四处，号令远近将士赶紧支援辽东，自己却按兵不动。

第二年开春的时候，蚩尤旗出现在天空，光芒闪闪。朝中的人料到会有兵祸。偏偏大学士方从哲与兵部尚书黄嘉言等人，屡次催促杨镐进兵。杨镐不得已，只好统兵出塞，幸好召集到许多兵马，叶赫、朝鲜也各派来两万人。当下分兵四路，分头前进。

中路分为左右两翼：左翼兵由山海关总兵杜松统领，从浑河前往抚顺关；右翼兵由辽东总兵李如柏统领，从清河前往雅鹘关。开原总兵马林与叶赫兵会师，从开原前往三岔口，称为左翼北路军；辽阳总兵刘綎与朝鲜兵会师，从辽阳前往宽甸口，称为右翼南路军。四路兵总共有二十多万，杨镐却虚张声势，号称有四十七万。四路兵相约进攻赫图阿拉城。努尔哈赤倾国而来，凑足十万雄师，准备抵挡明军。杨镐徐徐东进，每天都要派出四名探子，探听各路消息。忽然有人来报，说杜总兵在吉林崖下，中了满洲兵的埋伏，中箭身亡，全军覆没了。杨镐大惊失色地说："有这种事情？"没过多久，又有消息传来，说马总兵到三岔口的时候，被满洲兵攻打，大败而归，金事潘宗颜阵亡。杨镐更加惶惧，坐立不安，暗想两路败亡，其他两路也靠不住，不如退兵。于是发去檄文阻止刘、李两军。哪知李如柏最没用，刚到虎拦关，听到山上有吹角声，以为是满洲兵杀来，还没接到檄文，就先逃了回来。只有刘大刀刘綎，深入三百里，连破三寨，直逼栋鄂。谁知满洲人代善改穿汉装，混到杜松的军队里，捣乱刘綎的大军。刘綎不知道杜军已经全军覆没，中了代善的诡计，一时措手不及，竟然死在敌人手中。叶赫兵伤亡一大半，朝鲜兵大多投降满洲。马林逃回开原，满洲兵杀到，马林出城战死。杨镐走投无路，只好没命似的跑回山海关。

## 三案之红丸案

杨镐在塞外全军覆没，消息传到了朝廷，满朝震惊。杨镐当即被拿问，另外派兵部侍郎熊廷弼治理辽东，并赐了他上方宝剑。熊廷弼奉命前去，刚出山海关，就听说铁岭已经沦陷，沈阳危在旦夕，百姓纷纷逃窜。熊廷弼于是星夜兼程地向东行进，途中遇到难民，一律好言抚慰。逃将刘遇节等三人被正法，贪将陈伦被诛杀，总兵李如桢被罢免。熊廷弼监督士兵造战车、冶火器、疏通河道、修缮城池，严密守备。又调集十八万兵马，分别驻扎在要塞，无懈可击。满洲太祖努尔哈赤得知边境防守严密，料到难以攻入，于是转攻叶赫。叶赫转眼就灭亡了。

神宗这时候仍然深居后宫，即便边警纷至沓来，他还是不临朝。大学士方从哲以及吏部尚书赵焕等人先后请神宗临朝，召见群臣，当面商议战守方略，他却置若罔闻。没过多久，王皇后病逝，赐谥号孝端。不久，神宗也患了病，半个月吃不下东西。外面的大臣虽然有些耳闻，却始终没有准确的消息。给事中杨涟以及御史左光斗等人去问方从哲，方从哲却一再踌躇，最后在众人的坚持下，才答应带着他们入宫探问。过了两天，方从哲带领群臣入宫探病，只见皇太子在皇宫门口走来走去，不敢入内。杨涟、左光斗看到这种情形,急忙派人去对太子说:"听说皇上患病,不召见太子恐怕不是皇上的本意。太子应当坚持侍奉,亲自尝药,并侍奉膳食。怎么到了今天还在宫外徘徊?"太子听了这话不停点头,照着他的话去申请,才得以入内。大臣们却一直等到日落,都没有机会觐见。

又过了好几天,神宗知道自己不行了,这才支撑着来到弘德殿,召见英国公张惟贤,大学士方从哲,尚书周嘉谟、李汝华、黄嘉善、张问达、黄克缵,侍郎孙如游等人。说了些托付各位大臣尽职尽责辅佐新君的话,就让他们退下了。两天后,神宗驾崩,遗诏中发了一百万两银子充作边关赏赐,罢免一切矿税以及监税的太监,起用因上言而获罪的官员。太子常洛继承大位,历史上称为光宗,以下一年为泰昌元年,奉先帝庙号为神宗。神宗在位四十八年,享年五十八岁。明朝的十六个皇帝中,神宗在位时间最长,但他被宫帷牵制,混用贤奸,内外不停发生变动,史学家称他是亡国的祸胎。

光宗即位之后,因为内阁大臣中只有一个方从哲,不得不选人补缺。光宗于是升沈潅、史继偕为礼部尚书,同时参与内阁事务。沈潅一开始在翰林院供职,曾经给内侍讲过书。刘朝、魏进忠都是他的弟子,入阁之后,就密结二人作为内援。后来魏进忠得势,闯出了莫大的祸端,好好的一座明室江山,就被那"八千女鬼"收拾殆尽。当时朝中有"八千女鬼乱朝纲"的谣言,这"八千女鬼"就是个"魏"字。

郑贵妃侍奉神宗的时候,一直住在乾清宫,光宗即位后她还不肯离开。因为担心光宗会追念前嫌,心生报复,就朝夕筹划,想出一条绝佳的计策。她从侍女里挑了八名美人,个个都是明眸皓齿,纤巧动人。又特地赶制了一些轻罗彩绣的衣服,让她们穿着,然后将她们浓妆艳抹送给光宗受用。另外送上的明珠宝玉,光怪陆离,个个是价值连城。光宗虽然已过壮年,但好色好财的心思却不减半分,看到这八名美姬和那亮闪闪的珍珠宝贝,心里高兴得直痒痒,老老实实地接受下来。当下将珠宝美玉藏好,命八个美人轮流侍寝,快活得和神仙一样,哪还记得什么以前的不和。八名美人以外,他还有两个李选侍也要随时在身边侍奉。一个选侍住在东面,称为"东李";一个选侍主在西面,称为"西李"。西李色艺双全,比那东李还要受宠。郑贵妃笼络西李,常常和她往来谈心。不到几个月,二人居然胶漆相投,打成了一片,什么心事都尽情吐露。

郑贵妃其实还有别的意思,那就是想做皇太后,李选侍这时也想做皇后。于是二人商议妥当，由李选侍出头，向光宗请求。光宗也有心册立李选侍，只是郑贵妃的事却非常为难，怎奈李选侍再三请求，光宗也只好含糊答应下来。谁知等了一日又一日，仍然没有册立的消息，郑贵妃心急如焚，又托李选侍去催。正巧光宗生起病来，一时不好开口，只好等光宗病好之后再商议。偏偏光宗的病日益加重，急得二人团团转，只好以探病为名，一起来到寝宫。大概说了几句套话，就问起册立的日期。此时光宗头晕目眩，无力应酬，又禁不起二人絮叨，索性满口答应下来，约定马上宣诏。可恨郑贵妃老奸巨猾，非要光宗亲自临朝，面谕群臣。光宗无可奈何，勉强起身，叫内侍搀扶着出殿，召见大学士方从哲，命他尊郑贵妃为皇太后，还托词说是先帝的遗命。说完，就让内侍扶着回宫了。方从哲本来就是个糊涂虫，不管可行不可行，就把旨意传到了礼部。礼部侍郎孙如游愤慨地说："先帝在世的时候，都没有册封郑贵妃为皇后，皇上又不是贵妃所生，这事情怎么行得通？"于是上疏阻拦。

奏折递上去之后，光宗大概看了一下，就派内侍拿给郑贵妃看。郑贵妃怎么肯罢休，还想请光宗重新宣诏。可光宗的病势越来越重，郑贵妃只好让太医崔文升去给皇上看病。这崔文升本来就不是什么良医，无非粗读过几本医书。他给皇帝诊完脉，说是邪热内蕴，应该用通便的药，于是将大黄、石膏开到方子里。光宗服下去后，顿时腹痛肠鸣，狂泻不止，一天一夜，下痢四十三次。接连几天，泻得光宗气息奄奄。原来光宗房事过多，又每天服食春药，渐渐阳涸阴亏，哪禁得住这么泻下去？于是朝中的人都说是郑贵妃授意崔文升，致使皇帝病情加重。杨涟、左光斗与吏部尚书周嘉谟去见郑贵妃的侄子郑养性，让他劝郑贵妃移宫，并请收回贵妃册封为皇太后的成命。郑养性不得不从，只好入宫禀报。郑贵妃担心大祸临头，勉强移居到慈宁宫，连册封皇太后的圣旨也下诏撤销。

过了几天，皇上召见各位大臣，大臣们鱼贯进入。只见光宗亲临暖阁，斜着身子坐着，皇长子由校站在一旁侍奉。请过安之后，光宗对他们说："朕每次看到你们，心里都非常宽慰。"说完就开始气喘。方从哲叩头说："皇上身体欠佳，还需服药。"光宗道："朕不服药已经十多天了。现在有一件事要吩咐：选侍李氏侍奉朕有些年头了，皇长子的生母死后，皇长子一直由她抚养，现在准备加封她为皇贵妃。"话音刚落，屏风后面有环佩声铿锵入耳。大臣们偷偷向里面看，只见珠帘半启，露出半个俏脸，娇声喊皇长子进去。李选侍说了几句话，又把皇长子推了出来。光宗已经察觉，回头去看，正巧与皇长子打了个照面。皇长子就启奏说："选侍娘娘请封皇后，求父皇传旨。"光宗没有说话。各位大臣惊诧不已，方从哲说："殿下也越来越大了，请皇上立他为太子，移居别宫。"光宗说："他的起居饮食，还要靠别人调护，怎么能移居出去？朕缓上一两天，再召见你们。"大家叩头退下。

鸿胪寺丞李可灼说有仙方可以治好皇帝的病，上疏启奏。光宗宣召大臣，问他们说："鸿胪寺官说有什么仙方，现在在哪里？"方从哲叩头道："李可灼的奏请恐怕难以相信。"光宗气喘吁吁地说："先……先去叫他进来！"左右奉命去召。一会儿工夫，李可灼觐见，光宗命他上前诊脉。李可灼口才极佳，马上说出了致病原因以及治疗用药的方法。光宗非常高兴，让他出去和药。光宗于是又和大臣提到册立李选侍的事情，并说李选侍只生有一个女儿，非常可怜。光宗还命皇长子出来，看着大臣们说："你们辅佐朕的皇儿，能让他成为尧、舜，朕也就瞑目了。"方从哲等人正要说话，光宗又问："寿宫是不是还没有头绪？"方从哲说："先帝的陵寝已经齐备，皇上不必担心！"光宗用手指着自己道："是朕的寿宫。"方从哲等人齐声说："皇上万寿无疆，何出此言？"光宗叹息着说："朕知道自己病重了。现在就指望着李可灼的仙药能有些效果，或许还可延年。"说到这里，已经气喘得不行，用手一挥，命大臣退下。

大臣们刚刚走出宫门，就见李可灼踉踉跄跄地跑出来，便一同问他："御药制好了吗？"李可灼伸出手掌给他们看，是一粒巴豆大的红药丸。大家也来不及细问，就让李可灼进去，然后都在宫门外等着，听候服药的消息。过了一会儿，有太监跑出来说："圣上服过药后，气喘平息，四肢暖和，想进饮食，现在正在称赞李可灼呢。"大臣们高高兴兴地各自回去。到了傍晚，方从哲等人又来到宫门问安，正巧碰到李可灼出来，就上前探问消息，李可灼说："皇上服了药丸，觉得非常舒畅，担心药力不够，就加服了一丸，服下去之后，非常畅快，不久身体便可痊愈了。"方从哲等人这才放心离去。不料到了五更天，宫中传出急旨，召大臣们速速进宫。各位大臣慌忙起身，连盥洗都来不及，匆匆穿上朝服，来到宫中。宫中那时已经传出哀号声，光宗在卯时归天了。

这红丸到底是什么东西呢？原来它是以红铅为主，人参、鹿茸等药为辅，当时服下，会觉得精神一振，很有效果。但光宗已经精力衰竭，不能再提，况且又连服了两颗，所有的元气一概提出，自然会虚脱。不到一个晚上，便与世长辞。各位大臣无话可说，只得入宫哭灵。谁知到了内寝，竟有太监出来阻拦，大臣们莫名其妙。杨涟上前抗议说："皇上驾崩竟阻止大臣哭灵，这是谁的意思，快快说来！"太监知道拦不住，只好放他们进去。

哭灵结束后，刘一燝左右四顾，都没有皇长子的身影，就问道："皇长子在哪里？"问了好几声，也没人回答。刘一燝愤愤地说："谁敢藏匿新天子？"话音未落，东宫伴读王安就急忙跑去告知李选侍。李选侍那时候正挽着皇长子，与太监李进忠密谈。王安料定她有什么阴谋，就对李选侍说："大臣们前来哭灵，皇长子应该出去相见，等大臣退去之后，才可以进来。"李选侍放开皇长子，由王安双手搀扶着出了门。李进忠担心会出差错，暗中派小太监去追回皇长子，小太监刚刚拽住皇长子的衣角，杨涟就大声呵斥，小太监这才无可奈何地退去。刘一燝与张维贤等人扶着皇长子来到文华殿，大臣们在他面前叩头，三呼万岁。然后皇长子返回慈庆宫，准备择日登基。李选侍与李进忠的密谋才没有成功。原来李选侍在侍奉光宗的时候，就住到了乾清宫。光宗归天后，就想挟持皇长子，逼迫群臣，先册封自己为皇后，然后再让皇长子登基。偏偏皇长子被内阁大臣等人强行夺去，李选侍急得没有办法，就想让李进忠带几个太监把皇长子抢入宫中。幸好锦衣帅骆思恭听了内阁大臣的命令，内外防护，才消解了一场后宫阴谋。御史左光斗上疏请李选侍移宫，接着御史王安舜痛陈李可灼误用猛药，应该严惩。于是移宫案、红丸案同时发生，朝中议论纷纷。史官将梃击案、移宫案、红丸案并称为"三案"。


## 三案之移宫案

李选侍因为之前的计策没有成功，非常气愤，定要霸占乾清宫，与皇长子住在一起。朝中大臣都说不妥，御史左光斗更是愤然上疏。这奏折递上去之后，李选侍气得柳眉倒竖，花容失色，她马上和李进忠商量，想借着商议事情的名义，邀皇长子来乾清宫。李进忠奉命前往，刚出宫门，就与杨涟碰上。杨涟问李选侍什么时候移宫，李进忠摇着手说："李娘娘正在发怒，让我邀请殿下前来商议，还想严厉查办左御史。"杨涟故作惊奇地说："错了！错了！幸好遇到我。皇长子今非昔比，李娘娘如果真能移宫，他日自会有封号。你想皇长子的年龄也不小了，岂能没有一点想法？你去转告李娘娘，凡事应该三思而后行，免得到时候后悔。"李进忠默默退下。

登基的日期越来越近，还是没有李选侍移宫的消息，一直到登基的前一天，李选侍还是安居如故。杨涟忍耐不住，只好一边挺身上疏，一边催促方从哲，让他速请李选侍移宫。方从哲徐徐说道："稍微缓几天也没什么关系。"杨涟急忙说："天子不应该再返回东宫，李选侍今天不移，以后就没有移居的日子了，这种事情怎么能缓？"刘一燝、韩爌当时也在一旁，二人对方从哲说："明天就是登基的日子，选侍理应移宫，我们不如一起去请旨吧。"方从哲不得已，只好跟着百官来到慈庆宫门。当时就有内侍出来传旨，方从哲问明原因后说："难道不念先帝的旧宠了吗？"杨涟跟在后面，听到他的话急忙上前厉声说："国家大事怎么敢徇私？你们要是再敢来多嘴，看看怎么处置！"杨涟本来就声如洪钟，再加上焦躁已久，更是激动，声音响彻宫中。皇长子让太监传旨，说已经请李选侍移宫了，各位大臣少安毋躁。大臣们听了这话，于是站在那里等着。一会儿看见司礼监王安匆匆跑了出来，对大臣说："选侍娘娘已经移居到仁寿殿了，改天再迁徙到哕鸾宫。现奉殿下特旨，收押李进忠、田诏、刘朝等人，他们私盗宝藏，特此究办。"刘一燝等人面露喜色，先后退下。

过了一天，皇长子由校继承皇帝位，历史上称为熹宗。熹宗大赦天下，当下决定改元天启。只是神宗在七月驾崩，光宗在九月十五驾崩，光宗在九月的时候曾下旨将下一年改为泰昌元年，现在又要改元，难免混乱。于是有人建议削去泰昌不要记载；有人建议去掉万历四十八年，以本年为泰昌元年；还有人建议以下一年为泰昌元年，再下一年为天启元年，大家争议不决。最后御史左光斗建议将本年八月以前称为万历，八月以后称为泰昌，下一年称为天启，如此最为合情合理。大家也都拍手赞成，熹宗随即听从。朝贺礼之后，一直没什么变故，过了几天，御史贾继春忽然给内阁大臣递上奏折。奏折中建议内阁大臣应该念及先皇旧宠，对李选侍加以优待。

方从哲等人接到这种奏折，又觉得左右为难。左光斗知道这件事情后，就去见内阁大臣，说道："这有什么难的？皇上还是住到乾清宫，李选侍也自当移宫。只是移宫以后，不要再生枝节了。现在李进忠、田诏等人既然已经犯法，就应该惩治他们，此外一概从宽，也算是仁孝两全了。"方从哲等人模棱两可，左光斗就将自己的意见写到奏折中。哪知圣旨下来，竟然痛斥李选侍的罪状，其中有："朕年幼时，李选侍欺凌朕的母亲，致使她去世，使朕抱憾终身。父皇病重时，李选侍又威胁朕，传封她为皇后……"

方从哲等人读完圣旨，惊愕了半天。这才由方从哲主张，封还原旨，并且上疏说，陛下应该奉养先帝遗爱等等。熹宗不听，竟然将原旨颁告天下。后来熹宗下旨将神宗皇帝、皇后葬于定陵，追谥郭氏为孝元皇后，尊生母王氏为孝和皇太后。后来又将光宗皇帝、皇后葬于庆陵，忙得团团转。这时候，李选侍已经移居到哕鸾宫，不料宫内失火。幸亏里面有宫侍，外面有卫兵，这才从火光熊熊中救出选侍母女。这火是夜里着的，仓促得很，其他的东西来不及抢救，全部被烧成灰烬。太监们担心会被赶出去，于是谣言四起，有的说李选侍母女俩都已经被烧死；有的说没有着火以前，李选侍就悬梁自尽了，她的女儿也已经投井。熹宗有所耳闻，急忙颁下圣旨，大意说："李选侍和皇妹均安然无恙。"贾继春给内阁写信，其中竟有"皇八妹入井谁怜，未亡人雉经莫诉"等话。给事中周朝瑞说贾继春造谣生事，贾继春不肯相让，双方打起笔墨官司来。杨涟担心这样下去，会动摇朝政，就将移宫案的始末洋洋洒洒写了下来。熹宗看过之后，下旨褒奖，又特意诏谕群臣，仍然陈述李选侍的恶行，接着又将贾继春放归田里，永不录用。移宫案才算了结。

李可灼呈入红丸一案，在光宗初崩时，方从哲曾赏给李可灼五十两白银。大臣们都有疑惑，说李可灼误诊没有受到惩罚也就算了，为什么还要给赏。于是御史王安舜首先上疏争论。奏折中只说李可灼误诊，即便提到推荐他的人，也没有指名道姓。方从哲就判削去李可灼一年的俸禄。熹宗即位后，御史郑宗周参劾崔文升的罪状，方从哲拟旨命司礼监查处。于是御史冯三元、焦源溥、郭如楚，给事中魏应嘉，太常卿曹珖等人轮流参劾崔文升、李可灼的罪状，并说："方从哲徇私枉法，国法何在？"给事中惠世扬竟然列出方从哲的十大罪状，其中有三条是杀头大罪。方从哲到了此时，还有什么脸面在朝廷执政？当即上疏请辞，直到第六次递上去，熹宗才任他为中极殿大学士，赏了银币、蟒衣，允许他辞官。方从哲辞官之后，崔、李二人始终没有获罪。没过多久，礼部尚书孙慎行追劾李可灼进献红丸的事情，并说方从哲是弑逆大罪。

这奏折递上去之后，朝旨令大臣们前来商议。大臣到了一百一十多人，大多数认为原奏说得对，都想加罪给方从哲。只有刑部尚书黄克缵，御史王志道、徐景濂，给事中汪庆等人维护方从哲，方从哲也上疏辩驳。熹宗命内阁大臣再次商议。大学士韩爌、吏部尚书张问达、户部尚书汪应蛟等人详细写了红丸案的始末。大意说："李可灼自己申请进药，由先帝召问，命他速速进上，非但方从哲不能制止，就是臣等也无法制止。方从哲坐罪，臣等也应该连坐。只是方从哲一开始赏赐李可灼，后来又罚了他的俸禄，论罪太轻，实在是无以安慰先帝。应该将方从哲削官。至于李可灼的罪还不至于杀头，崔文升先进大黄凉药，罪情比李可灼要重，应该加以重罚，以泄公愤！"熹宗就命李可灼戍边，崔文升流放南京，没有加罪方从哲。孙慎行见公论难伸，只好辞官回乡。

## 客、魏得宠乱朝纲

熹宗时，京城里流传着一首道士作的歌，其中有"委鬼当头立，茄花满地红"两语，"委鬼"两个字拼起来就是"魏"字，而"茄"字拆开，就是"客"字。原来熹宗有一个乳母，叫做客氏，本来是定兴县百姓侯二的妻室，生了个儿子叫侯国兴。她十八岁进宫，两年之后，侯二死了，客氏年轻轻就守寡，怎么能耐得住寂寞？况且她面如桃花，腰似杨柳，性情妩媚，态度妖淫，与南子夏姬是同一流的人物。只不过在宫里哺乳，不能到外面去，朝夕相处的，无非是些宫女太监，就算她暗地里怀春，也找不到一个真正意义上的男人替她解闷。

事情凑巧，司礼监王安的属下有一个叫魏朝的人，他圆滑世故，深得熹宗宠爱，能够随时出入宫中。他见客氏貌美如花，便垂涎三尺，常常趁着空隙和客氏调笑，二人渐渐亲昵起来。熹宗长大后，早已经断了奶，但客氏仍然留在宫禁中服侍熹宗，只是职务比较清闲，没有从前忙碌。一天傍晚，客室正闲坐在房中，忽然看见魏朝进来，二人寒暄了几句，魏朝又故技重施去挑逗客氏，弄得客氏红潮上脸，恨恨地说："你表面上是个男子，实际上还不是和我们妇人一样，何苦要这样呢？"魏朝嬉笑着说："妇人就是妇人，男子就是男子，各不相同，不信你来验证一下！"客氏不信，伸手去摸他的胯下，谁知竟然和她家的侯二没什么两样。客氏不禁把手缩了回来："哪里来的无赖，竟然冒充太监！我这就去奏报皇上，让你做一回真太监！"说完，就起身往外走去。魏朝四顾无人，竟然色胆包天，把客氏强拉回来，拥到了床上。

这魏朝本来是以太监的身份入宫，为什么与侯二一样呢，莫非果真是冒充的？据说魏朝净身之后，找到一味秘方：将童子的阳物割下来，与药配在一起，服上几次，就可以还阳。从此，魏朝与客氏相亲相爱，如同伉俪一般。后来，魏朝担心出入不太方便，就让客氏到熹宗面前，请赐他们对食。什么叫做对食呢？原来太监净身之后，虽然已经不能做男人的事情，但心还不死，仍然喜欢接近妇女，太监得宠后，主上就会特赐，让他成家立室，因此叫做对食。这个名目在汉朝就有了，或者称为伴食，也称菜户。客氏入奏熹宗后，熹宗当即答应，从此客氏就与魏朝做了实质上的夫妇。

魏进忠与魏朝同姓，在魏朝的提拔下进入宫中。魏进忠起初名叫魏尽忠，是河间肃宁人，小时候善于骑马射箭，尤其喜好赌博。曾经与人聚赌，把家产输得精光，以至于无力偿还。他被人一再逼迫，悲愤之下竟然自宫。后来，魏尽忠在魏朝的介绍下，来到熹宗的生母王选侍宫中负责膳食，并改名为进忠。熹宗去探望生母的时候，见到了魏进忠，魏进忠恭恭敬敬的样子颇得熹宗欢心。王选侍逝世之后，魏进忠没有事情可做。魏朝就到王安面前替他说情，改入司礼监。后来又托客氏去和熹宗说，熹宗想起魏进忠的乖巧聪慧，就让他入宫办理膳食。魏进忠善于洞察皇上的意思，他见熹宗喜好玩耍，就让巧匠别出心裁地糊制了狮蛮滚球、双龙赛珠等玩物，整天与客氏两个人诱导熹宗。熹宗非常高兴，马上将二人当做心腹，一会儿都离不了。

熹宗登基之后，给事中杨涟参劾魏进忠诱导皇上玩耍，魏进忠非常担心，哭着去求魏朝保护。魏朝转求王安，王安就对熹宗说，杨涟所参的恐怕是选侍宫中的李进忠。熹宗深信不疑，因为担心大臣再次误参，就给魏进忠改名魏忠贤。魏忠贤与魏朝结为兄弟，差不多跟亲骨肉一般。魏朝受到他的笼络，所有宫中的大小事件，无不与魏忠贤密谈，甚至采药补阳，以及与客氏对食等事情，也一一说了出来。俗话说："逢人须说三分话，未可全抛一片心。"魏忠贤正艳羡客氏，只因胯下少了一个很重要的东西，无法纵欲。此时得了魏朝的密授，当即如法炮制。不到几个月，果然瓜蒂重生，结实长大，仍然变成原来的样子。魏忠贤乘魏朝值班的时候，与客氏调起情来。客氏见魏忠贤年轻英俊，比魏朝还高出一筹，也暗暗动情。但怀疑魏忠贤是净身太监，所以每逢他勾引，也不过略略说笑，并不在意。哪知魏忠贤竟然按倒客氏试起了自己的新东西，客氏顿时满身舒爽，觉得魏忠贤远远胜过魏朝，于是就把之前喜爱魏朝的心思，一股脑儿移到了魏忠贤身上。从此以后视魏朝犹如眼中钉。魏朝觉得奇怪，暗暗侦察，这才知道是魏忠贤勾引了客氏，于是好几次与客氏争吵。客氏有了魏忠贤之后，哪里顾得上魏朝，当面唾斥，毫不留情。魏忠贤知道事情已经败露，索性一不做，二不休，霸占了客氏。

　　一天傍晚，魏忠贤与客氏正在房里私语，魏朝酒醉归来，见了魏忠贤，气得七窍生烟，马上伸手去抓。魏忠贤哪里肯让，也伸出手来抓魏朝，二人随即扭作一团。还是魏忠贤力气大，按住魏朝，使劲打了他几下。魏朝知道打不过他，慌忙闪脱，转身竟把客氏拖了过去。魏忠贤没料到魏朝有这一招，见客氏被拖出房门，才急忙追出去。三人拉拉扯扯，一直打到乾清宫的西暖阁外。原来乾清宫的东西廊下，各有五间平房，由体面的宫人居住。客氏和魏朝便住在那里。那时熹宗已经睡下，被打闹声惊醒，急忙问外面什么事。内侍将事情奏明，熹宗就将三人召入，拥着被子问讯。三人跪在御榻前，供认不讳。熹宗反而大笑着说："你们还不都是同样的人，怎么也争风吃醋？"三人都低头不语。熹宗又笑着说："这件事朕也不好硬断，还是你们自己选择吧。"客氏听了这话，也没什么羞涩，竟然抬起头来，瞟了魏忠贤一眼。熹宗看见这种情形，就说："哦！朕知道了。今天晚上你们三个人分开来住，明天朕替你们断明。"三人遵旨离开。第二天晚上，熹宗竟然颁下谕旨，撵魏朝出宫。魏朝无可奈何，长吁短叹一番后垂头离开。谁知那客氏毒辣得很，竟然想出一条斩草除根的计策，令魏忠贤假传圣旨，将魏朝遣戍凤阳，并密嘱当地的官员，等魏朝到任后，立即缢死他。客、魏二人从此盘踞宫禁，恃势横行，熹宗反而越来越宠幸他们，封客氏为奉圣夫人。对她的儿子侯国兴加官授爵。还封魏忠贤的兄长以及客氏的弟弟为锦衣千户侯。

　　司礼监王安刚正不阿，他看到客、魏二人专权，不由得懊恼起来。御史方震孺曾经参劾客氏、魏忠贤，王安也从中怂恿，请皇上令客氏出宫，魏忠贤反思。熹宗很想改过，当即斥责了魏忠贤，还把客氏赶出宫外。可惜熹宗离了这两个人，寝不能安，食不甘味，一时间虽然答应了大臣们的请求，后来却始终怀念他们。客氏得到消息后，竟然又溜回了宫里，仍然与魏忠贤共处，早晚设计谋害王安。也是王安命数该绝，内侍中出了一个王体乾，也想做司礼监，与魏忠贤朋比为奸。三人轮流在熹宗面前诬

294

陷王安，惹得熹宗大怒，下令将王安降职，由王体乾继任。魏忠贤更是矫旨赦免了刘朝，命他提督南海，降王安为南海净军，勒令自尽。

光宗还是太子的时候，幸亏有王安的左右保护，才得以免祸。光宗即位之后，特升他为司礼监，王安一直劝光宗施行善政，内外称贤。熹宗能够即位，也多亏他从中帮助。现在却被客氏和魏忠贤陷害致死，真是冤枉。王安死后，魏忠贤更加肆无忌惮，又有司礼监王体乾作为耳目，以及李永贞、石元雅、徐文辅等作为心腹，李实、李明道、崔文升等作为臂膀。一时间权倾内外，炙手可热。

天启二年，熹宗册立皇后张氏，客、魏二人自然在宫中帮忙。大婚结束后，二人各有重赏。给事中程注、周之纲，御史王一心，给事中侯震旸等人上奏斥责客氏、魏忠贤，被奉诏夺职。周嘉谟认为霍维华诌附魏忠贤，要求把他外调。魏忠贤就唆使给事中孙杰，参劾周嘉谟受刘一爆的指使，准备为王安复仇。熹宗马上将周嘉谟免官，刘一爆因此惴惴不安，也上疏辞官，熹宗准奏。大学士沈淮勾结客、魏二人，让门客晏日华潜入大内，与魏忠贤密议，劝熹宗开设内操。魏忠贤大喜，马上令锦衣卫招募了几千名士兵，在宫禁里面操练起来，战鼓火炮的声音震动宫廷。皇长子还没有满月，竟然被惊死。接着宫内的指标又增至万人，士兵披甲出入，肆无忌惮。太监王进曾经在皇帝面前尝试火药，火药炸伤了手，余火乱爆，险些伤到熹宗。熹宗反而谈笑自若，不以为意。所有正直的大臣邹元标、文震孟、冯从吾等人，都因触怒魏忠贤而被一并贬斥。魏忠贤又引进顾秉谦、朱延禧、朱国桢、魏广微等人入阁办事。顾秉谦、魏广微卑劣无耻，只知道献媚。宫廷之内，只知道有魏忠贤，不知道有熹宗，只要是魏忠贤的决断，都可以施行。

客氏更是凶残，因为与光宗的选侍赵氏素不相容，她竟然与魏忠贤假传圣旨赐赵选侍自尽。赵选侍痛哭一场，将光宗赐给的珍玩罗列在座上，拜了几拜，然后悬梁毕命。裕妃张氏因言语不慎，得罪了客氏，客氏蓄恨多时，等到张妃怀孕后，客氏就到熹宗面前进谗，说张妃有外遇，腹中的胎儿并非龙种，顿时惹得熹宗起了疑心，把张妃贬入冷宫。客氏又禁止仆人给她送饭，可怜一位受册的妃嫔活活饿了好几天，手足发软，仅存气息。正巧天上下雨，张妃匍伏来到屋檐下，喝了几口屋檐上落下的雨水，却无力返回寝室，死在了檐下。

冯贵人才德兼优，曾经劝熹宗停止内操，惹来客、魏的恨意，不等熹宗命令，竟然诬陷她诽谤皇上，逼迫她自尽。熹宗并不知情，成妃李氏奏报之后，熹宗毫不悲切，竟然置之不理。哪知又被客氏得知，她再次假传圣旨，把成妃幽禁起来。幸好成妃已经事先做了准备，在隔壁房间预备了食物，一禁半个月，侥幸活命。熹宗忽然想起成妃，问到客氏，才知道她被幽禁了很多天。想起从前与成妃相爱，成妃还为他生过两个女儿，就在客氏面前替她说情，客氏这才将她放出，但结果仍然被贬为宫人。

张皇后向来严明，得知客、魏二人的所作所为后，很是愤恨。每次见了熹宗，必定会痛陈客、魏的罪行。熹宗嫌她絮烦，连坤宁宫都不常进去。一天，熹宗闲逛来到坤宁宫，皇后正在桌案前读书，听说御驾前来，急忙起身相迎。熹宗到桌案前去看，书还摊着，就问皇后："你读的什么书啊？"皇后正色说道："是《史记》中的《赵高传》。"熹宗默不作声，随口支吾几句就出去了。赵高是秦二世时一个大权阉，秦二世信任赵高以至亡国。此时张后看的，未必一定是《赵高传》，不过借题讽谏，暗指魏忠贤，提醒熹宗。谁知熹宗执迷不悟倒也罢了，偏偏客、魏二人做贼心虚，竟然买通坤宁宫的侍女谋害张皇后。那时张皇后已经怀有身孕，一天腰间疼痛，就让侍女替她捶腰，谁知侍女暗施手法，竟然将胎孕损伤。过了一天，皇后就小产了，一个还没成形的麟儿就这样被客氏、魏忠贤用计打落。熹宗从此断子绝孙。

## 巧击吕公车

熹宗的皇后张氏本来是祥符人张国纪的女儿，张国纪因为女儿做了皇后被封为太康伯。客氏和魏忠贤一直想陷害皇后，找不出什么把柄，左思右想，竟然制造流言飞语，说皇后并非张国纪亲生，而是被关押的海寇孙官儿的女儿，并扬言要修筑安乐堂，让皇后到那里居住。安乐堂在金海桥西边，从前孝宗的生母纪氏被万贵妃所害，被贬到那里。此时想让张皇后住到那里，明明就是劝熹宗废后。熹宗不肯答应，正巧客氏回家探望母亲，母亲极力劝阻，客氏这才将这件事情搁到一边。

客氏和魏忠贤常常假传圣旨，难道熹宗一点儿都不知道吗？原来熹宗颇有些小聪明，他喜欢木活，刀锯斧凿、丹青髹漆样样精通。曾经在庭院里造了一座小宫殿，样子就是模仿乾清宫，高不过三四尺，曲折微妙，巧夺天工。宫中以前有个蹴圆亭，他又做了五间蹴圆堂，此外的各种玩具也都造得玲珑绝妙。如此一来，就把国家要政抛之脑后，没有时间考虑。魏忠贤特意趁着他引绳削墨的时候，前去奏请，熹宗心里厌烦，就随口说道："朕知道了，你去照章办理就是。"本来朝中大臣的奏本，必须由御笔亲批，其他一些例行的文书，则由司礼监代拟批词，如果奉旨更改，就用朱笔批，称为批红。如今熹宗一概委任魏忠贤，魏忠贤才能无所不为。

魏忠贤和客氏除了通奸之外，其他时间都在密谋排除异己。客氏还在凤彩门另外置办了一所宅院。有人说她和魏忠贤在一起之后，还嫌不足，大学士沈潅也曾经与客氏做过露水夫妻。客氏白天住在宫里，晚上就前往私宅寻欢作乐。身边的侍从如云，不亚于御驾。等到了私宅，仆人们挨个叩头，或称老太太，或称千岁，声音响彻殿堂。等到五更入宫的时候，排场更是丝毫不减。客氏还喜欢化妆，每次梳洗的时候，都有很多侍女环立左右，有的递手巾，有的整理发髻，有的添香，有的插花，各有所司，丝毫不敢松懈。如果需要弄湿云鬓，就用三五个美人的津液充作脂泽，每天一换。客氏自称此方是岭南老人的仙方，名叫"群仙液"，可以让人不生白发。她还喜欢化江南妆，广袖低髻，极其妖艳，宫中人纷纷模仿。只有张皇后非常讨厌，下令坤宁宫的侍女一律不许仿效，曾经被客氏引为笑柄。皇后虽然略有耳闻，但仍然我行我素，不改古风。客氏还有一种烹饪的秘诀，熹宗每次进膳，必须经过客氏的调配，才觉得适口，客氏因此得以专宠。

辽东经略熊廷弼防守辽东三年，缮守完备，固若金汤。只是熊廷弼向来刚正不阿，不肯趋附权贵，免不得遭来别人的非议。太监魏忠贤心里非常恨他，就派吏科给事中姚宗文，赶赴辽东阅兵。这姚宗文是个白面书生，哪知道什么军务。此次奉命前去，无非是魏忠贤让他到熊廷弼那里要些贿银罢了。谁知熊廷弼不但没有赠与，还薄待姚宗文。姚宗文失望地返回京城，然后立即上疏诬陷熊廷弼。熊廷弼当即被免官，改任袁应泰为经略。袁应泰文韬有余，武略不足，把熊廷弼定下的规矩改了一大半，还招降满洲的饥民，杂居在辽阳、沈阳。满洲太祖乘势袭击，降人都变成了内应，随后占据沈阳，直逼辽阳。袁应泰登城防守，谁知城中起了内讧，将校纷纷逃走。满洲兵陆续登城，袁应泰自缢身亡。痛失辽阳之后，辽东附近的五十个营寨，以及河东大小七十余座城池，都被满洲兵占去。朝廷决定再次起用熊廷弼，并赐宴饯行。

熊廷弼到达山海关后，与辽东巡抚王化贞商议军务。王化贞主战，熊廷弼主守，彼此闹得不可开交。二人各持一说，奏报朝廷。起初朝廷还赞成熊廷弼，后来因为辽阳都司毛文龙拿下了镇江城，报告给王化贞，王化贞于是奏称大捷，立即请求进兵。兵部尚书张鹤鸣轻信王化贞，让他不必受熊廷弼的管制，还催促熊廷弼出关，为王化贞做后援。王化贞五次出师，都没有遇敌，熊廷弼让他慎重行事，王化贞却上言说只要有六万兵马，就可以一举荡平满洲。叶向高袒护王化贞，张鹤鸣也对他信任不疑。王化贞有了靠山，骄傲气盛，他驻扎在广宁，准备大举进攻满洲。哪知满洲兵已经渡过辽河，杀死明副将罗一贯，接着长驱入境，势如破竹。王化贞派爱将孙得功、参将祖大寿、总兵祁秉忠前去支援，与满洲兵在平阳桥交战。祁秉忠战死，祖大寿逃跑。孙得功投降了满洲，还想捆住王化贞，将他献上，于是假装战败逃回广宁，准备等满洲兵一到，作为内应。王化贞全然不知，关了署门，整理文件。忽然参将江朝栋入报："敌兵来了，请公速速起程。"王化贞莫名其妙，还没答话，就被江朝栋一把抓住，牵上马去，踉踉跄跄逃出了城。于是好好一座广宁城，就这样白白地奉送给了满洲。

此时熊廷弼已经奉命出关，进次闾阳驿，听说广宁失守，料想来不及支援，就退到大凌河。王化贞狼狈回来，一见熊廷弼，就放声大哭。熊廷弼笑着说："六万兵马一举荡平，现在战事如何啊?"王化贞边哭边说："还求经略速速发兵。"熊廷弼说："迟了，迟了。我只有五千兵马，现在全部交给你，请君抵挡追兵，护送百姓入关!"话音未落，就有探子来报，说孙得功已经投降满洲，锦州以西四十多座城池全部失陷。熊廷弼急忙将手下的五千人交给王化贞，让他断后，自己带着副使高出、胡嘉栋等人，烧毁关外的积蓄，护送十万难民入关。失败的消息传到了京中，一班言官不分熊廷弼、王化贞的曲直，说他们一概有罪。熹宗糊涂得很，马上照准，命人将他们押到京城，交给刑部下狱。张鹤鸣惧罪辞官，当即被罢免。

御史左光斗看到边境的问题越来越棘手，特意推荐老成练达的孙承宗督理军务。熹宗就升孙承宗为兵部尚书，兼东阁大学士，另外派王在晋为辽东经略。王在晋上任后，请朝廷添筑重关，增设四万守兵。佥事袁崇焕反对，去和叶向高商量，叶向高决定不了。孙承宗认为王在晋不足以胜任，自愿督师。熹宗非常高兴，就命他督师蓟辽，并赐给上方宝剑，亲自为他饯行。孙承宗到关外后，订立军规，明确每个人的职责，筑堡修城，练兵十一万，打造了几百万铠甲、兵器，开垦屯田五十顷，兵精粮足，关外立即成了重镇，大有一夫当关，万夫莫开的阵势。满洲兵不敢藐视。

天启元年，四川永宁土司奢崇明犯上作乱。奢崇明表面上淳厚朴实，内心却阴险狡诈。他的儿子奢寅桀骜不驯。朝廷那时候募兵支援辽东，檄文传到四川，奢崇明父子应招前去，并先派头目樊龙、樊虎等人赶往重庆。巡抚徐可求查核士兵的时候，见有老弱病残夹杂在其中，就准备淘汰一些。可樊龙不服，一定要如数支付饷银。徐可求呵斥了他几句，樊龙竟将许可求杀害，还杀死了道府总兵官二十多人，占据重庆府城。当时四川已经安定了很久，守备松弛，各路官员都被他们杀死，重庆附近的百姓纷纷逃跑。樊龙等人乘机出兵，攻下合江、纳溪，并报告奢崇明父子，让他们速来接应。奢崇明父子踊跃前来，破泸州、陷遵义，震惊整个四川。播州杨应龙的余孽也立即响应，势力日益猖獗。奢崇明居然悬旗僭号，伪称大梁，设立丞相以及各级官职，麾兵进逼成都。

蜀王朱至澍是太祖的第十一个儿子朱椿的第八世孙，他见城内的守兵寥寥无几，急忙调集远近的士兵，却只召集到一千多人。正巧左布政使朱燮元奉旨入朝，来到城北。蜀王久仰朱燮元的大名，在这军务吃紧的时候，哪能错失良机，赶忙带着百姓去追朱燮元。朱燮元见百姓非常恳切，便慷慨返驾，入城誓师，接着与右布政使周着、按察使林宰等人鼓励兵民，登城固守。不料敌寇已经攻来，把成都围得严严实实。朱燮元加紧防守，命令士兵放炮扔石，昼夜不得松懈。贼兵的盾牌被炮击毁，云梯被大石砸断，屡攻不能得手，反而死伤了数百人。那时正是冬天，濠水干涸，贼兵就用柴草填满壕沟，上面又筑起竹屋，借此躲避火炮和巨石，并暗中派弓箭手向城头射箭。朱燮元早已准备好竹帘，撑架起来，挡住敌人的弓箭。半夜又派壮士出城，纵火焚烧，上面倚据的贼兵不被烧死，也被摔死。乱贼无计可施，只好向城里射信，煽动百姓。当时有两百多名奸人准备内应，被朱燮元一一查出，斩首示众。双方相持了十多天，城池始终没有被攻下。

后来，各路援兵依次赶到，其中有一个巾帼英雄，是石砫宣抚司的女总兵秦良玉。秦良玉是忠州人，曾经嫁给宣抚使马千乘，马千乘病死之后，秦良玉因为通晓兵事，就代他做了统领。奢崇明一直钦佩她的英名，起兵的时候曾经厚赠秦良玉，想让她暗中帮助。秦良玉对来使说："你没听说过我秦氏世代忠贞吗？我兄长秦邦屏、秦邦翰奉旨援辽，都战死沙场。只有我弟弟秦民屏负伤归来，现在伤已痊愈，我正准备带着他誓死报国，你们这些逆贼，敢来坏我的名声！"说完，将所赠金银全部退还来使。来使出言不逊，秦良玉立即拔出佩剑，将他砍成两段。秦良玉率领部下的精兵，与弟弟秦民屏、侄子秦翼明等人偷偷赶到重庆，然后将兵马分成两队。一队由秦翼明率领，屯守在南坪关，截击贼兵的退路，还留下一千多人，打着旗帜护守忠州，作为南坪关的椅角。自己带着三千精锐，沿江而上，直逼成都，在离城几里的地方安营扎寨。奢崇明父子见援兵赶来，马上分头拦阻，并率兵轮番攻城。从初冬一直到暮冬，一年就要结束了，奢崇明仍然屡攻不止。

春节刚过，贼兵的攻势松懈下来，朱燮元刚刚下城休息，忽然城上的守兵大喊："旱船来了，请主帅速速登城！"朱燮元急忙上城楼，只见下面有数千名悍贼，从林中鼓噪而出，拥着一个像大船一样的东西。这船有一丈多高，长约五百尺，里面筑了好几层楼。上面站着一个人，披发仗剑，中间还载着数百人，各自带着弓弩毒箭。大船用牛牵着，马上就要逼近城池。看到那东西比城楼还高出好几尺，守城的老弱妇孺顿时大哭起来。朱燮元急忙安慰他们："不妨，不妨，这是吕公车，可以马上攻破的。"随即命令守兵，"我已经备下巨木，一直搁置在城下，无论大小全部取来！"守兵们赶忙将它运来，由朱燮元亲自指点，长的做杆，短的做轴，轴上面有粗绳，转动起来可以发出大炮，大炮的弹丸都是一千多斤的石块。这边装好大炮后，那边的吕公车刚好赶来，第一炮轰过去，击毁了车旁边的云楼；第二炮轰过去，不偏不倚，正中那披发仗剑的贼目。这满车的人都靠他一人指挥，他被击毙后，车中的人都成了傀儡。朱燮元又用大炮击牛，牛负痛逃回，冲破了贼兵的阵势。朱燮元乘势出击，大杀一阵，随即回城。

奢崇明父子仍然不肯退兵。这时，有人报称贼兵的将领罗乾象愿意弃暗投明。朱燮元就派人请他前来。罗乾象来了之后，朱燮元便在城楼上和他喝酒，喝得酩酊大醉，又让他和自己一起就寝。罗乾象见朱燮元如此信任自己，感激不尽，发誓以死相报。朱燮元和他约好，让他诱奢崇明登城，然后设下埋伏等待。罗乾象离开后，果然就在当晚带着奢崇明登城。奢崇明见事情不妙，转身逃走，伏兵追出来的时候，只抓住了他的几名随从。罗乾象纵火焚营，奢崇明父子在仓促间逃到泸州。成都解围后，罗乾象率兵投奔明廷，朝廷升他为四川巡抚。之后大军又接连收复州、县、卫、所四十多座，然后乘胜攻打重庆。

这时候，重庆已经被樊龙占据了九个多月，贼兵守卫森严。从二郎关到佛图关是出入重庆的要道，樊龙派了几万贼兵扼守，连营十七座。总兵杜文、监军副使邱志充、杨述程等人率兵进攻，连战不下。秦良玉建议从小路绕出关后，然后两路夹击。朱燮元听后非常赞同，马上命秦良玉带领部下，从小路绕去。贼兵只顾前不顾后，没料到后面竟来了一位女将军，铁甲银枪，骑着一匹白马，在营后麾军直入，乱杀乱砍，无人敢挡。前面的杜文等人这时也杀入贼营，敌兵阻拦不住，大溃而逃，官兵连破二郎、佛图两关，直捣重庆。樊龙出战不利，守了几天，因为粮道被断，城中没有食物，只好开门逃走。谁知跑了不到一里地，就听到四面八方都是"樊贼休走"的声音。


## 新巡抚坎坷上任

樊龙开门逃走之后，被朱燮元的伏兵四面围住，任樊龙如何凶悍过人，也只能束手就擒。朱燮元接着攻克重庆，移兵去攻打泸州。奢崇明父子弃城逃走，直奔遵义。遵义本来已经被贵州兵收复，不料安邦彦竟揭竿而起，响应奢崇明。贵州兵都被调去攻打安邦彦，遵义空虚，只剩下推官冯凤雏居守。奢崇明父子忽然来到遵义，冯凤雏无兵无粮，如何防守？当即被奢崇明父子攻陷，这位冯推官只好杀身成仁了。奢崇明攻破遵义后，留下儿子奢寅以及部下尤朝柄、杨维新、郑应显等人防守，自己率兵返回永宁。

安邦彦是宣慰使安尧臣族人的儿子，安尧臣病逝之后，他的儿子安位继承了爵位。因为年龄还小，就由安尧臣的妻子奢社辉负责管理事务。奢社辉是奢崇明的妹妹，曾经与奢寅因为争地而结下仇恨，从此互不通问，安邦彦却奢崇明一直都有往来。奢崇明作乱之后，安邦彦就挟持奢社辉母子投奔奢崇明，自称"罗甸大王"，还纠集各部的头目安邦俊、安若山、陈其愚、陈万典等人攻陷毕节。后又分兵四路，西破安顺、沾益；东下瓮安、偏桥。安邦彦还亲自率领水西部众，直逼贵阳。贵阳城里也出了一个"朱燮元"，那就是巡抚李枟。他本来已经卸职，听说敌兵前来，便将重担扛上肩头，与巡按御史史永安、提学佥事刘锡元等人严防死守。考虑到城大兵薄，便由刘锡元督促城中的壮丁登城防守。安邦彦率众攻城，城上矢石齐下，令他无机可乘。安邦彦见急攻不行，就沿城筑下栅栏，打算久围下去，以断绝城中的粮饷。城里的人先是吃糠，接着吃草根、啃树皮，再接着就吃死人的肉，最后连尸体都被吃完，只好杀食活人，知县周思稷甚至自杀犒军。幸好人心坚固，到了这种地步，全城将士百姓还是以城为重，视死如归。

朝廷那时候只关注辽东的事情，无暇兼顾。新任的巡抚王三善在平越募兵，对将士毅然说道："省城危急万分，我们再不支援，一旦失守，我们定会坐罪。与其被处死，还不如去和敌人打一仗，或许还能生还。"将士们齐声赞成，于是分三路进兵。何天麟、杨世赏等人左右并进，王三善与向日升从中路直抵新安。新安距贵阳只有几十里。王、向二人在新安大战一场，杀败敌将阿成，乘胜支援贵阳城。

安邦彦听说官军的援兵到来，不禁手足无措，踌躇了半天，才对部众说："我亲自调兵，与他决一胜负。"说完便离开了。贼兵等了很久都没有安邦彦消息，官军那边却已经杀到，声势如同山崩地裂一般，敌营纷纷瓦解。贼将安邦俊胸口中了一弹，当即毙命。贼众顾命要紧，四散奔逃。官军直达城下，高声喊道："新任的巡抚到了！"城中的官兵百姓齐声欢呼。贵阳被围困了十几个月，城中原来有百姓十几万人，到最后只剩下几百人，还在拼死守卫。这一仗全靠李枟以及史永安、刘锡元等人。过了几天，左右两路的部兵才赶来，又过了几天，其他地方也有官军的援兵赶来，李枟这才离职而去。

当时，朱燮元已经升任四川总督，兼兵部侍郎，决定再次大举讨贼。他对将士们说："官兵与永宁的贼兵相持已久，不能得胜，无非是因为贼合我分，贼逸我劳。现在准备撤去各地的防守，一起围剿永宁，成败就在此一举了。"秦良玉首先点头，其他将领也拱手听命。于是朱燮元命副将秦衍祚等人攻打遵义，自己带着大军进军永宁。奢寅从遵义回来支援贼兵，带着樊虎等人前来迎战，被朱燮元杀得丢盔弃甲。奢寅身负重伤，仓皇逃走，樊虎伤重而亡。朱燮元攻破青岗坪后，进军永宁城，一鼓齐上，生擒了贼将周邦泰等人。只是奢崇明再次逃脱，跑到了蔺州城。罗乾象率兵穷追过去，朱燮元替他做后援。途中接到罗乾象的军报，说奢崇明山穷水尽，已经逃到水西、龙场一带，并向安氏借兵，准备报复官军。朱燮元长驱直入与罗乾象会师，然后向蔺州进发。这时探子来报，安邦彦出兵两路来帮助奢氏，一路直奔遵义，一路去攻永宁，已经渡过赤水河，向狮子山来了。朱燮元命罗乾象攻打蔺州，自己到狮子山截击贼兵。罗乾象用火炮猛攻城池，蔺州城随即拿下。奢崇明父子又逃到龙场去了。朱燮元赶到芝麻塘，将安氏的部下一举击退，接着进兵龙场。

奢崇明已是惊弓之鸟，不战而逃，竟连妻子和弟弟都来不及带。官兵将他的妻子安氏、弟弟奢崇辉一并擒住，接着四处寻找奢崇明父子的下落。后来听说奢崇明父子相继逃到水西，朱燮元认为有王三善在，不想抢功，就没有追过去。

那时，王三善正会师六万进攻水西，连战连捷，接着渡过渭河，直达大方。安邦彦逃入织金，安位和他的母亲奢社辉逃到火灼堡。王三善就给安位母子写信，让他们速擒安邦彦以及奢崇明父子，然后请旨赎罪。安位母子惊慌失措，担心王三善未必肯兑现诺言，就特意派人赶赴镇远，到总督杨述中那里乞降。杨述中当即允许，给王三善写信，让他撤兵。王三善认为元凶未除，不如边抚边剿。杨述中却一意主抚，彼此争论不下，反而将军务搁置起来。

安邦彦得知情况后，日夜聚兵，勾结了四川的乌撒土目安效良作为外援，并与陈其愚商议，让他诈降王三善。王三善见了陈其愚，一开始还非常怀疑，没过多久便被他蒙骗，认为他诚实可靠，还将他引作参谋。陈其愚说安邦彦远逃，不如撤回贵州。王三善连战连捷，不免骄傲自负，而且粮食将要吃完，就采纳了陈其愚的计划，率兵东归。陈其愚请兵断后，王三善答应下来，让各队的兵马陆续先发，自己与副将秦民屏等人徐徐跟在后面。哪知陈其愚早已报告了安邦彦，让他发兵去追。安邦彦的兵马到达之后，陈其愚又密派心腹，去禀报王三善，说自己遇到贼兵，请速速回头支援。王三善返马相救，远远看见陈其愚跃马奔来，还以为他被贼追赶，急忙出马相救。说时迟，那时快，陈其愚直奔过来，故意策马扬鞭，竟然将王三善的坐骑撞翻。王三善从马上跌落下来，知道事情有变，立即将帅印扔给亲兵，自己抽出靴子里的短刀想要自刎。陈其愚想生擒王三善，便下马夺刀，王三善怒骂不止。偏偏贼兵大至，围拢上来，将王三善杀死。秦佐明等人突围逃走。贼兵并力追赶，多亏前行的将校回马迎击，才杀退贼兵。监军御史傅宗龙听说王三善被杀，立志复仇，带着几百名壮士偷偷跟在陈其愚的后面。陈其愚正得意，嘴里还唱着蛮歌，不防傅宗龙赶到。一声哨响，乱刀齐起，立即将陈其愚斩落马下，连人带马砍成数节。傅宗龙割下陈其愚的首级，扬长而去。

朝廷听说王三善被害，就改任蔡复一为总督。蔡复一派总兵鲁钦、刘超等人攻打敌人的老巢织金。织金四面环山，树木茂密，向来有天险之称。鲁钦、刘超两军凿山开道，攀藤穿洞，花了好几个月的时间才到达织金。途中遇到几千贼兵，官兵努力拼杀过去，贼兵大败，相继逃散。

官兵捣入贼兵巢穴，发现是一座空寨，四面搜觅了很久，也不见有安邦彦的踪迹，只好下令退兵。哪知刚行了一程，山涧里忽然有贼兵左右奔来。鲁钦知道大事不妙，慌忙整军对敌。怎奈山路崎岖，贼兵轻车熟路，官兵却是路途生疏，不禁心慌意乱，不一会儿工夫，就被贼兵打散。鲁钦等人急忙寻找归路，边战边走，好不容易杀出险境，手下的士兵已经死了六七成。蔡复见鲁钦大败而还，只好上疏辞职。朝旨特授朱燮元为兵部尚书，总督云、贵、湖、广、川五省军务，驻扎遵义。

这个时候乌撒土目安效良向南攻入云南，纠集蔺州、水西、乌撒三个部落占据沾益。云南巡抚闵洪学急忙派副总兵袁善、宣抚使沙源等人在沾益城下血战，相持了五天五夜，屡出奇兵破贼，安效良才无可奈何地离开。朱燮元本想去支援云南，后来得到捷报，便放下心来。没过多久，察探到了水西的贼情，于是准备三路进攻：一路攻打云南，一路攻打遵义，一路攻打永宁。永宁的贼将是奢崇明的儿子奢寅。朱燮元对将士说道："奢寅是最大的逆贼，此贼不除，西南绝无宁日！我要设计除掉他。"将士们纷纷请兵前去围剿，朱燮元说："且慢！如果能不动一兵一卒，除掉此贼，那不是更好吗？"诸将不知道他要用什么计谋，也不敢多问。只见朱燮元按兵不动，每天只派几名将校出去办事。过了十几天，才拨了一千人去迎接降将。降将赶来后，当即呈上首级一颗，正是奢寅的项上人头。原来这奢寅既凶狠又好色，看见附近的番妇稍有姿色，马上强行占有。遇到豪门富室也是尽情勒索，稍不服从者，立即将其杀害。部下的士兵朝不保夕，因此都有变节的心思。其中一个叫阿引的部下曾经受过奢寅的鞭笞，一直怀恨在心。朱燮元得知后，就派总兵李维新诱他降顺，并歃血为誓。谁知事情竟被奢寅察觉，就让左右将阿引捆去，拷问了好几次，还用刀子刺穿他的左脚。一直打了一天一夜，阿引宁死不肯承认，这才将他释放。阿引受到这般折磨，怎么肯善罢干休？凑巧同党苗老虎、李明山等人与阿引是莫逆之交，都替他打抱不平。阿引就将他们引为同谋，只是苦于脚伤，不便行事。苗、李二人自愿担当此任，商议好之后，专门等着机会下手。

一天晚上，奢寅与部下痛饮，传入几个蛮女陪酒。从午时一直喝到申时，喝得酩酊大醉。等他熟睡之后，苗老虎假装去替奢寅盖被子，见他鼾睡不醒，就拔出佩刀，朝着奢寅胸口刺去。李明山乘机进去帮忙，眼见着这位恶贯满盈的罪魁祸首，肠破血流，霎时毙命。苗老虎割下他的脑袋，与李明山逃出帐外，然后又带上阿引，前来投奔官兵。

朱燮元设计诛杀奢寅后，建议滇、蜀、黔三省进兵，共同剿灭安邦彦。自己则带着大军从遵义出发，满心希望一举荡平贼寇。不料家中却来了急报，朱燮元亲自打开来看，刚读了几行，就大哭起来，险些昏厥过去。

## 外妖内孽

原来朱燮元接到的是父亲病逝的消息。他向来忠孝，看到这种噩耗禁不住号啕大哭起来。众将士上前劝慰了很久，朱燮元这才停住眼泪，当即上疏要求辞官服丧。熹宗不得不准，特命偏沅巡抚闵梦得继任。奢、安两路叛贼打了败仗，不得不暂时休养，双方按兵不动。

官兵征战西南的时候，山东有个叫徐鸿儒的妖人揭竿作乱。据说深州人王森曾经搭救过一只妖狐，并将妖狐的断尾收藏起来。时间久了，那狐尾竟散发出一股异香，王森便以此来煽动愚民，聚敛钱财，人称闻香教，也叫白莲教。王森自称教主，他收集党徒，分封大小头目，势力蔓延各省。后来，王森被官府拘押，下狱处死，留下了百万家资供儿子王好贤享受。王好贤散尽家财，结交门客，与武邑人于弘志、巨野人徐鸿儒勾通往来，准备叛乱。三人约好在天启二年八月十五日共同起兵。可事有不巧，徐鸿儒制造铠甲、兵械，号召党羽，免不得走漏了风声。地方官吏得知消息后派兵前去围捕。徐鸿儒来不及等到约定的那一天，就先行发难。他先让党徒们各自带着家属寄居到梁山泊，然后分两路起兵，一路攻打魏家庄，一路攻打梁家楼。两路纷纷得手，接着又攻陷了巨野县城，徐鸿儒随即建元称帝，称为大成兴胜元年，中兴福烈帝。一时来不及置办服装，就命众将士用红巾包头，算作标记。

徐鸿儒攻陷巨野之后，就去攻打郓城。郓城无兵可守，知县余子翼贪生怕死，一溜烟逃走了。于是曹、濮一带相继震动。兖西道阎调羹火速向上求援，巡抚都御史赵彦一边约总河侍郎陈道亨合兵剿杀，一边奏报明廷。朝廷认为这不过是件小事，无须过虑，只命赵彦赶紧荡平。赵彦无从推诿，只好硬着头皮前去。然而山东很久没有打仗了，难以集齐重兵。辽东战乱之后，朝廷整日筹集辽东粮饷，几乎已经把山东所有的地皮全部剥削干净，此时兵少粮缺，如何平定叛乱？赵彦奉命后无计可施，只好日夜操练从乡里找来的壮丁，暂且救急。那时，邹、滕两县警报迭传，邹县通判郑一杰和滕县知县姚之胤都逃得不知去向，两城均被

305

匪徒占据。赵彦就命都司杨国盛、廖栋等人带着兵马前去截击。那贼匪既没有纪律，又没有谋略，不过借着一些江湖卖艺的幻技，说是能剪纸成人、撒豆成兵，哄骗些愚夫愚妇，吓走那些庸吏庸官。此次杨、廖两位都司居然有点胆量，合力杀贼，一群乌合之众，哪里是两位将领的对手？于是杀一阵，败一阵，叛贼纷纷做鸟兽状散去。没过几天，便收复了郓城，夺回了巨野。虽然官兵屡获胜利，但贼兵的势力却始终没有削减下去，这边逃散，那边啸聚。杨国盛、廖栋日夜追剿，也不免疲于奔命。赵彦上言说贼匪越来越多，官兵却越来越少，请朝廷留下京师的部队以及广东的援军，以备征调，并举荐之前的大同总兵杨肇基，统率山东军讨伐逆贼。朝廷降旨——照准。

杨肇基还没有到达山东，徐鸿儒已经命贼党偷袭兖州，被知县杨炳打败。徐鸿儒移兵夏镇、韩庄。夏镇临近彭家口，是运河的孔道。正巧有四十余艘船粮要运往京师，经过此地。贼兵得知后，马上前去抢夺，粮船上没有防兵，自然阻拦不住。不到半刻工夫，就被贼人连船劫去。侍郎陈道亨听说警报之后，立即上疏告急，多亏沙沟营姚文庆招集壮士临流阻截，这才将粮船夺回，运到复通。贼兵逃回滕县，与邹县的贼兵会合，一同攻打曲阜，共计四万多名骑兵拥到城下。知县孔闻礼率领城中壮丁奋力抵抗，杀死贼兵无数。贼兵料定攻克不下，干脆撤围退去。途经杨国盛的军营时，贼匪竟然出其不意发动袭击。杨国盛措手不及，只身逃走，游击张榜等人战死，营内的粮草、器械统统被贼兵搬走。贼兵的气焰再度嚣张，扬言要先攻打兖州，再拿下济南。

这时候，武邑人于弘志杀人祭旗，起兵响应徐鸿儒。王好贤也在深州作乱。还有艾山的叛贼赵大，他本来奉刘永民为主子，身边有二十八名死党，这些死党将五色颜料涂到脸上，说是对应天上的二十八颗星宿。几支叛党合并之后，共得到十七支队伍，两万多人。省府里的警报像雪片一样传来，赵彦认为悍贼聚集在邹县、滕县之间，徐鸿儒又在邹县据守，就准备首先攻打邹县。副使徐从治说："攻坚不如攻瑕，捣实不如捣虚，如果能剪去他的羽翼，那两城的悍贼也会胆战心惊，敌首就不难擒获了。"赵彦还在迟疑，恰巧杨肇基前来商议军务，也赞成徐从治的计划，于是决定分兵剿杀。没过多久，武邑传来捷报，逆贼于弘志被击毙，接着艾山也传来刘永明被生擒的消息。赵彦立即批令就地正法。刘永明临刑前，还自称寡人，被官兵传为笑柄。赵彦立即带着杨肇基赶赴兖州，在演武场阅兵。这时忽然听说贼兵已经攻到城下，杨肇基立即起身出战，命杨国盛为左翼，廖栋为右翼，两翼分别出击，杀死贼人一千多名。贼众仓皇败退，逃回滕县去了。

杨肇基打了胜仗后，又与赵彦商议攻打邹城。途中听说贼兵的精锐都聚集在峄山，就命游击兵赶到邹城，牵制城中的守贼，自己带着大军去攻打峄山。贼兵没有防备，突然被官军杀入，纷纷做了刀下鬼，只有一小半逃回邹城。赵抚、杨总兵追到城下，徐鸿儒知道自己走投无路，就与部下高尚宾、欧阳德、郾九叙、许道清等人誓死坚守。城池屡攻不下。邹县和滕县互相照应，赵彦料定滕县没有收复，邹县也很难攻克，就派杨国盛、廖栋等人攻打滕县，又在沙河大破贼党，邹城从此孤立。官兵筑起长围，将邹城围得水泄不通。城中的粮食慢慢吃完，守城贼兵都面无血色。赵彦下令招降，除徐鸿儒外，其他人一概免死。伪都督侯五和伪总兵魏七等人拔去城上的旗帜，情愿投降。徐鸿儒一个人趁夜逃走，刚出城门就被官兵抓住。赵彦等人入城抚慰百姓，收缴无数物资储备。徐鸿儒被押送到京师，按照惯例处死。徐鸿儒受刑的时候，仰天长叹："我与王好贤父子苦心经营了二十年，党羽不下两百万，因为密谋先期泄露，才遭此失败，真是天意弄人啊！"徐鸿儒叛乱，历时七个月便全部剿灭。王好贤听说徐鸿儒伏法，就带着家属二十多人逃到蓟州，接着又向南逃奔到扬州，后来行踪败露被擒，按律处死。朝廷论功授爵，升赵彦为兵部尚书，杨肇基以下各有封赏。赵彦得知五经博士孟承光是孟子的后裔，邹城失陷时，他被贼兵擒获，因不肯屈服而遇害，于是上疏奏明此事，又经过御史等人的申请，修葺了孟庙。

这时候的魏忠贤专横跋扈，胡作非为。他勾结奸党屠害忠良，东厂中哭号喊冤的声音昼夜不绝。杨涟这时任左副都御史，看到魏忠贤种种不法行为，忍无可忍，于是上疏参劾魏忠贤的二十四条大罪。奏折写好后，本来想在熹宗早朝的时候当面呈递，谁知第二天的早朝被免去。杨涟担心再耽搁下去会泄露机密，只好照例封入。当时已经有魏忠贤的心腹前去报信。魏忠贤非常恐慌，就去拜见内阁大臣韩爌，请他替自己说情，韩爌严行拒绝。魏忠贤不得已，只好在皇帝面前哭诉，并托客氏帮忙掩饰。熹宗本来就是个麻木不仁的人物，以为客氏、魏忠贤理直，杨涟理亏，就让魏广微拟旨驳斥杨涟。魏广微当时虽然位居辅臣，但仍然是权阉的走狗，所以圣旨格外严厉。魏忠贤假装要辞去东厂的职务，自愿出宫，经熹宗再三劝慰，为此竟接连三日辍朝。一直到第四天，皇上才亲临皇极门。杨涟正想再次参劾，偏偏已有圣旨传下，命左班的大臣不得擅自奏事。顿时群臣激愤，罢朝之后，各自回去拟写奏章，陆续上陈。给事中魏大中、许誉卿，御史刘业、杨玉珂，太常卿胡世赏，祭酒蔡毅中，抚宁侯朱国弼等人先后参劾魏忠贤。奏折多达一百多封，有的单人，有的联名，无不慷慨激昂，谁知递上去后都没有消息。陈道亨那时被调往南京兵部尚书，因为生病而不再参与公事，看到杨涟的奏折之后，奋然出署，联合南京部院的诸位大臣，剀切上奏。奏折送到京城，却招来一顿训斥。陈道亨决心辞官，洁身引退。大学士叶向高以及礼部尚书翁正春，请求熹宗将魏忠贤遣回乡里，暂时堵住众位大臣的嘴，熹宗仍然不从。工部郎中万燝实在看不过去，就上疏说："朝廷内外只知道有魏忠贤，不知道有陛下，岂能将他留在左右？"魏忠贤正无处发泄，看到这种奏折，立即恼怒道："一个小小的官儿也敢到太岁头上动土？再不严办，那还了得！"随即传出矫旨，杖责万燝一百下。走狗们接到命令，马上跑到万燝家中，把他扯出，你一拳，我一脚，边拖边打。等拖到衙门里，万燝已经是气息奄奄，哪里还禁得住刑杖交加？

## 《点将录》的大用场

万燝被杖责之后，当场昏厥。苏醒过来后，又经一帮走狗任意踢踏，哪里还能保得住性命？阉党将他拖出，由家人带回寓所，没过几天便去世了。魏忠贤再次假传圣旨，命太监捉拿御史林汝翥，按照万燝的例子惩治。这林御史是叶向高的外甥，曾经在巡视都城的时候，看见两个太监抢夺百姓财物，互相斗殴，当即斥责他们闹事，并鞭笞一番结案。这两个太监回去之后告诉了魏忠贤，魏忠贤正想示威，索性将林汝翥一并捉拿。林汝翥得知消息后，担心会重蹈万燝的覆辙，就逃到了城外。太监们无处拘拿，还以为他逃到了叶向高的府里，竟然一哄而入，谩骂索要。叶向高气愤至极，立即上疏说："国家两百年来，从来没有太监嚣张到如此地步，竟敢围攻内阁大臣的府第。臣遭此凌辱，再不辞官，还有何面目见士大夫？"熹宗总算是好言挽留，并撤回了太监。林汝翥赶到遵化军门，表示宁愿到大殿受杖，也不愿意受阉党的私刑，得到准许后，林汝翥来到宫门，被杖责百下，不过吃了几天的痛楚，还不至于损伤性命。叶向高目睹时弊，心灰意冷，呈上二十多封奏折，全部都是告老还乡的，熹宗就命人将他送回去。叶向高两次担任宰相，秉性忠厚，颇好扶植善类，被清流正士所倚赖。只是袒护门生王化贞以至于贻误边疆一事，是他平生最大的缺憾。三年后，叶向高病死在家中，崇祯初年才追封他为太师，赐谥号文忠。

叶向高离开后，韩爌升为首辅，屡次与魏广微等人发生口角。韩爌于是上疏辞官，圣旨反而责备他专横，将他罢官。韩爌与叶向高向来被东林党人所推崇，二人相继离开后，只有吏部尚书赵南星算是领袖。魏忠贤向来仰慕赵南星的大名，曾经派外甥傅应星前去拜访，遭到拒绝。内阁大臣魏广微本来是赵南星的故友，二人一直有往来。魏广微谄附魏忠贤之后，赵南星就和他断绝了联系。此后，魏广微曾三次拜访赵南星，都被拒之门外。魏广微于是怀恨在心，就和魏忠贤一起设法排挤赵南星。赵南星在朝中的时候，将高攀龙、杨涟、左光斗、魏大中等人引为知己，希望能与他们共同辅佐朝政。可惜魏忠贤在内，魏广微在外，都想着霍乱朝纲，倾绝正士，渐渐地君子道消，小人道长。况且明朝气数将尽，出了一个昏庸绝顶的熹宗，只喜欢小人，不喜欢君子。任凭你如何正直，统统没用，只能遭来小人侧目，贻祸自身。

明朝故例，巡按御史回朝的时候，必须经过都御史考核，称职之后才能复任。御史崔呈秀贪赃枉法，回朝复命。凑巧高攀龙是左都御史，他秉公暗查，得知他贪污受贿的事情，马上检举揭发。赵南星又递上奏折说应该让崔呈秀戍边，朝廷将他革职。崔呈秀非常害怕，急忙带着金银财宝夜访魏忠贤，叩过头，献上宝贝之后，便要认魏忠贤做干爹。魏忠贤自然欢喜，居然高堂上座，受了他的三叩九拜。崔呈秀趁此机会，一再说赵南星、高攀龙等人故意找碴儿，这类人不除掉的话，自己定会死无葬身之地。魏忠贤听一句，点一下头，说道："老子还在，不怕他不落到我的手里，你不要担心了！"崔呈秀拜谢而去。

正巧山西巡抚有个空缺，赵南星举荐大常寺卿谢应祥前去。偏偏御史陈九畴上疏说："谢应祥曾经担任嘉善知县，与魏大中有师生之谊，魏大中托人为他找到这个空缺，徇私枉法，应当斥责。"魏忠贤看到奏折后，就假传圣旨降魏大中的官职，并将陈九畴一并论罪，去官三级，还责怪赵南星等人朋党谋私。赵南星马上辞官，圣旨批准，立即将他免官。推选吏部尚书的时候，侍郎于廷推荐乔允升、冯应吾、汪应蛟等人，杨涟没有干预。魏忠贤假传圣旨责怪杨涟大不敬，并说乔允升是赵南星的私党，左光斗与杨涟朋比为奸，都应该削官，另升徐兆魁为吏部侍郎，乔应甲为副都御史，王绍徽为金都御史。徐兆魁等三人都曾经被赵南星摒弃，于是转而依附魏忠贤。朝廷大权，尽归魏阉掌握了。

魏忠贤和崔呈秀相见恨晚，将他倚为心腹，整天与他谋划。内阁大臣顾秉谦、魏广微等人，编造了一本《缙绅便览》，将叶向高、韩爌、赵南星、高攀龙、杨涟、左光斗等人统统称为邪党，并称赞黄克缵、王永光、徐大化、贾继春、霍维华等是正人君子，私下呈给魏忠贤，让他作为升降百官的蓝本。崔呈秀又呈上了《同志录》、《天鉴录》两本书，《同志录》写的都是东林党，《天鉴录》都不是东林党。最可笑的是金都御史王绍徽，他编了一部《点将录》，无论是东林党还是非东林党，只要与他不和的人，统统将其列入东林党中。《点将录》中共提到一百零八人，每个人的名下，都加上了梁山泊群盗的绰号：比如将叶向高比作宋公明，就叫他"及时雨"。此外称缪昌期为"智多星"，文震孟为"圣手书生"，杨涟为"大刀"，惠世扬为"霹雳火"，郑鄤为"白面郎君"，顾大章为"神机军师"。也按着天罡地煞分类编列。天罡星部三十六，地煞星部七十二，用洛阳佳纸，蝇头小楷，写得明明白白。魏忠贤识字不多，正苦于记不住东林党人的姓名，这梁山好汉的名字他可是从小就知道，现在有了《点将录》，正好两两相对，容易记住。于是异常欢喜，将它视作圣书。还让心腹各抄一本，带在袖子里。每次读大臣章奏的时候，先看一次《点将录》，和录中名字相符的，就贴上纸条送到魏忠贤那里。魏忠贤撕掉纸条，奏请皇上惩处。

《天鉴录》里面都是魏忠贤的门下，崔呈秀、田吉、吴淳夫、李夔龙、倪文焕主要负责谋划，被当时的人称为"五虎"。田尔耕、许显纯、孙云鹤、杨寰、崔应元主要负责杀戮，被当时的人称为"五彪"。还有尚书周应秋、大仆寺少卿曹钦程等人都投入阉门之下，被人称为"十狗"。此外还有"十孩儿"、"四十孙"的名号，其中最有势力的要算崔呈秀。崔呈秀自从复官之后，不到两年时间，就升为兵部尚书，兼左都御史，势倾朝野。因此，之前的客、魏并称，变成了崔、魏并称。

神宗末年，朝局水火不容，党派纷争不断。其中有宣昆党、齐党、楚党、浙党等名目。四党联成一气，视东林党为仇敌。叶向高、赵南星、高攀龙等人入掌朝纲后，四党的气焰才渐渐衰落下来。歙县人汪文言计破他党，叶向高见他与自己志同道合，就将他引为内阁中书。韩爌、赵南星、左光斗、魏大中等人也都和他往来甚密。桐城人阮大铖与左光斗是同乡，左光斗准备将他举荐为吏科给事中。赵南星、高攀龙等人认为阮大铖轻狂，不足以胜任，于是另用魏大中为吏科给事。阮大铖从此与左光斗、魏大中有了过节，暗中托人参劾汪文言，说他与左光斗、魏大中朋比为奸。朝廷将汪文言下狱。幸好镇抚司刘侨只将汪文言廷杖除名，而没有牵扯左光斗、魏大中。魏忠贤痛恨东林党人，正想找个借口惩治他们，偏偏刘侨看不出来。魏忠贤因此将他削籍除名，改用许显纯继任。汪文言再次下狱，由许显纯审讯。许显纯是魏忠贤门下有名的走狗，得了这个差使，自然极力承办，尽情渲染，随即牵连到赵南星、杨涟、左光斗等二十多个人，之前的巡抚凤阳都御史李三才也被包含在内。李三才倒也能见机行事，屡次请求辞官。十五次递上奏折，皇上不许，他竟然挂冠而去。王绍徽的《点将录》中，也将他列入，绰号“托塔天王”，没有排到梁山好汉里面。熹宗闲暇的时候，看魏忠贤呈上来的《点将录》，看到“托塔天王”四个字时，懵然不解。魏忠贤解释说：“古时候有托塔李天王，能随心所欲地移塔，李三才善于蛊惑人心，能使人人归附，道理和移塔差不多。”熹宗微笑着没有说话。这次李三才被牵扯到案子里，魏忠贤就诬陷他招权纳贿，目无法纪。可这贿赂从何处得来呢？想了又想，就把移宫案加在这几个人身上。大理寺丞徐大化到魏忠贤那里献策：“李选侍移宫，皇上也是赞成的，哪有什么赃物？不如说他收受杨镐、熊廷弼等人的贿赂。而且封疆的事关系重大，就是把他们都杀了，后人也不能质疑。”魏忠贤大喜，马上吩咐徐大化照计上奏，然后命许显纯照奏审问。许显纯动用酷刑，汪文言始终不肯承认，到最后实在受不了，才看着许显纯说：“我嘴里说的总是和你心里想的不一样，你想怎么样，我依你就是了。”许显纯这才下令停刑，汪文言忍痛从地上站起来，扑到桌案前厉声说：“冤枉啊！杨、左等人坦白无私，怎么可能贪赃受贿？我宁肯死也不能诬陷好人。”说完，扑倒在地。许显纯料定他不肯招供，就自己拿起纸笔，捏造汪文言的供状。汪文言又睁开眼睛道：“你不要乱写！他日我要与你对质的。”许显纯被他这么一说，倒也不好下笔了，只好命令狱卒将他拖回去。

当晚，汪文言就被打死，伪造的供词呈了进去。杨涟、左光斗二人各栽赃两万，魏大中栽赃三千，御史袁化中栽赃六千，太仆少卿周朝瑞栽赃一万，陕西副使顾大章栽赃四万。魏忠贤得到伪证之后，马上派人逮捕六人下狱，全部任由许显纯肆意拷打。六人血肉模糊，却没有一个人肯承认。左光斗在狱中私下对他们说：“他想杀我们，不外乎两种办法：我们不肯诬供，一直把我们打死；或者半夜让狱卒将我们偷偷害死，然后以病死相报。照我想来，同是一死，不如暂且诬供，等移交法司定罪的时候，再将事情说出来，或许可以重见天日。"其他人也都点头，等到再次审讯时，便一同承认了。哪知魏忠贤阴险得很，并不把案子移交法司，只是命许显纯追赃。左光斗几个人后悔自己失算，已经来不及了。

过了几天，杨涟、左光斗、魏大中都被狱卒害死。左光斗、魏大中死后均体无完肤，杨涟死得最惨，耳朵里被穿了无数铁钉。狱率只用血衣裹着他们扔到棺材里。一个月后，袁化中、周朝瑞也被害死，只有顾大章还没有死。魏忠贤认为所有的人都已经死了，就将顾大章移交给镇抚司定罪。顾大章料定自己不能再生，就将弟弟顾大韶召到狱中，和他诀别。顾大韶哭着出去之后，顾大章悬梁自尽。当时的人称杨涟、左光斗等人为"六君子"。

六人死后，魏忠贤仍催促抚按追赃。左光斗的兄长左光霁自尽身亡，左光斗的母亲在痛哭中逝世。魏大中的长子魏学洢得知父亲在狱中毙命的消息，悲痛欲绝，强打精神将棺材拉到故乡埋葬，日夜痛哭，滴水不进，最终命丧黄泉。赵南星、李三才一同坐罪削官，并被追赃。没过多久，赵南星被远戍，后来病死在戍所。吏部尚书崔景荣于心不忍，六君子尚在的时候，曾请魏广微上谏阻拦。魏广微也算天良未泯，竟然听了崔景荣的话，上了一道解救的奏章。魏忠贤得知后大怒，将他召入府中，当面呵斥。魏广微汗流浃背，连忙拿出崔景荣的书信，表明心迹，魏忠贤仍然谩骂不止。魏广微离开后，递上辞官的奏折，不久便与崔景荣一起被罢免。阁臣中如朱国桢、朱延禧等人，虽然没有反对魏忠贤，但也不肯极力趋奉，于是被相继罢免。魏忠贤又引用周如磐、丁绍轼、黄立极为礼部尚书，冯铨为礼部侍郎，入阁办事。丁绍轼和冯铨都与熊廷弼有过节，就以杨、左等人贪赃坐罪，不杀熊廷弼不足以服众为名，将熊廷弼斩首弃市，并将首级传示边境。可怜一员朝廷良将，竟然因为触怒了太监，死得不明不白。

## 党狱迭起

魏忠贤除掉杨涟、左光斗等人后，又准备力翻三案，重修《光宗实录》。御史杨维垣以及给事中霍维华阿谀献媚，痛斥刘一燝、韩爌、孙慎行、张问达、周嘉谟、王之寀，以及杨涟、左光斗等人，请旨将《光宗实录》改修。给事中杨所修请将三案的奏章汇集起来，仿照《明伦大典》编辑成书，颁示天下。于是，朝廷命人重修《光宗实录》，并作《三朝要典》，即神宗、光宗、熹宗三朝。命顾秉谦、黄立极、冯铨为总负责人，施凤来、杨景辰、孟绍虞、曾楚卿为副手。这些人极力贬斥东林党，并篡改历史。将梃击一案，归罪于王之案，说他离间骨肉亲情，既诬陷皇祖，又辜负先帝，虽然粉身碎骨，也不足以赎罪；将红丸一案归罪于孙慎行，说他欺君罔上，先帝不能正终，皇上不能正始，都由他一人酿成；将移宫一案归罪于杨涟，说他内结王安，外结刘一燝、韩爌诬蔑李选侍。众奸臣咬文嚼字，胡编乱造，瞎闹了好几个月，才完成这部书。魏忠贤命顾秉谦拟好序文，载入卷首，然后颁布天下。

御史卢承钦上疏说："东林党人除了顾宪成、李三才、赵南星之外，高攀龙、王图等人是党羽中的副帅；曹于汴、杨兆京、史记事、魏大中、袁化中等人是党羽中的先锋；丁元荐、沈正宗、李朴、贺烺等人是党羽中的死士；孙丕扬、邹元标等人是党羽中的土木魔神，应该全部榜示天下，引以为戒。"魏忠贤大喜，悉数撰写东林党人的姓名，到处张贴。东林党中的人有一大半已经获罪，只有高攀龙、缪昌期几个人削职在家，没有被捕。崔呈秀想杀死这几个人，以泄私愤，就去对魏忠贤说，让他假传圣旨逮捕高攀龙。高攀龙听说官兵将至，就焚香沐浴，写下遗书装在信封里，然后交给他的儿子高世儒，并嘱咐他说："紧急时刻再打开来看。"高世儒不知情，只好遵命收藏。高攀龙又让家人各自回去休息，不必惊慌。家人还以为他有什么妙计，都放心安睡去了。到了半夜，高攀龙四顾无人，竟悄悄起来穿好朝服，戴上朝冠，望北叩头，然后纵身跳入湖中。第二天一早，高世儒起来，来到父亲寝室，发现没有了父亲的踪影，慌忙四处寻找。只见桌案上留有一首诗，隐含投湖自尽的意思，便派人到湖中打捞，果然找到了父亲的尸体。正巧这时官兵到来，一行人见了尸骸也无话可说。高世儒哭着打开遗书，只见遗书中说："臣虽然被削职，但也曾经做过大臣。大臣不可侮辱，侮辱大臣与侮辱国家有什么分别？谨向北叩头，以了结此生。君恩未报，期盼来生，望钦差以此复命！"高世儒看完之后，便将这信交给官兵，官兵于是离开。

高攀龙是无锡人，品行笃实，不愧为正人君子。只是崔呈秀仍不肯罢休，又命人将高世儒逮捕，罗织罪名。后来又逮捕了缪昌期。缪昌期曾在湖广的典试中，策语引用赵高、仇士良的典故，暗中讽刺魏忠贤。

有人说杨涟参劾魏忠贤的二十四条罪状，缪昌期也参与编稿。高攀龙、赵南星回乡的时候，缪昌期又将他们送出郊外，置酒饯行，握着手叹息了很久。缪昌期被抓来之后，慷慨对质，不屈不挠。许显纯诬陷他坐赃三千，严刑拷问，十个指头全被打断。缪昌期最后惨死在狱中。

许显纯第三次下手，便是逮捕御史李应升、周宗建、黄尊素、前苏松巡抚周起元以及吏部员外郎周顺昌。下手原因如下：李应升曾经参劾魏忠贤；周宗建曾说魏忠贤目不识丁；有人说黄尊素想效仿杨一清诛杀刘瑾的先例，联络苏杭织造李宲，授予他密计，让他杀死魏忠贤；周起元则是因为名列《点将录》，且与高攀龙等是莫逆之交，而他们的介绍人，便是吏部员外郎周顺昌。

周顺昌这时已经辞官，住在吴县老家。为什么要平白无故地把他牵扯进来呢？原来魏大中被逮捕的时候，路过吴县，周顺昌曾将他留住三天，临别时哭泣了很久，并表示愿意将女儿嫁给魏大中的孙子。东厂的人屡次催促起程，周顺昌就瞪着眼睛说："你们没长耳朵吗？难道没听说过这世上还有好男儿周顺昌吗？别人害怕魏贼，无非是怕死，我周顺昌什么都不怕，你们去告诉那阉贼吧！"东厂的人回到京城后，就把这件事情一五一十地报告给魏忠贤，魏忠贤非常恼怒，便将他也牵连进去。当时魏忠贤的权力堪比皇帝，其实不过是借着圣旨办事。当即便有东厂的人赶往吴县，逮捕周顺昌。吴县的百姓向来感激周顺昌的恩德，这次都替他打抱不平。苏抚毛一鹭将周顺昌召到署衙，宣读圣旨。周顺昌跪听完毕，外面忽然拥入五六百名学生，统统跪在地上求毛一鹭，恳求他上疏解救。毛一鹭汗流满面，支支吾吾。东厂的人等得不耐烦，手持锁链，大声呵斥道："东厂逮人，哪个敢来插嘴？"话音未落，外面又拥进来无数百姓，每个人手里都点着一炷香，准备为周顺昌求情。听到东厂的大话，有五个人就上前问道："圣旨出自皇上，东厂敢出圣旨吗？"东厂的人厉声说："东厂不出圣旨，哪里出圣旨？"五个人听了这话，齐声说道："我们还以为是天子的命令，所以才带着大家一起来为周吏部请命，不料竟然是东厂魏太监的意思。"说完，百姓都骚动起来："魏太监是朝廷逆贼，这谁不知道？你们替他拿人，真是狐假虎威，打！打！打！"几个"打"字说出去，纷纷将香火扔掉，一拥而上，殴打太监。当场打死一名东厂的人，其他的人全都受伤逃走了。毛一鹭急忙躲到茅厕里，大家找了一阵没有找到他，这才各自散去。

周顺昌和亲朋好友诀别后，自己赶赴都城，受诏入狱。周宗建、李应升、黄尊素三个人都已经被捕，彼此见了面，只能各自叹息。第二天由许显纯审讯，无非是笞杖交加，锁枷迭用。周顺昌大骂魏忠贤，被许显纯打落门牙。他就将血喷到许显纯的脸上，厉声痛骂，没有一句是求饶的。许显纯当晚密嘱狱卒，结束了周顺昌的性命。尸体三天之后被抬出，皮肉全部腐烂，仅存须发。周宗建也备受折磨，躺在地上不能出声。许显纯还五天一逼，让他交出赃物，并痛骂他说："看你还敢骂魏公公目不识丁吗？"后来许显纯用沙袋压在周宗建的身上，将他害死。黄尊素知道狱卒要害自己，就咬破手指，用血在墙上写下遗诗，对隔壁的李应升说："我先去了！"说完，叩头谢过君父，撞墙而死。第二天，李应升也被害死了。周起元住在海澄，离京城较远，等他被逮捕过来，周顺昌等人均已遇害。许显纯横加拷打，逼迫他交出十万赃款。周起元两袖清风，哪能弄来这笔巨款？只好以命相抵，没过几天就被折磨而死。

此外屈死的人还有很多，其中吴县五人墓中的五个人，虽然是市井百姓，却也流芳百世。这五人便是当初阻止东厂逮人的五个百姓，他们分别叫做颜佩韦、杨念如、周文元、马杰、沈扬。

原来，东厂的人被赶走之后，毛一鹭立即上疏通知，魏忠贤也心惊胆战，连忙命毛一鹭缉查首犯。毛一鹭是魏忠贤的义子，好不容易谋到巡抚一职，却又没什么才能，干不了什么大事。幸好知府寇慎以及吴县县令陈文瑞爱民有道，毛一鹭便让府县了办此案。寇、陈二人让百姓揭发检举，却没一人肯来。那五个人挺身自首，供认不讳，寇慎不得不将他们捉拿，禀报毛一鹭。毛一鹭又报告给魏忠贤，魏忠贤下令就地正法。于是五人被绑到闹市，由知府寇慎监刑。号炮一声，马上就要砍头的时候，五个人回过头来看着寇慎说："您是好官，应该知道我们只是打抱不平，并不是犯上作乱啊！"说完，挺颈就刃。寇慎也不忍心，但箭在弦上，不得不发，只得让百姓好好替他们收尸，含着泪回到署衙复命。东厂的人经过这次之后，再也不敢擅自到京城外面了，魏忠贤也怕人心动荡，所以稍稍收敛了点。

各地寡廉鲜耻的狗官们，纷纷给魏忠贤建起了生祠。正好中旨命令毁去天下的书院，这些人就在书院的旧址上，改筑魏公祠。不到一年的时间，魏忠贤的生祠几乎遍布天下。不仅如此，各个生祠之间还争奇斗巧。所供奉的肖像，大多用沉香雕成，五官四肢就像活人一样；甚至肚子里的肺腑都用金玉珠宝添成；鬓上还留着一个小洞，可以随时插上四季的香花。

听说有一个生祠中的雕像，头做得有点大，戴不上帽子。工匠一时心急，就把头削得小了点。一个太监竟抱着那头大哭起来，并严责工匠，罚他长跪三天三夜，才算了事。每间生祠落成，地方官员无不上疏奏报，并赞称魏公公尧天舜德，至圣至神。督饷尚书黄运泰迎魏忠贤雕像的时候，甚至五拜五叩首，称他为九千岁。只有蓟州道胡士容不愿筑祠，魏忠贤得知后，矫旨将他查办。遵化道耿如杞入祠不拜，也被逮捕，经许显纯严刑拷打，九死一生。

## 半途而废的谋逆

天启六年三月，辽阳人武长春来到京师，寄住在一名妓女家中。因为他喜欢说大话，被东厂的探子误以为是满洲的探子，立即把他拘押。许显纯上奏表功："皇上威灵，东厂大臣智勇，才抓获敌人的探子，立下奇功。"熹宗当即褒奖，封魏忠贤的侄子魏良卿为肃宁伯，准许世袭，赐给七百顷田地。

那时蓟、辽督师孙承宗听说了魏忠贤陷害忠良的事情，准备入朝面奏。阉党早已经得到口风，立即去报告魏忠贤。魏忠贤于是在熹宗面前哭诉，熹宗立即传旨，命兵部飞骑阻止孙承宗前来。孙承宗那时候已经到了通州，接到圣旨后，只好退回。阉党接着诬陷孙承宗，说他是晋王敦、唐李怀光式的人物。孙承宗无可奈何，只好上疏辞官。朝廷令兵部尚书高第继任。高第怯弱无能，一到关外，就将孙承宗苦心建造的堡垒全部撤去。唯独宁远前参师袁崇焕誓死不从。满洲兵前来攻打宁远，声势嚣张，高第拥兵自固，多亏袁崇焕预备了西洋大炮，才将满洲士兵击退。朝廷得知消息后，将高第削职，另任王之臣为经略，命袁崇焕巡抚辽东，驻扎在宁远。熹宗正在为辽东的事情忧心忡忡，听说魏忠贤抓获了探子，差不多和除灭满洲是同样大的功劳，因此格外厚赏。其实辽阳男子武长春并非满洲派来的探子，只因为他多嘴多舌，平白无故地被处死，连骨肉尸骸都无从还乡，反而成全了一个魏忠贤。

这一年，满洲太祖努尔哈赤病逝，传位给八子皇太极，以下一年为天聪元年，也就是《清史》上所称的清太宗。满洲太宗一边与袁崇焕议和，一边发兵攻打朝鲜，以报旧仇。朝鲜派人向明廷告急。明廷责备袁崇焕，要他发兵支援。袁崇焕正准备派人东上，偏偏东江总兵毛文龙也报称满兵入境，请求调兵增守。那时足智多谋的袁崇焕，明知道满洲太宗用了缓兵、疑兵各计前来尝试，怎奈缓兵计便是和议，不能答应，疑兵计恐怕又要成真，不能不防。只好派水师支援毛文龙，另外派总兵赵率教等人出兵三岔河，不过是为了牵制满人，使他有后顾之忧。无奈朝鲜的兵马实在没用，满洲兵一经杀入，便势如破竹。朝鲜国王李倧放弃王城，逃到江华岛，眼看着粮尽援绝，只好派使臣向满洲求和，表示愿意朝贡。满洲太宗与朝鲜订了盟约，调兵回国。

后来因袁崇焕与王之臣意见不合，明廷召回了王之臣，令袁崇焕统辖关内关外各路大军。袁崇焕命赵率教驻守锦州，自己防守宁远。后来忽然听说满洲太宗亲率大军，来攻打锦州。他知道赵率教可以支撑，一时不至于失守，就派总兵祖大寿带领四千精兵，绕到满洲兵后面，去截断他们的后路。自己则督促将士修缮城墙，疏通壕沟，固垒置炮，专门防止满兵偷袭。满洲兵攻不下锦州，转攻宁远，被袁崇焕一鼓击退。满洲太宗还想再去攻打锦州，听说有明军拦截他的后路，不得已，只好整队回去。祖大寿见满兵回国，纪律森严，也就知难而退，没有追剿。袁崇焕上疏奏捷，满以为会论功行赏，哪知朝旨下来，反而斥责他不救锦州，有罪无功。袁崇焕气得目瞪口呆，情愿辞官回乡。朝廷马上准许他辞官，仍然命王之臣继任。这样的事不必细想也知道，必是那个贪婪狡猾、嫉贤妒能的魏忠贤弄出来的把戏。原来各处的镇帅都安插了一个阉党监军，阉党只知道贪慕金钱，所得的贿赂一半中饱私囊，一半献给魏忠贤。之前熊廷弼获罪，孙承宗遭忌，无非是因为不肯奉送这项厚礼。此次袁崇焕在关外督兵，也有太监纪用监军，袁崇焕只知道防敌，怎么能想到将饷银分给阉人？纪用无从得手，魏忠贤也没法分肥，这才判了他一个不救锦州的罪状。

魏忠贤安坐在京师，整日与客氏调情作乐，从来没想过筹备边务，商议军情。朝廷却说他安攘有功，下旨封赏。王恭厂着火之后，魏忠贤又多了一大功劳。王恭厂就是火药局，夏天遇到电闪雷鸣，火药自燃，顿时烟尘蔽空，大地震颤，声音震耳欲聋。周围的百姓被炸死无数。魏忠贤足不出户，阉党薛贞却说他扑灭雷火，德可格天，又获得熹宗的褒奖。不久，皇极殿筑成，熹宗登殿受贺。这殿是由魏忠贤、崔呈秀二人督办，熹宗破格加恩，特封魏忠贤为上公。魏忠贤的侄子魏良卿之前已经晋封侯爵，现在又升为宁国公，加赐铁券。侄孙魏鹏翼只有两岁，被封为安平伯；侄子魏良栋只有三岁，被封为东安侯；崔呈秀被封为少傅。

工部侍郎徐大化、孙杰升任尚书，傅应星加封太子太傅，魏士望等十四人均升为都督金事，各赐金银珠宝不等。

魏忠贤铲除东林党之后，仍然有一件憾事未了，那便是正位中宫的张皇后。张皇后屡次在熹宗面前规劝他远离魏忠贤，以至于遭来皇上的厌烦，从此不愿踏进皇后寝宫。张皇后却没有什么怨言，仍以文史自娱。熹宗生平并不好色，对待后妃，都不过是淡淡之交。即便与皇后不和，无非也是嫌她絮叨，并没有什么特别的过节。所以客氏和魏忠贤虽然常常造谣生事，熹宗始终没有理睬。正巧这时，厚载门外有匿名揭帖，列着魏忠贤的逆状，并涉及七十多个阉党，魏忠贤就想以此诬陷皇后的父亲，于是召来私党邵辅忠、孙杰商议。二人听了他的话，不禁一愣，面面相觑。魏忠贤狞笑着说："这有什么难的？只要你们二人合奏一本，就说皇后的父亲张国纪私自张贴匿名帖，并与中宫勾结，谋害厂臣。我想上头看完奏折，一定会追究。皇后如果因此被废，我的侄子魏良卿生有一女，刚好成年，可以立为皇后。"二人唯唯而退，奏折写好后，心中总是担心，不敢呈上。猛然间想到顺天府承刘志选年老势利，可以让他出头。当下就一起前去拜见，说明来意，并给他看那奏稿。刘志选暗想："我年纪已经老了，他日魏忠贤失势的时候，我都不知道死在哪里了。现在就趁他专权，帮一个忙，还会有重赏。我先享几年的荣华富贵再作计议。"于是欣然领命，将奏折抄下来之后呈上。谁知奏折递上去之后，皇上并没有批答。

魏忠贤见此计不成，又想出一计。暗中派了几名卫士，怀里藏着利刃，埋伏在宫殿里。自己去报告熹宗，熹宗命锦衣卫搜查，果然抓住了带着兵刃的卫士。皇上当下将人交给东厂，令魏忠贤发落。魏忠贤本来想让卫士们诬供皇后的父亲，说他意图不轨，谋立藩王。正巧王体乾前来，魏忠贤就和他商议这件事情，王体干说："皇上什么事情都糊涂，唯独对兄弟夫妇不薄。倘若此事节外生枝，我们可就死无葬身之地了。"魏忠贤沉思了半天才说："你说得也对。但捉住的人如何处置？"王体干说："速速杀了，免得他们多嘴。"魏忠贤再次点头，依计而行。然而魏忠贤并没有死心，暗想既然张皇后如此难除，不如做一番惊天动地的事，索性连这糊涂的皇帝一并算计。想到熹宗有三个叔父住在京师，魏忠贤先拿他们开刀。于是瑞王被分到汉中，惠王被分到荆州，桂王被分到衡州。

一次，熹宗到方泽祭祀，乘机游览西苑。与客氏、魏忠贤驾着大船，泛到湖中。熹宗生性好动，酒过三巡，竟然想改乘小舟，自己去泛舟。于是就带着两个小太监换了船，船前船后各坐一名太监，划桨而去。熹宗坐在船里，也拿着一支桨，顺流摇荡。不料一阵大风刮过来，竟把小舟吹翻，熹宗堕入波心，灌了一肚子冷水。多亏湖中另有船只，船上的侍从七手八脚将熹宗救起。两个小太监落水多时，竟然被水溺死。客氏和魏忠贤所乘的大舟虽然相距不过一里，他们却只顾对饮，仿佛什么事情都没发生。

熹宗遭此一吓，病了好几天。幸好张皇后得知，宣召几名太医为皇帝医治。后来，熹宗总算痊愈，但病根却从此种下，常有头晕、腹泻等毛病。熹宗喜好玩乐，虽然已经年过二十，还是童心未泯。有时候斗鸡，有时候弄猫，有时候骑马，有时候捕鸟，有时打秋千、踢蹴鞠。此外他还有两大嗜好：一是喜欢木工、雕琢。熹宗雕琢玉石的手艺非常高，曾经赐过客氏和魏忠贤金印，各重三百两。魏忠贤的印中，刻有"钦赐顾命元臣"几个字。客氏的印中，刻有"钦赐奉圣夫人"几个字，都是熹宗亲手所刻。此外刻制的玉石，随手赐给太监的，数不胜数，甚至随手抛弃，视作废物。二是喜好看戏、演戏。熹宗曾经在懋勤殿中，设了一条隧道，召入梨园弟子在这里演戏，闲暇时常常与客氏、魏忠贤二人以看戏为乐。一天晚上，上演《金牌记》，演到《疯僧骂秦桧》的时候，魏忠贤藏到屏风后面不敢出来。熹宗故意宣召，幸亏客氏婉转措辞，才替他求免。还曾经创演《水傀儡戏》，有《东方朔偷桃》以及《三保太监下西洋》等剧，装束新奇，扮演巧妙。熹宗每次召张皇后一起观看，张皇后都推辞不去，有时勉强同行。熹宗手舞足蹈与张皇后笑谈，张皇后只是微笑却不说话。看戏看得尽兴的时候，熹宗竟然带着内侍高永寿、刘思源等人，亲自登台，扮演宋太祖夜访赵普的故事。熹宗自己扮演太祖，仿照雪夜戎装的景象。当时正是酷暑，虽然汗如雨下，熹宗却身穿裘皮大衣谈笑自若。就为了这些玩乐的东西，熹宗生出许多病症，二十多岁的人面无血色。

尚书霍维华制造了一种灵露饮，说是特别的仙方，久服可以长生。什么叫做灵露饮呢？相传是用粳糯米淘尽，和上水放入甑①中，用桑柴火蒸透。甑的底部放置一只长颈空口的大银瓶，等到糯米溶成液，出了清汁，就会流到银瓶里。取出来之后温服，味道就像是酥酪上凝聚的油，

---

① 甑：古代炊具，底部有许多透蒸汽的小孔。

因此得一美名，叫做灵露饮。熹宗喝了一点儿之后，觉得清甜可口，就让霍维华随时呈上。哪知喝了几个月，竟然得了一种肿胀病，起初是胸闷，后来竟然浑身肿胀，以至于奄奄一息，不能动弹。御医诊治无效，熹宗眼看着离死不远了。熹宗没有子孙，只有皇弟朱由检曾被封为信王，此时还住在京师，便将他召入宫中，继承大统。信王一再推辞，熹宗再三叮嘱，劝他不必谦让，并勉励他成为尧舜之君，信王这才含泪受命。熹宗又说："皇后贤淑，你身为皇叔，即位之后，要多加保全。魏忠贤、王体乾等人都格外忠诚，可以担当大任。"两天之后，熹宗驾崩，共计在位七年，只活到二十三岁。

朱由检是光宗的第五个儿子，刘贤妃所生，刘妃死后，由李选侍抚育成人。这里的李选侍便是东李，本来位居西李之上，得宠却不及西李。天启初年曾被册封为庄妃，庄妃向来忌恨魏忠贤，甚至喊他"女鬼"。魏忠贤得知后，就与客氏在皇帝面前说她的坏话，并将庄妃宫中应给的衣物、食品一概削减。庄妃于是郁郁成疾，渐渐患上痨病。五皇子每天早上起来之后，都会觐见庄妃。一次，庄妃带病和他游玩，来到东宫后面，见有两口井。五皇子就从井里往外提水，提出一条金鱼，再次提水，仍然有金鱼出现。庄妃于是笑逐颜开地说："这是日后的吉兆。"说完，又哭道："可惜我看不到了。"熹宗归天的时候，庄妃早已去世了。

熹宗驾崩后，魏忠贤夜召信王入宫。信王知道魏忠贤是奸邪之辈，没办法只好同他入宫。第二天一早，诸位大臣都入宫哭灵。魏忠贤也抚着棺材大哭，两只眼睛肿得通红，后来又召崔呈秀密谈了很久，没人知道内容。有人说魏忠贤准备谋逆，崔呈秀认为时机未到，于是罢议。有人说张皇后暗中保护信王，使得魏忠贤无从下手，这些都无从考证。

信王朱由检择日即位，以下一年为崇祯元年，历史上称为崇祯皇帝，后来称为怀宗，也称毅宗。即位这一天，天空中传来很大的响声，惹得大臣惊疑起来。朝贺礼结束之后，响声戛然而止。司天监说天鼓忽鸣，是兵戈之兆。但因新主登基，就没有上报。魏忠贤上疏辞官，有诏不许，只是命奉圣夫人客氏出宫居住。客氏来到熹宗的棺椁前，拿出一个小盒子。盒子用黄色的绸缎包裹，里面藏着熹宗的胎发、痘痂、小时候换下来的牙齿，还有累年的剃发等等。客氏将它们一一焚化，然后痛哭着离开了。

## 怀宗治魏党

怀宗继承大位以后，马上就有人弹劾魏忠贤、崔呈秀二人。崔呈秀已经罢官，魏忠贤被大臣轮流参劾。工部主事陆澄源首先上奏，接着是主事钱元愨，然后是员外史躬盛，嘉兴贡生钱嘉征更是参劾魏忠贤十大罪。魏忠贤听说有这样的奏折，连忙入宫哭诉。怀宗命左右在他面前朗读奏折，魏忠贤吓得心惊胆战，只是一个劲儿地磕头，磕了几百个，才被怀宗斥退。魏忠贤急得没办法，赶忙回到家里取出重金，去贿赂太监徐应元，请他从中调停。徐应元本来是魏忠贤的赌友，看到银子就把这事一力承担下来，跑到怀宗面前替他说情。怀宗不等他把话说完，就将他斥责一顿，撵出宫外。第二天传出严旨，列举魏忠贤的罪状，将他贬到凤阳，徐应元贬守显陵。魏忠贤整装上路的时候，身边的护卫和随从还有几百人。言官又以这件事再次上奏，于是怀宗颁下圣旨，令兵部将魏忠贤捉拿归案。魏忠贤这时候刚到阜城，住在驿站，忽然接到京中密报，说是锦衣卫马上就要赶到。魏忠贤想到自己一旦被逮捕入京，必死无疑，横竖都是个死，索性与干儿子李朝钦抱头痛哭了一场，双双解下腰带，自缢身亡。

怀宗听到魏忠贤自尽的消息，马上命人去没收家产，并逮捕魏良卿下狱；接着又去查封客氏的家资，搜出八名宫女，竟都已经身怀六甲。原来熹宗没有儿子，一直眼巴巴地盼望着有个后人。客氏出入宫廷，竟然带出若干名宫女，让她们与自己的儿子、兄弟同寝，好让她们怀孕，然后再回到宫中，准备重演那吕不韦和嬴政的旧事。怀宗命太监王文政彻查，那一群弱不禁风的宫女，怎么禁得住严刑拷打，一经恐吓，便把实情全部抖搂出来了。王文政据实相报，惹得怀宗大怒，立即命人将客氏拘押到浣衣局杖责。于是那穷凶极恶、挟权怙势的老淫妇，在这无情刑杖之下，香消玉殒，惨赴冥司了。客氏的弟弟客光先、儿子侯国兴也被押到，与宁国公魏良卿一起送到法场，一刀一个，结束了性命。

客氏和魏忠贤被诛杀之后，阉党失势。给事中许可征参劾崔呈秀为五虎首领，应该斩首闹市。怀宗下令逮捕查办，并没收家产。崔呈秀那时正在蓟州，听到这消息，就将娇妻美妾全部叫来，把珍玩古物也都罗列出来，然后要酒要菜痛饮一番。饮完一杯，立即将酒杯砸碎，随饮随砸，一直砸了几十个，最后关上房门，自缢而亡。

怀宗因阁中无人，就命朝班另外推荐内阁大臣，并仿照古例，将举荐阁臣的姓名放到一个金瓶子里，焚香拜祭之后，依次取出。得到钱龙锡、李标、来宗道、杨景辰四个人的名字，又因天下多事，增加了周道登、刘鸿训两个人。随即命他们入阁，同为大学士。后又罢免施凤来、张瑞图、李国槽等人。李国潜在三人当中，还算秉公持正，就是罢官归去，也是他自己请辞的。临行前，还举荐韩爌、孙承宗代替自己，怀宗再次召韩爌入阁。韩爌还没有到，阉党杨维垣等人便诋毁东林党人，驳斥韩爌，说他与崔呈秀、魏忠贤等人同为邪党。编修倪元潞上疏驳斥，并且请求毁去《三朝要典》。

魏忠贤伏法之后，历年的封赏已经全部被收回，各处的生祠也尽行撤除。这次朝廷毁去《三朝要典》，将阉党的邪议一律推翻。后又抚恤天启年间被害的大臣，如前六君子、后七君子等人，对他们一概赐予官爵，追赐谥号，不再追还赃款，并且释放家属。朝中上下，喁喁望治。韩爌来到京城，被命为首辅，彻查魏阉逆案。韩爌不想广搜穷治，牵连太多，只罗列了四十五个人，将他们呈入定罪。怀宗很不高兴，让他继续彻查，并当面对韩爌说："魏忠贤不过一个太监，如此作奸犯科，无恶不作，要不是内外的大臣助纣为虐，哪敢这么凶残？现在无论内外，都必须一律查明，共同治罪，才能彰显法度。"韩爌上奏道："朝外的大臣未必知道内情，不能捕风捉影，任意罗织啊。"怀宗微笑着说："只怕未必，大概是不敢服罪，所以假装不知道。朕明天就给你列出来。"说完，退到后宫。过了一天，怀宗再次召见韩爌等人，指着桌案上的一个布袋对他们说："袋子里都是魏忠贤旧党感恩戴德、阿谀奉承的奏折，你可以将名字一一列出，然后惩处。"韩爌叩头道："臣等只知道辅佐朝政，不习惯动刀。"怀宗顿时变了脸色，他看着吏部尚书王永光说："惩恶扬善是你的专责，就交给你来办吧。"王永光也道："臣的责任只是奖功，并不包括论罪。"怀宗又回头看着刑部乔允升和左都御史曹于汴说："这是两位爱卿的责任，不要再推诿了。"当下便命左右将布袋交给乔允升，自己返回后宫。乔允升不能再推诿，只好与曹都御史捧着布袋出来，打开看完之后，把名字列出来，共有两百多人，呈给皇上钦定。怀宗亲自裁夺，将罪行分成七等：魏忠贤、客氏是罪魁祸首，依照谋反、大逆不道的法律，凌迟处死；接着是和他们同谋的人，如崔呈秀、魏良卿、侯国兴等六人，立即斩首；有勾结内侍的，如刘志选、梁梦环、倪文焕、许显纯等十九人全部斩首，秋后处决；有结交内侍的，如魏广微、周应秋、阎鸣泰、杨维垣等十一人以及魏志德等三十五人，一并充军；还有拥戴奉承的，如太监李宲等十五人，全部充军；有妄图交结近侍的，如顾秉谦、冯铨、王绍徽等一百二十八人全部关押三年；最轻的是和内侍有关联的，如黄立极等四十四人全部革职返乡。怀宗将这两百多名罪人的姓名全部列出来，加上罪状，颁布天下，并命刑部照章办事，不得纵容。

怀宗的生母刘贤妃，在生怀宗之前就已经失宠，埋葬在西山。怀宗五岁的时候，还不知道母亲的坟地，后来渐渐长大，询问近侍后才得知。怀宗即位后，追尊生母为孝纯皇后。因为庄妃哺育有恩，特意奉上封号，并赐庄妃的弟弟李成栋一千顷田产。赐熹宗大行皇帝庙号，尊熹宗的皇后张氏为懿安皇后，册立周氏为皇后，册田氏、袁氏为妃。

典礼结束后，怀宗开始治国，起任袁崇焕为兵部尚书，在蓟、辽一带督兵。袁崇焕来到都城，怀宗问起他平辽方略的时候，袁崇焕说："愿陛下允许臣自由行事，五年就可以收复全辽。"怀宗大喜，又询问了几句，便返回内宫休息。给事中许誉卿问袁崇焕："五年，真的可以践言吗？"袁崇焕道："皇上为了辽东的事情，忧心忡忡，我这是安慰他呢。"许誉卿说："皇上英明，怎么能随意蒙骗？如果五年之后不能收复，看你如何复命？"袁崇焕低头不答。怀宗出来后，袁崇焕上前跪着说："陛下既然已经将辽东的事情委任给臣，臣不敢推辞。但五年之内，户部转运军粮，工部提供器械，吏部善于用人，兵部调兵遣将，必须要内外相应，才能成功。"怀宗说："朕知道了。朕去传令四部大臣，都按照你的话去做。"说完赐给袁崇焕上方宝剑。

这时候，忽然接到福建巡抚熊文灿的奏章，说海盗郑芝龙已经被招降，请怀宗加恩授职。郑芝龙是泉州人，父亲名叫郑绍祖，是泉州的库吏。一次，太守蔡善继因公外出，突然被一颗石子击中前额，于是立即命卫兵查捕。结果捕到一个幼童，问明姓氏，原来是库吏郑绍祖的儿子郑芝龙。郑绍祖听说后大惊失色，急忙来到署衙待罪。正巧碰上郑芝龙出来，说太守已经将他释放。郑绍祖不知道原因，再次拜见太守，叩头请罪。蔡善继笑着说："郑芝龙是你的儿子吗？我看他相貌非凡，他日必定富贵。现在年纪还小，有什么过失也不足降罪，我已经把他放了。"郑绍祖这才叩谢回家。后来蔡善继卸职，郑绍祖病逝，郑芝龙无法生存，竟与弟弟郑芝虎流落到海岛，投于海盗颜振泉的门下，去做些烧杀抢掠的勾当。颜振泉死后，盗贼们没有了主子，就准备推选一人做首领，一时不能决定。后来经大家商议，决定让老天爷来选。于是供起香案，在案前搬来一斛米，把剑插到米中。每个人依次拜祭，剑如果掉出来，就推选当前拜祭的人为主子。说也奇怪，其他的海盗拜下去的时候，剑纹丝不动，偏偏郑芝龙一拜，那剑竟陡然跃出，落地有声。大家都以为是天命，就推选郑芝龙为盗首。从此，郑芝龙纵横海上，官兵不敢与之抗衡。

福建的长官认为蔡善继曾经放过郑芝龙，就将他再次调到泉州，并让他招抚部下。郑芝龙感恩戴德，表示愿意投降。可郑芝虎不肯相从，郑芝龙没有办法，仍然盘踞在海岛，以劫掠为生。福建巡抚朱一冯刚刚上任，下定决心剿匪。他派都司洪先春从水路出师，许心素、陈文廉从陆路出师，两路夹攻，以为可以铲除郑芝龙。哪知陆军失手，只有洪先春的水兵进攻海岛，白天打了一仗，还算胜负相当。到了晚上，郑芝龙偷偷派兵绕到洪先春的后面，郑芝龙自己从前面杀入，两下里夹击官兵，害得洪先春瞻前顾后，身中数刀，拼命逃脱。郑芝龙不去追赶，擒住了一个卢游击，命人好生看待，后来又将他释放回福建。

明朝廷接到失败的消息，撤去朱一冯，改任熊文灿。熊文灿到任之后，好生抚慰郑芝龙，并承诺归降以后，仍然让他统辖原来的地方，变成海防。郑芝龙于是率众投降，熊文灿立即飞章奏报。给事中颜继祖说郑芝龙既然归降，就应该责令他报效国家，到时候才能量功授职。怀宗准奏，令熊文灿照办。熊文灿转告郑芝龙，郑芝龙倒也同意。当时的海盗有很多，李魁奇、钟斌、刘香老等人都是著名的海盗头子。郑芝龙先去攻打李魁奇，李魁奇战败，被郑芝龙追杀过去，一炮轰死；接着又移兵攻打钟斌，也打胜了好几仗，钟斌战死。熊文灿再次上奏替他表功，圣旨封郑芝龙为游击。郑芝龙得了官职后，又去攻打刘香老。刘香老当海盗已经有些年头了，势力非常猖獗。郑芝龙与他在海上角逐，旗鼓相当。熊文灿想用招抚的老法子，命守道洪云蒸，巡道康承祖，参将夏之本、张一杰等人一同前去招降。偏偏刘香老不肯相从，竟把他们四人扣住，急得熊文灿仓皇失措，飞调郑芝龙前来相助，一起进逼田尾远洋。刘香老料知不是对手，就胁迫樊云蒸出船，制止来兵。樊云蒸大声喊道："我已经决心誓死报国了，诸位努力奋战，将他们一举歼灭，千万不要错失良机啊！"话音未落，就被海盗杀死。参将夏之本、张一杰等人自知难保，索性夺刀奋战。郑芝龙见敌船大乱，马上飞身一跃，跳到敌船上面。部下也依次跳了上去，乱杀乱剁，霎时间把海盗扫得精光，康永祖及夏之本、张一杰两位参将被一齐救出。刘香老支撑不住，走投无路，只好纵火自焚，与船同尽。

## 大明朝的洋官

怀宗用金瓶抓阄的方法，得到钱龙锡、李标、来宗道、杨景辰、周道登、刘鸿训六人之后，让他们同时入阁。总以为是授之天命，人心所向，哪知来宗道、杨景辰二人却是魏忠贤的余党。杨景辰曾经是《三朝要典》的次要负责人。刚刚上任，朝中大臣就已经议论纷纷，轮番参劾。怀宗这才将来、杨二人罢官。刘鸿训向来憎恨阉党，依次斥责杨维垣、李恒茂、杨所修、孙之獬、阮大铖等人，一时间人心大快。只是阉党的余孽还没有铲除干净，他们对刘鸿训恨之入骨。正巧惠安伯张庆臻总督京兵大营，任命的敕书中有"兼管巡捕大营"一句话，提督郑其心说这违反旧例。怀宗也说敕书中本来没有这句话，就到偏殿亲自去问内阁大臣，阁臣们也都说不知道。御史刘玉言说："这件事情由刘鸿训主使，兵部尚书王在晋以及中书舍人田佳璧共同舞弊。"怀宗便将刘鸿训免职，谪戍代州，王在晋削官，田佳璧下狱。内阁大臣一下子免了三个，少不了又要推选。朝班列出吏部侍郎成基命、礼部侍郎钱谦益等十一人的名字，一同呈入。礼部尚书温体仁与侍郎周延儒一心指望着成为宰辅，偏偏这次推选，二人均不在列，当下义愤填膺，立即将推选的十一个人吹毛求疵了一番。怀宗起了疑心，于是将这件事情搁置下来。

崇祯二年五月初一，钦天监预报有日食，谁知却失验，怀宗严责钦天监官。原来，中国历代参照的还是相传了数千年的唐尧旧制，汉、唐的时候，岁时、节气以及日蚀、月蚀，已经相差了几个时辰，甚至相差一两天。后来，元太史郭守敬参考很多时历书籍，编造了《授时新历》，推算得比较精准，但中间的几个刻数，还是有些错误，所以郭守敬的时候，就已经有日月当食不食、不当食反食的情况。一帮吹牛拍马的元朝大臣，说日月当食不食，是皇帝、皇后昭德回天，反而非常庆幸。明太祖崛兴之后，太史刘基呈上的《大统历》，仍然是郭守敬的成书，以讹传讹，自然有误。夏官正戈丰据实相奏，将责任全部推卸给前人。吏部左

325

侍郎徐光启呈上历法修正的十件事情，并请求参照西法，举荐南京太仆寺少卿李之藻以及西洋人龙华民、邓玉函等人。怀宗立即批准，命李之藻以及龙华民、邓玉函入京，升徐光启为礼部尚书，监督时历局。中国任用西洋人，并采用西洋新法，就是从这里开始的。

自从元代统一以来，东西两大洋之间的沟通日益增多。欧洲人大多有冒险精神，常常航海东来。葡萄牙人首先发现印度航路，从南洋的马六甲海峡，搭乘海船来到中国。出没于海疆之间，传教通商。明世宗四十三年的时候，葡萄牙人竟在澳门建起了商馆，创业经营，大有乐不思蜀的气象。在广东官吏的一番交涉之下，葡萄牙人才答应每年出两万两租金。此后荷兰人、西班牙人、英吉利人接踵而至。后来意大利人利玛窦也航海来到中国。他留居中国数年，通晓中国的语言文字，在沿海各口，广传耶稣教福音。徐光启生长在上海，与利玛窦见面后，见他不但倡导博爱、平等的教义，说起天文历数也是样样精通。徐光启非常钦佩，常常与他通宵达旦地研究学术。当时的人将他视为痴呆，徐光启却全然不顾，竟把西方的学术研究通了一大半。

徐光启入任侍郎之后，邀请利玛窦入京。利玛窦因为已经年迈，不愿任职，就举荐他的朋友龙华民、邓玉函，修缮时历。李之藻也热心于西学，所以一并举荐。徐光启更是舍弃自己的家宅，将它变为教堂。没过多久又保举西人汤若望、罗雅谷等人同入时历局，翻译天文、算术方面的书籍。制造了推测天文的仪器，分别叫做象限悬仪、平面悬仪、象限立运仪、象限座正仪、象限大仪、三直游仪，都非常实用。徐光启还写了《日躔历指》、《测天约说》、《日躔表》、《割圜八线表》、《黄道升度》、《黄赤道距度表》、《通率表》等书。他翻译的《几何原本》一书至今流传不绝，被推为名著。利玛窦于崇祯三年病死在京师，赐葬阜成门外。墓前十六个字的铭词，前两句是"美日寸影，勿尔空过"，后两句是"所见万品，与时并流"至今尚存。徐光启在崇祯六年病逝，清朝入关之后，汤若望等人仍然在清廷做钦天监。

袁崇焕奉命赶赴辽东，修城建堡，置戍屯田，规划了一年多，颇有成效。只是毛文龙镇守东江势大官尊，免不得跋扈难驯，不服袁崇焕的统辖。袁崇焕早就想除掉毛文龙，正巧毛文龙亲自前来，袁崇焕以礼相待，毛文龙也不谦让，居然分庭抗礼，与袁崇焕对坐谈天。袁崇焕约略问了几语，就让他回去了。后来，袁崇焕以阅兵为名，径直来到东江，在双岛停泊战船。毛文龙按照惯例迎接，袁崇焕格外谦和，留他在船中宴饮。二人说了很久，才谈到军务。袁崇焕准备改编营制，另设监司。毛文龙却认为东江岛本是个荒凉之地，全靠自己一人招集流民、苦心经营才有今天的局面。这次凭空来了个袁崇焕，硬要插手东江岛，他哪肯低头忍受？毛文龙当即将前因后果叙述一番，说是岛中的百姓全是恩义相连，不便另行编制。袁崇焕微笑着说："我也知道您劳苦功高，但如今内忧外患，朝中大臣又不肯谅解你我的苦衷。我是奉皇上的特遣，不得已才来到这里。为你打算，我觉得你不如辞官还乡，乐得清闲几年呢。"毛文龙说道："我也有这个意思。只是满洲的事情还没有办好，眼前知道边务的人又很少。照我看来，平了满洲，夺得朝鲜，那时功成名立，再归去也不迟啊。"说到这里，竟然放声大笑起来。袁崇焕无话可说，勉勉强强与他喝了几杯，就命左右收拾残肴，毛文龙起身告辞。临别时，袁崇焕与他约好，在山上校阅将士。毛文龙点头而去。

　　第二天一早，袁崇焕就召集将校，授予密计，趁着晨光熹微，率众上山，然后派人去催促毛文龙。毛文龙接到催请，只好起身盥洗。吃过早点，催请的差人已经来过三五次了。毛文龙当下穿好衣冠，匆匆出署，带着护兵，来到山脚。只见这位袁督帅早已立马等着了，毛文龙正想上前参见，却被他握住了手。袁崇焕笑容可掬地说："不必多礼，一起上山吧！"毛文龙跟着袁崇焕拾级而上。护军要想随行，却被督师手下的将士拦住。袁崇焕与毛文龙到了半山，突然对毛文龙说："我明天就要回去，今日是特来向您辞行的。您杀敌平寇，屡建奇功，理应受我一拜。"说着，拜了下去，吓得毛文龙慌忙答礼。袁崇焕与他携手同行，到了军帐中，袁崇焕忽然变了脸色大喝："谢参将何在？"参将谢尚政应声而出。袁崇焕将毛文龙一推，说："我将此人交给你了。"这时谢尚政背后，又跳出好几个健将，一起把毛文龙拿下。毛文龙大声喊道："我有什么罪？"袁崇焕说："你的罪不下十种。本部院奉命到此，改编营制，你抗命不遵。违背我是小事，你心中早无圣上，就此一项，也足以斩首。"毛文龙此时已似砧上的肉，釜中的鱼，只好叩头求饶。袁崇焕道："不必说了。"接着望着北面，三跪九叩首，请出上方宝剑，命人将毛文龙推出去斩首。不到一会儿工夫，毛文龙的首级就献了上来。袁崇焕整辔下山，对毛文龙的部下说："罪在毛文龙一人，其他人无罪。"然后传唤毛文龙的儿子毛承祚前来，当面对他说："你父亲背叛朝廷，所以才把他正法。你本来没有罪，好好地镇守在这里。我为公事斩了你的父亲，私下里却很想念他。你如果能立功的话，我一定会极力保举你。"说到这里，召过副将陈继盛，令他辅佐毛承祚镇守东江，并到毛文龙的灵前哭奠了一番，才下船回去。奏报传到朝廷，怀宗不免惊疑。但想到毛文龙已死，袁崇焕又是刚刚上任，只好作罢。

哪知毛文龙有两个义子，一个叫孔有德，一个叫耿仲明，二人深受毛文龙的恩惠，见他死得不明不白，就想报仇。于是把所有"忠君爱国"的思想全部抛去，擅自和满洲通好，表示愿做前驱，除掉袁崇焕。满洲太宗自然恩准，但仍然让他们留在东江，表面上顺应明朝，暗地里帮助满洲，牵制袁崇焕。满洲太宗自己率领大军，用蒙古喀尔沁的布尔噶图作为向导，攻入龙井关，然后分两路进兵，一路攻打洪山口，一路攻打大安口，全部马到成功。满洲大军长驱并进，浩浩荡荡地杀到遵化。

明朝廷听到警报，马上从山海关调兵支援遵化。袁崇焕奉命出师，派遣总兵赵率教为先锋，自己率领全军作为后应。赵率教连夜疾行，到了遵化东边的三屯营，看见满洲军士把三屯营围得水泄不通。他不顾利害，不辨众寡，单凭着一腔忠愤杀入满兵阵中。满洲兵闪出路来让他入阵，然后两路兵围拢过来，把赵率教困在中心。赵率教左冲右突，杀死很多满洲兵。可满兵越来越多，赵率教的部下却越战越少，满以为三屯营中的将士能出兵相救。谁知营中的守将朱国彦担心满洲兵混入，竟然紧闭营门，拒绝援应赵率教。赵率教杀到营前，已是声嘶力竭，呼门不应，进退无路，不禁向西大喊一声："臣力竭了！"接着举剑往颈上一横，当即殉国，全军覆没。满洲兵乘胜扑营，朱国彦知道守不住，与妻子张氏悬梁自尽。

三屯营失守后，遵化被围攻。巡抚王元雅率领保定推官李献明、永平推官何天球、遵化知县徐泽、前任知县武起潜等人临城死守，支撑了好几天。怎奈满洲兵势大，援兵久久不至，一个小小的孤城，哪里能保守得住？只好眼睁睁看着城池被陷，众位将士相继阵亡。明朝廷听说遵化失守，惊慌得不得了。吏部侍郎成基命奏请召用孙承宗督兵御敌。怀宗立即同意，马上征孙承宗为兵部尚书，兼中极殿大学士，到通州督察大军。并任成基命为礼部尚书，兼东阁大学士，参与机务。孙承宗奉诏后，立即率领二十七名骑兵驰入通州城，与保定巡抚解经传、总兵杨国栋等人修缮城池，共同抵御。当时勤王诏书已经下达，宣府、大同等处各自派兵前来支援通州。可见到满兵，各路兵马统统畏缩不前，甚至半途溃散。满洲太宗连破蓟州、三河、顺义，直扑大明京城。幸亏袁崇焕

328

派总兵满桂前来支援，在德胜门扎下大营。这满桂也是一员猛将，见满洲兵到来，就率领五千骑兵与满洲兵交锋，战了半天，不分胜负。城上的守将发炮助威，满洲兵霎时间被轰退，满桂手下的士兵也被炮弹轰死好几百名，满桂也负伤收兵。怀宗派太监送去羔羊美酒，慰劳满桂，让他入城休息。

此际听说袁崇焕亲率大军，带着总兵祖大寿、何可纲等人前来保卫京城，怀宗大喜，立即召见。袁崇焕请求入城屯兵，怀宗没有答应。袁崇焕只好在沙河门外驻扎下来，与满洲兵遥遥相对，并暗中在营外布下伏兵，防备满洲兵劫营。当天夜里，满洲兵果然前来偷袭，多亏袁崇焕事先作了安排，满洲兵这才无功而返。怀宗又命袁崇焕统领各路援兵。袁崇焕料定满洲兵远道而来，不能久持，故意按兵不动，养足锐气，等到满洲兵退回的时候，再从后面追击。他审时度势，选中都城东南角上的一处险地，据险为营，竖起栅栏，与满洲兵久久相持起来。满洲太宗率兵来争，袁崇焕坚壁以待，任他如何鼓噪，只管让将士们射箭放炮，挡住满洲兵，却不出营一步。满洲兵离开后，过了一天又来攻营，袁崇焕仍然用老办法对付，满洲兵只得再次退去。如此相持了好几天，袁崇焕忽然接到圣旨，命他入朝进见。袁崇焕应旨前去，谁知怀宗竟然换了一副脸色，责怪他擅杀毛文龙，援兵逗留。袁崇焕正想争辩，却被怀宗喝住，命锦衣卫将他绑起来，押入大牢。

## 冤沉碧血

袁崇焕被捕入狱，正中满洲太宗的反间计。袁崇焕巡抚辽东时，曾经与满洲互相通过使节，有意议和。后来因为双方没有协调好，和议也就没有谈成。朝中的一帮大臣，全然不知边境的情况，都说议和是奇耻大辱，只能战不能和。此次满洲兵来到京城，放出谣言，说是袁崇焕召他们进京，胁迫明朝廷议和。怀宗有所耳闻，心中不能不疑。满洲太宗足智多谋，得知明朝廷的消息后，就写好两封密信，一封投到德胜门外，另一封投到永定门外。正巧被太监拾到，呈给怀宗。怀宗展开信一看，无非是满洲太宗和袁崇焕的议和信，偏偏又写得模模糊糊，隐隐约约。怀宗越看越怀疑，想立即把袁崇焕召来，详细询问一番。可京都还在危急关头，得靠他保护，只好暂时容忍下来。后来被敌人擒去的杨太监私下逃了回来，对怀宗说："督师袁崇焕已经与满洲主子偷偷订好和约，就要达成城下之盟了。"怀宗沉着脸问："这可是真的？"杨太监道："敌将高鸿中等人在密谈，被奴才偷听到，所以趁夜潜逃，特地回来奏报。"怀宗愤愤地说："怪不得他按兵不动，停战了好几天。他已经擅自杀死毛文龙，难道还要擅自议和吗？"杨太监又添油加醋地说了几句坏话，怀宗忍无可忍，立即召入袁崇焕，把他关入大牢。成基命慌忙叩请怀宗慎重，怀宗生气地说："'慎重'两个字，就是因循守旧的别名，只有坏处没有好处！"成基命叩头道："兵临城下，这可不是平常时候，望陛下三思而后行啊！"怀宗不等他说完，竟然拂袖而起，转身入内。成基命撞了一鼻子灰，只好退出。总兵祖大寿、何可纲听说袁崇焕被关押，都担心会坐罪，于是带着兵马，径直向山海关外逃去了。

满洲太宗计中有计，他并没有乘势攻打京城，而是分兵攻打固安、良乡一带，掳掠些金银财宝、良家妇女，然后又回到卢沟桥。明朝廷这时候却任用了一个叫申甫的游方僧，他能制造战车，庶吉士金声举荐时，说他擅长兵事。怀宗特意升他为副总兵，让他招募新军。这申甫平日并没有带兵打仗，无非靠着一些小聪明，造了几辆战车，哪里能抵挡大敌？要他仓促间招兵，更是难上加难的事情。招募来的都是些市井无赖，或者熟识的僧侣，一群乌合之众，差不多有四五千人。随后，申甫竟然在卢沟桥列着车营，阻截满洲兵。满洲将士呐喊一声，冲杀过来，申甫连忙麾兵抵抗。谁知招募来的新兵全然不懂如何打仗，听到号令，早已吓得肝胆俱裂，就是推车的人也好像是手脚染了病，不能动弹。那满洲兵如狼似虎，大刀阔斧地杀入车营，见车就劈，见人就杀。不一会儿工夫，就把申甫手下的新兵扫除干净，连申甫也不知下落。

满洲兵乘胜攻打永定门，怀宗惶急得很，特设两名文、武经略。文经略一职，由尚书梁廷栋担任；武经略一职，由总兵满桂充当。他们分别驻扎在西直门、安定门。满桂主张坚守，偏偏几个太监拼命怂恿怀宗，催促两经略出师。梁廷栋是个文官，冲锋杀敌的事情当然交给了满桂。满桂不便抗命，只得带领总兵孙祖寿等人出城三里，与敌兵交锋。从午时杀到酉时，胜负未决。满洲太宗偷偷让部下换上明军的装束，趁着天昏地暗的时候，闯入明军队里，乱杀一场。满桂措手不及，与孙祖寿等人仓促战死。

京城危急异常，满洲太宗却不急于攻打，而是带着兵马向通州而去。原来满洲太宗见京城急攻难下，心想就算夺下了，也不能长守。一旦援军四集，反而进退两难，不如四处骚扰，害得他民穷财尽，以后好大举入京。怀宗本来已经传出密旨，准备避敌迁都，后来听说满洲兵退到通州，这才作罢。

转眼间已经是崇祯三年，满洲兵由通州东渡，攻克香河，攻陷永平。副使郑国昌、知府张凤奇等人一概殉死社稷。兵部侍郎刘之纶约总兵马世龙、吴自勉等人，赶赴永平牵制满洲兵，自己随即带着部下径直来到遵化，驻扎在娘娘庙山。谁料马世龙等人违约，满洲兵像潮水般涌来。刘之纶的军队中配有手制木炮，刚刚发射的时候，还击伤了几十名满洲兵，再发出去，那弹子不向前冲，反而向后击来，自己打倒了自己。士兵顿时乱了起来。满洲兵乘机进攻，刘之纶拼死再战，足足斗了一天，力竭声嘶。刘之纶知道打不赢，就大声喊道："死，死！负天子恩！"接着解下佩印交给家人，让他报告朝廷。家人才逃出几步，刘之纶已经身中两箭，倒在血泊中。剩下的残兵，被满洲兵一扫而空。

满洲太宗接着进军迁安、滦州，一直攻打到昌黎。昌黎守令左应选誓死守城，满洲兵屡攻不下。这时候，孙承宗早已奉旨调守山海关，继袁崇焕的后任。满洲太宗久仰孙承宗的大名，担心他截断后路，便匆匆收兵，回国去了。孙承宗诏谕祖大寿、何可纲，让他们领兵待命。祖大寿上疏自请处罚，表示愿意立功赎罪，朝廷传旨宣慰。后来听说满洲兵退回，孙承宗就派兵西出，收复了滦州、迁安、永平、遵化四城。

周延儒入阁之后，开始替温体仁说话。大学士李标见周、温毗连，不愿与他们为伍，索性找了个机会辞官。成基命也辞官回乡，温体仁于是奉旨入阁，居然做了大学士。他上任之后，立即上疏："钱龙锡主使袁崇焕卖国欺君，罪比秦桧。听说他罢职出都后，想将袁崇焕给他的贿赂转寄到亲戚家，为下一步作打算。"怀宗看到奏折当然动怒，立即命刑部定罪，限期五日。刑部替钱龙锡辩解，将案件呈上说："毛文龙由袁崇焕一人杀死，钱龙锡并不主张议和，这次和袁崇焕一并坐罪，实在是冤枉。"怀宗不信，下令将袁崇焕处以极刑，并逮捕钱龙锡下狱，命群臣议罪。可怜这位功多罪少的袁督师，竟然在闹市被凌迟处死；清白无辜的钱龙锡入狱待罪，没过多久，被贬成定海卫。

明朝的赋税倾向于古制，不算苛刻，自从神宗设立矿税以来，太监们四处索要，任意提价，人们的生活渐渐变得困苦起来。辽东战事之后，每年的边饷都是从百姓那搜刮来的，百姓们穷困潦倒。后来明朝廷又裁减了内地士兵的几十万粮饷，减去各处驿站几十万的开销。士兵填不饱肚子，驿站又没有余粮，于是纷纷逃跑，亡命山谷，聚集起来做了盗匪，并趁机胁迫良民下水。百姓们没有粮食填肚子，哪还活得下去？投奔绿林，以劫掠为生，至少能填饱肚子。天意也怪，居然连连发生灾荒，生怕百姓们不肯作乱似的。今年水涝，明年旱灾，地里寸草不生，官兵还来索要税银，百姓苦不堪言，只好一个个当了盗贼。

起先是云南、贵州等地的蛮人作乱，首领奢崇明与安邦彦沆瀣一气，负隅顽抗。总督闵梦得敷衍了两三年没有什么效果。怀宗即位后，奢、安逆贼越发嚣张，奢崇明自号为"大梁王"，安邦彦自称"四裔大长老"，扰乱四方，到处掳掠。怀宗起用朱燮元为总督，调集云南、四川、贵州三路大兵直捣贼巢，杀奢崇明，斩安邦彦，接着分设土司，开垦荒田，筑堡置戍，设立驿站通道。西南一带，这才相安无事。

西南平定后，西北再起波澜。陕西巡抚乔应甲、延绥巡抚朱童蒙都是魏忠贤的余党，只知道虐待百姓。连年的饥荒过后，出了一班流寇，他们为害四方，把大明一座完好江山，弄得东残西缺。第一个作乱的盗匪头子，是府谷百姓王嘉胤。王嘉胤部下有两个大贼，一个是李自成，一个是张献忠。张献忠是延安人，足智多谋，曾经与王嘉胤互通往来。王嘉胤打劫富家的粮食，被当地悬赏缉捕，索性揭竿为盗，张献忠率领众人投奔了他，贼众称他为"八大王"。李自成是米脂人，诡计多端，擅长骑射，因家里穷做了驿卒。驿站裁减之后，李自成没了饭碗，也去奔投王嘉胤。王嘉胤带着五六千名手下，聚居在延庆府中的黄龙山，后来又有白水贼目王二、宜川贼目王左挂、安塞马贼目高迎祥、饥民王大梁、逃兵周大旺等人率领众人响应。这时陕西巡抚已经改任刘廷宴。刘廷宴昏庸无能，各个州县相继告警，他却斥退报信的人说："这些不过是地方上的饥民，能有什么大志？缓两天自然就解散了。"于是匪寇越聚越多，刘廷宴无可奈何，只好据实奏报。怀宗命左副都御史杨鹤为兵部尚书，出去监督三边军务，剿捕匪寇。杨鹤上任后，商洛道刘应遇已经杀死王二，斩获王大梁；督粮道洪承畴也击破王左挂，捕斩周大旺。杨鹤不乘胜追剿却主张招抚，下令各军不得妄杀。于是匪寇们死灰复燃，转衰为盛。正巧这个时候，满洲军入犯京城，各省派兵前去支援京城。陕甘兵奉调东下却在中途逃散，山西兵在良乡大溃。一帮窜逃的溃兵不知道该向东，还是该向西，结果铤而走险，一起做了匪类。

明朝廷又起用前总兵杜文焕前去讨伐贼寇。杜文焕给王嘉胤、王左挂二人发去檄文，令他们投诚。王左挂那时正巧走投无路，就与党羽王子顺、苗美等人投降。唯独王嘉胤不肯受抚，竟然攻陷府谷，占城抗命。总督杨鹤并不上报，只派官兵四处招降。贼寇王虎、小红狼、一丈青、掠地虎、混江龙等人都假装投降，杨鹤一律授给免死牌，将他们安插在延绥、河曲间。其实他们通通盗性未改，淫掠如故，不过表面上不放火不杀人，自称安分守己。百姓们忍气吞声，无从控诉，孤男弱女束手待毙。有刁蛮狡猾的，跟着盗贼一起走了。朝旨升洪承畴为延绥巡抚，与副总兵曹文诏共同剿贼。曹文诏忠勇过人，仗着一杆蛇矛，东西驰击，贼党就像羊入虎口，多半被刺杀。王嘉胤不自量力，竟然率众与曹文诏对垒。二人一场恶战，杀得王嘉胤大败而逃。曹文诏追到阳城，再次与王嘉胤接仗，王嘉胤招架不住，被曹文诏刺死。张献忠率领两千部下投降。李自成逃到高迎祥那里。高迎祥是李自成的舅舅，当然将李自成收留。王嘉胤的余党另推李自用为头目，绰号"紫金梁"，仍然出没于西陲。

## 曹文诏扬威

三边总督杨鹤一心想着招抚，于是下令王左挂等盗匪头子免死。王左挂再次叛变后，才被诛杀。杨鹤又招降神一元的弟弟神一魁。神一元攻陷保安之后，被副总兵张应昌击败，伤重而亡。神一魁继承了兄长的位置，带领贼众继续作乱。后来被总兵贺虎臣、杜文焕围困，弃城南逃，转攻庆阳、合水。杨鹤派人前去招降，神一魁果然前来，伏地谢罪。其他的贼目如金翅鹏、过天星、独头虎、上天龙等人也先后前来降顺。杨鹤命人在城楼上虚设了御座，众贼在城下跪拜，齐呼万岁。杨鹤当下传令，某人解散，某人归伍，某人归农，众贼表面上答应着，心中却藐视杨鹤。又见他军容不整，只仗着一个虚名皇帝，作威作福，都觉得杨鹤没有什么可怕的。众人起身离开后，还去做那盗贼的营生。神一魁在城里只住了几天，因为杨鹤诱杀了他的同党刘金，随即背叛而去。御史谢三宾及巡按御史吴甡，轮流参劾杨鹤纵盗殃民。明朝廷将杨鹤拿问，坐罪戍边，特意调延绥巡抚洪承畴总督三边。洪承畴刚刚收降了张献忠，将他编为部下。张献忠佯装恭谨，洪承畴还以为他是真心诚意地投降。这时高迎祥、李自成等人，聚集了一万多名山西的散兵，推举高迎祥为闯王，李自成为闯将，转攻山西、河南。并派人联络张献忠，张献忠一接到消息，立即背叛了洪承畴，与高迎祥联合起来，横行山西。此后秦贼为一路，晋贼为一路，做出的事情惨不忍睹。

总督洪承畴与总兵曹文诏商议一番之后，决定先剿除秦贼，再剿除晋贼。曹文诏转战东西，连败绥德、宜君、清涧、米脂等地的贼兵，斩杀了点灯子、扫地王，又从郿州的小路绕到庆阳，与甘肃总兵杨嘉谟、副将王性善会师，袭击红军友、李都司、杜三、杨老柴等人。贼兵三战三败，杜三、杨老柴束手就擒，红军友、李都司逃脱，曹文诏与杨嘉谟从后面追上，用反间计让贼党杀死了红军友，随后乘势打败贼兵。游击曹变蛟是曹文诏的侄子，他鼓足勇气，率先登山，后面的兵马随即跟上，把贼兵斩杀殆尽。李都司逃脱后，纠集可天飞、独行狼等人围攻合水。曹文诏连夜赶去支援，快到城下的时候，有一千多名老弱散兵前来迎战，不到几个回合，纷纷退走。曹文诏麾兵直追，一直追到南原。忽然听到呼哨四起，贼兵遍野而来，将曹文诏四面围住。城上的守兵互相传告："曹将军身陷埋伏了，怎么办？怎么办？"话音未落，只见曹文诏挺着长矛，左驰右突，匹马盘旋，敌兵纷纷败下阵来。守兵暗暗喝彩，也振作精神，鼓噪杀出。贼兵被杀得尸横遍野，血流成河。李都司等人边战边退，到了铜川桥才抱头窜去。第二天黎明，曹文诏与宁夏总兵贺虎臣、固原总兵杨麒会师，前去追击贼兵。来到甘泉县的虎兕凹时，贼兵正在做饭。看到官军前来，一个个吓得魂飞魄散，急忙丢盔弃甲，逃命去了。

总督洪承畴这时候也带着精兵整队前来。一路上转战平凉，途中杀死可天飞、郝临庵、独行狼等人。当时神一魁占据宁塞后被同党黄友才杀死，黄友才又被副总兵张应昌杀死。关中的巨寇多半被杀，巡抚范复粹上疏报捷，将曹文诏报为头功。巡按御史等人也褒奖曹文诏。只有洪承畴的奏折，对曹文诏一字未提。后来，范复粹再次上疏申请，被兵部按压下来。于是曹文诏不但没能叙功，反而被派去剿灭晋贼。

闯王高迎祥以及李自成、张献忠等人分头出兵，连连攻陷大宁、隰州、泽州、寿阳等州县。宣大总督张宗衡到平阳堵截，巡抚许鼎臣到汾州堵截，参将李卑、贺人龙、艾万年等人也率关中兵前来支援官军。这时候，许鼎臣却和张宗衡产生了矛盾，弄得三位将领无所适从，只好坐看贼兵肆意横行。老回回、过天星、混世王等人趁机窜入，大肆劫掠。多亏曹文诏东渡而来，越过霍州，抵达汾洲，与贼众拼杀，这才扼制住贼人的势头。

334

贼众逃到盂县，又被曹文诏击败。转而逃到寿阳，正好和许鼎臣的部下张宰迎头撞着。张宰本来是许鼎臣的谋士，随从只有一两千人。他不过是在途中巡逻放哨，并没有堵截贼兵的意思。贼兵反而被他吓得四处乱窜。混世王纵马奔逃，被一员大将一矛刺来，由胸穿背，立刻坠马而死。来将不是别人，正是总兵曹文诏。曹文诏刺死混世王之后，奋力疾追，把寿阳、泽州的贼兵全部赶走。紫金梁、老回回、过天星等贼见了曹文诏的大旗，立即飞逃而去。连高迎祥等人也站不住脚，一股脑儿跑到河北去了。有几股贼兵从摩天岭西下，直达武安。副将左良玉率领河南兵前去拦截，中了贼兵的埋伏，六七千名士兵全部战死。左良玉败退，匪寇的气焰再次高涨，河北怀庆、彰德、卫辉三府所属的州县被抢掠一空。

潞王常淓是穆宗的孙子，父亲名叫翊镠。他听说流寇逼近，立即上疏告急。怀宗命总兵倪宠、王朴率领京营兵六千人前去支援，并命太监杨进朝、卢九德做监军。然后催促曹文诏移兵会剿。曹文诏奉命之后，从山西赶赴河北。到怀庆的时候，贼首滚地龙正在奸淫掳掠，猛然间听说曹文诏到来，来不及逃走，只好硬着头皮上前抵敌。怎奈曹军凭着一股锐气砍杀过来，滚地龙抵挡不住，好好的一颗头颅就被砍去了。剩下的贼党四散而逃。曹文诏追到济源，老回回望尘远逃。曹文诏与李卑、艾万年、汤九州、邓圯以及左良玉等将，接连攻破高迎祥、李自成、张献忠、罗汝才等贼，正准备圈地围剿，杀他个片甲不留。哪知巡按御史刘令誉嫉贤妒能，竟然参劾曹文诏恃胜而骄，朝旨立即将曹文诏调回大同。

高迎祥听说曹文诏被调走，心宽了一大半。但前有河南兵，后有京营兵，进退两难，便想出一条假降的计策。他把沿途所夺的金银财宝，全部贿赂了各处带兵的官员，假装乞降。各将不敢做主，只有太监杨进朝拿人钱财，替人消灾，代他入奏朝廷，并让各位将领停战。当时正值严冬，天寒地冻，高迎祥等人从毛家寨渡河而去，河南兵无一出来阻拦。等到渑池、伊阳、卢氏三县相继传来警报，巡抚元默才派兵围剿。贼兵竟然窜入卢氏山中，从小路进入内乡，大肆掠夺南阳、汝宁，接着窜到湖广去了。

西寇紧急的时候，登州游击孔有德、耿仲明等人也开始聚众作乱。孔有德与耿仲明都是毛文龙的义子，毛文龙被杀后，他们曾经给满洲送款，逗留在东江一带，被明朝廷封为游击。孔、耿二人的同党李九成也做了副将。正巧满洲兵侵略辽东，围攻大凌城，孙元化派孔有德前去支援官军。孔有德假装出师，来到吴桥正碰上雨雪交加的天气，士兵们没有东西可吃，顿时喧哗起来。李九成与儿子李应元引诱众人作乱，要劫持孔有德。孔有德本来就图谋不轨，自然顺水推舟，拱手听命。随后带领叛兵掉转矛头攻陷陵县、临邑、商河、新城、青城等地。山东巡抚余大成派兵抵御，大败而归，正要亲自出师，登、莱巡抚孙元化忽然造访。二人商议了很久，孙元化还是主张招抚，余大成正好不用奔波，自然也就答应下来。

孙元化回到署衙之后，给所属的郡县发去檄文，让他们不必袭击，另外派人诏谕孔有德。孔有德假装答应来使，然后与李九成直达登州。总兵张可大正好在城外驻兵，认为孔有德狡诈，应该防备，不等孙元化下令，竟然去袭击孔有德。孔有德倒也吓了一跳，两下交锋，眼看着孔有德的军马要败下阵去，偏偏孙元化派人下令停战。张可大军心一乱，反被孔有德杀了大半。张可大气愤地回到城中，孔有德还留在城外，见天色已晚，就下令休息。晚餐结束后，孔有德忽然看见城里火光四起，料定有内应，急忙率兵攻城。正巧东门大开，在门口迎接的，正是同党耿仲明。孔有德大喜，进城之后，急忙奔向署衙。那时候孙元化正想自尽，孔有德当即上前阻止，并说："蒙大帅的恩德，绝不加害！"孙元化默不作声。其他官员都被捉住，只有总兵张可大将小妾陈氏杀死后，悬梁殉节了。

孔有德等人攻破黄县、平度，又将莱城四面围住。徐从治屡屡出兵，斩获了不少贼兵，孔有德等人却始终不肯退去。相持几个月之后，忽然听说明朝廷派侍郎孙宇烈总督山东，统兵两万五千名，浩浩荡荡而来。徐从治、谢琏等人还以为大军前来支援莱城，莱城可以即日解围。哪知这孙宇烈在中途一味逗留，只想派人招抚。孔有德等人用议抚的条款将他敷衍，并放回孙元化以及所拘押的官吏，假意归附。暗地里却运来西洋大炮，猛轰莱城。徐从治刚刚登城督守，不料炮弹无情，正好击中要害，立时毙命。莱城勉强支撑了一个多月，孙宇烈始终不来，城中已经难以支撑。孔有德听到消息后，假装派人去约定投降日期，还让文武官员出城抚慰。谢琏料知他要诈，留下总兵杨御蕃守城，自己和知府朱万年出城招降。孔有德等人见了谢琏，下马跪拜，装出一副叩头的样子。谢琏和朱万年刚刚下马安慰，就被孔有德的手下挟持而去。杨御蕃见二人中计，连忙紧闭城门，登城守御。果然叛军猛力攻城，城上箭石交加，才算将敌人击退。随后叛军绑着朱万年来到城下，胁迫他劝官兵投降。朱万年厉声说道："我死了！你们还要坚守啊！"杨御蕃俯视着朱万年，不禁涕泪交加。朱万年又说："我误中贼人的奸计，死不瞑目。杨总兵！你快发大炮，轰死几个叛贼，也好替我报仇。"说到"仇"字，脑袋已经被砍下。杨御蕃气愤难忍，立即下令士兵开炮，"扑通，扑通"放了几声，轰死很多叛军，孔有德这才收兵退下。谢琏绝食自尽。怀宗听到警耗之后，异常痛愤，立即逮孙宇烈下狱，杀死了孙元化，命参政朱大典为佥都御史，巡抚山东。又命中官高起潜监护着军饷，兼程而进。

朱大典命副将靳国臣、参将祖宽为前锋，直达沙河，孔有德督军迎战。祖宽跃马奔出，挺枪死斗，勇不可当。靳国臣又驱兵大进，以一当十，以十当百，任孔有德如何骁勇，也被杀得大败而逃。祖宽等人追到城下，孔有德料定支撑不住，趁着夜深人静的时候，向东逃去。莱城被围困了七个多月，到这里才算解围，百姓齐声欢呼。

第二天，总兵金国奇等人又收复了黄县，斩敌一万三千，活擒八百。将领牟文绶提兵支援平度，斩杀贼首陈有时。孔有德等人窜到登州。朱大典集中各路兵马，来到登州城下，亲自督攻。登州城三面环山，一面距海，北有水城，与大城相接。水城上有门，可以通往大海。因为这条通道，登州城才屡攻不下。后来围困过久，李九成出城迎战，中箭身亡。祖宽等人乘胜驱杀，攻破了水门外面的护墙。孔有德连忙收拾好金银财宝，携妻带子到海上逃命去了。耿仲明、毛承禄等人也相继逃走，登州随即被攻下。孔有德等人逃到旅顺，岛中忽然驶出几十艘战舰。最前面的一艘上站着一员铁甲银盔的大将，高声喝道："叛贼休走！"

## 秦良玉千里勤王

这员大将乃是岛帅黄龙。孔有德命毛承禄、李应元等人上前迎敌，自己则与耿仲明向东逃去，投降了满洲。毛承禄等人战不过黄龙，李应元当即战死，毛承禄被黄龙生擒，押解到京师后，以大逆不道罪，在闹市凌迟处死。登州、莱城一带总算平定了。

辽东那边，自从孙承宗督师关上以来，接连收复了滦州、迁安、永平、遵化四城，又整缮了关外的旧堡垒，军威大振。偏偏这时候，来了个巡抚邱禾嘉，与孙承宗常常发生矛盾。孙承宗准备先修筑大凌城，邱禾嘉却要同时修筑右屯城，二人因分工问题起了争议。最后两城都还没有完工的时候，满洲兵就已经攻到城下。邱禾嘉率总兵吴襄、宋伟支援大凌城，连战连败，逃回锦州。大凌城的守将是祖大寿和何可纲，二人坚守了两三个月，粮尽援绝。满洲兵将招降书射到城里，祖大寿想投降，何可纲不肯答应。祖大寿竟起了异心，把何可纲杀死，然后开城投降。满洲太宗随即班师回国。邱禾嘉立即被罢免，孙承宗遭到朝中大臣的议论，只好辞官还乡。

孔有德、耿仲明投降满洲之后，立即怂恿满洲太宗袭取旅顺。他的本意无非是忌恨岛帅黄龙，想借着满洲的兵力，前去报仇。满洲太宗乐得答应，先出兵鸭绿江，作为疑兵，然后令孔有德、耿仲明带着满洲兵偷袭旅顺。黄龙果然中计，把大部分的水兵都派去鸭绿江阻截，岛中仅存一千多人。满洲兵赶到时，黄龙仓皇抵御，终究是寡不敌众。岛上的军械储备向来单薄，孤守几天后就支撑不住了。黄龙自刎而死，部将李惟鸾、项祚临、樊化龙等人全部战死，满洲兵稳稳当当地占据了旅顺。旅顺岛之外，还有一个广鹿岛，副将尚可喜守在那里。尚可喜也是毛文龙的旧部，接到孔有德的招降信之后，也率部下投降了满洲。满洲太宗留下尚可喜守着两个岛，令孔有德、耿仲明率兵返回。二人因为建议有功，孔有德被封为满洲都元帅，耿仲明被封为满洲总兵，后来尚可喜也被封为满洲总兵。

洪承畴调督三边，延绥巡抚的空缺给了陈奇瑜。陈奇瑜分别派出各位将领，斩杀贼目金翅鹏、一条龙等人，进攻到延水关。延水关前有大山，下有黄河，地势非常险要。贼首钻天哨、开山斧等人占据关口，负隅顽抗，屡次打败官军。陈奇瑜假装派兵攻打别的地方，自己带着精骑火速赶路，趁夜钻入山寨。钻天哨、开山斧二人正拥着妇女酣睡，猛然间听到寨外杀声震天，揭开帐子一瞧，只见红光冲天，火星迸射，急得呼叫都来不及，赤条条地跃出床外，忙乱中找了一把短刀，出来迎敌。那时，官兵已如潮水一般涌入，二贼赤身裸体，哪禁得住刀砍枪刺，不到一会儿工夫，全部被杀。他们的部下走投无路，不是被火烧死，就是被官兵杀死。延水关被攻下之后，贼党一座城冒冒失失地赶来，带着一千多名悍匪，居然想抢回延水关。陈奇瑜麾军出击，不到一两个时辰，就把贼徒一网打尽，一座城也跑到鬼门关去了。延水关平定后，陈奇瑜威名大震。

这个时候，闯王高迎祥等人窜到了湖广一带，在襄阳、郧阳等地大肆劫掠。老回回、过天星等人从郧阳进入四川，攻陷夔州。明朝廷升陈奇瑜为兵部侍郎，总督河南、山西、陕西、四川、湖广五省的军务。陈奇瑜赶到均州，分别邀陕西巡抚练国事、河南巡抚元默、湖广巡抚唐晖及郧阳巡抚卢象昇四面夹击。经过大小几十场战役，擒住贼目十几人，斩敌一万多。贼众四处乱窜，有的逃到河南，有的逃到浙江、四川，有的逃往商雒。张献忠向商雒逃去，高迎祥、李自成等人逃到汉中的车厢峡。车厢峡在万山的中间，只有进去的路，没有出来的路。里面山岭相连，绵延数十里不断，闯王、闯将误入此处，身陷绝境。贼众向来不会贮藏粮饷，那些四处劫掠、随手夺来的东西早已吃光了。这时候窜到山里，满山都是荆棘，问谁抢粮食吃？老天又连降淫雨，淋漓了三四十天，弓箭都被泡烂，马也没有吃的。闯王、闯将力竭计穷，想原路退回，可那峡口之外统统都是官兵，枪戟林立，炮石累累，插翅也难飞出去。高迎祥惶急万状，准备束手待毙。幸亏李自成听从顾君恩的计策，搜罗了一些金银财宝，去贿赂陈奇瑜的左右，让他们转达投降的意思。陈奇瑜见贼党被困，渐渐骄傲起来，便让他们出来投降。李自成竟然自绑双手，大胆出来，在陈奇瑜马前叩头谢恩，乞求免死。陈奇瑜趾高气扬，检阅了一下贼众，一共三万六千多人，将他们全部遣回原籍。每一百名贼兵，只用一名安抚官押送，并下令所过州县要提供粮饷。高迎祥、李自成等人叩谢而去。贼众离开大军差不多有几十里的时候，李自成突然奋起，刺杀了安抚官，其他人也一同下手，把所有的安抚官全部杀死。然后沿途劫掠，向西直奔秦中。

给事中顾国宝、御史傅永淳轮流参劾陈奇瑜收受贿赂，放走贼兵。朝廷下旨逮问，让陈奇瑜戍守边关去了，另派洪承畴代任。洪承畴不过是个寻常的将才，既要总督三边，又要管辖五省，再怎么尽力，也顾不来。而且山西、陕西、河南一带不是水涝，便是旱灾，遍地饿殍。虽然怀宗下诏开仓放粮，可区区几个府衙的粮食，根本救不活几百万的饥民。还有些黑心的太监，将钱粮一半儿赈灾，一半儿中饱私囊。于是成千成万的饥民投奔了流寇。闯王、闯将回到陕西的时候，部众已经多达二十几万，又开始肆意蹂躏巩昌、平凉、临洮、凤翔等府。洪承畴约山西、河南、四川、湖广的各路兵马分道进入陕西。高迎祥、李自成东走河南。副将左良玉扼守新安、渑池，不敢出兵，任贼兵逃出。灵宝、汜水、荥阳等地又开始聚集贼兵。洪承畴准备亲出潼关，督兵讨贼。贼党得到消息后，就齐集荥阳，商议如何对付官兵，总共来了十三家七十二营。

这十三家七十二营的贼目议论纷纷，商量了很久还是没有决定。李自成悍然说道："匹夫还想着奋进，况且我们有二十万士兵，岂有半途而废的道理？官兵虽多，未必个个中用。如今之计，我们应该分管各地，与官兵一决雌雄。胜负得失，都听天由命，有什么好顾虑的呢！"大家见他意气风发，不禁摩拳擦掌地说："闯将的话很有道理，我们就这么办吧。"于是议定革里眼、左金王抵挡川、湖的兵马；横天王、混十万抵挡陕西的兵马；过天星守在河上，抵挡河南兵马；高迎祥、李自成与张献忠攻打东方；老回回、九条龙往来于这几人之间，互相援应。因为担心陕西的官兵多，便让射塌天、改世王帮助横天王、混十万二人。约定攻破城池之后，财宝和女人均分。众贼目答应下来，各自行动去了。

高迎祥、李自成、张献忠三人率兵向东，攻陷霍州、颍州，径直来到凤阳。凤阳留守朱国相带领指挥袁瑞征、吕承荫等人，领兵三千，拼死抵抗，最终因寡不敌众，为贼兵所败。朱国相自刎身亡，其他将士全部战死。贼众焚烧皇陵，杀死守陵太监六十多人，将知府颜容暄关押起来。高迎祥、李自成、张献忠三人高坐堂上，击鼓奏乐，把颜容暄活活杖死。还杀了推官万文英等几十人，毁掉房屋两万两千六百余间。张献忠在皇陵捉到一个善于鼓吹的小太监，李自成向他索要，张献忠不给。李自成十分恼怒，竟然带着高迎祥赶赴归德。张献忠随即攻陷庐江、巢县、无为、潜山、太湖、宿松等城，大肆抢劫了几个月。怀宗无计可施，只好派侍郎朱大典总督漕运，巡抚凤阳。

张献忠听说朱大典要来，有些惧怕他的威名。再加上江北县城里的百姓都结成山寨，山寨里有火药、弓箭，贼兵与之抗衡时，也有很多伤亡。张献忠随即西出麻城，从汉口回到陕西。高迎祥、李自成等人因为归德一带官兵四集，也窜入了陕西境内。副将艾万年、柳国镇等先后阵亡。总兵曹文诏自从调到大同后，一直奉命剿贼，此次听到陕西的贼警，急忙赶到信阳觐见洪承畴。洪承畴慢悠悠地说："不是将军不能消灭这些贼兵，只是我的兵马已经分派下去，无法策应。将军如果一定要去，我就从泾阳赶到淳化，给你做后应。"曹文诏没有办法，只好率领三千人从宁州进发，赶到真宁县的湫头镇。见前面贼旗招展，蜂拥而来，当即布阵迎敌。侄子曹变蛟带着前锋，跃马出阵，横扫贼兵，斩敌五百多名，一直追了贼兵三十多里。曹文诏率领步兵继续跟进。那时天色已晚，贼兵忽然从四面八方围来，一时间，箭如雨下。曹文诏左突右闪，用矛刺杀一百多名贼兵。贼兵一开始还不知道有曹文诏，后来有叛兵大声喊道："这是曹总兵，怪不得如此神勇！"贼目听到"曹总兵"三个字，岂肯轻易放过？立即指挥贼众，越围越急。曹文诏还在挺矛乱刺，哪知矛头竟然折断，身上又中了数箭，忍痛不住，竟然拔出佩刀，自刎而死。游击、平安以下共死了二十多人，只有曹变蛟逃脱。贼兵乘胜而前，到处纵火，西安城里火光冲天。等洪承畴到达泾阳时，曹文诏已经战死好几天了。怀宗听说曹文诏阵亡，痛心疾首，钦赐祭葬，世袭指挥金事。命卢象昇为兵部侍郎，总管江北、河南、山东、湖广、四川军务，与洪承畴分头讨贼。洪承畴管理西北，卢象昇管理东南，双方各有专责，军务稍稍有些起色。

洪承畴攻打高迎详、李自成，转战渭南、临潼之间。李自成大败之后，向东逃去；高迎祥也是屡战屡败，与李自成分道东行，从河南赶到江北，攻陷含山、和州后，进犯滁州。卢象昇召集各路将领，奔走于各地之间杀死贼兵无数。高迎祥、李自成渡河西走，再次进入陕西，这时已经是崇祯九年了。

这一年，满洲太宗平定察哈尔部，收复了内蒙古境内。在此期间，缴获元朝遗留下来的传国御玺，于是满洲太宗自称为帝，改国号大清，改天聪十年为崇德元年。察哈尔部的酋长林丹汗向西逃去，清太宗担心他死灰复燃，便派兵追赶，一直追到归化城，都不见下落。士兵们捉不住林丹汗，就顺路攻打明朝边境，骚扰宣州、应州、大同等地，抢来牲畜七万六千头，唱着凯歌离开了。没过多久，清太宗又派将领攻入喜峰口，从小路赶到昌平，巡关御史王肇坤战死。清兵连连攻下很多州县。顺义知县上官荩、宝坻知县赵国鼎、定兴教谕熊嘉志以及在籍的太常少卿鹿善继、安肃知县郑延任，全部殉死社稷。

警报传到了明朝廷，给事中王家彦参劾兵部尚书张凤翼不事先做好准备，有负职守。张凤翼就自请督兵，怀宗命他与中官罗维宁、宣大总兵梁廷栋互相照应，防御敌军。这张凤翼毫无能耐，只因被人参劾，没有办法才请命出师，以堵住众人的嘴。离开都城以后，张凤翼逗留不前，作壁上观。那时京城一带再次告警，怀宗下诏各镇兵马火速入京勤王。各镇兵马或退缩不前，或被流贼牵制，无暇支援。唐王聿键是太祖的第二十三个儿子朱桱的第七世孙，袭封南阳，只有他一人仗义勤王。走到裕州的时候，朝旨忽然颁下，反说他擅离封土，居心叵测，勒令退还。聿键丈二和尚摸不着头脑，只好遵旨南归。后来朝廷加罪，竟然把他废为庶人，幽锢在凤阳。卢象昇鞠躬报主，听说各镇兵马都袖手旁观，仍激励兵马前来支援。还有一位出类拔萃的女丈夫，也不惜从千里之外星夜奔波，入京保卫怀宗。那便是之前帮助剿灭蛮夷，连破贼寨的秦良玉。原来秦良玉自从永宁、水西依次荡平以后，论功嘉赏，授予三品朝服。秦良玉就脱下发钗、耳环，除去环佩，改换男装，峨冠博带，做了一个美貌男子。并且挑选了三五百名健壮的妇女，让她们换上男人的衣服作为亲兵。贼兵窜入蜀道，进陷夔州的时候，她立即出兵把守，阻止贼兵西进。这次听说勤王诏颁下，秦良玉马上召集各部士兵，以忠义相勉励，火速赶来增援。入都之后，清兵已经抢足了东西，退了下去，京师解严。怀宗听说她赶了过来，觉得诧异，立即传旨召见。秦良玉穿着朝服朝冠，登阶叩头，三呼万岁。怀宗温言慰勉，她不慌不忙，从容奏对。不但怀宗非常高兴，就连朝中的一班大臣也都肃然起敬。怀宗当即晋封秦良玉为一品夫人，还亲自写了诗篇赐给她，作为特别的宠赐。秦良玉受赐之后，仍然带兵返回蜀地去了。

## 卢象昇之死

崇祯三年至九年，这六年期间，内阁大臣时不时地变动。吴宗达、钱象坤、郑以伟、徐光启、钱士升、王应熊等差不多有二十多人，除了在职病逝之外，通通是入阁不久就被退免。说起原因，都是那才能平庸、气量狭小的温体仁弄出来的。温体仁在崇祯三年入阁，之后就像铜浇铁铸一般，再也没有变动过官职。他表面上谦虚谨慎，遇到国家大事，一定首先禀报怀宗亲裁，内忧外患的时候，没听说他献上一条计策。怀宗陈纲独断，还以为他恭谨谦和，将他任为首辅。哪知他专门排挤异党，倾轧同僚，所有的内阁大臣不管才能如何，只要对他稍稍违忤，马上就会遭到排斥。钱象坤是温体仁的门生，他在温体仁之前入阁。后来温体仁辅政，钱象坤对他行弟子礼，凡事都很谦让，唯独不肯无端附和。温体仁将他视为异己，排斥出阁。即便是暗地里为温体仁援引的周延儒也中了他的阴谋，只好辞官告退。工部侍郎刘宗周屡次上疏指陈时弊，言辞虽然激愤，却并没有明斥温体仁。温体仁竟然恨他多嘴，准备编造刘宗周的罪状。正巧刘宗周的奏折中有一句话牵扯到温体仁，温体仁就入奏怀宗，情愿辞官。怀宗正信任温体仁，自然迁怒于刘宗周，当即传旨将他削官。刘宗周是山阴人，回乡之后便隐居讲学去了。后来刘宗周在蕺山讲学，被人称为"蕺山先生"。温体仁又建议内阁的揭帖一概不颁发，所以大臣们即使被他中伤，也无人知晓。但天下事若要人不知，除非己莫为。自己陷害别人，免不了也会被别人陷害。常熟人张汉儒依照温体仁的意思诬陷钱谦益，温体仁随即拟旨逮问钱谦益。钱谦益担心得很，就买通了几道关口，向司礼监曹化淳求救。张汉儒得知情形后，密告温体仁，温体仁又去请怀宗判曹化淳的罪。曹化淳是怀宗的幸臣，得到消息后，马上到皇帝面前哭诉，请求彻查。最后查出温体仁、张汉儒朋比为奸。怀宗这才醒悟，先将张汉儒处死，又将温体仁免官。温体仁还悠然自得，自以为没事，哪知竟有免官诏旨下来，当时便吓得面如土色，连筷子都掉到了地上。

此后，怀宗又起用了另外一班内阁大臣，如张至发、孔贞运、贺逢圣、黄士俊、刘宇亮、傅冠、薛国观等人，大多是几进几退，毫无建树。此外，内外的监军全部由阉人担当。京外的监军以太监高起潜为首，京内的监军以太监曹化淳为首。后来怀宗召杨嗣昌为兵部尚书兼东阁大学士，参与机要政务。这杨嗣昌胸中没有什么雄才伟略，单靠一张利嘴能言善辩。他提议大举平定乱贼，将各省官兵分为四正六隅，称为"十面罗网"。后来还呈上了筹集粮饷的四条建议，但四条里面没有一条可取。杨嗣昌留意将才，引荐了一人，此人是陈奇瑜第二，叫做熊文灿。熊文灿本来在广西任职，怀宗因为有杨嗣昌推荐，就派身边的太监去察探虚实。熊文灿留他宴饮十日，并给了几百金的贿赂。席间谈到中原寇乱的时候，熊文灿酒酣耳热，不禁拍案痛骂："都是庸臣误国才遗祸国家，若让文灿前去，还用得着担心吗？"中使站起来说："上面正想起用您，您如果真有拨乱之才，朝旨立刻就下了。"熊文灿还在那里说个不停。第二天酒醒之后，熊文灿后悔自己失言，又与太监谈到五难四不可的条件。

过了几天，诏命果然颁下，授熊文灿为兵部尚书，总管南畿、河南、山西、陕西、湖广、四川军务。熊文灿毫不推辞，立即招募粤人用来自卫，弓箭甲胄很是整齐。一切就绪之后，熊文灿起程北行。路过庐山的时候，熊文灿前去拜见僧人空隐。空隐素有才学，只因痛心乱世，才弃家为僧。熊文灿与他是故交，二人一见面，空隐也不向他祝贺，只对着他感慨道："错了！错了！"熊文灿觉得他话中有话，就屏退随从，问起原因。空隐说："您此次受命领兵，自问能制敌于死地吗？"熊文灿踌躇了半天，说了一句："不能。"空隐又问："剿贼的将领里有可以独当一面，不劳烦你指挥就能平定乱贼的吗？"熊文灿说："也没有。"空隐叹道："你连个依靠的人都没有，如何能担当大任？皇上对你的希望很大，一旦你让他失望，恐怕会遭到不测。"熊文灿听了这话，脸色大变，退了几步，又问道："招抚怎么样？"空隐说："我就知道你一定会出此下策，流寇与海寇不同，你还是慎重起见吧，千万不要误了自己，误了国家！"熊文灿半信半疑，告别而去。到了安庆，左良玉率兵前来会师，彼此叙谈一番，非常投契。熊文灿立即上疏，请将左良玉的六千名部下归自己直接管辖，朝旨允许。可这左良玉本来就桀骜不驯，哪里肯受熊文灿的统辖？彼此住了几天之后，左良玉的部下就开始和粤军不和，互相谩骂。熊文灿不得已，只好遣回南兵，自己与左良玉同入襄阳。

那时闯王高迎祥被陕抚孙传庭所擒，押解到京城，凌迟处死，贼党一起推举李自成为闯王。李自成带兵从陕西入川，刚出潼关，就被总督洪承畴以及川陕的兵马南北夹击。李自成所有的精锐被杀了个一干二净，连老婆孩子都不知去向。李自成逃脱后，想去投奔张献忠。忽然听说张献忠已经投降熊文灿，没办法只好窜到浙江、四川一带，投入老回回的大营。李自成在床上养了半年的病，又带着部下西去。

张献忠之前投降了洪承畴，没过多久就叛变了。这次为何又投降熊文灿呢？原来熊文灿来到襄阳后，沿途联络官兵，招安盗贼。张献忠狡黠善战，独自率众截杀，不肯听命。总兵左良玉、陈洪范两路夹击，张献忠一败涂地，额头上中了流箭，血流满面，险些被左良玉追上。贼目闯塌天与张献忠有过节，竟然到熊文灿那里乞降。张献忠得知后，担心他引来官兵，自己又负创过重，不能再战。于是派人到陈洪范大营里献上重金，表示情愿投降。张献忠刚做盗匪的时候，曾经被陈洪范擒获过。因为他相貌奇伟，被陈洪范释放。这次他又找人来说，蒙陈大人的大恩，愿意率领部下投靠官兵，并杀贼赎罪。陈洪范大喜，转告熊文灿，接着接受了张献忠。张献忠来到熊文灿的营前，伏地请罪。熊文灿让他起来，详细询问了其他贼兵的情况，张献忠说自己能制服郧阳、襄阳的贼兵。熊文灿信以为真，就命他继续率领旧部驻扎在穀城。没过多久，张献忠招降罗汝才。罗汝才绰号"曹操"，狡诈程度不亚于张献忠。二贼投降后，其他的贼匪非常沮丧。熊文灿非常欢慰，上疏请怀宗赦免，特旨准奏。哪知二贼并不是真心投降，只不过是因为连战连败，走投无路，才借投降为名，暂时停止奔波，暗中仍然勾结爪牙，养精蓄锐。

中原稍稍有了喘息的机会，东北的战争再次爆发。清太宗征服朝鲜，大兴兵甲。命亲王多尔衮、岳托为大将军，率领左右两路，分道攻击明境，一直打入长城的青山口，在蓟州会师。蓟、辽总督吴阿衡战败而死，监军官太监邓希诏逃走，清兵乘势攻入，直达牛阑山。此时总监高起潜正带着明军防守，高起潜根本不懂什么兵事，平时作威作福，紧急时刻掉头就跑。清兵顺势杀人，从卢沟桥直达良乡，连拔四十八座城池，高阳县也在其中。前大学士孙承宗在家养老，服毒自尽。他的十几个子孙赤手空拳与清兵搏杀，杀伤几十人后接连被清兵杀害。清兵又从德州渡河，南下山东，攻破十六个州县，并攻进济南。德王由枢是英宗的儿子见潾的六世孙，在济南袭封，竟被掳走。布政使张秉文巷战中箭，力竭而亡，妻子方氏、妾陈氏一同投入大明湖殉节。巡按御史宋学朱及副使周之训等人，或被杀，或自尽。只有巡抚颜继祖被杨嗣昌调到德州，途中与清兵错过，因此免祸。但济南的防兵大多跟着颜继祖北去，城内空虚，这才导致仓促间失守，因此不能不归罪于杨嗣昌。

杨嗣昌又邀宣大总督卢象昇带兵支援。卢象昇的父亲刚刚去世，卢象昇屡次上疏辞官，朝廷不许，只好移孝为忠赶到京师。卢象昇听说杨嗣昌与高起潜有议和的意思，心里非常不满。正巧怀宗召见他，便愤然说道："皇上命臣督兵，臣的意思是主战。"接着又说起了防守抵御的规划，怀宗一再点头，并命他与杨嗣昌、高起潜商议战守的事情。三人的意见当然不合，卢象昇干脆上疏请求怀宗，让他与杨、高二人分管兵权，互不干涉。朝廷就将宣大、山西三路兵马交给卢象昇，山海关、宁远的兵马交给高起潜。卢象昇被升为尚书，他感念皇上厚恩，准备向涿州进发。不料杨嗣昌竟然亲自来到军前，与他商讨和议，劝他不要轻易开战。卢象昇说："你们坚持要议和，怎么不想想城下乞盟的耻辱。长安的口舌如锋，难道不怕重蹈袁崇焕的覆辙吗?"杨嗣昌被他这么一说，顿时面红耳赤，半天才说道："照你这么说，直接拿上方宝剑杀了我好了。"卢象昇又愤愤说道："卢某既不能奔丧，又不能杀敌，上方宝剑应当先杀自己!"杨嗣昌说："你还是免了! 但愿你不要用谣言陷害人。"卢象昇说："周元忠到边境讲和，往来好几天，全国皆知，难道还能隐瞒?"杨嗣昌无话可说，只好怏怏而去。

原来周元忠曾在边境给人算卦，与边境的人熟识。所以杨嗣昌派他前去议和，却一直不得要领，只好敷衍塞责。卢象昇心直口快，索性全部说穿。过了一天，卢象昇又和高起潜发生争议。卢象昇一意进兵，于是从涿州赶到保定，听说清军三路入犯，就派出将领分头堵截。可惜卢象昇的手下兵马不满两万，清兵又如急风暴雨一般乘势攻下，因此城池大多失守。杨嗣昌竟然参劾卢象昇调度有误，于是卢象昇被削去尚书头衔，仍以侍郎的职位督师。卢象昇不以为意，他发愁的是兵少粮薄，没人支援，每天到了夜里，就独自饮酒哭泣。等天亮的时候，又鼓起精神督促士兵，有进无退。卢象昇请兵部提供粮饷，却被杨嗣昌暗中阻拦。眼看着粮饷已尽，将士们都饿着肚子，卢象昇知道自己离死不远，就在清晨的时候走出营帐，对着将士们下拜，并含泪说道："我与诸位同受国恩，只怕不得死，不怕不得生。"众位将士听了这话，一个个掉下眼泪，都请求与敌军决一死战。卢象昇从巨鹿出发，检点士兵，只剩下五千名。参赞主事杨廷麟因高起潜的大营相距只有五十里，想去那里求援。卢象昇说："他……他肯来支援我吗？"杨廷麟坚决请求，卢象昇握着杨廷麟的手，与他诀别："死在西市不如死在疆场。我以死报君，还觉得有愧呢。"

　　杨廷麟离开后，卢象昇等了一天，毫无音信，于是率兵径直赶到嵩水桥。远远看见清兵排山倒海一般杀过来，部下总兵王朴当即带兵逃走，只有总兵虎大威、杨国柱还跟在身边。卢象昇将部下分成三路，让虎大威率令左路，杨国柱率令右路，自己率领中军，与清兵拼死相争。一开始明军以一当十，还算支撑得住。大战半天之后，双方伤亡相当。傍晚的时候，双方休战。到了半夜，卢象昇听到鼓声大震，料知敌兵前来。出帐一望，只见自己的一座孤营已经被清兵团团围住，连忙率令虎大威、杨国柱等人奋力抵御。一直战到天亮，清兵越来越多，围得是里三圈外三圈。卢象昇麾兵奋战，炮尽弓穷。虎大威劝卢象昇突围逃走，卢象昇说："我从参军以来，经历过大小百十场战争，只知道向前，不知道退后。如今内有奸臣，外遇强敌，死期已到，还用多说什么？诸位请突围出去，留下性命报效国家，我就死在这里了！"说完，竟手持佩剑杀入敌阵。身中四箭三刀，仍然格杀清兵几十人，直到力竭身亡。虎大威、杨国柱仓皇逃脱。高起潜听到消息后，仓皇逃跑。杨廷麟只身回到大营，只见满目疮痍，尸横遍野。其中有一具尸首上披着麻衣，杨廷麟料定是卢象昇的遗骸，就邀同顺德知府于颖暂时将他掩埋，并联名上奏。杨嗣昌已经得知战败的事，竟想将它隐瞒。杨廷麟的奏折递上去之后，杨嗣昌只好说卢象昇轻战亡身，死不足惜。怀宗竟然误信谗言，不给抚恤。后来言官轮番参劾高起潜，说他拥兵不救，致使卢象昇战死疆场，高起潜这才被捕下狱。查明属实后，将他诛杀。一直到杨嗣昌战败，朝廷才给卢象昇抚恤。

　　卢象昇死后，清兵依然没有退下。明朝廷急忙令洪承畴总督蓟、辽，孙传庭总督保定、山东、河北的军务。孙传庭上疏求见，杨嗣昌担心他会说自己的坏话，便拟旨驳斥，只让他速速上任。孙传庭很不高兴，当即辞官。杨嗣昌又趁机参劾孙传庭逆旨偷生。怀宗不辨青红皂白，竟然逮捕孙传庭下狱，将他削职为民。幸好清兵只是来骚扰，并没有略地的意思，抢够东西就班师回去。明朝廷这才苟延残喘了五六年。

## 十八子主神器

　　熊文灿收降张献忠、罗汝才两贼之后，其他的贼匪都落荒而逃，湖广、河南一带稍稍平静。熊文灿于是上疏吹嘘了一番，怀宗加以厚赏。后来洪承畴被调走，孙传庭无辜下狱，张献忠又开始图谋不轨，一再向朝廷索要粮饷。榖城知县阮之钿屡次禀报熊文灿，让他早作预防，熊文灿却毫不理会。后来，张献忠杀死阮之钿，再次叛乱。罗汝才听说张献忠已经动手，自然起来响应，与张献忠一起攻陷房县，杀死知县郝景春。左良玉率兵追剿，途中遇到埋伏，丧失士兵一万多人，副将罗岱阵亡。杨嗣昌听到消息后大惊失色，急忙面奏怀宗，表示愿意亲自出兵讨贼。怀宗削去熊文灿的官，降了左良玉的职，命杨嗣昌接替熊文灿上任，赐了上方宝剑，以及督师辅臣的银印。临行前，怀宗亲自为他饯行。杨嗣昌拜谢而出，直奔襄阳。熊文灿正在和杨嗣昌办交接手续，锦衣卫忽然赶来，把他押解到京师，没过多久便被斩首弃市。

　　杨嗣昌把诸位将领召集起来，誓师剿贼。左良玉、陈洪范等人先后赶来。左良玉英姿勃勃，口若悬河，大受杨嗣昌的赏识。杨嗣昌立即上奏说左良玉有大将之才，请破格任用，应升为平贼将军。圣旨准奏。左良玉揣着将军大印，带着诸将来到枸平关，与张献忠相遇，几路兵马出师合击。张献忠战败，逃到蜀界，左良玉又从后面追杀。正在驱军大进的时候，忽然接到杨嗣昌的檄文，让他立即在兴平驻兵，另派贺人龙、李国安等人去追贼匪。左良玉愤愤地说："我正要以此建功立业，剿灭贼匪，他却阻止我前进，这是什么意思？"说完，把檄文扔到地上，仍然下令进兵，一直抵达太平县境内的玛瑙山。玛瑙山地势险峻。左良玉正准备据险扎营，猛然间听到山上有鼓噪的声音。仰头望去，只见贼人已经占据了山巅，乘机高呼。左良玉吩咐士兵不要轻举妄动，自己从容下马。前后左右看了一番，将兵马分为三队，从三面登山，下令道："听到鼓声才可以进攻。"各位将领踊跃听令，等了很久，却都没听到鼓声。众将士都感到诧异。远远望见山上的贼兵有的坐着，有的站着，阵势错乱，众将士不禁交头接耳地议论起来，都说此时不上山进攻，还等什么时候。偏偏中军的帐下，仍然没有一点响动，众将士不免焦躁起来。转眼间，天色已晚，忽闻鼓声大起，官兵随即三面齐登，直上山顶。张献忠正准备趁夜下山，不防左良玉已先行上来，且分兵三路，堵不胜堵，顿时手忙脚乱。官兵冲入敌阵，所向披靡。张献忠料定难以支撑，策马先逃。贼众见张献忠逃走，都逃命要紧，顿时败下阵来。当时天昏地暗，贼匪不是掉到山崖下面，就是被官兵杀死。贼党扫地王曹威、白马邓天王等十六人来不及逃命，相继战死。张献忠逃到山后，回头看看，只有几百残兵还跟着自己，连妻妾也不知哪里去了。这时候也没时间找她们，张献忠只顾急急忙忙逃到兴归的山里面去了。罗汝才刚从小路出来，准备侵犯夔州，迎头遇上石柱女官秦良玉。智曹操碰着勇貂蝉，一时间没有胜算。罗汝才的大旗被秦良玉夺去，手下的勇悍贼目被她砍死六人，罗汝才只好无可奈何地逃入大宁。

　　杨嗣昌听说两路贼匪都败下阵来，急忙命令左良玉和贺人龙将其赶尽杀绝。哪知左良玉不肯深入，贺人龙也一再逗留。原来玛瑙山还没有开战之前，杨嗣昌认为左良玉违令进兵，就准备夺取左良玉的封印，交给贺人龙掌管。为此，杨嗣昌曾经与贺人龙面谈，让他尽力杀敌。玛瑙山捷报传来之后，杨嗣昌左右为难，不得已只好委婉地转告贺人龙，让他静待后命。左良玉虽然没有被夺走大印，知道这个消息后，心里快快不快。贺人龙也是一肚子委屈。于是你推我诿，把剿灭贼寇的事搁在一边。张献忠派人到左良玉的大营游说："只有张献忠在，您才会被朝廷重用，否则您就不能幸免了。"左良玉认为这话有道理，于是乐得袖手旁观，按兵不动。张献忠趁机收拾残兵败将，西走白羊山，与罗汝才会合，接着再出渡江，攻陷大昌、开县，沿途烧杀抢掠。

　　杨嗣昌听说贼兵再次聚集，便亲自赶往蜀地，在重庆驻兵。监军评事万元吉对杨嗣昌说："左良玉、贺人龙两军都靠不住。贼兵要是向东逃去，必定成为大患。我们应该从小路出兵，截断他们的去路，这才是万全之策。"杨嗣昌不肯答应，只是一再命令左、贺两军围堵贼兵，不要让贼兵逃走。贺人龙在开县屯兵，找了个粮食不够吃的借口，带兵西去。左良玉拖拖拉拉了很久才率兵赶来。杨嗣昌准备水陆并进，追击张献忠，下令军中："罗汝才如果投降，立即免罪封官。张献忠罪无可恕，谁能献上张献忠的首级，立即赏赐一万两白银，并加官晋爵。"军令下达之后，过了一天，那辕门里面四处张着揭帖，上面竟写着："能斩督师杨嗣昌者，赏银三钱。"杨嗣昌看到后，非常惊愕，还以为左右都是贼兵，慌忙下令进兵。自己统领水师赶赴云阳，令诸将从陆地上追击贼兵。总兵猛如虎、参将刘士杰奋勇前驱，与张献忠相遇。刘士杰率先突阵，贼众大败。张献忠逃到山里，从高处俯瞰下去，见猛如虎一队只有前锋没有后应，于是想了一计。他命部下绕到山谷里，抄袭官兵的后背；自己带兵从高处驰下，夹击官军。刘士杰与游击郭开先后战死，只有猛如虎突围而出，物资、军符全部丢失。左良玉的兵马本来就在后面，不但不肯支援，反而闻风逃走。张献忠顺利进入湖北，途中还虏走了杨嗣昌的使臣。由襄阳返回四川的时候，张献忠从使臣口中得知襄阳空虚，便将使臣杀死，取得军符后，密令二十八名骑兵，改换成官兵的衣着服饰。张献忠让他们手持军符进入襄阳城，潜伏下来，作为内应。

襄阳是杨嗣昌的军府，各种物资储备有几十万。每道门都设有副将防守，盘查非常严格。化装成官兵的贼匪趁夜来到城下，敲门验符后，被开城纳入。当时城里的官兵百姓，还没有得知开县战败的消息，一个个都在酣然大睡。不料到了半夜，炮声震地，火光冲天。众人从睡梦中惊醒过来，还是莫名其妙，开门张望的瞬间，都做了无头鬼，这时才知道贼兵入城。霎时间满城鼎沸，全局瓦解。知府王承曾望见城门大开，一溜烟跑了出去。兵备副使张克俭、推官郦曰广、游击黎民安仓促间巷战，全部捐躯。贼兵纵火焚烧了襄王府。襄王翊铭是仁宗儿子瞻墭的六世孙，被贼众俘虏到南城楼。张献忠高坐堂上，见襄王来了，命左右给他斟了一杯酒，劝襄王喝下，并对他说："襄王您本来没有什么罪，罪过都在杨嗣昌身上。但杨嗣昌远在四川，暂时不能取他的首级，只好借您的人头一用。他日杨嗣昌因为陷藩而得罪，正好补偿您的性命，您就干了这一杯吧！"襄王不肯饮酒，顿时惹恼了张献忠，不但将他杀害，还把尸体扔到火中。宫中殉节的宫女共有四十三人，其他宫女都被贼众抢去，尽情淫污。所有的军资、器械全部成为贼兵的囊中之物。张献忠在狱中竟找到自己的妻妾，不禁喜上眉梢，立即发放十五万两白银赈济难民。留居了两天，又渡江攻陷樊城、当阳，进入光州。杨嗣昌刚刚出了四川，来到荆州沙市，听说襄阳失陷，吓得魂飞魄散，马上约左良玉的兵马前来支援。后来又听说李自成攻陷河南府，福王常洵被害，不禁痛哭着说："我真后悔没听从万元吉的话，现在已经迟了。"说完，呕了好几口鲜血，又叹息着说："失掉两座名城，死了两名亲王，皇上怎么肯饶赦我？我不如自尽，免得身首异处。"随后绝食身亡。

李自成本来已经陷入穷途，多亏老回回留他在营里养了半年的病，才得以生还。之后又在函谷关被官军围住，李自成就将抢来的妇女全部杀死，只带了五十个人，从武关一路逃出郧阳。总兵贺人龙等人屡剿屡胜，擒获滚地狼，斩杀蝎子块。后来众多贼目，包括混十万、金翅鹏、扫地王、小秦王、托天王、过天星、关索、满天星、邢家米，以及李自成的部将火天王、镇天王、九条龙、小红狼、九梁星相继投降了明朝廷。只有李自成始终不肯投降。

李自成的手下刘宗敏骁勇善战，本来是蓝田县的锻工，后来一直跟随李自成。他看到贼匪的势力越来越小，也想归降官兵。李自成察觉出来后，就私下里对他说："有人说我能当天子，不料竟然一败至此。现有神明在上，我们就来卜上一卦。如若不吉利，你就砍了我的脑袋，去投奔官兵。"刘宗敏听了这话，就与李自成一同卜卦，谁知三卜三吉。刘宗敏立即说："神明的指示应该不差，我誓死为你效力。"李自成道："官军四面相逼，除非人人奋战才能突围。我的妻儿之前已经失去，抢来的女人也都杀得一个不留，现在就剩下我一个人，倒也没什么拖累。只是兄弟们都带着家眷，不免累赘，一时间不能全部逃脱，你说该怎么办？"刘宗敏说："只要你能做上皇帝，我们撇去几个妻妾也没关系。"第二天，刘宗敏带着两颗首级去见李自成。李自成问他这首级是谁的，刘宗敏说："这是我两个老婆的头颅，杀死她们，专心和你突围，免得拖累。"李自成大喜："好！好！"刘宗敏把两个老婆的首级扔给余党看："古人说妻子如衣服，衣服破了他日还能再做。我已经杀了两个妻子，誓保闯王突围。要是有志同道合的就请照着去办。他日富贵了，还愁没有妻妾吗？否则就请自便。"贼党被他煽动，一多半人杀死了妻妾。李自成把所有的军资全部烧毁，轻装上阵，从郧阳逃到河南。正赶上河南发生大饥荒，李自成沿途煽动，不到一个月，又召集到几万饥民。紧接着破宜阳，陷永宁，接连毁去四十八座营寨，闯贼再次猖獗起来。

杞县举人李信是一桩逆案里李精白的儿子，他曾经拿出粮食救济过饥民，百姓们感恩戴德，都叫他恩人。正巧这时，跑江湖卖艺的红娘子揭竿作乱，把李信抢走。见他风流倜傥，就硬逼着和他结为夫妇。李信勉强答应，找了个空子，只身逃走。地方官糊涂得很，说他是盗匪，并将他关押在大牢里。红娘子得知后，竟来劫狱。饥民们相继归附，于是杀死地方官，把李信救出。李信见闯了大祸，只好和红娘子以及几百名饥民投奔李自成。李自成大喜，与他结拜为兄弟。李信改名为李岩，写信招来朋友牛金星。牛金星依附李自成之后，将自己的爱女献给他，还举荐了一个叫宋献策的卜卦人。宋献策身高不满三尺，精通河洛之术，见了李自成之后，就陈上谶记，上面有"十八子主神器"六个字。李自成大喜，封他为军师。李岩又劝李自成不要随意杀人，要笼络百姓。李自成便将抢来的财物散发给饥民。百姓们得好处，自然高兴。李岩又编出两句歌谣，让儿童随处传唱，歌词是"迎闯王，不纳粮"。百姓正被赋税搞得困苦不堪，听到这两句歌词，自然欢迎闯军。

李自成安顿好一切之后，开始进攻河南府。河南府是福王常洵的封地，他的母亲是郑贵妃，福王受赏无数、富甲天下。前尚书吕维祺曾经劝福王散财免灾，福王不肯听从。李自成攻入之后，福王常洵与世子由崧慌忙逃走，平生积攒的金银财宝被李自成一扫而空。李自成找不到福王，就命人自处搜寻。福王逃到迎恩寺避难，迎面遇着前尚书吕维祺，吕维祺对他说："名节甚重，请大王不要自寻其辱！"话音未落，贼兵已经将福王一把抓住，连吕维祺也一并带走。福王的世子由崧逃脱，成为后来的弘光帝。李自成历数福王的罪状，福王吓得不停发抖，匍伏在地请求饶命。吕维祺又羞又恼，不由得痛骂李自成。李自成大怒，随即将吕维祺杀死，又见福王体态肥硕，就对左右说："这么肥壮，不如带到厨房里去。"侍从领命，将福王牵到厨房，洗剥脔割之后，做成肉粥。李自成又下令，掺入鹿肉。接着大摆酒宴，取出肉粥，让各位贼目尝鲜，还对他们说："这就是福禄酒，兄弟们请畅饮一杯！"说完，哈哈大笑，贼众无不欢欣雀跃。欢宴三日之后，李自成派兵围攻开封。巡抚李仙风正率军赶来阻截贼兵，不巧与贼兵错开。那时开封城里只有巡按高名衡，以及副将陈永福等人，幸好城墙高而坚固，周王恭枵又大开府库发出五十万两白银，招募死士守城。李自成这才离开。

罗汝才本来与张献忠关系很好，但张献忠攻陷襄阳之后，将所有的财宝自己拿走。罗汝才对他的举动非常不满，于是领兵投靠了李自成。李自成这时已经拥兵五十万。张献忠东犯信阳时被左良玉等人打败，就和溃散下来的兵马一起投奔了李自成。李自成表面上招纳，暗中却有意加害。罗汝才建议李自成，不如让张献忠骚扰汉南，牵制官军。李自成点头。罗汝才分给张献忠五百名骑兵，让他东去，自己带着闯众攻打新蔡。陕西总督傅宗龙与保定总督杨文岳，率领总兵贺人龙、李国奇等人出关讨贼，途中遭到贼兵偷袭。贺人龙、李国奇、杨文岳相继逃走，单剩下傅宗龙孤军奋战。被围困了八天之后，粮尽援绝，傅宗龙才被擒获。贼众带着傅宗龙攻打项城，在城门下大声喊道："我们是陕西总督的官兵，快开门迎接陕西总督！"傅宗龙高声大喊："我是陕西总督傅宗龙，不幸落入贼手，左右都是贼党，不要被他们骗了！"贼兵气愤至极，抽出佩刀去打傅宗龙，傅宗龙倒在地上仍然厉声骂贼，后来被贼兵割下鼻子、耳朵，惨死在城下。

## 绣鞋金字

陕西总督傅宗龙惨死在项城之后，项城孤立无援，怎么禁得住数十万贼兵的攻扑？当即沦陷，满城遭难。贼兵又分别攻下商水、扶沟、叶县，杀死守将刘国能。刘国能就是闯塌天，一开始和李自成、罗汝才结为兄弟，后来投降了官兵。罗汝才恨他负约，将他杀害，然后下令进攻南阳。总兵猛如虎驻守南阳，杀敌数千，后来因为寡不敌众，城池终被攻陷。猛如虎持着一把短刀，奋力杀贼，战袍上全是鲜血，力竭身亡。唐王聿镆也被杀害。贼众连连攻陷邓县等十四座城池，然后又去攻打开封。当时开封巡抚李仙风已经坐罪被捕，由高名衡代任巡抚。高名衡和副将陈永福登城防御，箭石齐下。李自成亲自出来招降，陈永福一箭射去，正中李自成左目。李自成惨叫一声，差点摔下马。幸好被部下搀扶回去，退到朱仙镇养病去了。

起先，陕西巡抚汪乔年接到密旨，让他去掘李自成的祖坟。汪乔年命米脂县令边大绶遵旨去办。边大绶带着衙役前去寻找，抓到几个李氏的族人，问明详细地址，又逼迫他们带路。离县城二百多里的地方，有一个小村庄，名叫李氏村，村里大约有几十户人家。村子几里之外，蹊径曲杂，荒冢累累。其中有一座坟冢是李自成的祖坟，据说坟冢由仙人所造，墓穴里放着铁灯架，仙人说："铁灯不灭，李氏当兴。"边大绶命衙役掘坟，挖到一半的时候，只见里面蝼蚁围集，火光荧荧。打开棺材，里面的尸骨还在，上面盘旋着一条蟠赤蛇，那蛇长约三四寸。衙役们使劲去劈，蛇五伏五起，才被劈死。没过多久，李自成就被射中左眼。

汪乔年认为李家祖坟的风水已破，就召集三万兵马，交给贺人龙等人分别带领。贺人龙火速东下，直达襄阳城。谁知刚刚扎下大营，敌兵便蜂拥而至，贺人龙等人不战即溃，其他人纷纷逃散，只剩下汪乔年亲自带着两千兵马进城防守。没过多久城池被攻陷。贼众住了几天，又攻陷河南各州县，进攻开封。贺人龙等人溃入关中，沿途烧杀抢掠不亚于流寇。左良玉一直在郾城逗留，说是防堵张献忠，实际上并不出兵支援。

河南警报传到京城，急得怀宗没有办法，只好到狱中释放出孙传庭，再三劝慰，然后封他做兵部侍郎，让他率领京军支援开封。孙传庭在途中又接到圣旨，让他担任陕西总督，并诛杀贺人龙。孙传庭到任之后，各路总兵都来觐见，孙传庭不动声色，一一接见。贺人龙前来参见，孙传庭喝令左右将他拿下。贺人龙自称无罪，孙传庭正色说道："你也能说是无罪吗？新蔡、襄城连丧两名都督，都是你临阵先逃的缘故。你自己想想有罪没罪！"贺人龙来不及辩解，已经身首异处。贺人龙勇猛过人，一开始剿寇的时候，贼寇称他为"贺疯子"。后来因被杨嗣昌欺骗，才有了二心。贺人龙正法以后，贼匪开宴庆祝。

孙传庭诛杀贺人龙之后，前去支援开封。开封城非常坚固，李自成先后三次攻打，都没有把它夺下。明朝廷也格外注重开封，派河南督师丁启睿、保定总督杨文岳，以及左良玉、虎大威、杨德政、方国安四位总兵合力支援，又命兵部侍郎侯恂作为后应。总以为兵多势众就可以打败贼兵，哪知各军到达朱仙镇后，都不愿出战。左良玉率先离开。丁启睿、杨文岳一起逃到汝宁，反被贼兵追上，抢走无数物资。开封围困太久，粮食全部吃完，周王恭枵先后捐了一百多万两银子、几万石粮食，仍然无济于事。高名衡见城池濒临大河，就决定决河灌贼。结果被贼兵事先得知，反而发动难民决河灌城。河水从北门灌到城里，从东南门流出，几十万士兵、百姓被淹死。高名衡猝不及防，连忙与副将陈永福等人乘船登城。城里面的水势越涨越高，周王的府第变成了泽国。周王带着嫔妃、世子从后山逃出，露宿在城上七天七夜。幸好督师侯恂率船迎接周王，周王才得以逃脱，满城的珠宝都已经不知去向。贼兵也没什么留恋的，抢了几个妇女就离开了。

贼众移兵攻打南阳。孙传庭得到警报后，火速赶到南阳城，用诱敌计杀败了李自成。李自成向东逃去，沿途抛弃粮食、军械。陕军正是饥寒交迫的时候，马上乱作一团，上去抢粮。不料贼兵又转身杀来，陕军措手不及，溃散开来。孙传庭禁喝不住，只好拔马西逃。李自成声势大震。老回回、革里眼、左金王、争世王、乱世王五营统统投靠李自成，连营五百里，攻打南阳、汝宁。总兵虎大威中炮身亡，兵备金事王世琮因不肯屈服被杀，知府傅汝为及下属一同殉难。河南各县从此残破，朝廷不再设官，遗民纷纷结寨自保。张献忠乘机东逃，占据亳州、舒城、庐州，攻向南京。

清太宗雄踞辽、沈之后，听说中原的局势一发不可收拾，正好来坐收渔翁之利。当下入攻锦州，环城列炮，抢割附近的庄稼作为军粮。城中的守兵统统被击退。蓟、辽总督洪承畴以及巡抚邱民仰调集王朴、唐通、曹变蛟、吴三桂、白广恩、马科、王廷臣、杨国柱八位总兵，统兵十三万前来支援锦州。到了松山，被清兵截击，大败而逃。最要紧的是堆积如山的物资粮草，全部被清兵劫走。八个总兵里逃走了六个，只有曹变蛟、王廷臣两位总兵跟着洪承畴、邱民仰两位督抚被困在松山。相持了几个月之后，粮尽援绝。副将夏承德竟将松山城献给清军，开门迎敌。邱民仰自杀，曹变蛟等人战死，洪承畴被掳，杏山、塔山一齐失守。怀宗听到警报后，不胜惊恐。听说洪承畴已经殉国，正准备亲自祭奠，关东却传来奏报，说洪承畴叛降清廷。怀宗不禁流涕叹息，愁闷了好几天。

没过多久，清兵再次攻到都城之下。大学士周延儒奉命督师，驻扎在通州。这周延儒因私结太监，贿赂宠妃被召为辅臣。他贿赂的宠妃正是田贵妃。田贵妃是陕西人，父亲名叫田弘遇。田弘遇以经商起家，喜好游山玩水，纵情于酒色之间。田贵妃生得纤细动人，沉鱼落雁，琴、棋、书、画、刺绣、烹饪样样精通，尤其善于骑射，上马挽弓，百发百中，大受怀宗宠幸。怀宗即位后，田贵妃被册封为礼妃，后来又晋封为皇贵妃。有时对着怀宗弹琴，有时伴着他奏笛，有时与怀宗对弈，无不引来怀宗的赞赏。她曾经画了幅《群芳图》呈给怀宗，怀宗留在御案上，随时赏玩。

田贵妃才艺双全，免不得恃宠而骄。非但六宫妃嫔看不上眼，就连正位中宫的周皇后和位次相等的袁贵妃，也不放在眼里，于是和皇后之间常有过节。春天的时候，怀宗邀请后妃赏花。田贵妃见了周皇后不但不拜，反而背转娇躯，好像没看见一样。周皇后看不过去，就走到皇上面前，说田贵妃无礼。怀宗视若无睹，周皇后就絮絮叨叨个没完，惹得怀宗恼怒起来，挥了挥胳膊让她退下。怀宗臂力很大，加上心中恼火，挥手的力度不免重了一点。周皇后站不住脚，竟然摔倒在地上，宫人慌忙过去搀扶。周皇后边哭边说："陛下难道忘记身为信王的时候，魏忠贤把持朝政，陛下与臣妾二人在苦境是怎么熬过来的？如今做了九五之尊，就忘记糟糠之妻了吗？要臣妾死也不难，但陛下也未免太寡恩了。"说完，径直返回坤宁宫。过了三天，怀宗召坤宁宫的人前来，询问皇后的起居。宫里的人说："皇后已经三天没有吃东西了。"怀宗心里一惊，马上吩咐太监前去劝慰，并下令田贵妃反省。皇后这才勉强谢恩吃饭。然而怀宗对田贵妃的宠爱始终没有减。周延儒得知内情后，贿赂田贵妃，托她替自己周旋。怀宗因为连年征战，常常愁眉不展。田贵妃问长道短，怀宗说到周延儒，她就在旁边怂恿。于是怀宗当即召周延儒为大学士。

怀宗对内阁大臣向来尊敬，曾经在春节受完朝拜之后，下座对他们作揖："朕将天下托付给先生了。"怎奈周延儒平庸无能，先是中原涂炭，接着边境丧师，后来一发不可收拾。再往后清兵入境，京城戒严，周延儒自己也觉得愧疚，主动要求视师。怀宗还以为他忠诚，亲赐白金、文绮、上驷等物。周延儒驻扎到通州之后，不敢出战，整天与门客饮酒作乐，然后假传捷报。怀宗信以为真，心里自然欣慰，便来到西宫与田贵妃把酒言欢。宫中的后妃要算田贵妃的莲钩最为瘦削，如同纤纤春笋一般，差不多只有三寸。那天，怀宗看见田贵妃的绣鞋精巧异常，不由得将它举起来。只见绣鞋上面，除了精绣的花鸟之外，还有一行楷书，仔细一看，原来是"周延儒恭进"五个字，也用金线绣成。这可惹恼了这位怀宗皇帝，他当面斥责田贵妃："你在宫里，怎么还勾结外臣？真是不得了！不得了！"田妃急忙叩头谢罪，怀宗把袖子一拂，掉头径直离开了。

## 李闯王横霸中原

田贵妃绣鞋上的"周延儒恭进"五个字，触怒了天颜。没过多久，便有圣旨下来，令田贵妃移居启祥宫，此后三个月没有被召见。一次，怀宗带着周皇后赏花，袁贵妃也到场了，独独缺少一个田贵妃。皇后请怀宗将她召来，怀宗没有答应。皇后便令小太监传达懿旨，召她出来相见，田贵妃这才前来。只是玉容憔悴，和当初光彩照人的景象大不相同。皇后也为之心酸，和颜悦色地接待了她，并让她侍宴。夜阑席散之后，皇后又劝怀宗临幸西宫，与田贵妃再续前欢。从此以后，怀宗与田贵妃和好如初。只是田贵妃经过这次挫折，常常郁郁寡欢。而且所生的皇五子朱慈焕以及皇六子、皇七子先后夭折，田贵妃更觉得悲不自胜，渐渐消瘦起来。最后竟卧床不起，于崇祯十五年七月病逝。田贵妃死的时候，怀宗正在为她祈祷，希望她的病能够好起来。回宫以后，却听到田贵妃逝世的消息，不禁失声大哭。田贵妃的丧礼举办得极其隆重，加谥号为恭淑端慧静怀皇贵妃。

田贵妃有个妹妹名叫田淑英，姿容秀丽，和田贵妃不相上下。田贵妃在世的时候曾经将妹妹召入宫中。怀宗看见后，赠了她一朵鲜花，让她插在鬓上。田贵妃病重的时候，将妹妹托付给怀宗。怀宗也很想册封她，只因当时战乱纷争，顾及不到，只命人赐了珠帘等物。国破之后，田淑英避难到天津，珠帘还在，不久做了某个官员的小妾。

周延儒在通州驻扎几个月后，清兵再次退了回去，周延儒于是回到京师。怀宗虽然心里鄙视他，但因为他退敌回来，不得不加以厚赏。后来锦衣卫掌事骆养性，揭发他假传捷报的事情，怀宗下旨责问，说他蒙蔽推诿。周延儒睡在蒿草上待罪，主动请求戍边。怀宗这才息怒，罢免了他的官职。接着又罢去贺逢圣、张四知，任用蒋德茵、黄景昉、吴甡为大学士，入阁办事。

当时各种怪异的事情接踵而至，日食、地震不用说，最奇怪的是太原乐静县百姓李良雨忽然变成了女儿身；松江莫翁的女儿已经嫁人，却忽然变成了男人；京师的城门时不时发出像女子一样的啼哭声；奉先殿上的鸱吻忽然落到地上，变成鬼的模样，披着头发跑出了宫；沅州、铜仁的交界处，掘出一个古碑，碑文上竟写着："东也流，西也流，流到天南有尽头。张也败，李也败，败出一个好世界。"；还有人在五凤楼前面捡到一个黄包袱，包袱里有一张纸，上面写着："天启七，崇祯十七，还有福王一。"

崇祯十六年正月晚，棋盘街上的巡逻兵遇到一件怪事。两更天的时候，忽然来了一个老人，嘱咐巡逻的小兵说："半夜子时，会有一名妇人穿着丧服，从西向东哭着过来，千万不要让她过去！一旦过了这里，为祸不浅。我是土神，特意来此相告。"说完就不见了。巡逻的小兵非常诧异，等到半夜的时候，果然看见一名妇人穿着素服过来，小兵当即上前阻拦，不让她前行。妇人没有办法，只好返回。五更天的时候，巡逻的小兵睡熟。那妇女本来已经过去，却又从东面返了回来，把他叫醒并对他说："我是丧门神，奉上天的命令惩罚这里。你怎么能误听老人的话，在这里阻拦我！现在就有大灾，你自己承受吧！"说完就化成一股妖气离开了。巡逻的小兵害怕极了，连忙跑回去告诉家人，还没说完，倒头便死了。接着，京城里瘟疫四起，人鬼错杂。每天到了傍晚，路上就空无一人。商铺交易的时候，常常会收到纸钱。京城的怪事还没有完，东南一带又传来警报，李自成已经攻陷承天，张献忠占领了武昌。

李自成连连攻陷河南的州县之后，在汝宁掳到了崇王朱由樻，让他沿路招降。朱由樻是英宗的第六个儿子朱见泽的第六世孙。李自成把他抓住之后，胁迫他投降。朱由樻似允非允，得过且过。李自成就把他带在军中，攻陷荆州、襄阳，然后进逼承天。承天是明代湖广的省会，仁宗、宣宗的皇陵就建在这里。巡抚宋一鹤、总兵钱中选、副使张凤翥、知府王玑等人登城防守，相持了几天。偏偏城里隐藏着内奸，暗地里开城纳贼，贼众一拥而入。宋一鹤下城巷战，将士们劝他逃走。宋一鹤不听，挥刀砍死好几名贼兵，自己也因为伤势过重而死，总兵钱中选等人全部战死。李自成改承天府为扬武州，自号顺天倡义大元帅，称罗汝才为代天抚民德威大将军，然后带人准备去掘仁宗的寝陵。守陵的巡按李振声前来投降，钦天监博士杨永裕在李自成马前叩拜，主动请求发掘皇陵。这时候，忽然听到寝陵中传出一声暴响，天地为之一震。李自成也惊慌起来，只好让他继续守护，并下令不得擅自挖掘。

李自成刚刚起兵时毫无远见，一旦攻下城池，烧杀抢掠一番之后便将它丢弃。后来听了牛金星、李岩等人的话，也开始行点小仁小义来收买人心。因为河南、湖广等地已经被自己占领，加上部下有几百万，自以为天下无敌，便称孤道寡起来。牛金星给李自成献策，请他在荆州、襄阳一带定都，作为根本。李自成大为赞成。于是改襄阳为襄京，修葺襄王府之前的宫殿，僭号新顺王，创设官爵名号，设置了五营二十二将，什么上相、左辅、右弼、六政府全部设立。并封崇王朱由樻为襄阳伯，后来因为朱由樻不肯听令，就将他杀害了。

河南开州的盗匪袁时中是最后造反的，横行了三年，后来被李自成杀死。李自成行军的时候，不许多带物资，总是随手抢来，马上吃掉，吃饱了就全部抛弃。实在饥饿的时候就会吃人。抢过来的男人让他充当兵役，抢过来的妇女分给士兵做妻妾。每个士兵配备三四匹战马。临阵的时候首先列出三万匹战马，名为三堵墙，前排的人一旦掉转马头，后列的人就会将他杀死。如果战了很久还不能取胜，马兵就会佯装战败，诱敌来追。步兵在后面阻截，全部都用长枪利槊拼命穿刺，然后骑兵回过头来再杀，战无不胜。李自成所穿的铠甲柔韧异常，什么弓箭弹丸统统射不进去。有时李自成单骑先行，百万人马一起跟在后面。攻城的时候，士兵们轮番锥凿。一旦挖去墙里面的土石，就把穿着绳子的长木塞到墙洞中，再用几百号人使劲去拽，城墙便会轰然坍塌，所以攻无不克。如果城里望风投降的话，入城的时候概不杀戮；如果城里的人不降，守一天，就会杀死一两成的百姓；守两天，杀死的人数加倍；守三天，人数又会翻倍；三天以上，便要屠城。

李自成生平纳了很多妻妾，却没一个给他生出儿子，身边只有一个养子李双喜。李双喜比李自成还要好杀。李自成在襄阳的时候，准备建筑宫殿、铸造钱币，就派术士去问紫姑，紫姑卜了几卦都是不吉。李自成又想立李双喜为太子，改名洪基，铸造洪基钱币，再卜卦还是不吉利。正在李自成愤懑的时候，听说陕西总督孙传庭督兵出关，来到河南。李自成便挑选精锐，赶往河南抵御。闯军前锋来到洛阳的时候，遇到总兵牛成虎，闯军吃了个败仗。宝丰、唐县依次被官兵收复。李自成急忙率轻兵前去支援，到了郏县，又被官兵击败，李自成一路狂奔才得以逃脱。贼兵的家眷大多数在唐县，唐县收复之后，所有流寇的家属都被杀戮。贼兵因此更加痛恨官兵，发誓要将他们歼灭。正巧天降大雨，道路泥泞，孙传庭的营中粮草不继，李自成于是派轻兵去汝州截官兵的粮道。探子将此事报告给孙传庭。孙传庭就派总兵白广恩从小路迎粮，自己率领总兵高杰充当后应，留下总兵陈永福坚守大营。孙传庭刚走，陈永福的兵马按捺不住，争相跟来。贼兵趁机杀了过去，陈永福只好败退到南阳。孙传庭见状，还军迎战，五重贼阵被他攻克了三重，其余两重贼兵怒马跃出，锐不可当。总兵白广恩带领八千人率先奔逃，高杰的兵马跟着溃散，孙传庭也支撑不住，只好西逃。李自成乘胜追击，一天一夜追了四百里，斩杀官军四万多人，抢来兵器、物资不计其数。孙传庭逃到河北，李自成的兵马随踪而至。高杰禀报孙传庭说："我军的家属都在关中，不如直接进入西安，拼死守城。"孙传庭道："贼兵一旦入关，整个陕西就会散架，到时候就无法收拾了。"于是决定闭关拒贼。

李自成派侄子李过从小路绕到关后，夹击官兵，把官兵杀得大败。孙传庭跃马挥刀冲入贼阵，杀死几十名贼兵，最后与监军副使乔迁高同时死难。李自成长驱直入西安城，占据了秦王宫，擒获秦王朱存枢。朱存枢是太祖的次子朱樉的九世孙，被抓获后，竟然投降了李自成。王妃刘氏不肯投降，并对李自成说："国破家亡，愿求一死。"李自成不想加害于她，就让人将她送回了娘家。巡抚冯师孔的属下死了十多人。孙传庭的妻子张氏率领三妾两女投井殉节。布政使陆之祺、总兵白广恩、陈永福等人投降。陈永福曾射中李自成的左眼。李自成自从攻陷名城以来，文武大吏从来没有降贼的，到这时才有布政使、总兵投降。

李自成改西安为长安，称为西京，并且严禁杀掠，百姓非常安定。李自成又率兵向西攻打，改延安府为天保府，改米脂为天保县。一年后，李自成建国，号大顺，改元永昌，以牛金星为丞相，改定尚书、六府等官。

明总兵左良玉因河南沦陷，没有立足之地，只好带兵东下。张献忠那时候正在东南一带扰乱，被南京总兵刘良佐、黄得功等人阻拦，一时间不能得胜。又听说左良玉东来，只好攻陷黄梅、广济、蕲州、蕲水，转入黄州，自称西王。黄州副使樊维城因不屈被杀。张献忠又西破汉阳，直逼武昌。武昌是楚王朱华奎的袭封地，朱华奎是太祖第六个儿子朱桢的第七世孙，朱华奎增募新兵准备防守，谁知新兵竟然开城迎贼，城池立即被攻陷。参将崔文荣阵亡，朱华奎被擒获之后，溺死在江里。张献忠杀尽楚王的宗室之后，又开始残杀百姓。长江上面浮满了尸体，脂血有一寸多厚。楚王的几百万金银全部被贼众抢走。张献忠改武昌为天授府，江夏为上江县，然后占据楚王府，铸造西王印，居然还开科纳士，选取三十名进士加官晋爵。

明朝廷看到武昌失守，急忙命总兵左良玉去剿杀张献忠。左良玉召集总兵方国安、常安国等人水陆并进，夹攻武昌。张献忠大败，弃城西逃。左良玉随即收复武昌，开府驻师。黄州、汉阳等郡县也依次收复。

张献忠又率兵攻打岳州，巡抚李干德、总兵孔希贵等人三战三胜，张献忠最终因寡不敌众，逃到长沙。长沙是英宗的第七子朱见浚的封地。他的七世孙朱慈煊料定难以防守，就带着惠王朱常润一起逃到衡州，投靠桂王朱常瀛。偏偏贼兵随后就到，桂王情急得很，急忙与吉王、惠王逃到永州。张献忠进入衡州城后，拆下桂王宫殿的木材，运到长沙建造宫殿，并派兵追击三王。巡抚御史刘熙祚命士兵护送三王进入广西，自己到永州死守。永州又有内奸，贼兵再次被迎入城中。刘熙祚被擒，囚禁在永阳驿中。他闭目绝食，并在墙上题了绝命词。贼兵再三招降，刘熙祚大骂不止，随即被害。张献忠又攻陷宝庆、常德，掘了已故督师杨嗣昌的坟墓，然后攻打道州。道州守备沈至绪出城战死，他的女儿沈云英哭着誓师，集齐败兵，冲入贼营。贼兵还以为是明廷的援军，仓皇散去。沈云英夺回父亲的尸体，州城得以保全。张献忠随后东犯江西，攻陷吉安、袁州、建昌、抚州等地以及广东南韶。后来因为左良玉派马士秀、马进忠等人夺回了岳州、袁州。张献忠从此无志东下，转向西面侵略，竟然连长沙王府也甘心丢弃，带着几十万部下渡江过荆州，窜入四川去了。

怀宗看到中原一盘散沙，食不知味，夜不成眠。想到自己所用的将相都不如意，于是另选吏部侍郎李建泰、副都御史方岳贡以原官入阁。后来听说李自成封号，惊慌得很，正准备亲征。接到李自成的一封檄文，看完之后，不禁痛哭流涕，叹息不止。正巧山东佥事雷演祚入朝参劾山东总督范志完纵兵淫掠，以及周延儒招权纳贿等事情，怀宗随即将范志完下狱论死，并赐周延儒自尽，没收家产。接着召集大臣商议，准备亲征。这时候，忽然有个大臣出来奏道："不劳皇上亲征，臣来赴军剿贼。"怀宗听了，不禁大喜。


## 紫禁城沦陷

怀宗召集群臣商议，准备御驾亲征，这时有位大臣自请讨贼，此人乃大学士李建泰。李建泰是曲沃人，家境非常富裕。后来国库空虚，他自愿拿出私产犒劳三军，督师西征。怀宗非常高兴，立即赐给他上方宝剑。第二天，怀宗临幸正阳门，亲自为他饯行，并赐酒三杯。李建泰拜谢之后，乘车起程。都城里这时候已经没有什么精兵，李建泰只挑选了五百人，随他前行。大概走了一里地，只听"咔嚓"一声，轿子的抬杠忽然折断，险些把李建泰摔出去。李建泰吃了一惊，只好换轿出城。半路上，忽然接到山西传来的警报，说闯军已经攻入山西，连曲沃也被攻陷了。这一惊非同小可，李建泰这才后悔之前主动申请督师。忧愁之下竟然生了病，勉勉强强上路，每天只行三十里。好不容易到了定兴，官兵竟闭城不纳。李建泰率兵攻破，并笞责了地方官，住了几天之后，又转到保定。保定以西，贼寇蔓延，已经没有一片净土了。李建泰也不敢再走，只好在保定城中住着，坐以待毙。

李建泰出征之后，怀宗又命少詹事魏藻德、工部尚书范景文、礼部侍郎邱瑜入阁辅政。范景文的名气很大，可明廷走到这一步，他再有才也是无计可施。怀宗虚心召问，范景文只能拿些王道之类的话应付。这个时候，都城之外的警报一天有几十起。怀宗日夜批阅，甚至三更天的时候都会送御批到内阁。范景文等人也是通宵不得安睡。一天晚上，怀宗困倦得很，伏在桌案上休息，忽然梦见一个峨冠博带的人入宫觐见，还呈上一张纸，纸上只写着一个"有"字。怀宗正要问他，忽然被惊醒。仔细想了想，始终想不出这梦有什么征兆。第二天，和后妃谈到这件事情，大家无非是阿谀奉承，把大有、富有的话说了几遍。怀宗又去朝中询问大臣，大臣的说法也和后妃的一致。只有一名给事中上疏说："有字上面，大不成大，有字下面，明不成明，此梦恐怕凶多吉少。"怀宗听了这话，还没看清楚是谁说的，山西、四川的警报已经接连递入，便将解梦的事情搁过一边。怀宗当下批阅军书，一封是李自成攻陷太原，巡抚蔡懋德及部下全部殉国，一封是张献忠攻陷重庆，杀死瑞王朱常浩，巡抚陈士奇及部下统统遇害。怀宗看一行，叹息一声，等看完军报，眼泪已经收不住了。大臣们面面相觑，不发一言。怀宗看着范景文说："这都是朕的过失，你为朕拟诏罪己吧。"说完，掩面进到后宫。范景文领旨出朝，当晚便拟好罪己诏。这道谕旨虽然剀切诚挚，可惜大势已去，无可挽回。

张献忠从荆州来到四川，攻陷夔州，官兵百姓望风而逃。只有女官秦良玉带兵奋战，终因寡不敌众而战败。四川巡抚陈士奇本来已经卸职，还留驻在重庆。神宗的第五子瑞王朱常浩，从汉中前来避难。重庆被攻陷之后，瑞王、陈士奇等人全都被擒。指挥顾景也被贼兵抓住，他哭着对张献忠说："宁可杀了我，也不要杀皇家的血脉！"张献忠恨他多嘴，竟然杀死瑞王，还把顾景和陈士奇一并杀死。这时候天空中忽然响雷，猛震了三声，有几个贼兵当即被闪电劈死。张献忠指着天高声痛骂："我要杀人，与你何干？"说完命人抬出巨炮向天发射。随即大肆杀戮四川百姓，一时间尸体堆积如山。

张献忠接着攻入成都，杀死巡抚龙文光，以及巡按御史刘之勃。蜀王朱至澍是太祖第十一个儿子朱椿的九世孙，听说城池沦陷，就带着妃妾一起投入井中。张献忠命人屠城，有个人在临死前大声喊道："小人姓张，大王也姓张，为何要同姓相残呢？"张献忠马上下令停刑。原来张献忠喜欢毁坏祠堂庙宇，却唯独不毁张文昌的祠堂，并说："张文昌姓张，老子也姓张，都是一个祖宗。"还亲自写了册文，加封张文昌。这次被行刑的人，自己并不姓张，因为听到这件事情，才在临死前做这番尝试。也许是命不该绝，竟然得以活命。张献忠开科取士，得到一个姓张的状元，才貌绝佳。张献忠非常宠爱他，屡加赏赐。有一天，他却忽然和左右说："我很爱这状元，一刻都舍不得他，不如杀了他，免得挂念。"随即将状元斩首。接着又召来几千名学生一并杀死。

张献忠入蜀之后，李自成也攻入山西，攻破汾州、蒲州，并乘势攻打太原。巡抚蔡懋德与副总兵应时盛支撑不住，与城池同亡。李自成接着攻陷黎晋、潞安，直达代州。这时候，一位大忠臣临危受命，血染沙场，他便是山西总兵周遇吉。他带兵驻扎在代州，听说李自成攻来，立即振奋精神，登城防御。双方相持了几十天，无奈城中粮食已尽，周遇吉只好引军出城，退守宁武关。李自成带兵赶到，在关下耀武扬威，并大喊五日不降的话，就要屠城。周遇吉亲自发射大炮，轮番射击，轰死几万贼兵。李自成大怒，马上驱赶难民上前挡炮，自己带着精锐，伺机猛攻。周遇吉不忍心射杀难民，就想了一条计策，密令士兵埋伏在城门口，自己率兵开关迎战。贼兵一拥而上，还没战几个回合，周遇吉就佯装败退，逃回关里，假装要关城门。正巧贼兵的前锋已经追入关内，周遇吉一声号炮，伏兵杀出。贼兵知道中计，不免忙乱起来，急急忙忙地退出关外，却已伤亡了几千人。李自成气愤至极，想再次去攻，还是牛金星劝他暂时忍耐，筑起长围，将城池围困起来。此计一行，城内果然支撑不住。周遇吉四处派人请饷增兵，各地监军统统袖手旁观。周遇吉料定难以久持，只好活一天，尽一天心，眼看着粮食吃完，还是死守不懈。李自成知道城里缺粮，就用大炮攻城，然后四面围攻，城池随即被攻陷。周遇吉仍然带兵巷战，亲手杀敌数十人，身中几十箭后晕倒在地上。后来被贼兵擒获，还剩一口气，却仍然痛声骂贼，当场被害。周遇吉的妻子刘氏，率领妇女在屋顶上射杀贼兵。贼兵纵火焚屋，全部被烧死在屋顶上。城中的百姓更是没有一人投降，全部被杀死。

李自成攻入宁武关后，召集众人商议："大同、阳和、宣府、居庸全部都有重兵把守，不如暂且退回西安，再作打算。"牛金星、李岩等人也踌躇不定，只劝他留几天再作决定。这时却接到大同总兵姜瓖、宣府总兵王承允的降表，李自成大喜，立即率兵起程，向东而去。这时候，京城乱作一团，左都御史李邦华请怀宗迁都，并请太子朱慈烺到江南抚军，奏折递进去之后没有回复。大学士蒋德琅、少詹事项煜也请怀宗命太子到江南督军，李建泰又从保定上疏请怀宗迁都。怀宗下旨："国君死社稷。朕只知道死守，不知道逃亡。"他封宁远总兵吴三桂、唐通以及湖广总兵左良玉、江南总兵黄得功为伯爵，召令他们勤王。唐通率兵前来保卫，怀宗命他与太监杜之秩同守居庸关。李自成来到大同后，姜瓖开门迎降，代王朱传济被杀。随后，宣府监军杜勋出城三十里，恭迎贼兵。巡抚朱之冯登城誓众，无一应命，只好向南叩头，缢死在城楼下。李自成长驱直入居庸关，太监杜之秩首先提出迎降，唐通也乐得附和，于是开关纳贼。贼兵立即攻陷昌平，焚烧十二陵。

襄城伯李国桢跑到宫里，报告怀宗。怀宗就召太监曹化淳募兵守城，并命王公贵戚捐献金银，以犒劳士兵。嘉定伯周奎是周皇后的父亲，家财万贯，经太监徐高哭着劝了很久，才答应捐献一万两银子。太监王之心捐献一万两，其他人各捐献几千两、几百两不等。只有太康伯张国纪捐出两万两。怀宗又从国库拿出二十万两银子充作军资。这个时候，已经没有守城的大将，都是太监主持军务。曹化淳又借口缺粮，所有守城的官兵、百姓每人只给一百钱，还要他们自己做饭，一时间怨气连天。城外的炮声响彻宫禁，李自成在彰仪门外设座。之前降贼的太监杜勋在一旁侍奉，并对城里面的人喊话，表示愿意入城觐见皇帝。曹化淳将他吊上城来，悄悄说了很久的话。杜勋大胆入宫，一再说李自成势力很大，皇上应该好自为之。怀宗喝令他退下。

曹化淳一心想着献城，干脆让守兵用空炮向外发射，只是放出些硝烟，还挥手让贼兵退远后才发炮。只有太监王承恩用铅弹实炮，轰死了几千名贼兵。兵部尚书张缙彦几次巡视都被曹化淳制止。张缙彦想到宫里奏报城门上的情形，却被太监阻拦。怀宗这时还不醒悟，仍然准备亲征，并召驸马都尉巩永固入内，让他派家丁保护太子南行。巩永固哭着说："亲臣家里不得藏兵，臣哪有什么家丁？"怀宗让他退去。这时候，王承恩忽然跑进来说："曹化淳已经打开彰义门，将贼兵迎进来了。"怀宗大惊失色，急忙命王承恩速召内阁大臣。王承恩刚刚出去，又有一名太监进来禀报："内城已经沦陷，皇上速速起程吧！"怀宗急忙问他："大营兵在哪里？李国桢呢？"那人说："大营兵已经散了，李国桢不知去向。"刚说完"向"字，便三步并作两步跑了出去。王承恩回来之后，报称内阁大臣也已经散了。当时是深夜，怀宗就与王承恩步行来到南宫，登上煤山，望见远处烽火连天，不禁叹息着说："苦了我的百姓了！"徘徊了一会儿，又返回乾清宫，亲自拿起朱笔写道："成国公朱纯臣提督内外兵事，辅佐东宫。"写完后，命太监送到内阁。其实内阁中已经空无一人，太监只将朱谕放在桌案上，就匆匆离去。

怀宗又召周皇后、袁贵妃，以及太子、永王、定王入宫。原来怀宗有七个儿子，长子名叫朱慈烺，已被立为皇太子；次子名叫朱慈焕，早年夭折；第三个儿子名叫朱慈炯，被封为定王。这三个儿子都是周皇后所生。第四个儿子名叫朱慈炤，封为永王，是田贵妃所生，还有五、六、七子，都已经夭折了。三个儿子奉召入宫之后，周皇后、袁贵妃也来了，怀宗对三个儿子草草嘱咐了几句，就命内侍分别将三人送往外戚家中。然后，怀宗又哭着对周皇后说："你身为国母，理应殉国。"周皇后叩头说："臣妾侍奉陛下十八年，陛下没有听过臣妾一句话才有了今日。如今陛下命臣妾死，臣妾怎敢不死？"说完之后，自缢而死。怀宗又命袁贵妃："你也跟着去吧！"袁贵妃也叩头谢恩，寻死去了。怀宗又召长公主进来，公主年方十五，正在哭泣。怀宗流着泪对她说："你何苦要生在我家？"说完，用左手捂住脸，右手拔刀出鞘，砍伤了公主的左臂，公主晕倒在地上。袁贵妃自缢复苏，又被怀宗砍伤左肩。怀宗接连砍死好几名嫔妃。然后对王承恩说："你快去拿酒来！"王承恩将酒拿来之后，怀宗命他和自己对饮，连喝几杯。然后手持三眼枪带着王承恩等十几个人，去往成国公朱纯臣的府上。谁知门卫竟然闭门不纳，怀宗长叹几声，转到安定门，门又打不开。这时候，天已经快亮了，怀宗返回御前大殿，鸣钟召集百官，却没有一人前来，只好返回南宫。猛然间想起懿安皇后还在慈庆宫里，就对内侍说："你去请张娘娘自裁，不要坏了我皇祖爷的体面。"内侍领旨而去，没过多久就回来说，张娘娘已经归天了。怀宗咬破指头，写下遗诏，藏在衣襟里。然后再次登上煤山，来到寿皇亭自缢而死，年仅三十五岁。太监王承恩与怀宗对缢而死，这一天是崇祯十七年甲申三月十九日。

李自成乘着乌骏马直入承天门，伪丞相牛金星、尚书宋企郊等骑马在后面跟着。李自成指着承天门的匾额说："我要是射中'天'字，必定能一统天下。"偏偏一箭射去，却在天字下面插住，李自成不禁愕然。牛金星连忙说："中'天'字之下，应当中分天下。"李自成这才高兴起来，扔掉弓箭进去，登上皇极殿，问后宫索要皇帝、皇后。直到第二天，才有人报告皇帝自尽的消息，李自成命人将尸首抬到东华门。只见皇帝披着头发，身穿蓝袍，光着左脚，右脚上穿着朱靴，衣襟中留有遗诏：

朕凉德藐躬，上干天咎，致逆贼直逼京师，此皆诸臣误朕，朕死无面目见祖宗于地下。自去冠冕，以发覆面，任贼分裂朕尸，毋伤百姓一人。

李自成又索要皇后的尸体，群贼从宫里面拖出。皇后身穿朝服，全身用线密缝，容貌如生。李自成下令用柳棺薄葬，葬到昌平。昌平州的百姓将她合葬在田贵妃墓中。

紫禁城沦陷的时候，宫中大乱，太监何新见长公主晕倒在地上，就与费宫人救醒公主，将她背了出去。袁贵妃也被别的太监救去。宫人魏氏大声喊道："贼兵攻入大内，我们应该早作打算！"说完，跳了御河。跟着她一起死的宫女有一二百名。费宫人年方十六，德容庄丽，与公主换了衣服，藏在枯井里。闯贼入宫之后，四处寻找宫娥，从枯井中钩出费氏，带着她去见闯王。费宫人说："我是长公主，你们不得无礼。"李自成见她美艳动人，就想纳她为妃妾。后来询问宫里面的太监，都说她不是长公主，就将她赐给爱将罗某。罗某大喜，带着费宫人出宫，费宫人道："你要是能祭祀先帝，明媒正娶，我便跟了你。"罗某立即答应她的请求，举行婚礼。贼党前来道贺，罗某喝得醉醺醺之后才回来。费宫人又和他喝了几杯，罗某心里非常高兴，便和费宫人说："我能得到你，真是心满意足。想写信谢谢闯王，又不会写文章，这可如何是好？"费宫人说："这有什么难的？我来替你写，你先去休息吧！"罗某已经大醉，就昏昏沉沉地睡去。费宫人命侍女出去，独自挑灯坐着。等到夜深人寂，静悄悄走到榻前，听到里面鼾声如雷，就从怀中取出匕首，用尽生平的力气，刺入罗某的喉咙。罗某颈血直喷，三次跃起三次倒下，最终气绝身亡。费氏自言自语道："我一个弱女子，能杀一名贼帅，也算不枉此生了。"说完，把匕首向脖子里一横，自尽了。

## 明朝覆亡

费宫人刺死罗某之后，随即自刎。贼众发现的时候，二人都已经气绝身亡。李自成惊叹不已，只好命人收葬。太子来到周奎家，周奎闭门不纳，太监索性将太子献给李自成。李自成封太子为宋王。随后永王、定王也被李自成抓获，所幸并未加害。当时外臣殉难的数不胜数，最著名的有大学士范景文、户部尚书倪元璐、左都御史李邦华、兵部右侍郎王家彦、刑部右侍郎孟兆祥、左副都御史施邦曜，大理寺卿凌义渠等，他们或自刎，或悬梁，或投井，或满门自尽。襄城伯李国桢前去哭灵，被贼兵擒获，带到李自成面前。李自成让他投降，李国桢说："想让我降顺，必须依我三件大事。"李自成说："你说说看！"李国桢说："第一件是祖宗的陵寝不能挖掘，第二件是要用皇帝礼节改葬先皇，第三件是不许加害太子以及永王、定王。"李自成说："这有什么难？我当一一照办！"于是命人用天子礼节改葬怀宗。李国桢穿着素服前去祭奠，大哭一场，接着自缢而死。总计明朝从洪武元年算起到崇祯十七年为止，共有十六个皇帝，历时十二世，共二百七十七年。

李自成占据京城之后，就住在皇宫里。成国公朱纯臣、大学士魏藻德、陈演等人居然带领百官前去祝贺，还上疏劝他登基。李自成这时候还顾不上登基，他先把朱纯臣、魏藻德、陈演等人关押起来，交给贼将刘宗敏，然后严刑拷打，逼迫他们献出银子。皇亲周奎、太监王之心家也都被贼兵查抄。周奎家抄出现银五十二万两，其他珍宝也值几十万两；王之心家抄出现银十五万两，还有价值几十万两的珍巧玩物。各位降臣倾家荡产，贼兵还是不满足，仍然一再拷逼，使劲折磨。没过多久，李自成称帝，在武英殿即位。刚刚准备入座，只见一个几丈高的白衣人站在座前，一副要攻击他的样子，宝座下的龙爪也跃跃欲动，李自成不禁毛骨悚然，立即下座。后来，李自成又下令铸造永昌钱币，却总是铸不成。李自成顿时沮丧起来，不知所措，只好整天在宫中淫乐，以解愁闷。

一天晚上，李自成正在欢宴，忽然有贼将进来禀报："明总兵平西伯吴三桂抗命不从，统兵来攻打京师了。"李自成吃惊地问："我已经让他的父亲吴襄写了招降书，听说他已经答应下来，怎么又变卦了呢？"贼将看了看席上，见有一个美人斜坐在李自成左侧，不禁失声说："听说他是为了一个爱妾。"李自成立即领会，便截住他的话说："他既然不肯投降，我就去亲征吧！"第二天，李自成调集十几万贼兵，带着吴三桂的父亲吴襄，往山海关方向去了。

吴三桂之前入朝的时候，得到一个歌姬，名叫陈沅，小名圆圆。她色艺无双，深得吴三桂的宠爱。吴三桂出去镇守边境，不方便带着爱妾，就把她留在家里。李自成抓住吴襄之后，令他招降吴三桂，却把陈圆圆抢去做了妃妾。吴三桂接到父亲的书信之后，本来准备投降。走到滦州，才听说陈圆圆被掳，顿时怒由心生，当即驰回山海关，整军对敌。正巧清太宗病逝，太子福临被立为新皇，改元顺治，命亲王多尔衮摄政，率领大军入侵中原。这时的清军马上就要到达关外，闯军又进逼关中，任凭吴三桂如何有能耐，也抵挡不住这内外的强敌。吴三桂舍不得爱妾，索性一不做，二不休，派人到清军大营求援。多尔衮得了这个机会，当下就赶到关前，与吴三桂相见。二人歃血为盟，发誓同讨逆贼。闯将唐通、白广恩正准备绕出关外，去袭击山海关，被清军一阵截击，逃得无影无踪。多尔衮又令吴三桂为前驱，自己带着清军为后应，与李自成在关内交锋。李自成仗着兵多，围住吴三桂。霎时间大风刮起，尘土飞扬，清军乘势杀入，吓得闯军连连倒退。李自成狂叫着："满洲军到了！满洲军到了！"策马逃走，手下的士兵也立即溃散而去，死伤无数。

吴三桂穷追李自成，一直追到永平。李自成将吴襄等人全部杀死，又回到京师。吴三桂凭着一股锐气，带领清军直达京师城下。李自成料知难以抵抗，就将抢来的金银熔铸成金饼。每个金饼大约有一千两，大约有几万枚金饼，用骡车装着，派兵先走。自己则在后面放了一把火，烧毁了宫阙。然后带领几十万贼兵，挟持着太子以及二王向西逃去。那时京城里已经无人把守，吴三桂带着大清摄政王径直入城。

吴三桂进了都城，别的事情一概不问，只是去找那爱姬陈圆圆。一时间找不到美人，又赶出西门，去追李自成。那时候，闯军已经走远，仓促间追赶不上，京中又传下旨意召他回去，吴三桂无可奈何，只好返回。沿途见四处张贴着告示，都是新朝安抚百姓的晓谕，他也无心顾及，只是挂念着那圆圆姑娘，一步一步挨到都城。复命之后返回府上，仍然四处打探陈圆圆的消息。这时，忽然有个小民送来一个美人。吴三桂一看，正是那朝思暮想的心上人，直是喜从天降，立即重赏了小民。自己带着陈圆圆来到上房，把酒谈心，格外恩爱。

原来陈圆圆骗李自成，说只要留下自己，就可以止住追兵。李自成信以为真，便将她留下。冥冥中自有天意，二人破镜重圆，吴三桂生平该有此艳福，清朝顺治皇帝也该入主中原。

　　清摄政王多尔衮下诏安抚百姓，又为明朝的怀宗皇帝、皇后发丧，再次改葬，建筑寝陵，就是袁贵妃和长公主也查出下落，赐了房子给她们住。袁贵妃没过多久便病逝了，长公主曾经许配给周世显，后来由顺治帝赐诏合婚，一年后去世。只有太子和永王、定王，始终下落不明，想必是被闯贼害死了。京城的百姓看到清军秋毫无犯，与闯贼迥然不同，都争先投附，交相称颂。明室的版图就这样送给了满清。顺治帝那时年方七岁，由多尔衮迎入关中，四平八稳地坐上了御座。清廷除了封赏满族功臣之外，特封吴三桂为平西王。之前投降清朝的汉臣，如孔有德、耿仲明、尚可喜、洪承畴等人也全部封王拜相，各有厚赏。

　　清军随后讨伐李自成。李自成已经窜到了西安，在潼关屯兵。清靖远大将军阿济格、定国大将军多铎分别率领吴三桂、孔有德等人两路夹攻，杀得李自成走投无路，东奔西窜。后来逃回到武昌，贼众已经散尽，只剩下几十个人跟着他来到九宫山。村民知道是大盗前来，一哄而上，你用锄，我用耜，砍死了独眼龙李自成，并抓住他的妻妾以及死党牛金星、刘宗敏等人，交给地方官一并处死。李岩遭到牛金星的诬陷，早已经被李自成杀死。李自成死后，清朝廷又命肃亲王豪格带着吴三桂攻向四川。张献忠当时正在西充屠城，匆忙中麾兵出战，不堪清军一扫。张献忠正要西逃，被清将雅布兰一箭射中额头，翻落马下。清军踊跃而上，一阵乱砍，将他剁成了肉酱。

　　河北一带全部被清兵占有。只有江南的半壁江山，还拥戴着一个福王朱由崧。朱由崧是福王常洵的长子，从河南逃出，南下避难。潞王朱常汸也从卫辉逃出，与朱由崧一同来到淮安。凤阳总督马士英联合高杰、刘泽清、黄得功、刘良佐四位总兵拥戴朱由崧，准备立他为皇帝。南京兵部尚书史可法秉性忠诚，一再说福王昏庸，不如迎立潞王。可马士英正想利用这昏庸的福王做个傀儡，仗着四位总兵壮声势，于是护送福王来到仪真，在江北列营，气焰逼人。史可法不得已，只好与百官将福王迎入南京，先称监国，然后继承大位，改元弘光。弘光帝任用史可法、高弘图、姜曰广、王铎为大学士，马士英仍然总督凤阳，兼东阁大学士。这圣旨下达之后，马士英很不服气，他一心想着入阁做个宰相，弘光帝却仍然让他在外督师。马士英令高杰等人催促史可法督师，自己拥兵入朝。马士英刚到南京，就与史可法有了矛盾。史可法主动请求督师，出兵镇守淮扬，统辖四位总兵。朝旨恩准后，史可法命刘泽清管辖淮海，驻扎在淮北，管理山东一路；高杰管辖淮泗，驻扎在泗水，管理开归一路；刘良佐管辖凤寿，驻扎在临淮，管理陈杞一路；黄得功管辖滁和，驻扎在庐州，管理光固一路，号称"四镇"。这本来是最好的布置，可偏偏四位总兵总是不能相容，一再发生争执。弘光帝只信任马士英，对一切外政置之不理。马士英本来是魏忠贤的余党，魏忠贤得势的时候，一再巴结，等到魏阉失势，他就极力划清界限。这时候，大学士高弘图等人准备追谥先帝的尊号，称为思宗。马士英与高弘图不合，就说他诬蔑先帝，于是将"思"改为"毅"。崇祯帝殉国的时候，朝中的人都称他为怀宗。后来清朝廷替他改葬，加谥号为庄烈愍皇帝。所以后人称崇祯帝，既称怀宗，也称思宗、毅宗，或称为庄烈帝。

马士英推荐旧党阮大铖。这阮大铖本来有些口才，文字上也还说得过去。于是蒙弘光帝嘉奖，赐他为光禄寺卿，算是官复原职。大学士姜曰广等人都说阮大铖是逆案的罪魁祸首，不能再起用，奏折递上去之后毫无音信。马士英又引用越其杰、田卿、杨文骢等人，这些人不是私亲，就是旧党。

弘光帝是个糊涂虫，专门在酒色上下功夫。太监们仗着威势，看到有姿色的女子，就用黄纸贴在额头上，拖到宫里。弘光帝恣情享乐，美女自然多多益善。他还命太医郑三山大肆搜罗春药，一时间黄雀脑、蟾酥等东西价格大涨。阮大铖又别出心裁，编成一部《燕子笺》，献入宫中，然后找来梨园弟子入宫演戏。弘光帝白天看戏，晚上赏花，真是春光融融，其乐无穷。史可法痛陈时弊，连上几十本奏章，都是石沉大海，杳无音信。清摄政王多尔衮听说史可法的贤名，就写信招他投降。史可法不肯屈服，只是派兵部侍郎左懋第等人前去议和。此时中原的大势，清朝廷已经占了七八成，哪里肯答应？当即将左懋第抓住，胁迫他归降。左懋第也是明朝的忠臣，宁死不肯投降，没过多久便被杀害。

豫王多铎领兵过河，去夺明朝的新都城。史可法邀请各镇守兵前来防御。谁知各镇的兵马都袖手旁观，只有高杰进兵徐州，沿河设防，并约睢州总兵许定国互相联络。不料许定国已经暗地给清军送款，他以接风为名诱高杰来到大营，把他灌得烂醉如泥。一刀将高杰杀死后，许定国当即赶赴清营报功。清军随即进拔徐州，直抵宿迁，刘泽清逃走。史可法飞书告急，南都反而催促史可法回来支援。原来宁南侯左良玉以入清君侧为名，从九江入犯，列舟三百多里。马士英非常担心，立即调史可法回来保卫。史可法只好奉命南归。刚刚渡江到达燕子矶，又接到南都的圣旨，以黄得功已经攻破左良玉，左良玉病死为由，令他速回扬州。史可法急忙返回扬州，正准备支援淮泗，清兵已经从天长、六合长驱而来。那时扬州城内的百姓都已经逃走，各镇兵马只有总兵刘肇基从白洋河带着四百人马赶来。清军攻城的时候，驻扎在城外的总兵李栖凤、监军副使高岐凤不战先降。史可法和刘肇基死守了几天，就被攻入。刘肇基在巷战中身亡，史可法自刎没有死，被一名参将拥出小东门。史可法大声喊道："我是史督师！"话音未落，已经被清兵杀害。一直到第二年，史可法的家人才用袍子招魂，将他葬在扬州城外的梅花岭。

扬州已经被攻下，南都哪里还能保得住？清兵屠城后，下令渡江。总兵郑鸿逵、郑彩镇守瓜州，副使杨文骢驻扎在金山，听说清兵到来，只管乱放炮弹。清兵故意不进，等到夜深人静的时候，从上游偷偷渡江。几位军官直到天亮才知道清兵已经渡江，不敢再战，只好一哄而散。警报飞达南京的时候，弘光帝还在拥着美人饮酒取乐。听到这个消息，急忙收拾好行李，带着爱妃，从通济门出去，直奔芜湖。马士英、阮大铖等人也一并逃走。忻城伯赵之龙、大学士王铎等人大开城门，恭迎清军。清豫王多铎因为他们开城投降，特别加恩，禁止杀掠。休息了一天，就进兵去追弘光帝，明总兵刘良佐望风迎降。

那时江南四镇只剩下一个黄得功。他之前曾奉命攻打左良玉，左良玉死后，他仍然驻扎在芜湖。弘光帝赶到之后，黄得功不得已，只好出营迎驾。一天之后，清兵追到，黄得功率领水兵，渡江迎战。正在彼此恶战的时候，忽然听见刘良佐在岸上大喊："黄将军怎么不早点投降？"黄得功不禁大怒，厉声回答："你是明朝的将军，难道甘心降敌吗？"正说着，突然有一箭飞来，正中喉咙，霎时间鲜血直喷。黄得功疼痛难忍，料定支撑不住，竟然拔箭刺向咽喉，死在船中。总兵田雄见黄得功已死，就起了异心，一把将弘光帝挟住，又令士兵绑住弘光帝的爱妃，将他们一起送到对岸。这位风流天子只享了一年的艳福，就变成了俘虏，与爱妃一起被押到燕京，不久便丢了性命。江南一带，全部为清朝所有，清朝廷将应天府改为江宁府。大明朝这才算真正亡国了。

后来潞王朱常淓流落到杭州，声称监国。不到几个月，清兵到来，潞王无计可施，只好开门投降。明朝的左都御史刘宗周绝食身亡。鲁王朱以海在山东避难，后来流落到台州，被故臣张国维等人迎到绍兴，也声称监国。才过一年，绍兴就被清兵攻陷，朱以海逃到海上，死在了金门。唐王朱聿键之前因勤王获罪，被幽居在凤阳。福王在南都称帝的时候，将他释放。他流落到福建，被郑芝龙、黄道周拥立为皇帝，改元隆武。明朝的贼臣马士英、阮大铖私自投降清军，带清军进入仙霞关，唐王被掳，在福州自尽，马、阮两贼也被清军杀死。桂王朱由榔在尚书陈子壮等人的拥立下，也声称监国，后来在肇庆府称帝，改元永历。这永历皇帝与清兵苦苦相持，从清顺治三年开始，一直熬到顺治十六年，才寸土俱无，投奔缅甸。在缅甸住了两年，清降将平西王吴三桂迫使缅甸人将他献出，随后把他处死。明室的支脉到这里就算结束了。剩下一些明朝的遗臣起起落落，数不胜数，最著名的是郑芝龙的儿子郑成功。郑芝龙投降清朝后，郑成功不肯相从，开始在海上募兵。起初奉隆武为正朔，后来又奉永历，把荷兰人占据的台湾岛夺下作为根基，传了两代才被清军荡平。

# 明 朝 世 系 图

(公元 1368 年—公元 1644 年)

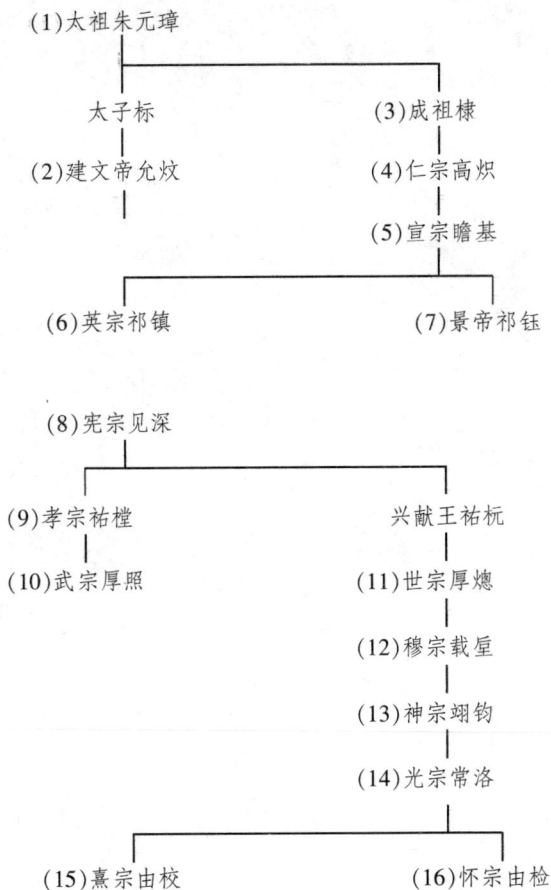

(1)太祖朱元璋

太子标　　　　　　(3)成祖棣

(2)建文帝允炆　　　(4)仁宗高炽

(5)宣宗瞻基

(6)英宗祁镇　　　　(7)景帝祁钰

(8)宪宗见深

(9)孝宗祐樘　　　　兴献王祐杬

(10)武宗厚照　　　(11)世宗厚熜

(12)穆宗载垕

(13)神宗翊钧

(14)光宗常洛

(15)熹宗由校　　　(16)怀宗由检

图书在版编目（CIP）数据

明史 / 蔡东藩著；张弛译释. — 北京：北京联合出版公司，
2014. 10（2019. 3重印）
（蔡东藩中华史）
ISBN 978-7-5502-3357-7

Ⅰ. ①明… Ⅱ. ①蔡… ②张… Ⅲ. ①章回小说－中国－现代 Ⅳ.
①I246. 4

中国版本图书馆CIP数据核字(2014)第173260号

# 明史

出版统筹：新华先锋
责任编辑：李　征
特约编辑：王亚松
封面设计：王　鑫
版式设计：朱明月

北京联合出版公司出版
（北京市西城区德外大街83号楼9层　100088）
大厂回族自治县德诚印务有限公司印刷　新华书店经销
字数352千字　787毫米×1092毫米　1/16　24印张
2019年3月第2版　2019年3月第3次印刷
ISBN 978-7-5502-3357-7
定价：69.00元